AF449754

No
me
obligues
a
escoger

NANDA GAEF

No me obligues a escoger

Título: *No me obligues a escoger*
© 2018, Nanda Gaef
Del diseño de la cubierta: 2018, China Yanly
Fotografías de cubierta: ©shutterstock

Primera edición: febrero de 2018

Impreso en España

ISBN-13: 978-84-17259-66-2

Estábamos celebrando una de nuestras famosas fiestas donde la única regla es, que no hay reglas, lo principal es el sexo, las drogas y el buen rap.

Desentonando en la fiesta estaba ella, una chica delgada de piel blanca, pelo rojo de apariencia inocente, más bien parecía una adolescente asustadiza allí en aquella esquina apartada. Desde la distancia vi que estaba totalmente fuera de lugar, en medio de toda aquella gente sin saber qué hacer. Me miró y nuestros ojos se encontraron. Al verse descubierta, llevada por su inocencia, timidez e inseguridad, desvió la mirada y empezó a buscar a la que me imagino sería su amiga, la misma que estaba disfrutando de la fiesta en compañía de dos chicos que estaban de moda en ese momento, dejándola sola en aquel ambiente nada apropiado para una chica como ella. Verla tan asustada entre gente medio desnuda me preocupa, cosa que no me pasa muy a menudo, ¡igual estoy en mis días tontos! Me justifiqué. ¿No es esa la excusa de las mujeres para todo? Fui en busca del anfitrión que dijo no conocerla, y me la ofreció como el trofeo de la noche, alegando que era *carne fresca*. La chica no estaba nada mal, seguro que pasaríamos un buen rato, pero no debería de estar allí, no hacía falta ser un genio para ver que ella no estaba acostumbrada a frecuentar aquel tipo de ambiente. Solo le faltaba llorar de lo asustada que estaba, hasta las chicas que se acercaban a ella queriendo saber quién era la niñita nueva que llegó para hacerles la competencia la asustaban.

Wallace, al ver que la miraba, me dijo que fuera a hablarle. Le contesté que la veía muy niña, muy inocente para mí.

Sin comentar nada más, me dispuse a marchar. Mi amigo me sujetó por el brazo e insistió para que fuera hablar con ella.

De malas maneras le dije que, si tanto le gustaba se la quedara él, que yo iba a aquellas fiestas para pasármelo bien, no para hacer de niñera de niñas virginales. Como si hubiera sido atraída por mis palabras, me miró, la ignoré. No me gustaban las chorradas estas de rosas y corazones, y eso es seguramente, lo que ella estaba buscando.

Pasaron por mi lado, en ese mismo instante, dos preciosas rubias, las abracé y apreté sus prietos culos, que eran mi debilidad, y me fui olvidándome enseguida de la chica en cuestión.

Meses más tarde nuestros caminos se cruzaron de nuevo, haciendo de nosotros la pareja de moda de Los Ángeles. La pregunta que me hago día y noche, es cómo llegué a este punto. Del día que la vi por segunda vez hasta que la hice mi esposa solo se pasaron seis meses. El mundo lloró el día que BRX2 se casó.

Todo fue tan rápido que todavía no he podido asimilarlo; ¿me arrepiento? Ni yo mismo lo sé.

Capítulo 1

Soy la envidia de todos mis amigos. A ojos de todos tengo a la mujer perfecta: guapa, refinada, discreta, no me impide disfrutar de la vida, se desvive por complacerme… ¿Qué hombre no sueña con esto? ¡Pues yo no…! Me gusta la noche, el sexo sin compromiso y odio las ataduras.

No sé cómo le voy a decir a Silvia que nuevamente no dormiré en casa, ¡soy un desgraciado! Ya lo sé… pero el desgraciado con el mejor polvo de Los Ángeles.

Ella volvió hace tan solo una semana de viaje, estuvo veinte días fuera para una obra benéfica rodando un documental para recaudar fondos para la construcción de un hospital, y desde que ha vuelto, esta es la tercera vez que no dormiré en casa. No me siento orgulloso de ello, pero es cuestión de trabajo y no puedo decir que no asistiré. ¿A quién quiero engañar? Me encantan mis fiestas, y si no voy no son lo mismo.

Como compensación, le he comprado un precioso regalo, que me ha costado una pasta.

Ella sabía muy bien con quién se casaba. Nunca la he engañado, le dejé muy claro mis términos y condiciones antes de casarnos, y estuvo de acuerdo en todo. El día que le pedí matrimonio, todos sabían que no estaba preparado para dejar la noche y la diversión, además mi trabajo requiere mi presencia en muchas fiestas.

Cuando nos casamos, yo solo tenía veintiséis años, llevaba con mi discográfica solo cinco, todo en mi vida estaba yendo viento en popa, despuntaba en el mercado como productor musical, algunos de los talentos que había descubierto ya eran éxito internacional. Yo estaba en la crista de ola con mi música, estaba desbordado con tantos éxitos. Desde el día en que ella irrumpió por la puerta de mi discográfica, toda mi vida cambió y aunque muchos dicen que, para bien, yo no opino lo mismo. Todo fue tan rápido, que cuando quise ser consciente, ya llevábamos más de seis meses casados, aún en contra de la voluntad de mi única familia sanguínea. No estamos solos en el mundo, porque tengo la suerte de contar con dos grandes amigos, que son como hermanos, y una mujer que es como mi segunda madre pues es la única amiga íntima de mi madre.

La primera vez que vi a Silvia, fue en aquella fiesta a la que acompañó a su amiga Kisha. En realidad, la que estaba anotada en aquella maldita lista vip era ella, pero la otra se aprovechó de su inocencia y bondad, para colarse en una de las mejores fiestas de la ciudad. Una vez consiguió su objetivo, se fue a pasarlo bien con mis colegas, olvidándose de ella por completo. En nuestras fiestas predominan el sexo, las drogas y el rap. Me fijé en ella, era imposible no hacerlo, no solo por su belleza, que es innegable, pero no la pude apreciar bien desde de la distancia que me encontraba, aunque sí su miedo. El único rasgo físico que vi claramente, fue su cabellera pelirroja. Una linda melena del color del fuego, se podía ver desde lejos, y tenía la piel muy blanca. No pude percibir nada más de su cuerpo, porque llevaba unos pantalones y un top, algo que para ella era muy descocado, pero para nosotros no decía nada. Las mujeres que participan en nuestras fiestas llevan mini vestidos ceñidos, faldas muy cortas o directamente un bikini, cualquier cosa que dejara sus curvas y sus largas y bien torneadas piernas a la vista. En el caso de Silvia, lo único que veíamos eran dos míseros dedos de su lisa barriga. Uno de mis colegas que se había interesado por ella se acercó a hablarle, se quedó prendado de sus bellos ojos azules, sus rizos largos y rojizos, sus labios carnosos y su aspecto virginal. Él comentó, entre raya y raya, que solo le había faltado salir corriendo, de lo asustada que se mostró cuando le estaba hablando.

Todo lo que sabía de ella, era lo que vi en esa fiesta. Un par de semanas más tarde, una llamada la puso de nuevo en mi camino, esta vez sería para quedarse. Le debía un favor a la persona equivocada, y decidió que era el momento de cobrárselo. Cuando me explicó las condiciones me negué en redondo, pero cuando has pedido ayuda en los momentos bajos sin pensar en las consecuencias… tienes que pagar el precio de tus errores.

Su exigencia fue clara, tenía que producir el disco de una chica, para más señas hija de un político, a lo que me cerré en banda. La música para mí, no es un juego y me tomo mi trabajo muy en serio, pero él me recordó de una manera nada sutil, que estaba en sus manos, que cambiara de opinión a las buenas o lo tendría que hacer a las malas. No me quedó más remedio que aceptar el trabajo.

Aunque nada conforme, dispuse todo para hacer la audición al día siguiente, siguiendo todas las exigencias de mi *amigo*. Les corría mucha prisa.

A la hora marcada estábamos todos sentados en la sala de grabación con el equipo preparado, esperando a la misteriosa chica. Mis amigos estaban cabreados conmigo por haber aceptado este trabajo sin contar con sus opiniones, las decisiones siempre las tomábamos entre los tres. Black, Wallace y yo somos un equipo, y ellos no entendían aquel cambio repentino.

Pasaron más de dos horas y allí no aparecía nadie, ni había ninguna llamada de teléfono para explicar el retraso. Al estar haciendo aquello forzado no me interesé en saber de quién se trataba, ni su nombre ni su teléfono, así que no tenía cómo contactar. Cansado de esperar, me marché de allí muy cabreado por la gran pérdida de tiempo.

Decidí no darles una segunda oportunidad y dejé avisos por todos los lados haciendo saber que, no atendería a nadie que no estuviera ya en mi agenda. Ya me apañaría con el cabronazo que me estaba coaccionando.

Los siguientes días fueron un verdadero inferno. Mi móvil echaba humo. Mi secretaria, tenía ganas de tirar el teléfono contra la pared. Me buscaban por todos los lados, mi *amigo* que estaba fuera de la ciudad, tardó unos días en enterarse que no quería atender a aquella gentuza. Cuando lo pusieron al corriente, como no podía personarse, mandó a uno de sus hombres detrás de mí para transmitirme su recado, que fue directo y efectivo: «Atiéndelos ya si no quieres problemas», yo ya estaba con las pelotas hinchadas de sus amenazas. Cuanto más me tiranizaban, más rechazo me causaba.

Soy Bruno Maximiliano Matthew, con mucho orgullo digo que soy hijo de mi madre, una dominicana de armas tomar que me inculcó mucha valentía y valor. Cuando se me mete una cosa en la cabeza no hay quien me la quite.

Los días fueron pasando y aquella gente seguía sin dejarme en paz. El acoso era tal, que me llamaban a la discográfica, a casa de mi madre, al móvil de mis amigos… Aquella gente era incansable, por más que me preguntaba no lograba entender el porqué de tanto empeño en que yo me ocupara de la carrera de la chica.

Estaba dando una fiesta en mi casa, cuando uno de mis hombres de seguridad me avisó de que había un señor en la puerta que exigía hablar conmigo. Le resté importancia, porque la fiesta estaba en pleno apogeo y ya había consumido bastantes sustancias poco recomendables, además siempre había quien quería colarse en mis fiestas. Mi hombre se fue, dejándome en compañía de dos chicas espectaculares que estaban dándome placer. A los pocos minutos, otro de mis escoltas volvió diciendo que el que estaba en mi puerta era el padre de la chica que no se presentó, esta alusión al desplante, hizo que saltase del sofá donde estaba sentado para ir a su encuentro. Al llegar a la puerta, veo a un hombre de cierta edad teniendo una acalorada discusión con el jefe de seguridad. Venía rodeado de guardaespaldas. Le di un toque en el hombro a mi personal y, haciéndole una señal con la cabeza le indiqué que estaba todo bien. Obedeciendo a mi orden, dio un paso atrás quedando a mi espalda, velando por mi seguridad. El desconocido me tendió la mano al tiempo que se presentaba como el congresista Collins, padre de la chica a la que yo tenía que hacer la audición. No hice el gesto de aceptar su saludo. Tuvimos una acalorada discusión, me pareció un ultraje que se presentara en mi casa con todos sus gorilas y pretendiera que dejara todo por atenderlo. Él no pedía, ordenaba, y yo me negaba, pero él hizo uso de una llamada telefónica que me hizo cambiar de idea, ya que la vida de mi familia pasó a estar en juego. Tragando mi orgullo, le dije que iba a producir el disco de su hija, y representarla. Ya no se utilizaba solo la palabra producir, pasamos directamente a la producción y representación.

Lo único que pude hacer para que no pisoteasen más mi mal trecho orgullo, fue apuntarlos en la agenda para dentro de un mes, desatendiendo así la premura que tenían para que empezara a trabajar para ellos mañana mismo.

Mi mala suerte es tanta que nos encontrábamos a finales de enero y el mes de febrero era corto. Así, el día señalado en el calendario llegó más pronto de lo esperado para mi desgracia.

Oculto detrás de las paredes de cristal que me permitían ver casi todo lo que pasaba en mi empresa, me quedé sorprendido al ver entrar por la puerta a la misma pelirroja que estaba en aquella fiesta como un animalillo acorralado. Me eché a reír y pensé: «¡Esto solo puede ser una broma!». Salí con la sonrisa en la cara por lo cómico de la situación, me presenté delante de ellos y les dije:

—¡Es imposible! —Ella me miró y agachó la cabeza.

Asustada y con los ojos vidriosos, llamó a su padre para que se fuera de mi empresa. El congresista la miró con mala cara y dijo que de allí no se iba hasta que se terminara la sesión. Lo miré bien serio y sin importarme lo más mínimo si le iba a hacer daño a su hija le dije lo que pensaba en aquel momento: que su hija no tenía lo que hay que tener para aguantar todo lo que conllevaba una carrera de cantante. Él muy arrogantemente, me contestó que no había pedido mi opinión y acto seguido, me ordenó que empezara pronto, que tenía prisa.

Yo solo trabajo con los mejores, porque soy el mejor y este desgraciado aún no se ha enterado, ha tenido la osadía de volver a amenazarme con llamar de nuevo a ver si así, conseguían persuadirme más fácilmente. Sabía perfectamente, a quién sería esa llamada, y ya me había dejado claro, que la próxima vez que le importunaran por mi culpa, lo iba a lamentar. Así que me callé y los pasé al estudio cuatro. Era el más sencillo y pequeño de toda la discográfica. Mis amigos Black y Wallace, nada más verla, negaron con la cabeza, pues la reconocieron de la fiesta, ignorándoles deliberadamente, posé la mano en su espalda, conduciéndola hacia el estudio. Le ayudé a que se pusiera los auriculares, regulé la altura del micro y di las instrucciones necesarias, para que todo fuera lo más rápido y fluido posible. No me hacía falta mirar a mis amigos para saber que ellos estaban pensando lo mismo que yo. Cuando me acerqué a ella por detrás para ajustar los auriculares, me quedé impresionado pues estaba temblando como una hoja, la giré hacia mí y me deslumbró con su belleza. Tenerla delante era impresionante, era todo lo inocente que imaginé en la fiesta. Sus ojos eran de un azul cristalino, en los que pude verme reflejado, unos labios carnosos que tenía medio abiertos con la intención de meter aire en sus pulmones, con las mejillas sonrosadas, culpa de su excesiva timidez, la respiración era agitada. Aquel día, vestía un ajustado vaquero con una simple camiseta blanca que resaltaba sus preciosas e inocentes curvas, sacudí la cabeza para volver a la realidad, y le acaricié la mano solo con la intención de tranquilizarla un poco, al hacerlo noté lo fría que estaba. Lo primero que vino a mi cabeza fue la imagen de ella en aquella fiesta sola y asustada. Me sentí un verdadero cabrón por no haberme acercado a ella aquel día, para interesarme en saber si se sentía bien. La chica empezó a llorar y me pidió un abrazo. Sentí tanta ternura que, les dije a mis compañeros que nos dieran unos minutos, busqué con la mirada a su padre y no lo encontré. Ella pareció leer mis pensamientos y me comentó que seguro que estaría en algún lugar apartado hablando por teléfono con su novia o de trabajo. Vivía solo para eso, y su hija era un estorbo en su vida. No había hueco para ella. Me dio pena la chica, se la veía falta de afecto y cariño. En ese mismo instante, me di cuenta que no conocía su nombre, de tal forma que aproveché para sacarla de ese mal recuerdo y le dije el mío, acercándome a la vez para darle dos besos. Ella me miró con algo parecido a la adoración, asomando en sus ojos, mientras con algo de inseguridad me decía que se llamaba Silvia Collins.

Hechas las presentaciones, volví a preguntarle si se encontraba bien, y sin decir ni una sola palabra se echó a llorar entre mis brazos. No supe qué hacer, solo se me ocurrió al verla tan indefensa, jurar que haría de ella una gran estrella.

Una vez conseguí que se tranquilizara, ordené empezar la grabación. Nada más emitir la primera nota mis compañeros y yo nos quedamos impresionados. No nos imaginamos que aquella chica asustadiza, tenía semejante vozarrón, pocos fueron los arreglos que tuvimos que hacer a nivel vocal. Ahora, la expresión corporal fue otro cantar, tanta era su timidez que no era capaz de mirar a nadie a los ojos, lo que al principio debería de ser rápido sé tornó una larga jornada, hicimos miles de pruebas, y estábamos encantados. Sí nos fijamos, en que todo el trabajo que no vamos a tener a nivel vocal, lo tendremos doble a nivel corporal, en todas las horas que estuvimos en el estudio ella se mantuvo estática. Pero esto no era ningún problema la chica tenía mucho talento.

Cuando acabamos de grabar, todos la aplaudimos, la acompañé hasta la puerta creyendo encontrar a su padre en la recepción, pero Janneth nada más vernos nos transmitió el recado que había dejado ordenando que cogiera un taxi. Vi como sus ojos se ponían brillantes resaltando el lindo color azul que los adornaba y sin pensarlo mucho la invité a cenar. Se negó en rotundo, diciéndome que no me preocupara, que ya estaba acostumbrada a este comportamiento de su padre, que no necesitaba dar lástima a nadie. Le aclaré que no hacía por esa razón, sino que realmente deseaba cenar con ella.

En su rostro brotó una bella sonrisa. Sonrojándose, volvió a declinar mi invitación, alegando que la gente podía sacar conclusiones equivocadas al vernos juntos, y que ella no quería fama de esa manera. Me hizo reír cuando en un arranque de valentía dijo que no quería desmerecer a las chicas que andan conmigo, pero que ella no es de ese tipo. Nada más terminar el comentario su mirada se clavó en el suelo. Sentí una gran ternura, puse mi mano en su hombro y le pedí que me mirara. Al levantarla, un intenso rubor cubrió sus mejillas a causa de su extremada timidez, lo que me provocó que volviera a insistir en mi invitación, prometiéndole que, si salíamos en la prensa, emitiría un comunicado diciendo que nuestra relación era estrictamente profesional. Así comentaría que estaba produciendo su disco y esto le podría beneficiar en el plano artístico. Jamás imaginé, que tendría que desmentir tantas veces, las diferentes informaciones que surgieron sobre nosotros.

Ella finalmente aceptó. Me acuerdo que tuvimos una velada muy amena y muy divertida donde me contó que había sido su amor platónico de juventud. Tenía la habitación en casa de su padre decorada con todos mis pósteres, tenía álbumes de recorte de mis primeras entrevistas y más cosas. Su padre como sabía que me admiraba, decidió que debía ser yo quien produjera su disco. Fue ahí cuando obtuve la respuesta a una de las miles de preguntas con relación a Silvia. Fue muy agradable verla sonreír y hablar con normalidad. Era una chica de tan solo diecinueve años encantadora e inocente, y yo simplemente la cagué.

Abrí los ojos, miré al techo y me asusté al verme rodeado de color rosa chillón, me senté en la cama rápidamente sintiendo una punzada en la cabeza, miré a mi lado y vi a Silvia dormida y relajada. Moví la sábana y descubrí que ambos estábamos desnudos, y entre nosotros una enorme mancha roja. ¡No podía ser...! Miré mi cuerpo buscando heridas o algo que justificase la sangre. Al no encontrarlas, miré el cuerpo de Silvia en busca de lo mismo, en aquel momento cualquier excusa me valía para no asumir lo que tenía delante de mis ojos, aquello era más que una prueba de lo que allí había pasado. Era un certificado de virginidad de tamaño gigante, entre sus piernas, todavía se veían restos de semen con sangre reseca.

Pero lo peor de todo, es que a día de hoy aún no soy capaz de acordarme de nada.

Silvia se despertó con una sonrisa, pero al ver mi cara desencajada se levantó envolviéndose en la sábana y dijo:

—Lo que ha pasado entre nosotros no ha sido nada. —La miré horrorizado.

—¡No sé qué decir!

—No digas nada, ambos quisimos y punto.

¿Cómo rayos esta chica podía esta tan segura cuando yo estaba cagado? No me gustaban las vírgenes, ellas siempre venían acompañadas de enamoramientos y dramas.

—Tenemos que hablar —dije más para mí que para ella.

—No diré que me arrepiento porque estaría mintiendo. Tú eres mi amor de juventud, y quién mejor que para haber entregado mi virginidad.

Sentí ganas de salir corriendo. Yo ya había visto la mancha, ya me imaginaba lo que había pasado, pero escucharlo de su boca fue aterrador, y no me pasó desapercibido que ella ya no se refería hacia mí como su amor de juventud, ya hablaba en presente. Todos mis temores se estaban haciendo realidad.

—Eres una niña.

—Por favor, no transformes algo bonito para mí en algo feo o sucio. —No salía de mi asombro al escucharla decir que jamás sería mi tipo, y me pidió que no volviera a mirarla de aquella manera. Le pregunte a qué manera se refería, a lo que me respondió que, como a una niña indefensa.

Respiró hondo y me propuso un trato, que acepté gustosamente, puesto que yo no la veía como mujer, sino como a una niña. Me propuso olvidar por completo lo ocurrido, hacer como que yo nunca hubiera pasado la noche en su cama. Cuando la escuché decir esto, me sentí un pederasta, aunque ella ya fuera mayor de edad.

Pero el amor a mi libertad me hizo hacerle caso, salí corriendo de su casa y no volví tocar más el tema. Seguí con mi vida, mis fiestas, mis mujeres, mis drogas y mi música. Todo siguió como antes, mi vida era maravillosa. Los meses siguientes a aquella cena fueron todo carreras, teníamos prisa por lanzar el primer single de Silvia. Sabíamos que iba a ser una verdadera estrella, pasábamos horas en el estudio. Black le compuso auténticas maravillas, ya nos veíamos en el top ten, con más de un éxito. Ella nunca se quejaba de las duras jornadas de grabación, hacía todo lo que mandábamos. Iba a clases de baile todos los días, muchas fueron las noches en las que solo salíamos para comer algo rápido y volvíamos a trabajar, e incluso pedíamos comida para no tener que perder tanto tiempo.

Todos estábamos muy ilusionados. Silvia venía al estudio siempre que la solicitábamos. Wallace y Black estaban encantados con su talento y dulzura. En cuestión de días, nos tenía a todos metidos en el bolsillo, ¡bueno, a todos no! Mi madre la odió nada más verla. Dijo que no le gustaba, incluso llegó a querer prohibir que formara parte de nuestra discográfica. Fueron mis amigos los que se enfrentaron a doña Rosy para defender el talento natural de Silvia. Aún hoy, casi cinco años después, sigue afirmando que solo era una buscona. Hice todo lo que estuvo a mi alcance, para intentar que cambiara de opinión, pero no lo conseguí.

Silvia estaba cantando su primer single a capela, para nosotros ya era toda una estrella, babeamos escuchándola. De repente, vi que empezó a perder el color. En un acto reflejo me levanté y fui corriendo a su encuentro, la abracé justo en el momento en que se desmayó en mis brazos. La llevé corriendo a mi despacho, mientras la tumbaba en el sofá, ordené que llamaran a Janneth. Anticipándose como siempre a mis necesidades, apareció con el botiquín, un frasco de sales y un vaso de agua, no fui consciente de tener a todo mi equipo en el despacho rodeándonos. Todos nos pusimos muy preocupados por su estado de salud y, nos preguntábamos qué sería lo que le había hecho su padre para que desfallecerá de aquella manera, Él pasaba de ella, le concedía todos sus caprichos con tal de no tenerla cerca.

Janneth consiguió que volviera en sí, se despertó un tanto aturdida y desorientada. Todos a la vez le preguntábamos qué le pasaba, si le había hecho algo su padre, cuanto más le preguntábamos más lloraba y lo único que decía era que estaba bien, añadiendo entre sollozos que era la vergüenza de su padre.

Se levantó del sofá diciendo que había sido un error haber ido hasta allí, y que se marchaba. Aunque me considero un cabrón, tengo corazón y jamás la dejaría salir de allí en aquellas condiciones.

—Por favor, dejadnos a solas —solicité con voz de mando.

Janneth, aunque reticente, se marchó llevándose con ella a los rezagados. Vi por el cristal que tenía el móvil en la mano. Sabía perfectamente a quién iba a llamar y la que se iba a montar. Me senté al lado de Silvia y le tomé la mano, la insté a que bebiera un poco más de agua para que se calmara. Ella se tomó su tiempo. Cuando ya estaba más tranquila, se apartó todo lo que pudo de mí y me soltó a bocajarro:

—¡Estoy embarazada!

Di un brinco en la silla tirando en el movimiento, los papeles que tenía sobre la mesa, me levanté y salí de la habitación dejándola sola. Caminé en el largo pasillo de un lado a otro no sé por cuánto tiempo. No sabía qué decir ni qué pensar. «Joder, solo tengo veintiséis años, estoy viviendo lo mejor de mi vida, y una tía con quien no recuerdo haberme acostado, acaba de revelarme que está embarazada». Estaba acojonado, ese bebé era mío, yo vi la prueba de su virginidad.

Mis empleados me miraban a lo lejos, sabían que algo gordo pasaba. La mayoría de ellos, me conocían desde niño y sabían que, cuando estoy nervioso me daba por caminar de un lado a otro sin control.

En un momento dado, siento que alguien está detrás de mí. No me giro, porque sé que es Silvia, y ahora mismo no quiero hablarle, no soy capaz de enfrentarme a ella.

—Bruno. —Pone la mano en mi hombro.

—Ahora no, Silvia.

—No quiero nada tuyo. Tengo algo de dinero ahorrado y me iré de la ciudad. No quería que te enterases así de golpe.

Me quedé mirándola sin dar crédito a lo que me estaba diciendo. Instantes antes me dijo sin contemplaciones que iba a ser padre, y un momento más tarde que se va. ¿Por qué me lo había contado entonces? ¿No podía desaparecer de mi vida sin más?

—Yo no quiero ser padre ahora.

—Solo quería que lo supieras —dicho esto, salió caminando en dirección a la salida.

La miré mientras se alejaba de mí, con su porte elegante y a la vez tímido, pensé en dejarla y que así se llevara con ella, todos los problemas. Era lo mejor para mí, no estaba preparado para afrontar la paternidad en ese instante.

Cuando vi cómo se cerraba la puerta detrás de ella, recordé mi infancia sin mi padre y todo lo que mi madre pasó para sacarme adelante. En cuestión de segundos había repasado toda mi existencia, hasta el día que entré en aquel estudio de mala muerte para grabar la maqueta que cambió mi vida.

Salí corriendo detrás de ella. La encontré delante de la puerta del ascensor, así que la tomé por el brazo para impedir su marcha y en el mismo movimiento, la acerqué a mi cuerpo para abrazarla.

—No estarás sola en esto.

Justo en este momento se abrió la puerta del ascensor y salió mi madre con cara de pocos amigos, y comentó de forma despectiva:

—¿Qué… la niña pija ya te agarró por los huevos?

Aparté a Silvia de mi cuerpo, miré a mi madre y le dije que no era el momento. Le pedí que la dejara tranquila, me dirigió una amenazadora mirada y se fue. Sabía que la buscaría para hablar tan pronto como pudiera, es la persona que mejor me conoce en el mundo. Mientras se alejaba, vi cómo iba negando con la cabeza.

Tomé de la mano a Silvia y la conduje nuevamente a la discográfica. La llevé al despacho de Wallace, ya que mi madre estaría en el mío. Le pedí a mi amigo que fuera a hacer compañía a mi madre, para que no se marchara, y así también estaríamos a solas Silvia y yo para hablar con tranquilidad.

Hablé largo y tendido con Silvia para dejarle varias cosas claras, entre ellas, le dije que no daría la espalda a mi hijo, que me haría cargo de todo, pero que no me casaría con ella, pues no deseaba mantener una relación sentimental, porque no la quería. Le confesé que ni siquiera llegué a sentir deseo sexual por ella, la veía como mi hermana pequeña. Ella lloró con mi declaración, pero preferí ser sincero con ella desde un principio, para evitarnos malos entendidos.

—Si quieres, te firmo un contrato en donde me comprometo a nunca revelar la identidad del padre del bebé. —La miré atónito.

—No ocultaré a mi hijo —le dije enfadado.

Aquellas palabras me ofendieron, ¿desde cuándo Bruno Maximiliano Matthew da la espalda a los suyos? Aparqué mi carrera de rapero para ayudar a los menos favorecidos y a mi gente, sacaba a todos los chavales que podía de las calles. ¿De qué iba? Era sangre de mi sangre de lo que se estaba hablando. La miré con la cara desencajada por la rabia. Ella dio dos pasos alejándose de mí.

—No vuelvas nunca más a decir que te vas a marchar con mi hijo.

Ella asintió y no dijo nada más. Ordené al chofer de mi madre, que acababa de entrar en la discográfica, que la llevara a casa.

Me giré y fui en busca de la única persona que podía calmarme en aquel momento, aunque era más una leona enjaulada que me saltaría a la yugular nada más conocer la noticia. Antes de alejarme, le dije que en cuanto terminara allí, iría a por ella para acompañarla a un médico. Silvia se quedó mirándome embobada, no le había dado opción de argumentar u objetar nada, ella solamente acató mis órdenes, y se dispuso a seguir al chófer.

La vi partir, y antes de que me bajara la adrenalina fui a enfrentarme a la fiera. Sabía perfectamente que mi madre se volvería loca con la noticia y que no le iba a hacer especial ilusión. Y así fue, estuve más de una hora con ella en mi oficina, donde me gritó, me insultó, casi me pegó, mientras permanecía callado todo el tiempo, jamás le contestaría mal, y mucho menos me defendería de sus ataques. Cuando se cansó de hablar sola, se marchó dejándome en mi despacho con el corazón destrozado con sus últimas palabras, pues no me las esperaba.

«Yo nunca consideraré a este bebé como mi nieto, porque él jamás podrá ser sangre de mi sangre». Por primera vez en mis veintiséis años, tuve ganas de gritarle a mi madre, pero me contuve.

Cuando se marchó, todo el estudio ya conocía el motivo de todo aquel revuelo, los gritos de mi madre lo habían dejado todo muy claro, menos mal que aquel día no teníamos a nadie de fuera en la discográfica. Pude ver en la cara de todos reflejada la decepción, a ellos sí les grité.

—¿Por qué mierda me miráis así? —Mis amigos se acercaron pidiéndome calma, pero en sus ojos vi que estaban defraudados conmigo, pero no entendía el porqué de tanta desilusión. Cansado de aguantar esas miraditas, les pegunté si de verdad creían que yo quería esto. Les afirmé que no, pero que ya era tarde, y no le iba a pedir a Silvia que abortara, que no tenía ni el derecho ni las ganas de pedírselo.

Todos se apartaron de mi camino dejándome pasar sin emitir ni una sola palabra. Supe que estaba pagando con ellos la frustración que sentía por todo lo ocurrido aquella mañana, pero necesitaba gritarle a alguien, y les tocó a ellos. Les pagaba bastante bien como para que aguantasen mi mal humor.

Al llegar a casa de Silvia, me encontré a un hombre que la abrazada y le acariciaba tiernamente la barriga. No sentí celos ni nada por el estilo, pero tampoco me hizo gracia ver como otro le manoseaba y ella le sonreía con cara de alegría. Me maldije por haber entrado directamente.

Nada más verme se apresuró en apartarse de él y presentármelo. El sujeto en cuestión, era su mejor amigo de la infancia y se llamaba Yan. A día de hoy sigo sin poder verlo. Él es el único causante de las discusiones entre Silvia y yo.

Su cara me pareció conocida, aunque no sabía por qué hasta que ella me dijo su nombre, en ese instante me acordé. Era un conocido modelo del que unos días atrás oí a unas de las chicas que estaba produciéndoles un disco, comentar que se había montado un escándalo, pues lo pillaron besándose con otro tío. Y por la mirada lasciva que lanzó a mis genitales cuando me conoció, me quedó más que claro que era gay. Ese descaro, solo hizo aumentar el rechazo que me provocó en aquel momento. Él sigue siendo un verdadero incordio en mi vida. Silvia le pidió que nos dejara a solas, y él obedeció sin apenas rechistar.

Una vez a solas, le comenté de ir al médico, para ver si todo estaba bien. Silvia me dijo que no hacía falta, pues ya había ido a su médica de confianza, y fue ella quien le confirmó el embarazo, a pesar de haberse hecho un test, primeramente. Me dejó un momento solo en su salón y desapareció por el pasillo de su humilde piso. Al volver, llevaba el test de embarazo en la mano. Le pedí la caja, y leí las instrucciones con suma atención, como si nunca hubiera visto un aparato como aquel en mi vida, pero me agarraba a cualquier resquicio que pudiera decirme que aquello no era verdad, sin embargo, no tuve suerte, las instrucciones eran claras: dos rayas, «positivo», y el resultado más claro no podía estar. Intenté mostrar algo de alegría, pero no la sentía. No estaba disgustado, pero tampoco estaba feliz, siempre había soñado con tener hijos con la mujer que yo eligiera para compartir mi vida, y que juntos los educaríamos. Desde pequeño tengo idealizada a la mujer que sería la adecuada para mí, y Silvia a día de hoy, está muy lejos de ello. Tenemos una muy buena relación, pero no hay química, y ambos lo sabemos. Nos acomodamos en nuestro matrimonio «perfecto a ojos de los fans y la prensa».

También me entregó un sobre del tamaño de un folio, la miré esperando que me dijera qué era, pero me instó a que lo abriera para descubrirlo. Cuando lo hice, descubrí que, al parecer, Silvia estaba entre las catorce y quince semanas de embarazo, período que coincidía con la fecha que desperté en su cama. Dentro había un montón de cosas más que, por supuesto, no entendí. Me di por satisfecho, y en lugar de ir al médico decidimos que debíamos ir a casa de su progenitor, al que solo había visto en tres ocasiones, pero no me hacían falta más para ver la clase de mal padre que era. Preferimos no avisarle de nuestra visita porque, según Silvia, podría poner cualquier tipo de excusa para no atendernos. Aunque llevaba casi cuatro meses trabajando con nosotros, no nos acostumbrábamos al trato que recibía de su parte.

Durante el trayecto, ninguno de los dos dijo nada. Cuando estábamos delante de la casa del padre de Silvia fui consciente de todo lo que se me venía encima. Sabía que la conversación con el señor Collins como deseaba ser tratado no sería nada fácil, aquel hombre con tal de mantener las apariencias y su estatus político, no me iba a poner las cosas fáciles, iba a intentar por todos los medios que me casara con ella, a la mayor brevedad, y eso no iba a ocurrir bajo ningún concepto. Jamás me casaría con alguien de quien no estuviera enamorado, o al menos esa era mi intención.

Silvia en ningún momento abrió la boca, nunca había visto a nadie tan sumiso. Ella solo lloraba, aquel hombre era un tirano interesado que solo pensaba en él mismo, la felicidad de su hija no le importaba lo más mínimo. Su primera reacción al conocer la noticia, fue decirle que, si iba a ser madre soltera, que se olvidase de él como padre y por supuesto de obtener dinero de su parte Sentí que se me revolvían las entrañas. Aquel ser sin corazón, era capaz de renegar de su hija, de una manera que me hacía sentir vergüenza ajena. Silvia, en un momento determinado trató de acercarse para darle un abrazo, pero no contento con rechazarla tuvo que humillarla aún más, diciéndole que mientras fuera madre soltera, no era hija suya. Para poner la guinda a la conversación, le echó en cara que, si su madre estuviera viva, se moriría de nuevo del disgusto. En ese instante, tuve unas enormes ganas de darle un fuerte puñetazo en la cara, pero al ser una persona mayor, no pude porque mi madre me había educado en el respeto. Se lo merecía.

Acorté la distancia entre nosotros, para cogerla por los hombros y darle un abrazo, quería consolarla. Cuando noté que se había tranquilizado un poco, la tomé de la mano para sacarla de allí, mientras me prometía a mí mismo que no volvería a poner los pies en aquel lugar. Miré a Silvia a los ojos y le aseguré que no le faltaría nada ni a ella ni nuestro hijo. Como ya venía siendo normal en ella, solo me escuchó y no dijo nada.

La llevé a su casa y pedí la cena. Mientras nos la traían, le dije que se diera una ducha para relajarse y yo, me dediqué a poner la mesa. Quería que se sintiese arropada en la medida de mis posibilidades. Tuve que, una vez más, hacer valer mi autoridad y obligarla a cenar Había pedido comida china, pues era la que más le apetecía, pero se negaba a comer nada alegando no tener hambre. Sabía que estaba muy disgustada, pero no podía dejar que no se alimentara. Poco a poco conseguí que se abriera conmigo, me dijo tener miedo y que estaba triste por no poder realizar su sueño de ser cantante.

Le dije que seguiría produciendo su disco, pero que el lanzamiento se retrasaría hasta que naciera el bebé. Le revelé que había miles de cantantes que lo hacían así. Sin ir muy lejos, una de sus ídolos tenía una hija y acababa de dar a luz gemelos. Esto consiguió animarla un poco, aunque me insistió -consiguiendo que yo cediera con tal de verla sonreír - en que no suspendiera el lanzamiento que estaba programado para dentro de unas semanas. Fui capaz de hacerla reír un poco, y para cuando me marché de su casa sobre las doce de la noche, dejé a una Silvia un poco más animada.

Desde aquel día Silvia no se despegó de mí, así que fue imposible evitar los rumores de que teníamos una relación. Ella los quiso desmentir, pero le aconsejé que los dejara, que dijesen lo que les viniera la gana, ya que si lo hacía les daría más carnaza.

Para hacernos la vida más difícil, el cabrón de su padre en una entrevista que le hicieron confirmó que manteníamos una relación y que estábamos muy felices. Dejé que los malditos buitres de la prensa, que hicieran sus propias cábalas, aunque tenía ganas de pegarme con medio mundo, no iba a darles más información.

Mi madre se enfadó mucho conmigo con todo lo ocurrido, pues me conocía muy bien y sabía que la única relación que tenía con Silvia era para hacerme cargo del bebé, pero tampoco exigió que saliera desmintiendo. Dejó que yo llevara el asunto a mi manera, aunque no me ocultaba su disgusto.

El padre de Silvia nos invitó públicamente a un evento que iban a hacer en memoria de su fallecida esposa, que era una buena mujer que se dedicaba a ayudar a los menos favorecidos, de ahí la vocación de Silvia por la caridad. Aprovechando que este acto era una muy buena propaganda política para él, no perdió la oportunidad de tenernos a su lado en el decimoprimer aniversario de la muerte de la mujer, brutalmente asesinada en su casa. Todos los años hacía una gala benéfica en la cual recaudaba fondos, para la fundación en honor a su memoria. En un principio, me negué en asistir, pues no pintaba nada entre aquella gente, soy un rapero del Bronx que me gustaba beber, fumar, drogarme y disfrutar de la vida como el que más, sin embargo, desde que Silvia me anunció su embarazo y los rumores de la prensa, no me dejé ver con ninguna otra mujer en público. Aunque no tenía que darle explicaciones, no quería causarle disgustos, así que a los eventos que debía asistir, casi siempre iba solo. Cuando exigían de una acompañante, llevaba a mi maravillosa madre, aunque casi siempre iba de morros.

Como era de imaginar, el evento me estaba alterando. Toda aquella gente estirada, deambulaba de un lado a otro mirándome como si yo fuera un extraterrestre. Silvia no podía prestarme demasiada atención, ya que todos querían hablar con ella.

Fui al baño, me hice un par de rayas y salí a la terraza a tomar el aire, no aguantaba más el aire contaminado allí adentro. Me sentía como un payaso vestido con aquel esmoquin, no era la primera vez que me vestía así, pero no encajaba en aquella fiesta.

Estaba tomando un trago cuando apareció a mi lado una chica muy guapa, que reconocí de la famosa fiesta, donde Silvia estaba tan asustada y vagamente de su piso. Me saludó y la ignoré, pero la chica no se dio por aludida y siguió a mi lado. Le contesté con la absurda esperanza de que así se fuera y me dejara en paz, pero no hubo suerte. De repente y sin venir a cuento, empezó a contarme que Silvia era una buena chica, pero que tenía una vida muy complicada, ¡como si yo no lo supiera! Me advirtió que tuviera mucho cuidado y desapareció de golpe dejándome solo. No fui detrás de ella, para mí, no dejaba de ser una niña de diecinueve años preocupada por el bienestar de su mejor amiga.

Entré en la fiesta en busca de Silvia, y la vi salir del baño acompañada de un hombre. Fui en su dirección a ver qué estaba pasando, no es que estuviera celoso, pero toda la prensa divulgaba que yo era su novio, y no quería pasar por cornudo. Para terminar de hacer la velada más agradable si cabía, el amigo gay de Silvia me impidió el paso, regalándome una sonrisa perdona vidas. Lo rodeé y fui al encuentro de la madre de mi bebé.

—¿Se puede saber qué hacíais juntos en el baño? —Ella me miró con cara de susto. Su amigo nos alcanzó rápidamente y no se amilanó con mi tono de voz.

—Ella no tiene que darte explicaciones.

—La cosa no va contigo —dije intentando apaciguar las cosas, pero Yan no estaba por la labor y siguió con sus ataques verbales.

—Ella no es nada suyo, aparte de ser la incubadora de tu bebé. —Esta última frase me la dijo al oído.

Di dos pasos hacia atrás para tranquilizarme, no deseaba montar un espectáculo en la recepción. Pero él siguió.

—Solo estaba haciendo lo que tú deberías. Estar a su lado cuando ella no se siente bien.

Sus palabras me crisparon todo el cuerpo, me pregunté de qué mierda estaba hablando, pero mi orgullo no me permitió emitir la frase en alto. Tomé a Silvia por el brazo y le dije que me quería marchar.

Salimos de allí, teniendo nuestra primera discusión que al día siguiente sería la primera página de todas las revistas del corazón.

Dejé a Silvia en su casa y decidí irme de fiesta, pagar mi frustración con las drogas y el alcohol. Abusé de ambas, hasta el punto que tuvieron que llamar a un médico de confianza para que me tratara pues caí inconsciente. Mi exceso tuvo como consecuencia, dos días en observación y en completo reposo. Estuve al borde de una sobredosis, lo que enfureció a mi madre. Silvia se preocupó por mí y estuvo llamándome constantemente. Se portaba como si realmente tuviéramos una relación, pero solo consiguió que mis amigos estuvieran hartos de ella. Yo no le cogía ni las llamadas, ni respondía a sus mensajes. Aquella noche me di cuenta, que no era bueno para ella y debía poner distancia entre ambos. En cuanto me dieron el alta, volví a mi vida anterior de noches de fiesta y desenfreno. Cada día una mujer distinta entre mis brazos y me dejaba ver a propósito para que la prensa lo sacara, pero conseguía el efecto contrario, una y otra vez, Silvia estaba más pendiente de mí, me buscaba con cualquier excusa, así que apenas iba por la discográfica para no encontrármela ni por casualidad.

Aunque traté de posponer el momento, llegó el día del lanzamiento de su disco, nadie podía decir que estaba embarazada y eso que ya estaba entrando en el quinto mes de gestación. Por ese motivo, quiso hablar conmigo y me buscó hasta debajo de las piedras. Incluso se atrevió a ir a casa de mi madre, donde no acabó la cosa muy bien.

Mi gente siempre iba un paso por delante de ella consiguiendo que yo no la viera hasta el día de la fiesta.

Su padre, aun estando lejos, se metía en nuestros asuntos, sin que pudiéramos decir nada. Le regaló como presente para la presentación, las instalaciones de un hotel de lujo a las afueras de Los Ángeles, con la excusa de que los asistentes no tuvieran que conducir después, ¡Pero lo conozco! Detrás de esto hay un gran cartel político. Como siempre fiel a su estilo, todo de manera que no podíamos negarnos, ya que quedaríamos mal. Incluso habilitó en el edificio anexo una fiesta para los fans que nadie sabía que ella tenía. Yo fui con una bella rubia que había conocido dos noches atrás, me dijo que no tenía nada para asistir a un evento así y yo ordené a mi personal, que le comprara algo. Estaba deslumbrante dentro de aquel vestido turquesa, que por supuesto lucía con joyas a juego. Nuestra llegada fue todo un espectáculo, todos los fotógrafos querían sacarnos fotos. Por supuesto, hubo preguntas incómodas sobre Silvia, pero hice lo que hago siempre, ignorarlas.

Después de miles de fotos, entramos y fuimos recibidos por mis amigos que, para mi sorpresa, estaban contentos con la recepción que montó el padre de Silvia. Dejé a mi acompañante en compañía de Black y fui a saludar a mis colegas. Teníamos más de trescientos invitados, que fueron amenizados con varias actuaciones, caminé de un lado a otro y no vi a Silvia por ningún lado. Empecé a preocuparme, fui detrás de su amigo, que ya lo había visto, y le pregunté por ella. Él, como siempre, no perdió su oportunidad y me echó en cara, que hubiera ido acompañado. Como este día había decidido no tener problemas, intenté explicarle mis razones, pero no las quiso escuchar, se dio media vuelta y me dejó solo con la palabra en la boca. La que me dijo dónde podía encontrar a Silvia fue Kisha, aunque antes me echó también la bronca, pero como me había prometido no perder los estribos, aguanté estoicamente. Cuando se cansó, me llevó hasta donde se encontraba Silvia, que estaba tumbada. Me acerqué preocupado. Al verme, rápidamente me dijo que el bebé estaba bien, que solo estaba relajándose un poco. Pidió que nos dejaran solos, y todos desaparecieron.

En ese instante, me sorprendió con una petición. Me pedía una oportunidad, quería que yo le diera la ocasión de intentar hacerme feliz. Busqué las palabras adecuadas para no hacerle daño y le dije que no era posible, que estaríamos unidos de por vida por nuestro bebé, pero que no veía mi futuro ligado al suyo. Me desesperé cuando empezó a llorar de manera desconsolada. Le pedí una y otra vez que se tranquilizara, sin éxito. Cuando ya no podía soportarlo más, le dije que me iba de la fiesta, ya que mi presencia le estaba haciendo daño. Como por arte de magia, cesaron los llantos y trató de recomponerse. Se levantó, y cogiéndome del brazo, compuso una sonrisa para volver a la fiesta.

Recibió los saludos de todos encantada de la vida.

Vi a lo lejos, que el padre de Silvia la llamaba para hacer un brindis. Cuando noté que también me miraba, me encaminé a la salida con la intención de escaparme. No iba a ser parte de su cartel político, bastante había hecho ya, con aceptar promocionar uno de sus negocios. El muy idiota creía que no iba a descubrir su engaño. Antes de que pudiera alcanzar la salida, resonó por todo el recinto la voz del congresista llamando a su futuro yerno para brindar con ellos. Cerré el puño con todas mis fuerzas, aquel desgraciado acababa de decir delante de todos los presentes que me iba a comprometer con su hija. Tuve ganas de seguir mi camino, incluso llegué a dar dos pasos en dirección a mi deseado destino, pero me acordé de Silvia, y lo mal que lo estaría pasando y decidí volver. Me puse a su lado, nos sacaron miles de fotos, los flashes me dejaron ciego. Silvia tomó una de mis manos y apretó fuerte. Se notaba lo nerviosa que estaba. La abracé por los hombros y le di un beso en la cabeza, fue un acto espontáneo sin pensar, pero fue más una de mis grandes cagadas con Silvia. Este simple gesto generó una gran ráfaga de flashes. Cuando pudimos ver nuevamente, estábamos rodeados. Su padre me guiñó el ojo y me entregó la copa que sostenía, con aire triunfal. Silvia no quiso cogerla por miedo a que tuviera alcohol, pero su padre insistió, y ella como nunca le niega nada la cogió. Una vez más sentí ganas de mandarlo a la mierda, pero no hice y siguiéndole el juego, hice el brindis. Nada más terminar, salí de allí corriendo. La fiesta para mí ya había acabado.

Lo que vino a continuación, es algo que no quiero recordar. Es una etapa muy dura que tuvimos que atravesar Silvia y yo. Fue muy duro la pérdida que sufrimos, para ella más todavía. Las consecuencias de aquel día quedarían marcadas en nuestra piel para siempre. Ahí fue cuando la tomé como esposa, era lo único que podía hacer para mitigar un poco su dolor y sufrimiento.

Le pedí en matrimonio, aunque le puse mis condiciones. Me vi obligado a hacerle la vida más llevadera, después de lo ocurrido, no podía dejarla bajo el yugo de su padre. Eso sería su destrucción. Ella, que ya era frágil después de lo ocurrido, era nada, después de mi decisión que no la medité, tan solo actué y un mes después me estaba casando.

Su padre no nos lo puso fácil, muchos fueron los problemas que tuvimos que enfrentar, y el más terrible fue pararle los pies cuando pretendió utilizar nuestro enlace para lucirse. Casi le dio un ataque cuando le dije que no aceptaría a sus ilustres invitados que, si él quería una fiesta de estado, que se casara él con su novia, de la cual nadie sabía de su existencia porque la tenía oculta, ya que era mucho más joven que él. Muchas fueron las discusiones hasta que me cansé, quien se iba a casar era yo, y no iba a hacer de esto un negocio, que encima el único que lucraba con ello era el padre de mi novia. Él estaba tratando mi boda como si estuviera negociando un contrato, así que le dije a Silvia que si quería casarse conmigo nos íbamos al juzgado los dos solos con los testigos necesarios y sería a mi manera. Ella aceptó, y después de muchos quebraderos de cabeza y de ausencias dolorosas, lo hicimos. Su padre estuvo meses sin hablarle, de no ser porque su imagen no se hubiera visto afectada por el escándalo, seguro que no hubiera asistido, pero como la prensa se hizo eco de la noticia, no pudo faltar y casi le da algo cuando llegó al local de la ceremonia.

Había medio Bronx presente, me importaba un carajo lo que iba a decir la gente. Silvia no estaba contenta con lo que encontró, aun así, se calló y no objetó. A fin de cuentas, ella estaba casándose con uno de los solteros más codiciados de Los Ángeles. Eché en falta la presencia de mi madre, que se negó rotundamente a asistir. A día de hoy sigue diciendo que Silvia no es la mujer adecuada para mí que, si ella fuera la mujer de mi vida, yo hubiera dejado la noche y las fiestas a un lado para dedicarme a ella. Y, por lo contrario, no había fiesta en la que yo no estuviera presente.

Estoy en todas las fiestas, pero es mi trabajo. Muchas de ellas son de mis representados y tengo que dejarme ver. Ella dice que es mi excusa para justificarme.

Por otro lado, Silvia cada vez que escucha el nombre de mi madre me monta un drama y me pide, hasta llega a suplicarme que no coincidamos con ella.

Yo la consentí y la malcrié, quise compensarla por los daños causados y no supe cuándo plantarme y decir hasta aquí. Y ahora es imparable, todo para Silvia tiene un precio. Sé que mi salida hoy tendrá uno, y no será nada barato, como siempre. Mi mujer, se ha vuelto de gustos muy caros, atrás quedó la chica tímida y asustadiza. La Silvia de ahora, es una mujer hecha y derecha, más segura de sí misma, deseada por muchos hombres, e infinitamente caprichosa.

Capítulo 2

No sé a qué viene tanta urgencia por parte de Wallace y Black. Ellos saben que no he dormido mucho este fin de semana. ¿Por qué tanta prisa? Fue lo primero que pregunté al contestar la llamada, pero mis fieles amigos no se amilanan ante mí y con el mismo tono autoritario, me convocan a una junta general, y me notifican que mi madre también está citada. Toda esa información me hace espabilar rápidamente.

Para que ellos hicieran esta reunión de urgencia y, que además solicitasen la presencia de mi madre, era por algún tema importante. ¿Seré el último en enterarme de un gran problema en mi propia discográfica? Si es así, montaré en cólera porque no me han avisado antes. Intento solventar la mayor parte de los asuntos, pero no puedo estar en todas partes, además ellos son como mis hermanos, confío en ellos y por eso puedo dedicarme a otras cosas.

Cuando empezamos en esta aventura, Wallace y yo solo teníamos veintiún años, y Black veintidós. Yo no tenía la menor idea de esto. Ellos fueron los que me alentaron, como si lo hubiesen tenido en mente desde siempre. Wallace estudiaba técnico de sonido, por el contrario, Black no se formó en nada, pero es un estupendo compositor y no hay instrumento que se le resista, tiene un oído privilegiado. Me sentía en la obligación de hacer algo por ellos, pues siempre estuvieron junto a mí, tanto en mi infancia como en mis principios como rapero.

A mis veintiún años tenía de todo: fama, dinero, mujeres... Todo lo que soy, lo que tengo, lo que he conseguido se lo debo a ellos y a mi madre. Wallace y Black, me acompañaban por las calles a rapear, para ganarme un dinero. Cuando me propusieron grabar mi primera maqueta, ellos aportaron lo que tenían, para que cumpliera mi sueño. Son mis amigos, casi mis hermanos. Mi representante quiso matarme con sus propias manos, cuando le comuniqué mi decisión de no renovar con la discográfica que había apostado por mí. Todo el mundo pensó que era mi suicidio profesional, pero jamás haría nada que pudiera perjudicar el buen nombre de aquellos que apostaron por mi cuando nadie daba un duro. Había llegado la hora, de dar una oportunidad a aquellos más desfavorecidos, y Wallace y Black me apoyaban en mi proyecto de comprar la discográfica donde nació mi primera maqueta, para convertirla en un centro social. Mi madre, se plantó delante de él y le dijo que su cometido era buscarme conciertos y poco más, que para dirigir y encauzar mi carrera ya estaba ella. Jamás he tenido queja de ella, de hecho, no solo dirige la mía, sino también la de mis estrellas más importantes, excepto Silvia, esa no la quiere ni en pintura. Sorprendimos al mundo, con un grupo cuya cantante era una chica y los convertí en mis teloneros. En unos pocos meses, estaban dentro de las listas de los diez mejores grupos. Hoy en día, son grandes estrellas, que llevan sus propios teloneros y cuyos conciertos son multitudinarios. Tener a mi familia a mi lado me permite hacer lo que verdaderamente me gusta, que es cantar y buscar talentos, sin embargo, lo de ser productor musical no es una tarea fácil. Tengo que hacer el trabajo de relaciones públicas, y esto conlleva muchas horas. Tenemos personal contratado para ello, pero me gusta llevar los más importantes, aunque todos importen, y no voy a negar que me apasiona estar cerca de la gente y acompañar a mis artistas de cerca.

Dejo a Silvia en la cama pues prefiero no despertarla. Estuvo en una de estas reuniones de chicas que hace siempre que puede con sus amigas, y volvió a casa muerta de cansancio. Algunas veces viene hasta pedo. No le digo nada, ya que yo llego a casa tarde muchas más veces que ella, borracho nunca, la bebida y las drogas quedaron relegadas a mi pasado, mis excesos los pagué caros. Por su culpa cometí errores que jamás podré enmendarlos, solo necesito encontrar en mí y en Silvia ahora algo que nos una, un aliciente que me haga tener ganas de dejar de lado mi otro vicio, pero esto sé que será más difícil. Las mujeres son mi debilidad, desde los catorce años, cuando descubrí lo que era el sexo. Se puede decir que soy adicto al sexo. Si no tengo, me muero, y lo fácil que es para mí conseguirlo solo complica más las cosas.

Mis inicios en la vida sexual fueron muy fáciles. Yo era solo un niño, y mi mánager cada día metía a una mujer distinta en mi cama. Cada una más guapa que la anterior, llegué a pasar días enteros en la habitación sin querer salir para nada. La única persona que fue capaz de sacarme de aquel círculo vicioso fue mi madre, que al descubrirlo lo echó de allí, bajo la amenaza de destrozar su carrera si se enteraba de que él estuviera representando a niños, y le prohibió acercarse a mí con la intimidación de denunciarlo, cosa que no hizo porque se lo imploré. Creo que aquella fue la única vez que me enfrenté a doña Rosy, claro que salí perdiendo.

Silvia conocía mi vicio, no estaba contenta, pero lo aceptaba, sabe que no me daba todo lo que necesito. Cuando no está indispuesta, tiene la regla y si no, es cualquier otra excusa. Cuando se va con su amiga, no hago preguntas, la dejo en paz. Su amiga Kisha desarrolló una gran obsesión por Black, que encima no la soporta. Me imagino lo aburridas que deben ser estas dos juntas en sus reuniones, ya que beben los vientos por hombres que no les corresponden. Una desea a un hombre que la desprecia y la otra tiene un marido el cual no la quiere y que le pone los cuernos.

Llegué a la discográfica lo más rápido que pude. Soy el último en llegar, pero como no tenía pensado en aparecer hoy no me siento culpable. Todos se me quedan mirando, pero al ver mi cara de pocos amigos, se dieron cuenta de que no estoy de humor para chorradas, así que fueron directos para la sala de juntas. Ya me dirigía hacia allí cuando mi madre me agarró del brazo y me hizo a un lado. ¡Eso no era buen presagio!

—¿Hasta cuándo va a durar esta farsa?

—Tenemos problemas —digo con la ilusión de persuadirla.

—¿Cuándo fue la última vez que fuiste feliz de verdad?

—Ahora no, por favor. —Estoy agotado y no tengo la intención de escuchar el discurso de siempre. Claro, esto se lo digo en mis pensamientos, ni loco se lo diría a la cara.

Aprovecho que Janneth capta la atención de mi madre, deshago su agarre y reanudo mi camino sin mirar atrás. Soy feliz a mi manera, y sé que sería una pérdida de tiempo intentar explicárselo.

—No sé hasta cuándo vas a aguantarla.

Paro en seco y me giro para mirarla a la cara como a ella le gusta.

—Pero… ¿qué te hizo ella? Nunca intentaste conocerla, es una buena mujer, es cariñosa, respetable, me quiere, ¿qué más desea una madre para su hijo?

—Que sea feliz.

En cuanto a esto no tengo contestación, mi madre sabe mejor que nadie que mi matrimonio es una pantomima, que la aprecio, pero no estoy enamorado.

Me gustaría que entendiera, que fue ella la que me enseñó que debemos asumir las consecuencias de nuestros errores y pagar por ellos. Este es el precio que tengo que pagar por los míos.

Encima ella es la que sale caminando ofendida, a mí no me queda otra que ir detrás bien calladito si no quiero empeorar la situación. Hacemos el trayecto hasta la reunión sin dirigirnos la palabra, pues ambos sabemos que es lo mejor. En la sala de juntas están todos en silencio esperando nuestra presencia. Empezamos con todo el rollo de leer el acta de la reunión anterior para ver lo que habíamos solucionado y qué no, atendiendo todos los procedimientos legales, ya que mis empresas son todas limpias, al contrario de lo que diga o pueda imaginarse la gente. Cuando llegamos a la orden del día casi me da un infarto. ¿Por qué nadie me informó sobre lo que está ocurriendo aquí? Pierdo los estribos y golpeo fuertemente la mesa, todos se callan. Les exijo que me expliquen cómo yo, el presidente de la discográfica, no tenía el conocimiento sobre estos acontecimientos.

¡¿Me están robando delante de mis narices?!

Black hace de portavoz y me da las explicaciones que acaban de avivar mi cólera. Me notifica que con el artista que acabamos de perder ya iban ocho, algunos de ellos después de haber estado disfrutando de nuestras instalaciones y enseñanzas.

Les grito preguntando si me están tomando el pelo. ¿Cómo que ocho de mis chavales se han ido a una discográfica que no tiene a nadie en el mercado? Les bombardeo a preguntas, que no saben responder. Mi enfado va en aumento, no hago más que exigirles explicaciones, estoy descontrolado. Wallace se pone de pie, golpea la mesa y me manda bajar los humos. Grita en mi cara que ellos no son mis peleles, me recuerda que son mis amigos y remarca bien que somos socios. Todos, incluido yo, lo miramos impresionados, nunca lo habíamos visto de esa manera. Al darse cuenta de que se había exaltado tanto o más que yo, se sienta y dice que esto le jode tanto como a mí. Estas palabras me hacen recordar por qué me embarqué con ellos en esta aventura, son los mejores amigos del mundo y lo que afecta a uno afecta a todos.

Más tranquilos comparten conmigo las informaciones que tienen, más bien escasas, lo único claro es que era alguien de dentro quién nos está traicionando, ya que nuestros chicos eran completos desconocidos hasta que nosotros los lanzáramos al mundo.

Me levanto de mi asiento, y camino de un lado a otro como un león enjaulado. Siento miedo a hacer las preguntas porque conozco las respuestas, y no las quiero oír de boca de mi gente.

Black me pide que deje de dar vueltas, y bromea con que voy a hacer un surco en el suelo. Miro al gracioso de mi amigo, paseo la vista por todos los presentes, tomo aire y me siento. Él tiene razón. Si no me controlo, acabarán pagando justos por pecadores.

Un poco más tranquilo hago la pregunta.

—¿Las chicas a qué hora vienen a firmar el contrato?

—No van a venir.

—Lo sabía —digo frustrado—. Por esto no quería preguntar, vuelvo a levantarme enfurecido.

Empiezo a hablar solo, amenazo que destrozaré a la otra discográfica, que las cosas no se hacen de esta manera, juro que descubriré quién está por detrás de esto y le haré pagar.

—¡¿Ellas también firmaron con la otra discográfica?! —pregunto cabizbajo.

—No —se apresura en contestarme Wallace dándome algo de esperanza.

Me cuenta con pesar que el padre de las gemelas no les dio autorización, ya que tienen diecisiete años. Pero que ellas le pidieron ayuda y ya estaba en ello. Me siento un verdadero tirano. Mis amigos lo que estaban haciendo era evitarme más problemas, y entre los dos estaban intentando solucionarlo. Hablaré con ellos en otro momento, para decirles que las cosas las hacemos entre todos. Me informan que las demás chicas del grupo quieren firmar el contrato, pero el alma del grupo son aquellas dos hermanas, y van a esperar por ellas, ya que se negaron a cambiar de discográfica. Esto no nos sirve de mucho, ya que el canalla de su padre no quiere ceder. Le ofrecieron mejores condiciones contractuales, pero que no hubo manera.

Pregunto si ya saben quién es el dueño de la competencia. Las malas noticias no se acaban. Me entero de que es un inversionista que no quiere ser conocido y tiene un testaferro, y que todo está dentro de la legalidad. Lo único que no están haciendo bien, es robar nuestros talentos, y que lamentablemente esto no está penado por ley.

Pasamos todo el día intentando encontrar una solución satisfactoria al problema, sin éxito, por más vueltas que dábamos no llegamos a ninguna conclusión. Barajamos muchas hipótesis y no dimos con nadie. Juré por lo más sagrado que el día que pille a este hijo de su santa madre no le quedaría ni un solo hueso entero.

Salgo de la discográfica y me voy directo a casa deseoso de darme una ducha, estar tranquilo y pensar en todo lo que está pasando.

Cómo pude descuidar de esta manera los contratos, sé que tengo a gente muy competente, pero no podía haberme desentendido así.

Llego a casa, aparco el coche y como siempre soy recibido por mi gran amigo Bronx un Akita Americano de cuatro años que me compré en un viaje que hice a Japón. Silvia lo odia, dice que este perro es de raza peligrosa y que le da mucho miedo. No voy a negarlo, pero está domesticado y es muy bueno. Ella nunca intentó acercarse a él, por esto el can no la quiere y cuando la ve, gruñe. Después de jugar un buen rato con Bronx entro en casa y me encuentro con lo último que deseo ahora mismo, Yan el amigo de Silvia ha venido a verla. No quiero a nadie en mi casa y así se lo hago saber. Llevo un día de mierda y no tengo ganas de aguantar memeces.

—Silvia, tengo ganas de estar a solas. Dile a tu amigo que se marche por favor.

—Bruno, mi cielo, pero si Yan acaba de llegar.

—Me da igual, fuera…

—No se lo tengas en cuenta a mi marido, seguro ha tenido un mal día —dice mi mujer acariciando la cabeza de su amigo, que pone cara de pena consiguiendo así, que ella los invitara a él y a su novio a cenar.

—Que no sea en mi casa —digo.

—BRX2, si quieres estar desnudo por casa, no me quejaré de ver tu precioso cuerpo, que por lo que sé no está nada mal. — Mi esposa se apresura en reñirle, pero ya es demasiado tarde. Me queda muy claro que este hombre conoce todas nuestras intimidades, que son más bien pocas.

Abandono el salón por no montar follón, cuando estoy subiendo las escaleras me paro a mitad y le digo que, cuando baje no deseo verlo en mi casa.

Me parece oír que entre los dos discuten, pero no puedo entender y tampoco es que me interese lo que se digan. Tengo mil y una cosas en mi mente para preocuparme de estos dos.

Entro en mi habitación, me quito la ropa y me voy a la ducha. Necesito refrescar las ideas, no me puedo creer que alguien a quien yo di una oportunidad me esté traicionando, no puedo entender

¡como el ser humano es tan egoísta! Cuando no tienen nada, vienen a ti con humildad y sumisión. Se hacen pasar por tu amigo, te promete amistad eterna, pero pones delante un puñado de dinero y todos los juramentos de amistad y lealtad quedan en el olvido, y te venden al mejor postor. No es la primera vez que me pasa, pero me duele imaginarme que esta vez es alguien allegado porque todos los que estamos allí somos como una familia. Pagué la formación de ellos, hice de todo para que tuvieran una oportunidad en la vida.

Por el cristal veo aparecer el cuerpo desnudo de mi esposa. Ella entra en la ducha, me abraza y empieza a distribuir besos por mi espalda.

—Cariño, no es un buen momento.

—No te enfades conmigo.

—¿Por qué tiene que estar siempre cerca?

—Puedo pedirle que no venga más a verme en casa.

—Me incomoda su presencia.

—Solo te pido que no me exijas que corte mi amistad con él, nos conocemos desde niños.

—No te preocupes, no es por tu amigo, solo necesitaba estar a solas contigo.

Me giro y empiezo a bañarla como hacía tiempo que no lo hacía. Ella está receptiva, no quiero follar con ella en el baño. Ahora mismo quiero tratarla como se merece, como la diosa que es. La saco de la ducha, secándole el cuerpo con mimo, la tomo entre mis brazos, la llevo a nuestro dormitorio y la poseo lentamente. Silvia se derretía en mis brazos, me siento el macho alfa al recordar que soy el único hombre que ha estado dentro de su cuerpo. Una vez estamos saciados y nuestra respiración se normaliza, la apreso entre mis brazos y la abrazo fuerte. Siento que su cuerpo tiembla. La giro hacia a mí y descubro que está llorando.

—¿Qué te pasa? —pregunto desconcertado.

No obtengo respuesta, le vuelvo a preguntar y entre sollozos me vuelve a decir que nada con la cabeza. Me entra el pánico con solo imaginar que puede está recordando aquel horrible episodio.

—Silvia, por favor, dime qué te pasa.

—Nunca me has hecho el amor como hoy.

—Tuvimos un momento bonito —respondo a falta de algo mejor que decir.

—Hoy me sentí amada, y lloro de alegría.

Respiro aliviado al descubrir que sus lágrimas no son por la tragedia que nos marcó. Sí… fue diferente para mí también. Para mí no fue hacerle el amor, solo la follé despacio. Yo nunca hago el amor, no sé qué es eso. Prefiero callarme para no hacerle más daño del que ya le hago con mis infidelidades. Ella me pregunta cómo fue para mí, me quedo callado. Yo nunca miento y no lo haré ahora. Ella, con su eterna paciencia al ver que no le contesto, cambia la pregunta y hace lo de todos los días, tantearme cómo fue mi día, pero ya no me apetece hablar de la horrible jornada que tuve. Le digo que como siempre, así no le miento y tampoco le cuento lo desagradable que fue, le digo que estoy cansado y que deseo dormir. Le doy un beso, ella como siempre respeta mi voluntad, me abraza y nos quedamos dormimos.

Silvia me despierta por la mañana con el desayuno en la cama. La recibo con una sonrisa, me encanta cuando lo hace, aunque sé perfectamente que detrás de este gesto viene algo. Desayunamos en la habitación entre risas. Ella me avisa que hoy tiene una sesión de fotos y que no sabe a qué hora llegará, sé que está preparando el terreno. Esta es la táctica de siempre.

—Cariño —ahí está, lo sabía—, quería pedirte un detallito.

—Anda, Silvia, cuánto me va a costar la follada de ayer.

—Dios, Bruno, qué insensible eres. Cómo puedes transformar algo bonito en sucio.

—¿Desde cuándo follar con mi mujer es algo sucio? —Antes de que ella empezara con uno de sus infinitos discursos le pregunté qué quería.

—Hermès lanza una edición limitada de un bolso, ¿me la regalas?

—Vale, cómpratelo.

—Bruno, tú no lo entiendes. Te estoy hablando de una colección única, tendrás que mover algunos contactos para conseguir una pieza. La lista ya está completa. —Ya sabía yo que esto no iba a ser gratis.

—Vale, tendrás tu bolso. —Por lo menos el polvo de ayer valió la pena, vete a saber cuándo será la próxima vez que la tendré desnuda nuevamente sobre mí.

Silvia sale de la habitación diciendo que soy el mejor marido del mundo. Claro, cómo no, soy el único que tiene y que además paga por tener sexo. Ella desde el baño grita que solo no soy buen marido cuando le pongo los cuernos. Si ella busca que me sienta mal, lo lleva claro. Ella sabía con quién se casaba, acabo de despertarme y tengo un empalme de caballo que tengo que solucionar de alguna manera; y la única que conozco está en la calle y se llama «mujer», ya que la mía no podré tocar hasta el próximo regalo. Lo acepto, pero que no me entere que anda con otro tío porque si descubro que me engaña, la mato.

Ella sale de la habitación moviendo su precioso culo dejándome solo, cojo el móvil, miro la hora y veo que son las nueve de la mañana. Llamo a Wallace para saber si tiene alguna noticia interesante. Mi jornada laboral acaba de empezar, y de mala manera, las noticias que me da mi amigo no son las mejores. Corto la llamada, me levanto y me preparo para iniciar un nuevo día.

De camino a la discográfica decido contratar a un equipo de investigación para ver si en mi empresa hay cámaras o micrófonos, algún tipo de filtración que no tengamos constancia.

Ese mismo día revisaron el edificio de arriba abajo y no encontraron absolutamente nada. Nosotros estuvimos pendientes del comportamiento del personal, pero no vimos ninguna actitud sospechosa en ellos. Todos se comportaron como siempre, al final de la tarde me fui hasta los alrededores de la discográfica que me estaba quitando fichajes. Como dijeron mis amigos, no vi nada sospechoso. Esto es un sin vivir, siento que estamos dando vueltas en círculos. Los chicos, por lo que me cuentan, tienen la empresa más que vigilada, ya la investigaron de arriba abajo, y nada. Es una mierda pues solo nos queda esperar.

Capítulo 3

Ya han pasaron dos meses desde que descubrí que me estaban robando. Ahora cuidamos más a nuestros talentos, pero aun así consiguieron robarnos a un chico, una verdadera máquina de rapear. Mi rabia fue tanta que tomé una decisión precipitada e hice público lo que ocurría, ahora todos saben que esta gente no es trigo limpio, pero mis enemigos no tardaron en tacharme de llorón.

Hay un par de artistas consagrados que se niegan a presentarse con gente de ellos. Son novatos, no saben cómo vender sus productos, todos están de teloneros sin hacer ruido. No obstante, la persona que está por detrás tiene un gran capital. Rápidamente, al ver que estaba perdiendo la poca credibilidad que tienen montó una gran ofensiva dejándome por un momento desarmado. Nos hicieron una encerrona con todas las de la ley, organizaron dos conciertos benéficos para recaudar fondos y ayudar a los animales en peligro de extinción. Nos invitaron a través de un comunicado público en directo por la televisión, invitaron a nuestros cantantes más influyentes del panorama internacional, era la única manera de ponernos en un compromiso.

Cuando vi el nombre de mis artistas en la lista, me entraron ganas de dirigirme hasta allí y partirle la cara al responsable, pero la pregunta era: «¿A quién parto la cara?». No sabemos quién es el cabecilla de todo esto, el que estaba delante de la cámara es solo una cara visible, sabe menos que nosotros. Sea quien sea quien mueve los hilos va a por mí, en su invitación pedía expresamente que en uno de los conciertos mi esposa fuera la cantante estrella, fue la primera vez que vi a Silvia decir que no sin siquiera saber dónde sería el concierto. Ella estaba indignada con todo lo que estaba ocurriendo, estoy muy orgulloso de ella, desde que hice público lo ocurrido, los reporteros no me dejaban en paz, y ella sacando partido a la buena relación que tiene con ellos y la facilidad de manejo que les tiene, ya que la adoran. Es la que se encarga de atenderlos, y aprovecha para dejarles claro el daño que esta gente atenderlos, y aprovecha para dejarles claro el daño que esta gente nos está haciendo, y que ella, como parte de Brun's Record, no actuará nunca con nadie de dicha discográfica. Acordamos jamás pronunciar su nombre en público, pues le estaríamos regalando publicidad gratis, y esto no iba a ocurrir. Cuando la vi por la tele en medio de una entrevista decir esto, mis huevos parecían que iban a explotar, llamé en directo y le dije que ella era la mejor esposa del mundo, y que no me la merezco, cosa que es verdad. Viendo la repetición, donde mi madre no perdió la oportunidad de restregarme por la cara mi imbecilidad, pude ver la cara de alegría y de sorpresa de Silvia al escucharme. La presentadora estuvo encantada con mi llamada, y me pidió que me declarara, dejándome mudo, yo jamás le diré que la quiero si no lo siento. Silvia como siempre salió en mi defensa diciendo, que soy muy reservado con mis sentimientos, y que las declaraciones más lindas las hago en la intimidad de nuestra alcoba. Todo el plató se volvió loco. Para retribuirle el detalle y hacerle una sorpresa en directo, concedí una entrevista en pareja de manera espontánea. Esta será la primera vez que no intente que ella me pague la entrevista con noche de sexo. Esto es uno de los medios que tengo para poder disfrutar de su cuerpo, si ella quiere que yo dé una entrevista, para acceder tiene que darme sexo. Aunque el poco que tengo con ella quien lo paga soy yo y la que disfruta es ella.

Lo de la entrevista fue un gran punto a nuestro favor. Todos los canales de televisión, internet y las revistas del corazón solo hablaban de nuestra entrevista y de lo enamorados que se nos veía. Esto me vino estupendo para que les hiriera en el mismísimo epicentro. Contacté con unos amigos influyentes y decidí montar una gala benéfica el mismo día, a ver quién tenía más fuerza en el mercado. Muchos de mis compañeros ya habían rechazado su invitación y muchos otros todavía no les habían contestado. Gran parte se vinieron conmigo, y los que aceptaron su invitación me pidieron disculpas, yo sabía que esto iba a pasar, tenemos corazón y sabemos que en estos conciertos se recauda mucho dinero. Pero los artistas que actuarían con ellos también lo harían conmigo, con esta jugada los dejé desarmados.

«¡Nadie juega con Bruno y sale impune!».

Ellos intentaron desacreditarnos diciendo que estaba utilizando mi prestigio profesional para que su festival no tuviera éxito, que no estaba teniendo en cuenta que el dinero no era para ellos sino para obras benéficas. Mi jefa de prensa rápidamente les contraatacó diciendo que ellos estaban desempeñando algo muy bonito, pero que mientras su finalidad eran los animales, cosa que estaba muy bien, nosotros recaudaríamos para quitar a niños de las calles, darles de comer, una educación, sanidad y sobre todo oportunidades. Nuestra nota de prensa salió en primera página de los periódicos más importantes del país. Los dejamos sin maniobra de respuesta, aunque, por el contrario, tuvimos algún que otro problemilla con los animalistas y los de *Greenpeace,* a los cuales admiro enormemente por su preocupación por el medio ambiente. A modo de disculpa hice una donación como recompensa por los fondos que iban a dejar de recibir y así pudieran seguir con la preciosa labor de conservación y preservación de nuestra fauna y flora.

Ya tenemos local, nuestro concierto será nada menos que en el Central Park. Sí, señor… nos iremos a Nueva York.

Hoy me reuniré con mi equipo para que juntos podamos decidir cómo haremos el reparto para la beneficencia. Como serán cinco conciertos, la recaudación de cada uno de ellos va para un fondo benéfico. Ahora queda lo más difícil: decidir a cuál. Son tantas las personas que necesitan ayuda, que escoger a una es horrible, siempre nos quedará en el corazón aquellos que no pudimos ayudar.

Reuní a mis nuevos talentos y les avisé que ellos también actuarían, si así lo querían, claro. Les expliqué los pros y los contras. Pros, que miles de personas les verían en directo, descubrirían sus nombres, sus caras y escucharían sus músicas. Contra, que no se llevarían ni un dólar. Todos estuvieron encantados, para algunos sería la primera vez que pisarían un macro concierto, para otros era su primer contacto con una actuación. Aclarado ese punto, los liberé, y junto a mi equipo nos pusimos con las ayudas. Empezamos a estudiar instituciones.

Silvia, por primera vez, quiere participar en una reunión de negocios. Ella está muy emocionada con lo que vamos a hacer, conoce de cerca este mundo de la beneficencia, lo aprendió de su madre y sigue haciéndolo a día de hoy. A la mía no le va a gustar nada verla aquí, pero no le puedo negar esto. Es la primera vez que mi esposa se implica en algo relacionado con la discográfica sin ser su disco. Ojalá mi equipo, los cuales pasaron de adorarla a odiarla, no le ponga las cosas muy difíciles, pues somos una piña y sé que, si uno de ellos va a por ella, los demás van detrás. Ellos no la perdonan por haber aceptado casarse conmigo sabiendo que lo hacía por sentirme culpable, y que no la quería. Ellos alegan que, si ella de verdad me hubiera querido, no hubiera aceptado mi propuesta y hubiera intentado conquistarme sin un papel que me atase a ella de por vida.

Como ya me imaginaba, la reunión está siendo un caos, mi madre nada más entrar preguntó bien alto qué hacía Silvia aquí, y los demás dijeron que se preguntaban lo mismo. Black, que es víctima del acoso de su amiga, se sintió fuerte al tener el respaldo de doña Rosy, le dijo que tampoco lograba entender qué hacía ella aquí, ya que lo único que sabía hacer era gastar mi dinero.

Silvia se levantó con los ojos vidriosos con toda la intención de marcharse, pero mi madre con un grito le ordena que vuelva a sentarse. Ella me mira y le pido que le haga caso. Se le escapa una lágrima de sus ojos, que rápidamente atrapa con su dedo.

No contenta con la humillación a la que la está sometiendo, le dice que no moviera su culo blanco de la silla. Silvia me mira llorosa. Estoy rojo por la rabia que siento, pero mi madre se adelanta y me ordena que no abra la boca e insta a mi esposa a que diga algo, pero no sin antes decirle que no podría salir nada de provecho de su cabeza hueca.

Cansado de tanto maltrato psicológico, elevando la voz, pido por favor que la dejen en paz, que si está presente es porque yo la invité, y que está muy ilusionada con el proyecto y quiere ser partícipe de ello. Respeto que no la quieran, pero que no puedo permitir que la traten así. Los quiero más que a mi vida, pero ella no cometió ningún crimen, en todo caso el culpable era yo. Cuando dije esto, todos se callaron.

Mi madre me miró con disgusto, no está acostumbrada a que la contradigan, y se enfada mucho cada vez que digo que soy un criminal. Decido hacer que no veo su mirada triste y empiezo a contarles todo que tengo en mente para los cinco días de concierto. Cada uno aporta su idea, pero no somos capaces de llegar a un denominador común en cuanto a la institución de caridad, me niego a donar a una entidad privada; otros opinan que para investigación y desarrollo; otros para pediatría. Sé que es área de salud igual, pero hay miles de personas que no tienen acceso a estas clínicas porque no pueden pagar los altos valores que cobran los seguros médicos. Nuestros profesionales sanitarios son de los mejores del mundo, tenemos estupendos especialistas, pero es todo privado, y da igual cómo te encuentres; si no tienes dinero para pagar, vete a tu casa y me niego a no poder ayudar a la gente que menos posibilidades atesora.

Silvia, que después de su recibimiento estuvo desaparecida, tímidamente levanta la mano como si estuviera en el colegio y nos pide la palabra. Se nos hizo tan raro oír su voz en nuestra junta, que todos nos callamos de inmediato y la miramos. Con voz muy baja, preguntó tímidamente si podía hacer una sugerencia. Me quedo embobado mirándola, tan linda con su melena roja y sus ojos azules, he vuelto a ver aquella niña frágil e indefensa, ¿por qué no soy capaz de enamorarme de ella? ¡Es perfecta!

Sin alzar la voz ni una sola décima, nos pregunta si ya oímos hablar de un hospital sin ánimo de lucro que atienden a inmigrantes y gente sin recursos en la zona de Wilmington. Nos miramos entre nosotros desconcertados, nunca habíamos recibido noticia alguna de ese sitio. Ella, al ver que ninguno decíamos nada, sigue y nos comenta que dicho recinto médico, está instalado en un edificio en pésimas condiciones, en una ciudad con un alto índice de contaminación, pero se atiende a todos sin distinción. Tienen un pequeño edificio anexo en donde existe una especie de residencia y una clínica de recuperación para gente que sufrió algún tipo de accidente y necesita ser asistido las veinticuatro horas del día. Nos dice que les vendría muy bien ese aporte financiero, y ayudaría a que la gente descubriera su existencia y tomara conciencia de la gran labor que hacen. Todos, sin excepción, la miramos emocionados. Mi madre está con la boca abierta y yo no soy capaz de articular palabra. Lo que finalmente nos impresionó del todo fue, cuando nos dijo que en varias ocasiones les había donado dinero anónimamente.

—Desde cuándo tú ayudas a la gente —le preguntó mi madre con voz sarcástica.

Wallace me gira el portátil enseñándome las instalaciones y las opiniones de la gente que fue atendida allí. Las valoraciones no podían ser mejores. Procedemos a mirar algo más por internet, y efectivamente son dos edificios no muy grandes que están en bastante mal estado, pero que tratan a la gente como buenamente pueden sin dejar a nadie que lo necesite sin atención médica. Nos sorprendió todo lo que vimos y leemos.

Por unanimidad acordamos que aquel era un buen candidato para recibir parte de la donación. Quedamos en que al día siguiente iríamos hasta el hospital para hablar con la gente, conocer las instalaciones y ver de cerca todo lo que necesitan, y decirles que serían nuestros beneficiarios y todo lo que tenemos planeado.

Mi madre nos invita a todos a comer. Silvia, al ver que también aceptó la invitación, se levanta, me da un beso para marcharse, le correspondo el beso y le aseguro que así que termine de tratar con ellos lo que me queda iría para casa. Se despide de todos y ya salía cuando mi madre llama su atención:

—Oh, Barbie Malibú. —Silvia se para, pero no se gira a mirarla. Seguro estará llorando.

—Dime, Rosy —dice con la voz empañada.

—¿Quieres venir con nosotros? —Veo surgir en el rostro de mi esposa una linda sonrisa.

Ella afirma con un gesto. Creo que ni ella misma se cree lo que está ocurriendo, en los casi cinco años que llevamos casados es la primera vez que mi madre la invita.

Mis ojos no se creen lo que están viendo, ¡mi madre está hablando con Silvia! No es que lo esté haciendo amigablemente, el sarcasmo está ahí, pero no hay desprecio en sus palabras. Doña Rosy la echa de los sitios, habla con los otros, aunque esté cerca ignorándola descaradamente, y mi santa esposa aguanta todo como a una jabata. Nunca le da una mala contestación. Hoy está aquí entre todos, ¿será que este es el principio de una tregua?

Al día siguiente vamos los cinco a visitar el complejo médico. Mi madre, al final de la comida, decidió invitar también a Silvia para que viniera con nosotros y ella aceptó encantada.

¿Cómo es posible que nadie haga nada para ayudar a esta gente? El edificio está en pésimas condiciones, los pasillos están abarrotados de personas esperando para ser atendidas, pero nadie emite ni una sola queja.

Nos adentramos en el edificio y preguntamos a una enfermera por la directora del centro, la mujer nos indica que su nombre es Yohana y nos indica que su despacho es la última puerta al fondo. Nosotros ya lo sabíamos, puesto que habíamos investigado a fondo sobre el hospital. De hecho, llamamos para concertar una cita, pero no le revelamos lo que nos traía hasta allí. Deseábamos que fuera una sorpresa. Llamamos a la puerta. Enseguida una voz nos da paso, entramos en una estancia pequeña con muebles modestos de color blanco, pero extremadamente limpia. Detrás de la mesa se encuentra una chica sentada en un sillón. A Wallace, casi se le caen los ojos al ver la bella joven de no más de veintiocho años que nos recibe. Mi madre se nos adelanta y pregunta por la directora del centro. La joven se levanta y se presenta como la responsable de todo lo que tenemos delante. Definitivamente, aquel sitio no dejaba de sorprendernos.

Nos invita a sentarnos y nos pregunta qué nos lleva hasta su humilde hospital. Sin rodeos le revelamos nuestros planes, ella no se puede creer lo que le estamos contando. Le resulta imposible casi plantearse la posibilidad de ser los beneficiarios de uno de nuestros conciertos. Le explico todas las ventajas que esto les puede traer, además de los fondos que les donaríamos. La joven, que no disimula al mirar a Wallace, nos pregunta cómo llegamos hasta ellos. Le revelo que fue Silvia quien nos habló del centro y su gran labor altruista. La joven se arrojó sobre mi esposa y le dio un fuerte abrazo, todos nos dimos cuenta de cómo Silvia se tensó al recibir el espontáneo gesto de cariño y agradecimiento de la directora, pero nadie dijo nada.

Yohana nos enseña las tres plantas del hospital. En la primera se atienden las urgencias; la segunda, es la de consultas, revisiones e ingresos de adultos. La tercera planta, es la destinada a las consultas e ingresos de niños. Esta es la que nos parte el corazón, hay niños compartiendo cama, y aun así tienen una sonrisa en la cara. La joven directora nos explica que no tienen lechos suficientes para todos, y que desgraciadamente, hay niños que, si se van a casa, se morirían puesto que sus padres no tienen cómo comprar las medicinas que necesitan, y en la mayoría de los casos, tampoco tienen con quien dejarlos, ya que tienen que irse a trabajar.

Al escuchar cada una de sus palabras, mi corazón se encoge cada vez más. Desde hoy esta gente estará en mi lista de donaciones anuales y haré que más gente mire por ellos.

Abandonamos el edificio principal y fuimos conocer el otro en donde se encuentra la gente que necesita cuidados especiales las veinticuatro horas del día, y aquellos que solo esperan que llegue su hora. A este edificio Silvia no quiere acompañarnos. Todos respectamos su decisión, para ella ya fue un trago muy duro ver a todos aquellos niños allí sufriendo, como para ver gente con graves dolencias.

La construcción, se encuentra en las mismas condiciones que el anterior. Está todo pulcramente limpio, pero las paredes están derruidas. Los colores de la pintura ya no existen, pasamos por secciones que nos arrancan el corazón. La directora percibe nuestra incomodidad y nos saca lo más rápido posible de allí. Todo aquello es muy duro, hay personas de todas las edades: mayores, jóvenes y niños. Esta gente hace una gran labor sin tener apenas recursos. La gran mayoría de los médicos son estudiantes en su último año de medicina que son supervisados por médicos ya formados que trabajan en sus horas de descanso de manera voluntaria.

Si antes de conocerlos quería ayudarlos, ahora más todavía. Todos estamos más que de acuerdo con que ellos sean finalmente los beneficiarios de uno de los conciertos.

Me excuso y me aparto un poco para llamar a mi relaciones públicas. Antes de presionar el botón para llamar, un quejido llama mi atención, instintivamente miro en dirección al lamento y me encuentro con una larga cabellera castaña, piernas largas y una bata blanca que no me permite ver más, ¡seguro es una de las médicas voluntaria cuidando a uno de sus pacientes! Quedo hipnotizado viendo cómo acaricia el rostro de la persona que está conectada a la máquina y tapado por una fina sábana que oculta a la vista su extremada delgadez, remarcada por la tela que le cubre. La joven le habla con mucha ternura. Mira el monitor comprobando que todo está bien. El quejido sigue. La doctora se dobla sobre la cama y le da un tierno beso en la frente al paciente. Se da la vuelta, se acerca hasta la otra cama y repite la misma acción. La persona que está allí tumbada con la mano trémula y arrugada le acaricia el rostro dejando a la vista una piel blanca como la nieve. ¡Confirmado, es muy joven! Seguro que es una niña prodigio. El grito de mi agente me trae de vuelta. Le ordeno que empiece de inmediato a trabajar en una campaña publicitaria para recaudar fondos para este hospital.

—¡No te lo estoy pidiendo como un favor, es una orden! —digo y corto la llamada.

Mi tono de voz fue tan alto, que la joven médica me miró como si quisiera fulminarme con su mirada, aunque parte de su melena castaña, me impedía ver con claridad su rostro Avergonzado por haber alterado la paz de los pacientes, voy en busca de mi esposa, que nos espera fuera sentada en un banco.

Nos despedimos de Yohana y cuando nos disponíamos a entrar en el SUV, Silvia nos pide un minuto y llama a la directora que se para a mitad de camino y la espera. Va a su encuentro dejándome la preciosa vista de su esbelta figura. Y una vez más, mi esposa nos sorprende invitando a su concierto a la directora y los pacientes que puedan moverse, asegurándole que estarían todos en la primera fila. Su invitación nos pareció genial, rápidamente la secundamos y añadimos que puede llevarlos a los cinco conciertos que vamos a ofrecer.

Nos marchamos de allí con una mezcla de sentimientos. Sentíamos alegría por ver tanta gente luchando por la vida y, aun así, siguen teniendo una sonrisa en la cara y no se paran a lamentar por lo que deberían de tener y no lo poseen. El dinero nos hace soberbios, nos hace olvidar de dónde venimos, quiénes somos. Nos hace creer que nunca nos pasará nada malo, y consigue que nunca nos paremos a pensar en aquellos que carecen de él y que lo están pasando mal. Olvidamos que las mismas enfermedades que les afectan a ellos, nos pueden afectar a nosotros también. La única diferencia es que algunos sí podemos gastar muchísimo dinero en costosos tratamientos, pero esta no es la realidad de la gran mayoría de la población. Las enfermedades no entienden de dinero o estatus social. Todos vamos a morir algún día. Me quiero ir de este mundo sabiendo que aporté mi granito de arena e hice algo, para ayudar a la gente con menos posibilidades.

Todos los meses saco a uno o dos chavales de las calles y les ofrezco una oportunidad. Los hay que vuelven al mundo del crimen y de las drogas, porque al contrario de lo que todos piensan, la carrera de cantante no es solo subir al escenario y cantar, hay mucho trabajo detrás y hay que estar preparado para afrontarlo.

No puedo estar más contento. Mi equipo prepara un dossier detallado del centro al que vamos a beneficiar.

Me reúno con varios cantantes y representantes. Les hablo de todo el trabajo que hace esta gente sin llamar apenas la atención, sin que la sociedad repare en ellos. Les enseño el dossier con fotos e informaciones donde queda reflejado su preciosa labor, automáticamente se ofrecieron a participar en el concierto. Snoop Dogg canceló un compromiso para unirse a la causa, casi todos los de mi gremio venimos de la pobreza y conocemos de cerca, lo que es necesitar atención sanitaria y que no lo tengas a tu alcance. También somos conscientes de que esta gente ahora va a tener el triple de personas para atender, ya que van a hablar de ellos en los medios de comunicación. No puedo estar más contento, familias adineradas me están llamando para sumarse. Nos estamos planteando poner un día más de concierto debido al gran número de artistas que se está ofreciendo a participar. Estamos teniendo tanta publicidad que los de la discográfica que me roba han decidido aplazar su gala para otro día, y además nos llamó para ofrecernos a sus artistas, que en realidad eran los míos y los rechacé, encima de ser robado no les voy a promocionar sus productos. ¿No quisieron firmar con ellos? Ahora que se aguanten. Su jefa de prensa, emitió un comunicado haciendo pública mi negativa a aceptar sus artistas, pero esto se volvió en su contra. La gente me apoyó al cien por cien.

Mi esposa no podía estar más feliz. La prensa se enteró de que ella era benefactora anónima de dicha institución y que sugerencia suya brindarles nuestro apoyo. Ahora su teléfono no para de sonar. Está todo el día concediendo entrevistas y hablando de aquella gente, hizo una sesión fotográfica con los enfermos, cosa que a mi madre le sentó fatal. La acusó de estar mercantilizando con los más necesitados. Como siempre me mantengo al margen, me callo y dejo pasar. Nunca fue secreto que desde que Silva saltó a la fama le encanta estar en primer plano. No sé cómo intentar ya, que mi familia y mi querida esposa no me terminen de volver loco. Cada día, sugiere un cambio nuevo y es motivo de discusión con los demás. Y ahora para rematar, a tan solo cuatro días de las galas nos pide que pongamos un piano de cola en el escenario. No es que esto sea lo más difícil del mundo, pero... es un concierto en donde actuarán cinco cantantes diferentes por noche, y los cambios de escenarios tienen que está muy bien sincronizados y ser algo rápido. Ella es la tercera en actuar. Mi madre que es la encargada de coordinar esta parte, se negó en rotundo, pero Silvia sigue en sus trece. y por primera vez, discutió con mi madre exigiendo que le hiciera caso. Todos intentamos que nos dijera para qué quería el piano pues, aunque sabíamos que ella sabía tocarlo, nunca lo hace en sus actuaciones. Siempre alega que eso está muy visto, que ella es única y que no le gusta ser comparada a nadie. Su ego profesional, es uno de sus mayores defectos, y no puede pretender cambiar las cosas de la noche a la mañana. Aquí trabajamos en equipo.

En casa hablaré con ella para ver si así consigo que entre en razón y me diga algo.

Los días se pasan volando. Mi conversación con Silvia no surtió ningún efecto. Ya cansado de sus berrinches de niña mimada, le dije que se apañe con los responsables, será una guerra de titanes en la que quiero estar bien lejos.

Estamos todos muy nerviosos, hoy es el primer concierto y actuará nada menos que: Mitchel Musso, Akon, Bob, Chris Brown y Missy Elliot. Tenemos los nervios de punta porque, aunque estamos acostumbrados a montar macro conciertos, nunca tuvimos a tantas estrellas juntas. Las entradas para los cinco días de concierto se agotaron en tan solo unas pocas horas, desgraciadamente no nos fue posible ampliar un día más, Central Park ya estaba reservado para un evento que se celebraría tan solo cuatro días después. Como no alcanzamos nuestro objetivo, una vez más Silvia fue nuestra salvadora. Nos sugirió ofrecer la cobertura en *streaming* de los conciertos y habilitar una cuenta para que la gente pudiera hacer donaciones. Incluso se ofreció para llevar esta parte, y como fue idea suya, dejé este tema en sus manos, cosa que me generó otra buena discusión con mis socios, que no se fiaban de ella. Todo lo relacionado con Silvia siempre termina de la misma manera, en discusión. Da igual lo que ella haga, nunca es lo suficientemente bueno, siempre insisten en ponerla como a una inútil. Ojalá les demuestre que es capaz de gestionar esto, porque si sale mal, ya me veo teniendo que aguantar sus reproches.

Estamos en el quinto y último día de concierto. Ayer actuamos los raperos: Snoop Dogg, Eminen, Maroon 5, Justin Timberlake y yo. Había gente subida hasta en los árboles, construyeron andamios que rápidamente fueron desmontados por la policía. Todo fue una auténtica locura. Hoy es el día de ellas, y parece que no van a ser menos. Están aquí para presentarse: Miley Cyrus, Rihanna, Zara Larsson, Ariana Grande y Silvia. Esta, para terminar de dejarnos a todos locos, solicitó cambio de día, alegó que así no teníamos excusas para negarnos a atender su petición, y que ella es la más indicada para clausurar los conciertos.

Esto es una pasada, los pacientes que pueden moverse libremente están en la primera fila, lo que más me emociona es ver a los pequeños sentados escuchando a todas estas divas del R&B, como las conocen y cantan sus éxitos. Zara Larsson es maravillosa. Su actuación nos tiene con el corazón en un puño, se ha sentado junto a una niña que tiene la cabecita rapada y llora desconsolada cantando sus canciones y mirándola con adoración. Ella la ha cogido y la ha sentado en su regazo. No hay quien no esté llorando al ver esta escena, por primera vez la oigo emocionarse de tal manera que no puede seguir cantando. La niña al verla le da un beso, toma el micro con decisión y empieza a cantar. No se oye ni un solo ruido, todos estamos mudos oyéndola cantar *What They Say* de su ídolo.

Silvia se retira del escenario. Voy detrás de ella para ver qué le pasa, aunque mi deseo es seguir disfrutando del precioso momento que está ocurriendo encima del escenario.

—¿Qué te pasa? ¿Te encuentras mal?

—¿Qué me pasa…? —grita fuera de sí.

La miro con la cara de estupor y decido ir por otro camino.

—Sí. ¿Te encuentras mal?

—Lo que me pasa es, que esta impresentable de Zara me ha robado el protagonismo.

—¿Qué estás diciendo, Silvia?

—La que tenía que emocionar al público era yo, no ella.

—Esto es un acto benéfico. Deja de pensar en ti por una vez.

—La estrella aquí soy yo, si esta gente está aquí es porque yo los he traído.

—Si tú lo crees… —No pude evitar decir.

—Viene ella con su cara de niña buena y hace este paripé. Esto es culpa tuya.

—Me he perdido, ¿qué estás diciendo?

—¿Por qué tenías que poner a todas estas mujeres actuando junto a mí? La única que debería brillar aquí tendría que ser yo.

— ¿De verdad estás diciendo eso? —le pregunto indignado. Pero ella no me escucha y sigue con su pataleta.

—El todopoderoso Bruno tenía que dar un macro concierto en donde se reúnen las mejores cantantes de la actualidad. Tú nunca piensas en mí, solo te importa tu fama y tu mamita. Si te importara algo, me habrías dado más protagonismo.

Este es el lado de súper diva que solo su pobre equipo y yo conocemos. Su ego es inaguantable, no soporta ver a otras sobresalir, pone pegas a todas aquellas cantantes que destaquen más que ella, pues solo ella es perfecta.

—Eres un desgraciado, te odio.

—Vale, Silvia, coge este odio y lo descargas en la música.

Es frustrante cuando se pone así porque por más que le diga que aquí no se trata de ella ni de mí, que el protagonismo es el de la gente que está en la primera fila, que son ellos los que luchan por su vida a diario, ella no va a dar su brazo a torcer.

¡Señores, aquí está mi esposa!

Me marcho y la dejo sola para ver si reflexiona un poco, pues cuando se pone así no hay quien la aguante. El único capaz de calmar su ánimo es su súper amigo Yan, que seguro ya está sirviéndole Kleenex. Que la aguante él, porque hoy a mí ya no me apetece estar con ella. No sé cómo se puede pasar de ser la mujer más dócil del mundo, a ser la más caprichosa e insoportable.

Estoy llegando al escenario y escucho el estallido de aplausos que recibe Zara. Agradezco que Silvia no esté, si no su cólera se haría mayor.

El DJ pide a todos que se fijen en el telón, estoy seguro de que les dará una gran sorpresa. El telón se ilumina.

Beyonce.

Hola a todos —Los saluda con una gran sonrisa—. *Me hubiera encantado poder estar ahí participando en este fantástico evento, pero como sabéis tengo dos buenos motivos que me retienen en casa en estos momentos, aunque quiero aportar mi granito de arena a esta buena acción, y de paso animo a todos aquellos que no pudieron estar presentes como yo, a que hagan sus donaciones, y así poder ayudar a aquellos que más lo necesitan.*

Dicho esto, empieza a cantar *Love Drought*. La sorpresa es enorme cuando aparece detrás de ella Jay Z con su hija en brazos y saluda al público. Una vez más la gente se vuelve loca, este concierto entrará en los anales la historia. Beyonce termina de cantar y se despide del público, no sin antes dejar los datos para que la gente haga sus donaciones. En el escenario se oye la voz de Silvia a capela, todos se giran rápidamente.

Una pasarela se iza lentamente, y encima de ella aparece Silvia con un vestido azul cielo de muchas capas, ¡mierda…! Soy un hombre y no sé cómo describir estas cosas, sé detallar a la perfección a una mujer sin ropa, me importa una mierda lo que lleva puesto, la quiero desnuda debajo o encima de mí, me da igual todo lo demás, con tal de que yo acabe dentro de ellas.

Los ventiladores remueven su roja melena, ella se baja de la plataforma y empieza a caminar por el escenario descalza, su vestido va dejando tras de sí una enorme cola que se extiende por toda la tarima. Me quedo hipnotizado con la bella imagen que tengo ante mis ojos, parece un ángel, mientras sigue cantando a capela. Wallace está echando humo por las orejas, por lo que intuyo que él no sabía nada de esta actuación. Está dando órdenes a diestro y siniestro, ya me iré preparando para la que me va a venir encima cuando termine el concierto.

Ella camina hasta los enfermos, da un beso a Yohana, y toma la mano a un joven que está sentado al lado de la directora que, al ver su negativa le dice algo al oído. Él lleva las manos al rostro negándose. Silvia se agacha delante de él, se las retira lentamente y tira de él suavemente. El muchacho sigue diciendo que no con la cabeza, Yohana le vuelve a decir algo y le empuja suavemente hasta que consigue que se levante. Silvia lo conduce hasta el escenario, ¡estoy que no respiro! No tengo la menor idea de lo que está pasando. Evito el contacto visual con mis amigos que me comerán el hígado cuando esto se termine. Conduce al chico hasta el piano, él lo tantea y empieza a tocar. Silvia canta mientras él toca el piano, todos nos impresionamos con la destreza del joven. No aparenta tener más de dieciséis años, ¿cuándo han ensayado para hacer esto? Wallace, que hasta unos segundos atrás estaba que echaba humo, ahora tiene una sonrisa tonta en la cara. Black empieza a preguntarme quién es sorprendiéndome, pues no sé en qué momento se plantó detrás de mí. Todos estamos impresionados, ninguno lo conocemos. Lo único que sabemos es que tiene algo que ver con el hospital, ya que estaba junto a los demás pacientes. Cuando termina la actuación, el público pide enloquecido otra cada vez que acaban. Al final casi toda la actuación de Silvia fue a capela acompañada por el chico del piano. Cuando ella despide al chico, la atractiva directora se sube al escenario, bajo la atenta mirada de Wallace, lo toma de la mano y lo conduce hasta su asiento.

Black rápidamente dijo: ¡Quiero a este chico!

Silvia se marcha contenta del concierto, aunque no pierde la oportunidad de decir que, si no fuera porque Zara hubiera hecho «aquello», dijo con desprecio, ella hubiera reinado. Preferí no decir nada; hoy no me apetece dormir a su lado. Me voy de fiesta, quiero conmemorar el gran éxito del concierto. Me despido de ella y me encamino hacia la salida, cuando estoy por salir del *backstage*, me paro y le pregunto de qué conoce el chico que tocó el piano.

Ella me contesta que lo conoce del hospital, sin aportar más datos.

Capítulo 4

Acabo de volver del aeropuerto en donde dejé a Silvia echa un mar de lágrimas. Siempre que nos separamos pasa igual. Ella se va llorando como si no fuera a volver a verme nunca más. Lo que no logro entender es, por qué busca discusiones innecesarias y se marcha montando estos espectáculos. Después del concierto, la invitaron para hacer una entrevista en Pekín y una actuación privada en el cumpleaños de la hija caprichosa de un magnate de la industria textil.

Siempre acepta todas las invitaciones y ofertas que le hacen, y después se queja de que no tengo tiempo para ella. ¿Cómo no me voy a ir de fiesta? De los trescientos sesenta y cinco días del año, yo la veo ciento cinco mientras que los otros doscientos sesenta, ¡está por el mundo!

Aprovecharé su ausencia para dedicarme a la otra mujer de mi vida, no me iré de fiesta hasta el próximo fin de semana. He organizado todo en la discográfica para pasar unos días con ella, hace mucho que no hacemos ninguna de nuestras escapadas y sé que le va a encantar la sorpresa. Me monto en mi súper coche, tengo un Bugatti Veyron Sport, me encanta fardar de mi colección de coches. Mi madre siempre se está metiendo conmigo, diciendo que me quedé anclado en los dieciséis años. No le hago el menor caso, es lo que me gusta, y mientras pueda lo disfrutaré. Paso por mi casa a recoger mi maleta ya hecha, le había pedido a la asistenta que me la preparara, para no perder tiempo y voy derecho a por la mejor madre del mundo.

La encuentro en el jardín leyendo, juguetón, le tapo los ojos, pero es capaz de reconocerme a kilómetros de distancia.

—¿Qué haces aquí, nene?

Le encanta hacerme rabiar llamándome así, pues es su apodo cariñoso desde que era un niño. ¡Si la gente se entera de eso estoy perdido! Sabe perfectamente que no me gusta.

—Vine secuestrar a la mujer de mi vida.

—No seas adulador. La escogiste a ella no a mí.

—Mamá, olvidemos a Silvia durante esta semana —le digo en tono conciliador —he venido a secuestrarte para pasar unos preciosos días como antaño. Solos tú y yo.

—¿Sin teléfono…? —me pregunta con alegría.

—Mete en una bolsa algunos de estos bikinis escandalosamente pequeños que tienes y un par de vestidos cómodos.

—¿A dónde vamos?

—¡Sorpresa…!

Ver a mi madre sonriendo me da la vida.

Desaparece de mi vista para entrar en su casa. Me siento donde ella estaba hace tan solo unos minutos y miro a mi alrededor, aún hoy sigue abrumándome ver todo lo que he conseguido, todo lo que cambió en nuestras vidas. Saber que soy el responsable de que pueda vivir tranquila, sin tener que preocuparse de las facturas me satisface, pero ella no se queda en casa de brazos cruzados. Ayuda en la discográfica, y aunque evitamos darle mucho trabajo, está involucrada en todos los departamentos, y pobre del que le diga que no lo haga. Nadie tiene narices, ni siquiera yo.

Nuestra vida no fue nada fácil. Mi madre salía de casa a las cuatro de la mañana para entrar a trabajar en la otra punta de la ciudad a las seis. Trabajaba limpiando en una clínica geriátrica.

60

Salía de allí corriendo, pues entraba a las dos de la tarde en un bar que había cerca de nuestra casa, de allí salía a las diez de la noche. Antes de salir de casa, siempre me dejaba el desayuno listo, yo solo tenía que calentarme la leche. Al mediodía, antes de entrar a trabajar en el bar, paraba en casa corriendo y me servía la comida que ya había dejado lista la noche anterior. Solo nos veíamos por la noche y los fines de semana. Yo no cenaba hasta que ella llegara, por más que insistiera, me negaba a hacerlo sin ella. Así vivimos durante catorce años.

Muchas son las veces que me siento un desgraciado por haberme casado con Silvia en contra de su voluntad. Mi madre sacrificó su vida por mí, tuvo buenas ofertas para trabajar de interna ganando mucho más dinero, pero las rechazó todas por estar conmigo. Esto lo sé, porque las cotillas del barrio siempre le recriminaban por no haberlo aceptado. Nunca me comentó nada sobre esas proposiciones, solo me dijo que no le interesaban. A las vecinas que sin querer me revelaron sus sacrificios por mí, les retiró la palabra. La única cosa que me pidió, no se la pude dar. En mi defensa diré que lo hacía porque era mi deber.

—Vayámonos ya, nene —me dice riéndose.

Conduzco a todo gas hasta LAX el aeropuerto de Los Ángeles, en donde ya nos espera un jet privado para llevarnos hasta nuestro primer destino, allí se encuentra atracada mi nueva adquisición. Aparco el coche, tomo a mi madre de la mano y la conduzco hasta la zona de vuelos privados, no hay tiempo que perder. Ella no deja de preguntarme a dónde vamos, no le respondo nada, he tomado todas las precauciones para que no lo descubra.

Casi cinco horas después llegamos a nuestro primer destino, Miami, un sitio al que llevaba mucho tiempo pidiéndome venir. Le encanta esta ciudad, la gran mezcla de culturas que hay. Aquí pasaremos dos días, para que pasee por sus calles y se mezcle con sus gentes. Estoy de suerte porque se encuentra con una amiga que está de paso, y me abandona para estar con ella. Aprovecho entonces, para visitar a algunas amiguitas que no veo desde hace tiempo y así rememorar algún que otro momento inolvidable.

Después de dos días sin casi apenas vernos, vamos a empezar la verdadera escapada, solos ella y yo. El chófer nos lleva hasta el puerto de Miami Beach. Una vez allí, la conduzco hasta mi nuevo juguete, un yate de grandes dimensiones, pero solo consigo que me mire con desdén. La invito a que entre para que le enseñe mi nuevo caprichito que está dotado de: gran salón con sistema audiovisual, sala de cine, gimnasio, seis camarotes.

La tripulación, que ya estaba avisada, tenía todo listo, yo solo estaba aguardando el próximo viaje de Silvia para tener este momento con el amor de mi vida.

Dejamos el equipaje a cargo de la tripulación y nos dirigimos a la cabina del comandante para saludarle, pues ya lleva con nosotros más de tres años. Antes de esta preciosidad, tenía un pequeño barco de solo tres camarotes, algo mucho más modesto.

Tal y como me esperaba, mi madre no se dejó impresionar por mi nuevo juguete, por lo que ahora solo tengo que esperar para que ella me diga que soy un idiota por derrochar el dinero en este tipo de cosas.

Llego a la cabina, unos minutos después de mi madre, y me quedo mirando la complicidad que hay entre ella y el comandante. Ella lo riñe por no haberle dicho nada del viaje, él se ríe y le dice que no podía.

—Mamá, ¡me voy! Esto es incómodo —digo para molestarla.

—Deja de ser tonto, para mí es como un hijo — se defiende dándole una colleja.

Él la llama mamá.

Me doy la vuelta riéndome y le grito que use condón y no grite mucho, y que estaré en proa tomando algo.

Abandonamos el puerto dejando atrás todo el barullo de la ciudad, sé que a mi madre le encanta ver cómo el yate surca los mares. Voy en su busca, la abrazo por detrás y en silencio admiramos cómo nos distanciamos de la civilización.

Empiezo a pensar en mi trabajo, en todo lo que está ocurriendo. Creo que nunca había pasado por momentos tan turbulentos.

—Estamos de vacaciones, deja de dar vueltas a lo que sea que te tiene ausente —. Solo mi madre puede leerme el pensamiento de esta manera. Ninguna otra persona me conoce tan bien como ella.

—En lo único que pienso es en que tengo a la mejor madre del mundo.

—No me hagas la pelota, el que tiene dinero aquí eres tú, yo soy una mantenida.

—Lo haces aposta ¿no? —le digo enfadado.

No entiendo por qué me hace eso, sabe que todo lo que tengo es de ella, si mañana me pasara algo, todo lo mío sería suyo. Conoce a la perfección, que mi primera exigencia para casarme con Silvia fue un acuerdo prematrimonial blindado para que en el caso de que nos divorciemos o se produzca mi defunción, mi fortuna fuera a manos de mi madre. Silvia tiene una parte asignada bastante suculenta, pero nada más, mi patrimonio es intocables.

—Le pones los cuernos, hijo. No la quieres.

—Es un acuerdo entre nosotros.

—Claro, ahora se llama así, «acuerdo». ¡Ojalá alguna de esas putas que aceptan follar contigo y tus compañeros en esos moteles de poca monta sea capaz de enamorarte y consiga que dejes a esa mujer! —Qué ganas tengo de gritar y de insultar a todo el mundo. Mi madre desearía que yo me enamorase de una cualquiera, con tal de no verme más con Silvia.

—Mamá, ¿tú sabes con qué tipo de mujer me encuentro en esos moteles? —le pregunto molesto.

—Claro que sí, son todas unas interesadas capaces de cualquier cosa con tal de conquistar a un hombre rico para tener una vida de lujo, ¿pero sabes por qué las prefiero a ellas? Porque no son lobos con la piel de cordero, y tu mujer sí.

—Silvia nunca te hizo nada. ¿Por qué la odias tanto?

Es frustrante, no le pido que la quiera o que se hagan amigas, solo que no la machaque con esa etiqueta de que es una interesada. ¡Caprichosa, sí! Interesada, no. Mi esposa es una cantante de éxito. Su padre es gobernador del estado de California. Está más que claro, que no me necesita financieramente.

—¡Tú eres idiota! Ahí hay algo que no cuadra.

—Cuando te pones así, es agotador. Consigues acabar con la paciencia del más santo.

—Vale, hijo, tienes razón.

—Caí en el tópico: niña buena se enamora del chico malote. ¡Acéptalo! —le digo encogiéndome de hombros.

Silvia perdió mucho por mi culpa y nunca me echa nada en cara, no me reprochó, ni me exigió casarme con ella. Fui yo quien le propuse matrimonio, y ella, que siempre estuvo enamorada de mí, aceptó.

Cada vez que intento explicarle esto a mi madre, ella dice que es incapaz de entenderlo; la quiero más que a mi vida, pero no soporto oírla repetir siempre lo mismo. No entiende, que no pasa un solo día en el que no me sienta un hijo de puta por todo lo que la hice pasar. Lo único que necesito de mi única familia es que me apoye, no que me esté machacando constantemente.

Pasamos una semana de ensueño navegando por la costa mexicana, en las pocas paradas que hicimos a tierra aprovechaba cuando no tenía a mi madre cerca y llamaba a Silvia para saber qué tal le iba, pero como siempre terminamos discutiendo. Odio cuando ella quiere interponerse entre mi madre y yo, por más que se lo diga no hay manera de hacerla entrar en razón.

—Vamos nene, tenemos una cita.

—¿De verdad me vas a obligar a esto?

—Sí, hijo, tú te vienes conmigo de compras —. Ir de compras con mi madre es horrible. Con cualquier mujer es terrible, pero con ella es aún peor. Es un caso aparte.

Todas las mujeres que entran en una tienda de lujo, quieren salir con la mayor parte de ella a cuestas, mi madre no, ella se pasa horas y horas quejándose de los precios, diciendo que son un robo. Las pobres dependientas aguantan estoicamente calladas, saben perfectamente que puede permitirse toda la tienda si se le antoja, y que si hace una mala publicidad a la tienda, repercutirá en sus puestos de trabajo. Hay veces que creo que lo hace para hacerme de rabiar, ya que yo, antes de ir a una tienda, pido que la cierren para mí. Me gusta comprar tranquilo, sin tener que estar parando a cada poco para atender a alguien. Adoro a mis fans, pero hay un momento para todo. Me encanta probarme lo que me compro, aunque muchas cosas sigan en el armario sin estrenar, durante mucho tiempo. Voy apartando todo aquello que me gusta. Cuando creo que compré lo suficiente, pago y me marcho, la tienda entrega todo en mi casa y hasta la próxima. La otra opción que utilizo mucho es que me envíen la tienda a casa o mi *personal shopper* va y escoge. Cojo lo que quiero y lo que no, lo devuelvo Algunas mujeres entran en mil tiendas, prueban mil cosas, compran una cosa aquí y otra allí, y cuando están en la otra punta de la ciudad, dicen: «No puedo dejarlo». Después de haber pasado como mínimo dos horas en la tienda en cuestión que se encuentra al lado opuesto al que se encuentra, vuelve hacia atrás para comprarlo. ¡¿Dime que esto no es estresante?! ¡Para mí sí! Os digo porque mi caprichosita linda es así, confieso que cuando escucho el gritito este, le doy un beso y le digo que le voy a comprar un lindo regalo que he visto y me marcho porque sé que este gritito es el preludio de que todo vuelve a empezar.

Mi tarde de compras con mi madre fue tal y como me la imaginaba ¡horribles! Vi unos pendientes maravillosos para Silvia, pero no los cogí para que mi madre no se pusiera a dar uno de sus discursos diciendo que la consiento demasiado.

Estamos a dos días de volver a casa, atracamos para que mi madre se diera un capricho, y aprovecho el momento a solas y llamo a una amiguita para pasar un par de horas de diversión, estaba a punto de volverme loco, después de cuatro días sin sexo, todo un récord para mí.

Antes de volver al barco, llamo a Silvia, estaba deseoso de hablar con ella y saber cómo le va todo. Tarda en contestar, y cuando lo hace, está sin aliento.

—¿Qué coño estás haciendo?

—Me pillas en mal momento.

—¿Puedes contestarme de una puta vez?

—Por favor, tranquilízate.

—Contéstame ¡joder!

—Estaba con la coreógrafa. ¿Contento?

Respiro aliviado, y trato de hacer como que no pasó nada.

—¿Qué llevas puesto? —le pregunto con mi miembro en la mano. Las ropitas que se pone para ensayar me ponen a mil. Encima escucharla así jadeando me puso un montón, tanto que tengo un empalme de campeonato.

Todo estaba yendo perfectamente hasta que oigo una voz masculina. Su equipo es todo femenino, sabe muy bien que no consiento nada de hombres. Si quiere follar, me tiene a mí o utiliza un vibrador.

—Silvia, ¿quién diablos está ahí contigo?

Ella se niega a contestarme.

—Tienes treinta segundos o me planto ahí en menos que canta un gallo.

A raíz de mi amenaza, nos enzarzamos en una tremenda discusión. Empezó a llorar alegando que no confío en ella. Me importa una mierda si cree o no, que confío en ella, lo que me importa es saber quién cojones es, el hombre que está con ella.

—Salgo ahora mismo a tu encuentro —le grito enfurecido.

—Es Yan, que ha venido acompañado de su novio.

La noticia, lejos de tranquilizarme, me cabrea más aún. ¿Cómo que este mariposón está con a mi esposa? Y encima seguro que, con todos los gastos pagados de mi bolsillo, porque ahora mismo no está atravesando su mejor etapa laboral. En todo el tiempo que lo conozco, nunca estuvo en un excelente momento profesional, solo la tonta de Silvia no se da cuenta de que se aprovecha de ella. Se cree que no lo sé, pero el último regalo fue nada menos que un BMW Serie 2 para que él esté paseando arriba y abajo con su novio, que tampoco hace nada productivo. Estoy tan furioso que prefiero cortar la llamada antes de decir cosas de las cuales seguro me arrepentiré más adelante. Mi móvil suena y suena hasta que se da cuenta que no lo iba a coger, que ya no deseo hablar con ella.

Me tiro en la cama con la intención de tranquilizarme un poco, así cuando salga, mi madre no se dé cuenta de que tuve problemas. Eso sería la guinda del pastel.

Los días siguientes que estuve en alta mar tuve el teléfono apagado. Me dediqué íntegramente a la única mujer que sé que jamás me va a cambiar por nadie.

Una vez en Los Ángeles, lo primero que hice es encender el móvil, que empieza a pitar como loco. Tenía el buzón lleno de docenas de llamadas de Silvia. Dejé a mi madre en su casa y pasé por la discográfica para ver cómo andan las cosas por allí, me entretengo con el trabajo, y sin que me dé cuenta se me pasa la tarde encerrado en mi despacho, Black y Wallace me enseñan unas pocas maquetas interesantes, pero nada del otro mundo. Ninguna llega a entusiasmarme como las gemelas. Intento ocultar mi frustración. Sin ellos la discográfica no sería posible, les delego muchas cosas, mi madre es la vicepresidenta. Nosotros cuatro somos uno, pero estamos necesitados de algo que nos emocione, últimamente es todo muy plano.

Mi intento de pasar desapercibido fue fallido, Black, no queriendo interrogarme, fue por la vía fácil. Me sugirió hacer una reunión, cosa que acepté enseguida. Necesito desestresarme, quedamos en que será en mi casa, por supuesto Wallace está de acuerdo.

Salgo de la discográfica a las cuatro de la tarde, voy directo para mi casa, estoy agotado, deseo tirarme en mi cama y descansar un poco hasta que mis amigos empiecen a llenar la casa de gente.

Meto el coche en el garaje y al bajar soy recibido por Bronx, que me chupetea toda la cara. Lo acaricio demostrándole que también lo he echado de menos. Mi perro, aunque tiene fama de malo, es el más dócil del mundo. Después de jugar con él un buen rato, tomo mi maleta y entro en casa, llego al salón y voy directo al bar a servirme un vaso de whisky con tres piedras de hielo. No bebo, pero hoy es uno de estos días que me apetece ser un chico malo. Tomaré solo esta copa, estoy muy agitado y lo necesito. ¡Pensándolo bien, no quiero descansar, voy a echar un buen polvo por ahí, así puedo olvidarme del alcohol! Tomo el teléfono y llamo a una coleguita que siempre está dispuesta.

—Hola, nena, ¿tienes la agenda libre? —la muy puta me contesta que para mí siempre—. Llegaré en media hora. Quiero que me recibas desnuda.

Giro para subir a mi habitación y me encuentro de frente con Silvia, que está llorando.

—Eres un desgraciado, no me mereces.

—No me vengas con dramas.

—Yo como a una idiota martirizándome porque te defraudé.

—Silvia, no quiero perder el tiempo, quiero follar. ¿Vas a follar conmigo?

—Vete con tu fulana.

—Eso haré, nunca te prometí fidelidad. Jamás te engañé diciendo que te sería fiel. Te dejé muy claro que tú a mí, sí me lo debes ser y, sí que me enfadé al saber que aquel mariposón, estaba contigo.

—El mariposón ese, como lo llamas, es más hombre que tú porque es capaz de dejarlo todo para estar junto al amor de su vida.

—Claro, claro. Él es muy hombre.

—Eres un desgraciado. No voy entrar en tu jueguecito. Ve a follarte a tu zorra, pero cuando yo me busque a uno que me haga lo mismo, no te quejes.

En dos zancadas me planto delante de ella y tomo su cara entre mis manos, y le digo:

—No juegues conmigo. Tú quisiste esto así. Si me pones los cuernos, te destruyo a ti y tu carrera.

Le digo muy en serio. Sabe muy bien que tengo el poder para hacerlo, así que ella misma.

—Hasta cuándo me amenazarás con esto.

—Siempre, cada uno juega con las cartas que tiene.

—Entonces juguemos.

A qué viene esto ahora. Cuando me desperté en su cama la primera vez que dormí con ella, le dije bien claro que no era un hombre de compromisos, que lo mío con las mujeres era solo sexo y que, no estaba en mis planes cambiar mi forma de ser.

Sale de casa dando un portazo. Su chófer entra a recoger su bolso.

No han pasado ni cinco minutos y empiezan a llegar mensajes suyos insultándome, llamándome insensible.

Salgo de casa y voy a encontrarme con Black y Wallace paramos en Hollywood Boulevard Sin que me diera cuenta acabo contándoles el motivo de mi cabreo, cosa que los deja perplejos, en todos estos años de casado yo siempre me he trago mis mierdas. Nunca les conté nada sobre mi nefasto matrimonio, soy conocedor de la animadversión que tienen hace a mi esposa, solo puedo agradecer por tener a estos dos grandes amigos. Charlamos durante un buen rato, hasta que les digo que ya no tengo ganas de fiesta, antes de que ellos pudieran decirme nada mi móvil empieza a sonar. Miro la pantalla y veo que es la chica con la que había quedado. Con todo lo que vino después de la llamada me había olvidado de ella, ignoro las llamadas y dejo que el móvil suene una y otra vez. Black, lo coge y se aparta, imposibilitando que oigamos la conversación. Vuelve sonriente y nos comunica que la fiesta ya está de camino. Le digo que no tengo cuerpo para nada, que se vayan a otro lado. Mi amigo se niega en rotundo y me pregunta dónde está el BRX2, que le encantan las fiestas y las mujeres y me echa en cara que fui yo quien quedé con la chica a espaldas de ellos.

Silvia consiguió quitarme las ganas ¡pero no se lo diré! Black me regala una risa triunfal y me dice que mandó a la chica invitar a unas amiguitas para unirse a la fiesta. Pasa a nuestro lado una preciosa rubia. La miro descaradamente. Ahora mismo me da igual si algún buitre me pilla mirando el culo de otra mujer. Mi amigo, al ver mi descaro, llama mi atención y, sorprendiéndome, me dice que Silvia tiene mucho aguante, ya que ninguna mujer sería capaz de soportar callada que su marido siempre que sale, esté con una mujer diferente.

Wallace, cansado de nuestra conversación monotemática, nos interrumpe y me avisa que ya le había mandado un mensaje a Tocha para que venga recoger mi coche. ¡¿Cómo es esto?! Él es mi fiel escudero. Lo conocí cuando atravesaba un momento complicado en su vida, y en este día me pillo con síndrome de *Super Man* y le ofrecí ayuda, y nunca más pude quitármelo de encima. Es un gran hombre al que le confío mi vida con total tranquilidad. Pero ahora tendré que revisar nuestra «relación».

Llegamos a mi casa, que ya está hasta arriba de mujeres. No sé cómo pudo reunir tantas en tan poco tiempo. Mis amigos organizando fiestas son lo más, en un tempo récord, tenía a mi personal fuera y todo listo. Mi casa ya huele a sexo. Ya habían empezado a pasarlo bien entre ellas sin nosotros. Los chicos, al ver tantas chicas manoseándose y solo nosotros tres, cogieron sus teléfonos móviles y empezaron a llamar a varios colegas. Una rubia preciosa, perfectamente esculpida en un quirófano, viene a besarme, pero hoy no tengo ganas de besos. Giro la cara para que me bese en el rostro, tuerce el gesto y me pregunta qué me pasa. Ignoro su pregunta, ella protesta diciendo que siempre la he besado. La miro muy serio y le digo que hoy solo quiero follar. Abro su bata de seda y descubro que me aguarda tal como le había dicho. La muy descarada la deja caer al suelo, enseñando su cuerpo desnudo a todos. Tiene un buen polvo y un culo muy respingón que pienso disfrutar.

Lleva la mano a mi pantalón y empieza a acariciar mi pene, no piensa dejarme salir de aquí sin recibir lo suyo. Yo, que no soy de hierro, ya estoy empalmado. La rubia, que no me acuerdo el nombre, me hace una felación delante de todos. Me corro en su cara, me doy por satisfecho con ella y voy a por otra. A las cinco de la mañana me voy a la cama. Miro a ver si tengo alguna llamada de Silvia. No encuentro nada, me enfado y tiro el móvil contra la pared.

Pasada mi enfado, intento llamar a Silvia para hablar con ella tranquilamente. Me he dado cuenta de que ayer me pasé tres pueblos, y le debo una disculpa, pero las cosas no están saliendo como me las imagino en mi cabeza, quien coge el teléfono es Yan, que nada más oír mi voz se niega a pasarme con mi esposa. Le grito e insulto, pero sigue negándose. Cambio de táctica, insistiéndole para que le pase el teléfono y así poder hablar, se lo imploro, se lo pido por favor, pero no tengo éxito, así que le digo que quiero pedirle disculpas y con ello sí consigo convencerlo. Intenta pasarle el teléfono a Silvia, pero se niega a hablarme. Lo único que dice es que cuando regrese ya hablaríamos, que solo faltan unos días. Escucho el recado que me envía y sin más opciones cuelgo. Es inútil insistir, intento centrarme en otros quehaceres y no pensar más en el tema.

Llego a la discográfica y Wallace me invita a que lo acompañe a un sitio.

—Si es una más de tus bromas no estoy de humor —le digo taciturno.

—Amargado —me contesta ignorando mi comentario.

Se pone detrás de mí y empujándome me lleva de vuelta por el mismo camino que acababa de entrar. Me siento en el asiento del copiloto. Le pregunto dónde vamos y, no obtengo respuesta. Veo que cruzamos West Carson, recogemos a nuestro abogado, que sube al coche acompañado de Wallace. Seguimos por la 110, vuelvo a preguntar nuestro destino, recibiendo la misma respuesta que antes. Los demás charlan entre ellos como si yo no estuviera, así que cojo mi móvil y empiezo a trabajar pasando de ellos. Quito la vista del móvil y veo un cartel que indica la dirección que estamos tomando para descubrir que estamos yendo camino a South Central. Les pregunto qué hacemos viniendo hasta aquí. Todos sabemos que este barrio es chungo. Decido quedarme callado. ¡Total, de todas formas, no van a decirme nada y tampoco darán la vuelta! Miro hacia atrás y descubro que nos acompañan dos coches con los guardaespaldas. Cuando entramos en el barrio, todos los que estaban en la calle se paran a mirarnos en alerta. Seguimos muy despacio hasta que el coche se detiene por completo delante de una casa vieja, con las vallas rotas y la pintura desgastada. Veo que Wallace y Black se bajan del coche con una enorme sonrisa en la cara. Me siento como la puta a la que engañan asegurándole que es solo chupar y hacen por todos los lados.

—Tranquilo, BRX2, lo que nos trae aquí merece la pena —me dice Black guasón.

—Más te vale, tengo mucho que hacer, como para estar de excursión.

—¿Preparado para estar delante de un gran talento?

—¡Sorpréndeme…! —digo con menosprecio para enfadarlo.

—Este no voy a permitir que se nos vaya. Llevo muchos días detrás de él, me costó mucho descubrir dónde vive.

—Sigo sin tener, la menor idea de qué me hablas.

Mis amigos abren la verja, para entrar, cruzan el jardín y llaman a la puerta muy entusiasmados. Pasan unos eternos minutos y nadie atiende. Veo como la sonrisa se les va borrando de la cara. Me entran ganas de reírme. Es gracioso ver a estos dos negratas enseñando la dentadura, para después ver cómo se va transformando en decepción.

Tengo que contenerme porque si me pillan, lo pagaré. Wallace no se da por vencido y vuelve a insistir, seguimos llamando sin tener respuesta. Pongo la mano en el hombro de Black y le digo que, si es tan importante para él, podemos volver mañana, pasado y al otro, hasta que encontremos a quien sea la persona que está buscando.

Veo a una chica que pasa mirando para la casa, voy detrás de ella y le pregunto si conoce quién vive allí y si a estas horas hay alguien. De manera chulesca me contesta que allí vive su mejor amiga y que no está en casa, que ahora está el atontado, que debería estar preparándose para ir al centro social. Sea quien sea la persona a la que se refiere esta chica, no se merece que se refiera de esa manera despectiva. Le pregunto por qué habla así. La chica me mira con desprecio y no me contesta. Black, que observaba a lo lejos, se acerca y le pide que conteste. Ella me mira de pies a cabeza y sin pestañear, me dice que no tiene tiempo para perderlo conmigo. Me da la espalda y se aleja caminando, dejándonos con la palabra en la boca. El descaro de la chica es tal que al final nos da a ambos por reírnos.

Resignados, nos giramos para marcharnos. Vaya pérdida de tiempo, llevo casi toda la mañana de paseo para nada. Entro en el coche y me recuesto esperando a que entren los demás. Marco, nuestro abogado, lo hace seguido de Wallace y detrás Black, que se meten conmigo por culpa del repaso que me dio la niña. Cerramos la puerta del coche, en el preciso momento que se abre la puerta de la casa y aparece un chico moreno de mediana estatura.

—¿Quien está ahí? —Nos miramos con gesto interrogante entre nosotros.

Los cuatro bajamos del coche y nos acercamos a la puerta. Yo me digno a seguirles los pasos, ya que no tengo la menor idea de a qué venimos. Black poniéndose delante del chico, se presenta al tiempo que le da la mano. El chico lo mira detenidamente, pero rechaza el saludo. Aún desconcertado por la situación, me pongo al lado de mi amigo y me presento tendiéndole la mano también. Me mira y también ignora mi saludo, nos miramos entre nosotros sin saber muy bien qué hacer. El chico nos mira a cada uno de nosotros directamente a los ojos sin desviar la mirada ni un solo segundo.

Tiene un porte seguro, dejándonos sorprendidos con su seguridad y aplomo. Os puedo asegurar que Black intimida bastante, es un negro de casi dos metros de alto, muy musculado de gimnasio, que le encanta marcar pectorales. Percibo que mi amigo se está poniendo de los nervios, por ello decido intervenir profesionalmente.

—Soy Bruno, de Brun's Récord. ¿Con quién tengo el placer de hablar? —Él se gira hacia a mí, me tiende la mano y se presenta.

—Encantado, señor Bruno, soy Fernando José. —Miro a mi amigo para ver que relaja un poco su gesto y me indica rápidamente que esta es la persona que busca—. Señor, ¿en qué les puedo ayudar? —pido socorro, dirigiendo la mirada a Black y Wallace, pues no tengo la menor idea de lo que quieren de este chico.

—Hola, Fernando José, soy Wallace—. Mi amigo le tendió la mano y el chico le rechaza la mano nuevamente. Me río al escuchar al grandullón maldiciendo por lo bajo por el desprecio del chico.

—¿Podemos pasar? —pregunto conteniendo la risa—. Queremos hablar contigo un momento sobre algo que seguro, te va a interesar.

El chico, en un exceso de confianza, nos abre la puerta para que pasemos. Nuestro abogado va a pasar, pero le pone la mano en el pecho y le pregunta quién es. Me apresuro en aclararle que es nuestro abogado. Se hace a un lado para dejarlo pasar.

La casa es sencilla, pero sumamente limpia. Hay pocos muebles, solo un sofá de tres plazas, una pequeña estantería delante en donde está la televisión con total ausencia de adornos. En una esquina, una mesa con cuatro sillas. Es muy impersonal.

—¿Quieren algo para beber? —nos pregunta el chico.

—Sí, por favor —dice el abogado por nosotros.

—Café o té, es lo único que os puedo ofrecer. En nuestra casa no entra alcohol —la potente voz me saca de mi escaneo.

—Café, por favor —contesto y mis amigos piden lo mismo.

Nos quedamos en el salón mientras Fernando José se va a la cocina a prepararnos el café, aprovecho y les pregunto a qué viene todo esto, pero no les da tiempo a contestarme, ya que el chico está de vuelta con una bandeja.

—Fernando José, ¿desde cuándo tocas el piano?

—¿Quiénes sois? ¿Cómo sabéis que toco el piano? –pregunta extrañado.

En ese instante comienzo a ver la luz, y a enterarme de qué va todo esto. Este es el chico que se subió al escenario con Silvia. Me sería imposible reconocerlo, pues lo vi de lejos. Sabía que Wallace se había quedado prendado de su talento, pero me había olvidado de él por completo. Ahora que sé de qué se trata puedo entrar en modo profesional.

—¿Cuántos años tienes? —pregunta nuestro abogado.

—¡No contestaré nada hasta que no me digan qué está pasando aquí!

Hago una señal a mis amigos para que me lo dejen a mí, y empiezo a explicar que somos de una discográfica, que lo vimos tocar, nos gustó mucho, y nos gustaría contratarlo. El chico empieza a ponerse nervioso, dice que la última audición que hizo fue hace más de cinco meses y que lo habían rechazado, y por ello decidió no presentarse a ninguna más, y dedicarse a dar clases para sacar adelante a su familia, añadiendo con orgullo, que es el hombre de la casa.

A todos nos sobrecogió el chico, cuando se dio cuenta de que queríamos contratarlo, y visiblemente emocionado nos preguntó si se lo estábamos diciendo de verdad, pues estas cosas no suelen pasarle a gente como él.

Conocedor de su talento, hace alarde de ello diciéndonos que es muy bueno con todos los instrumentos, pero que su preferido es el piano, nos cuenta también, que lleva desde los diez años intentando una oportunidad, pero que nunca se la dieron. Detrás de este comentario viene la incredulidad y desconfianza. No podía creerse que quisiéramos contratarlo única y exclusivamente por su talento. Nos pregunta qué tendría que dar a cambio, que no podía creer que fuéramos hasta allí solo por su aptitud. Que aceptaba tocar gratis con tal de que la gente oyera su música, pero que no haría nada que pudiera avergonzar a su familia. Sus palabras calaron hondo en mí, jamás había oído nada parecido.

Dispuestos a sacarlo de su desconfianza, le explicamos todos los beneficios que recibiría al trabajar con nosotros. Le decimos que no tendrá que preocuparse por el dinero, ya que tendrá un contrato en donde vendría reflejado una muy buena remuneración. El chico se queda con la mirada perdida en la nada. Nos miramos preocupados, normalmente cuando les ofrecemos a los chavales el trabajo algunos lloran; otros saltan y otros gritan de la alegría, pero nunca nos pasó que queden así de quietos. Nuestro abogado lo llama.

—Fernando José, dime cuántos años tienes, porque no creo que tengas más de dieciocho años.

—Está equivocado señor, tengo diecinueve años.

El abogado sonríe aliviado, ya que al ser mayor de edad puede tomar sus propias decisiones y firmar sus contratos. Marco empieza a explicarle sus obligaciones y beneficios. Fernando José traga saliva y le dice que no puede firmar. La sonrisa que teníamos en el rostro se desvanece y nos tensamos. Black se caga en la discográfica que nos está robando.

—¿Tienes contrato con alguien? Nosotros estamos dispuestos a pagar la cláusula de rescisión —le pregunto rápidamente.

El chico se echa a reír y eso hace que pierda la paciencia. Desde que llegamos aquí, no ha dejado de hacernos desplantes. La chica lo llamó atontado, pero creo que se equivocó pues de atontado no tiene nada. Lo que sí es, es un chulito maleducado. Mi paciencia tiene un límite y ya está a un milímetro del borde.

—No tengo contrato con nadie.

—Entonces ¿por qué no puedes firmar el contrato con nosotros? —preguntamos todos a la vez.

—Sé que cuando os lo diga ya no querréis firmar conmigo, es lo que me pasa siempre —y llenando los pulmones de aire, comienza a hablar —. No puedo firmar yo, porque soy invidente por eso, tengo a una persona que es mi tutora legal. Ella es quien puede firmar por mí.

Nos quedamos impresionados con su revelación, ¿cómo es posible que rechacen un gran talento como lo tiene él solo porque carece de visión? Ahora todo queda claro, él no nos aceptó el saludo no por ser maleducado, sino porque no veía nuestras manos.

—¿Dónde está ahora tu tutora? —pregunto sintiéndome fatal por mis pensamientos.

—Está trabajando.

—¿A qué hora llega?

—Ella no llega hasta muy tarde. Es la persona más dedicada, amable y valiente que he conocido.

—Fernando José, no saques conclusiones precipitadas. Nosotros no te vamos a rechazar por ser invidente, pero lo que sí necesitamos es que nos digas cuándo podemos quedar, para que firméis el contrato cuanto antes, y necesitamos tu palabra de que no firmaréis con nadie que no seamos nosotros.

Hablamos largo y tendido dejando claro todos los compromisos que tendríamos con él, y el que él tendría con nosotros. Dejamos el contacto de Marco para que se comuniquen con él lo más pronto posible. Nos despedimos de él diciendo que esperaremos la llamada de su tutora.

Ya nos íbamos, cuando me paro y les digo a mis amigos que ya los alcanzaría. Vuelvo sobre mis pasos, me paro delante del chico, tomo la tarjeta de Marcos de su mano y se la cambio por la mía, al tiempo que le digo que me llame para lo que necesite, sea la hora que sea.

Salimos de allí contentos por poder contratar a un gran talento, pero sobre todo por dar una oportunidad a una persona independientemente de su minusvalía. No tendrá ningún privilegio por ello, será uno más del equipo.

Ojalá llamen pronto, siento la necesidad de ayudarlo a realizar su sueño. En la esquina veo un círculo de rap, me acerco a ver y me encuentro a un chico que está rapeando a una chica. Entro en la rueda y rapeo a su pretendida. Él al mirarme me reconoce, pero no se amilana y me planta cara. Hacemos una buena batalla, la gente nos vitorea, mis amigos se ríen celebrándolo, ya saben que este chico será nuestro, terminamos con una gran ovación de nuestro público.

—¿Y tu padre? —le pregunto.

—Mi padre en el trullo, y mi madre está trabajando.

¡Ya vi esta historia en otro sitio!, pienso. Le entrego la tarjeta de la discográfica para que se la dé a su madre y le diga que nos llame.

Le tengo una sorpresa preparada a Silvia. Sé que le va a gustar, a ella estas cosas le encantan, y si se trata de alguna joya o algo exclusivo más todavía. En los casi cinco años que llevamos casados le consiento todo o casi, es la manera que tengo de disculparme por no quererla como ella se merece y hacerla sentirse querida, como nunca se sintió bajo el techo de su padre, un tirano que nunca la trató como a una hija.

Antes de salir a recogerla, me aseguro de que todo está como lo he pedido. Intentaré que nos entendamos. Le di espacio más que suficiente para que se le pase el enfado, respeté su deseo de no molestarla, es hora de que las cosas vuelvan a la normalidad, dentro de lo normal que es mi matrimonio.

Si las personas no se centraran en los chismes y se fijaran en los detalles, verían que algo falla. Silvia estuvo veinte días fuera gastando dinero, yendo de fiesta con sus amigos gorrones, aunque se cree que no lo sé. La familia de su amiga está arruinada, y su amigo cada vez tiene menos invitaciones para desfilar o hacer sesiones fotográficas. El novio de su amigo no tiene oficio reconocido, aparte de ser «el novio de…» y Yan vive de ir de plató en plató a vender su amistad con Silvia Collins, siendo que ya no le queda mucho por contar, sus historias ya empiezan a ser repetitivas y ya no lo invitan como antes. Todavía menos desde que la prensa descubrió que todo lo que contaba sobre mi amistad con él era mentira, odio a aquel maricón. No soy homófobo, tengo varios amigos homosexuales y los aprecio, pero aquel hombre me supera. Su poder sobre Silvia, su mirada de envidia, todo de él me incomoda. Yo nunca desmentí, tampoco afirmé que éramos amigos, no sé cómo supieron que no nos llevamos bien. Él sufrió el escrutinio público. Silvia me pidió una y otra vez que saliera en su defensa, cosa que me negué. Ella dio una rueda de prensa excusando la actitud de su amigo y pidiendo que lo dejasen tranquilo, asegurando que Yan lo estaba pasando muy mal.

Y aprovechándose de que la mayoría de la prensa la adora, dijo que, si ve a su amigo de toda la vida sufrir, ella también sufre. Y con esta frase cursi consiguió acallar la mayoría de los que lo perseguían.

Veo su roja melena aparecer al fondo de la puerta de desembarque. Voy a su encuentro con una sonrisa en la cara, no puedo negar que es una mujer muy exuberante. Cuando ya estoy a una distancia a la cual no hay vuelta atrás, me paro en seco. La rabia domina todo mi ser, miro a un lado y a otro buscando la mejor manera de salir de aquí, lo que mal empieza, mal acaba. Cierro mi mano en un puño de la rabia que me está entrando, pues estoy encerrado entre una multitud de gente expectante para ver mi reencuentro con mi esposa. Ella tiene una bella sonrisa en el rostro. Sus ojos brillan de la alegría, trae la piel bronceada, la veo radiante, conmigo nunca sonríe así. El responsable de esta alegría no es otro que el culpable de nuestras discusiones. Yan la tiene agarrada por la cintura de manera posesiva, como lo hace siempre. Tiene a Silvia a un lado y a su novio, de la mano en el otro, que a la vez está agarrado de la mano de Kisha. Esto es una puta pesadilla. Su amiga es la primera en verme. Me regala una tímida sonrisa, que parece más una disculpa. Su sonrisa me vale una mierda No me apetece hacerme el educado. Sin importarme lo que puedan decir, decido marcharme. Silvia me ve antes de que me dé tiempo a desaparecer. Me siento ridículo aquí de pie como un tonto, con un ramo de flores en las manos. Yo que nunca hice nada de esto no soy de detalles románticos, cada vez que quiero hacer las paces con ella le compro una joya y listo. Y justo hoy que decido hacer el imbécil, me encuentro con esto. Nada más verme, suelta a su amigo, y sale corriendo a mi encuentro. Se tira a mi cuello y me abraza fuerte.

—¡No montes una escena! Los paparazzi nos están sacando fotos —me dice al oído y me siento como el mayor de los idiotas.

Nunca cambiará. Su única preocupación es lo que puede salir en la prensa sobre nosotros.

Por dentro estoy que ardo, no obstante, no le daré el gusto a este idiota de verme pelear con Silvia nuevamente. Llevaré mi plan adelante e intentaré tener una velada tranquila, y rezar para que esta noche pueda disfrutar de su cuerpo. Le cojo la mano, paso como puedo entre la gente y la prensa sin contestar sus preguntas. Los buitres nos rodean intentando impedir que avancemos, pero consigo poco a poco, ir en dirección al coche. No pregunto cómo van a marcharse sus amigos, no me importa lo más mínimo.

El camino a casa lo hacemos en completo silencio, ella sabe que estoy enfadado y me deja mi espacio.

Llegamos a casa, le abro la puerta del coche, la ayudo a bajarse, le doy un beso y le digo que esté lista a las siete sin más información. Su cara es todo un poema, no sabe cómo reaccionar.

Me giro y me voy. Tengo mucho que hacer. Estamos revisando las posibilidades de emprender un proyecto que, si nos sale bien, nos pondrá en la lista de los grandes festivales. Nos gustó la experiencia vivida.

Entro por la puerta de la discográfica y pregunto si la madre del niño contactó. La respuesta sigue siendo la misma, que todavía no nos ha llamado. Ese chico me gusta, lo quiero en mis filas. Si dentro de un par de semanas no tengo noticias, iré a South Central detrás de él. Pregunto también si la tutora de Fernando José contactó, y más de lo mismo.

Las siguientes horas pasaron volando, sin que me dé cuenta ya son las seis, me ducho y me cambio en la discográfica, evitando así que Silvia me haga preguntas. Salgo para recogerla.

Estoy a tan solo dos kilómetros de casa parado en un semáforo cuando recibo la llamada de un número desconocido. Mi primer impulso es no contestar. La persona insiste una y otra vez hasta que decido coger la llamada.

—¿Quién es? —pregunto de manera hosca.

—Señor Bruno, soy la tutora de Fernando José —dice una voz dulce e insegura.

—Con quien hablo —la persona al otro lado de la línea tartamudea.

—Ro, Ro… Rosa, señor —me gusta su nombre, es como el de mi madre, pienso.

—¿Qué quieres? Como sabes, no tengo tiempo que perder —se oye un suspiro al otro lado de la línea, así que continúo diciéndole— hablamos con tu marido hace más de dos semanas y no supimos nada más de él, creímos que no le interesaba la oferta, y hemos buscamos a otra persona—. Es una gran mentira, pero siento necesidad de presionarla.

—¡No! —grita desesperada—. Por favor, dime que todavía no has encontrado a nadie. Este es el sueño de Fernando José. Estoy dispuesta a hacer lo que haga falta con tal de que él, lo vea realizado. Es lo que más quiero en el mundo, es todo lo que tengo.

Sentí envidia de la manera que habló de su marido.

—Señora, tranquilícese.

—Estoy delante de la discográfica —me dice insegura.

—Hoy es imposible, voy de camino a un compromiso que no puedo eludir, pasa mañana a las doce.

—Discúlpeme, pero mañana me será imposible, tengo que trabajar y atender otros asuntos que me llevarán todo el día.

Haciendo oídos sordos a su negativa le digo.

—Los invito a usted y su esposo a comer y de paso, firmamos el contrato.

—¿No hay nadie que pueda darme el contrato para que lo firme hoy? —pregunta de manera tímida.

—No, o lo firmas conmigo o despídete de él –le digo de manera impulsiva. Sé que, si Black y Wallace se enteran de esto, me matan, pero no dejaré que firme el dichoso contrato con nadie. Quiero conocer a la dueña de esa voz insegura, dulce y angelical. Por ese motivo me muestro como un ser insensible con ella, yo no soy así con las mujeres. Me despido de Rosa y corto la llamada.

Llego a recoger a una radiante y bellísima Silvia, que me recibe con besos, ¡parece que le gustó lo que ha encontrado en la habitación! Leva puesto un bellísimo vestido que escogí con la ayuda de mi personal shopper. Como lleva el pelo recogido en un moño alto, se ve perfectamente su espalda al aire. De color pera, se ajusta a las curvas de su delgado cuerpo, resaltándolas. Aparece subida en unos tacones de infarto, que me vuelven loco, y solo lleva al cuello, un collar de platino con un diamante en forma de lágrima y su último capricho, el bolso de Hermès, que llegó mientras estaba de viaje

Nuestra llegada al restaurante es todo un acontecimiento, si lo hubiera planeado, no hubiera salido tan al gusto de Silvia. Nada más bajarnos del coche, una horda de reporteros y paparazzi nos rodearon preguntando si estamos invitados a no sé qué evento. No tengo ni la más remota idea de qué me están hablando. Hablé con la persona quc organiza eventos en la discográfica y fue quien escogió este restaurante. Yo solo, jamás podría montar todo esto. Los reporteros se olvidaron de mí enseguida al ver la actitud cariñosa de Silvia.

—Silvia, ¿venís a celebrar algo especial?

—¿Qué es?

—Bruno, ¿echaste de menos a tu esposa mientras se paseaba por ahí con sus amigos? —Silvia apretó mi mano pidiéndome tranquilidad, pues sabe que ese tema me saca de quicio.

—Silvia, se os ve muy felices juntos, ¿para cuándo pensáis ampliar la familia? —ese es mi turno de darle ánimos.

Me quedo sorprendido cuando Silvia radiante y muy segura de sí, se acerca a mí, me da un casto beso en la mejilla y contesta a los paparazzi:

—Somos muy felices, nos queremos con locura, pero de momento no entra en nuestros planes tener hijos. Todavía soy muy joven y quiero dedicarme un poco más a mi carrera. Porque el día que seamos padres, nos queremos dedicar íntegramente a nuestro bebé—. Si me pinchan, no sangro. ¿A qué viene esto ahora?

Sonríe de nuevo a los paparazzi, que están encantados, con el gran titular que les regalo.

Después de no sé cuánto tiempo y no sé cuántas preguntas más, entramos en el restaurante. Mi buen humor ya se había esfumado. No puedo con esta gente, y ella lo sabe, y para finalizar esa declaración, que me deja totalmente desubicado. No tengo la menor idea de a qué vino esa mentira. Lo de posar como una pareja feliz ya estoy acostumbrado, lo llevo haciendo desde del día que dije «sí, quiero», poso, aguanto las largas y aburridas entrevistas que no me aportan nada, pero lo hago para complacerla porque sé que le encanta todo esto. Pero de ahí a hablar de descendencia, cuando ella sabe que no va a ocurrir…

El clima vuelve a tensarse entre nosotros, pero se hace la despistada. Me cuenta cosas sobre su concierto privado, las entrevistas y lo que hizo. Yo la oigo, pero no la escucho.

Mi pensamiento se va una y otra vez, a la maravillosa voz que escuché hace tan solo una hora. ¿Cómo será esa mujer? ¿Se sentirá feliz en su matrimonio? Todo indica que son muy felices. Tanto uno como el otro, hablaron del contrario con mucho amor, eso es con lo que yo soñaba. Al llegar a ese punto, me pregunto qué estoy haciendo y porqué le doy vueltas a algo que en realidad no debe importarme y centro mi atención en lo que me está diciendo Silvia, que está preciosa y feliz con sus regalos y la sorpresa que le he preparado, y que, como colofón, mañana estará en todos los quioscos. Ahora mismo tengo delante a la mujer más feliz del mundo. Le doy conversación, hablamos de todo un poco, aunque el tema central de nuestra charla es su carrera y la grabación de su nuevo álbum. Acaba convenciéndome de que estiremos la noche y salgamos a bailar. Esto no entraba en mis planes, pero estoy decidido a complacerla, fui un cabrón con ella y la quiero recompensar, ya habrá más oportunidades.

Llegamos a la discoteca de moda, donde se congrega toda la gente importante de nuestro gremio cuando quieren salir a bailar con un poco más de libertad, aunque lo que más nos gusta es reunirnos en la casa de alguno y montarnos nuestra fiesta particular. De esta manera, tenemos total privacidad, nadie nos aborda ni nos hace fotos.

Dentro está hasta arriba de gente, pido un reservado y no los hay libres, solo de imaginarme abajo ya me entra el agobio. Tiro de la mano de Silvia para decirle que nos vamos. Ella se niega y me llama amargado. Empieza a bailar delante de mí, la veo tan feliz que poso mis manos en su cintura y empezó a bailar con ella. El tumulto deja de incomodarme. Estoy divirtiéndome con mi esposa, ya no me acuerdo cuándo fue la última vez que esto ocurrió. La veo que saluda a alguien en los reservados, sigo su saludo y no doy crédito a lo que ven mis ojos. Ahí está Yan, su novio y Kisha. ¡No puedo creer que me haya traído hasta aquí sabiendo que ellos estarían presentes! No me dio tiempo a decir nada. Me hallo arrastrado al encuentro de sus amigos. Busco desesperado a algún conocido, miro a todos los lados. Estoy dispuesto a bajar y estar con los colegas abajo, con tal de no compartir noche con estos cuatro, pero mi búsqueda no tiene éxito.

Me resigno y acepto la idea de que la noche ya no será para Silvia y para mí. Pido una botella de agua y me siento a mirar cómo mi esposa baila de manera sensual entre su amigo y su novio, que la manosean por todos los lados. Están haciendo un sándwich, si no fueran gays diría que ahora mismo se están corriendo en el pantalón de tanto que se refriegan contra ella.

Su amiga aprovecha que estoy solo, se acerca y me pregunta por Black. Le digo cortante que está con su ligue. Ella tuerce la cara y me deja solo. Si se creía que me está haciendo un desplante, lo lleva claro, me está haciendo un favor. Veo las horas pasar y sigo aquí sentado, ignorado, bebiendo agua y viendo como mi esposa se emborracha. Cuando veo que ya está llegando al límite en el que ya no podrá con ella misma, le digo que es hora de irnos. Por supuesto, se queja, pero sus amigos, que también están en malas condiciones, dicen que también se marchan y aprovecho la ocasión.

Nada más sentarse en el coche, se quedó dormida. Hice todo el camino pensando qué haría con la otra parte de mi sorpresa, porque desde luego no la podré utilizar. A Silvia no la despierta ahora mismo ni un terremoto. Y mañana por la mañana tendrá una buena resaca y un gran dolor de cabeza, que sumados le darán un humor de perros. Esa es la otra cara de mi mujer que los demás no conocen, solamente yo.

Le quito la ropa, la desmaquillo con las toallitas desmaquillantes como hice muchas otras veces y la meto en la cama. Como no me apetece acostarme ahora, me voy a la terraza a tomar el aire, hace una buena temperatura y la noche está clara. Me vendrá bien un poco de aire fresco.

Me siento y empiezo a pensar en mi vida. No puedo dejar de preguntar qué me depara el futuro. Tengo que hacer algo para salvar este matrimonio, no podemos vivir así eternamente, y mi sentido de la responsabilidad me ata a ella hasta que la muerte nos separe, aunque me duela. Yo jamás daré el paso de poner fin a esto. Si se acaba, que sea porque ella así lo desea. Al principio, nos soportábamos bien, ahora parece que no podemos estar mucho tiempo juntos.

¡Decidido! Me iré con Silvia de viaje. No le diré nada. La secuestraré y listo. Es mi esposa y tengo derecho sobre ella, sé que no será nada fácil, pero ya estoy vacunado. Prepararé todo para que sea inolvidable. Dejaré que ella me conquiste, nunca la dejé hacerlo. Cada vez que intentaba acercarse a mi corazón yo me cerraba en banda y salía huyendo, pero quiero que esto cambie, yo la volveré a enamorar. Lo deseo, me duele ya no ver el brillo en sus ojos cuando me mira.

Estamos teniendo un buen día en la discográfica. El niño que quería fichar ya es nuestro, las gemelas se presentaron aquí y nos dijeron que están intentando convencer a su padre para que las deje firmar con nosotros, aunque dicen que él cada vez que oye el nombre Brun`s Record se pone hecho una fiera, pero le dejaron claro que si no es con nosotros no será con nadie. Me encantaría saber el motivo de ese odio hacia mí por parte de su padre. Les pedimos que le preguntaran a qué discográfica las llevaría, para así saber si ellas también recibieron oferta de nuestra más directa rival.

Después de casi dos semanas planeando todo al mínimo detalle, llegó el día de nuestro viaje. Estamos sentados en el jet privado que he fletado para que ella no se entere de a dónde vamos, ya que quiero que sea sorpresa total. Los ojos de mi esposa están brillando por la alegría, aunque sacarla de casa no fue tarea fácil, ya que teníamos visita. Sobra decir quiénes eran. Cuando vieron las maletas, quisieron saber dónde íbamos, y para mi alegría, esta vez ellos no conocerán nuestro destino, ya que la única persona que lo conoce además de mí, es mi ayudante.

Mi móvil suena, cojo la que será mi última llamada telefónica hasta dentro de una semana. Me excuso con Silvia y voy hasta el despacho que hay en la aeronave.

—Señor Bruno, soy Rosa, estoy llegando a la discográfica—. Siento alegría y a la vez rabia al oír esta voz que no me quito de la cabeza.

—Señora, ya no nos interesa —le respondo con rabia.

—Por favor, no haga esto. Esta es la única oportunidad para mi Fernando.

—Debería haberlo pensado antes, ahora ya es tarde.

—Estoy dispuesta a hacer lo que usted quiera, pero por favor, no nos haga esto. No he podido ausentarme, entre el hospital y mis trabajos no he tenido tiempo. Por favor, se lo suplico.

—El domingo nos encontraremos al medio día —oigo un quejido ahogado de la mujer—. Mandaré un chófer a recogerla para que firme el contrato.

—Señor, ¿no podríamos quedar mejor otro día?

—No…. —digo de manera tajante.

La que me está implorando aquí es ella, así que, si quiere, el domingo o sino nada. Mis amigos también están cabreados por la falta de interés. Fui yo, quien les pidió que esperáramos hasta final de mes. Si en ese plazo no contactaba, ya no contaríamos con él, por Black ya estaría fuera, pero Wallace lo quiere.

—De acuerdo señor, estaré lista a las doce —me dice entre sollozos. Le digo que me envíe la dirección y corto la llamada oyendo cómo lloraba. No doy más vueltas, quiero ayudar a su marido, pero ante todo soy un empresario.

Vuelvo a mi asiento y encuentro a Silvia hablando por el móvil. Al ver la sonrisa en su cara ya sé con quién habla. Las únicas personas capaces de hacerla sonreír así son sus amigos. Me doy la vuelta para volver al pequeño despacho, pero ella me llama impidiendo me huida. Con una forzada sonrisa le digo que siga hablando, pero ella corta la llamada y viene a mi encuentro, me besa y me conduce a nuestros asientos para el despegue.

Durante todo el vuelo comentamos y nos reímos de algunas locuras que hacen los fans para tener un segundo con su ídolo. Esta es una de las cosas que admiro de Silvia, es una persona que no soporta muy bien el contacto físico con la gente, pero con sus fans es como si fuera otra, los abraza, los besa y es capaz de pasar horas en sus clubs de fans.

Cuando llegamos a nuestro destino, no se lo creía. Le he alquilado el complejo turístico de *The Water Discus*. Es un paraíso bajo el mar, tenemos siete días solo para nosotros, y para garantizar el éxito de nuestra escapada lo primero que hice nada más bajar del jet fue requisar su móvil. Soy conocedor de su enganche a las redes sociales y la gran necesidad que tiene de estar en comunicación con sus amigos.

La conduzco a nuestra suite bajo mar, que es su pasión. Nada más posar sus pertenencias la hago mía, con las aguas cristalinas y los peces como testigo de sus sensuales contoneos, sus gemidos me enloquecen llevándome a un delicioso clímax, hacía tiempo no tenía a una Silvia tan receptiva. Nos abrazamos y quedamos así mirando las bellas vistas, recuperando la respiración.

Los días lejos de todos están siendo de ensueño. Paseamos por las calles cogidos de la mano, disfrutamos de las cosas cotidianas sin que Silvia se queje, evitamos los temas conflictivos, sin hacernos promesas que sabemos no vamos a cumplir. En uno de nuestros momentos de complicidad, me pidió que no la dejara nunca en ridículo en público, cosa que jamás hice, puede que en un momento de rabia lo deseara, pero nunca lo haré, y le di mi palabra. Mi lado egoísta quiso pedirle que no se viera con Yan, pero me contuve, no tengo derecho a hacerlo. Sé lo importante que es para ella.

La consentí en todo, fuimos de compras, visitamos cada rincón que se le antojó, hicimos todas las fotos que quiso. Di una entrevista a un reportero que no sé de dónde salió, pero por primera vez he disfrutado teniendo un micrófono delante.

Es nuestro último día, propongo a Silvia que vayamos de compras y por primera vez ella no quiere, y dice que no tiene ganas de que llegue el final, que estábamos tan bien solos ella y yo que no quería volver. Estoy viendo a mi esposa como nunca la había visto: relajada y alegre, sin la necesidad del móvil ni de sus amigos. No tuvimos mucho sexo, tengo tan mala suerte que al tercer día le bajó la regla, pero tuvimos muchos juegos sensuales que nos dejó a ambos saciados. Yo tampoco quiero que esto se acabe, sé que, si pudiera estar así más tiempo, sería capaz de llegar a enamorarme de ella, y darle lo que se merece.

El vuelo de regreso fue maravilloso. Lo pasamos tan bien que no fuimos conscientes del tiempo. Cuando nos quisimos dar cuenta, ya habíamos llegado. Una vez en tierra cuando encendimos nuestros móviles, nos miramos con ganas de tirarlos a la basura y volver a desaparecer. Fueron tantas las alarmas de avisos de mensajes y llamadas que, por primera vez, veo a Silvia silenciar su móvil y tirarlo dentro del bolso sin mirar quién es.

Tocha nos recoge llevándonos directos a casa, aunque me dieron ganas, no pude hacer lo mismo que Silvia. Tengo negocios que atender y no puedo ignorar los mensajes y llamadas ahora que estoy aquí. Por ello, aprovecho el trayecto de vuelta y me pongo a revisar las llamadas y mensajes, hasta que vi uno que me quito el buen humor. Nadie se ríe de mí, por lo que contesto el mensaje y acto seguido meto el móvil en el bolsillo. No quiero saber nada más. Dedicaré lo que me queda de día a Silvia.

Mi esposa me propone salir a cenar fuera. Aunque no me apetece nada, la consiento. Sé que ella quiere exhibir el bello bronceado que trae, y si de paso alguien le pregunta por nuestra escapada, ella será lo más feliz del mundo, pues sé que los próximos días estaré muchas horas fuera, ya que tengo que analizar los proyectos que tengo. Así que vamos de paseo.

Silvia se viste como una niña, se pone un short vaquero corto, una camiseta básica blanca, unos collares y pendientes estilo hip, pero esto de hip no tiene nada y salimos de casa. Como todavía es temprano, decidimos dar un paseo antes de ir al restaurante que ella ha reservado. Lo bueno de vivir en Los Ángeles es que la gente está tan acostumbrada a ver famosos por la calle, que no nos buscan mucho. Los turistas son los que nos acosan un poco, pero podemos caminar. Por ello, escogemos como destino para dar un paseo en descapotable Malibú, soy la envidia de muchos hombres.

Silvia, después de mucho misterio, me dijo a qué restaurante íbamos. Llegamos en menos de diez minutos al The Mon, esta vez nuestra entrada fue tranquila, nos hicieron fotos, pero de lejos. El maître, que ya nos conoce, nos llevó hasta la mesa y se fue.

Estamos comentando sobre nuestro viaje cuando siento que alguien balbucea algo a mi lado, miro y me encuentro con unos preciosos ojos castaños. La chica está temblando y las palabras no le salen, estoy seguro de que si su jefe la ve de esta manera delante de una celebridad está en la calle antes de que acabe su turno. Le regalo una sonrisa para intentar tranquilizarla.

—Uff. Nos mandaron la tonta para que nos atienda —dijo Silvia con desdén.

—Discúlpeme señora, hoy es mi primer día —dijo la camarera con la voz trémula.

—¡A mí qué me importa! Aquí se paga muy caro, como para que una inútil nos atienda.

—Basta Silvia, pídele disculpas ahora mismo si no quieres que me marche y te deje aquí sola.

—Bruno ¿qué estás diciendo? —me pregunta asustada.

—Lo que oyes —sé que Silvia es algo clasista, pero nunca la había visto humillar a la gente, jamás consentiré que haga eso delante de mí. Ahora mismo tengo ganas de marcharme y dejarla aquí. Por esto no quería volver, porque aquí vuelve a ser la mimada princesita del pop, y no lo soporto.

—Perdóname —le dice a la camarera entre dientes.

—No pasa nada —dice la chica con cara de pánico.

La pobre camarera nos toma el pedido y se va temblando. Siento la necesidad de hablar con ella y pedirle disculpas, pero delante de Silvia no podré.

Nos traen las bebidas. Silvia habla y habla, pero no la escucho. Veo que la chica se dirige a los baños, me excuso y voy detrás de ella.

—Señorita… —la tomo por el brazo impidiendo su huida.

—Por favor, señor, suélteme.

—Será solo un momento.

—Si me ven aquí con usted, me despedirán, y necesito el trabajo —dicho esto, se escapa de mi agarre y desaparece.

Me quedo parado en el mismo sitio mirando por donde se fue. Hay tanta fragilidad y a la vez tanta fuerza, que deseo saber más de esta chica. Es solo una cría, debe de tener los dieciséis recién cumplidos, y parece llevar el peso del mundo a sus espaldas. Hay tanta preocupación en su mirada…

Vuelvo a la mesa, pero antes de que llegue a mi destino paro en seco. No creo lo que ven mis ojos. En mi mesa están sentados los tres amigos de Silvia. No hace ni cinco horas que hemos llegado y ya los tengo encima, no me apetece aguantarlos. Salgo sin que me puedan ver, tomo el móvil para llamar a Black y Wallace, pero desisto, no tengo el cuerpo para fiestas. Tomo un taxi y me voy a casa solo, cuando estoy entrando en casa, casi cuarenta minutos después, es cuando Silvia me llama preguntando dónde estoy. Le digo que, en casa ella envalentonada por estar con sus amigos, me insulta y me dice que se va de fiesta con ellos. No discuto, que haga lo que le dé la gana, ya se fue a la mierda todo el buen rollo.

Me meto en la cama para descansar, estoy tan exhausto que me quedo dormido enseguida.

No sé a qué hora llega Silvia, pero lo que sí sé es que no ha llegado sola. Finjo estar dormido para enterarme de qué está pasando. Escucho cómo Yan entra con ella en nuestra habitación y la lleva directo al baño. La deja allí. Sale, va a su vestidor, recoge algo y vuelve al baño, oigo abrir el agua. De ahí en adelante no pude oír nada más, ya que el ruido del agua no me permite. Minutos después, él sale con ella vestida y perfumada y la acuesta a mi lado. Yo sigo tal y como estoy. Él sabe que estoy despierto, pero no me apetece hablar. Si no hubiera presentado en el restaurante, nosotros hubiéramos tenido una velada tranquila.

Yan le da un beso en la frente, se incorpora y dice algo que me deja helado:

—Bruno, sé que estás despierto, prepárate pues fotografiaron a Silvia saliendo tambaleando de la discoteca.

—¿Qué…? Por qué la dejaste beber tanto.

—Eso no es todo, unos paparazzi vinieron a por ella. Ella no dijo nada, y no porque no quiso, sino porque no podía. Tienen miles de fotos de ella vomitando y cayéndose en la calle.

Mañana cuando se entere de lo ocurrido se volverá loca, ya me tocara a mí arreglar sus desmadres junto a sus adorados amigos.

—Espero que por lo menos en esto la apoyes.

—¿Qué mierda estás hablando? —me siento de un bote en la cama colérico.

¿Qué se cree este? Si no se hubieran presentado en la cena, esto no habría pasado, pero conociendo a mi esposa, fue ella quien les hizo la reserva, ya que en aquel restaurante es imposible comer sin ella. Y aunque se cree que no lo sé, trajo a cada uno de ellos docenas de regalos y no se puede aguantar para entregárselos. Y ahora este pretende echarme a mí la culpa de que ella se haya emborrachado.

—Eres un maldito hipócrita, ¿por qué no la quieres con nosotros?

—Si vosotros no estuvierais siempre de por medio, no tendríamos tantos problemas.

—¡Habló el que le pone los cuernos con cualquiera que se abra las piernas! Por eso no la dejamos sola, y si ella es una borracha, es por tu culpa—. Me levanto de la cama de un salto y le doy un puñetazo en toda la cara. Siempre deseé hacerlo, pero por consideración a mi esposa nunca lo hice. Sin embargo, ahora está demasiado borracha para interponerse entre nosotros. Y ahora mismo se ha pasado de la raya.

—¡Tú no sabes una mierda! —le grito a escasos centímetros de su rostro —yo también lo pasé mal, todos los días me recrimino por ello. Como consuelo le di lo que ella más quería, ahora no vengas tú a juzgarme, fuera de mi casa y no vuelvas más.

—Adiós, Bruno, mañana a la hora de la comida nos vemos —y tirándome un beso, se marcha.

Capítulo 7

Salgo de la cama antes de que se despierte Silvia, me ducho y me marcho. No tengo ganas de aguantarla resacosa, sé perfectamente cómo se las gasta cuando está así, y encima cuando se entere de que le di un buen puñetazo en la cara bonita de su amigo, la cosa no va a quedar bien para mí.

Así que me voy corriendo de aquí.

Llego a casa de Wallace a las nueve de la mañana y entro con mis llaves, preparo el desayuno y me siento a ver un partido en diferido de los Yankees. El olor a café recién hecho lo despierta y lo trae directo al salón.

—¿Dónde está el incendio? —se burla.

—Tenemos mucho que hacer, me levanté temprano y vine a buscarte —le miento.

—Perdona que te diga, pero hoy es domingo y hasta donde yo sé, tú no eres mi jefe.

Entre bromas, mi amigo pregunta si llama a Black, le contesto que no, él no me hace más preguntas y nos ponemos manos a la obra, adelantando cosas sobre nuestro proyecto. Disimuladamente paso la mañana pendiente del teléfono, la voz de aquella mujer me trae loco. A las doce en punto, recibo el mensaje de mi guardaespaldas avisando de que ya ha dejado a la señora Rosa en el local acordado. Confieso que después de leer su mensaje y mi respuesta en caliente, temí que no aceptaría.

Me despido de Wallace y me marcho corriendo a su encuentro.

Ella ha pedido quedar en el restaurante en el que trabaja, puesto que está cerca de su casa. Lo he aceptado ya que, por lo que pude ver, es ella quien los mantiene a ambos, aunque el chico afirme que él es el hombre de la casa.

Me siento nervioso, tengo las mismas sensaciones que noto cuando subo al escenario. Tengo frío en la barriga, las manos me sudan y el corazón acelerado, ¿por qué estoy así? ¡Ni idea!

Llego al restaurante y busco en el aparcamiento mi coche, pero al no encontrarlo, siento angustia. ¿Qué mierda me está pasando? Si no vienen, ellos se lo pierden. Esta es la última oportunidad que les daré, fui muy claro en mi respuesta, su marido no tendrá otra oferta como la que nosotros le estamos haciendo.

Decido esperar dentro tomando algo. Llevo diez minutos sentado en esto a lo que ella llama restaurante esperando a que lleguen y aquí no aparece nadie. Me estoy enfadando, a mí nadie me hace esperar, ¿quién se cree que es esta señora? Llevamos casi un mes aguardando que se ponga en contacto, acepto verla un domingo y encima llega tarde. Más le vale tener una buena excusa, para que no la deje aquí sentada sola y sin contrato.

Estoy mirando hacia fuera con tanta rabia, que no me digno a ver a la camarera que está plantada delante de la mesa.

—¿Desea algo?

—No quiero nada, ya me voy.

—¿Señor Bruno?

—Sí, soy yo.

—No te vayas, todo tiene una explicación —conozco esa voz.

Giro lentamente la cabeza, para encontrarme con los ojos más bellos que he visto nunca y la suave voz que oigo en mi cabeza, desde hace días. Es mi miembro el que reacciona primero, antes de que mi cerebro sea capaz de razonar. Sacudo mis pensamientos impuros, para dominar mis instintos. La mujer que tengo delante tiene unas pestañas pobladas, unos ojos preciosos que, si no estuvieran tan asustados, harían a más de uno caer rendido a sus pies, incluido un servidor. Una cara angelical con evidentes signos de cansancio. La miro de arriba abajo, mientras pienso que ojalá no llevara puesto este horrible moño, que no me permite ver bien, lo que parece ser una preciosa y larga melena castaña.

¡No puede ser verdad! Esto solo puede ser una broma. Qué está haciendo ella aquí.

—Señor, soy Rosa, la tutora de Fernando José—. La miro de arriba abajo.

—Me estás mintiendo. Es imposible, eres solo una niña.

—Señor, créame, no le miento.

—No tienes edad para hacerte cargo de nadie, y tú nombre no es Rosa seguro.

— No miento, señor.

—Déjame tu ID

Ella se pone muy nerviosa. Al verla así pienso que, ahí está la prueba de que me está mintiendo. Estoy muy cabreado, dos puñeteros adolescentes jugaron con nosotros como si fuéramos principiantes, y nunca nadie se había reído así de mi cara. No me sobra el tiempo, como para perderlo de esta manera, así que decido que me voy. Mis amigos se enfadarán mucho, pero ya no contrataremos a este chico, una menor de edad no se puede hacer cargo de nadie.

Me levanto de la silla bastante airado.

—Por favor —me suplica mientras me agarra por el brazo, para impedir mi marcha. Solo con sentir su pequeña mano sobre una parte de mi cuerpo, consigue que me estremezca.

Con lágrimas en los ojos me pide que me siente. Dudo si atender su pedido o no. Ella se quita el delantal y se sienta en la silla que hay delante de la mía. Al ver sus lágrimas, decido escuchar lo que tiene que decirme.

Vuelvo a sentarme, y la miro seriamente. Con las manos temblorosas saca de una carpeta que no había visto que estaba sobre la mesa, varios papeles y su documento de identidad.

—Señor, por favor no se ría de lo que lea en mi *green card* —me dice con apenas un hilo de voz. Este comentario consigue ofenderme.

—¿Acaso crees que soy algún niñato, para reírme de ti? —le suelto de malas maneras, mientras arranco los papeles de su mano.

Tengo prisa, quiero macharme de aquí de una vez. Miro primeramente su documento de identidad para cerciorarme de que no me está engañando, ya que no me parece ser quien dice ser, aunque lleve una alianza en el dedo. Leo su documento, y entonces entiendo el porqué de su comentario.

—¿De verdad este es tu nombre?

—Por eso le pedí que no se burlara, en mi país es normal, y no lo leas en voz alta.

—Pero, ¿por qué no?

—Cada vez que digo mi nombre a un americano me hacen burla.

Encuentro otra vez en su voz, la fragilidad que sentí cuando hablé con ella por teléfono y le afirmé que no daría el contrato a su esposo. No entiendo, cómo la gente puede ser tan ignorante, tiene un nombre precioso.

—¿Por qué te haces llamar Rosa? tu primer nombre es precioso.

—Mi familia me llama Rosita desde niña, y me gusta mucho —me dice con lágrimas en los ojos—. Y en la calle me he acostumbrado a que me llamen Rosa.

No logro entender el porqué de sus lágrimas al decir su nombre, ¿tan mal lo pasa…? Decido no insistir, ya habrá tiempo para ello.

—Pues bien, Rosita serás.

—Señor, no creo que esté bien, usted está casado y yo… —No la dejo que termine la frase, no quiero escuchar de su boca que está casada, para mí ella es un ángel.

—Voy llamarte así te guste o no —le digo al tiempo que le guiño un ojo y ella, se sonroja. Ese color escarlata en sus mejillas despierta algo dentro de mí.

—De acuerdo señor —acepta sin discutir, aunque no le iba a servir de nada.

—Dijiste que harías cualquier cosa para que Fernando José tuviera esta oportunidad. ¿No es así?

—Sí, señor.

—Pues bien, solo depende de ti que firmemos este contrato hoy mismo.

—¿Qué tengo que hacer señor?

—Primero dejar de llamarme señor, solo soy Bruno —sé que me quemaré en el fuego del infierno, soy un hijo de puta, pero ella ya tiene diecinueve años, así que es mayor de edad —. Y lo segundo, montar en mi coche. Iremos a un motel, te quedarás conmigo hasta mañana y dejarás que haga contigo lo que yo quiera.

Me importa una mierda que esté casada y que su marido vaya a trabajar para mí

Rosita perdió el color de su cara. Sus ojos se llenan de lágrimas, pero no me apiado. Me dan igual sus principios.

Poniéndome en pie, le tiendo la mano. Ella agacha la cabeza, mientras comienza a llorar. ¡No entiendo qué le pasa! Todas las mujeres desean acostarse conmigo y ella, no quiere.

Con voz dura le digo - ¿nos vamos? – no me contesta y sigue cabizbaja.

Pongo el dedo en su mentón para levantárselo y que me mire. Necesito el contacto visual.

—Mi coche es ese que tiene tanta gente alrededor –le indico suavemente—. Te esperaré solo cinco minutos, si no apareces, tu marido no tendrá contrato, no solo conmigo, sino con nadie en esta ciudad. Y ten claro, que esta conversación nunca la hemos tenido.

Los minutos van pasando y ella no aparece, la canción de mi colega Jay Z, que estoy oyendo está llegando a su fin. Eso significa que el tiempo se acaba. Arranco el coche y maniobro despacio. No soy capaz de dejar de pensar en ella, la deseo, pero no seré más desgraciado de lo que ya estoy siendo. Le di a escoger, y el amor y respeto que ella tiene a su marido está por encima del sueño de él.

Estoy saliendo del aparcamiento del restaurante, cuando veo por el retrovisor que ella está corriendo detrás de mi coche.

Mi corazón se dispara, piso en el freno parando el coche de inmediato. Llega hasta el coche, le abro la puerta para que entre, no le doy tiempo a que se siente, no puedo pensar. La cojo a peso y la siento sobre mis piernas para besarla. Es un deseo animal, jadeo dentro de su boca, toco su cuerpo, ella me empuja, pero no me aparto. Sé que no está disfrutando, pero ya le haré disfrutar. Dejo de besarla para tomar aire, ella aprovecha para sentarse en el asiento del copiloto, alejándose de mí.

—Ahora no puedo abandonar mi trabajo —me dice cabizbaja. Esa frase es como un jarro de agua fría y consigue que me aparte de ella bruscamente.

—¿Viniste hasta aquí solo para decirme que no?

—Recójame a las doce de la noche en esta dirección.

Me entrega un papel, lo cojo sin mirar y lo tiro en la guantera. Abro la puerta para que se baje. Una vez fuera, arranco sin decir nada, pues estoy realmente furioso. Ahora que probé el sabor de su boca, la deseo más todavía. Solo son las dos de la tarde, se me va a hacer el día muy largo.

Doy vueltas por la ciudad sin rumbo, y es en ese instante, en el que Silvia se acuerda de que existo y empieza a llamarme una y otra vez. Rechazo todas y cada una de sus llamadas, y no apago el móvil, por miedo a que Rosita me llame.

A la hora marcada estoy en la dirección que me dio. Ella ha tomado todas las precauciones para que nadie nos vea. Me citó en un sitio apartado y poco transitado, en donde nadie nos pueda ver y sobretodo reconocer. Ella sube, se pone el cinturón en completo silencio, no me mira, no me saluda, no dice nada. Debería sentirme mal, pero lo único que siento ahora es deseo. Llevo toda la tarde con una erección de caballo.

No digo tampoco nada, y arranco el coche. En lo único que pienso es en llevarla a un motel, pero al mirar su sonrojada carita angelical cambio de idea. La llevaré a mi piso de desconexión. Ella se merece algo mejor, que unas sábanas reutilizadas docenas de veces por cuerpos desconocidos.

No me hace falta preguntarle nada. Sé que tiene miedo, lo veo en su rostro, en su expresión corporal.

Llego al edificio, meto el coche en el garaje, le abro la puerta para que se baje, le tomo de la mano, la acerco a mi cuerpo y la abrazo. Siento la necesidad de besarla, arroparla y protegerla. La conduzco hasta el ascensor que, para mí suerte, está abajo. Entramos en mi apartamento, Rosita mira a todos los lados.

—Lo compré justo antes de casarme con Silvia.

¡Mierda…! Me doy un tortazo mentalmente. No es el momento de hablar de mi esposa, nunca me importa lo que piensa la gente de mí, sin embargo, con Rosita deseo que no lo pase peor de lo que ya lo está pasando. Yo sabía que mi casa ya no sería mi refugio de paz, y un día mirando una revista con mi madre, vi el anuncio de este apartamento, y me gustó. Está en *Brentwood*, cerca de donde ella vive. Todo está decorado en tonos blanco y gris como a mí me gusta. Abro la puerta de la terraza y sale a mirar las vistas, la sigo y le pregunto si quiere beber algo. Me contesta que no sin mirarme, tomo un refresco y me recuesto en la isla de la cocina sin quitarle la vista de encima. Es tan bella.

Me descalzo, me acerco despacio y la abrazo por detrás, ella se tensa, le doy un beso en el cuello y la giro lentamente dándole suaves besos hasta llegar a su boca. La beso tierno, lentamente, quiero seducirla, que sienta placer al estar en mi cama. Su delgado y frágil cuerpo tiembla. Siento rabia, porque ella no desea mis caricias, y sí las del maldito Fernando José. Enfadado, la arrastro hasta una de las habitaciones de huéspedes.

—Desnúdate —le ordeno algo arisco.

—Señor Bruno, yo… —dice titubeante.

—¡Desnúdate, joder! Si no quieres hacerlo, vete.

—Lo haré, es solo que…

No la dejo que termine la frase y tajante le digo:

—No me hagas perder más el tiempo. Eso sí, olvídate del contrato.

Y entre lágrimas empieza a desnudarse.

Me deleito viendo cómo desabrocha la camisa de su uniforme. Con sus pequeñas y temblorosas manos va soltando botón a botón, hasta llegar al último. Me mira abochornada. No le digo nada, quiero que siga por sí misma, tímidamente se retira la camisa quedando con sus pequeños, redondos y bellos senos al aire. La muy descarada no es tan tímida como quiere aparentar ser, anda provocando a los hombres por la calle sin sujetador. Empieza a doblar su camisa lentamente mirándose los pies. Le ordeno que la tire al suelo.

—Ahora el pantalón —le digo con voz firme.

Se tapa la cara, siento ternura al ver su gesto. Me levanto de la cama, me acerco hasta ella y la abrazo. Siento como se estremece, le doy suaves besos por el rostro, llevo mi mano a su cintura y lentamente desabrocho su pantalón repartiendo más besos por su rostro, cuello y hombros sin prisa, pero también sin pausa. Mi mano se cuela dentro de su pantalón y siento su vello púbico, jadeo de placer.

La tumbo despacio en la cama, acariciando su cuerpo lentamente, beso de nuevo su cuello, y siento como su respiración se va agitando. Tomo uno de sus senos en mi boca, me siento en el cielo, me urge entrar en su cuerpo. Necesito sentir su calor, notar como abraza mi pene, pero hago acopio de todo mi autocontrol para prolongar nuestro placer. Deseo disfrutar cada centímetro de su cuerpo, ella se merece que la venere, no sé de dónde me sale esta necesidad tan grande de hacerla disfrutar, necesito que quiera esto tanto como yo. Exaltado, le doy un pequeño mordisco en su perfecto pecho, oigo como se le escapa un tímido gemido que me hace hervir. Dominada por la excitación, lleva sus pequeñas manos a mi cuello, agarrándose con fuerza. Hundo mi cara en su cuello y le muerdo, ella en respuesta, arquea su pequeño cuerpo, ofreciéndose a mí. Mi deseo por ella hace que mi ataque se vuelva voraz, le despojo de su pantalón dejándola vestida solo, con una braguita de algodón que, en este preciso momento, me parece lo más sexy que hay en el mundo. Es la imagen más bella y erótica que he visto nunca, así que me tomo mi tiempo para contemplarla. A ella le entra vergüenza y, se tapa el rostro con las manos. Dándole suaves besos en ellas, se las voy retirando para descubrir con asombro, que está llorando. Eso me enternece, pero no puedo parar, la deseo, más de lo que nunca he deseado a ninguna otra mujer, y ahora que la tengo en mi cama, será mía. Después verá la manera de compensarla. La beso con ternura, mientras retiro la última prenda que se interpone entre su cuerpo y el mío. Mi masculinidad encaja entre sus piernas, como si lo conociera de toda la vida, en ese instante doy rienda suelta a mi deseo y comienzo a penetrarla lentamente. Me cuesta abrirme camino, noto su estrechez y siento su calor. Rosita se remueve nerviosa debajo de mí, todavía no está del todo lista para recibirme, por lo que bajo hasta su sexo y con delicadeza, abro sus piernas. Ella nuevamente se tapa la cara, le doy dos leves toques, al tiempo que le ordeno que se quite las manos del rostro, quiero ver cómo se corre para mí. Ella me obedece dócilmente, haciendo mi miembro vibrar. Entonces comienzo a acariciarla con mi lengua. Al sentir su sabor, gruño de placer, y empiezo a estimular su clítoris, consiguiendo llevar su cuerpo al borde del orgasmo, lo sé porque ella se tensa. Ataco su botón del placer con mi lengua, al tiempo que introduzco mi dedo en la entrada de su sexo, y con la otra mano estimulo su orificio oscuro. Siento como aprieta impidiendo mi paso, muerdo su clítoris con delicadeza, llevándola al orgasmo de manera inevitable. Rosita grita de placer, es tan rápido, tan intenso que mi cuerpo arde en llamas. No puedo más, me urge penetrarla, en un rápido movimiento me incorporo e introduzco mi miembro en su resbaladiza y apretada cavidad, gimo de placer al sentir su calor, entro y salgo suavemente de su cuerpo, noto algo de resistencia, pero repito el movimiento hasta que estoy completamente dentro de ella. En ese momento Rosita grita, consiguiendo que me pare rápidamente, la veo llorar copiosamente. Ya no se retuerce de placer, su gesto está contraído de dolor, así que rápidamente salgo de dentro de ella. Hace un segundo, estaba disfrutando tanto cuanto yo. ¿Qué ha pasado? Bajo la mirada hasta mi miembro que solo ahora me doy cuenta que no lleva protección y, lo veo manchado de sangre. Doy un bote, apartándome de su cuerpo horrorizado. No, no y mil veces no. Esto no puede estar pasándome a mí.

—¿Qué es esto? —pregunto, aunque no quiero saber la respuesta obvia. Ella se tapa con la sábana llorando.

No… no es posible. Ella está casada, por lo que es imposible que sea lo que creo que es. Cambio la expresión y mi tono de voz, y le pido con cariño, que me diga por qué sangra.

—Es la prueba de mi pureza —me dice entre hipidos.

¿Quién coño habla así hoy en día? La acabo de cagar a base de bien. Pero en lugar de aceptar mi error, la emprendo con ella.

—¿Por qué narices no me dijiste que eras virgen? —bramo enfurecido.

—Lo intenté, pero no me dejaste —me contesta chillando también.

—No me cuentes cuentos, Rosa, acabo de… no puede ser, con todas las mierdas que hice, con esta no voy a poder cargar. ¿Por qué no me lo dijiste, joder?

—No me grites… —me dice ella más alto.

Estoy enfadado y a la vez en éxtasis. Soy el primer hombre de esta preciosidad, y ahora mismo mi deseo está yendo en aumento. No es lo correcto, pero: ¿qué lo es en esta vida? Ya pagaré por mis pecados, me quemaré en el infierno, pero ahora que sentí su calor, deseo hacerme cenizas dentro de esta mujer. Su voz me excitó cuando hable con ella por teléfono, sus ojos miel me cautivaron en el pasillo de aquel restaurante y su cuerpo acaba de hacerme su esclavo.

Ella será mi perdición, mi mayor vicio.

—Rosita, desearía poder decir que me arrepiento, que te vistieras y te fueras, pero estaría mintiendo como un bellaco. Es todo lo contrario te deseo mu….

Ella no me deja terminar la frase, se sienta en la cama y tapándose con la sábana me dice:

—Me quiero ir, ya tuviste lo que querías, dame el contrato.

No, no puedo dejarla marchar, yo no tuve nada. Lo único que hice fue arrancarle su virginidad como un animal. Deseo darle placer, quiero más, quiero correrme dentro de ella, escucharle mi nombre cuando le arranque más orgasmos, quiero….

—Quiero más, no estoy saciado.

—Ese no fue el trato —me dice apretando los dientes, con su cara a escasos centímetros de la mía.

Sus maneras, demuestran lo enfadada que está. Su actitud desafiante, lejos de amedrentarme, aumenta mi deseo hacia ella.

—Si te quieres ir, vete, pero no tendrás el contrato—. Ella me mira con ira.

—Usted me lo prometió, yo cumplí con mi parte.

¿Cómo salgo de esta ahora? Lo dije para asustarla, pero no quiero que se vaya.

—Dijiste que harías lo que fuera necesario por Fernando José. ¿Qué es él para ti? ¿Qué os une a vosotros dos para que seas su tutora?

—Así que era eso ¿no? – le respondió con voz gélida - es mi hermano gilipollas.

Tengo muchas preguntas que hacer, pero las haré más adelante.

—Te haré una propuesta que cambiará tu futuro y el de tu hermano.

—Métete tu propuesta por donde te quepa.

—Ok, puedes irte—. Le señalo la puerta de manera indolente. Ella mira a la puerta y me mira. Mi corazón se me va a salir del pecho, no dejaré que se vaya, si ella amenaza con salir de aquí, creo que soy capaz hasta de atarla a la cama.

Se arrodilla en la cama y mirándome con odio y hace el gesto para que hable. Atiendo su orden y digo lo más rápido que puedo antes de que cambie de idea.

—De hoy en adelante yo seré tu tutor, tu dueño, y a ti y a tú hermano no os faltará de nada.

—No… —grita—. No quiero eso para mí—. Levanta su delgado cuerpo de la cama, sin importarle ya su desnudez, se pone erguida delante de mí, haciéndome darme cuenta de que no es tan pequeña como yo la veía, y a pocos centímetros de mi cara me acusa de no cumplir con mi palabra, y ahí me tiene agarrado de las pelotas. Puedo decir que no me he acostado con ella, que solo la desvirgué, pero me odiará más todavía, y no es lo que deseo.

—Tranquilízate —digo a falta de otra cosa qué decir.

—Maldito cabrón, termina con esto, haz de mi cuerpo lo que quieras, pero no seré tu putita —me dice apretando los puños y los dientes.

Dónde narices está la niña frágil que había aquí hace tan solo un momento. Tengo que pensar algo rápido, si no, la perderé, y esto no entra dentro de mis planes.

Doy el único paso que me apartaba de ella y le acaricio el rostro.

—Yo siempre cumplo mi palabra, empecemos nuevamente.

—Demuéstremelo, deme el contrato.

—Deja de llamarme de usted. Tendrás tú contrato después de que tú cumplas tu parte—. Con mucha suavidad le explico de nuevo los términos del trato que teníamos; que eran que ella se quedaría conmigo lo que quedaba de domingo, pero que, por motivos ajenos a mi vino por la noche, y por eso perdí muchas horas. Que quiero que sea mi chica. Estas últimas palabras salieron solas, no quería decirlo.

—¿Qué estás diciendo? Estás casado, nunca seré la amante de nadie—. Nunca en mi vida me imaginé que viviría una situación así, una mujer rechazando tener una relación conmigo.

—Terminemos de una vez con esto, que quiero irme a casa.

Y dicho eso, se tiró en la cama y se abrió de piernas. Jamás tomaría a una mujer en esas condiciones, y a ella menos. Parece que creció un metro, está hablando con tanta autoridad, con tanta rabia y seguridad que llega asustar.

Disfrutaré las horas que me quedan y más adelante ya moveré ficha. Una cosa tengo clara, la deseo y nadie la tocará mientras este puto deseo no se me pase.

—Tú ganas, pasaremos lo que queda de noche aquí y, mañana por la tarde recibirás el contrato de tu hermano. —Por primera vez desde que la conozco veo un brillo de alegría en sus ojos, es tanto su alborozo, que no me exige firmarlo hoy mismo. Ojalá no me lo pida, porque si lo hace estaré en apuros.

Definitivamente Rosita es diferente, haré las cosas de otra manera. Si tengo que utilizar mi estatus para conseguir mis fines, lo haré, pero jamás haré algo que la dañe.

Ahora me dedicaré a hacerla sentirse más cómoda. Voy a mi vestidor, tomo una de mis camisetas y vuelvo a la habitación, le doy la mano para que se ponga de pie, vuelvo a tener delante a la chica tímida e indefensa. Una vez está incorporada, la visto con mi camiseta, me pongo un bóxer negro, cojo su mano y la conduzco hasta el salón. Veo el desconcierto en sus ojos, se esperaba que me tirara encima de ella y la follara como un animal, pero eso no va a ocurrir. No digo nada, le doy un beso y la siento en la isla, voy hasta la cadena de música, pongo AC/DC. Intentaré impresionarla, cosa que nunca hice con ninguna mujer. Empiezo a preparar algo para cenar, me imagino que, como yo, no ha comido nada fruto de los nervios. Yo no he podido, así que comeremos algo juntos, cada poco la miro furtivamente y veo que no pierde detalle de mis movimientos. ¡Bien, esto es lo que quiero! Que no me quite sus preciosos ojos de encima, que se fije en mí. Tengo gran soltura en la cocina, mi madre me enseñó a cocinar desde muy joven.

Es preciosa, tiene un aire inocente, y es tan delicada. Siento deseos de saber todo de ella, de protegerla, pero quiero que sea ella quien me lo cuente. Si quisiera tendría toda la información sobre su vida mañana mismo, pero haré lo que haga falta para obtener todas las respuestas de ella. Cuando Wallace y Black la vean, tendré que dejarles muy claro que no se mira.

Suena mi teléfono, y Rosita se asusta, para intentar que se sienta más cómoda le pido que me lo coja. Ella niega con la cabeza. Puedo imaginar perfectamente lo que está pensando, y seguro que cree que es mi esposa. ¡Si ella supiera! Ahora mismo soy la última persona, a la que ella quiere tener delante, ya he recibido sus mensajes llamándome desgraciado por haberle dado un puñetazo a su adorado amigo. Como no le contesté, probablemente salieron de fiesta por ahí a liar alguna para que después yo lo arregle.

Voy hasta la habitación, cojo el móvil y veo que es mi madre. Se lo cojo y como me conoce bien, me pregunta varias veces dónde estoy y porqué estoy tan contento. Esquivo sus preguntas como puedo y cuelgo la llamada en cuanto tengo ocasión. Llego al salón y veo que Rosita está investigando por el apartamento. No puedo contenerme, camino hasta ella, la abrazo por detrás y le doy un beso en el hombro. Ella se asusta y se tensa, le digo que no se preocupe que no le haré nada. Le doy otro casto beso y muy a mi pesar, vuelvo a la cocina. Estoy preparando una receta segura: sándwich de pollo empanado con aliño de salsa de soja y finas hierbas, aguacate, tomate, champiñones y mayonesa. Esta receta sé que me saldrá bien, es rápida, sana y rica. Rosita se ofrece a poner la mesa, pero no la dejo, deseo servirle. Termino de prepararlo todo, pongo la mesa y la invito a que se siente.

—¿Sabes? desde los catorce años nadie me sirve —me dice visiblemente emocionada.

Veo que está contenta, eso me anima a indagar un poco sobre su vida.

—¿Por qué? ¿Dónde estaban tus padres? —Maldita la hora en que hice esa dichosa pregunta. El precioso brillo que tenía en los ojos desapareció por completo. —Eh, pequeña, si no quieres hablar de ello, no pasa nada. Dime qué te gusta hacer los fines de semana —de nuevo sus ojos empiezan a brillar por las lágrimas que se acumulan.

—No preguntes sobre mi familia ni sobre mi vida. Soy la tutora legal de Fernando José, fin de la historia. —Hago como me pongo una cremallera en mi boca y empiezo a contarle lo que tenemos planeado para su hermano. Eso sí le agrada. Sintiéndose más relajada y confiada, comienza a hacerme preguntas de cómo sería la vida de su hermano de ahora en adelante, si él llegara a ser famoso. Le contesto todas y cada una de sus preguntas, me siento bien por ver que ha vuelto la alegría a sus ojos.

Terminamos de comer y entre los dos recogemos la cocina.

Le enseño el resto del apartamento y, le propongo que nos duchemos juntos. Ella se siente avergonzada, por lo que decidí no insistir, y le ofrezco que se duche primero. La veo cerrar la puerta del baño, muerto de ganas de ir detrás.

Nos tumbamos en la cama y la abrazo por detrás. Ella se tensa, pero no la suelto, deseo estar cerca suyo, sentir su cuerpo junto al mío, creo que nunca estuve así con una mujer.

Los minutos pasan y ella se va relajando, estamos en perfecto silencio hasta que se atreve a hablar.

—¿Puedo hacerte una pregunta?

—Puedes hacerme todas las que quieras.

—¿Cómo es tu esposa? ¿Por qué estás aquí conmigo y no con ella?

Esta chica solo me puede estar tomando el pelo. ¿Cómo me está preguntando quién es mi esposa? Todo Estados Unidos sabe quiénes somos.

—Mi esposa es cantante. Y la segunda pregunta prefiero no contestar —digo y doy el tema por zanjado.

Ella se gira dándome la espalda en señal de decepción.

—No importa que no quiera contestar. No volveré a acostarme contigo. —Siento una punzada en el corazón. ¿Cómo que no voy a poder disfrutar de ella en mi cama? Pero prefiero callar, tengo todo controlado, pero eso no quita que no me duela sentir su desprecio.

Cambio de asunto consiguiendo sacarle alguna que otra sonrisa, ambos evitamos hacernos preguntas personales, tanto ella como yo reaccionamos de manera esquiva a esas preguntas. Cada vez que la miro y veo que lleva mi camiseta, tengo ganas de besarla y follarla hasta que salga el sol.

Le pregunto qué estilo de música le gusta, cuál su cantante favorito, y me contesta que la única música que escucha es la que su hermano toca, que no tiene tiempo a pararse a escuchar la radio. Parece que ella no sabe quién soy, ni quién es Silvia. ¡Y yo no pienso contarle! Mi vida profesional aquí no viene a cuento.

Estar en esta cama con ella sin tocarla está siendo una tortura, así que la invito a ver la televisión. Acepta, y tomándola en brazos la llevo hasta el salón y la tumbo en el sofá, haciéndome el tonto, al ver su desconcierto por mi comportamiento. En su cabeza seguro pasa cualquier cosa menos que la trataría de esta manera. Le doy un beso fugaz en los labios y le pregunto qué desea ver. Seguro me tocará ver alguna película romántica, pero me da igual, es la mejor opción para intentar ocultar la erección que tengo ahora mismo. Si por mí fuera, estaría dentro de ella, pero sé que está dolorida. Fui un puto animal y no quiero lastimarla, pero tampoco me arrepiento.

Rosita busca entre mis *blu-ray* alguna película y descubre conciertos míos. Ella toma uno en la mano, se gira hace a mí y lo abanica en el aire, me apresuro en aclararle que tamb100 soy cantante, pero que mi carrera musical está parada ahora mismo, que hago algunas participaciones especiales, alguna que otra presentación, pero que ya no me dedico a ello íntegramente. Aun así, me pide escuchar mi música. Orgulloso de mi trabajo, me dirijo a escoger un CD, mientras me sorprende diciéndome que no le gusta el rap. Me río por su sinceridad y descaro. El rap es mi vida, amo esta manera de poder expresarme libremente a través de mis rimas. No me puedo enfadar con ella, así que la abrazo y deposito un beso en su cabeza.

—Ya aprenderás a que te guste —le digo al oído. Ella se revuelve entre mis brazos e inconscientemente pone sus pequeñas y callosas manos sobre las mías, que reposan en su delgada cintura. Así entre risas, ella estuvo criticando el rap, diciendo que le parece grosero y vulgar la manera en la que hablamos, mientras se va relajando y me va contando cosas sueltas sobre su vida. Es tan oven y no conoce nada del mundo, me parte el corazón saber que trabaja en tres empleos fijos. Coge todos los esporádicos que van apareciendo, como ya me lo imaginaba es ella quien mantiene su casa, ya que el trabajo de Fernando José no es remunerado. Me cuenta que consiguió sacarse el graduado a distancia con mucho sacrificio. Empieza a contarme que engañó a la ley, pero se arrepintió y cambió de asunto dejándome intrigado, pero le sigo el juego. Ya me lo contará, hoy hicimos grandes avances, ella todavía no lo sabe, pero es mía, y solo mía por el tiempo que yo desee.

Buscamos en la cartelera de la Smart TV, como era de esperar vimos una película de esas romanticonas. Tocó ver *El diario de Noa*, yo ni sabía que existía esa película. Nos sentamos y me sorprende a mitad de la película, poniendo su cabeza encima de mis piernas, para a los pocos minutos cambiar de postura, a una más íntima. Me trago entera toda la película sin menearme, con tal de recibir la maravillosa recompensa de tenerla acurrucada sobre mi pecho, cada vez que tiene pena y se entristece por algo se abraza a mí, haciendo que mi cuerpo entre en erupción. Al terminar la película, la beso dulcemente, sin tocar su cuerpo, mañana me arrepentiré por haber sido tan caballeroso, pero de momento no la poseeré, me dedicaré a darle cariño, para hacer que se sienta especial.

Sé que no son horas, pero como le pago muy bien, decido darle algo que hacer a mi abogado, por lo que la dejo escogiendo otra película, mientras me encierro en mi despacho y lo llamo. Coge el teléfono quejándose, no le hago caso y le digo los cambios que quiero que haga en el contrato de Fernando José. Él reitera sus protestas, no está de acuerdo, pero no le queda otra que acatar mis órdenes. Me pregunta el nombre y apellido del contratado y de su tutora legal. Le digo que se los enviaré por mensaje y corto la llamada. Acto seguido, llamo a Tocha, mi hombre de confianza, y le digo que lo quiero en mi apartamento a primera hora de la mañana.

Vuelvo al salón y me encuentro con una sonriente Rosita, me acerco hasta ella y le doy un beso.

—Rosita, no te voy a engañar. Esta es la segunda vez que te veo, pero me siento atraído por ti, y deseo tenerte para mí y solo para mí.

—¡No me puedes pedir eso! Estás casado. Seguro que tu mujer es preciosa, yo solo soy uno más de tus caprichos de hombre rico.

—Mi matrimonio es complicado, no te lo voy a negar —le digo a modo de aclaración, pero sé que no es suficiente.

—Cumple tu palabra, yo estoy cumpliendo la mía. —Se acabó el buen rollo.

Yo, que hasta el momento había creído que le estaba gustando estar aquí conmigo, con su comentario me deja claro que solo está cumpliendo su parte del trato. Me estoy exasperado, damos un paso hacia delante y dos hacia atrás. creía que estábamos bien la oí alabar las habilidades de su hermano con los instrumentos, contar que él aprendió a tocar con tres años con un viejo teclado que su padre encontró en la basura en México, y ahora volvemos otra vez al principio.

—Ayudaré a tu hermano —le digo ganándome con ello una preciosa sonrisa.

—Eres un buen hombre, por ello te pido que me prometas que me dejarás en paz.

—No puedo, te deseo como nunca he deseado a ninguna mujer.

—Eso es mentira, acabas de conocerme.

—Rosita, no estoy diciendo que te quiero, estoy diciendo que te deseo. Son cosas muy diferentes, que se pueden sentir por separado y que juntas son lo más.

—Mañana desearás a otra — me rebate ella, provocando mi exasperación.

—Voy luchar por tenerte, sé que habrá momentos en que me odiarás, pero serás mía —Cambio de tema antes de que la frágil niña se transforme en una fiera nuevamente, la quiero así pero solo debajo de mí—. Mi abogado necesita los datos personales tuyos y de tu hermano para completar el contrato. Mándamelos en un mensaje para que se los pueda hacer llegar.

Toma su móvil y empieza a escribir diligentemente los datos que necesito mientras le pregunto tonterías. Ella me afirma que no conoce las canciones de mi esposa. Cosa que me alegra, es maravilloso saber que no es una fan deslumbrada por el fenómeno Silvia.

Al despertarme por la mañana, busco su suave y delicado cuerpo junto a mí, y no lo encuentro, doy un salto de la cama y salgo desesperado en su búsqueda. No se puede haber marchado sin despedirse de mí, iré ahora mismo detrás de ella y le haré pagar el desplante, voy pensando mientras recorro a grandes zancadas el apartamento.

Respiro aliviado cuando la encuentro en la cocina preparando el desayuno y charlando animada con mi hombre de confianza, que le está contando que trabaja conmigo desde que yo tenía tan solo catorce años. Sé que él, la mira como a una hija, pero no me gusta ver cómo le sonríe. Cuando me percato además de que está delante de él solo con mi camiseta, mi visión se nubla y salgo hecho una furia en dirección a ellos. Abrazándola por detrás, le beso el cuello, la giro y la beso con voracidad. Ella me corresponde el beso entre sorprendida y desconcertada. Veo a Tocha reírse de mi gesto posesivo, pero me da igual. Es mía y quiero que todos lo sepan, él incluido. Le digo al oído que no la quiero vestida así delante de nadie. Como respuesta, se acerca a mi oído y me dice que no soy nada suyo para hacerle prohibiciones. Me da un beso y se aparta. Y para mejorar la cosa, lo invita a desayunar con nosotros, me intento adelantar diciéndole que seguramente ya desayunó, pero el muy descarado me mira riéndose y me lleva la contraria diciendo que no lo ha hecho todavía por lo que aceptaba la invitación gustosamente. Le echo una mirada asesina, él me devuelve una sonrisa burlona y se sienta a la mesa a desayunar con nosotros.

Me retiro de la mesa antes. Estoy muy cabreado por no poder disfrutar de mis últimos minutos con ella a solas, maldita fue la hora que le mandé venir temprano, no deja de darle conversación.

Estoy entrando en el baño cuando me sorprende rodeándome con sus brazos por detrás.

—No seas tonto, tu amigo me trató con mucho respeto.

Sus palabras me dan esperanzas, porque se preocupó en tranquilizarme. Aun así, decido seguir haciéndome el ofendido para ver hasta dónde llega su preocupación por mi estado de ánimo. Retiro sus manos de mi cintura y sigo mi camino hace el baño.

Antes de entrar en la ducha me paro y le digo:

—Él no es mi amigo. Es mi empleado.

—Lo que tú digas —me dice riéndose.

—Necesito tus datos para mi abogado.

—Ya los envié a tu móvil.

Le doy la espalda y empiezo a ducharme, definitivamente esta mujer será mi perdición. Estoy enjabonándome cuando me vuelve a sorprender, esta vez dentro de la ducha completamente desnuda. Mi corazón se dispara.

—Sal de aquí o no respondo de mí —le digo entre dientes, al estar tan excitado por su presencia.

Con sus pequeñas e inexpertas manos, toca mi erecto miembro, que lleva así desde que la vi entrar por la puerta. Su inexperto toque me arranca un jadeo por lo inesperado y placentero de la situación, la dejo que siga con su exploración, cierro los ojos y disfruto de su agarre, aunque a veces por su inexperiencia me hace daño, pero el dolor que me causa también me excita, llevándome al orgasmo mientras grito su nombre. Con la respiración todavía desacompasada, la abrazo utilizándola a la vez de apoyo para no caerme. Una vez recuperado me agacho dejando un reguero de besos por su delgado cuerpo, tomo su pierna derecha, la apoyo en mi hombro y devoro su monte de venus con mi lengua, siento como su pequeño cuerpo se estremece, intensifico mis caricias, al tiempo que succiono su clítoris. Ella agarra mi cabeza, tira de mi pelo y gime fuerte llevándome a la locura, meto un dedo en su apretado canal, este sitio inexplorado que es mío, solo mío, y se revuelve de placer. Despacio, introduzco y saco mi dedo, regalándome la más placentera de las torturas, ella tira de mi pelo. Yo intensifico las caricias llevándola al orgasmo, pero de sus dulces labios no sale mi nombre, que es lo que deseo, me incorporo besando su cuerpo.

—Bruno, esto no se va a repetir.

Voy directo a la discográfica, no tengo ganas de pasar por casa para discutir.

Todavía tengo su sabor en mi paladar y no quiero enturbiar mis pensamientos con enfrentamientos que no llevarán a nada. Al final la noche fue maravillosa, me apena que se haya marchado enfadada. Ella afirma categóricamente que no volverá a ocurrir, yo le contradecía diciendo que es mía. Rosita, al oírme decir esto, se puso en modo fiera y con el dedo en mi cara me dijo que eso nunca va a pasar, y lo dijo con tanta vehemencia que, por un ínfimo momento, llegué a creerlo. Su determinación me deja muy claro que tendré una gran batalla por delante, pero ya está escrito; ella es mía, y lo será hasta que yo decida lo contrario.

El pitido de mi móvil me avisa de que tengo un mensaje nuevo, me imagino de quién es, pero lo abro igual. Ya pasaron más de veinticuatro horas desde la última vez que nos vimos, y en algún momento, tendré que enfrentarme a ella. Me entra la risa con lo que me encuentro.

Idiota.

Nacimos en septiembre de 1998 en la ciudad de Monterrey en México.

Y ahora que ya tienes nuestros datos, olvídame y vete al infierno.

Te odio.

Para mi alegría no es de Silvia, y sí de mi fierecilla… No puedo evitar morderme el labio al pensar en ella y acordarme del verdadero motivo de su enfado conmigo. Ella se enfadó mucho cuando me dijo su nombre y se me escapó una risa. Se levantó y me dio unos golpecitos en el pecho que me dejaron muy caliente, mirándome con mala cara me dijo el nombre de su hermano, para mi desgracia, no pude contenerme y solté una carcajada. Se cabreó tanto que me dijo unas cuantas palabras, cogió su bolso y se fue seguida por Tocha, que se partía de la risa. Me encanta que sea una fierecilla en el cuerpo de una niña, ¡lo bien que me lo pasaré al domarla!

Con una sonrisa tonta dibujada en la cara, me dirijo a mi plaza de garaje, pero se desdibuja al ver el coche de Silvia al lado, maniobro rápidamente y vuelvo por el mismo camino que vine. No quiero empezar el día discutiendo con ella, este mensaje me puso de muy buen humor y sé que Silvia está furiosa conmigo por haber pegado a su amigo, y me va a exigir que le pida perdón, cosa que no pienso hacer ni bajo tortura. Llevo casi cinco años deseando darle bien a aquel desgraciado, que en su momento tuvo el descaro de intentar ligar conmigo y proponerme un trío. Si él no hubiera estado todo el tiempo de por medio, las cosas entre mi esposa y yo podían haber sido distintas, pero siempre que estábamos bien él aparecía con su séquito y, lo estropeaba todo.

Debido a mi cambio de planes, decido que le haré una visita a mi abogado y así le explicaré en persona los detalles de los cambios que quiero para el nuevo contrato de Fernando José. Quiero que se lo lleve hoy mismo, y que haga lo que tenga que hacer para que su tutora lo firme delante de él.

Llamo a Wallace, que nada más coger el teléfono me dice que ya sabe que estuve allí y que me he ido. Mi amigo me dice que hice lo correcto, pues Silvia está con toda su pandilla esperando a que llegue. Me cuenta, además, que Yan tiene la cara hecha un cromo, muy hinchada y que está dando el mayor espectáculo gay que haya visto jamás. Le pido que me avise una vez ellos se hayan ido, sé que no estarán allí mucho tiempo. Silvia no soporta estar mucho rato en el mismo sitio si no es para ser endiosada.

lego al despacho de mi abogado, que pone el grito en el cielo cuando le digo todos los cambios más que tiene que hacer, y se le escapa una carcajada cuando le digo los nombres de los hermanos, pero le advierto que, si quiere seguir con vida, delante de ella ni si le ocurra hacer ni una mueca de risa. Él me mira interrogante, antes de que me haga la pregunta que tiene en mente, le pregunto sobre nuestro ladrón, escapando así de su interrogatorio.

No es que quisiera hacer de ello un secreto sórdido. Él es mi abogado, conoce las condiciones de mi matrimonio y que me tiro a todo que se me pone por delante. Pero Rosita es diferente, ella es especial. Y deseo que las cosas sean distintas así que, de momento, prefiero que nadie lo sepa.

Como no he recibido ninguna llamada de la discográfica, voy a visitar a mi madre, que seguro se alegrará de verme después de una semana. La llamo para saber si está en casa y de paso, le aviso que estoy de camino.

Soy recibido con entusiasmo. Nada más verme dice que me ve distinto, rápidamente le digo que está diciendo tonterías. Ella se ríe, me toma por el brazo y me conduce dentro de la casa. Me sirve un zumo de mango y vuelve a la carga preguntando, que quién es la responsable de que tenga ese brillo en los ojos. Me doy cuenta, en ese momento, que he cometido un gran error al venir hasta aquí.

Es en ese momento, en el que caigo en la cuenta que no debería haber venido hasta aquí. Mi madre me conoce como nadie, y no va a parar hasta averiguar qué pasa. De hecho, aunque hablamos sobre ella y sus cosas, trato de preguntarle por tonterías que desvíen su atención sobre mí, vuelve una y otra vez sobre el tema con pequeñas observaciones o preguntas indiscretas. Llega un momento en el que le digo que está desvariando, pero sigue insistiendo, así que me pongo a hablar sobre la discográfica, sobre los nuevos fichajes, los proyectos, etc... esas cosas que sé que también le interesan. Como chisme para terminar de desviar su atención, le cuento lo que le hice a Yan, consiguiendo así mi objetivo, porque se olvida de lo demás y se alegra de que, por fin, le diera su merecido a ese aprovechado.

Su teléfono empieza a sonar interrumpiendo nuestra charla, al mirar la pantalla, observo que se pone bastante nerviosa. Lo coge corriendo y se aparta para atenderlo, ese gesto me da risa, sé que es algún ligue, cosa que me alegra. Mi madre se merece ser feliz, tener a alguien que la quiera y la cuide, porque mi padre le dio muy mala vida. Siempre he deseado que conozca a alguien con quien no tenga ningún tipo de preocupación y disfrute de la vida, ahora que por fin puede.

Doña Rosy, se enamoró de mi padre con tan solo doce años, vivía su amor en secreto. La única que conocía sus sentimientos era mi querida tía Janneth, su mejor y única amiga. Las dos lo perseguían por el barrio sin ser descubiertas, lo miraban a escondidas. Mi madre sufría en silencio viéndolo con otras chicas, pero al ir creciendo, se fue transformando en una moza linda, alta y con curvas. Cuando tenía tan solo quince años, el matón del barrio, el chico que había llenado sus sueños, se fijó en ella y empezó a perseguirla. Ella lo rechazaba porque conocía sus andanzas, pero por dentro se sentía dichosa de que, por fin, se hubiera fijado en ella. Lo que no se imaginaba es que se transformaría en su obsesión. La perseguidora pasó a ser la perseguida. Él la tenía vigilada en todos los lados. Los chicos que se acercaban a ella, recibían una paliza o eran amenazados, su acoso cada vez iba a más. Mis abuelos lo descubrieron y decidieron sacarla del barrio para apartarla de él. Mi madre era su única hija, su pequeño tesoro y hacían de todo por ella. Se trataba de una familia muy religiosa, que creía en la familia y en la pureza de la mujer hasta el matrimonio, pero la mala suerte hizo con que una pick up conducida por un menor de edad, que iba drogado los atropelló en la acera, matándolos en el acto. Cuando mi padre fue informado de lo ocurrido, mandó ejecutar al conductor, que apenas había sufrido unos rasguños. Mi madre descubrió eso mucho tiempo después. Él, además, ordenó a sus secuaces, que se encargaran de todo lo necesario para que mis abuelos tuvieran un sepelio decente.

En aquel entonces, tenía veintiún años y mi madre tan solo quince. No tenía ningún familiar en Estados Unidos, los tenía a todos en la República Dominicana, y no los conocía, así que él se nombró responsable de ella sin que nadie lo llegara nombrara tutor de manera legal. Se presentó delante de mi madre y le dijo que, desde aquel momento, ella pasaba a ser su responsabilidad. No la dejaba sola, ni a sol ni a sombra, ni tan siquiera podía acercarse a la esquina sin que nadie la acompañase. Dormía en la casa en la que había nacido, pero siempre había dos hombres en su puerta, nadie entraba o salía sin autorización. Mi madre tan solo lloraba por lo sucedido, así que él hacía de todo para sacarla de aquella tristeza.

El día que cumplió los dieciséis años, él se presentó con un precioso anillo y le pidió matrimonio. Mi madre creyó que estaba viviendo un cuento de hadas, su amor de la infancia quería casarse con ella. Por desgracia, mis abuelos ya no estaban para impedir esa dichosa boda, así que lo aceptó, y esa misma noche la hizo su mujer, claro que los detalles de esto nunca los he querido saber. Al principio, él la cuidó en todos los sentidos, protegiéndola y consintiéndola en todo. No existía ninguna otra mujer para él, que no fuera ella. Se mudaron de casa, a la suya, pues tenían más comodidades. Mi madre no se dio cuenta de que él, la había apartado del mundo, y que solo salía para ir al instituto y volver. Solo veía a sus amigas allí, hasta que un día uno de los hombres que la vigilaba, la vio riéndose con un compañero de clase. Cuando mi madre llegó a casa, aquel cabrón, muerto de celos, le pegó un bofetón. Cuando él vio que le sangraba la nariz, empezó a llorar y a pedirle perdón. Como mi madre era una niña enamorada, lo perdonó pensando que no volvería a suceder, y él para terminar de convencerla, le engatusó y le hizo el amor tiernamente.

Pero después de eso, las palizas se hicieron frecuentes. Aquella solo fue la primera de muchas, la mayoría eran por cosas banales, como por ejemplo que ella fuera a por pan y un hombre se la quedara mirando, o si llegaba del instituto cinco minutos más tarde de lo normal, si saludaba a un amigo, si lloraba... Le pegaba por todo y siempre terminaban de la misma manera: con sexo de reconciliación, pues él le pedía siempre perdón. Las palizas se hicieron tan frecuentes, que mi madre decidió dejar los estudios y así evitar las crisis de celos de él. Durante un tiempo ella creyó que había tomado la decisión más acertada, ya que se habían acabado los malos tratos. Hasta que un día, se dio cuenta de que tenía un retraso, tuvo miedo de contárselo y se calló. No tenía con quien hablar, no tenía dinero ni nadie que fuera a la farmacia a comprarle un test de embarazo.

Al poco tiempo, él llegó extremadamente contento a casa, y le dijo a mi madre que quería fijar por fin, la fecha para la boda. Ella se alegró tanto, que le contó que iban a ser padres. Siempre contó que se quedó mudo, durante lo que le pareció una vida. Ella sonreía de felicidad, creyendo que él también lo estaba, creía que solo estaba conmocionado por la noticia. Pero nada más lejos de la realidad, cuando por fin abrió la boca, las únicas palabras que salieron fueron insultos, para llamarla de todo, hasta el punto de pedirle el nombre del hombre que se la había follado. Le decía que, si ella no le decía quién era, iba a matar a todos sus hombres, ya que tenía que ser uno de ellos, puesto que no tenía contacto con más gente. Mi madre solo sabía llorar. Sin embargo, su calvario apenas estaba empezando. Él se abalanzó sobre ella y le propinó una brutal paliza, exigiendo una y otra vez un nombre, a lo que ella le juraba y perjuraba que nunca se había acostado con ningún otro hombre que no fuera él. Al oír el jaleo, el que era su hombre de confianza, entró en la casa y al ver el estado en el que se encontraba mi madre, le ordenó que la soltara. Aquel desgraciado, se giró hacia el que para él era como un hermano y le disparó, dejándole malherido, tanto que ya no había nada que pudiera hacer para salvar su vida. Como ya no tenía nada que perder, decidió decirle al desgraciado de mi progenitor que la había drogado y violado cuando él estuvo desaparecido unos días. Sin piedad, se acercó a su amigo y le descargó todas las balas de la pistola en su cabeza. Mi madre lloraba desesperada. Cuando él recobró la compostura, se acordó de ella, y mirándola fijamente, le dijo que la llevaría a abortar. Por primera vez se enfrentó a él y le dijo que no, que no abortaría. Esa afirmación le supuso otra paliza, se dejó caer en el suelo, los golpes le llovían por todos los lados, pero consiguió protegerse la barriga poniéndose en posición fetal, para que no me ocurriera nada. Dos de sus hombres entraron, y al verlo tan fuera de sí y al otro muerto, lo sacaron de allí, dejándola en el suelo tendida como si de un perro se tratara. Solo por eso hoy puedo contar esta historia.

Ese desgraciado, estuvo varios días sin aparecer por casa y solo mi tía Janneth se acercó para cuidarla. Fue quien curó sus heridas y consiguió que se alimentara. Nadie de su alrededor, se atrevía a mirarla por miedo a las represalias. Cuando por fin apareció, venía acompañado de una mujer. Mandó llamar a mi madre y que lo esperara en el salón. Se folló a la otra en la cama que compartían, y la obligó cuando terminó, a cambiar la ropa de la cama. Lo hizo hecha un mar de lágrimas, y por la noche quiso mantener relaciones también con ella, pero mi madre se negó. Al día siguiente, trajo a otra mujer, y una vez más ella tuvo que cambiar la ropa de cama y por la noche aguantar sus insinuaciones. Él le decía que solo ella era su mujer, que ninguna tomaría su lugar, tenía una insana obsesión por mi madre, alegando que con las otras tan solo era sexo, porque ella no quería tener relaciones sexuales con él.

Un día mi madre se cansó de verlo entrar y salir con mujeres. Aprovechó que él se había ido de paseo con sus secuaces, recogió todas sus cosas para volver a la que fue su casa. Salió con la maleta en la mano y le dijo al hombre encargado de vigilarla, que la única manera de impedir que se marchara de allí, sería matándola. Sabía que cuando aquel desgraciado llegara, se volvería loco por no encontrarla en casa, pero si la encontraba muerta, lo mataría a él primero y después a todos los que se encontrara por delante. Así que no solo no se lo impidió, sino que además la acompañó hasta allí, y se quedó haciendo guardia en la puerta. Antes de salir, llamó a un chico y le mandó a avisar a su jefe. Mi madre no había terminado de entrar por la puerta, cuando él ya la estaba llamando para ordenarle que volviera. Mi madre se negó.

Él llegó enfurecido, derribó la puerta, y entró gritando por su nombre. Ella, del miedo que sentía, pensó en coger un cuchillo para defenderse, pero se dio cuenta de que no tenía nada que hacer. Llevaba una pistola y era más fuerte, así que tomó la decisión de morir en su casa, pues no volvería con él, bajo ningún concepto. Cuando la encontró, la agarró por el brazo, ella, cansada de los malos tratos, le dijo que solo saldría de su casa muerta.

Él se la llevó a rastras, sin contemplaciones. Tres días después, mi madre volvió a su casa y él fue de nuevo a por ella, para llevarla de vuelta, y así una y otra vez, hasta que él se cansó y la dejó en nuestra casa, pero por las noches, él iba a dormir con ella. A partir de ahí, mi madre ya no sentía nada por él. Ni siquiera le odiaba, solo sentía indiferencia hacia él. Así estuvieron hasta que yo nací.

Yo, para su desdicha, nací igualito a él, de piel clara y ojos de color azul, todo lo contrario, a mi madre que es negra y con los ojos como el azabache. Cuando llegó el momento del parto, él pagó una clínica particular, porque su idea era darme en adopción y así no habría ningún escándalo, todo se haría bajo manga sin problemas de papeleos. Mi madre, al enterarse de sus intenciones, se enfrentó de nuevo a él y le dijo que, como se le ocurriera hacerlo, se quitaría la vida. Su miedo a perderla fue tanto, que le permitió llevarme a casa. Él nunca quiso mirarme, hasta que un día mi madre estaba duchándose y yo me caí al suelo de la hamaquita. Se asustó tanto de que me hubiera podido pasar algo y sus consecuencias, que corrió a atenderme. Cuando me cogió en brazos, se quedó totalmente impactado con el parecido que teníamos. Se apresuró a mirar la señal de nacimiento, que tienen todos los varones de su familia, y allí estaba la mía. Mi madre, que llegó en este momento, le gritó que me soltara inmediatamente, que ya era demasiado tarde para él, que todo seguiría tal y como estaba. Se pelearon, y por primera vez, el agredido fue él, que ni siquiera trató de defenderse, lo único que le decía es que la amaba y le pedía perdón, afirmando que podíamos ser una familia. Ese día mi madre consiguió que se fuera de nuestra casa, para no volver a pisarla jamás. Nunca me contó cómo consiguió deshacerse de él, pero desde ese día, no puso un pie allí, aunque mandaba todas las semanas a uno de sus secuaces con dinero, que ella no aceptaba. Mi madre a los dieciséis años se encontró sola en el mundo con un bebé, y no se rindió. Cuenta que, por su cabeza, nunca pasó la posibilidad de una adopción. El hombre que me dio la vida nos miraba siempre desde lejos, por más que él insistió en ayudarles, nunca lo aceptó y me crio sola. Cuando yo tenía un año y medio, a él lo detuvieron, salió con la condicional cuando yo tenía siete años. Vino a buscarnos y, mi madre le prohibió acercarse a mí. Yo lo veía mirándome de lejos, sus colegas me grababan rapear y se lo enviaban para que él me oyera. Violó la condicional y volvió a la cárcel.

Mi madre es la mujer más valiente que he conocido, mi deseo de siempre fue casarme con una mujer como ella, pero no tuve la suerte.

Llego a casa pasadas las diez de la noche con la esperanza de encontrar a Silvia dormida, pero está sentada en el salón con un visible estado de embriaguez. Nada más verme, me lanza el vaso que tiene en la mano. Lo esquivo con facilidad.

—Eres un desgraciado, quieres verme sola, arruinaste mi vida.

Intento acercarme, pero es misión imposible. Todo lo que va encontrando por delante, me lo lanza a la cabeza. Intento dialogar con ella, explicarle que lo ocurrido el sábado había sido culpa de ella y solo de ella, pero no hay manera, no entra en razón y empieza a llorar.

—Yo te quería, Bruno.

—Lo siento, Silvia, pero tú conoces la respuesta a eso —le contesto con la sinceridad que me caracteriza.

—Quería poder formar una familia contigo, pero nunca me deseaste. Solo te casaste conmigo por remordimiento.

Claro que la deseé. Cuando decidí hacer la escapada con ella quería de corazón intentar sentir algo por ella, todo fue perfecto, llegué a ilusionarme con la idea de vivir algo real junto a ella. Sin embargo, no nos hizo falta ni veinticuatro horas para que todo se fuera a la mierda. Nada más poner los pies en tierra firme, sus amigos volvieron a ponerse de por medio en nuestra relación y ella, ya no ve nada más.

—Me casé contigo, no con tus amigos.

—¿Por qué siempre tienes que meterlos por en medio?

—Es inútil, ya me cansé de intentar explicarte las cosas, y nunca las viste.

No pienso seguir discutiendo, es una pérdida de tiempo. Hoy por primera vez ella me echó en cara lo que nos pasó. Yo siempre cargaré con esa culpa, pero yo también perdí aquel día. La dejo sola en el salón, subo las escaleras, entro en nuestra habitación, recojo algo de ropa y me voy a la habitación de invitados. No podemos vivir así, tenemos una hora de calma y diez de tormenta, y no quiero esta vida para mí. La Silvia tímida e indefensa que conocí en la discográfica, desapareció aquel horrible día, y todo por mi culpa. Apoyo la cabeza en la pared y cierro los ojos, pidiendo fuerzas a quien sea que me las pueda dar. Estoy agotado, esto de vivir en una montaña rusa es difícil. Abro la puerta de la habitación y… ¡sorpresa! ¿Quiénes están tumbados en la cama de la habitación charlando tranquilamente? La poca paciencia que me quedaba desaparece de un plumazo, irrumpo en la habitación, tomo a Yan y su novio por los brazos y les ordenó que se vayan de mi casa ya mismo, me miran sonriendo y me dicen que no, que solo se marchan si Silvia se lo ordena. Bajo las escaleras encolerizado en busca de mi esposa. La encontré con otra copa en las manos, le quito el vaso y le ordeno:

—Echa a tus amigos de mi casa ahora mismo.

Ella ni se inmuta.

—Si no los echas ahora mismo, el que se irá seré yo.

Ella se levanta camina hasta la puerta como si nada, la abre y me invita a que me vaya de mi propia casa. La miro con los ojos como platos. ¡Los prefiere a ellos! Me quedo pasmado, nunca la vi actuar de esta manera. ¿Tanto le afecta que yo le pegara a Yan? Voy hasta la entrada, cojo las llaves de uno de los coches y me voy. Juego un poco con Bronx, que nada más verme viene a saludarme, entro en el coche, cierro la puerta y apoyo mi cabeza en el volante. Esto es una pesadilla. Meto la llave en el contacto, para salir de aquí cuanto antes. No he sido yo quien se ha ido, ella fue quien me echó. Cuando estoy arrancando el coche, Silvia aparece desesperada hecha un mar de lágrimas, implorando que no me vaya:

—No te vayas, los echaré ahora mismo —dice entre hipidos.

—Tarde, ahora el que no desea estar en esta casa soy yo —le contesto sin mirarle a la cara.

Mi perro vuelve a acercase, le hago una caricia por la ventana del coche. Él me mira con cara de pena, sin pensar abro la puerta, lo meto en el coche para irme lejos. Silvia se tira al suelo gritando.

—Déjate de drama, solo voy a dar un paseo con el perro, ya volveré —grito desde la ventanilla.

Se da por satisfecha con mi respuesta y entra llorando.

No está en mis planes volver a casa hoy. Ya contaba que tendríamos una discusión, lo que no contaba era con sus dos amigos dentro de mi casa, y mucho menos en la habitación de al lado de la nuestra, quizás le esté dando más importancia de la que realmente tiene, pero me siento como si ella necesitara la aprobación de ellos hasta para dormir conmigo en nuestra propia casa.

Y que ella los escoja a ellos y me eche ya es la gota que colma el vaso. Conduzco como un autómata hasta mi apartamento. No me preocupo en ocultarme. Hoy todo me da igual, mañana será otro día. Nada más entrar siento el olor a rosas de Rosita, mi perro que nunca había venido aquí, parece estar a gusto. Lo dejo salir a la terraza, que es bastante grande, y me siento a su lado. Me dedico a admirar las bellas vistas que tenemos delante.

No puedo evitar hacerme la pregunta de siempre. ¿Cómo mi vida ha podido cambiar tanto? Mis excesos me están haciendo pagar un precio muy alto, y no creo que nadie se merezca vivir esto. El móvil suena, lo cojo, miro la pantalla y veo que es Silvia. Lo apago, no volveré a casa ni tampoco hablaré con ella, solo quiero un poco de paz y tranquilidad.

Entro en el dormitorio para intentar dormir un poco, y al hacerlo siento el rico aroma de su perfume barato, que en su piel huele mejor que la más cara de las fragancias. Me encamino hasta la cama y acaricio impulsivamente, el lado en el que ha dormido. Cojo la almohada en la que reposó su cabeza, y me la llevo a la nariz para aspirar su aroma.

Ella se merece lo mejor, y yo se lo daré. Me duermo con la cabeza llena de pájaros, parezco un puto adolescente. Por más que lo intente, no dejo de pensar en ella, sé que se enfadará muchísimo conmigo cuando se entere de los cambios que hice en el contrato, pero eran necesarios. Parece ser bastante testaruda, así que cada uno lucha con las armas que tiene.

Sueño toda la noche con Rosita, y al despertarme me encuentro con las sábanas sucias. ¡Me he corrido con un puto sueño! Jamás me había pasado esto, ni cuando era un adolescente y me pasaba el día con las hormonas hasta arriba. Voy a la ducha cabreado conmigo mismo, pensando en cómo a un hombre casi con treinta y un años, le puede pasar por esto.

Salgo de mi apartamento temprano, y voy a casa a dejar al perro, no me gusta que esté solo, cuando llego, encuentro todo en silencio. Subo con cuidado a mi habitación, y me encuentro a Silvia vestida con una camisa mía, encima de la cama, en posición fetal totalmente destapada. Me acerco para cerciorarme de que se encuentra bien, y al hacerlo, siento el fuerte olor a alcohol que desprende. No la despierto, cojo un pantalón vaquero y una camiseta, me meto en el baño y me cambio para ir a trabajar. En otras circunstancias, la hubiera despertado e intentando consolarla dándole cariño, pero creo que ya es hora, de que se dé cuenta por sí sola, lo que está haciendo con nuestro matrimonio. No soy un santo, pero ella tampoco está haciendo nada para que las cosas vayan a mejor.

Salgo de baño y la encuentro sentada en la cama.

—Perdona, necesito que entiendas que Yan, es muy importante para mí –me dice en apenas un susurro.

—Silvia, cállate. Me conozco muy bien ese discurso —le digo sin casi alterarme.

—Tienes razón, no está bien que se interponga entre nosotros, pero no soy consciente de lo que hago cuando está conmigo.

—No quiero hablar de ello ahora, llevamos mucho tiempo con lo mismo.

—¡Parece que me estés dejando!

—Ayer me echaste de mi propia casa.

—Solo dime si vendrás a dormir.

—No lo sé —contesto escueto sin levantar la voz, estoy agotado de vivir así.

—Acuérdate, que mañana tenemos la entrevista con Oprah Winfrey.

—No iré, ya no me apetece seguir con el juego de la pareja feliz —le contesto tajante. Ella comienza a llorar y entre sollozos me dice:

—Yo te quiero. Te juro que voy a cambiar.

Las mismas palabras de siempre, estoy cansado de escuchar invariablemente el mismo discurso.

Salgo de la habitación y me dirijo a la cocina, donde Marta, la señora que nos ayuda con el mantenimiento de la casa y la comida, ya me tiene el desayuno ya preparado en la mesa.

Silvia viene detrás y empieza a hacerme chantaje emocional. Este será mi castigo de por vida, ella sabe perfectamente qué palabras utilizar, para tenerme atado a ella.

Al final se sale con la suya y, asistiré a la entrevista. No le puedo negar nada y menos, cuando utiliza sus armas más persuasivas.

Salgo de casa con destino a una de las mejores perfumerías de Rodeo Drive, escojo un perfume con aroma a rosas, y encargo también un ramo de esas preciosas flores con espinas. Llamo a Tocha, y le ordeno que vaya a recoger a esa mujer que me ha obnubilado el cerebro. Le digo que la espere el tiempo que haga falta, pero que no se vaya sin ella, cuando esté dentro del coche, haga el favor de entregarle mis regalos. No quiero arriesgarme a que se los tire a la cabeza en plena calle. Porque con el carácter que tiene, es bien capaz de hacerlo sin pestañear.

A cada poco lo llamo para saber si le gustó el detalle. En mi milésima llamada, Tocha me cuenta que ella no está nada contenta en tenerlo detrás todo el tiempo, ya que, según ella, tiene su coche y es una mujer independiente, que sabe cuidar de ella y de su familia. Me imagino a aquella fierecilla plantándole cara al enorme hombretón que parece más un armario empotrado. Mi hombre me cuenta, que ella lleva a su hermano de un lado a otro, y que no para en todo el día. Entra y sale de tantos sitios, que no sabe ya, si es trabajo, visita de cortesía, ir al médico o tratar cosas y papeleos de su hermano, también que, en un momento determinado, ella le confesó que, tiene miedo de dejar a Fernando José salir solo.

Le ordeno a Tocha, que le diga que cuando haya que llevar a Fernando José a algún sitio, que le avise y él se encargará de hacerlo. Como era de esperar, ella pone el grito en el cielo, pero muy hábilmente, él le dice que está incluido en el contrato del chico, y así consigue que acepte. Pero para no variar, con la condición de solo cuando ella no pueda.

Mi día en la discográfica fue poco o nada productivo, seguimos sin ser capaces de descubrir quién es el que nos está traicionando, aunque ya apenas nos quitan artistas, tenemos a un aprendiz de sonidos que nos es bastante sospechoso. Está siempre preguntando cosas, pero todavía no tenemos nada que pruebe que es él.

Ahora hacemos todo en sumo secreto, no comentamos a nadie de la discográfica nuestros planes, los únicos en conocer todo somos Wallace, Black, nuestro abogado y yo, pero seguimos teniendo la necesidad de saber quién es la persona traidora. Para colmo de males, hoy uno de nuestros cantantes revelación, que le tocaba renovar contrato, se ha negado y ha firmado con ellos. Esto nos ha minado la moral a todos. Fue uno e los primeros que lanzamos y que resultó tener una carrera directa al estrellato.

No puedo aceptar esto por las buenas, si me dijera que me deja para ir a una gran discográfica, lo podría intentar comprender, pero para ir con aquellos mierdas, no. La persona que está detrás de esto, es muy lista y nos tiene en jaque.

Antes de marcharme a casa, llamo a Tocha por última vez, para preguntarle la reacción de Rosita cuando recibió los regalos. Él me dijo que al principio se emocionó muchísimo, se abrazó a las flores con los ojos vidriosos por la emoción, pero que al darse cuenta de que la observaba, se las devolvió diciendo que seguro me había equivocado, que aquellos regalos deberían de ser para mi esposa, no para ella y se los devolvió de malas maneras. Habló con ella y logró convencerla de que aquellos obsequios, sí eran para ella. Y que, aunque ella quiso disimular, se la veía muy contenta. Sin que se diera cuenta, escuchó la conversación que tuvo con su amiga por teléfono, mientras la llevaba al trabajo en el restaurante en el que nos vimos por primera vez, le contó que le habían regalado rosas y un perfume. No le dijo el nombre de su admirador, pero que estaba muy contenta y emocionada. Esto me puso muy contento, y le doy las gracias a Tocha, que por algo es mi hombre de confianza, porque le puedo encargar cualquier cosa, que sé que me responderá como si le fuera la vida en ello.

Entro en casa y me encuentro a Silvia arreglada como si fuera a una gala, la mesa puesta... Todo perfecto, excepto que nada de esto me atrae y su belleza, ya no me excita, paso a su lado sin decir nada y me voy a la habitación. Ella viene detrás de mí.

—Ya les dije a mis amigos que nos veremos en la calle —me dice solícita, mientras tira las tres llaves encima de la cama—. Nuestra casa será solo nuestra.

—Bien —le respondo de manera escueta, y sigo mi camino.

—Por favor, no me desprecies. Sé que he estropeado todo, que estábamos fenomenal, pero tienes que entender que llevaba una semana sin verlos y me alegré mucho de que se presentasen en el restaurante a verme.

—De acuerdo Silvia, bajaré dentro de un rato. Necesito darme una ducha —le respondo de manera mecánica. Por toda respuesta, me da un beso que no me sabe a nada, y baja las escaleras para esperarme de nuevo en la mesa para cenar.

Veinte minutos después, estamos los dos sentados a la mesa, ella me hablaba como si no hubiera pasado nada. Me comenta cosas sobre la entrevista que tenemos al día siguiente, pero solo abro la boca, para decirle que nos veremos directamente allí. Ella protesta un poco diciendo que, desea llegar conmigo, pero me mantengo en silencio, dando así el asunto por zanjado. Termino de cenar, me levanto y me voy a dormir a la habitación de invitados, pero esta vez, a una que está lejos de la nuestra. Ya estoy metiéndome en la cama, cuando entra sin molestarse en llamar, y me pregunta el motivo de dormir separados, cuando nunca lo hemos hecho así. No le contesto, finjo ignorarla, hasta que por fin se da por vencida y se marcha llorando.

No pude conciliar el sueño en toda la noche, ella se sentó delante de mi puerta, y se pasó la noche lloriqueando y pidiéndome que volviese a nuestra cama. No me gusta verla así, pero necesito que se dé cuenta del daño que sus amigos hacen en nuestras vidas. Cuando empieza a amanecer, consigo conciliar un poco el sueño, pero me despierto a mi hora habitual, con la sensación de que acababa de cerrar los ojos. Me ducho y me visto, preparándome así para otro día de trabajo. Al abrir la puerta, me quedo petrificado con lo que veo Silvia está sentada contra la pared de mi habitación con las rodillas flexionadas y la cabeza entre las piernas. Paso la mano por el rostro sin dar crédito a lo que veo, pongo la mano en su hombro para que se levante y descubro que está dormida. La cojo en brazos, ella se abraza al cuello, pero no dice nada. La llevo a la habitación, donde estudio la posibilidad de quitarle el vestido que lleva, que no aparenta ser para nada cómodo, pero desisto, porque sé que si lo hago ella se montará películas que no existen. La meto dentro de la cama, y cuando ya estoy marchándome, me llama y me dice que me quiere. Vuelvo hasta su lado, le doy un beso en la mejilla y me voy. No deseo caer nuevamente en este juego, lo que ella quería ya lo tiene, iré a la dichosa entrevista, haré el papel de marido enamorado, cobrará un buen cheque por eso y tan contenta.

Esta vez, le mando a Rosita una caja de bombones acompañada de otro ramo de rosas. Voy a la oficina de Black y él, nada más verme, me dice que necesitaría a Fernando José para una de nuestras grabaciones, y que tiene en mente algo para él, en el festival que estamos planeando. Su noticia hace que mi día se torne radiante, tengo una excusa perfecta para atraerla hasta aquí, ya que ella es encargada de trasladar su hermano. Me ocuparé, de que Tocha tenga algo urgente que hacer para esa hora. Le pregunto a mi amigo los detalles, para poder planear todo. Tengo la suerte de cara, pues Black lo necesita para dentro de dos días. Eso supone un par de oportunidades extras, para cortejarla y planear todo lo demás detalladamente. ¿En serio he pensado cortejarla? Nunca tuve que esforzarme tanto para follarme a una tía. Pero ella lo vale.

Después de aguantar las bromas de mi guardaespaldas, conseguí que me diera la información que necesitaba para dar un paso más para tener a Rosita en mi cama dispuesta y por voluntad propia. Él me dijo que le gustaron los bombones y las flores, pero como siempre, disimuló antes, refunfuñando.

Estoy arriesgando mucho, lo que voy hacer es una locura. Puede romperme la cara, pero también puede decidir pasar la noche conmigo, y si me dan a escoger, me quedo con la segunda opción. Estoy delante del hospital, sé por Tocha que hoy es el único día que ella tiene libre al mediodía y no entra a trabajar hasta las ocho y media de la tarde, y si todo sale como lo planeé, no trabajará en ningún sitio más. Miro el reloj y, dentro de diez minutos debería estar saliendo por aquella puerta, seguramente para ir trabajar en algo que le haya salido. Siempre que puede, se busca algo para ganar un dinero extra, en sus horas libres. No sé cómo se puede organizar tan bien para atender a su hermano y estar en tantos lugares al mismo tiempo. Como un reloj suizo, a las cuatro en punto sale por la puerta. Para mi suerte está sola, me bajo de la moto y camino a su encuentro. Como va distraída, no se da cuenta de mi presencia, y al principio se asusta, acelero entonces mi paso, hasta pararme delante de ella, que ha dejado de caminar y por lo que veo baraja la opción de salir corriendo sobre sus pasos. Al descubrir su intención, me acerco más.

—No huyas.

—¿Por qué me persigues? —pregunta asustada sujetando su bolso contra su cuerpo. Me golpeo mentalmente, ¿cómo puedo ser tan idiota? ¡La estoy asustando! Mi vestimenta motera y el casco en este barrio, la llevó a pensar que la quiero atracar o secuestrar.

—No tengas miedo, soy yo, Bruno.

—¿Qué hace aquí? ¿Está loco? Alguien puede verle.

—No te preocupes, nadie puede reconocerme con esta ropa, por eso llevo aún el casco puesto también.

—Vete de aquí.

—Ven, quiero enseñarte una cosa.

—No quiero que me vean con usted.

—Llámame de tú, y nadie sabe que tengo esta moto, así que no te descubrirán conmigo —le digo al tiempo que le entrego el casco—. No saldré de aquí sin ti.

—¡Siempre tan caballeroso pidiendo las cosas por favor! —dice con sarcasmo sacándome una sonrisa.

Haciéndose la ofendida, coge el casco, pero veo cómo mira a la moto con una sonrisa en los labios. Mi primera parte del plan está yendo de maravilla, está siendo más fácil de lo que me imaginaba. Me quito la mochila que llevo en la espalda y se la tiendo para que la coja. Ella me mira con cara de enfado.

—Oh, oh... esto no te gusta, ¿verdad? —La descarada se carcajea en mi cara.

—Tendría que haber grabado tu cara ahora mismo.

—¿Qué pasa con mi cara, señorita?

—Anda, ¿qué regalito me trae ahora?

—No es un regalo, es solo la ropa adecuada para montar en moto.

—Das por hecho que me iré contigo.

—¡Si te mueres por subir en mi moto y abrazarte a mí!

—No es la primera moto que veo —dice con fingida indiferencia

—Ya, pero una como esta nunca la has visto.

—Engreído.

Me tira el casco y lo cojo al vuelo. Atónito, miro como me da la espalda con la mochila en la mano, no sé qué va a hacer, si se va a cambiar o a quemar la ropa, pero no tengo otra opción que esperar.

Me apoyo en la moto y vuelvo a fijar la mirada en la maldita puerta de salida del hospital. Me estoy asando con esta ropa, pero no sé si es del calor o los nervios. ¡Es ridículo cómo se siente un hombre cuando se interesa por una mujer! No quiero ni imaginar lo que debe de ser estar enamorado, si es que existe tal sentimiento.

Ahora mismo agradezco tener este casco cociendo mi cara, tengo una sonrisa tonta estampada en el rostro.

La ropa le queda perfecta, trae su melena suelta. Con una bella sonrisa se para delante de mí, da una vueltecita y me pregunta:

—Qué ¿te gusta? —Si me gusta dice, ¡joder, me encanta! Si pudiera, cogería su mano y se la pondría en mi miembro para que vea lo que ha causado en mí.

—Pequeña, estás preciosa —le contesto y le vuelvo a entregar el casco, sin poder agregar nada más. Ella, desprendiendo feminidad, me hace una señal con la mano para que espere, coge una goma de pelo que aparece de no sé dónde y se hace una coleta remarcando más su cara de niña. Miro para otro lado porque soy plenamente consciente de que dentro de dos meses es mi cumpleaños y esto pone una diferencia de edad entre ella y yo de casi once años. Rosita, riéndose, mueve la mano arriba y abajo delante de mi cara llamando mi atención, le entrego el casco.

—Vámonos —le digo y me subo a la moto para esperarla.

Se gira y, haciendo gala de su juventud y elasticidad, apoya sus manos en mis hombros y levanta con agilidad una de sus largas piernas, para pasarla por encima de la moto, sentándose detrás de mí, me rodea con sus brazos dejándome en las nubes. Acaricio sus manos, que reposan sobre mi abdomen, y le pregunto por el micro de nuestros cascos si está preparada, me río del brinco que da por el susto. Rosita me contesta que sí, arranco la moto y disfruto de sus grititos de alegría. ¿Quién diría que yo disfruto de los grititos? Conduzco por Los Ángeles, pasamos por Long Beach. Rosita me pregunta cuál es nuestro destino, pero ignoro su pregunta. Y tomo el camino que nos lleva a la costa, hago el paseo despacio para que pueda disfrutar de la belleza de la ciudad en la que vive sin las preocupaciones que tiene encima. Llegamos a Newport Beach. Entusiasmada, me dice que no conocía esta parte de la ciudad, me gustaría prometerle que le enseñaría todo esto, pero no puedo. Tengo un compromiso con Silvia, aunque ahora estemos pasando el peor momento de nuestro matrimonio, estamos atados de por vida. Sacudo la cabeza borrando ese pensamiento, y sigo conduciendo en silencio solo disfrutando de la risilla de esta preciosa mujer que será mía durante un buen tiempo, de eso estoy seguro.

La última gran población que pasamos es Carlsbad. Ahora le enseñaré todo lo que puede dar mi moto, le digo que se agarre fuerte y acelero por la angosta carretera costera que nos llevará hasta el parque natural *Village of la Jolla*.

—Baja, vete a mirar la belleza natural que tenemos aquí —la animo cuando hemos llegado y he parado la moto.

—¿Vendrás conmigo? —me pregunta tímidamente.

—No hay cosa que desee más en este momento, pero no puedo. No tardaríamos ni dos segundos en estar en internet.

—Entonces arranca, quién sabe si un día puedas mostrarme. —Ella apoya su cabeza en mi espalda—. Perdóname, no debería de haberte dicho eso —me dice avergonzada.

—Vamos, tengo una sorpresa para ti — le digo para cambiar de tema, no quiero que se sienta incómoda, pero la realidad es que nunca podré enseñarle nada de esto.

Conduzco alejándome de la costa en donde sé que no tendríamos nada de privacidad. Ella está callada y no sé qué hacer ni qué decir para que la alegría que tenía antes vuelva. Entramos en una enorme finca con altos muros y un pequeño letrero dorado que pone Spa, no creo ni que se haya dado cuenta. La invito a que se baje, lo hace sin responderme, bajo de la moto y le pongo el caballete. Tomo el casco que ella tiene en la mano y junto al mío los cuelgo en el manillar. Cojo su mano con la mía, y nos dirigimos a la entrada, en donde dos mujeres vienen a recibirnos.

—Bienvenidos al *Spa Deluxeri* — nos dice una de ellas, al tiempo que apoya su mano en mi hombro—. Espero que su estancia aquí sea agradable.

—¿Esa mujer siempre se toma estas confianzas con sus clientes? —me pregunta Rosita sacándome una sonrisa.

—Es Casandra, una vieja amiga, y la dueña del Spa. Lo cerró hoy exclusivamente para nosotros —me apresuro en aclararle.

—Ya lo veo, me parece que se toma demasiadas libertades. — La escucho y no puedo evitar soltar una carcajada.

—¿Es impresión mía o estás celosa?

—Más quisiera el señor.

—Auu… Esto fue golpe bajo.

Nos conducen a la entrada de los vestuarios, donde me despido de Rosita por un tiempo. Le acompaña la otra mujer que nos recibió.

—¿Desde cuándo andas con niñas? —me pregunta Casandra con cierto sarcasmo.

—Desde que he decidido dejar de andar con viejas —Casandra es nueve años mayor que yo.

Durante unos meses tuvimos una especie de relación, pero lo dejamos cuando empezó a complicarse el tema, seguimos siendo buenos amigos. La ayudé a montar este Spa y le mando clientes importantes, que quieren discreción y privacidad. Ella sale dejándome solo, me pongo el bañador y voy al encuentro de mi chica. Cuando la veo, casi me da algo, le han puesto un minúsculo bikini que apenas le tapa sus partes íntimas. Camino hasta ella y cojo su mano. Se guimos a la empleada de Casandra, que es la encargada de guiarnos por las instalaciones. Nos duchamos, solo tengo ojos para Rosita. Nos conducen a la piscina de hidromasaje, jugamos con nuestros pies. Ella se ríe como a una niña. Poco a poco, nos vamos acercando. Le cojo la mano y ella me mira sonrojada. Luchando contra su timidez, acerca su pequeña mano a mi pecho y resigue el contorno de mi tatuaje. La dichosa empleada, entra en ese momento y nos dice que ahora nos toca la piscina de agua helada. Tengo ganas de mandarla a que seque hielo y decirle a Rosita que siga, pero la magia del momento pasó. Seguimos a la muchacha, que nos cuenta que, el agua helada sirve para tonificar la piel, aunque en mi opinión solo sirve para cortar el rollo. No aguantamos más que dos minutos y salimos corriendo, riéndonos de lo arrugados que estamos. Pasamos entonces a una preciosa piscina caliente, y de ahí no queríamos movernos, pero la odiosa mujer no nos deja en paz. Si no fuera porque quiero que Rosita disfrute de esto como debe ser, la hubiera espantado hace largo rato. Nos lleva para la sala de sudoración e hidratación, después para la terma romana y un sinfín de lugares más hasta que se cansa de pasearnos de un lado a otro y nos lleva para la sala de masaje, en donde nos esperan dos mujeres. Nos ordenan que nos tumbemos y empiezan a darnos masajes con diferentes potingues. Para mí son todos iguales, pero al parecer unos son para exfoliar, para tonificar, para drenar, y para no sé qué más cosas, pues solo oigo los gemidos de placer de Rosita, que no hacen nada bien a mi masculinidad. Terminan y la empleada de antes, aparece de nuevo, para separarnos y que Rosita siga disfrutando de algún tratamiento solo para mujeres. Tengo ganas de preguntar por qué nos separan, pero decido callar. Me conducen a una habitación en donde todo es blanco reluciente. Hay una cesta de frutas, ignorándola, me tumbo en la cama, pues tengo la impresión de que estaré solo hasta más tarde. Aprovecharé para descansar un poco.

A la hora indicada llaman a mi puerta y me conducen a un recinto con un ambiente quizás demasiado romántico para mi gusto, pero ella se lo merece todo. Mientras espero cojo el móvil, me siento en una silla y me dispongo a mirar algunas cosas del trabajo. Desde que he contestado mal a Casandra no la he vuelto a ver, me estoy quedando medio dormido, hasta que un ruidito llama mi atención, levanto la vista del móvil y casi me caigo de la impresión, rápidamente me recompongo y me acerco a ella.

—Estás preciosa —le digo con total sinceridad.

—Tú tampoco estás mal.

Me levanto y voy hacia la mesa, donde retiro una silla, ella pasa la mano por su precioso vestido, para alisar alguna arruga inexistente y se sienta. Vuelvo a mi sitio sin quitarle los ojos de encima, está más bella que nunca. Está preciosa con cualquier cosa, pero ese vestido le sienta como un guante, ajustándose a todas y cada una de sus curvas. Simplemente sensacional. Tiene la manicura hecha, un suave maquillaje que no le quita la frescura y la inocencia. Está divina, esta es la palabra.

—¿Por qué estás haciendo todo esto?

—Porque te quiero para mí.

—Eso no va ocurrir.

—De acuerdo, ya hablaremos de eso en otro momento. Ahora vamos cenar que me muero de hambre. —Mi comentario es acertado, ella sonríe y toma la carta.

La cena transcurre de maravilla, charlamos de cosas intranscendentales. Me cuenta un poco de su vida diaria, corriendo de un lado para otro. Me agradece el tener a Tocha para trasladar a su hermano. No consigo sacarle nada más personal, por mi parte le cuento un poco sobre cuál es mi trabajo, y mi amor por la música. De repente, empieza a sonar *Flor Pálida,* de Marc Anthony. Sorprendiéndola, la saco a bailar. Ella, riéndose, acepta mi invitación. Creo que piensa que no sé bailar salsa, pero es un secreto que tengo bien guardado, porque gracias a mi madre, creo que aprendí primero a bailar antes que a caminar. Le doy una vuelta y la reposo tumbada sobre mi pierna.

—Mexicanita linda, sepas que soy un estupendo bailarín —le digo al oído.

Entre risas bailamos unas cuantas canciones. Yo en todo momento la miro a los ojos. Toco su cuerpo, con mimo, seduciéndola, respiro en su nuca y observo como se le eriza la piel. Ella no rehúye mis juegos de seducción, es una muy buena bailarina. Canto susurrando en su oído, consiguiendo que se le escape un gemido. Con una triste sonrisa en la cara le digo que desgraciadamente, tenemos que dar por finalizada nuestra escapada. No me contesta, me da la espalda y camina. Le cojo la mano.

—Gracias —digo sincero.

—Soy yo la que tiene que darlas –me responde rápidamente

No hay besos ni nada que dé a entender que haya una relación íntima entre nosotros, pero lo que sí tengo claro es que ella también se siente atraída por mí.

Se nos ha hecho de madrugada sin darnos apenas cuenta, así que el camino de vuelta lo hacemos mucho más rápido, pues la carretera está casi desierta. Rosita en ningún momento se queja de la velocidad.

La dejo delante de su casa a las cuatro y media de la mañana. Yo tiro directo para mi apartamento, en lugar de volver a mi casa. Como la otra vez que estuve con ella, no quiero tener que ver a Silvia ahora, y mi instinto me dice que ella está me está esperando, y seguramente borracha.

Después de haber aguantado las quejas de Silvia en la sala de espera, ahora estoy sentado en el plató de Oprah Winfrey, delante de la mejor presentadora de todos los Estados Unidos. Las preguntas casi siempre son las mismas, cómo hacemos para estar juntos y felices tanto tiempo, para cuándo el heredero, cuándo sacaré un nuevo disco, ya que hace años que no lo hago. Todo gira en torno a nuestras carreras y, nuestro falso amor.

Lo único que me gusta de aquella tortura es que no nos aseguran que sería emitida, pero que nos haría saber la decisión final que, en caso de ser afirmativa, aún tardaría bastante en ver la luz. Esta noticia que para mí es maravillosa, para Silvia no lo es tanto, ya que lleva desde hace años, intentando esta oportunidad. Había conseguido sentarme hace un año en la silla del programa de Jimmy Fallon. Reconozco que me lo pasé muy bien, fue una entrevista amena y divertida, pero no es lo mío. A mi esposa le encanta, no sé si le gusta más el micrófono o las cámaras, ya sea uno u otro, yo siempre estoy en medio.

Salimos del estudio y Silvia, queriendo reconciliarse conmigo, me invita a cenar. No es que me apetezca mucho, pero acepto su invitación. Vamos a un restaurante de moda, allí nos encontramos con algunos amigos y pasamos una velada amena. Para mi sorpresa, solo bebe agua. No mete una gota de alcohol su cuerpo, cosa que agradezco, así sé que mañana no tendré que comprar fotos de los paparazzi y que tampoco tendré problemas cuando llegue a casa.

Nuestros amigos nos invitan a seguir la noche, pero me excuso diciendo que mañana tengo una reunión importante a primera hora de la mañana. Le pregunto a Silvia si quiere quedarse con ellos, pero se niega rápidamente diciendo que se viene conmigo, nos despedimos y nos marchamos. El camino hacia a casa lo hicimos en completo silencio, nunca he estado tanto tiempo enfadado con ella.

En casa hago el mismo ritual, recojo mi ropa y me voy a la habitación de invitados. Esta vez le aviso antes, pidiéndole que no me siga y le advierto que, si lo hace, me iré dormir a la calle. Así logro que se quede en la habitación y me deje dormir tranquilo, rememorando la maravillosa noche que tuve el día anterior.

Capítulo 10

Miro el reloj a cada segundo y parece que no se mueven las manecillas. Estoy tan ansioso que no quiero atender a nadie. Necesito controlarme, me muero de miedo, ante la posibilidad de que no venga a traer a su hermano. Tocha desde luego no va a traerlo, pero todavía cabe la opción de un taxi.

Llamo a Janneth por enésima vez, para saber si ya ha llegado. Para mi desesperación, hoy hasta ella decidió no cogerme el teléfono. Busco algo para centrarme. Los nervios están acabando conmigo, y no me gusta esta sensación. Llevo días mandándole detalles, que sé por Tocha, que le gustan, pasamos aquella maravillosa experiencia en el spa, pero no me ha llamado ni escrito ni una sola vez.

La puerta se abre de golpe. Ella me mira, y corriendo se tira en mis brazos, para besarme. Recuperado del estupor que me causa su reacción, saqueo su boca, y nos separamos para tomar aire. Ella camina de espaldas en dirección a la puerta, mirándome a los ojos, mi corazón se acelera, no puedo creer que se vaya. Me da la espalda y, sujeta la puerta, mirándome.

—Rosita…

No me da tiempo a terminar la frase, cuando ella ya está de nuevo, encima de mí. Sus pequeñas manos arrancan mi camisa, me mira con su carita angelical, se quita su camisa y la tira al suelo junto a la mía, llevo mi mano a mi pantalón para abrirlo, pero ella no me lo permite. Me dice que no con la cabeza, y se encarga de hacerlo ella misma. Me siento atado, pero estoy adorando esta sensación, no me deja hacer nada. Lejos de enfadarme, me está poniendo a mil. Es la dueña y señora de la situación, me deja desnudo. Se arrodilla en el suelo, toma mi miembro, lo acaricia y lo mete en su boca arrancándome un gemido, pasa su lengua inexperta de arriba abajo como si estuviera lamiendo, el más rico de los helados. Me mira con cara traviesa y lo mete entero en su pequeña boquita, haciéndome gruñir de placer. Sujeto su cabeza con las dos manos y le enseño como me gusta. Le entra una arcada, dejo de presionar, para que pueda recuperase. No me permite apartarla, sigue, cada vez la mete más profundamente, con la voz embriagada por el placer le digo que pare, pero no me hace caso y sigue.

—Apártate, me corro…. —digo entre gemidos.

Abro los ojos y miro a todos los lados buscándola y no la veo.

¿Qué coño ha pasado?

Tengo el pene en la mano, a la cual tengo toda pringada. Me siento en la cama, miro de un lado a otro desconcertado. «¡No me lo puedo creer, acabo de pajearme con un sueño erótico!».

Voy a la ducha con los sentimientos encontrados, rabia por mi comportamiento, alegría por lo real que fue mi sueño. Me meto debajo de la ducha y dejo el agua caer sobre mi cabeza. Empiezo a reírme de mi mismo, la sonrisa se fue intensificando hasta transformarse en una carcajada. ¿Qué carajo me está pasando con esta niña? Tengo que tirármela en condiciones para pasar este deseo, no puedo seguir así.

Soy el primero en llegar a la discográfica, me meto en el despacho, miro la puerta y me acuerdo del sueño. Sacudo la cabeza y me centro en mi trabajo, sería muy bonito si ocurriera, pero no veo posible tal cosa.

Janneth me avisa de la llegada de Fernando José, pero no me dice nada de su hermana. Decido no salir, que se ocupen de él Wallace y Black, que son los que lo querían. Tomo una maqueta que nos enviaron para escucharla, la puerta se abre de golpe, miro emocionado y ahí está ella. Sonrío feliz al verla correr en mi dirección, igual que en mi sueño, abro los brazos para recibirla, y ella se acerca para darme un gran guantazo.

—Eres un desgraciado…

¡Me ha pillado!

—Ahora no tengo tiempo, Rosita. Si quieres, podemos vernos más tarde y hablamos. —El encuentro fue bien diferente a lo que tenía imaginado, no sé por qué esta tan enfadada, pero no le preguntaré, soy consciente de que le he dado motivos de sobra para que lo esté.

—Ni lo sueñes.

Me da la espalda y sale, dejándome con la palabra en la boca. Esto no va a ser nada fácil, menuda fierecilla.

Con la cara aún caliente, salgo para ver qué tal va la grabación, ordeno que hagan un vídeo, quiero enviárselo a Rosita y que así pueda ver, lo feliz que está su hermano. El chico tiene un enorme talento, hay personas que estudian en los mejores conservatorios del mundo y no tienen ni la mitad. No tengo la menor idea de cómo se mueve este mundo, pero haré cuanto esté en mis manos para que él pueda triunfar. Si fuera hijo de una familia reconocida y de pasta, seguro ya estaría llenando teatros por el mundo, pero desgraciadamente su realidad es otra, pero yo le proporcionaré esto, por él y por su hermana. Cuándo y cómo no lo sé, pero juro que lo haré.

Fernando José, nada más terminar, llama a su hermana para que venga a por él. Estuve casi todo el tiempo a su lado con la esperanza de que ella apareciera. Me ausento solo un momento y cuando vuelvo, ya no estaba, le pregunto a Janneth por el chico y me dice que su hermana lo recogió. Maldigo mi mala suerte por haber perdido la oportunidad de por lo menos verla.

A la hora de la comida me sorprende Silvia, que viene a invitarme, me excuso diciendo que tengo una reunión y la despacho rápidamente diciendo que la veré en casa por la noche. Sin hacer preguntas, se da la vuelta y con el teléfono en el oído se aleja, seguro que está quedando con sus amigos. Después de que ella se haya marchado, salgo a comer con mis amigos, que no dejan de preguntarme qué me está pasando, ya que me ven muy raro estos días. Dicen que estoy despistado, hago lo imposible para desviar su atención, nos conocemos desde que éramos niños, crecimos juntos en el Bronx, y sabemos perfectamente cuándo nos mentimos o cuándo nos estamos ocultando algo. En medio de la comida, Black nos da una muy buena noticia. Nos comunica que las gemelas nos firmaron por fin, y que ya no hay nada que las impida grabar con nosotros si así lo queremos. Su tío, cobrando unos favores que le debían, consiguió que ellas se emancipasen. La parte en que él se refiere a cobro de favores no me gusta, hay veces que los favores se pagan muy caros, yo soy la prueba viviente de ello, pero mi amigo aclara que él solo utilizó sus influencias porque las vio muy ilusionadas y decidió anticipar las cosas. Ambas quieren saber si seguimos interesados en hacerles una prueba. Esa pregunta me sobraba. He sufrido desde el primer momento que supe que no las teníamos.

Nos aclara que ya les hizo un previo y que son maravillosas. Ellas le contaron también que preguntaron a su padre por la otra discográfica, y que al día siguiente las sacó del país y las llevó a vivir a Canadá. Allí con el apoyo de su tío, lo arreglaron todo, y que él les dio dinero suficiente para que se marcharan y dejaran a su explotador padre atrás y vinieran detrás de su sueño.

Hace mucho que no lanzamos voces femeninas. Estamos llenos de talentos en la discográfica, sin embargo, son casi todos varones.

Entre risas me revelan que vieron a mi madre acompañada de un apuesto hombre en el centro comercial, pero que desaparecieron rápidamente, impidiéndoles descubrir quién es el futuro muerto de Los Ángeles. Nos reímos, pero en realidad estamos encantados al saber que se está ilusionando con alguien. Anda algo misteriosa de unos tiempos para acá, no pienso presionarla. Tengo casi treinta y un años y nunca la he visto con nadie. Me imagino que ha tenido sus ligues, pero jamás supe que tuviera una cita o que se fuera de viaje con nadie. Solo pido que la persona que esté con ella sepa tratarla como se merece. Ha sufrido demasiado en esta vida y pobre del hombre que la haga padecer, ya que tendría que verse con nosotros.

Tocha me llama al móvil, me excuso con mis hermanos porque de momento no les quiero revelar nada sobre Rosita. Me aparto para coger la llamada, algo me dice que no me va gustar lo que me va contar.

—Jefe, Rosita me relegó de mis servicios.

¿Pero qué mierda pasó en estas últimas 24 horas?

—Insístele —le ordeno.

—Dijo que, si insisto, me va a denunciar por acoso.

¿Será que no voy a tener por lo menos una hora de paz?

—No te muevas de ahí. Voy a llamarla ahora mismo.

Su móvil suena y suena, pero no me lo coge. Le envío un mensaje.

Yo: *Te llamaré una vez más y si no me lo coges, me plantaré ahí.*

Es consciente de que no tengo miedo a hacerlo, la llamo y al primer tono me lo coge, pero lo hace insultándome.

La dejo que descargue su frustración, aunque desconozca el motivo.

—¿Ya terminaste? —pregunto autoritario—. Ahora mueve ese lindo trasero y entra en el coche.

—Vete al infierno.

—Te veré dentro de veinte minutos en mi piso, y ni sueñes en decir que no, porque será peor.

Recibo más insultos y me cuelga. La vuelvo a llamar.

—Rosita, haz lo que te dé la gana. Adiós.

Corto la llamada y me reúno con mis hermanos a terminar de comer. Todo mi buen humor se va a la mierda, ya no presto atención a nada de lo que están diciendo, que ella me haya colgado me ha cabreado muchísimo. Eso y que me griten, es una de las cosas que más odio que me hagan. Mi móvil vibra y vibra en mi bolsillo, pero no lo saco para mirarlo. No me apetece hablar con nadie.

Hago unos recados y al terminar voy para casa. Me encuentro a Silvia en la piscina interior nadando completamente desnuda, la saludo y me voy como siempre a coger ropa en la habitación de matrimonio e irme a la de invitados. Me meto en la ducha, pero esta vez no tengo tanta suerte, estoy enjabonándome cuando Silvia entra completamente desnuda. Le ordeno que se retire, que quiero estar solo. Hace caso omiso a mis palabras y empieza a refregar su cuerpo en el mío. La aparto suavemente para que no se resbale y caiga, solo me faltaría que ahora pudiera acusarme de haberla tirado en la ducha.

Ella sigue con su intento de seducirme. Le doy la espalda para aclararme y salir corriendo. Ahora mismo no deseo estar con ninguna mujer, y menos con Silvia. Ella me abraza por detrás, me gira, se agacha y empieza a hacerme una felación. Me resisto, la empujo para que se aparte. Ella intensifica sus lamidas, no soy de hierro y se me escapa un gemido, intento una vez más apartarla, ella me aprieta y traga todo mi pene, llevándome al orgasmo, pero la persona que tengo en mente no es ella. Una vez obtuve mi placer, me retiro de la ducha a toda prisa y me visto para bajar. Ella, llorando, empieza a insultarme y amenazarme. Me da igual lo que me diga, nuestro matrimonio será solo de cara a galería, lo intenté muchas veces y ella no quiso. Me quedaba meses sin poder tocarla, y ahora el que no quiere tener relaciones sexuales con ella soy yo.

Silvia se cansa de insultarme y se marcha a su habitación. Cierro con llave la puerta de la mía, y me meto en la cama, mi móvil no deja de pitar, lo cojo y veo varios mensajes de Rosita. Me quedo en la duda de entre leerlos o borrarlos, pero gana la curiosidad.

Rosita: *Bruno, estoy con Tocha de camino a tu piso.*

Rosita: *Ya estoy aquí. ¿Tardarás mucho en llegar?*

Rosita: *Estamos en el coche esperándote.*

Rosita: *¿Tardarás mucho en llegar? Dentro de dos horas tengo que ir a trabajar.*

Rosita: *Eres un desgraciado, ves cómo solo fue un capricho.*

Rosita: *Me voy, no me busques.*

¿A qué viene este arranque de rabia? Ella fue quien me insultó. Dijo que no quería verme y ahora se enfada porque no fui detrás de ella. Las mujeres son lo mejor y lo peor del mundo, saben cómo dejarnos locos sin tener que hacer el menor esfuerzo.

Camino por la habitación de un lado a otro, me muero de ganas de salir detrás de ella. No, no lo haré. Me pidió que no fuera detrás suya, que la olvide, y eso es lo que haré. Quien vendrá detrás de mí será ella. Se acabó la mariconada de cortejar y todas esas mierdas.

Después de dar mil vueltas en la cama consigo por fin conciliar el sueño, que para mí desesperación, es de todo menos conciliador, ya que Silvia se pasó la noche intentando entrar, pidiendo que hablemos.

Todavía cansado de la larga y tortuosa noche, me encamino a la habitación que comparto con Silvia y me encuentro con que no está en la cama, cosa que se me hace raro, ya que ella es de dormir muchas horas cuando no tiene nada que hacer y no hay previsto ninguna actuación ni nada por el estilo. Bajo a desayunar y me la encuentro sentada en la mesa aguardándome, como si nada hubiera pasado. Se levanta viene hasta mí y me da un beso. Me invita a sentarme y comer algo, esquivo la invitación, disfruto de un frugal desayuno de pie, para salir de casa lo más rápido posible. Hay momentos en que creo que sufre trastorno bipolar, no es normal que alguien pase del llanto a la risa, con tanta facilidad.

Entro en la discográfica y Janneth me avisa de que tengo una llamada. Mando que me la pase al despacho, entro y la cojo y escucho la voz que me está quitando el sueño. No la dejo que me diga nada más que buenos días:

—Estoy ocupado, cuando toque renovar, mi abogado contactará contigo para hacerlo. Adiós.

Cuelgo el teléfono con el corazón partido, pero no soy ningún niñato para andar detrás de ella mientras me pisotea y me insulta a capricho.

Me dedico a mi trabajo, tratando de olvidarme de toda la mierda que me rodea. A la hora del almuerzo, mi madre y yo salimos juntos a comer como en los viejos tiempos, llegamos a la recepción y nos encontramos de frente con Silvia.

—¿Dónde vais?

—Voy a comer con mi madre.

Mi sorpresa es mayúscula cuando ella se une a nosotros. Mi madre rápidamente le espeta:

—No, no estás invitada. Vete a comer con tus amigos.

No discute con mi madre, se va y nos deja seguir nuestro camino tranquilamente. Le doy un beso a mi madre en señal de agradecimiento por haberme librado de tener que posar como esposo amantísimo.

—Hijo… ¿hasta cuándo?

—No puedo dejarla, puse su vida patas arriba y ahora no puedo tirarla como si nada.

—Hijo, no te diré qué hacer, pero no eres feliz, y por más que ella te quiera, tampoco lo es.

Sé que lo que mi madre está diciendo es verdad. Intentaré solucionarlo, solo le estoy dando un buen escarmiento, quizás esta vez aprenda.

—Ya encontraré un modo de solucionarlo.

—Ambos os merecéis ser amados de verdad, aunque no crea en los sentimientos de ella por ti.

Miro a mi madre a los ojos y le doy un abrazo, que en realidad soy yo quien lo necesita. Le pregunto por su ligue, consiguiendo que se ponga nerviosa y cambia de tema. Me hace gracia ver a doña Rosy avergonzada, bromeo diciendo que quiero conocer a mi padrastro. Ella me da un capón y entre risas, hacemos el camino al restaurante.

A la vuelta, nada más entrar por la recepción, Janneth me avisa de que tengo una visita en mi despacho. Repaso mentalmente mi agenda para ver si se me había pasado algún compromiso, pero no. Mi madre se queda junto a su amiga y me voy al despacho a atender a quien quiera que sea que esté allí esperándome. Abro la puerta y no puedo creer lo que ven mis ojos, la gente se cree que yo estoy a su disposición, pero puede ser. Entro a mi despacho, paso por su lado, rodeo mi mesa y me siento.

—¿Qué haces aquí?

—¿Por qué me estás tratando así?

—Estoy atendiendo tu petición.

—Te he enviado docenas de mensajes. Estuve dos horas esperándote.

—¿Era eso lo que querías decir? Ya me lo has dicho y te puedes marchar. Tengo mucho trabajo.

—Desgraciado, me obligaste a acostarme contigo. Me sedujiste en aquel Spa y ahora me tratas así.

—Yo no te obligué, tú querías algo de mí y yo algo de ti. Hicimos un cambio.

Justo en este momento, entra mi madre, que viene directa hacia mí y por primera vez me pega un bofetón.

—Pídele perdón ahora mismo.

Me niego, mi madre vuelve a exigirme.

—Si quieres seguir teniendo madre, pídele disculpas a esta señorita ahora mismo.

Al ver el estado de mi madre, Rosita intercede.

—Señora, no sé qué escuchó, pero no fue bien así. Yo también tuve culpa de lo que pasó.

—Si no quiere tener problemas conmigo, cállese —dice mi madre asustando a Rosita, se mantiene en silencio. Me da la risa ver la cara de susto que pone, pero por mi propio bien contengo la risa, pues el que tiene todas la de perder soy yo.

—Discúlpame, ya puedes salir de mi despacho.

—No, exijo una explicación y no me hagas obligarte a hablar —dice mi madre mirándome.

La sangre abandona mi cuerpo. Cómo voy poder explicar a mi madre que chantajeé a una chica de diecinueve años para acostarse conmigo a cambio de un contrato trucado para su hermano.

Contra todo pronóstico, Rosita se me adelanta y dice:

—Yo lo seduje —dijo mirando a los ojos de mi madre. Salió la fierecilla que vive en ella. Si mi madre no fuera una mujer experimentada en la escuela de la vida, la creería, pues lo dijo con tanta seguridad que hasta yo me quedo pasmado.

Mi madre la mira de arriba abajo y decide dejarlo psar, pero tarde o temprano tendré que contarle toda la historia. Rosita se despide de nosotros alegando que tiene que entrar a trabajar en tan solo treinta minutos, y que el autobús tardaría mucho en llegar. Le digo que Tocha la lleva. Ella se niega, mi madre se mete en medio y no le da la oportunidad de decir que no. La toma por el brazo y sale arrastrándola. Las veo salir juntas, y eso no me hizo ninguna gracia, conozco muy bien a doña Rosy, y que en cuanto no arranque de Rosita lo que ha pasado entre nosotros no la dejará en paz.

Con mi madre de por medio esto no puede terminar bien para mí.

La tarde fue horrible, no damos abasto con los últimos preparativos de la fiesta de lanzamiento oficial de nuestra nueva *boy band*. Los chicos son buenos, son lo que les gusta a las niñas. Estamos preparando todo para mañana presentarlos oficialmente y anunciar su gira americana, llevan más de un mes entre las lista de, *Itunes* y *Spotify* son récord de descarga. Llegó el momento de salir de gira, como siempre hago con mis cantantes el primer mes estaré junto a ellos.

Debido a los compromisos, llego a casa a las tres de la mañana y Silvia me espera en el salón. Lo primero que hace es preguntar hasta cuándo la voy castigar. Se justifica diciendo que hace días que no ve a sus amigos. Quisiera que entienda que no es un castigo, es lo mejor para ambos, por lo menos así no estamos discutiendo. Ignorando mi indiferencia, empieza a contarme su vida, como si me interesara. Ahora me viene a decir que no coge el teléfono a sus amigos y que me quiere. No es esto lo que deseo, solo quería que hubiera un límite, no que cortara todo tipo de relación con ellos. Sé que se necesitan. Pero ya di por perdido este tema. Le doy un beso en la mejilla, le digo que estoy cansado y me encamino a la escalera, sin embargo, no doy ni tres pasos cuando Silvia me toma por el brazo y me pide que nos vayamos de viaje nuevamente, que seamos una familia. Paso la mano por su preciosa melena roja, la miro y no sé qué decir. Podría haber sido perfecto, pero no lo es. Con pesar le digo lo que pienso sobre nuestra relación. Lo siento, no creo que las cosas puedan ser diferentes ahora, puede que estemos bien unos meses, pero que después volverá a ser todo como siempre. Veo las lágrimas caer de sus ojos. Se pone de puntillas, me da un beso y me dice que luchará por los dos, y que esta vez hará que funcione. Me siento agotado, llevamos casi dos meses sin tener este tipo de conversación, y hoy no es el mejor día.

Se para en mitad de las escaleras y me dice que conseguirá que me enamore de ella, a lo que le contesto que ya es demasiado tarde.

Silvia, que ya estaba en la parte de arriba de las escaleras, las baja y se para en el último peldaño, quedando casi a mi misma altura, mirándome a los ojos me dice que me ve muy cambiado, que desde el día en que me marché de aquel restaurante, ya no la miro de la misma manera. Acaricio su bello rostro y le digo que no es su culpa, no la dejaré cargar con más peso. Aunque esta vez sí es su culpa, que yo haya cambiado. Ya me cansé de intentarlo, yo tenía la esperanza de que funcionara.

Las lágrimas le escurren por su rostro, se las seco con ternura y la abrazo. Creo que por fin nos estamos dando cuenta de nuestros errores. Tengo el corazón apretado, me está doliendo. Esto se parece mucho a un adiós. Silvia entre sollozos me llama por mi nombre, agacho la cabeza y me miro en sus lindos ojos azules. Me pide que, por favor, no la aparte de mi vida, que soy todo lo que tiene y que sin mí la suya no tiene sentido alguno, que ya no tiene amigos y que nunca tuvo una familia. Como siempre, acaba de dejarme subyugado, lo que yo creí que sería un final amistoso se transformó en un recordatorio de que estoy atado a ella para siempre. No la puedo dejar, pase lo que pase, será un hasta que la muerte nos separe.

Le doy un beso en la frente y sigo mi camino de los últimos días.

Esta vez no me sigue, tampoco pide que me quede. Cada vez siento que el distanciamiento entre nosotros es definitivo, como si cada paso que ella da para acercarse a mí me llevara más lejos. Pero ahí están las cadenas invisibles que nos tienen atados el uno al otro.

Voy a por mi acompañante, la veo aparecer por la puerta y le silbo, está preciosa.

—Hoy es mi cumpleaños. No quiero pelearme con nadie —digo.

—Claro, ya estás viejo. —Pongo los ojos en blanco.

Mi madre está impresionante. A sus cuarenta y siete años sigue espectacular dentro de ese vestido amarillo que resalta el moreno de su piel. Al ver mi cara de agrado, da una vuelta exhibiéndose. Me acerco a ella, le doy un beso y le ofrezco mi brazo que recibe con elegancia, la conduzco hasta nuestra limusina.

—¿Qué regalo te hizo tu mujer?

Sé que la pregunta de mi madre está cargada de veneno, pero la ignoraré. No me apetece hablar de mi esposa ahora, aunque me sorprende que no me haya felicitado.

Durante el trayecto, que es largo, para mi suerte se olvidó de Silvia y se dedicó a intentar averiguar qué es lo que pasó entre Rosita y yo, en la cual llevo todo el día intentando no pensar. Conseguí esquivar sus preguntas malintencionadas, la conozco muy bien y sé que ella sabe todo lo que ha ocurrido. No entiendo cómo todavía no ha puesto el grito en el cielo al saber lo capullo que fui con aquella chica, aunque no me arrepiento de nada de lo que hice.

Llegamos a la recepción, los paparazzi vieron mi limusina aparecer delante del auditorio y todos se amontonaron expectantes esperando recibir una de las exclusivas de Silvia. Nada más abrir la puerta, empezaron a sacarnos fotos creyendo que era Silvia la que estaba conmigo. Al descubrir a mi madre, no tardaron ni un segundo en empezar con sus preguntas especulativas.

—Bruno, ¿es verdad que tú y Silvia estáis en crisis?

—¡Bruno! ¡Bruno! ¿quién es el hombre con el que se ha visto últimamente a Silvia?

Mi madre, que es tan viva con los buitres, se apresuró en contestarles.

—Mi nuera se encuentra indispuesta, por ello en el último momento mi hijo me pidió que le acompañase.

Posamos durante no sé cuánto tiempo, firmé varios autógrafos, y cuando por fin pude disponerme a entrar en el auditorio, veo parar un coche de alquiler, de donde se baja Fernando José, vestido impecable con un traje hecho a medida. Él, con toda naturalidad, se gira y ofrece la mano a su acompañante. Me quedo helado al ver a Rosita bajando del coche con un vestido precioso, pero que no era el que yo le había enviado. Este era como ella, sencillo pero que la hace más linda si cabe. Los paparazzi preguntan quién es la pareja que baja de aquel coche. Mi madre, rompiendo el protocolo, me deja solo y va al encuentro de ellos. Los saluda con dos besos, y presenta oficialmente a Fernando José como el nuevo fichaje de la Brun`s Record, y a su acompañante como su hermana. Me hace gracia como mi madre se calla a la hora de decir el nombre de Rosita, algo me dice que lo sabe, pero no se arriesga a decir su nombre verdadero.

Al tratarse de dos personas desconocidas, solo unos pocos se interesaron en hacerles preguntas y fotos, y eso es porque mi madre los tomó bajo sus alas. Entro para no llamar la atención hacia a mi persona. Y porque tampoco quiero acercarme a ella.

La fiesta está repleta, los chicos de la *boy band* están en las nubes. Estamos en *streaming* online y tenemos pantallas gigantes en diversas localidades. Somos récord de audiencia online, muchos artistas que están invitados, suben al escenario a pasarlo bien. Rosita mira a todos los lados. Está maravillada por estar rodeada de tanta estrella. La miro furtivamente, sin que ella ni nadie lo perciba. Pero todo cambia cuando miro a la entrada y veo entrar a Silvia acompañada de los de siempre. Aquí están los cuatro y dos fotógrafos que, seguramente, acreditó. Ella viene directa hacia a mí y me da un beso. Se acerca mi oído y me reprocha por no haberla invitado a que me acompañe, busco rápidamente con la mirada a Rosita, que no nos quita el ojo.

—Ni si te ocurra montar un espectáculo aquí.

—Tranquilo, mi amor, eso no me conviene.

—Siéntate bien lejos de mí.

—Me sentaré a tu lado.

—En mi mesa no hay sitio para ti, para ellos menos todavía.

Me mira con cara de odio, pero como le preocupa mucho lo que diga la gente de nosotros, me da un beso, me obliga a posar junto a ella para algunos fotógrafos y desaparece de mi vista.

—¿Qué hace ella aquí?

—Yo qué sé, mamá. —Salgo caminando huyendo de los reproches.

Voy detrás de Rosita, que vi salir en dirección al baño. Entro detrás de ella. Miro en todas las cabinas para verificar que no hay alguien más dentro, una vez compruebo que estamos solos atranco la puerta y envió un mensaje a Tocha, para que lo clausure. Me quedo quieto y escucho su conversación telefónica, me parece increíble que ella no se haya percatado de mi presencia.

Me quedo sin respiración al oírla decir:

—Soy una idiota al creer que un hombre como él había se fijado en mí. Su mujer es perfecta, ellos hacen una bonita pareja. ¿Por qué me toca vivir esta vida tan horrible? Amo a mi familia, pero desde los catorce años no sé qué es ser feliz de verdad. Me hice ilusiones. Creo que voy aceptar la propuesta del médico que te dije, así por lo menos tendré a alguien que se ocupe de mí y me quiera de verdad. Está detrás de mí desde hace más de dos años, y no tiene compromiso.

¿Con quién narices habla?, ¿quién narices es este médico? ¡Pederasta! Dos años atrás ella era menor de edad, maldito hijo de puta, lo quiero lejos de ella, a la voz de ya…

Sigo escuchando la conversación, pues deseo saber más de ella. Me meto en el aseo de al lado intentando hacer el menor ruido posible. Me quedo callado oyendo cada palabra que dice a su interlocutor. A los pocos minutos la oigo que llora, no pienso, salgo de mi escondite, abro la puerta del aseo en que se encuentra y la tomo entre mis brazos. Al ver que soy yo, me empuja, pero no la dejo que se aparte de mí. Ningún hombre la consolará. Me pega en el pecho con sus pequeños puños, sin conseguir que la suelte.

—Mírame, por favor, mírame, ¿por qué estás llorando?

—Por ser una idiota —me contesta entre lloros.

—Por qué dices eso.

—Por tu culpa, es todo por tu culpa. Tú irrumpiste en mi vida destrozando todos mis planes, sabes… Yo deseaba casarme con un hombre que me quisiera, quería entregarme a él, formar una familia. Pero ya nada de esto va ocurrir, ¿sabes por qué? Porque tú me utilizaste, te llevaste mi virginidad... —No la dejo terminar lo que iba a decir. La beso, saqueo su boca sin delicadeza, tengo necesidad de ella.

—Tania María, yo quiero ser la diferencia en tu vida, como tú lo estás siendo en la mía.

—Déjame salir de aquí —me pide llorando. Está tan frágil, que no la dejaré ir a ningún sitio sin mí. Me gusta cómo suena su nombre, es fuerte como ella.

—Mírame. —Tomo su rostro entre mis manos—. A partir de hoy para mí, y solo para mí, serás Tania María. No te veo cómo te ven todos, y tampoco te llamaré como ellos te llaman. Yo, y solo yo te llamaré Tania María. Escúchame bien, tú no eres un capricho para mí. Me muero cada día un poco, de las ganas que siento de estar contigo.

—Deja de mentirme.

—No te miento.

—Me dejarás sola, como lo hace todo el mundo. El único que nunca me abandona es Fernando.

—Tú dijiste que no me querías cerca. Haciendo un gran esfuerzo atendí tu petición y me mantuve lejos.

—Tenía miedo.

La acerco a mi cuerpo, anulando la distancia que ella había impuesto entre nosotros. Beso sus labios, uno mi frente a la de ella y le digo con voz muy bajita:

—Ahora te voy a poseer. Voy entrar en tu cuerpo y te voy a hacer gozar, tal y como vengo soñando desde hace más de tres semanas. —No le doy la oportunidad de que diga nada para intentar impedírmelo.

Girándola de espaldas a mí, repartiendo besos por su cuello, busco a tientas la cremallera de su vestido, la bajo lentamente sintiendo como mi fierecilla se retuerce al sentir mi toque en su aterciopelada piel. Me vuelvo loco al descubrir sus firmes, redondos y rosados senos al aire, los masajeo. Ella gime de placer. Quito su vestido, lo cuelgo en la puerta para que no se arrugue, me quito el pantalón, junto con mi bóxer, me pongo el condón y me introduzco lentamente en su apretado sexo. Mi miembro va abriendo paso en su apretada cavidad, que es mía y solo mía, creo morirme al sentir su abrasador calor envolviendo a mi pene. Tania María se mueve, siento su agitada respiración. Tengo que hacer un esfuerzo titánico para no correrme de inmediato, no deseaba que su segunda vez fuera así, pero la necesitaba. Entro y salgo de su cuerpo con lentitud, soy consciente de que no podemos estar aquí mucho tiempo, y cuando salga de aquí tendré que dar algunas explicaciones, pero nada de eso me importa ahora mismo. Le daré placer, la haré gritar mi nombre. La torturo entrando y saliendo de su cuerpo con suma lentitud. Se mueve buscando su propio placer, la inmovilizo y me ocupo de su cuerpo, de su sexo, de su placer. Es mía, me ocuparé de ella en todos los sentidos. La acaricio, con un quejido me pide más, pierde el control de su cuerpo, sus piernas le fallan, dice palabras inconexas, la penetro con más fuerza, aunque intento no ser muy posesivo. ¡Es su segunda vez! Y no en las mejores condiciones. Ella busca mi penetración desesperada, mis movimientos van a más. De un puntapié abro la puerta de la cabina, sin salirme de su cuerpo la ordeno que rodee mi cintura con sus torneadas piernas, salgo del minúsculo habitáculo con mi pequeña encajada en mi cuerpo moviendo sus caderas llevándome a la locura, en dos zancadas estoy delante del lavabo, la apoyo sobre el mismo, muerdo su cuello a la vez que entro y salgo de su cuerpo, necesito sentirme completamente en su interior, en un rápido movimiento siendo más posesivo de lo que deseaba la giro y apoyo su cuerpo sobre el mueble y, la penetro sin mucha delicadeza, no soy dueño de mis instintos mi deseo por ella me ha dominado, agarro su larga melena y digo:

—Dámelo, pequeña, córrete para mí.

—Ayúdame, no tengo fuerzas.

Mi corazón, que ya estaba disparado de la excitación, parece querer salir de mi pecho al oír estas cuatro palabras. Salgo de su cuerpo, para girarla hacia a mí, la levanto por las nalgas para que ella vuela a rodearme con sus piernas. Con voz firme, le ordeno que me mire a los ojos y que se deje llevar, entro y salgo de su cuerpo, acaricio su botón del placer, mi pequeña se deja hacer, siento que no podre mucho más, acelero mi ritmo derramándome en su cuerpo a los pocos segundos, me deleito con su gozo, la abrazo deseando quedarme así con ella el resto de la noche, cosa que es imposible. Fuera hay más de quinientas personas. Fue maravilloso poder estar con ella nuevamente, pero no recibo lo que tanto deseo.

—Tengo que irme —me dice tapando su cuerpo.

—¿Qué te pasa? —pregunto sin entender su actitud.

—Nada, me ha encantado. —Con una sonrisa en el rostro se acerca y me da un beso—. Me ha encantado.

Se viste rápidamente y sale dejándome con una sonrisa tonta en la cara.

Retornamos a la fiesta cada uno por su lado. La primera persona que me encuentro es a mi madre.

—Si le haces daño, te mato —Le doy un beso, me excuso diciéndole que me están buscando y huyo.

Paseo saludando a los presentes, atiendo a la prensa acreditada para cubrir el evento, me hago fotos junto a los chicos de la *boy band*. Todo está perfecto, después de haber cumplido con mi papel de empresario, salgo en busca de Tania María para que nos vayamos de aquí.

Lo que ocurrió en aquel baño, fue el mejor regalo de cumpleaños que recibí. Y deseo pasar lo que queda de noche junto a ella, conmemorando mis treinta y un años. Pasaremos nuestra primera noche juntos y haré que sea memorable. La busco por todos los rincones y no la encuentro, veo a Black y a Wallace, que charlan animados con las gemelas. Me acerco y pregunto por Fernando José. Y recibo una contestación que arruina mi noche soñada, me informan de que se ha ido alegando que su hermana se encontraba indispuesta. Sé que es mentira, que está bien, mi sangre hierve de la rabia. ¿Pero qué coño le pasa a esta chica? Las mujeres pagarían para acostarse conmigo, y ella huye. Y para completar mi mal sabor de boca, soy abordado por Silvia acompañada de un reportero que nos pide una entrevista. Les digo de malas maneras, que no es el momento ni el lugar para entrevistas de temas que no estén relacionados con la presentación de la *boy band*. Silvia se pone roja de rabia. No le miro a la cara y salgo caminando. Ella se excusa con el reportero y viene detrás de mí para pedirme explicaciones. Nada más ver sus ojos sé que está bebida, mi madre y mis amigos vienen a mi rescate.

¿Dónde narices está la Silvia dulce, cariñosa de estos días atrás, la que me iba hacer enamorarme? ¡Sabía que aquello no duraría mucho! Seguro que sus amigos al ver en internet la llegada con mi madre, salieron corriendo en dirección a nuestra casa para llenarle la cabeza de pájaros. Y ella, como siempre, les hace caso antes de hablar conmigo. Sé que no estoy obrando bien, deseo a Tania María como nunca he deseado a ninguna otra mujer, pero tengo claro que soy un hombre casado. Lo que pasó hoy no fue premeditado, no la traje simplemente, porque los protagonistas de la noche no la querían aquí, y creo que es un derecho de ellos admitir ciertas personas en su fiesta. Por eso no la traje conmigo. Y lo que ocurrió en el baño fue propiciado por ella misma. Si no se hubiera presentado como lo hizo, yo no habría ido detrás de Tania María a aquel baño.

Me excuso con la gente y voy para mi apartamento. Son las tres de la mañana y no me apetece empezar una discusión nuevamente. En el trayecto de vuelta llamo a Tania María, que corta todas y cada una de las llamadas. Siento unas ganas irrefrenables de ir detrás de ella, aquí el que está siendo el juguete soy yo. Se presenta delante de mí toda enfadada, pidiendo que no la busque, atiendo su petición y me aparto. Se enfada y desaparece, pero acabo yendo detrás de ella. Le doy lo que quiere, los dos disfrutamos. Y se esfuma.

Recibo una llamada de mi madre, avisando de que Silvia se ha ido de fiesta con su gente y me da totalmente igual. Ojalá se fije en alguien que esté locamente enamorado de ella y la aguante, porque yo cada día tengo menos fuerzas y ganas. Golpeo el volante con mucha rabia, estas dos mujeres me van a volver loco.

Para terminar de rematar la noche, Tocha me llama avisándome de que Tania se fue a la clínica. Rápidamente, a mi cabeza vinieron sus palabras en el baño. ¡Ella fue detrás del tal médico que está enamorado de ella! ¡Joder! ningún doctorcito se la va a follar. Le ordeno que entre a vigilarla, me dice que solo permiten la entrada a voluntarios, familiares autorizados y empleados, y él no es ninguno de los tres. Le pido entonces, que no se mueva de allí hasta que la vea salir. Jamás encontrará a nadie que la haga gozar como yo. Fundo su móvil a llamadas hasta que lo apaga. Cómo me gustaría poder ir detrás de ella, echármela sobre el hombro y sacarla de allí. Sí, tengo pensamientos de neandertal, pero con ella me puede el instinto de macho. Está decidido, dentro de dos semanas su hermano tiene que grabar su actuación especial con Silvia y llegará la hora de la verdad. Ahí hablaremos.

A las seis de la mañana me despierto con el sonido de mi móvil, lo miro y veo que es un mensaje de mi hombre de confianza diciendo que ella acaba de salir del hospital, vestida para ir trabajar a la empresa de limpieza. ¿Qué narices hizo allí hasta ahora? ¿Será que estuvo trabajando toda la noche? Me enfado por no poder hacerle la vida más fácil, con tan poca edad y ya carga con tanta responsabilidad, me encantaría proporcionarle las facilidades que tengo a mi alcance, aunque no esté en mi cama, de momento. No me deja saber mucho o nada de su vida, ya que las cosas que sé, me las ha contado a cuenta gotas. Encontraré una manera de aligerar el peso que carga en la espalda, no la dejaré desamparada.

Salgo de la cama y voy a hacer un poco de ejercicio en el mini gimnasio que tengo montado aquí. Corro durante una hora, hago unos abdominales, un poco de pesas y me estiro para iniciar mi día.

Ya son las ocho de la mañana. Sé que ella está trabajando, pero la llamo igualmente. El móvil suena, y en el segundo toque ella corta la llamada. Me está inflando los huevos su actitud infantil, que se vaya a la mierda. Ordenaré a Tocha que la cuide, pero se acabó, que no me cuente nada sobre ella, paso…, ya no quiero saber nada más. Que se vaya a jugar a las casitas a otra parte.

A las pocas horas de mi arrebato, incumplo mi palabra. Soy un blando cuando se trata de ella, la llamo y obtengo el mismo resultado.

Los días pasan y sigue la misma dinámica, no hay manera de poder hablar con ella. Sé cada movimiento que hace. Da más vueltas por la ciudad que una patrulla de vigilancia, es la mujer más pluriempleada que conozco. En todo este tiempo nunca se la vio con el médico de las narices, estuve tentado en mandar investigarla más de una vez, pero no me parece correcto. Seguro que trabaja de voluntaria en esa clínica, ya que pocas son las personas que tienen sueldo y la mayoría son médicos y cargos de confianza.

Deseo alejarla de ese sitio, pero es justo el único del que jamás podré hacerlo, mi corazón no me lo permite. Ella los ayuda desinteresadamente y la gente allí lo necesita de verdad.

Una semana que no la veo y ya no me aguanto.

Necesito verla, sin mucho pensarlo, me presento en su casa, me bajo del coche y llamo a su puerta sin preocuparme de que me vean. Me da igual, para mi suerte Silvia está de viaje con sus amigos y no vuelve hasta dentro de cuatro días. La puerta se abre y la veo, preciosa con su apariencia inocente, lleva puesto un delantal que tapa su delgado y frágil cuerpo, la miro de arriba abajo, siento una cosa rara en la boca del estómago. Desde dentro, su hermano le pregunta si la comida ya está lista, ella le contesta que todavía la está preparando.

—Hola, ¿puedo pasar? —¿De dónde coño salió esta voz de actor de culebrón mexicano?

Fernando José, que nada más oír mi voz la reconoce, se acerca y me deja perplejo.

—¿Por qué andas detrás de mi hermana? No es como las que pasan por tu cama, es una chica para casarse con ella y hacerla feliz. Usted es un hombre mayor y casado, y poco respetuoso con las mujeres, así que déjela en paz.

¡La madre que lo parió, qué lengua tiene!

—Fernando, de qué estás hablando, el señor Bruno no quiere nada de mí.

—Rosita, te olvidas de que soy ciego, pero tengo muy bien desarrollado los otros sentidos, y te oigo llorar todas las noches. Te oigo hablar con la tonta de tu amiga de un hombre, ahora escuchás su música, cuando nunca te había gustado. Blanco y en botella.

No esperaba este recibimiento por su parte, contaba ser recibido con hostilidad por parte de ella, pero he de decir que me encanta todo lo que estoy oyendo. Bueno, todo no, no me gusta saber que llora por mi culpa.

—¿Y qué problema hay con que ahora me guste su música? ¿Es ahora un crimen? Y sí, lloro. Pero no por él, y sí por el doctor Días. Me pidió matrimonio, y como dije que no, pidió el traslado y estoy apenada.

—No seas tonta, cásate con él, Rosita.

Ah no, no esto, no. El doctorcito tiene club de fans.

—Fernando, yo no lo quiero de la misma manera que él a mí.

—Él te quiere, se desvive por ti. Te podrá dar la vida que te mereces.

—¿De verdad crees que puedo casarme y ser feliz al lado de un hombre al que no quiero? Ya no te acuerdas del amor de papá y mamá, el amor que soñamos vivir un día. —Tengo ganas de salir corriendo, esta conversación no me gusta nada.

—Creo que es mejor que me vaya. Fernando José, mañana es el ensayo general. Mi chófer vendrá a por ti a primera hora de la mañana —comento lo primero que me viene a la mente. Estoy llegando a mi coche, cuando ella se acerca a mí.

—¿Qué viniste a hacer en mi casa?

—Lo que viste, avisar a tu hermano de que tiene trabajo. Adiós.

—Cobarde, eres un cobarde.

No puedo creer lo que acabo de escuchar. Doy dos pasos, me pongo a escasos centímetros de su rostro. Cuando le iba a decir unas cuantas cosas, llega su amiga y la arrastra lejos de mí. ¿Qué mierda vine a hacer a su casa? Me dejé llevar por un impulso y me iba a meter en un buen lío, la calle está llena de gente.

Cabreado, entro en mi coche y conduzco bien lejos de ella, desapareciendo rápidamente de su vista.

Fernando José llega para el ensayo entusiasmado. Se le ve muy contento. ¿Será que su hermana aceptó la petición de matrimonio? No me importa, lo único que quiero con ella es sexo, hasta que me canse y vaya a por otra, echaremos unos polvos y fuera, como con las demás.

Silvia llega para el ensayo y viene a saludarme toda cariñosa. Ella volvió de su viaje más mimosa que nunca. Y por el bien de nuestra salud mental, ninguno comenta nada de los últimos acontecimientos y nos estamos llevando bien, aunque sigamos durmiendo en camas separadas, algo que no pienso cambiar. Ella no deja de intentar seducirme, pero no llega a traspasar los límites que he impuesto.

Empezamos con los ensayos, Silvia y Fernando José, encajan como ya esperábamos, no podía ser mejor. Él es un prodigio del piano y ella tiene una voz de diosa cuando canta. Estuvimos cinco horas ensayando. Cuando todo termina, Silvia invita a todo su equipo a comer fuera, aunque sé que me puedo arrepentir, voy a aprovechar el buen clima. Me apunto y voy con ellos, ella no pierde la oportunidad de pasearse conmigo de la mano por las calles de Los Ángeles, tampoco hago nada para impedirlo, al fin de cuentas es mi esposa y ahora mismo estamos todos muy contentos.

Una vez más la mala suerte se ceba conmigo, Silvia nos lleva a comer en el restaurante en que Tania María trabaja por horas, no soy creyente, pero recé a todos los santos para que no estuviera, ya que mi mujer, estaba más cariñosa de lo habitual conmigo. Nada más entrar, la veo atendiendo a una mesa que está justo al lado de la que claramente será la nuestra, era la única mesa grande preparada. Intento disimuladamente deshacerme de la mano de mi esposa, pero me es imposible, me agarra fuertemente, y cuando estábamos llegando a la mesa, Silvia se para y me besa, no sabía a qué venía eso, le seguí la corriente como de costumbre, pero mi alegría se ha esfumado.

Nuestra camarera no podía ser otra que Tania María, ella saluda a su hermano con efusividad y al resto de nosotros con profesionalidad, nos atiende muy bien, no parece a la chica insegura que encontramos aquí meses atrás. El guitarrista de la banda de Silvia, que también es mexicano, e hizo amistad con Fernando José, empieza a charlar con ella sobre su país, las cosas que echaban de menos y todo este rollo, creo que si ella no estuviera trabajando se hubiera sentado. Uno no quita el ojo del otro, se ven muy cómodos hablando. Ambos tienen edades parecidas, él debe de tener un par de años más que ella y en los ojos de él se ve el deseo, descubrir esto solo sirvió para cabrearme. Apremio a todos a comer rápido, para irnos cuanto antes de aquí.

Cuando ya nos íbamos, escuché cómo ese inepto la invita a ir al cine, me alegro en secreto, cuando ella tímidamente le dice que no, pero mi alegría dura poco. Su hermano dice que sí por ella, y afirma que ella irá. La anima diciendo que va a disfrutar mucho, Fernando José le dice al guitarrista que nunca había tenido una cita, y lo amenaza diciendo que, si le hace daño o algo que ella no quiera, que lo mataría. Sentí ganas de gritar que no se preocupara, que ya me encargaría yo de hacerlo, pero que lo haría ahora mismo con mucho gusto solo por mirarla con deseo.

Salimos todos del restaurante, y cuando ya estamos en una distancia considerable, les aviso de que tengo que volver a por mí chaqueta, que la he olvidado. No les doy tiempo a que digan nada, doy la vuelta, y vuelvo. Al principio voy a paso ligero, pero conteniéndome. Cuando estoy seguro que no pueden verme, salgo corriendo, entro en el restaurante buscando a la responsable de mi retorno, que aparece con mi chaqueta en la mano, la arrastro al baño sin importarme una mierda que me vean.

—Llamarás a ese y le dirás que no iras a ninguna parte.

—Y por qué debería hacer eso.

—Porque te lo estoy diciendo yo.

—Sí iré. Tú no mandas en mí, y vete, que tu linda mujer te espera. —Me da la espalda y sale del baño dejándome con cara de idiota por segunda vez en el mismo restaurante.

Esta mujer tiene el don para dejarme hablando solo, nunca ninguna me había dejado con la palabra en la boca, yo soy el que las dejo hablando solas.

Salgo del baño con peor humor del que había entrado, con tantas mujeres en el mundo, el guitarrista tenía que fijarse justo en ella. Alguien tendrá que pagar mi frustración y ese será él, por ser el culpable, así que se aguante, y más le vale hacer las cosas como se debe para no quedarse en el paro.

A mitad de camino, cada uno toma su rumbo. Me excuso diciendo que he quedado con mi madre, así puedo quitarme de encima a la pegajosa de Silvia, que no me deja ni a sol ni a sombra. Está empeñada en seducirme, todo porque llevamos más de un mes durmiendo en habitaciones separadas.

A la hora que el guitarrista había quedado en pasar a recoger a Tania María, yo estaba oculto en el coche, ya que con la moto no puedo, porque conoce mi pasión por los vehículos de dos ruedas, y con lo lista que es, si ve una parada delante del hospital, aunque no sea la misma, sabrá que soy yo. Miro hacia la puerta, para ver si ella realmente iba tener el coraje de salir con él. Estuve diez minutos esperando, con las ventanillas subidas para que no me descubra. Veo cuando él llega y la llama, y como sale toda sonriente.

—¡Joder! —Golpeo con el puño, el techo del coche.

Los sigo y veo que van para un auto cine, cosa que me favorece, ya que el cristal del coche del chico no es tintado y el mío sí. Aparco mi coche al lado del suyo y soy testigo de todas las tentativas de él, y cómo ella elegantemente se va evadiendo. Me alegra al verlo, eso me da la certeza de que sabe que es mía.

Él se baja a por algo para cenar en el mismo autocine. No sé si es cutre o son las cosas que hacen los chicos de su edad. No me muevo ni un solo centímetro de mi coche, aunque cuando le vi que la deja sola, tuve ganas de ir a por ella meterla en mi coche y no dejarla salir nunca más. Es un sentimiento de posesión tan grande que me asusta hasta a mí. ¡Nunca fui posesivo! Siempre fueron encuentros casuales.

Él entra en el coche pillándola desprevenida y la besa, un beso que ella corresponde y me deja fuera de mí. ¿Dónde coño quedó el que ella sabe que es mía? Golpeo el volante una y otra vez de la rabia que siento, nadie, ningún desgraciado debe tocarla, solo yo. Ella es mía, joder. Mía…

No me muevo del autocine hasta que ellos no se disponen a marcharse. Quiero ver a dónde la lleva, porque si entra con ella en un motel, soy capaz de entrar y arrancarla de allí.

Para mi tranquilidad, él la lleva directo a su casa, pero su despedida está siendo demasiado acalorada para mi gusto. Él le saqueaba la boca y ella se dejaba.

No pude seguir viendo ese horrible espectáculo. Me marcho, decido acabar con aquello de una vez por todas. Pasado mañana será el concierto, y el siguiente, las cosas ya serán a mi manera. Ya no hay más paciencia ni comprensión. Quien algo quiere, algo le cuesta, y si ella quiere lo mejor para su hermano, tendrá que pagar el precio.

Está todo preparado para el concierto de Silvia. El estadio está abarrotado, sus fans enloquecidos, dentro de tan solo unos minutos los teloneros harán la apertura del concierto. Mi esposa siguiendo con su ritual de pre concierto, está encerrada con su mejor amigo meditando. Fernando José está en el camerino que le habilitamos junto a su hermana y su mejor amiga, que es la misma chica que lo llamó atontado el día que fuimos a su casa, pero creo que más bien la tiene atontada a ella.

No tengo la menor idea de cómo están, si no les falta nada en el camerino. Me niego mirarla a la cara, ya hablaremos seriamente mañana. Hoy disfrutaremos del concierto, y a ese guitarrista más le vale hacer la actuación de su vida, si no quiere irse a la cola del paro. Sin poder tocar ni en el Paseo de Santa Mónica.

Todo sale como estaba previsto los teloneros son un éxito, son chicos jóvenes y guapos. Silvia siempre se niega a tener a mujeres de teloneras, dice que no comparte protagonismo con otras mujeres.

Estoy junto a Black y Wallace, que están nerviosos para ver el debut de Fernando José. Él se negó a que un guía lo condujera hasta el piano de cola que pusimos en el escenario. Lo estudió en profundidad, contó todos los pasos hasta donde tendría lugar su actuación. Todos dicen que lo tiene controlado, lo único que nos pidió fue que no cambiáramos nada de lugar. Por supuesto, por nuestra parte no hay problema. Aun así, me es imposible no ponerme nervioso, de ahí podría salir muchas cosas buenas o no, un tropiezo no nos beneficia en nada.

Nos deleitamos con el enorme talento del chico. Fernando José es un profesional, él domina el escenario, saluda a su público, hace todo que una persona normal haría. Me siento orgulloso de él, y agradezco a mis amigos por no dejase llevar por los prejuicios. Silvia entona una canción a capela acompañada solo por los dedos prodigiosos de Fernando José. El estadio se viene abajo, ella canta seduciendo a su público, que la vitorea. Sin que nadie lo esperara, viene hasta mí, me toma de la mano y me canta una de sus canciones más románticas. No puedo hacer otra cosa que sonreír, tenemos a más de diez mil personas mirándonos. Cuando la canción termina, ella me da un beso, se dirige a Fernando José, lo toma del brazo y lo conduce hasta el público.

—Os presento el futuro sucesor de John Williams que Brun´s Record enseñará al mundo. Este chico tiene un gran talento, no lo pierdan de vista. Además, es una bellísima persona y solo se merece cosas buenas. —Cuenta un poco su historia y lo conduce nuevamente a su piano, en donde entonan juntos dos canciones más.

Él se retira del escenario bajo una gran ovación del público. Siento ganas de besar a Silvia por lo que ha hecho, de hoy en adelante la vida del chico cambiará. Ahora que toda la prensa sabe que tengo a este gran talento bajo mi tutela, jugaré mis cartas para alcanzar mis fines, que no son otros que llevar a este chico a lo más alto. Como siempre hacemos al término de los conciertos, nos reunimos en el *backstage* a celebrarlo. Veo como el guitarrista abraza a Tania María y ella se deja. No hago ningún movimiento, solo observo, mañana terminaré con eso. Después del brindis, todos nos dispersamos. Tocha va a llevarlos a casa, yo me encargo de recoger a Silvia, que se está despidiendo de sus amigos.

A primera hora de la mañana, nada más despertar me cercioro que Tania María recibió el mensaje en donde la citaba en mi despacho. Se acabó el juego. Ella lo quiso así, y así será, para mi paz mental. Silvia no se despertó como la mujer perfecta, a prepararme el desayuno, salgo de casa corriendo antes de que mi pensamiento la atraiga. Si sigue así acabará quitando el puesto al personal, cada día quiere hacer una cosa diferente para intentar impresionarme.

Durante el camino voy repasando mi plan paso a paso. Sé que me la estoy jugando, pero es o todo o nada, se acabó. Esta es mi última carta, ojalá las cosas salgan como pienso en mi cabeza. Si ella acepta, será un acuerdo fructífero para todos. Todos saldremos ganando, pero si la cosa me sale mal, puedo considerarme hombre muerto. Black y Wallace no dejarán nada de mí, la reacción de mi madre, prefiero ni pensarla. Aquello sí que me da verdadero pánico. Sin contar que, si Tania María decide denunciarme, yo estaría literalmente acabado.

A las ocho y media, estoy entrando por la puerta de la discográfica, Janneth al verme tan temprano después de un concierto bromea preguntando si me había caído de la cama, ya que normalmente nos tiramos uno o más días sabáticos, después de un concierto. La saludo como todos los días, le pregunto qué tengo en la agenda para hoy, solo por hacerme el interesante. Sé perfectamente que no hay nada, aparte de mi reunión con Tania María, que ella desconocía. Y con cara sorprendida me la confirma, me confirma también que no estarían mis socios, cosa que yo también sabía. Ninguno de mis pasos, es fruto de la casualidad, tengo todo muy bien atado, no veré a Silvia hasta muy entrada la noche, eso sí me voy a casa. Hoy se va al Spa junto con sus amigos a recuperarse, según ella.

Todo está saliendo como lo he planeado. A las diez en punto, la línea interna de mi despacho suena, es Janneth avisando de que Tania María ya está aquí. La hago esperar por casi veinte minutos, no por hacerla sufrir, sino porque necesito tranquilizarme. Hay mucho en juego, y ahora ya no veo mi plan tan estupendo como lo veía hace tan solo un rato en mi cabeza. La capacidad de sacrificio del ser humano tiene un límite, y yo voy a tensar el de ella al máximo.

Pasados los veinte minutos le doy paso. Ella entra con cara asustada, no sabe cómo reaccionar. La miro apenado, pero me mantengo profesional, no me acerco y le ordeno que se siente. Intenta decir algo, pero no le permito.

—Bruno, ¿qué está pasando?

—Tú, como tutora legal de tu hermano, tienes que darme las autorizaciones pertinentes para que él pueda seguir trabajando, en lo que a él le apasiona.

—Pero yo creí… —Las palabras se atascan en su boca.

Decido no andarme con rodeos.

—La señorita le autorizó para hacer el trabajo de ayer. Ahora es hora de negociar un nuevo contrato, contrato que solo dependerá de ti, si lo firmamos o no —Se levanta indignada.

Ya me descubrió, sabe por dónde van los tiros. No voy demostrar debilidad ni compasión. Esta situación es ridícula con miles de mujeres ahí afuera queriendo pasar una sola noche en mi cama, y ella que puede tenerme solo para ella, sin ninguna otra mujer desfilando desnuda por delante, no quiere saber nada de mí. Ella será mi chica.

—Eres un desgraciado, te voy a denunciar por acoso y chantaje, me das asco —me grita desesperada.

—¿A quién crees que van a creer, Tania María, a mí o una chica que vive casi en la indigencia? La prensa te comería viva en dos días, diciendo que lo único que buscas es una forma rápida de ganar más dinero. —No la veo venir y me da un bofetón en la cara.

No digo nada, no hago ni un solo movimiento. Sé que mis palabras están siendo duras. Las estoy diciendo sin reparos, me duele ser así de duro con ella. No obstante, necesito debilitarla para tráela hasta mí, es mucho más fuerte de lo que se imagina, no puedo dejar que domine la situación porque eso no sería bueno para mis intereses.

Me quedo mirándola sin decir nada, mi táctica es minar su paciencia, sus fuerzas, su determinación, que es ahora mismo matarme. Será ella quien me pregunte que tendrá que darme, a cambio de que su hermano tenga su tan soñado contrato. Me siento y empiezo a repasar cosas en mi ordenador, cojo el teléfono y hago algunas llamadas, todo esto delante de una mujer que a cada segundo me fascina más por su fortaleza. Ella está haciendo lo mismo conmigo, no quita los ojos de mí. No hay una sola lágrima en sus ojos, en ellos solo veo rabia e indignación, pero lo más importante es que ella todavía está aquí delante de mí, y eso ya es una pequeña victoria para mí. Después la recompensaré por todo el dolor que le estoy causando ahora mismo. No sé cuántos minutos pasaron. Ya no sé qué más inventar para fingir que estoy trabajando. Al que se le están minando los ánimos es a mí, ya lleva sentada delante de mí más de media hora solo mirándome con cara de odio, sin decir una sola palabra. Nunca imaginé que ella aguantaría tanta presión durante tanto tiempo sin derrumbarse.

—Muy bien Bruno, tú ganas, a qué hora tendré que esperarte con las piernas abiertas —dijo con desprecio.

Uff, por fin la tengo, creí que estaríamos así hasta mañana.

—Te estás precipitando, Tania María. Las cosas no son así, hay una larga lista de negociaciones, que tenemos que aclarar para que ambos salgamos de aquí satisfechos.

—Dudo mucho que algo de lo que me ofrezcas pueda satisfacerme, en todo caso lo hará a mi hermano.

—Casi me estas conmoviendo, pero tú eres la culpable de que las cosas estén siendo así.

—¿Yo por qué? ¿Qué hice? —grita.

—Nadie te mandó andar tonteando con un chico. Te dije que eres mía y te vas con el primero que te invita al cine. Y aceptas sus caricias.

—Claro que acepté, y las aceptaré siempre. Él está soltero, puede llevarme de paseo, no le hace falta tenerme como su secretito oscuro.

—Me quedo sin capacidad de reacción, qué puedo contestar a esto.

Terminaré luego con esa discusión, que no nos llevará a nada, antes de que ella se canse y se marche dejándome aquí sin ella y sin el prodigio del piano.

—Muy bien, te diré mi propuesta y no tendrás tiempo para pensar, ya que tenemos todo preparado para empezar a trabajar con tu hermano.

—Soy toda oídos —dice con sarcasmo.

—No te mentiré, no tenemos la menor idea de cómo se trabaja en este ramo de la música, pero tenemos muchos contactos que nos están ayudando y te prometo que lo llevaremos lejos.

—Déjate de rodeos y dime cuál será el precio que tendré que pagar por eso.

Tengo que dar un giro a esto rápidamente, porque claramente es ella quien domina la situación. No encuentro la manera de llegar a ella, tiene contestación para todo, debo actuar rápido o se me va de las manos. Y no lo permitiré.

—Muy simple, ser mi chica, solo mía y de nadie más. —Tania María estalla en una sonora carcajada—. ¿Puedo saber qué te hace tanta gracia?

—¿Tú estás loco o qué? Estás malditamente casado, desgraciado. Ya tuvimos esta charla —dice gesticulando y con voz burlona.

Ignoro su actitud desdeñosa y sigo con mis exigencias.

—Dejarás todos esos pluriempleos y estudiarás la carrera que siempre has deseado. Tú y tu hermano saldréis de ese barrio, y os iréis a vivir al apartamento que ya tengo comprado para vosotros.

—No sé si te lo dije, pero por si acaso te diré ahora Tengo solamente diecinueve años, quiero disfrutar de la vida. —Nuevamente esta actitud burlona—. Quiero pasear de la mano de mi pareja, tenía otros sueños también, pero tú me los estropeaste. Fuiste el primer hombre con el que mantuve relaciones, pero no serás el último. —"Ahh fierecilla, durante una temporada sí que seré el único", pienso para mí mismo—. Pienso hacer locuras acordes a mi edad, follar como una loca, dentro de un coche, en un descampado, salir a bailar, fumar maría. —Una vez más me deja frío.

—Sé que tienes diecinueve años —le aclaro tranquilamente—. En cuanto a hacer cosas de tú edad, las harás con algunas restricciones. Lo de follar como una loca, te puedo asegurar que, tendrás todo el sexo del mundo, porque pienso disfrutar de tu cuerpo todos los días —le guiño un ojo—. Lo de fumar maría, puedo traerte la mejor del mercado, lo de conocer chicos tenemos que hablar, y desde luego serían solo colegas, ni amigos siquiera.

—¿Quieres que deje toda mi vida para ser tu amante?

—No me gusta que te refieras a ti de esta manera, no serás mi amante. Tania María, hay muchas cosas que no conoces de mi vida. Si aceptas mi propuesta, las sabrás en su momento, solo te digo que mi matrimonio es solo una pantalla.

—No es eso lo que veo, Bruno, siempre que tu mujer está a tu lado os estáis besando.

—Dime que aceptas y te daré algunas explicaciones, pero que sepas que no quiero ver a ningún hombre a tu lado. —Le aclaro que los únicos hombres que podrán estar cerca de ella, serán Fernando José, Tocha y yo.

—Eres un desgraciado.

—Ya me lo dijiste. ¿Qué, aceptas mi propuesta?

—No dejaré mi trabajo en el hospital, no puedo abandonarlos.

—No...

—Entonces no hay trato, mi hermano sabrá perdonarme. ¡Adiós!

Coge su bolso y se dirige a la puerta. Corro hasta ella desesperado, la tomo por el brazo impidiendo su huida. Noto mi corazón en un puño, no sé qué mierda es esta que cada vez pasa con más frecuencia.

—Ok, sigues en el hospital, pero dormirás en casa y dejarás de hablar con el doctor Días.

—Yo todas las noches duermo en casa. Y no dejare de hablar con nadie.

—Discrepo. Sí que lo dejarás.

—¿Cómo sabes sobre el doctor Dias? ¿Me investigaste, me sigues? —me pregunta con los ojos muy abiertos.

—Sí, te persigo. No, no te investigué. Podría haberlo hecho, pero quiero saber de tu vida por tu boca, no por la de un detective.

Como puedo, cambio de tema. No quiero decirle que estuve espiándola hablar con su amiga en el baño del teatro.

Le doy un beso en la frente, la tomo de la mano y la arrastro fuera de mi despacho, todo con tal de no ser descubierto. Ahora vendrá lo más difícil, pero ya me ocuparé de ello. Cuando llego a recepción, me percato de mi fallo y le suelto la mano. Janneth lo vio y me regala una sonrisa cómplice, le aviso de que no volveré hoy, que para cualquier cosa que me llame al móvil. Tania María, quiere ir en su destartalado coche, pero la obligo a que venga conmigo.

—Esto que llamas coche se irá al desguace hoy mismo.

—No, mi coche no se toca.

La corto rápidamente, no la puedo dejar correr carrerilla. Mi fierecilla parece ser muy tenaz, y si la dejo seguro acabará convenciéndome de dejarla con esta máquina del tiempo.

—De ahora en adelante, me ocuparé del bienestar tuyo y de tu hermano —le digo. Me hubiera encantado ver que se entusiasmaba, pero no es así. Parece que la estoy llevando al matadero, hacemos el trayecto en silencio, ella está ausente, por más que intento mantener una conversación es imposible. Tania María se ha metido en una especie de cascarón, que me está siendo imposible penetrar.

Llegamos a la que a partir de hoy será nuestra casa. Estoy perdiendo toda la cordura, pero cada vez que me viene a la mente la imagen de ella besándose con aquel indeseable, siento ganas de atarla a la cama y no permitir que salga.

Entramos en las mismas circunstancias a la que hicimos el trayecto hasta el edificio, en total silencio. Llegamos al garaje, bajo del coche, le abro la puerta, le tomo de la mano y la conduzco hasta mi ascensor privado. Me sigue sin hacer preguntas, creo que ni se ha dado cuenta de dónde estamos. Le entrego las llaves y le digo que abra la puerta de su nueva casa. Ella se niega, me mira y me pregunta:

—Bruno…, cómo le voy explicar a mi hermano qué vamos a vivir en un apartamento de lujo. Nosotros apenas tenemos dinero para pagar la luz, imagínate pagar una casa en este barrio.

—No te preocupes, pequeña, tengo todo pensado. Sé que tu hermano es un chico muy vivaz. —Le cuento que mi abogado y yo vamos decirle que, dentro de su nuevo contrato viene una vivienda para facilitar su movilidad. Y que creemos que con eso lograremos convencerlo.

Y por primera vez en toda la mañana logro ver una tímida sombra de sonrisa en su bello y angelical rostro.

—¿Desde cuándo estás planeando todo esto?

—Ven, vamos conocer tu casa. —Ni muerto le digo que desde que la tuve en mi cama la primera vez—. La distribución es la misma que la mía, que tú ya la conoces.

Logro librarme de contestar su maldita pregunta. Ella se queda enamorada mirando su salón diáfano sin paredes de por medio y nada que impida la movilidad de su hermano. Las cuatro habitaciones, siendo dos de ellas suites, una para ella y otra para Fernando José, que tengo certeza conocerá un día a una mujer que lo querrá como es, aunque estamos mirando todas las posibilidades de tratamiento, pero no les diremos nada hasta que tengamos algo que sea realmente fiable, las noticias son esperanzadoras.

Cuando le enseño su nueva habitación con su vestidor repleto de ropa, zapatos y todo tipo de complementos, ella se emociona y reacciona como es, una chica de diecinueve años, y se tira encima de mí, y me da un beso, que me supo a gloria, aunque me hubiera gustado que fuera en la boca y no en la mejilla, pero por algo se empieza. Ella, al darse cuenta de su actitud, se aparta rápidamente.

—¿Qué puerta es esta al final del vestidor?

Saco de mi bolsillo dos copias de llaves, me quedo con una y le entrego otra.

—Esta puerta da directo a mi habitación, que está justo detrás de esta pared, así no tendremos que arriesgarnos a que tu hermano nos pille entrando y saliendo. Aunque eres mía y solo mía.

—Bruno, deja de decir que soy suya.

—Eres m.í.a. —Remarco cada letra para que le quede claro.

—Qué será de mí y de mi hermano el día que te canses, cuando pase mi juventud.

Me río, cómo puede decir eso. Tiene toda una vida por delante, aquí el viejo soy yo que tengo treinta y un años.

—Tania María, mírame, quisiera decir que eso no va a pasar, pero dentro de mis defectos no está el de engañar a las mujeres con las que me acuesto, pero te aseguro que nunca hice esto por ninguna mujer, y si un día decido que ya no quiero estar contigo,

por más duro que sea, te lo diré, y este apartamento está pagado, siempre fue mío, y ahora es tuyo. Está a tu nombre, nunca te dejaré desamparada, te daré los medios para que puedas vivir bien y ser independiente, te haré una mujer independiente.

—Tu manera de hacer las cosas es apabullante. Nunca pides, llegas y tomas, nunca me dejas opción, y tengo mucho miedo.

—Te prometo que de aquí en adelante te consultaré todo. Seremos un equipo, lo único que te pido es que no me pongas a prueba. No quiero compartirte con nadie.

—¿Yo si tendré que compartirte? No es que me importe, no obstante, si tú exiges, yo también tengo derecho a exigir.

Ahí está por qué la tengo que atar en corto. Ella pasa de princesa indefensa a mi fierecilla en segundos, y tengo que admitir que me encanta.

—Está bien pequeña, como tú quieras, no saldré con ninguna otra mujer que no seas tú.

—Y tu esposa. —Le pongo un dedo en los labios para que se calle.

—No es el momento de hablar de ella. Te aseguro que tú me verás mucho más que ella.

172

Me acerco y la beso. Ella responde mi beso, y me siento en las nubes, decido no hacerla mía ahora. Voy a conquistarla de verdad, ahora que la tengo bajo mi control y vigilancia, puedo hacer las cosas bien, sin desesperarme tratando de controlar un poco, mis malas pulgas.

La acompaño para que se despida, en los mil empleos que tenía. Mientras ella entraba para hablar con sus jefes yo iba organizando todo desde el móvil, para que su hermano no sospechara nada. La verdad es que todo lo que le dije, me lo estaba inventando sobre la marcha. No me acordé de su hermano para nada. Mi única preocupación era tenerla solo para mí.

Ordené a mi abogado que lo citara en su despacho junto a ella, para dentro de dos horas. Él quiso protestar diciendo que tenía otras cosas que atender, pero le recordé quién mantiene el tren de vida que lleva, y de muy buen grado programó todo tal como lo deseo.

La dejo dentro de un taxi, para que se vaya a su casa a recoger su hermano y hacer el papel de nuestras vidas.

A la hora marcada, nos vimos en el despacho de mi abogado, que explica las cláusulas del nuevo contrato, que es definitivo y no vinculante a mi contrato con su hermana que, por supuesto, no conoce esta información. Ya llegará el momento en que le cuente todo. Un pletórico Fernando José, que no puede contener las lágrimas, me abraza agradeciendo la oportunidad y me garantiza que no me defraudará.

Esta misma semana se instalaron en su nuevo hogar. Les di carta blanca para decorarlo a su gusto, pero no quisieron cambiar nada. Todo siguió tal y como yo lo había decorado. Fernando José está muy contento al saber que su hermana, ya no trabaja en todos aquellos empleos y que ya no conducía aquel coche horrible.

Ya ha pasado un mes, desde que Tania María y Fernando José están bajo mi tutela, y soy el hombre más feliz del mundo, y el que tiene el mayor calentón también. Todavía no hemos tenido relaciones sexuales. Estoy esperando algo que empiezo a creer que no va a ocurrir, deseo que ella me pida que la haga mía, pero está centrada en otras cosas, es muy atenta conmigo y toda esta mierda, pero no es como de verdad lo deseo.

Empieza el preparatorio para el ingreso en la universidad. Desea estudiar medicina para ayudar a la gente. Yo la apoyo en todo lo que necesita. Nos hablamos a cada poco, cada novedad, cada descubrimiento, ella me llama entusiasmada para contarme y consultarme las cosas. Todavía no he conseguido que utilice la tarjeta de crédito que le he dado, su hermano, sin embargo, le encanta ir de compras, me complace verlo tan feliz.

Capítulo 13

Silvia se marchará de gira y estará tres meses en la carretera. No puedo estar más feliz. Estaré libre para disfrutar de la compañía de la mujer que ocupa mi mente las veinticuatro horas del día, quizás sea porque por su culpa tengo los testículos a punto de explotar. Silvia intentó de todo para que la acompañara. Está llevando bien, nuestra separación carnal, nuestro matrimonio ya no existe. No es que antes existiera, pero ahora dentro de casa ya no fingimos, parece que se resignó a que no haya nada más entre nosotros. Me entristece oírla llorar por las noches. Pero desgraciadamente, no puedo darle lo que desea, es muy mezquino lo que diré, pero si la deseara tan solo un tercio de lo que deseo a mi fierecilla, seríamos un verdadero matrimonio perfecto no solo a ojos de la prensa y de los fans. Ambos perdimos mucho aquella noche años atrás, pero aquello no nos puede condenar de por vida. Seré discreto hasta que ella decida dejarme y vaya a vivir su vida, tratando de ser feliz en alguna parte lejos de mí, pero no dejaré de vivir la mía.

Estamos sentados, hablando distendidamente sobre las ciudades por las que va a pasar su gira los planes que tiene, y las visitas a sus clubs de fans. En ese momento, Silvia recibe la inesperada llamada de su padre, que rompe el buen clima. Ambos nos ponemos tensos, desde hace ocho meses no se hablan. La última vez que se vieron, fue en un acto público. Veo que se pone pálida, aunque solo la escucho decir sí una y otra vez. Le pregunto qué pasa, sin obtener respuesta. Se levanta del sofá, camina de un lado a otro, hasta que por fin cuelga la llamada. Es entonces cuando me da la peor noticia que podía darme ahora mismo: su padre llega mañana a Los Ángeles y nos invita a cenar en su casa. A ninguno de los dos nos hace gracia su presencia, y menos estar bajo su techo, cada vez que lo tenemos cerca tenemos problemas, y de los gordos, así que, sobre la marcha, decidimos que la cena será en nuestra casa, así cuando ya no podamos más lo echamos.

Para evitarle a Silvia el mal trago de tener que hablar con él de nuevo, me encargo de llamarlo para invitarlo mañana a nuestra casa a cenar. Acepta sin reparos, ya sabemos que cuando aparece así es, porque necesita hacerse la foto de la familia feliz o, limpiar su dudosa reputación.

Con lo bien que estábamos sin tenerlo cerca, desde que él se trasladó a San Francisco las cosas mejoraron bastante, pero cada vez que está cerca mi vida es un tremendo caos, me pasa de todo, y nunca le perdonare las amenazas que me hizo para producir a su hija. Jamás podremos ser amigos.

El padre de Silvia, llega acompañado de su nueva esposa, que tiene tan solo un par de años más que yo. Nada más verlos, supe a qué venía su repentina visita. Llevan pocos meses casados y en su círculo político, no fue bien visto el enlace. En todo el tiempo que llevo casado con Silvia, nunca la había visto en persona y, para que se presente aquí con ella, la cosa debe ser bastante importante. Ellos llevan muchos años juntos, pero siempre a escondidas. Llegué a creer que nunca asumiría su relación públicamente. Silvia me contó que cuando ellos empezaron a salir años atrás, ella tenía solo veinticuatro años y él cuarenta y siete. Seguro vino para hacerse la foto de familia, y buscar la aceptación popular. Es sabido que Silvia y yo movemos masas, tonto él no es.

La incomodidad se palpa en el ambiente, aunque él trate de rebajar la tensión y llevar una charla distendida, está lejos de alcanzar su objetivo. Lo único que deseo es que se marche de una vez de mi casa. Tania María me ha llamado un par de veces y no la he podido atender, siempre que ella me llama y no puedo coger la llamada, a los pocos minutos la llamo de vuelta para interesarme en saber qué le pasa, o si necesita algo. Hoy ya ha pasado más de media hora, desde que me llamó por última vez, y no tuve oportunidad de devolverle la llamada. No quiero dejar a Silvia a solas con este despreciable, y eso me está volviendo loco. Tengo claro que tan pronto mi suegro salga de mi casa, me iré corriendo a verla, y disculparme en persona por no poder atenderla. No quiero que piense que estaba con otra mujer, aunque me hace falta una urgentemente.

¡Quién me vio y quién me ve! Soy un completo pelele en manos de esta chica, tengo que tirármela de una vez. Estos dos meses solo de tocamientos y sin nada de sexo, me está pasando factura.

El padre de Silvia nos invita para ir a dar un paseo en alta mar al día siguiente. Intentamos disuadirlo diciendo que tengo demasiado trabajo, pero el hombre es muy obstinado e insiste en que conozca su barco, y no vemos escapatoria posible.

A las once de la noche, por fin se marchan. Nunca han tardado tanto en irse de mi casa, algo gordo se está cociendo. Silvia al ver que cojo las llaves, se pone en mi camino.

—¿A dónde vas a estas horas?

—No tengo que darte explicaciones sobre mi vida, ya jugué a familia feliz, pero no esperes más de mí.

—He vivido tu vida, me arrebataste todo, y ahora quieres deshacerse de mí como si nada.

Cada poco, Silvia me echa en cara lo que nos ocurrió, cuando antes no lo hacía. ¿Qué está pasando aquí?

—Lo que hubo fue cosa de dos, y ambos lo hicimos mal.

—Prefieres que una cualquiera caliente tu cama, teniéndome a mí, que estoy dispuesta a darte todo.

¿De verdad ella me está diciendo esto? Va a conseguir que me vuelva loco.

—Mañana a primera hora estaré aquí para que sigamos jugando a las casitas —digo con la cabeza alta y dando media vuelta, me marcho.

—Maldito fue el día en que acepté tu invitación.

—Maldita fue la hora en que te invité —le contesto desde de la puerta.

—Aquello condenó mi vida para la eternidad. No te das cuenta que me estoy muriendo por dentro, del amor que siento por ti. Pídeme, di lo que quieres y yo lo haré por ti. Si quieres que deje de cantar, lo dejo; si quieres que deje de hablar con Yan, Luck y Kisha, lo dejo, pero por favor no me dejes. Te necesito. Te quiero, Bruno.

—Lo siento, Silvia, pero ya no hay nada que puedas hacer, para que lo nuestro funcione.

Con lo bien que estábamos hasta ayer, fue aparecer ese desgraciado de nuevo, para que nuestra vida vuelva a ser un infierno. Me voy dejándola echa un mar de lágrimas, y pensando que me gustaría tener la solución a esto.

Conduzco como un loco para llegar a mi refugio, antes paro para hacer el cambio de automóvil, ahora he extremado las precauciones para que no me pillen. Lo último que quiero es exponer a Tania María.

Llego a mi apartamento, entro, tomo mi llave y voy a la puerta que me da acceso a su habitación. La encuentro tan linda dormida con su camisola rosa de seda, por lo que me quedo un buen tiempo admirándola.

Me acerco despacio, reparto suaves besos por su bello rostro. Se despierta y me mira sonriente.

—¿Qué hora es?

—Es la hora de dar mimos a mi pequeña.

Tania María se tira en mis brazos y me besa, dejándome perdido en el sabor de su boca. Solo ella tiene el poder de desconcertarme de esta manera. Sigo en mi propósito de conquistarla, esperaré hasta que ella me pida que la haga mía. La aparto suavemente, pues si la sigo teniendo pegada a mi cuerpo, puedo entrar en combustión. La muy granuja lo sabe y se refriega contra mí, arrancándome un jadeo. Sus pequeñas manos, van a mis pantalones y los desabrocha.

—No sigas, pequeña, no creo que hoy pueda seguir solo con toqueteos.

Ella se acerca a mi oído y dice:

—¿Quién te dijo que hoy quiero solo toqueteos?

—Si sigues así, me hundiré en ti.

—No hay nada que desee más. Hazme tuya, poséeme entre estas cuatro paredes, quiero que me hagas el amor. Quiero ser tu mujer.

Esa declaración, me deja loco. La cojo en brazos, cruzo el vestidor para llevarla a mi habitación. Me quito la ropa despacio, mirando sus lindos ojos miel, que no pierden detalle de mi cuerpo, que le pertenece, aunque ella no lo sepa, sigo excitándola, percibiendo cada respiración. Estoy en éxtasis, al ver que me desea tanto como yo a ella. Esta será la primera vez que lo hacemos porque ambos queremos, sin chantaje de por medio.

Voy al baño, pongo la bañera a llenar, echo sales de baño con aroma a rosas que compré. Vuelvo a por mi pequeña, no quiero estar con ella teniendo el olor de Silvia en mi cuerpo. La que es mi esposa sobre el papel, se aprovechó cada segundo que pudo de la presencia de su padre, para toquetearme y besarme a placer, aunque la reñía de manera disimulada, me regalaba una sonrisa y seguía aprovechándose de que no le diría nada delante de ellos.

Le quito la camisola que cubre su delicado cuerpo dejándola solo vestida con la braguita, que me dedico a quitar con la boca, haciéndola gemir.

Compruebo que la bañera está llena, me meto dentro y le ofrezco la mano para que entre. Ella frota mi cuerpo prestando especial atención a mi erecto miembro, tiro la cabeza hacia atrás y jadeo, está más que listo para tomarla, la descarada se frota contra mi virilidad, causándome la más placentera de las torturas.

—Tranquila, pequeña, pues si sigues así no llegaré muy muy lejos. —Ella se ríe y sigue con su juego—. Llevo mucho tiempo sin sexo. La noche es larga, y quiero disfrutar de cada centímetro de tu cuerpo, como siempre he deseado.

Ella me mira sorprendida, al enterarse de que pasaré toda la noche junto a ella.

Acaricio todo su cuerpo, introduzco mi dedo corazón en su apretado canal, entro y salgo despacio acariciando su botón del placer. Me deleito al ver cómo se retuerce entre mis manos, cómo intenta contener sus gemidos.

—Suéltalo, déjalo salir, quiero todo de ti. Me beberé tus gemidos —le digo al oído.

En un movimiento brusco e inesperado, derramando agua por todo el baño, mi pequeña se sienta sobre mi miembro haciéndome gruñir de placer, al encontrar mi sitio en el mundo, por sentirme completo.

—Pequeña, no llevo puesto el preservativo —le digo cariñosamente.

—Llevo un mes tomando anticonceptivos y confío en ti, por favor, hazme sentir especial.

Ahora mismo soy capaz de robarle la luna, con tal de hacerla feliz. Siento deseo de decirle que es lo mejor que me ha pasado en mi vida desde hace mucho tiempo, pero me callo, ya me he expuesto demasiado. Le hago el amor dentro de la bañera, entro y salgo de su cuerpo despacio, acaricio sus pechos. Tomo el derecho en mi boca y masajeo el otro con suavidad, mi fierecilla se aparta con una sonrisa traviesa. Dejo que tome el mando, que ella me haga suyo, que me use, que me sienta de su propiedad, porque lo soy. Mi pequeña intensifica sus movimientos, haciendo que me derrame en su interior. Me incorporo y le ordeno que me rodee con sus largas piernas. Sin salir de ella, la llevo a nuestra cama. Tal es mi deseo por ella, que la hago mía sin piedad llevándola a otro orgasmo. Sentir su néctar bañar mi miembro es una sensación indescriptible, consigue que me pierda en un intenso clímax dentro de ella. Nunca había tenido relaciones sexuales sin preservativos. Nunca más utilizaré condón con ella. Tania María es la mujer de mi vida, pero todavía no me ha dado lo que más deseo. Ambos tuvimos dos maravillosos orgasmos, pero no la he oído decir mi nombre cuando me entrega su placer, sé que lo siente, lo veo en sus ojos, pero el neandertal que vive en mí desea oírlo. Quiero que lo grite cuando llegue a la cima.

Nos damos una ducha rápida y cuando salimos, la acuesto

en nuestra cama, empezamos a acariciarnos y a jugar con nuestros cuerpos descubriéndonos como hombre y mujer. Dándonos placer con nuestros roces y caricias, estamos un buen rato hasta que mi fierecilla me pide que le haga el amor nuevamente. Jamás dejaré a una dama esperando, la penetro sin dilación. A las cuatro de la mañana, satisfechos y felices caemos rendidos. Me quedo dormido abrazado a ella, en una completa sensación de bienestar, solo me he sentido así de bien cuando era niño y mi madre me arropaba. Aunque era diferente, aquello era amor maternal, este es de otro tipo. No quiero ponerle nombre, pero dentro de mí algo está cambiando por culpa de esta mujer, pero no es amor, o al menos no quiero creer que lo es.

Nos despertamos con la alarma de mi móvil, son las siete de la mañana. Ella con los ojos cerrados me pregunta la hora. Cuando se lo digo, se incorpora corriendo.

—Tengo que ir a prepararle el desayuno a mi hermano e ir para la clínica.

Quiero retenerla a mi lado, pero es imposible. Riéndose, se escabulle y se va tirándome besos al aire. Se lo está pasando en grande, sabe que no puedo ir detrás de ella. Su hermano está en casa y nos descubriría.

No me queda otra que verla partir feliz y sonriente. Su sonrisa se ha transformado en mi droga, verla sonreír me da la vida. Cada día que pasa hay menos de la Rosita que conocí, y florece más a mi Tania María, una fierecilla soñadora y feliz.

Llego a casa a las ocho y diez para recoger a Silvia e irnos al encuentro de su padre con su esposa. Nada más entrar por la puerta de casa me recibe una Silvia con un enorme sombrero, acompañado de unas gafas del sol casi del tamaño de su cara, y que seguro esconden unas enormes ojeras de haber estado llorando toda la noche. Paso a su lado sin decir nada, sé que lo estoy haciendo mal con las dos, pero no estoy preparado para aguantar los berrinches de mi esposa por la mañana temprano.

De nada me sirve salir huyendo. Recién llego a mi habitación, noto que ella llega detrás y se dedica a inspeccionar mi cuerpo de arriba abajo, buscando pruebas de que estuve con alguna mujer. Siempre supo que me acuesto con otras, lo que nunca hice fue llegar más tarde de las cinco de la mañana como hoy, formaba parte de un acuerdo tácito entre nosotros. A partir de ahora, pienso dormir al lado de mi fierecilla, tantas veces como pueda, fue la mejor sensación del mundo.

—¿Qué tal tu noche? —me pregunta despectiva.

—Mejor que la tuya. —Sé que me va a tocar las narices, así que vamos empezar el día.

—Ojalá esas desgraciadas, te pasen alguna enfermedad, pero descuida, que yo estaré a tu lado cuidándote, aunque tú no lo merezcas.

—No te preocupes, esposa mía, tengo dinero para pagar los mejores médicos.

—¿Por qué lo haces, Bruno? Yo no te pedí que te casaras conmigo.

—Tampoco dijiste que no.

—¿Por qué debería haberlo dicho? Llevaba enamorada de ti, desde los dieciséis años.

—¿Y por ello aceptaste casarte con un hombre que te dejó claro que te iba a engañar?

—Dime qué mujer en mi lugar, estando enamorada como yo lo estaba, no lo aceptaría.

—Una que tiene amor propio.

Odio cuando sale con este discurso, es siempre lo mismo, primero chantaje emocional seguido de los insultos, tengo mi parcela de culpa, pero tiene que aprender a ser independiente, dejar de necesitar la aprobación de los demás para ser feliz. La felicidad solo depende de uno mismo.

Me salva el sonido del teléfono, que sin mirar quien llama, lo cojo. Es Tania María, para desearme buenos días, me siento mal, por estar engañándola también. Me invitó a comer hoy, tentándome con que iba a cocinar para mí, pero le dije que no, porque tenía mucho trabajo.

Silvia intenta cogerme el móvil, al escuchar mi charla.

—¡Lo que me faltaba! Que ahora tus putas te llamen conmigo delante. No me merezco esto. —Me despido rápidamente de mi pequeña y le digo seriamente:

—Si quieres jugar a la familia feliz, lo haremos, pero no me toques los huevos, y que sea la última vez que intentas coger mi móvil. Ahora vete al baño y maquíllate para quitarte esta cara de mapache que llevas.

Salgo de la habitación y la dejo llorando. Llego a mi coche, llamo rápidamente a Tania María, que no me lo coge. Me desespero, le envío un mensaje.

Pequeña, perdóname por el lamentable incidente que tuviste que escuchar, por favor, háblame.

La vuelvo a llamar y sigue sin cogérmelo. Le envío otro mensaje contándole media verdad.

Pequeña, no me hagas esto, por favor, discutía con Silvia porque ella me programo una reunión familiar sin mi autorización. Coge la llamada.

B. M. M.

Vuelvo a llamarla desesperado, y esta vez sí coge la llamada, pero noto en su voz que estaba llorando. Eso me parte el corazón,

tengo ganas de dejar todo e ir con ella. Le imploro que no derrame más lágrimas, no le cuento, que estaré el día fuera en alta mar, no quiero causarle más disgusto del que ya tiene.

—Te prometo que por la noche estaré contigo, pero, por favor, deja de llorar —digo sin saber que más decir.

Veo por el espejo retrovisor que viene Silvia, cargando con sus bártulos para el día en alta mar, como si fuéramos pasar una semana. Me apresuro en arrancar la confirmación de Tania María de que no lloraría más, y corto la llamada.

El trayecto hasta el puerto, lo hacemos en silencio. Cuando llegamos, como ya era de imaginar nos esperan unos cuantos paparazzi. Silvia, rápidamente, cambia de mujer compungida a mujer amantísima. Fueron todo besos y caricias. Mi suegro viene a nuestro encuentro, obligándonos a posar los cuatro para los fotógrafos.

Mi mal humor, que ya era monumental, ahora es estratosférico. Silvia, al sentir mi crispación, me dice.

—Tú fuiste el que dijiste que jugaríamos a la familia feliz, así que sonríe.

Muy a mi pesar, tuve que darle la razón. Solo me resta cruzar los dedos para que Tania María no vea esto. Tendré que prepararla para estas insoportables sesiones fotográficas a las que soy sometido a cada cierto tiempo. Cuando los paparazzi se cansaron de sacarnos fotos, subimos a su barco para zarpar. Antes de que estuviéramos fuera de la costa, le envío un mensaje a mi pequeña avisándole de las fotos. Estoy guardando el móvil en el bolsillo, cuando este suena, lo miro y veo que es mi madre. Me viene una sonrisa a la cara, para mí hablar con mi ella, siempre es motivo de alegría.

Silvia, al descubrir con quien hablo, se aleja con mala cara, cosa que agradezco, así me deja privacidad para hablar tranquilamente con la mujer que me conoce mejor que yo mismo, ya que nada más empezar a hablar ella me pregunta cómo estoy.

Fuerzo una risa para tranquilizarla, y eludo su pregunta prometiendo que esta semana, me pasaría a comer con ella.

Para no salirse del guion, nos siguieron algunos paparazzi, que nos hicieron fotos bebiendo, comiendo, nadando y yo forzosamente, haciéndome pasar por el marido enamorado.

Mi suegro nos da una noticia que no nos hace la menor gracia.

Como si estuviera dando un discurso, nos dice: Os tengo que dar una noticia que unirá todavía más a nuestra familia. —Me carcajeo, él me ignora y sigue—. Y que será motivo de alegría y dicha para todos. A mi esposa y a mí nos complace anunciaros que, dentro de siete meses, seremos uno más en la familia.

—No me digas. ¿Susan está embarazada? —pregunta Silvia con cara de espanto.

La aludida se apresura a contestar que no horrorizada como si fuera lo peor del mundo estar embarazada, y dice:

—No, es un embarazo subrogado.

—Hija, como eres inválida para procrear y no te veo instinto materno, puedes dedicarte a tu futuro hermano o hermana.

Hasta aquí puedo llegar. La llegada de un nuevo miembro en una familia siempre es motivo de alegría, pero en el caso de este hombre, es lo peor que puede pasar. ¿Qué padre es capaz de esto?

—Si no quieres salir de aquí en un bote salvavidas, pídele perdón de inmediato —le digo con cara seria al padre de Silvia.

—¿Quién me va a obligar? ¿Tú? —y trata de recurrir a lo de siempre, la amenaza de la llamada.

Silvia grita un sonoro no, llamando la atención de todos.

—Estoy totalmente en contra —afirma Silvia en shock.

Esta es una de las pocas veces en que estoy de acuerdo con ella. Silvia empieza a llorar y su padre le pregunta si es de la emoción. Su pregunta estaba llena de sarcasmo y cinismo.

Siento pena y la abrazo consolándola. Soy conocedor del calvario que vivió bajo el techo de su padre desde que nació, pero después de la pérdida de su madre la cosa fue peor, su madre fue la única persona que le dio cariño. El día para nosotros se ha acabado, exijo que volvamos, y como no me hace caso, voy a la cabina del capitán y le ordeno que dé la vuelta. El pobre hombre pasa por un mal rato sin saber qué hacer, por miedo a perder su trabajo. Le digo que no se preocupe, que le tengo un puesto de trabajo de inicio inmediato, mi antiguo barco le encantaba a Black y se lo regalé y está buscando a un capitán bueno. Mi suegro monta en cólera diciendo, que no puedo ordenar el regreso, pero el hombre no le hace caso y sigue maniobrando, y se ve la satisfacción en su cara.

Silvia está descompuesta, no puedo dejarla sola de esta manera. No sería justo, en cierto modo yo soy culpable del dolor que siente ahora mismo.

Envío un mensaje a Tania María avisándola de que desgraciadamente faltaría a mi palabra, y que no podría ir a verla esta noche. Veo que el mensaje fue leído nada más ser enviado, pero no obtengo respuesta. Decido no atosigarla, mañana ya me disculparé como se debe. Hoy atenderé a Silvia. Las palabras de su padre en relación a su imposibilidad para ser madre, la han destrozado. Desde que perdimos a nuestro bebé en aquella fatídica noche, después de días ingresados, cuando tuvimos alta, yo la llevé a mi casa, hablamos durante horas y lloramos juntos. Nos prometimos nunca más volver a hablar sobre el tema. Soy testigo de que cuando un reportero o alguien pregunta o se refiere a ello, ella sufre, y que su padre, el hombre que la debería de proteger con su vida, sabiendo por todo lo que ha pasado le haga esto, no me cabe en la cabeza. Es mi obligación estar a su lado en este momento.

Apago el móvil y me ocupo de Silvia, que está desconsolada. Su padre solo soltó la bomba, se ha hecho las fotos de publicidad con la familia y listo. La opinión de su hija no le importa lo más mínimo, ya que lo que él deseaba de nosotros en ese momento ya lo tiene. Dentro de pocos días soltará la noticia de que será padres, y esto traerá consigo muchas preguntas incómodas hacia a nosotros. Mi pregunta es cuándo podré estar tranquilo.

Conduzco a Silvia a su habitación, la meto en el baño y le ordeno que se duche y se cambie. Atiende sin rechistar, es cómo manejar a un robot. Yo le ordeno y ella cumple sin más, no hay ni rastro de la Silvia caprichosa. La meto en la cama, bajo y pido al servicio que le prepare una sopa y cuando la tengan, que me llamen para que se la suba.

¿Cómo un padre puede ser tan ruin? Sabiendo que dentro de dos días su hija se va de gira y que estará fuera tres meses, va y le hace esto. Me dedicaré a ella estos días para que no se sienta tan sola. Sé que se muere de ganas de tener a su amigo a su lado, pero por más que insista, ella se niega a llamarlo. Lo único que quiere es estar conmigo. Consigo que cene algo, la dejo en la cama y bajo a la cocina a dejar el plato. La casa está en completo silencio, me siento tentado a llamar a mi pequeña, pero sé que está molesta conmigo, seguro ya vio miles de fotos en internet, y eso sumado a que no finalmente no fui y tengo el móvil apagado, debe de tener una buena película montada en su cabecita. Decido no hacerlo, vuelvo a la habitación a cerciorarme de que Silvia está bien y la encuentro dormida, la arropo y salgo despacio para no despertarla. Me voy a la ducha y cuando salgo, la encuentro en posición fetal llorando, pero esta vez es diferente, no es uno de sus berrinches. Es un llanto lleno de sentimiento y dolor. No hace ruido, su cuerpo tiembla y las lágrimas caen sin control, me quito los zapatos y me tumbo detrás de ella para abrazarla. Me es imposible no sentirme una mierda, todo esto es por mi culpa. Le doy un beso en la cabeza y la acaricio hasta que vuelve a quedarse dormida, intento levantarme, pero se despierta y me lo impide, volviendo a llorar. Me acurruco detrás de ella y vuelvo a abrazarla.

Por la mañana, Silvia se despierta algo mejor. Consigo que salga de la cama y que baje a desayunar conmigo al jardín. A escondidas llamo a su amigo, avisándole de que ella lo necesita. Mi sorpresa es enorme al oírlo decir que entre ellos ya no hay amistad, que ella es problema mío, solo mío, que les ordenó que no la buscaran y que no hablara más de ella en los platós de televisión, y que ahora yo me hiciera cargo solito. Me quedo sin palabras. Silvia está pasando por mi distanciamiento, mi ausencia, mi frialdad, infidelidad y ahora la posible paternidad de su padre todo sola. Y yo no lo sabía, ella no me contó nada.

La miro sentada delante de la mesa en el jardín con su linda melena roja su cuerpo de barbie, sin embargo, no siento nada, es todo distinto a lo que siento al ver a Tania María. Solo al ver a su preciosa melena castaña ya tengo el corazón a mil.

Me acerco a Silvia y le doy un beso en la mejilla.

—¿Cómo te encuentras? —le pregunto cariñoso.

—Entumecida, mi padre me culpabiliza de la muerte de mi madre.

—Olvídalo —le digo, y en un intento desesperado para que se sienta algo mejor, afirmo que él es una mala persona.

—Él nunca estuvo pendiente de mí, y ahora va a tener otro hijo y parece muy feliz. —no creo que aquel hombre se ilusione con nada que no sea a su beneficio proprio—. Ojalá sea mejor padre para este bebé —Le cojo la mano para darle un beso.

—Suéltalo, Silvia, déjalo salir, no me iré a ningún sitio.

—Mi matrimonio es una farsa y ya no tengo amigos —dice entre hipidos.

—Yo intenté acercarme, enamorarme, eres una mujer maravillosa, pero no surgió.

Ella acaricia mi rostro.

—Lo único que tengo es mi música, pero hasta eso me puedes quitar, como me dijiste en varias ocasiones. Yo solo soy uno más de tus productos. Tú me criaste, tú me puedes destruir.

—Jamás atentaría contra de tu carrera. Lo que intento hacerte entender es que nunca te he mentido. Siempre supiste quién soy.

—Intentémoslo solo una vez más, te prometo que, si no funciona, te dejaré libre. Te doy el divorcio y viviré mi vida.

—Silvia. —ella pone el dedo en mi boca impidiendo que siga.

—Por favor, déjame intentar conquistarte. Solo te pido esta última oportunidad.

—Hagamos una cosa, tú te irás a esa gira. La disfrutarás como haces siempre. Cuando vuelvas, tendremos esta misma conversación y miraremos qué podemos hacer.

—¿Hay otra mujer?

—No, Silvia —decido mentirle, para no hacerle más daño de lo que ya le he hecho en todos estos años.

—De acuerdo entonces, pasado mañana me iré de gira, y en tres meses volveré y tendremos esta conversación nuevamente, piénsatelo con cariño.

—Esto haré.

No hay nada que pensar. Ya no probaré más, seguiremos así hasta que ella se canse, porque yo ya no quiero intentar nada, pero ella se merece este remanso de paz.

Capítulo 14

Tengo una ardua tarea por delante. Llevo más de cuarenta y ocho horas sin llamar a mi fierecilla, y ella a mí tampoco, cuando en los últimos tres meses nos hablamos a todas horas. Esto es el presagio, de que está muy cabreada.

Nada más arrancar el autobús de Silvia, cojo el móvil y la llamo, pero no me lo coge, insisto un par de veces más sin respuesta. Le envío un mensaje, que ni siquiera lo lee, dejando muy claro que no piensa perdonarme así sin más, desisto y voy directo hasta nuestro apartamento. Entro y no hay rastro de ella, meto la llave en la puerta de acceso a su habitación y esta no gira, señal inequívoca de que dejó la otra llave apropósito puesta por su lado. Me enloquece, la llamo y nada, yo contaba con que estuviera enfadada, pero no que me evitara de esta manera. Ya estoy mayor para tantos altos y bajos. Acciono el rastreador GPS de su móvil y da que está dentro de su apartamento. Me vuelvo loco al saber que la tengo tan cerca y a la vez tan lejos.

Llamo a la discográfica para saber dónde se encuentra Fernando José, y rezo para que esté allí o haciendo lo que sea para su trabajo, con tal de que sea bien lejos de aquí. Janneth me informa de que acaba de entrar en el estudio con Wallace, que los dos están ensayando acordes. Corto la llamada y sin pensarlo dos veces llamo al conserje pidiendo un cerrajero urgente. El profesional llega en diez minutos, cambia la cerradura y se va. Entro corriendo, miro en el salón y no la veo. Corro a su habitación, pero tampoco la encuentro, miro en cada rincón y ni rastro de ella. Entro nuevamente en su habitación y solo entonces veo encima de la cama su móvil junto a la tarjeta de crédito que le di, las llaves del coche y otras pertenencias. No sé qué hacer, doy vueltas de un lado a otro, no sé dónde localizarla, así que llamo a mi única esperanza, aunque desde que ella tiene coche nuevo ya no utiliza sus servicios y está al servicio de Fernando José. Mi esperanza de que Tocha me diga dónde puedo encontrarla se ve truncada, cuando coge el teléfono y tiene la voz de sueño. Entonces me acuerdo de que es su día libre, para un día que este hombre duerme, yo voy y le jodo el sueño. Salgo corriendo y voy hasta la discográfica detrás de su hermano, con la esperanza de que él me pueda decir dónde ella está, y de paso entregarle las nuevas llaves, tengo que buscarme una buena excusa para justificar el cambio.

Entro por la puerta de la discográfica corriendo, invado el estudio, interrumpo la grabación ganándome una buena reprimenda de Wallace que se enfada por mi intromisión en su trabajo. Cuando por fin tengo al chico delante, no sé cómo formular la pregunta, no le puedo pedir explicaciones sobre su hermana, aunque mis ganas en este momento son de zarandearlo hasta que me diga dónde se encuentra ella. Para mi suerte, él se adelanta y me da media contestación a la pregunta que tenía formulada en mi cabeza.

—Señor Bruno, Rosita me pidió decirle que va a estar fuera unos días. —¿Qué cojones es eso de estar fuera unos días? —. Una amiga la invitó a ir de viaje. Arreglamos todo en el hospital para que no la echen tanto en falta. Mi hermana necesita ese descanso, es la primera vez que se puede ir de viaje, y todo es gracias a usted. —Me muero de ganas de preguntarle a gritos para dónde fue y con quién. Miro a Wallace y descubro que me mira sonriendo y diciendo que no con la cabeza.

Salgo del estudio antes de mandarlo a la porra, me voy a mi despacho y él viene detrás pisándome los talones.

—Eres un desgraciado, te estás follando a Rosita.

—Vete al infierno.

—No intentes engañarme, que nos conocemos desde que utilizamos pañales.

No afirmo ni desmiento, y mi silencio le confirma, lo que está diciendo. Pero no le es suficiente y sigue:

—Cómo Black y yo pudimos estar tan ciegos, llevas meses sin salir de fiesta con nosotros. Hermano te dio fuerte —se cachondea.

—Pues sí, amigo, ella me tiene en sus manos, y estoy desesperado, no sé dónde está.

Le cuento a mi amigo toda la historia, de cómo empezamos hasta el punto en que estamos ahora. Siempre fuimos transparentes entre nosotros.

Como buen amigo que es, me explicó los pros y los contras de mi relación, me dice claramente que tengo más bien todo en contra. No se cortó en decirme que estoy de mierda hasta el cuello. Wallace, que no sé en qué momento llegó y que al parecer ya conoce los detalles de la historia, intenta tranquilizarme y me aconseja que le dé su espacio y que la deje que vuelva por sí misma.

Me veo obligado a hacerles caso, no es que desee hacerlo, pero no tengo otra alternativa. Lo que me tranquiliza es saber que el guitarrista está de gira y que el tal doctor Días está liado haciendo las maletas para irse a Sudan como voluntario, pero no me quedo del todo tranquilo sabiendo que ella anda por ahí sola.

Ordeno a Tocha que vaya a su antigua casa, y que busque a su amiga e intente descubrir lo que pueda. Sí, ya lo sé: acabo de decir que iba a dejar que volviera por sí sola, y lo voy hacer, pero eso no implica que no pueda saber dónde está.

Un par de horas después recibo un mensaje diciendo que nadie la vio por el barrio, que ya hace más de dos meses que ella no aparece por allí. Me alegra saber que ella está respetando mi pedido.

Ya pasaron nueve días y no sé nada de Tania María. Tengo mal humor acumulado. Llamo a mi madre para invitarla a comer y me salta directamente el contestador, pregunto a Janneth si sabe dónde está, y me entero de que mi madre se ha ido de viaje por unos días y que dejó recado de que ni se me ocurra molestarla. Creo que es la primera vez que me he reído, en estas casi dos semanas. La manera que me dijo Janneth me deja claro de que mi madre está en compañía de su ligue secreto.

A la tercera semana, ya cansado de esperar a que Tania María aparezca, decido contratar a un detective privado, que no tarda ni un día en decirme que ella sigue en Los Ángeles, que nunca salió de la ciudad. Lo único es que toma muchas precauciones a la hora de llegar, sigue asistiendo a su voluntariado y a la universidad asiduamente. Me reí de mi ingenuidad, una chica de tan solo diecinueve años se ríe de mi cara. Ella a cada poco me deja en ridículo y lo curioso es, que no me molesta.

Le pregunto al detective cuáles son sus horarios, me confirma que ella seguía su horario habitual, pero pasa desapercibida, y me entrega un sobre con su informe.

Salgo del despacho del investigador, cojo un nuevo coche camuflado que no conoce y me voy a la puerta de la clínica a esperarla. Veo salir a docenas de personas, pero ninguna es mi Tania María, pasan más de diez minutos y no sale nadie más. La paciencia no es mi fuerte, estoy por llamar al detective para corroborar la información, cuando la veo salir acompañada de una chica y un chico de su misma edad. Los tres se dirigían a un coche que se encuentra en peor estado que el que ella tenía. Valoro la posibilidad de seguirla para descubrir dónde está hospedada, pero desisto, ya lo tengo demasiado complicado como para tensar todavía más la cuerda espiándola.

Ella pasa a mi lado junto a sus compañeros charlando, ajena a mi presencia, bajo la ventanilla y la llamo. Nada más escuchar que la llaman por su primer nombre se para.

—Ya os alcanzo —dijo a sus compañeros—. No pierda su tiempo, déjeme en paz, me iré con mi gente y usted vuelva con su perfecta vida – me dice casi con desprecio.

—Te doy tres segundos para que entres en este coche. Si no, yo mismo te meteré.

—No se atrevería —continúa retándome y tratándome de usted. Me río de lado. Porque me está desafiando en mis narices.

No pienso ni un solo segundo, abro la puerta del copiloto y me dispongo a alcanzarla cuando sale corriendo en dirección a sus amigos. Maldigo mi mala suerte, pero tengo claro que esta granuja no me privará de dormir abrazado a ella, ni una noche más. En tan solo cuatro zancadas, la tengo retenida en mis brazos. Ella patalea y me llama ogro, su amiga se ríe a carcajadas

—Eres una traicionera por no ayudarme a huir —le dice a su amiga.

—Para qué te voy ayudar si lo único que deseas es tirarse a sus brazos. Así que déjate de tonterías y vete con él.

El comentario de su amiga me llena el corazón de alegría.

La miro a los ojos y ella agacha la cabeza intentando ocultar las lágrimas.

—Vamos, pequeña, te lo puedo explicar.

—No, siempre va a haber una explicación, para justificar tus ausencias, tu falta de palabra, y yo siempre tendré que callarme porque soy la otra. No deseo eso. —No me lo esperaba.

—Te prometo que no será así.

—No hagas promesas que no puedes cumplir.

—Por favor, no me tortures más. Llevo tres semanas sin dormir, te he dado espacio, ahora vuelve.

—Bruno, nunca quise ser tu amante. Soy una chica pobre, no tengo nada, y llegas tú como una apisonadora, rompiendo todo, poniendo mi mundo patas arriba, tratándome como a una reina.

—Reina no, princesa —le digo con una sonrisa bobalicona en la cara.

—Vale, como tú digas, pero no estoy preparada para ser la otra. Déjame ser libre, seguir con mi vida.

—Tania María, quisiera ser un buen hombre, honrado y decirte que sí, que te dejaré libre, que puedes hacer de tu vida lo que quieras, pero no lo soy. Te deseo, te metiste hasta el fondo de mi ser, y no te voy a dejar ir, pequeña. Ahora iremos a nuestra casa, te explicaré los motivos por los cuales no fui a verte y tampoco pude llamarte aquellos dos días. Después podrás pegarme, insultarme y perdonarme, para que pueda enterrarme en tu cuerpo y hacerte el amor una y otra vez, como vengo soñando todos estos días.

Brota una tímida sonrisa en sus labios, y olvidándome que estamos en plena calle, aprovecho el momento para intentar robarle un beso. Ella me hace la culebra y me lo impide, me da un golpe en el brazo.

—Hasta que no te expliques, no te permitiré tocarme.

Sonriendo, me pide que la espere y se va a hablar con sus amigos, que no me quitan los ojos de encima. Su amiga sonríe, pero el chico no me mira con muy buena cara, sin embargo, me da exactamente igual.

El chico le dice algo, y ella niega con la cabeza. Lo siento colega, la chica es mía.

Le abro la puerta del coche, ella me mira sonriendo.

—¿Cuántos coches tienes?

—A ti te lo voy a decir —le contesto guasón.

Le acomodo el cinturón de seguridad y la llevo para casa. Durante el trayecto intento convencerla de que cambiemos el orden de las cosas, intento convencerla de que primero me la follo, después le hago el amor y después me explico, pero no hay trato.

Como somos conocedores de la sensible audición de Fernando José, evitamos el paso por su casa y vamos directos a la mía, allí hay todo lo que ella pueda necesitar. Nada más entrar, mi pequeña mujer se cruza de brazos y me ordena que empiece a hablar.

—No he cenado, tengo hambre. ¿Podemos hablar mientras cenamos?

Le digo que pida pizza mientras me doy una ducha. Le indico que en la puerta de la nevera está la carta, que escoja la que quiera.

No le hace mucha gracia mi sugerencia, pero no pudo contener la risa al ver mi mirada de corderito y mis morros de niño bueno. Se va a la cocina a escoger, y yo al baño dejando que ella se encargue de todo. Cuando vuelvo, Tania María ya lo tiene todo preparado en la mesa de la cocina, suena el timbre y ella salta del taburete para ir abrir la puerta. La intercepto en el camino.

—¿A dónde vas?

—A pagar la pizza.

—De esto nada, lo pago yo.

—Mira, guaperas, déjate el machismo guardadito un rato. Pago yo y punto.

Me lo dice con tanta autoridad que acaba de dejarme claro que encima de fierecilla es decidida. Desde luego es la primera vez que me pasa, y me encanta saber que mi mujer es así de independiente.

Nos sentamos a comer, pero veo en sus ojos que se muere por hacerme miles de preguntas, sin embargo, no abre la boca salvo para dar mordiscos a la pizza, mastica como si estuviera teniendo un orgasmo, cosa que creo que hace a propósito para torturarme. Para amainar mi sufrimiento, decido bromear un poco.

—¿Puedo dejar las explicaciones para mañana?

Ella me enseña el dedo corazón y se levanta con la intención de irse y dejarme aquí solo. Agarrándola del brazo, la abrazo por detrás riéndome y la obligo a sentarse. Empiezo a explicarle todo lo que pasó con Silvia y su padre. El estado en el que se encontraba, ella me interrumpe para preguntarme por las fotos que salieron en las revistas y en las redes sociales. Le explico que aquello es una constante en mi vida, ya que Silvia es una fanática de los tabloides. Contesto a todas y cada una de sus preguntas, agradezco que ninguna fuera personal, hasta en eso ella es especial, en ningún momento intenta hurgar en mi vida privada, solamente me pregunta por lo que a ella le dice al respecto. No hizo ninguna demostración de querer saber qué trauma tiene Silvia. Y esto es de admirar.

—¡¡Mujer, déjame follarte de una vez!! ¡¡Mis huevos van explotar!!

—Qué vulgar eres a veces, Bruno —Me río de la cara de niña buena que pone.

—Como si no te gustaran las cosas sucias que te digo.

—Pues que sepas que hoy no tendrás sexo. Dormiremos juntos, pero no me tocarás.

No doy crédito a lo que me estaba diciendo.

—Es una broma, ¿verdad? —pregunto indignado.

Para mi desgracia no es así. Ella está hablando muy en serio.

Mi fierecilla me ordena que me vaya a la habitación y la espere allí. Un frío se instala en mi interior, de ahí puede salir cualquier cosa y no creo que sea buena. Presiento, que mi pequeño ángel se transformará en un demonio. Tania María pasa a mi lado, coge mi móvil, pone música y me sienta en la cama, apoyado en el cabecero. Empieza a bailar delante de mí quitándose la ropa de manera sensual, se agacha de espaldas dejándome a la vista, su precioso culo, me pongo a gatas para acercarme, pero cuando ve mi intención, me ordena con la mano que me pare y vuelva a mi sitio. Lo hace de una manera tan sensual y firme que la atiendo como un corderito.

Pausa la música y sale de nuevo de la habitación, dejándome expectante, pasan los minutos y no aparece. Cuando vuelve trae una silla y se sienta de frente para mí con las piernas abiertas, dejando a la vista, su minúsculo tanga de encaje, me mira y dice:

—Si quieres seguir admirando, hazte a la idea de que no me vas a tocar. —Su voz es tan sensual que mi miembro vibra dentro de mi pantalón.

Pone de nuevo la música, y la habitación se llena con la voz de Beyoncé, cantando *Partition*, haciendo que la temperatura suba más todavía. Se va quitando el resto de la ropa despacio, hasta quedarse totalmente desnuda delante de mí, se sienta con los ojos cerrados, la cabeza hacia atrás y va deslizando sus manos de manera sensual por su cuerpo, llega a su entrepierna y se introduce un dedo, haciéndome jadear desesperado por la preciosa escena erótica que me está ofreciendo.

—Pequeña, déjame que sea yo quien te toque —digo con voz ronca.

Con el dedo me dice que no, el mismo que tenía enterrado en ella, lo va deslizando por su cuerpo rodeando sus senos, tira la cabeza hace atrás y desliza el dedo por su cuello hasta llegar a sus labios, los rodea, abre la boca y lo mete dentro chupándolo lento y sensualmente.

Dirigió su pequeña mano a mi pantalón, dándome la alegría de saber que me va tocar, sabía que ella no iba a poder llevar este juego muy lejos. Ella también me desea. Me animo y remuevo mi cadera buscando su contacto, no obstante, me paraliza con una mirada que nunca le he visto.

—Aquí solo se mira, nada de tocar ni disfrutar, si te atreves a no hacerme caso, se sumarán los días de castigo.

Rápidamente, vuelvo a mi posición inicial y con voz ronca le digo que siga, veo como la niña inocente se masturba a escasos centímetros de mí sin que la pueda tocar, jugando con su placer parando en el momento justo antes de llegar al clímax. Sus gemidos son la más bonita de las melodías que he oído, mete y saca su dedo de la boca y su vagina, haciendo que me corra en los pantalones. Al darse cuenta que me he corrido, se deleita con su hazaña, se masturba con más ímpetu llevándose al orgasmo, y lo culmina gritando mi nombre. Se me tira encima y me besa, mi corazón se me va salir del pecho. Es lo más erótico que he visto en toda mi vida y fue todo para mí, oírla gritar mi nombre cuando se corría mirándome a los ojos... me ha dejado sin palabras.

Se aparta, no me atrevo a levantarme y jugarme a que sea mayor mi castigo de no poder tocarla, porque hasta cuando estaba besándome, ella sujetó mis manos.

Mi niña mala me quita el pantalón y el bóxer manchado y lo lleva al cubo de ropa sucia. Me pone otro y simplemente me ordena abrazarla y a dormir. Pero… ¿quién demonios sería capaz de dormir en estas condiciones? La abrazo, pero mis manos, que tienen vida propia, se van bajando centímetro a centímetro. Ella me permite avanzar, mientras acerca su precioso culo a mi miembro, que ya está erecto de nuevo, lo menea haciéndome jadear. Cuando ya no puedo más, saco mi miembro con la intención de penetrarla, ella se deja desde atrás. Voy abriendo camino, cuando estoy por entrar en su precioso y apretado sexo, se levanta de un salto.

—Tienes un día más de castigo por no respetar las reglas.

Me dice esto y sale tan fresca para el salón. Voy detrás de ella y le imploro que duerma a mi lado, que solo nos abrazaremos lo que nos queda de noche.

Llevamos un mes sin alejarnos el uno del otro, solo nos separamos para atender nuestras obligaciones, pasamos horas y horas encerrados en nuestra casa, jugando como dos niños, follando como animales, haciendo el amor como dos amantes apasionados. Todo iba de maravilla hasta que Tania María recibió una llamada, que para ella no tenía importancia, pero que para mí fue como si el mundo se me cayera encima.

Estamos en la cama abrazados viendo la televisión y su teléfono sonó. Está encima de mi mesita de noche, lo cojo para pasarle y veo en la pantalla el nombre del doctorcito de pacotilla, la miro y le entrego el teléfono. Ella me enseña la lengua y coge la llamada a mi lado, su actitud me gusta, me abraza y mientras habla con él me hace caricias. Jamás lo va a asumir, pero es tan posesiva tanto como yo. Le pregunta como está, pero por más que ponga el oído, no puedo escuchar lo que dice. Entonces me fijo en sus contestaciones, de la nada mi pequeña con una gran sonrisa en los labios se sienta en la cama y le dice que es una buenísima noticia y que por supuesto, acepta su invitación, y sale corriendo a coger papel y bolígrafo y apunta una dirección. Yo estoy viendo todo rojo, ¿a dónde piensa que va con mi mujer este desgraciado? Sonriendo, corta la llamada, se tumba a mi lado, me da un beso y me avisa como si nada, que hoy cuando salga de la facultad va a encontrarse con el doctorcito. Ahora el que se levanta de la cama soy yo, pero mi cara no tiene una sonrisa, me voy para la cocina, abro la nevera, cojo una botella de agua y bebo. Necesito hacer algo para contener la rabia y frustración, que siento ahora mismo. Ella viene detrás de mí y me abraza por la espalda, no le digo nada y sigo bebiendo mi agua.

Con voz cariñosa, me pregunta si no voy a decir nada, sigo a lo mío. Como también tiene mucho genio, me empuja haciendo que me golpee contra la isla, se va y me deja solo. Pasados unos minutos, voy detrás de ella y la encuentro preparando su ropa para irse a la universidad. Coge un vestido que nunca le vi puesto, y por lo que parece le va a quedar pegado en el cuerpo, vuelvo a salir de la habitación desesperado. Doy vueltas de un lado a otro, no sé qué hacer.

Cansado de hacer el idiota, entro en el baño. Ella ya está en la ducha, le doy un beso y digo que me voy a trabajar, y me marcho.

En la discográfica hago unas cuantas llamadas, e intento centrarme en mi trabajo. Muchas familias dependen de mí para comer. La tarde pasa rápido, a la hora marcada vuelvo junto a mi perro, a esperar lo que se nos viene encima.

Atiendo a mi perro y me siento en el salón, oigo el fuerte ruido de un helicóptero posándose, salgo y voy al encuentro del ruido. La primera persona a la que veo es a Tocha, que me mira con mala cara. Me acerco para ayudarlo.

—¿Qué narices has hecho? —Es lo primero que me pregunta.

—¿No pensabas que iba a dejar que te fueras con otro hombre?

—¡Esto es secuestro! Me voy ahora mismo a mi encuentro.

—No vas a ningún sitio.

—¿Quién me lo va a impedir? —pregunta con chulería.

Doy la señal para que el helicóptero se vaya, me fijo en la cara de Tocha y veo que está llena de arañazos. Ya le pediré disculpas y le compensaré.

—Vamos dentro —digo tranquilo.

—Voy a mí encuentro y no me esperes, no volveré a dormir.

Se me funden los plomos, la cojo y me la echo al hombro. Empieza a pegarme y a ordenarme a que la suelte.

—¿A dónde crees que vas?

—A mi cena.

—Respuesta incorrecta. Preguntaré nuevamente. ¿A dónde vas?

—Ya te he dicho, que a cenar.

—Fierecilla, no me pongas a prueba, última oportunidad. —No me deja formular la pregunta y grita a todo pulmón que se va de cena, y esta vez para hacerme enfadar me dice, que es una cita. Le doy una cachetada. La llevo al interior de nuestra casa, voy directo para nuestra habitación, ella no deja de intentar pegarme y decirme lindezas. La tumbo en la cama, ella se sienta e intenta escapar.

—Cuando te descuides, saldré corriendo a mi cita. —La miro riéndome, meto la mano en mi bolsillo trasero y saco las esposas que tenía preparada por si tuviéramos que llegar hasta aquí—. Ni se te ocurra ponerme esto —dice al ver las esposas.

—Vas a fugarte.

—Sí.

—De acuerdo. —Me acerco a ella, tomo su brazo derecho y esposo al cabecero, hago lo mismo con el izquierdo. No deja de darme patadas—. Si sigues dándome patadas, te esposaré los pies también.

Me mira con odio. Derrotada, tira la cabeza hacia atrás apoyándola en la almohada y empieza a llorar de rabia. Sé que su llanto es fruto de la impotencia, por no poder desafiarme como desea.

—Suéltame, por favor —me pide con voz de niña buena.

Su móvil empieza a sonar. Ella me pide atenderlo, miro a ver quién es, y veo el nombre del doctor en la pantalla.

—Qué le vas a decir —le pregunto.

—Que me retrasaré. —La madre que la parió. Está esposada en nuestra cama y, aun así, me está desafiando.

Dejo el móvil donde está, voy para el salón, pongo música y me siento a pensar cómo voy hacer para que ella no me mate cuando la suelte, porque estoy seguro de que saltará encima de mí como la fierecilla que es y va a querer destrozarme.

Son las once de la noche, su móvil sonó hasta las diez. Ya hace una hora que no suena.

Ella, muy orgullosa, no me llama. Llevo cuatro horas aquí sentado en este salón, ya no puedo huir más. Es hora de enfrentarse a la fiera.

—¿Tienes hambre?

—Vete al infierno.

—Estaría allí, si tú estuvieras en compañía del doctor este que quiere lo que es mío. —Sus ojos brillan.

—Bruno, él es solo un amigo. Yo solo tengo ojos para ti.

Me acerco a ella, le doy un beso fugaz y le pregunto.

—¿Si te suelto te vas a escapar? —Con lágrimas en los ojos dice que no con la cabeza.

—¿A dónde voy a estas horas? Me dejaste en ridículo —Llora como a una niña.

Meto la mano en el bolsillo trasero de mi pantalón y saco la llave, libero primero su mano izquierda y después la derecha. Ella masajea sus puños haciendo circular la sangre, yo me mantengo a una distancia prudente para no comprometer mi virilidad.

—Dime algo. —Entra en el baño ignorando mi comentario, me pongo de pie en medio de la habitación sin saber cómo acercarme a ella. La veo salir del baño, como si no hubiera pasado nada, respiro aliviado, pues estaba muerto de miedo a que me dejase, me acerco a ella. Sin que me lo esperara, me cruza la cara.

—Nunca más vuelvas a hacerme esto. ¿Sabes la vergüenza que he pasado cuando Tocha apareció en medio de mi clase y dijo que el helicóptero me estaba esperando? —Paso la mano por mi cara, que está caliente.

—Prometo no volver hacerlo —Es mentira. Si tengo que hacerlo nuevamente, lo haré.

Con la cara hirviendo, pero contento por tenerla conmigo, la cojo de la mano y vuelvo a subir con ella a la azotea. Tania María al salir, se tapa la boca impresionada con todo lo que ve.

—¿Hiciste todo esto para mí?

—No puedo llevarte a cenar en un buen restaurante, ni a bailar, así que traje un buen restaurante hasta nosotros y buena música.

Ella mira a todos los lados admirando la decoración. Está todo decorada con velas y flores, acompañado por un violinista. La conduzco hasta la mesa que hay dispuesta para nosotros. Le retiro la silla, ella se sienta elegantemente, le canto el menú mientras el camarero nos sirve el vino.

Respiro más aliviado al ver, que ya ha olvidado que la he secuestrado.

En los días siguientes, no hubo una sola noche en la que no compartiésemos cama, yo me iba a trabajar, pasaba por casa a saludar a mi adorado Bronx, que a la semana ya estaba bajo la tutela de mi ángel endemoniado. Mi llegada a casa es siempre una gran sorpresa, nunca sé lo que me voy a encontrar. Tania María siempre me sorprende con algo, Fernando José no deja de preguntarle el porqué de estar tantas horas encerrada en su habitación, ya que al día siguiente de nuestra reconciliación ella volvió a casa, lo que no he conseguido es saber en dónde estuvo durmiendo estas tres semanas.

Silvia me llama todos los días, una de las veces que me llama mi fierecilla estaba en mis brazos. No supe qué hacer, pues por nada en el mundo quería deshacerme de ella. Daría mi vida por pasar las horas de aquella manera. Dejo que la llamada se corte, como siempre una vez más, mi Tania María me sorprendió diciendo:

—Bruno, no quiero que te escondas de mí para hablar con tu esposa, aquí dentro somos solo tú y yo, pero ahí a fuera hay una realidad que, me guste o no, es la que es. Tú eres un hombre casado, y yo soy... —Como siempre, no la dejo terminar la frase, para mí ella nunca será la otra.

—Ya te lo he dicho millones de veces —Le advierto con semblante serio.

—¿Qué será de mí cuando se pase tu deseo? —me pregunta compungida.

No me dio tiempo a contestarle, ya que mi móvil vuelve a sonar, miro la pantalla y veo que nuevamente es Silvia. Enseño a Tania María para que vea que no deseo esconderme de ella, que se levanta y va a la cocina, y yo cojo la llamada. Silvia, como siempre, se deshace en palabras de cariño, me cuenta que la gira está siendo todo un éxito, que en algunas ciudades estaban pidiendo conciertos extras debido al gran éxito. La animo enseguida a aceptarlos, esto me da más días para estar con quien verdaderamente deseo. Ella toma mi sugerencia con mucha alegría, y dice que mandará a su manager para contactar conmigo para que hagamos los arreglos. Lo que no me gusta es lo que dice al minuto siguiente. Alegando que va a estar más tiempo en la carretera, va y me pide pasar una temporada con ella.

Me apresuro en decirle que no puedo.

Ella, creyendo que me dará una gran sorpresa, me dice que entonces vendrá ella tres días para estar conmigo. Tania María, que pasaba a mi lado justo en este instante, al oír la noticia, se adentró en nuestra habitación y cruza para la suya. La miro marchar sin saber que hacer tengo a Silvia al teléfono y estoy viendo a la mujer que me trae de cabeza marcharse. ¿Qué hago? No iré detrás de ella, tiene derecho a enfadarse, nuestra burbuja se explotó. Y aunque quisiera su hermano está en casa y ella no se iría de mi lado para estar en su habitación en donde yo la puedo encontrar sin ningún tipo de problema. Sé perfectamente que en estos tres días no tendré tiempo para nosotros. Silvia estará buscando salir en todos los tabloides conmigo, ya me imagino los titulares.

"La princesa del R&B hace un alto en su gira para disfrutar al lado de su marido".

Esto es lo último que deseo que Tania María vea. Sin embargo, es lo que hay, y no tengo derecho a pedirle que no se enfade.

Espero por dos horas con la esperanza de que venga, pero no ocurre. Decido enviarle un mensaje:

"Siento de corazón que hayas tenido que oír que ella viene, a mí tampoco me hace gracia, pero me tengo que ir, cada minuto que pueda te llamaré.

Tuyo, B.".

Tomo a mi perro y me voy, sé que Silvia seguramente ya estará dentro de un avión de vuelta a casa. A ambos no nos hace gracia hacer el camino de regreso, ya ninguno de los dos disfrutamos en el sitio que en su día fue nuestro refugio. Hace mucho que dejó de serlo, y aunque la llegada es tranquila, es el último lugar en el que deseo estar ahora mismo. Mi perro es de la misma opinión.

Ese mismo día por la tarde, Silvia llega más cariñosa y apasionada que nunca, y me invita a cenar. Lo hacemos en un ambiente tranquilo, por momentos, agradable, y acompañados de unos amigos fuimos a un local de moda a bailar. Todo iba de maravilla, hasta que, a la salida, nos encontramos con una horda de reporteros y paparazzi que nos impide el paso. Silvia les contesta a todo lo que puede, habla de su gira, de nosotros, dice que por motivos profesionales yo no podía estar con ella, pero deseábamos tanto estar juntos que decidió abandonar a su equipo unos días para estar conmigo. Al terminar de decirlo, me besa y me saca de en medio de esa gente.

Siento mi móvil vibrar en mi bolsillo, y supe que lo que allí iba a leer no me iba a gustar.

Llegamos en casa, le abro la puerta del coche, ella entra y yo me quedo unos minutos en compañía de mi perro. Me siento en suelo a su lado y empiezo hablar con él como si me pudiera entender. Silvia, al oírme, viene a mi encuentro, pero al ver a Bronx se para. Mi perro que tiene el mismo estado de ánimo que yo, la mira y sale, por un momento deseo ser él, para poder volver a donde estaba. Pero desgraciadamente eso no es posible. Silvia, después de hacerme unos cuantos reproches por haber dejado al perro entrar, me invita a hacerle compañía mientras se toma una copa, automáticamente saltan las alarmas en mi cabeza, pero lo acepto, ya que ella se ha portado muy bien. En toda la noche ha bebido, no intentó seducirme, no hubo chantajes ni reproches, me he reído con sus infinitas anécdotas y de las locuras que sus fans hacen por estar junto a ella, aunque sea un mísero segundo. Ella disfruta tranquilamente de su copa, y me sirve un botellín de agua, charlamos de cosas sin importancia, por momentos llego a olvidar que es mi esposa la que está conmigo, desde la noticia del embarazo de su madrasta, es otra persona.

Ya nos disponíamos a subir cada uno a su respectiva habitación cuando ella se para en mitad de las escaleras, me llama y con voz sensual me dice que respetaría mi decisión, y que hablaríamos a su vuelta, pero que por su parte ella está a mi disposición si cambio de idea.

Me despido de ella en la puerta de su habitación, y me voy para la mía, haciendo que no he escuchado su invitación. Me doy una ducha rápida y me meto en la cama, antes de caer dormido, me hago una foto tumbado solo y se la envío a mi pequeña junto a un mensaje donde le digo:

Te echo de menos.

03:10

Después de esto no me acuerdo en qué momento me he quedado dormido, mi sueño no es tranquilizador. Las pocas horas que he podido dormir he tenido horribles pesadillas. He soñado que perdía a Tania María, que perdía mi discográfica, de que mi vida tal y como la conozco dejaba de existir, que era un paria para la sociedad, que la única persona que estaba a mi lado era Silvia, a la cual invoco con mis pensamientos porque justo entra en mi habitación trayéndome el desayuno a la cama.

—¿Qué tal la noche?

Preferí no contestar. Le regalo una fingida sonrisa, la cual ella interpreta que tuve una buena noche.

Tomo el desayuno que me trajo, charlamos de banalidades y decidimos pasar la mañana en la piscina, nadamos juntos, jugamos y nos hacemos ahogadillas.

Salgo de la piscina y me pongo a trabajar mientras la veo nadar.

Tania María: *Perdóname, ayer me porté como una niñata.*

11:33

En mi cara brota una tonta sonrisa.

Yo: *No tienes que pedirme disculpas, es culpa mía.*

Ojalá no tuviera que pasar por esto.

11:34

Tania María: *¿Qué haces ahora?*

Yo: estoy desnudándome para ir a la ducha.

11:35

No quiero mentirle, pero le haré daño si le digo que estoy en la piscina con Silvia.

Yo: *Trabajando y hablando con mi fierecilla*

11:39

Tania María: *¿Qué es esto de fierecilla?*

11:39

Carcajeo, llamando la atención de Silvia.

—¿Con quién hablas que te hace reír así? —Mierda.

—Con mi madre. —Fue lo primero que me vino a la cabeza.

—Claro, solo tu mamaíta te hace reír así —dice con desdén.

—Qué te parece si dejamos a mi madre tranquila —le digo enfadado.

—Está bien….

Que pasen ya estos dos días que quedan, porque la Silvia que no aguanto, al parecer ya viene de camino.

Tania María: *Me llamas fierecilla por lo que te hice hace dos meses atrás.*

11:44
YO: ¡No! Por lo que me hiciste aquel día
te llamo demonio, mi demonio. Nunca
te perdonaré por no permitirme tocarte.
11:46
Tania María: *Ya te enseñaré el demonio que puedo llegar a ser.*
Te tendré una gran sorpresa cuando llegues a casa dentro de unos días.
11:47
Yo: *Esto suena sucio y pervertido, me muero de ganas.*
Dame una pista de qué me vas a hacer, mi demonio.
11:50
Tania María: *Señor, déjese de obscenidades conmigo.*
Se lo diré a mi novio, y no le va a gustar.
11:52
Yo: *Dile de mi parte que ate muy en corto a su novia,*
que está muy salida, y cuando la pille…
11:58
Tania María: *Adiós, usted es un desocupado.*
Yo tengo que estudiar.
Tuya
T. M.
12:00

Me ha gustado esto de que soy su novio, y que cuando se despidió de mí puso tuya.

Silvia, desde que le dije que me reía con mi madre, no volvió a hablarme. Vale que era mentira, pero ¿qué pretende, que deje de hablar con mi madre por ella? Eso nunca va a ocurrir.

No puedo más y por la tarde me excuso con Silvia, diciendo que tengo que pasar por la discográfica y voy hasta mi apartamento para ver a Tania María, entro corriendo. Desgraciadamente, no hay suerte, encuentro una nota diciendo que fue estudiar para un examen de la universidad. Los estudios la tienen muy liada, deseo de corazón que pueda sacar su carrera, pero me muero de miedo de que conozca a alguien de su edad y se olvide de mí. Creo que sería capaz de retenerla a mi lado en contra de su voluntad, mejor dejo de pensar tonterías. Parece ser feliz a mi lado, con la vida que le proporciono, sin embargo, allí verá a sus compañeras salir de fiesta, ir al cine, hacer cosas que para ella son totalmente desconocidas e imposibles de realizarlas conmigo. ¿Y si se siente atraída por todo lo que le rodea? Mierda…

Le envió una foto mía tumbado en nuestra cama con un mensaje adjunto.

Esta cama está demasiado fría sin ti.

B. M. M.

Su contestación no tarda en llegar.

Espérame desnudo que llego en cinco minutos.

Tuya, T. M.

Me río, sin que me diera cuenta mi pequeña se transformó en toda una mujer, y es mía. Ella en estos meses que llevamos juntos sufrió un gran cambio y para mejor. Tania María siempre fue una chica segura de sí, aunque no lo sabía. Ella sola con catorce años sacó a su hermano adelante, ocultándose de la ley, es una guerrera oculta detrás de una apariencia frágil, ahora se está comiendo el mundo, literalmente, y esto me fascina.

Me quito la ropa, me meto en la cama y me hago el dormido a la espera de que llegue, a ver con qué me va a sorprender esta vez, ya que por motivos de fuerza mayor tuvimos que pasar la noche separados. Los minutos no pasan dejándome desesperado, me muero de ganas de ver aquellos lindos ojos.

Al final me he quedado realmente dormido, y me despierto con los dulces besos de mi pequeña, que me sorprende al no dejarme abrazarla. La miro interrogativo.

—Pequeña, haz lo que quieras, tortúrame viendo cómo te masturbas, pero no me prohíbas tocarte, para mí es una necesidad diaria.

Ella se tira en mis brazos y me besa con pasión.

—Te quiero —me dice y se tapa la cara.

—No te escondas, mi pequeña. —son las únicas palabras que salen de mi boca, no soy capaz de decir nada más, veo en sus ojos la desazón de no oír nada romántico de vuelta, pero tengo la garganta cerrada.

Me levanto de la cama voy al baño y me encierro dentro, me miro al espejo y me pregunto qué estoy haciendo. Ella es solo una niña y yo un hombre de treinta y un años, desgraciadamente casado en unas circunstancias que me tienen atado a un matrimonio abocado al fracaso. Tomo una decisión, que creo es la más acertada en este momento. Salgo del baño, me visto y me voy dejándola sola en la que era hasta hace unos minutos, nuestra cama. Necesito salir de aquí, no puedo quedarme a su lado sabiendo que la estoy condenando a una vida de clandestinidad, convirtiéndola en mi secreto sucio. Solo de pensar en los comentarios que harían si la descubren, se me revuelve el estómago. La prensa no dudaría en culparla de meterse en medio de un matrimonio perfecto. Si yo tuviera diez años menos y no estuviera casado, o si ella nunca me hubiera dicho estas dos palabras, sería diferente, pero ahora sabiendo que ella me quiere me causa dolor, solo pensar en que ella me vea por todos los lados con Silvia y ella nunca va a poder tener lo mismo.

Tengo sentimientos hacia ella, pero no es querer. Es solo deseo, no pasa de ahí, y aunque me duela la dejaré ir, que haga su vida al lado de un chico de su edad que le pueda dar todo aquello que yo jamás le podré dar.

Estoy cruzando la puerta, cuando sus pequeñas manos me impiden salir.

—Por favor, no te vayas, es mentira no te quiero.

—Es mejor que me vaya.

—Fue un acto desesperado para que te quedaras a mi lado, pero conseguí lo contrario.

—Rosita, jamás podre darte lo que quieres. Eres libre, como me pediste tantas veces.

—Eres un puto desgraciado, ahora soy Rosita cuando hace tan solo unos minutos atrás era tu pequeña, tu ángel, tu Tania María. Vete, vete de mi vida, verás cómo salgo con todos tus amigos, voy a pasar por la cama de todos los hombres que tú conozcas, solo para que ellos te digan cuánto placer les doy, y tú nunca más me tocarás, vete a jugar a las casitas con tu perfecta mujer y olvídate de mí.

Me empuja fuera de mi propia casa, quedándose dentro. Sus palabras lograron hacerme sentir furioso. Cómo es eso de que va a salir con todos mis amigos, todos mis conocidos... No va a pasar, intento entrar, pero no tengo las llaves. Todo lo mío está dentro, llamo al timbre, pero no hay respuesta, golpeo la puerta y le ordeno que me abra, sé que está dentro porque oigo su llanto y sus golpes con la cabeza contra la puerta, le pido que me abra sin éxito. Su llanto cesa, la vuelvo a llamar sin respuesta desesperado aporreo la puerta exigiendo que me abra. Mi corazón se encoje, pero sé que no me va a abrir. Se lo pido una última vez, obteniendo la misma respuesta, que es ninguna.

Sin saber que hacer o pensar llamo a casa para saber si todavía tengo privacidad, ya que con Silvia cerca, la privacidad es una cosa que se paga muy caro, y el comportamiento de ella no es el habitual, mejor prevenir.

Meto mi coche en el garaje y me voy directo al bar, cosa que no hago desde hace cinco años, bebo, bebo y bebo. Todo lo que puedo y más. Me maldigo por ser un desgraciado, un cobarde por no afrontar mis sentimientos, una vez más mis malas decisiones me hacen tomar caminos equivocados, y una vez más yo solito me condeno a una vida de desdicha porque nada más escuché aquella puerta cerrarse detrás de mí, me arrepentí de mi comportamiento,

y no estoy para nada preparado para verla en brazos de otros. Me hubiera gustado poder gritarle que ella es la mujer de mi vida, pero no tengo el derecho de atarla a esta vida desgraciada que llevo, y por la que ahora me encuentro en el salón de mi casa vaciando todas las botellas que hay con graduación alcohólica. Da igual cuál sea, no me importa el nombre de la bebida, la marca o el valor, estoy bebiendo todo lo que hay.

Disfruto del sabor amargo de la bebida bajando por mi garganta, de la soledad a la que yo mismo me condeno. Esto es lo que seré, un solitario amargado. Pero mi tortura de paz es interrumpida por la última persona a la que deseo ver.

—¿Una mala tarde? ¿Puedo acompañarte?

—No... vete.

No es la mujer que quiero a mi lado, la única que deseo a mi lado es una pequeña fierecilla de ojos castaños que me va a destrozar la vida.

De nada sirvió decir a Silvia que deseo estar solo. Se sirve una copa y se sienta a mi lado, no me hace preguntas, solo se ocupa de no dejar nuestros vasos vacíos.

Entre trago y trago le pregunto:

—Silvia, ¿eres feliz?

—No, no soy feliz, el hombre que quiero me odia.

—Yo no te odio —digo con la voz pastosa.

—Casi preferiría que me odiaras, a que sientas esta indiferencia hacia a mí.

—¿Por qué no buscas un hombre bueno que te quiera y te haga feliz?

—El único hombre que quiero es el que tengo a mi lado.

Después de oír su última frase perdí totalmente la conciencia.

Al día siguiente, me despierto abrazado al cuerpo desnudo de Silvia, que es todo sonrisas, me incorporo asustado,

empujándola a un lado, no puedo ser tan idiota.

—Por favor, dime que no me he acostado contigo.

—¿Tan horrible es para ti la posibilidad de haberte acostado conmigo? —Me callo mi contestación a su pregunta, ya que para mí haberme acostado con ella no significa nada.

—No fue eso en lo que quedamos, así que no me toques los cojones.

Me levanto de su cama preguntándome cómo narices fui a parar arriba a su habitación, en dónde tenía la cabeza para haber traicionado a Tania María de esta manera. Es a ella a quien deseo, no deseo a ninguna otra. Si se entera de que pasé la noche de nuestra ruptura en brazos de Silvia, no me perdonará en la vida.

Salgo corriendo de la habitación, el simple hecho de compartirla con Silvia me está dejando más desesperado de lo que me encontraba el día anterior. Necesito a la única persona que me puede arrojar luz en toda esta oscuridad. Llamo a mi madre, que no me coge el teléfono, insisto varias veces y nada. Me canso y le envío un mensaje avisando que voy de camino a su casa. Me visto con lo primero que encuentro y salgo de casa sin mirar atrás.

Me consuela saber que ahora estaré dos meses y medio sin tener que aguantar su presencia, aunque desde que se había distanciado de los que se decían sus amigos es otra mujer, pero lo ocurrido esta noche me ha disgustado mucho. Ella se aprovechó de que estaba borracho, y no me apetece mirarla a la cara.

Conduzco a toda prisa en dirección a casa de mi madre, que está a veinte minutos de la mía. Para mi suerte no hay tráfico y el trayecto se acortó, dado a mi exceso de velocidad, meto el coche en el garaje y entro a toda prisa en la casa gritando por mi madre, parezco el niño desprotegido que vivía en Bronx que iba detrás de su madre para que le solucionara las papeletas. Entro en su habitación y la encuentro intacta, salgo y me dirijo al salón, donde tampoco está, miro en el jardín y ni rastro. Entro en la cocina, ya sin esperanzas de encontrarla, su asistenta me confirma lo que ya sabía que no está en casa y comenta que no volverá hasta dentro de cinco días. Le pregunto desde cuándo está fuera y solo entonces me entero de que lleva tres días de viaje. Me siento el peor de los hijos, la tengo totalmente abandonada.

Miro a todos los lados sin saber qué hacer, no me apetece volver a mi verdadera casa, no puedo entrar allí, una porque no tengo las llaves, aunque esto tenga fácil arreglo, pero lo que sí me impide ir al que considero mi hogar, es que todo allí me recuerda a Tania María, y aunque me duela dejaré que sea feliz, no tengo el derecho de destrozarle la vida como lo hice con la mía y con la de Silvia. Sé que hace solo unas horas decía totalmente lo contrario, pero no creía que ella albergara sentimientos de amor por mí, no me la merezco.

Voy para la discográfica con la esperanza de que el trabajo pueda entretenerme y que las horas, los días y los años pasen rápido y que yo sea solo un mal recuerdo en su mente.

Mis amigos, al ver mi cara, supieron enseguida que no estoy bien, no hacen preguntas y me invitan a una noche de desenfreno, que es la manera a la cual estamos acostumbrados a desahogar nuestras penas, rabias y frustraciones, pero es lo último que deseo en el mundo.

Rechazo la invitación y me voy a dar una vuelta por la ciudad, y acabo delante de la clínica esperando a que ella salga de su voluntariado. Después de dos largas horas encerrado en el coche, la veo salir acompañada de los de siempre, pero de esta vez no va acompañada de su habitual alegría, ve mi coche y se para. Su amiga la toma por el brazo y le dice algo, pero ella niega. Su amigo viene en dirección a mi coche con la clara intención de enfrentarse a mí. No me apetece pagar con el chico mis errores, así que arranco y me voy, conduzco en dirección a casa de Wallace, que me abre la puerta y se hace a un lado dándome paso.

—No sé qué mierda te pasa, tío, pero estas hecho una mierda, y no me gusta verte así. Anda, vamos recordar viejos tiempos.

—No, Wallace, eso ya no es lo mío. Solo hay una persona que puede devolverme la alegría, y le rompí el corazón. Y como daño colateral rompí el mío también.

—La madre que te parió, no me digas que te has enamorado de la pequeña Rosita.

—Creo que, hasta las trancas, amigo mío —le digo compungido.

—¡Sí que estás jodido, macho! Tú ya eres viejo y no podrás con su energía. —Sé que mi amigo solo quería animarme, pero su comentario, lejos de subirme los ánimos, me deja de peor humor. Le pido un trago, él se niega a servirme.

Wallace llama a Black, que no tarda en llegar, y entre los tres pasamos la noche de charla y recordando nuestras fechorías hasta que todo cambió drásticamente. Mis hermanos estuvieron despiertos conmigo sin probar una gota de alcohol, por más que les dijera que no me importa, ellos me dicen que no.

Descubro que Black también está metido en un buen lío con una de las gemelas, que es más pequeña que Tania María. Tiene solo dieciocho años recién cumplidos.

—Wallace, tú te quedarás con la gemela soltera —dijo Black guasón.

Él la descartó corriendo.

—Lo mío es sexo sin compromiso, tener a mis dos mejores amigos enamorados ya es suficiente.

A las cuatro de la mañana recibo un mensaje de Silvia. Mi primer impulso es no abrirlo, pero al final cedo y lo abro.

No te preocupes por mí, estaré bien. Acabo de llegar a Columbus. No te llamaré, siento que para ti haya sido tan horrible pasar la noche conmigo. Hasta dentro de dos meses y medio.

Te quiero.

No voy a mentir, siento una enorme alegría al saber que se ha ido. Me despido de mis amigos, me meto en la habitación de invitados de Wallace y me quedo dormido, creo que el saber que no tengo a Silvia cerca me relaja un poco, aunque muero de rabia porque, teniendo tanto tiempo disponible, no lo voy a poder disfrutar con la persona a la que quiero.

Capítulo 16

Me siento como un acosador, oculto en diferentes automóviles, con gorras, gafas y hasta ridículas pelucas, siempre que puedo sigo a Tania María para ver a dónde y con quién va, qué hace en sus horas libres, pero ella sigue con su rutina de siempre. Me satisface saber que sigue adelante con sus proyectos, continúa estudiando y yendo al hospital a diario. Los primeros días de nuestra ruptura, no me gustó nada ver cuánto había adelgazado, apenas tenía color en la cara, pero poco a poco, ella fue recuperando algo de su vitalidad. Me alegra ver que se está recuperando, aunque me destroce el corazón, pues yo estoy muerto por dentro. Solo soy un robot, que trabaja de manera automática, deseando que llegue la hora de coger un coche para ir a verla, aunque sea de lejos, porque eso es lo único que me da vida. Ya ha pasado un mes y una semana desde la última vez que la tuve en mis brazos. Sé por Tocha que dentro de dos días tiene un examen muy importante en la universidad, que ha hecho amistad con algunos compañeros de clase y que hacen quedadas. Lo descubrió siguiéndola, le echó la bronca y lo amenazó con denunciarlo si seguía haciéndolo. Nos reímos de sus ocurrencias porque ambos sabemos del cariño que le tiene. Hubo veces en que lo llamó padre y todo.

Aun siendo un alma en pena, pude terminar todos los arreglos para nuestro primer festival nacional de rap, será un macro evento al que acudirían nombres fuertes del rap, como Jay-Z, Daddy Yankee, Lil Jon, 2 Chainz, 50 cent, Kenye West, entre otros famosos y también completos desconocidos que, por supuesto, tienen contrato firmado con mi discográfica.

La relación de Black con la gemela va viento en popa, me da envidia ver que él ya no se oculta con ella. La asumió como su chica y ella está encantada, los primeros días en la prensa se formó un completo revuelo por la diferencia de edad y todas esas mierdas. Hay tantas parejas jóvenes que están juntos, pero no se respetan y no se quieren, pero de esto no se habla y no se juzga. Su padre apareció en la prensa, haciendo declaraciones totalmente deplorables, pero nada de eso arruinó su relación, y se les ve muy felices. Todos nos metemos con él, pero en realidad le tenemos envidia y de la mala, ya que de los tres, él es único que tiene una relación de verdad, formal y sin nada oscuro o sucio de por medio.

Recibimos una gran sorpresa. Una invitación que nos llenó de alegría a todos, pues requerían la presencia de Fernando José, para actuar en la apertura de los Grammys junto a Alicia Keys, que seguro será algo espectacular, ya que la diva también toca el piano. Intentamos que nos contaran algo más, pero no hubo manera. El pianista invitado tuvo un accidente, y estaba destrozado por perderse esta oportunidad. El pobre tiene la mano inmovilizada y no puede actuar y como el nombre de Fernando José está sonando fuerte en el mundillo, se interesaron por él.

Decidimos darle la noticia en persona, dejo olvidado mi problema con su hermana. Me monto en el coche con mis amigos y voy con ellos hasta su casa, para darle la buena noticia.

Para ellos no fue ninguna sorpresa saber que su piso está al lado del mío, llegamos delante de la puerta y se nos hace raro tanto ruido dentro. Mis amigos me sugirieron volver en otro momento, cosa que rechazo de plano, no estamos aquí por la relación que tenía con Tania María y sí por trabajo. Presiono el timbre como si mi vida fuera en ello, nuestra sorpresa es mayúscula cuando la puerta se abre y detrás de ella aparece la gemela de Black, que se quedó con la cara descompuesta, ya que ella debería de estar en la universidad. Wallace se carcajea diciendo:

—Ves por qué no quiero una relación seria con nadie. No has girado la espalda, y ya te la están dando. —La gemela soltera aparece detrás de su hermana, y sale rápidamente en su defensa.

—No quieres una relación seria, porque no hay mujer en la tierra capaz de aguantar tu mal aliento. —es entonces cuando es nuestro turno para reírnos, es la primera vez que vemos aquellos dos hablarse. Y no muy bien que se diga.

Al mirar dentro del apartamento me quedo frío con lo que veo. Tania María está riéndose a carcajadas con un chico que la tiene sujeta por la mano. Hasta este momento, ella es totalmente ajena a nuestra presencia, como si de un imán se tratara, nuestras miradas se encuentran. Ella me regala una sonrisa malévola que me hace saber que de ahí no saldré bien parado. Sin pestañear, se acerca al chico y lo besa delante de mis narices, dejándome sin aire. Siento ganas de agarrarla, llevarla a nuestra habitación y borrar cualquier rastro de otro, que pudiera haber sobre su piel. Mis amigos están viendo lo mismo que yo e intentan sacarme de aquí, pero no está en mis planes salir huyendo. Entro como si estuviera en mi casa, busco con la mirada a Fernando José, que tiene sobre sus piernas a una de nuestras vocales, que se está desviviendo en caricias al chico, hago una panorámica y veo que la mayoría está en parejas. Quitando a las dos gemelas, todos están acompañados. Black ordena a su chica que no se mueva de su lado, Wallace, muy cabrón, solo se ríe. El muy desgraciado, se lo está pasando en grande al ver el azoramiento de Black, y mi desespero en ver que el delgaducho ese, se transformó en un verdadero pulpo y tiene las manos en todas las partes del cuerpo de mi pequeña. Miro en dirección a Fernando José. Sabiendo que él no me podía ver, llamo su atención:

—Fernando José, vinimos a tratar de negocios contigo, pero como vemos que estás en medio de una fiesta, ya te citaremos en otro momento. —Sé que estoy pagando mi frustración con el que menos tiene la culpa, pero tengo que hacer algo para que toda esta gente se vaya de aquí cuanto antes, pues mi cordura está por irse en menos que canta un gallo.

—No…. por favor, señor Bruno, mis amigos ya estaban yéndose. Rosita, por favor, acompáñalos a la puerta.

—Yo me iré con ellos y seguiremos con la fiesta en otro lado.

Ahhh, pero no ahora mismo pequeña fierecilla, como que me llamo Bruno Maximiliano Matthew que de aquí no sales.

—Rosita, estamos muertos de hambre y de sed. Si nos puedes servir algo antes de que te vayas te lo agradecemos, lo que tenemos que tratar con tu hermano es algo grande.

—Rosita, prepárales algo, por favor —ordena su hermano.

Ella me asesina con la mirada, y sale a despachar a sus amigos.

—¿Me acompañan hasta el despacho? allí tendremos más privacidad.

Wallace no deja de reírse. Mi pequeña después de despedirse de sus amigos vuelve junto a nosotros y sigue fulminándome con la mirada, pero no me importa lo más mínimo, lo que me importa es que ya no está en compañía del pulpo.

Nos dirigimos al despacho. Fernando José nos invita a sentarnos y él, se sentó detrás del escritorio sacándonos una gran sonrisa de satisfacción. Nos alegra saber que el joven está empezando a vivir su sueño, nos queda mucho camino por recorrer, pero lo llevaremos a lo más alto.

Su hermana a los pocos minutos entra con unos refrescos y se une a nosotros, no sin antes ponerse lo más lejos de mí, aun así, no logra evitar que la mire detalladamente, y ver las profundas ojeras y su extrema delgadez. Lo de que ella se estaba recuperando fue solo un espejismo, está tan mal como yo, y eso me mata, lo está pasando mal por mi culpa.

Me está poniendo de los nervios la manera compulsiva en la que mira el maldito móvil, a cada minuto lo mira. Es como si estuviera esperando algo muy importante. Tanto es su obsesión que Wallace acaba sugiriéndole que salga a atender la llamada. Ella se excusa y apaga el móvil, cosa que me deja un poco más tranquilo. Una vez salga de aquí me encargaré de descubrir quién es la persona que la tiene tan pendiente del móvil, sea quien sea, me ocuparé de apartarlo de ella.

Comunicamos la gran noticia a Fernando José, que se emociona. Las lágrimas corren sueltas por su rostro, su hermana corre hasta él y lo acuna como si de un bebé se tratara. La escena es enternecedora, todos los presentes sabíamos que después de aquella presentación su vida tendría un antes y un después musicalmente hablando, y así lo está siendo, el chico se desvive en palabras de agradecimiento. Lo único que enturbia el momento es la alusión que hace a Silvia. La sonrisa que todos teníamos en la cara desapareció.

Soy el primero en despedirme de él para marcharme, ya no puedo más estar al lado de la mujer que me trae loco sin poder tocarla. Aviso a mis amigos que no se preocupen por mí, que tomaré un taxi de vuelta a casa. Cuando paso al lado de Tania María disimuladamente le pido las llaves de mi apartamento, alegando que no tengo cómo entrar, cosa que es mentira, pero que ella no lo sabe. Sale delante de mí, entra en su habitación, vuelve con las llaves y me las tira encima. Las gemelas se nos quedan mirando sin saber qué hacer, ya que las llaves impactaron directo en mi cara, a mi pequeña se le pasa que no estamos solos en el salón, y tampoco demuestra preocupación al descubrirlo, no doy vueltas al asunto, meto las llaves en el bolsillo y salgo lo más rápido posible. Estoy tentado en meterme en mi apartamento y quedarme vigilando, para saber si ella va a salir para encontrarse con aquel idiota. ¿Qué haría si los pillo juntos? Nada, no podré hacer nada, descarto esta absurda idea y me marcho lo más rápido que puedo. Me siento aliviado al salir a la calle y poder meter aire en mis pulmones, es asfixiante estar delante de ella y no poder tocarla, y encima ver que otro sí lo está haciendo.

Ordeno a Tocha que sea su sombra, que da igual dónde fuera o a la hora que sea, que lo quería detrás de ella las veinticuatro horas del día.

Y así lo hace, las noticias que llegan no me hacen feliz, ya que casi siempre está en compañía de su nuevo compañero de universidad, y cuando no está con él, está pendiente del móvil. Lo único que me deja feliz es que en sus informes no constan besos ni noches fuera de casa, sí estoy loco, le mandé que le hiciera fotos. Tenía todo un dispositivo de vigilancia detrás de ella.

Llega el tan soñado día de la presentación de Fernando José, hasta para nosotros, que es normal participar en estos eventos, estamos emocionados. El chico llega acompañado por Sara, la vocalista que vimos junto a él en su casa, y con la que, en los últimos días, pasa mucho tiempo, muy acaramelados. Mis amigos y yo la estamos vigilando de cerca, para ver si está con él porque le gusta o si es solo por tener notoriedad, ya que en algunos medios después de conocer su participación junto a Alicia Keys, le pidieron entrevistas y ya posó para alguna revista. Está cogiendo fama a pasos agigantados, ya hablan de él y por supuesto de ella, que es una joven bellísima, y las especulaciones vinieron juntas, y desde luego, si es verdad lo que dicen, se encontrará de frente con mis amigos y conmigo. Yo voy solo, ya que mi madre sigue con sus escapadas misteriosas, Black con su novia y Wallace acompañado de dos rubias. Mis ojos casi se salen de la órbita cuando veo a Tania María acompañada del mismo chico que le comió la boca en su apartamento. Él no se despega de ella. Me acerco hasta ellos, los saludo educadamente y me voy a mi sitio, que está al lado de Black y su novia.

La actuación está siendo todo un éxito. Fernando José se mete el público en el bolsillo, todo el teatro se viene arriba en aplausos hace a él. La mismísima Alicia Keys lo felicita en directo, en la hora del descanso veo que por fin mi pequeña se puede despegar de aquella lapa, que ahora mismo está atontado con todas las celebridades que lo rodean. Me excuso con mi amigo y voy detrás de ella, bebiendo de su caminar sensual e inocente, disfrutando del olor a rosas que deja a su paso, es perfecta, sus gestos son inocentes y a la vez letales.

Ella se tambalea, al percibir que se va a caer salgo corriendo a su encuentro. La sujeto justo a tiempo de impedir, que dé con su cabeza contra el suelo. Miro a los lados en busca de ayuda. No hay nadie en el pasillo, está helada, su cuerpo no responde. Está laxo en mis brazos, cojo mi móvil del bolsillo, llamo a Black y le hago un rápido resumen de lo que está ocurriendo. Mi amigo aparece en cuestión de segundos y me ayuda a sacarla del teatro sin que los fotógrafos nos vean. Él me asegura que se ocupará de que nadie nos eche en falta. Fernando José ya está informado de que después hay un cóctel, así que una preocupación menos, y seguro estará acompañado de Sara.

Tocha nos recoge en la salida del personal del teatro, le ordeno que nos lleve a un hospital. En mitad del camino, mi corazón vuelve a latir, mi fierecilla se despierta y le digo que estamos de camino al hospital. Ella se niega, empieza a afirmar que está bien, discute conmigo afirmando que lo único que quiere es volver a donde estaba. Mi sangre hierve al ver su preocupación por su acompañante, me pongo serio y le digo que eso no va a ocurrir. Que su acompañante se está haciendo fotos hasta con los camareros de la recepción y que seguro, que ni se acuerda de ella.

Está en mis brazos, yo la socorrí, y ni siquiera pregunta qué le paso, solo se preocupa por el idiota aquel.

Llegamos en casa y antes de meterla en la cama soy testigo de cómo vuelve a marearse y perder el color. Está extremadamente delgada, me preocupa, pero la conozco y sé que ahora mismo no la convenceré de ir al médico. Le ayudo a quitarse el aparatoso vestido que lleva puesto, le pongo uno de sus pijamas que hay en mi armario, la acuesto y voy a la cocina a prepararle algo de comer. Estoy seguro de que no ha comido nada en todo el día, las informaciones que tengo es que no para, siempre está de un lado a otro, y que ahora que está sin trabajar, se va con los libros y estudia en el hospital.

Llego a la habitación y la veo sentada en la cama apoyando la cabeza entre las manos.

—¿Hace mucho que te encuentras así de débil?

—¿Qué… ahora vas a fingir que te preocupas por mí?

—No seas infantil.

—Vete, ¡vete de mi vida y déjame vivir! Me estás destrozando, quiero odiarte, pero cuanto más deseo odiarte, más te amo. Si te amo y si no puedes vivir con ello, te jodes.

Me quedo absorto oyéndola. Cada vez que la veo en modo fiera me sorprendo. Despierto de mi atontamiento cuando dejo de oír los insultos y empiezo recibir golpes en mi pecho. Dejo que se desahogue, que me diga todo lo que tiene dentro y le hace daño. Lo único que me importa es que esté bien.

Me vuelvo loco cuando una vez más, ella se desmaya en mis brazos. La acuesto en la cama, entro corriendo en el baño, cojo el alcohol, ¿dónde narices está mi madre?

Empapo la toalla en el líquido y le pongo en la nariz. Ella vuelve a la vida y sale corriendo al baño a vomitar, el alcohol no le hizo bien. Voy detrás de ella, la encuentro abrazada en el váter intentado echar lo que no tiene en el estómago. La sujeto, sin decir nada, sé que no está pasando por un buen momento, y lo mejor es que sea ella quien hable si lo desea.

Una vez se siente recuperada, se incorpora, se cepilla los dientes y entre tambaleos vuelve a nuestra cama y se acuesta. Se niega a aceptar mi ayuda.

Me siento a su lado, tomo su pequeña mano entre las mías y le doy un tierno beso en la frente.

—Pequeña, te voy a hacer una pregunta, necesito que me contestes con total sinceridad. ¿Lo harás? —Aún tan débil me contesta que sí con indiferencia—. Pequeña, ¿cuándo fue tu última regla?

Tania María se incorpora de golpe, me mira asustada, se levanta de la cama y sale corriendo en dirección a su habitación, intenta abrir la puerta, pero no puede. Se desespera y la golpea gritando que se abra, intento tranquilizarla, pero no deja que me acerque. Está totalmente fuera de sí. Le dejo su espacio, es lo mejor. Ella seguro no quitó la llave de la cerradura del otro lado, para que yo no pueda entrar, vuelve a golpear la puerta.

Se va a hacer daño, la tomo por la fuerza entre mis brazos y le enseño las llaves de su casa, sin importarme ser visto, la abrazo y vamos a su casa.

Abro su puerta, ella entra corriendo en su habitación y mira en un cuaderno la última fecha de su regla, corre al baño y mira sus pastillas.

—Te lo juro, Bruno, te lo juro. Yo las tomo a diario, mira, mira. —Pone el pastillero en mi cara—. Nunca dejé de tomarlas, pero tengo tres meses de retraso. No puedo estar embarazada, Bruno, no puedo. —En mi rostro me brota la sonrisa más tonta del mundo. Voy a ser padre, padre de un bebé de mi Tania María.

—Pequeña, acabas de hacerme el hombre más feliz del mundo. Vamos a ser padres.

La cojo en brazos y la giro riéndome de felicidad. Nadie va impedir que vea su barriga y mi bebé crecer.

—Bruno, bájame, Bruno, ba.ja.me, bájame…. —grita.

Posándola en el suelo despacio y me voy haciendo consciente de sus palabras.

—¿Vas a abortar nuestro bebé? —le pregunto incrédulo—. La decisión es tuya, es tu cuerpo, pero si sirve de algo mi opinión, yo lo quiero. Tania María, te quiero, te quiero más que a mi propia vida, y cuando Silvia vuelva dentro de tres semanas de su gira le daré lo que me pida y le pediré el divorcio. Me casaré contigo y te haré un hijo por año, me da igual si tengo que empezar de cero a tu lado. Lo único que me importa es estar contigo.

Ella se agarra fuerte a mi cuerpo y deja salir todo el sufrimiento vivido en este último mes.

—¿Estás diciendo eso de verdad? No me vas a obligar a abortar nuestro bebé.

—¿Escuchaste lo que dije antes? Eso nunca pasó por mi cabeza y espero que por la tuya tampoco. Porque si hablas de deshacerse de nuestro bebé, me iré y no volveré nunca más.

Lleva su mano a la barriga y la acaricia, yo pongo mi mano encima de la suya y juntos acariciamos su inexistente tripa. Mi fierecilla se anima, y empieza a caminar de un lado a otro acariciando la barriga.

—Tenemos que salir a comprar un test de embarazo para asegurarnos de que es verdad que estoy embarazada, puede ser solo un retraso por el estrés.

—No… no iremos a ningún lado. Mañana te verá el mejor médico de todo Los Ángeles, y sí, sí estás embarazada. Ahora esta linda mamá se va a la cama a descansar.

Ella protesta, pero no le dejo lugar a discusión. La dejo en la cama y voy a prepararle algo de comer con una gran sonrisa en la cara. Tomo el móvil para llamar a mis amigos y darles la gran noticia, pero cuando iba a hacer la llamada desisto. La primera persona en saberlo, tiene que ser mi madre y Fernando José.

¿Cómo se lo va a tomar mi cuñado?

La verdad es que me importa más bien poco lo que a él le va parecer, nadie en el mundo va impedir que sea feliz al lado de mi familia.

Entro en la habitación y me deleito al verla tumbada en nuestra cama acariciando su barriga. Me preocupa lo que se nos va a venir encima. Los fans de Silvia, no la van a dejar vivir, son muy crueles. Silvia tiene a toda la prensa a su favor. Estoy muy feliz, pero empiezo a acojonarme por todo que gira en torno a mi vida privada y personal, es una mierda y sin pensarlo ni un segundo, de manera egoísta, la arrastre conmigo.

Consigo que ella cene algo y dormimos abrazados. No tenemos relaciones, lo único que deseo es que esté a mi lado. Ese es mi mayor placer.

Por la mañana propongo a la señora que cuida de mi casa que se ocupe de Tania María en todo lo que le haga falta. Quiso negarse, pero nada pudo hacer.

Ya no me oculto tanto, dentro de unas semanas todos se enterarán de que ella es la mujer de mi vida. La dejo en el hospital y me voy a la discográfica.

Nada más entrar por la puerta ordeno a Janneth, que me diga dónde está mi madre, que la necesito ya.

Mi loca tía y secretaria riéndose, me informa que mi madre se encuentra en casa, y que, si tanta urgencia tengo en hablarle, que vaya hasta allí. Me doy media vuelta y me voy a su casa. Para mi mala suerte, esta vez el tráfico no está de mi parte, tardo el doble de tiempo en llegar.

Entro rápidamente por la puerta y me recibe preguntándome dónde está el fuego. Corro hasta ella, la tomo de la mano y la ordeno que se senté.

—Dilo de una vez, que me estas asustando.

—Vas ser abuela.

—Que… —Me interroga blanca por el susto.

—Tranquila, no es de Silvia.

—Bruno Maximiliano Matthew, ¿qué hiciste?

—Mamá, es lo mejor que he hecho en mi vida. Voy a ser padre con la mujer a la que quiero. ¡Eso sí, estoy acojonado!

—Siéntate y explícame punto a punto, lo que me estás contando para que te entienda.

Me siento a su lado, ya que no dejaba de caminar de un lado a otro. Le cuento toda la historia, desde el principio, cuando chantajeé a mi pequeña para que se acostara conmigo y la desvirgué meses atrás hasta ayer que descubrí que seré padre. Mi madre primero me pega y después me da un sincero y abrazo. Todas las tortas que no me llevé de mi madre cuando era un niño las estoy recibiendo ahora por culpa de mi fierecilla, pero me las llevaría una tras otra el resto de mi vida con tal de estar con ella.

—Hijo, desde el principio supe de toda tu historia junto a Rosita, hasta que tiene más nombres que el diccionario, pero entre ellos tiene uno lindo que es como la voy a llamar —me dice toda autoritaria—. Lo único que no sabía es que está en estado de buena esperanza, noticia de la cual me alegro mucho. Pero la pregunta ahora es: ¿qué vas a hacer?

No pienso ni un solo segundo antes de contestar.

—Pediré el divorcio a Silvia en cuanto regrese.

—Por fin vas hacer las cosas como es debido, ya era hora.

No quiero discutir, así que la dejo.

—Mamá, necesito el mejor ginecólogo del país. —Así que termino de decir en masculino cambio de idea, mejor que sea ginecóloga, no quiero a ningún otro hombre cerca de las partes íntimas de mi mujer. El único que se acercará allí abajo soy yo.

Mi madre, al ver mi comportamiento, se ríe en mi cara y se va a por su agenda, hace una llamada, que no dura más de cinco minutos, y vuelve.

—Ya tenemos hora en la clínica de la doctora Obrey. A las ocho ella nos espera después de que cierre, así no tenemos miradas indeseables.

Confío en mi madre, sé que si ella decidió llamar a esa doctora es porque es la mejor y la más discreta. Llamo a la discográfica y cito a mis amigos en casa de mi madre para comer. Ella me manda que envíe a Tocha a por mi pequeña. Trato de intentar explicarle que a estas horas está en el hospital, pero no hay manera de quitarle de la cabeza a mi madre la idea de tener a Tania María aquí. Cansada de insistir conmigo, toma su móvil, marca el número de mi fierecilla y le avisa que dentro de quince minutos Wallace y Black pasarán a por ella. En ningún momento es una invitación o sugerencia, es una orden directa y concisa. Guarda su móvil y se va como si no hubiera pasado nada. Salgo detrás.

—¿Desde cuándo tienes tanta confianza con la madre de mi hijo?

—No tengo que darte explicaciones, pero como hoy me trajiste buenas noticias, te diré que Rosita todo el tiempo que se escondió de ti, estuvo debajo de tu nariz, sobra decir dónde, ¿no? Qué tonto eres, hijo.

—¡No me lo puedo creer…! ¿La tenías aquí todo tiempo y no me dijiste nada? —le pregunto indignado.

—Anda, no me pongas esta cara de pánfilo. Poco te hizo sufrir. Si por mí fuera, todavía no hubiera vuelto contigo. Y tienes que enviar tu chófer a por su hermano, para que él se entere junto a la familia.

—No puedo hacer esto sin antes consultarle. Eso tiene que ser una decisión de ella.

No puedo con la ansiedad, y salgo a esperar el coche en el jardín. Mi madre, que me conoce bien, me deja mi espacio para que pueda tranquilizarme.

Empiezo a preocuparme, me parece que están tardando demasiado en llegar.

Cuando los veo entrar, salgo corriendo a su encuentro. No puedo más con las ganas de verla.

No sé cómo, pero mi madre llega hasta ella antes, la coge entre sus brazos y no hay manera de que la suelte. Por más que busco un hueco para meterme en medio no lo encuentro.

—Cómo no me dijiste que iba a ser abuela, no te perdonaré —le dice mi madre ignorándome—. No te haré la tarta esa de chocolate que tanto te gusta.

—No lo sabía, Rosy, tampoco tenemos certeza de que sea un embarazo, ando muy estresada y puede que sea solo un retraso.

—No digas tonterías, y ahora que me acuerdo cuando estaba embarazada de este grandote que ves ahí —me apunta con el dedo— me podía alimentar de la tarta de chocolate que te priva, mi amiga Janneth me la hacía cada dos días.

Mis amigos miraban sin entender nada, esto parece un partido de ping pong. Sus cabezas van de un lado a otro intentando no perderse nada, escuchando atentamente todo lo que habla mi madre. Como veo que estas dos no se van a callar, llamo la atención de ellos hacia a mí y les aclaro que lo que acaban de escuchar es cierto que dentro de algunos meses serían tíos.

—Estás de coña, ¿sí? —me pregunta Black. Su pregunta me ofende, no sé a qué viene ese tono de reproche, yo nunca juzgo nada de lo que él hace.

—Si no te gusta la idea, puedes ir por donde has venido.

—Tranquilo hermano, no te estoy recriminando. Solo me sorprendí con la noticia, enhorabuena.

—Yo seré el padrino si la madrina está buena. Y lleva mini falda sin nada debajo —dice Wallace quitando hierro a mi desentendimiento con Black.

Ambos me dan un apretón de manos y un abrazo seguido de las felicitaciones de rigor.

Estamos todos en la cocina entre risas, acompañando a mi madre, que anda de un lado a otro haciendo no sé qué. De repente, planta delante de mi pequeña un gran trozo de tarta de chocolate, que ella lo recibe con brillos en los ojos. Le quito la cuchara de la mano y empiezo a dársela yo mismo en la boca siendo objeto de burlas por parte de todos, pero no me importa, lo único que me importa en este momento es que está aquí, que la estoy mimando, viviendo con ella este momento de complicidad, sin tener que estar ocultándonos de nuestra familia. Para que todo sea perfecto solo falta Fernando José.

Me deleito viéndola comer la tarta con tanto placer. Bromeo diciendo que el próximo en sumarse a la paternidad será Black. Este se atraganta con el vaso de agua que tiene en la mano. Cuando se recupera se apresura en decir:

—Eso no está en mis planes ni inmediatos, ni futuros, tengo mucho que vivir y disfrutar.

Él quiso darnos a entender que lo de él no es serio, cosa que no se lo cree ni él mismo. El día de la fiesta en casa de Tania María, nadie apareció por la discográfica.

—Ya estáis viejos. Si no os dais prisas llegareis con la leche caducada —dice Wallace.

Estuvimos todos en casa de mi madre recibiendo sus atenciones y mimando a Tania María, que ya empezaba a sentirse agobiada con tanta gente encima de ella. Por ello decidí invitarla a dar un paseo por el jardín.

—¿Qué te parece si envío a Tocha para que traiga a Fernando José y se lo contamos? —Ella se para y me mira muy seria.

—No, no te metas. Seré yo quien hable con mi hermano.

—Quiero estar junto a ti cuando se lo digas —afirmo categórico.

—Quiero tener la certeza de que efectivamente estoy embarazada, y después yo sola asumiré las consecuencias de mis actos.

—Eso no va a ocurrir —digo cabreándome. No quiero que pase sola por eso.

—Somos una familia muy tradicional, Bruno, y encima de estar embarazada, el padre de mi bebé es un hombre casado.

—Solo hasta que Silvia vuelva, ya te lo dije.

—Tú decidiste cuándo y cómo se lo contabas a tu familia, ahora deja que yo decida cómo hacerlo con la mía.

Su manera de hablar es tan punzante que decidí no insistir en el tema. Tiene toda la razón, yo hice todo como a mí me dio la gana, y ella está en su derecho de hacer lo mismo. Cada día conozco una nueva faceta de mi pequeña, es admirable lo valiente que es, será una estupenda madre para nuestros hijos, y yo seré el hombre más envidiado del mundo.

A la hora de la comida se presenta Janneth, que ya conoce la noticia por boca de mi madre, ella ya entra postulándose como madrina de mi bebé, como si la decisión fuera de ellos. Tania María se aparta de nosotros para hacer un par de llamadas y nos dice que al fin podría quedarse a comer, como si yo fuera a permitir que se marchara. Comimos los deliciosos manjares que nos preparó mi madre, es impresionante ver cómo una mujer tan pequeña puede meterse tanta comida dentro de su diminuto cuerpo. Mi madre y Janneth no dejan que se le vacíe el plato, con el comentario de que está comiendo por dos e incluso por tres, aunque ella tampoco les dice que paren. Terminada la comida, mi secretaria se marcha, ya que alguien tiene que hacerse cargo de la discográfica. Mis amigos, por más que los eche, no se van. Black llega al punto de dejar a su chica plantada para pasar la tarde con nosotros en la piscina, casi me vuelvo loco cuando veo a mi pequeña aparecer con un diminuto bikini como los que utiliza mi madre. En su cara sé perfectamente que esto es cosa de doña Rosy, que me mira sonriendo.

A las siete y diez de la tarde salíamos en comitiva para la clínica, me encuentro frustrado, mi deseo era que asistiéramos a la cita con la ginecóloga solos ella y yo. En todo caso, mi madre, que sé que no me la quito de encima. Lo que no contaba es que mis dos hermanos se apuntaran a ir a la consulta ginecóloga de mi chica. Discutí con ellos, los insulto e intento ofenderles, pero no hay manera, los dos se dedican a reírse de mi cara y decir que no se enterarían por una llamada telefónica de que serían tíos. Así que no me queda otra que resignarme e irnos en comitiva y para empeorar mi frustración todos se confinaron en mi coche.

Tal y como mi madre nos dijo, no hay nadie en la enorme clínica. Entramos los cinco sin ningún tipo de impedimento, por una puerta que está estratégicamente puesta para preservar la intimidad de los célebres pacientes.

Nos encontramos con una señora de unos cincuenta años en el mostrador que nos saludó afablemente:

—Señorita Tania María de la R.…

—No hace falta que lo recite entero —la corto bruscamente con la intención de impedir que mi mujer pase un mal trago, me gano un tortazo en el brazo y mis amigos otro, pero nos fue imposible no reírnos al ver su reacción. Se necesita un cuaderno entero para escribirlo, dice Wallace, ganándose una mirada que lo dejará impotente de por vida. Mi madre aguanta el tipo, pero la conozco y sé que se está aguantando las ganas de reírse.

—Cuando ella regrese, haremos acopio de nuestra seriedad y nos recompondremos —le digo tratando de parecer serio.

Unos minutos después, la puerta se abre y de ella sale una joven de no más de veintiocho años, si los tiene. Miro a mi madre con cara interrogativa, ¿a qué se está jugando? Si es una niña recién salida de la universidad, no voy dejar a mi familia en manos de una inexperta, la mujer, al ver mi cara, se acerca, muy profesional y dice:

—Señor Bruno, soy la Doctora Obrey. Sí, tengo solo veintisiete años. —Joder, uno menos de lo que pensaba, me digo a mí mismo—. Solo le diré que la edad no es sinónimo de experiencia y cordura, y esto lo vivo a diario. Llevo ejerciendo mi profesión muchos años y mi currículo me avala, pero si no está seguro de mi profesionalidad, tiene todo el derecho de salir por donde ha entrado. —Me indica la puerta con la mano.

Wallace suelta un silbido.

—Eres de armas tomar, me encanta cómo lo pusiste en su sitio. ¿Te puedo invitar a un café?

La doctora ni lo mira.

Me pregunta qué voy a hacer mirando a mi madre que se ríe del gran ridículo que sus chicos están haciendo delante de la joven.

—Perdóneme, señorita, estoy muy nervioso y no era mi intención molestarla.

—Para nada, no te imaginas lo que disfruto viendo la cara que les queda al saber que soy la mejor en el ramo.

Una vez más todos se ríen de mi cara, si por mí fuera, recogería a mi chica y salía de aquí.

La doctora nos hace pasar a la consulta, esto es otro momento bochornoso, ya que todos los presentes quieren entrar, y yo no pienso dejar que nadie pase. Se forma una gran discusión, la doctora toma el frente y pone cartas en el asunto.

—Primero entrará Tania María, el padre y yo. Le haré la exploración, después pasarán los demás.

Yo, como hombre listo que soy, no discuto con ella, sé que tengo todas las de perder. Aunque no me vendría nada mal que sacara este carácter y mandara a mis amigos a casa.

Soy un manojo de nervios, empieza a entrarme miedo de que pueda ser el tal retraso por estrés. Desde que entré en la vida de mi fierecilla esto es un constante. Ya en la consulta la doctora nos invita a sentarnos y nos hace una serie de preguntas que creo debe de ser un trámite a seguir. Pregunta si Tania ya había tenido otros embarazos, si sufrió algún aborto, si hay casos de aborto espontáneo en la familia, cosas de este tipo. Para mí las preguntas fueron más del lado de la salud, y no sé si mi contestación evasiva la contentó. Le dije que creo que está todo bien, no conozco a ningún familiar directo, una vez terminada la entrevista invita a Tania María a que pase y se acomode en la camilla aquella que aparenta ser muy incómoda, pero que da unos accesos encantadores.

Saca un aparato, introduce una protección y sobre esta un gel transparente y mira a mi chica por dentro, mira a la pantalla y mide unas cosas. Nos da la enhorabuena y nos confirma que vamos a ser padres. Tapa a mi chica y sale dejándonos solos, ocasión que aprovecho para acercarme a mi pequeña, besarla y agradecer el maravilloso regalo que me está haciendo. A los pocos minutos veo aparecer detrás de la doctora las cabezas de las tres personas a las que más quiero en este mundo. La doctora les ordena que no se muevan de donde ella los posiciona. Echa un gel en la barriga de mi chica prende otro aparato y empieza a moverlo por toda la barriga esparciendo el gel para hacerle una ecografía. De repente, la sala es inundada por un fuerte ruido que nos llama la atención a todos, siento el apretón que Tania María da en mi mano, fruto de la emoción al escuchar el corazón de nuestro bebé por primera vez. Siento ganas de llorar, seguro que, si no llego a tener delante a estos dos me hubiera derretido, una lágrima traicionera me baja por la mejilla, los miro corriendo y me sorprendo al descubrirlos de la misma guisa.

—Bueno, aquí está la prueba, seréis papas dentro de muy poco, el ritmo cardiaco está perfecto. —Beso a mi chica y me quito disimuladamente las lágrimas que se me escapan. Mi madre las deja caer libremente demostrando lo feliz que se siente.

La doctora Obrey limpia la barriga de Tania María, echa a los demás de la sala y le ordena que se adecente y pase a la consulta. Sale dejándonos privacidad.

A los pocos minutos, se reúne con nosotros y se acomoda a mi lado, la doctora coge una rueda muy rara mira en la ficha que había cubierto previamente y tras girarla de un lado a otro nos dice que estábamos embarazados de catorce semanas. Cosa que nos sorprendió a todos, ya que ya había pasado el primer trimestre de embarazo sin que nos hubiéramos dado cuenta.

Me preocupa el hecho de que Tania María todo este tiempo venía tomando las pídolas anticonceptivas. Y se lo comento, la doctora me tranquiliza diciendo que no nos preocupáramos, que no somos los primeros en pasar por ello, y que estaría pendiente, y nos afirma que de momento parecía ir todo bien con nuestro bebé.

Contentos con la confirmación de la llegada del nuevo miembro de la familia, salimos todos de la clínica, paramos en la primera farmacia que encontramos y mi madre se baja a comprar las vitaminas que tienen que tomar las embarazadas.

Pasamos a por Fernando José y su novia y nos vamos todos a cenar por ahí, ya no importa nada, solo no la llevo de la mano por no ser cruel con Silvia, pero mi mayor deseo es presumir de mujer.

Mi cuñado, que es muy perceptivo, nos preguntó a bocajarro qué estamos celebrando. Su hermana rápidamente se inventa una excusa, que a él le parece plausible. Lo que no me pasa desapercibido es que el móvil de Tania María de un momento a otro empieza a tener un flujo muy grande de mensajes, y ella se pone algo nerviosa.

—¿Pasa algo?

—No, nada, son las compañeras de la universidad. Estoy muy emocionada.

—¿Tus compañeras están cerca? Si están, invítalas a cenar con nosotros —digo.

Tania María llama a la chica que vive en su antiguo barrio, que acepta ilusionada la invitación, enviamos a Tocha a por ella.

Siento pena de la chica por la forma en que mira a mi cuñado, que la ignora por completo, hace como si ella no estuviera aquí. Me acuerdo de la forma en la que lo llamó atontado. Cosa que en realidad no lo piensa, basta fijarse en su mirada, que es de admiración, sin embargo, creo que ella llega algo tarde, ya que lo veo muy bien con su chica, que no se despega de él ni a sol ni a sombra. Donde está el uno está el otro. Black también decidió llamar a su chica, que vino acompañada de su hermana, que no quitaba ojo de Wallace, que se mostraba muy interesado en saber sobre la doctora Obrey. Janneth también se presentó, ella y mi madre estuvieron solas y comedidas entre nosotros, pasamos una bella velada de risas y bromas. A la salida nos encontramos con algunos paparazzi, que nos preguntaron el motivo de la celebración. Black se apresura en decir que es una sorpresa, pero que dentro de muy poco todos se enterarían y que él era el hombre más feliz del mundo, llamando así toda la atención hacia él y a su novia, que se queda espantada con el comentario.

Capítulo 17

Por no perder ni un solo segundo de estar al lado de Tania María, me traslado con Bronx al apartamento que es oficialmente nuestro hogar. Ella se instala allí nada más volver de la casa de mi madre, pasamos la mayor parte del tiempo encerrados en la intimidad, solos ella y yo. Cuando no estamos en nuestro refugio, nos reunimos en casa de mi madre con mis amigos. Ella y Crystal se hicieron amigas y siempre que puede Black viene con su chica y pasamos las tardes relajados y de risas. Por momentos, llego a olvidarme del mundo tras los altos muros que nos aíslan del tumulto que hay ahí afuera, lo que no me agrada es que cada vez que llego con mi fierecilla, mi madre la acapara y no me deja disfrutar de mi mujer todo lo que deseo.

Lo único que nos hace discutir ahora y empaña mi tranquilidad es su negativa en dejar el hospital y su excesiva dependencia del móvil, ella está todo el tiempo verificándolo y cuando cree que no estoy viendo, contesta a los mensajes. No quiero hacerme el paranoico creyendo que me está engañando, mucho menos ponerme a perseguirla o a mirar su móvil a escondidas. Desde un principio, dije que no la iba investigar, y no lo haré. Llegará el momento en que confíe en mí y me cuente sus cosas, aunque estuve tentado varias veces. Ella es el centro de mi mundo y no la quiero perder.

No le voy a exigir nada, mucho menos apartarla de lo que nunca tuvo, pero me asusta. Cada vez que sus amigos llegan, tengo que encerrarme con mi perro y no verla durante mínimo una hora hasta que deciden marcharse, en esos momentos es cuando veo lo que siente ella al tener que estar todo el tiempo ocultándose. Es realmente desagradable ser el secreto de alguien, pero pondré remedio en esto pronto y podremos disfrutar de nuestro amor libremente, y los chicos sabrán que ella es mía y desaparecerán de la vida de mi fierecilla, dejando así de sacarme canas. El capullo de Wallace, que no se cansa de meterse conmigo y con Black,

descubrió un par de canas en mi cabeza, y no perdió tiempo en meterse conmigo diciendo que es por el esfuerzo de estar con una chica doce años más joven que yo.

De Silvia nunca hablamos, es una decisión tomada civilizadamente entre los dos. No me veo con el derecho de contarle la historia de Silvia, y tampoco las circunstancias en las que me casé, ya que no sé nada de ella. Lo que sí le conté es que no soy feliz en mi matrimonio, y el yugo que me vi sometido durante estos cinco largos años. Mi fierecilla no me juzgó, no me hizo preguntas, solo me escuchó y me contestó cuando yo le pedí opinión.

Cansado de tener que compartirla, decido hacerle una sorpresa. Será nuestra primera escapada, vamos a vivir un momento único solo ella y yo. Antes de poner mi plan en marcha y a escondidas de mi madre, llamo a la doctora sargento y pregunto si mi fierecilla puede volar. La doctora nos autoriza, dijo que Tania María ya pasó el periodo de riesgo y puede volar tranquilamente. Después de haberme asegurado un montón de veces, llamo a mis amigos pidiéndoles que nos encontremos en mi despacho dentro de treinta minutos, y a Black, le pido que lleve a su chica.

Llego a la discográfica y los tres ya me aguardan. Entramos en mi despacho y cierro la puerta detrás de nosotros para que Janneth no se entere de lo que vamos hablar, no porque no confió en ella, sino para que ella y mi madre no se entrometan en mis planes. Ambas me llevan loco.

—Necesito vuestra ayuda —les digo a mis amigos.

—Solo tienes que decirnos qué necesitas —dice mi buen amigo Wallace.

—Necesito estar a solas con la mujer de mi vida, y como ya visteis, mi madre no la deja ni a sol ni a sombra. —Mis amigos se ríen.

—Me da a mí que te va a robar el bebé —bromea Black.

—No creas que no he pensado en ello. A lo que iba. Quiero irme de viaje, pero conocéis mi situación, así que ideé un plan en el cual estáis implicados.

—¿Qué tengo que hacer? —pregunta Wallace.

—Tú vas estar una semana de vacaciones donde te salga de los cojones. Y a todos los efectos, mi chica, contigo.

—¿Dónde entramos mi novia y yo?

—Tú me dejarás tu refugio.

—Eso no lo tienes ni que pedir. Es tuyo, tú me lo regalaste. —Ignoro el comentario de mi amigo.

—Y, Crystal, necesito que te encargues de hacerle el equipaje a Tania María, comprarás todo para que podamos pasar una semana en la playa. —La chica de mi amigo se alegra con la idea.

—Necesito todo esto para pasado mañana.

—Tu madre te va a cortar los huevos, pero lárgate de nuestra vista —bromea Wallace.

Arreglamos todo hasta el mínimo detalle, para que sea una semana inolvidable. Tomamos todos los cuidados para que la prensa no nos descubra, hasta que mi situación no esté definitivamente resuelta con Silvia, estaremos ocultos. Pero cada día que pasa queda menos, dentro de un mes todo estará resuelto.

Entrego mi tarjeta de crédito a Crystal, pero mi amigo se la quita de la mano y me la devuelve y le entrega la suya sin darme tiempo de preguntar el porqué: me explica que esto sería arrojar a la prensa encima de nosotros. Me pregunta cómo íbamos a explicar que su novia está de compras con mi tarjeta de crédito, y que debemos hacer de todo para pasar desapercibidos hasta que salgamos del país.

Mi madre, tal y como viene haciendo desde que descubrió que va ser abuela, nos invita a cenar. Declino la invitación, prefiero no exponerme a ella, que sabe leerme como nadie, y estará en contra de que saque a Tania María de aquí, ya no puedo estar más en la discográfica. Ilusionado, me voy para casa a esperar que mi fierecilla llegue de la universidad.

La recibo con besos, desgraciadamente, tengo que decirle media verdad, por culpa del hospital y la universidad, su primera reacción es negarse, con eso ya contaba, para ella su voluntariado y sus estudios son muy importantes. Insisto diciendo que serán solo dos días. Al final la convenzo, estuvo mucho tiempo al teléfono llamando a unos y a otros, pero al final me dijo que tenía todo cubierto. Una amiga la cubriría en el hospital y sus amigos le grabarían las clases y le pasarían los apuntes. En su línea no hace preguntas, hay momentos que llego pensar que nada la ilusiona. Todas las mujeres se ponen curiosas, quieren saber a dónde van. Demuestran entusiasmo, pero ella la única pregunta que me hace es qué tiene que llevar, le digo que no se preocupe y ella contesta con un escueto vale. Confieso que me siento desilusionado. La novia de mi amigo demostró más emoción en ir de compras para otra mujer, que ella al saber que se va de viaje por primera vez con su novio y el padre de su hijo. Cabreado, me meto en el baño y la dejo sola en la habitación.

Salgo del baño y no la encuentro en nuestra habitación. Me tumbo, no me apetece cenar, ahora no quiero estar a su lado, sé que al principio lo hice todo mal, pero todos los días intento recompensarla, intento ser un buen hombre para ella y últimamente ella está distante, a ratos es la más cariñosa y a otros lo más esquiva.

Tania María entra en la habitación e intenta acariciarme. Me giro de espaldas a ella digo que estoy cansado y que quiero dormir. Siento la cama hundirse a mi lado, sigo en mi postura, puede que esté siendo infantil, pero necesito que ella me dé algo, que venga a mí, siempre, desde el principio soy yo el que estoy luchando para que todo salga delante de la mejor manera posible, y lo hago encantado, pero no puedo soportar que sea indiferente a todo como lo está siendo últimamente. Lo único que le importa es su móvil, que no va sin él a ninguna parte.

—Bruno, ¿me perdonas?

—¿Tengo que perdonarte de algo? —pregunto con sarcasmo.

—Sé que estás triste conmigo.

—Qué bien, duérmete.

—¿No quieres hablar?

—No.

—Te necesito.

Hasta aquí llega mi cordura, llevo veinte días como a un perrito faldero, de casa al trabajo, del trabajo a casa, nunca sé cómo la voy a encontrar. Meto la llave en la puerta con miedo, ahora está llorando, ahora se tira en mis brazos y no me deja ir a la cocina solo, ahora no quiere que me acerque a ella. Y nunca digo nada, estoy ahí a su lado, no puedo hablar de ello con mi madre porque no quiero que mi madre la vea de otra manera. Me encanta ver a las dos mujeres de mi vida juntas llevándose bien.

—Mi manía de no compartir las preocupaciones, me llevan a aislarme. —Ahora mismo no la entiendo. ¿Qué preocupaciones tiene? Creía que la vida le estaba yendo bien.

Me giro hace a ella, pero sin tocarla.

—¿De qué preocupaciones me hablas? Creí que ya no las tenías.

—Tengo muchas, Bruno.

—Compártelas conmigo, que te ayudaré.

—No puedo, ni todo el dinero las puede comprar. —Ahora sí que me dolió.

Salgo de la cama y empiezo a vestirme a toda prisa. Ella viene detrás llamándome, no la escucho y salgo de casa. Me meto en mi coche y conduzco sin rumbo. Doy vueltas y vueltas por la ciudad, mi móvil no deja de vibrar en mi bolso. El pitido de mensajes es continuo. Pero me conozco y lo mejor es que no hable y tampoco lea nada de lo que ella me diga ahora. Cuando estoy nervioso o dolido no tengo filtro y por más que esté dolido con ella no le quiero causar sufrimiento con mis palabras. Sin poder ir a casa de mi madre, no quiero decir a mis amigos que mi plan está saliendo al revés de lo que quiero, decido ir a casa de mi abogado y colega. No deseo estar solo y en su casa se está cualquier cosa menos solo con todos aquellos pequeños correteando por allí.

Llamo a su puerta y me abre su hija mayor, que al verme tuerce la cara, no sé por qué ella no me soporta. Me hacen gracia los desplantes que me hace, tiene catorce años, y es una niña muy extrovertida, menos conmigo.

—Mi padre está en tú despacho —dice poniéndose a un lado para darme paso.

—Qué te trae hasta mi humilde hospicio. —Me río de su comentario. Está en su casa junto a su mujer y seis hijos. Todo lo que sueño para mí.

—Nada, solo que no quiero estar solo. —Me mira desconcertado, me indica la silla que tiene delante, y como me conoce y sabe que no le voy a contar que me tiene cabreado hasta que yo no lo decida, empieza a hablar de trabajo, creyendo poder hacerme olvidar.

Estuvimos encerrados en su despacho hasta las tres de la mañana, revisamos contratos que ya estaban más que cerrados, comentamos sobre las nuevas adquisiciones y tonterías varias. Ninguno mira en el reloj, pero ambos somos conscientes de la hora que es, el ordenador la marca delante de nosotros y nos informa minuto a minuto el tiempo que estamos perdiendo aquí.

—No sé qué te aflige, pero no es tu estilo huir. —Habla el colega, no el abogado.

—¿Por qué las mujeres son tan complicadas? —Él suelta una carcajada.

—Bienvenido al club.

—Tengo miedo de no estar a la altura.

—Si yo pude con seis, tú podrás con uno. Habla con ella y soluciónalo.

Con esto se levanta de su confortable sillón, va hasta la puerta, la abre invitando descaradamente a que me vaya de su casa.

—Estás despedido por echarme —digo y salgo riéndome.

Conduzco hasta mi casa con la firme determinación de arreglar las cosas, sea lo que sea que le preocupe entre los dos lo arreglaremos.

Entro en casa y encuentro todo en completo silencio, hasta mi perro está en un profundo sueño, ya que no viene a recibirme. Voy hasta mi habitación y mi corazón me da un vuelco. Mi fierecilla no está, la busco por toda la casa y no la encuentro, cruzo el vestidor en su búsqueda, y tampoco. Tomo el teléfono y llamo a mi madre, que esta vez no le dará cobijo a mi mujer, su lugar está a mi lado. Cuando mi madre coge el teléfono, siento la llave en la puerta, corto la llamada y corro a recibirla, mi perro al verme acercarme a ella se interpone entre nosotros y me gruñe. Le ordeno que salga de mi camino, pero no se mueve ni un milímetro. Lo miro impresionado, es la primera vez que Bronx me hace esto. Levanto la mirada y descubro que Tania María estuvo llorando, tiene los ojos y la nariz roja. Doy dos pasos para abrazarla, pero nuevamente soy impedido por mi perro. Le ordeno que salga de mi camino, no me atiende, hago intención de moverme y él vuelve a gruñir. Tania María se agacha hasta él, le acaricia y le dice algo mi perro, que estaba en postura de ataque. Se relaja, refriega su cara en el rostro de mi mujer y se va sin mirarme, lo miro incrédulo, él jamás me hizo nada ni remotamente parecido. Me acerco a ella para abrazarla, pero no me lo permite, da dos pasos atrás con las manos en alto, clara señal de que no quiere mi toque.

—¿Dónde estabas?

—¿Ahora te interesa? —me dice dolida.

—Estaba dolido, nunca me cuentas nada.

—Te llamé, te envié mensajes pidiendo que volvieras a casa. —Mi perro, al oírla llorando, volvió a su encuentro—. Bronx, a tu sitio —le ordena con voz firme. Y el perro se fue como si nada, ella ya nos tiene a los dos a sus pies.

—No quiero reprocharte, pero nada de lo que hago te ilusiona, y estás diferente.

—Dame tiempo, tengo diecinueve años, estoy embarazada, tengo responsabilidades que no sé si estoy a la altura.

—Claro que estás a la altura, compártelas conmigo —digo acercándome a ella tomándola de la mano y atrayéndola hacia mí.

—Vámonos mañana y cuando volvamos, te lo cuento.

—Cuando tú quieras, pequeña —digo llenando su bello rostro de besos.

La conduzco a nuestra habitación, la desvisto, la meto en la cama, me tumbo a su lado y la abrazo. Esto es lo que necesitaba, sentir su calor, mi mano instintivamente va a su barriga y empiezo hacerle caricias, y así quedamos dormidos.

Me despierto antes que ella, le explico todo nuestro plan para salir del país, le informo que Wallace pasará a por ella dentro de dos horas y que él será su acompañante, y no le digo nada más. Tomo mi equipaje, le doy un beso y salgo.

Son las seis de la mañana y ya estoy en el aeropuerto, así no tengo a la gente detrás de mí, me subo a nuestro avión y cuento los segundos para que lleguen.

Ojalá le guste todo lo que tengo preparado.

Veo por la ventanilla de la aeronave la llegada de los cuatro. Mataré a Wallace por llevar de la mano a mi mujer. Ya está dentro del hangar, y no hace falta que la exhiba por ahí.

La espero en la puerta del avión. Estamos lejos de los ojos indeseables de la gente, este es el hangar de vuelos privados. Mis amigos se paran a los pies del avión y yo le ofrezco la mano para que venga a mí. Nuestros ojos se encuentran. Los de ella brillan de la emoción, se para en mitad de la escalera y mira a mis amigos abajo. Wallace le hace señas con la mano para que suba, bajo los escalones que nos separan, tomándola de la mano y la conduzco a la aeronave, que cierra la puerta a nuestro paso.

—¿Y ellos? —me pregunta apuntando a mis amigos que quedaron fuera.

—Tienen otro vuelo a otro destino.

La siento en el confortable asiento, le pongo el cinto y me acomodo a su lado.

—Esto es impresionante, debe de costar una fortuna, Bruno.

—El dinero es para gastarlo. —Me acerco a ella y le doy un beso.

—Nunca imaginé que viviría algo así. —Siento mi corazón expandirse en pecho por ser yo quien se lo proporcione.

—Esto es solo el principio, princesa, pondré el mundo a tus pies.

Como es costumbre en mí le oculto el destino, despegamos sin retraso. La azafata estuvo pendiente de todas las necesidades de mi fierecilla. Después de casi seis horas de vuelo, el comandante anuncia que tomaremos tierra. Cuando anuncia que aterrizaremos en Tahití, mi pequeña se tapó la cara y empezó a llorar de la emoción. La abrazo y dejo que llore, porque estas lágrimas son de alegría, no como las que le hice derramar ayer. Todos los días tenemos delante de nuestros ojos verdaderas maravillas para contemplar y disfrutar y no las valoramos por estar tan centrados en conquistar aquello que no nos pertenece, aquello que está en nuestra mente, no que no sea posible. Claro que lo es, pero debemos mirar a un lado y decir te quiero a la persona amada sin tener miedo a lo ridículo, ayudar a cruzar las calles a los ancianos, contemplar la naturaleza, dejar aparecer los sentimientos no es señal de debilidad, al contrario, es valentía. Y que la mujer de mi vida esté llorando por la emoción de conocer algo que para ella parecía imposible es lo más bonito del día para mí.

Aterrizamos sin problemas, un coche debidamente camuflado con cristales tintados nos lleva al puerto en donde nos espera una embarcación de alquiler, ya que la mía no fue posible, no le daba tiempo a llegar de Miami aquí a tiempo, y no quiero perder ni un solo minuto. Ya habrá tiempo para que conozca mi yate.

Por fin veo a mi fierecilla eufórica preguntándome a dónde vamos, qué vamos a hacer, qué hay allí y un sinfín de preguntas más que, por supuesto, no respondí. Antes de dirigirnos a nuestro destino final, llamo a mi madre y le cuento dónde estamos y el tiempo que vamos estar aquí. Mi fierecilla se muere de la risa al oír la tremenda bronca que mi madre me está echando, y la cantidad de veces que me llama irresponsable por sacarla del país con tan solo cuatro meses de embarazo. Navegamos durante dos horas y por fin atracamos en la pequeña isla de mi amigo. Tania María, cuando ve lo que tiene delante, se queda petrificada.

—¿Es tuya? —pregunta sorprendida.

—No, es de Black.

—Tenéis demasiado dinero. Esto debería estar prohibido. — Suelto una carcajada, su desconcierto es tal que fue lo primero que dijo. No me imagino cómo será su reacción cuando descubra que fue un regalo mío.

La conduzco a nuestro bungaló. Tiro nuestro equipaje encima de la cama, la cojo en brazos y la llevo a la playa. Le enseño la pequeña isla, contesto a todas sus preguntas, nos sentamos a ver la preciosa puesta de sol cogidos de las manos.

Mi hijo interrumpe el romántico momento quejándose de hambre en la barriga de su mamá, ambos nos reímos del fuerte rugido. Tania María se levanta diciendo que va a preparar algo para que cenemos, me levanto y ella me coge de la mano y me conduce de vuelta a la casa. Por el camino va diciendo lo que me va a preparar. Yo me dedico a beber de su alegría. Tanta es su alegría que no se percata de lo que hay delante. Al entrar en el salón, cuando por fin mira al frente, se queda congelada en mitad del camino con las manos en la boca.

—¡Qué precioso, Bruno!

Mi pequeña corre a mis brazos y salta encima de mí.

—Cuidado con nuestro pequeño —le digo sonriendo como un tonto.

—Él también está feliz como su mamá.

Me coge de la mano y seguimos por el camino de velas y la alfombra de flores que hay en el suelo que nos conducen hasta la mesa, que está igual de adornada para dar más luz y color al lindo sueño que estoy viviendo. Mi pequeña se sienta al otro lado de la mesa, doy la vuelta y me pongo a su lado. Ella se ríe, sabe que no puedo estar con las manos lejos de ella, le robo un beso, que es interrumpido por el cocinero que viene a servirnos la cena. Al ver que me he cambiado de sitio, rápidamente llama a su ayudante para que disponga los cubiertos para mí, al lado de Tania María, que ya se estaba acalorando con el beso y se puso colorada por la vergüenza. No puedo contener la risa con su azoramiento.

Le doy de comer con mucho cariño, como vengo haciendo siempre que puedo, y disfrutamos de la preciosa noche estrellada.

Cada día a su lado es mejor que el anterior, me veo tentado a preguntarle un poco sobre su vida, pero tengo miedo a su reacción, ya que la guarda tan celosamente. Aprovechando que nadie conoce nuestro paradero salimos a pasear en barco, la llevo a conocer un poco los bellos paisajes de la Polinesia Francesa. Es todo idílico, no tenemos comunicación con el mundo exterior, somos solo nosotros en nuestra burbuja.

Aprovecho que Tania María se retiró a descansar un poco para subir a la cabina del comandante y pedirle que anclase el barco y salga a dar una vuelta en jet sky. El hombre, que seguro está más que acostumbrado a la situación, dice que estaría de vuelta a la hora de volvernos al puerto. Sin más me da la espalda y desaparece. No doy vueltas al asunto, la orden ya fue dada, ahora a disfrutar de las últimas horas que tengo con el amor de mi vida en el paraíso.

Bajo al camarote principal, abro la puerta despacio para no asustarla, miro al frente y me quedo anonadado con la preciosa imagen de ella acostada en la cama vestida solo con el fino vestido veraniego que deja a la vista su minúsculo bikini. Me apoyo en el marco de la puerta y me empapo de la bella imagen. Está tumbada de lado abrazada a la almohada con una pierna flexionada con su bello y castaño pelo esparcido por la cama, dando más belleza si cabe a su figura. Me acerco despacio, me arrodillo en el borde de la cama y empiezo a repartir delicados besos por sus pies, voy subiendo por sus piernas despacio, ella emite un sonido mimoso, paso mi lengua entre sus muslos, ella jadea y abre las piernas invitándome al más delicioso de los manjares, doy un suave beso en su feminidad y sigo mi reguero de besos hasta llegar a la pequeña redondez de su barriga. Tomo mi tiempo en esta bella parte de su cuerpo en donde crece nuestro hijo, acaricio su vientre, ella pone su mano encima de la mía y me mira con esos bellos ojos color dorado. Veo en ellos tanto amor y ternura que me siento flotar, mirándola a los ojos le declaro mi amor por ella con nuestro hijo como testigo de la complicidad de sus papás, se hace partícipe dando su primera y temprana patadita, llenándonos de júbilo, una lágrima de alegría resbala por su delicado rostro, mirándola a los ojos la atrapo en mi dedo y me la llevo a la boca. Ella tira de mí, poniéndome a su altura, y me besa, siento a través de su piel los movimientos de nuestro hijo dentro de su cuerpo. Me aparto de su boca, me resbalo hasta su barriga, vuelvo a hacerle caricias y pido autorización a mi hijo para disfrutar de su mamá bajo la promesa de hacerla feliz y disfrutar del momento. Como si me hubiera escuchado, las pataditas cesan. Le doy otro beso y le agradezco la autorización y vuelvo con mi amor. La cojo en brazos, y subo con ella a proa. Posándola en el suelo mirando al océano, me pongo detrás de ella, me agacho, cojo el bajo de su vestido, lo alzo y me meto debajo, la giro y acerco mi cara a su sexo y aspiro su olor, que inunda mi celebro, tomo los bordes de la minúscula prenda que me separa de su intimidad y la voy bajando despacio, acerco mi cara y paso la lengua por encima de su sexo totalmente depilado. Ella vuelve a abrir las piernas invitándome a que entre. Luchando contra mis deseos subo mis manos a sus redondos senos, que ahora están más grandes, más redondos. Los masajeo por encima del triángulo que lo cubre, mi respiración en su sexo es agitada, ella me implora que la tome. Desabrocho la parte superior de su bikini, que solamente está atada en la espalda y la dejo caer.

Con un rápido movimiento salgo de debajo de su transparente vestido, me posiciono delante de ella.

—Así es como debes de estar siempre que estemos solos.

Llevo mis manos al cuello de su vestido y de un fuerte tirón lo rompo hasta abajo dejando su bello cuerpo desnudo, para que el océano contemple la bella mujer que tengo. Avergonzada, se tapa.

—Estamos solos, jamás permitiré que otros miren lo que es mío. —Llevo mi mano derecha a su sexo, y la izquierda a su seno, tomo el otro en mi boca.

—No estamos en igualdad de condiciones —me dice entre gemidos.

Doy un paso atrás, suelto el velcro de mi bañador y lo dejo caer, quedando desnudo frente a ella, que al verme como vine al mundo se relame los labios.

Me tumbo en el suelo, sin quitar los ojos de encima la llamo con la mano, ella se acerca sin saber qué hacer, se fricciona para tumbarse a mi lado. Antes de que adopte la postura tiro de ella hasta que se para a la altura de mi cabeza. Tomo una de sus piernas, la abro, quedándome en medio con la maravillosa vista de su sexo brillante y mojado sobre mi cara, la agarro por la cintura y la traigo hasta mí. Paso mi lengua por su clítoris, haciéndola saltar, la siento sobre mi rostro y la devoro, mi fierecilla se remueve buscando su placer. Le cedo el mando y la dejo que domine la situación, llevo mi mano a mi miembro, que llora anhelando a su dueña, le doy placer a ella con mi lengua, disfruto de sus gemidos, acariciándome el glande, siento como ella se tensa sobre mi cara, intensifico mis caricias. Tania María, al percibir lo que hago, retira mi mano y se gira, estira su cuerpo sobre el mío, toma mi glande en sus manos y lo menea arriba y abajo y se lo mete en la boca sacándome un gruñido. Le doy una nalgada y empiezo a follarle la boca, sus movimientos se aceleran, haciendo que yo pierda el control introduzco otro dedo en su interior y la tomo con pasión. Su cuerpo empieza a temblar intensifico mis movimientos hasta que siento como se derrama en mi cara. Intento incorporarme y no me deja, aún sin fuerzas sigue dándome placer. La dejo que siga torturándome con su ávida lengua.

—No pares… —digo entre gemidos y me derramo en su boca.

Recuperado de una de las felaciones más intensas que me han hecho, la tomo en brazos, la poso sobre la tumbona y así estuvimos amándonos hasta caer la tarde.

Todo lo bueno llega a su fin. Con mucha tristeza estamos de vuelta a Los Ángeles, la vuelta es otra odisea. Mis amigos la recogen en el aeropuerto, yo, que en teoría estaba en Brasil, vuelo hasta Miami y paso el día allí arreglando unos asuntos.

La llegada a casa como siempre es un horror, el encender el móvil es lo peor del mundo, es cuando nos damos cuenta de que no podemos huir. Por fin a las once de la noche puedo tener algo de paz, después de pasar cuatro horas colgado del móvil, me tumbo en el sofá con mi fierecilla encima. Ninguno dice nada, solo estamos abrazados disfrutando de nuestra compañía y del silencio. El móvil empieza a sonar, nos miramos entre nosotros. Yo digo que no con la cabeza. Ella, riéndose, se levanta, coge el móvil y me lo entrega. Cuando veo el nombre que aparece en la pantalla no atiendo, tiro el móvil en el otro lado del sofá. Tania María lo coge y me lo entrega nuevamente para que lo atienda.

—Te guste o no tendrás que hablar con ella, cuanto antes mejor. —¿Qué puedo decir en contra de esto?

Cojo la llamada de manera fría y distante, pero Silvia hace como si no hubiera pasado nada, vuelve a ser la Silvia dulce y cariñosa, y me suelta la noticia bomba. Avisa que estará de vuelta en casa el día siguiente por la mañana, y que sus últimos cinco conciertos fueron cancelados, doy un salto del sofá casi tirando a Tania María al suelo. Me cuenta que tuvo problemas con su agente, y que este en represalia le canceló los conciertos, y que estaba haciendo una campaña difamatoria en su contra, que estaba muy disgustada, y que ya se disculparía con sus fans. Nada de lo que me estaba diciendo me interesaba, me importan una mierda sus conciertos, su empresario y el dinero que perderé con estas cancelaciones. La noticia, que me cae como una bomba, es que no tendré más el mes de tranquilidad que iba a tener. Tania María ya está casi en el quinto mes de embarazo y quizás sea mejor arreglar esto cuanto antes. Me casaré con ella el mismo día que firme el divorcio, me da igual lo que diga la sociedad. Después ya haremos una súper fiesta, pero mi bebé va a nacer con sus padres casados. Cuando se lo cuento a mi fierecilla, ella se pone muy nerviosa, empieza a hiperventilar, llamo a mi madre desesperado, que se presenta rápidamente en nuestra casa. Intenta tranquilizarme diciendo que mi pequeña se encuentra bien, y me promete que no se moverá de su lado, que se quedará junto a ella, que la cuidará mientras yo arregle todo con Silvia. Con todo el dolor de mi corazón, tomo a mi perro para hacer nuevamente el odioso camino de vuelta a la que en el papel es mi casa, pero que en mi corazón lo dejó de ser hace meses, me parte el alma dejarla de aquella manera, cada vez se hace más difícil separarnos, pero no sé a qué hora llegará Silvia, y lo mejor es que cuando lo haga, yo esté en casa.

—No te vayas. —Me pide entre hipidos.

—Cuando menos te des cuenta, estaré de vuelta —le digo acariciando su rostro intentando contener la emoción.

—Si te vas, te perderé para siempre.

—Eso nunca ocurrirá. —La acuno entre mis brazos intentando consolarla, mi madre al final tuvo que echarme. Mis fuerzas están flaqueando, si no llega a ser por la fuerza arrolladora de mi madre, hubiera tirado todo por tierra y me hubiera quedado al lado del amor de mi vida. Después de una dolorosa despedida, llego a la casa, me quedo sentado en el coche junto a mi fiel amigo, ninguno de los dos tenemos ganas de bajar. Decido hacerme el rebelde y saltarme las normas, llamo a mi perro para que me acompañe a mi habitación, no me apetece dormir solo.

Nos despertamos temprano y salimos a dar un paseo, corro para quemar adrenalina, mi vida desde hoy dará un giro de ciento ochenta grados, y se volverá un verdadero tumulto. Entro en casa y me encuentro de frente con Silvia, que viene a mi encuentro con una enorme sonrisa en el rostro. Actúa como si no hubiera pasado nada, intenta darme un beso, que evito poniendo el rostro.

—Sabiendo lo mal que lo estoy pasando, seguirás tratándome así. —Decido ser un poco amable con ella. Tiene toda la razón, la música es muy importante para ella y por culpa de un irresponsable, ella va a defraudar a miles de fans.

—Perdóname, ¿cómo te encuentras?, ¿cómo están reaccionando tus fans? —Esta pregunta la hace feliz, y rápidamente me cuenta que están todos volcados con ella, que la mayoría no le reprocha.

Me pregunta si estaba siguiendo las noticias de su gira y todo esto, no miento, le digo que no. A ella no le pareció enfadar, comimos juntos. Ella no se calla ni un solo minuto, me cuenta todo lo que ha pasado en los conciertos, me hago el interesado, aunque en realidad me importa una mierda. Mi cabeza está lejos de aquí. Cada vez que le digo que necesito hablar con ella, me corta y empieza a contar sus batallitas. Me cuenta que se encontró con su padre cuando estuvo en San Francisco y que las cosas entre ellos siguen igual o peor que antes. Me excuso con ella y le digo que me iré al despacho a hacer unas llamadas importantes, pero antes le adverto que tenemos que tener una charla importante. Me sonríe y me dice intentando ser sensual:7

—Ya estoy de vuelta, mi amor, ya nos podemos dar la oportunidad que nos prometimos. —Sus palabras me dan escalofríos.

—Silvia —Ella no me deja terminar la frase.

—Hoy no va poder ser —dice sonriente.

—¿Y por qué? —pregunto con desdén.

—Tenemos una rueda de prensa para dar las explicaciones del porqué de la cancelación de los conciertos.

Maldigo mi mala suerte por tener que darle la razón una vez más, tenemos que hacer frente a esto que se nos viene encima. Confirmo con ella a qué hora será la rueda de prensa, ya que sé perfectamente que lo tiene todo bajo control. A veces creo que Silvia se equivocó de profesión, ella debería ser presentadora o reportera. Algo relacionado con estar delante de las cámaras, porque ama este mundo.

Llamo a mi madre interesándome por el estado de salud de mi mujer. Cuento a mi madre los cambios de última hora, le digo también que seguramente con todo que nos vendrá encima después de la rueda de prensa, no podré volver a dormir en casa, ella empieza a echarme la bronca, pido hablar con Tania María, pero no me lo permite diciendo que está durmiendo. Me quedo más tranquilo cuando mi madre, después de desquitarse a gusto, me dice que pasará la noche junto a ella.

A la hora prevista tengo la sala de juntas de mi discográfica llena de periodistas. Esto no es inusual tratándose de Silvia. Todo con ella se transforma en un gran evento, cualquier cosa puede pasar cuando se habla de entrevistas, rueda de prensa o cualquier cosa que tenga una cámara y un micrófono delante.

Como se trata de un asunto relacionado directamente con la discográfica, solicité la presencia de mis socios que, como siempre, no me dejan solo, aunque estén tan cansados como yo del viaje. Mi madre no está presente por estar cuidando a mi familia, pero tengo la certeza de que estará delante de la pantalla de internet viendo en directo la transmisión de la rueda de prensa.

Como presidente de la discográfica, después de que Black hiciera las presentaciones y agradeciera a la prensa por estar aquí presente, él me pasa el turno de palabra. Voy a disponerme a hablar, cuando Silvia me interrumpe y me pide el turno, todos en la sala la miramos sin entender a qué viene esta interrupción repentina, ya que en estos casos siempre se sigue un estricto protocolo. Me acerco a su oído y le pregunto a qué viene esta conducta. Ella solamente me regala una sonrisa, y aprovechando que tiene las cámaras delante me da un beso y me pide que confíe en ella. No me queda otra que pasarle el turno.

—*Primeramente, quiero agradecer a los reporteros aquí presentes y a mis incondicionales fans, que nunca me dejan sola, que siempre me apoyan y que sé que esta vez no será diferente.*

Como todos sabéis, he interrumpido mi gira mundial a un mes de esta darse por finalizada, no cumpliendo con los cinco últimos conciertos de los cuarenta que tenía programados. Todo aquel que me conoce sabe que mi vida es la música. Yo era una persona incompleta hasta el día que entré en Bruns' Record —Silvia me mira con brillo en los ojos y me regala una linda sonrisa, que a muchos les hubiera encantado, pero a mí no me causa nada—. *Y por fin conocí al amor de mi vida en persona. Yo estuve enamorada de este hombre desde mi adolescencia, sabía todo sobre él, nunca tuve el placer de poder ir a uno de sus conciertos. Pero los veía todos online, por Youtube y por los medios que me fuera posible. Todos mis sueños se hicieron realidad de las manos de él, que me hizo su esposa, me llevó a lo más alto en mi carrera musical. Y ahora realizo el mayor de mis sueños. Hoy daré inicio a una nueva etapa en mi vida, una etapa en la que va a requerir mucho más esfuerzo y dedicación por mi parte, una etapa a la cual estaré apartada de la vida pública por una larga tempora-da.* —Que alguien me diga a qué viene todo esto, en la sala nadie dice ni una sola palabra, prendados del discurso de Silvia que empieza a darme escalofríos—. *El motivo por el cual he abandonado la gira mundial es que finalmente sin que lo planeáramos, mi marido y yo, después de cinco años buscando a nuestro heredero, llegó de la mano de una escapada de menos de setenta y dos horas. Bruno, mi amor, me complace decirte que seremos padres dentro de un poco más de siete meses y medio.*

Me quedo sin aire, la miro desencajado. ¡No puede ser! No me está haciendo esto, no está comunicándome que está embarazada a la vez que se lo comunica al mundo.

Mis amigos, que son conscientes de los problemas que se me vienen encima, toman el frente arrancando a felicitarnos. Silvia se levanta y viene a besarme, no reacciono, ella me pregunta si estoy ilusionado con la noticia. No me da tiempo a asimilar la pregunta, mi móvil vibra en mis manos, no soy consciente de cuándo lo cogí, tengo miedo a mirar quién está llamando, deseo salir de aquí corriendo e ir al encuentro de Tania María y explicarle que es todo mentira, seguro vio todo este espectáculo en directo. Estoy rabioso con Silvia por haberme hecho esto. ¡No quiero un hijo con ella, no quiero nada con ella!

Como puedo, tomo el mando de la situación. El nombre de mi empresa y el trabajo de centenares de personas está en juego, con el apoyo de mis amigos tomo el turno de palabras.

—Hola a todos. Como podéis ver, esta noticia también es sorpresa para mí, yo no tenía ni la más remota idea de que Silvia está embarazada. Estos meses estuvimos apartados por motivos profesionales, y ella lo llevó todo en secreto y decidió comunicármelo junto a vosotros, así que os agradezco las felicitaciones y, debido a mi conmoción, os pido que me deis unas horas para que me haga a la idea, pues para mí también es una sorpresa. Gracias.

En mi discurso mando un mensaje velado a mi verdadera mujer, no hay emoción en mis palabras. No deseo tener hijos con Silvia, eso nunca estuvo en mis planes, y menos ahora. Los reporteros se vuelven locos haciéndonos preguntas, las cuales yo no contesto. Silvia les contesta a todos y cada uno de ellos, me despido de la gente y salgo de la sala de juntas, ella viene detrás de mí acompañada de los reporteros, y lo más tortuoso de la historia es que ahora me tiene cogido de la mano y no puedo salir corriendo y dejarla sola. Mis amigos intentan ayudarme como buenamente pueden. Después de que el último reportero se vaya, cuando por fin nos quedamos solo los cinco, ya que Janneth está presente, no tengo contemplaciones.

—Eres una rastrera. ¿Cómo narices me haces esto? ¿Por qué montaste todo este circo?

—Soy una persona pública, Bruno, me debo a mi público.

—Silvia, yo no te quiero. Entiéndelo de una vez. ¿De verdad crees que un bebé va a hacerme cambiar de idea?

—Me prometiste una oportunidad. —Esta mujer está loca, yo nunca le dije esto.

—¿Qué pasó, que de la noche a la mañana te curaste? ¿Ya no eres estéril? —Ella me cruza la cara.

—Nunca pensé que pudieras humillarme tanto. Cómo puedes, en un momento como este, hacer un comentario tan dañino. Es tu hijo el que crece dentro de mí, Bruno, tu hijo.

—Pues ojalá no existiera. —Las palabras salen de mi boca sin pensar, lo único que pienso es que esto puede llevarme a perder a la mujer que quiero—. No esperes por mí, Silvia. No volveré a casa.

—¿Adónde vas, Bruno? Ahí fuera está lleno de reporteros y fans aguardando nuestra salida.

—Tú montaste este circo, ahora tú das el espectáculo sola.

—No me hagas esto, Bruno, te imploro que no me dejes aquí sola. ¿Dónde vas? Vamos para nuestra casa.

—Entiéndelo de una vez, no existe nuestra casa. No te quiero, métetelo en la cabeza. —Salgo de la sala de juntas dejándola rota. Mis amigos me interceptan en mitad del camino y me echan una buena bronca.

—Ella no es santo de nuestra devoción, pero estás siendo demasiado duro. Si ella realmente está embarazada de ti, so idiota, se merece el mismo trato que está recibiendo Rosita.

Las palabras de ellos me dejan aún más desesperado, porque por más que quiera no siento nada, para mí es como si esta noticia fuera más una invención de la prensa.

Ellos intentan retenerme, pero me voy. Tocha logra sacarme por el garaje sin que me vean.

Me voy al encuentro de la mujer de mi vida, que ojalá me espere junto a mi madre.

Abro la puerta y esta vez, es mi madre cruzarme la cara. Su mirada de reproche me duele más que cualquier palabra. En su mirada veo que me acusa de estar haciendo juego doble, cosa que es totalmente falsa, yo nunca hice esto.

—Ella no lleva un hijo mío en su vientre —afirmo categóricamente—. No tengo nada con ella desde que nos escapamos aquella semana —grito desesperado y de esto hace más de nueve meses.

Intento ir hasta mi habitación a ver a mi pequeña, pero mi madre se interpone en mi camino impidiendo mi paso.

—No te acerques a ella.

—Será ella quien decida si quiere hablar conmigo o no —digo enfrentando a mi madre como nunca lo hice.

—Ella está sedada. Me vi obligada a hacerlo. Era eso o llevarla al hospital.

Empiezo a llorar como un niño, exijo que me deje acercarme a mi mujer, pero no hay manera. Soy expulsado de mi casa por segunda vez, pero esta vez la que me expulsa es mi madre. Al salir al pasillo veo a Fernando José, que está entrando con su novia en su casa. Sara se para y me mira asustada, no sé qué hacer.

—No te aflijas Bruno, siempre supe que este apartamento y el de al lado son tuyos.

Me quedo sin acción, no sé qué decirle, qué más sabe este chico tan vivaz. Rompo el hielo y decido tratarlo como lo que es, un hombre.

—Ahora es tuyo —le revelo que lo tengo desde siempre, que lo compré cuando adquirí el mío. Le omito que esto fue porque no quería vecinos.

—Yo no os traicionaría nunca, como sé que tú, no me traicionarías a mí.

El chico se ríe y entra de la mano de su novia. Me voy a casa de mi madre, que es donde tengo lo recuerdos más bonitos de ella, las horas en la piscina, las largas horas de charlas, las cenas con los amigos... Sé que mi madre no la perderá de vista, y que se encargará de que tenga los mejores cuidados que una embarazada necesita.

¿Cómo en tan pocas horas pude pasar del sueño más lindo a la más horrible de las pesadillas?

Mis amigos, por orden de mi madre, se presentan para despertarme, solo ella podía deducir que estaría durmiendo en su casa. Tengo que aparentar normalidad, ya que toda la prensa está detrás de mí y de Silvia, que casi me fundió el móvil a llamadas y mensajes. Tanta fue su insistencia que en mitad de la madrugada le cogí la llamada para así después poder descansar tranquilo, pero me arrepentí. Ella empieza a hacerme lo de siempre, echarme en cara que le destrocé la vida, y a amenazarme, a portarse como la niña caprichosa y mimada que es. Quiso exigirme que me fuera a casa. Le dije que solo iría cuando me diera la gana, la discusión se puso muy acalorada hasta que me harté y le colgué, fue entonces cuando de paso apagué el móvil, aunque en contra de mi voluntad tuve miedo de que Tania María me llamara y yo no estuviera disponible, pero al amanecer vi que no había motivos para tener miedo, no había ninguna señal de ella.

La llegada a la discográfica es horrible, los reporteros no me dejan dar ni dos pasos sin hacerme mínimo diez preguntas cada uno. Los hubo que llegaron a preguntar si sabíamos el sexo del bebé.

¡Esta gente no se enteró de que, si Silvia está realmente embarazada, esta solo de mes y medio!

Después de mucho esfuerzo pude sortéalos a todos y al fin entrar a mi local de trabajo, en donde nada más cruzar la puerta tuve ganas de volver hacia atrás, pues son cientos los mensajes de felicitaciones, regalos y el teléfono que no para, la pobre Janneth está de los nervios. Entro corriendo a mi despacho y me pongo a trabajar como un autómata intentando no pensar en nada que no sea el trabajo. Al mediodía me sorprende la presencia de mi madre, que entra autoritaria por la puerta de mi despacho y se sienta delante de mí. Me preocupo al verla aquí.

—Perdóname por haberte pegado. No pensé, solo actué. —Sé que le dolió más a ella que a mí—. Me dolió mucho ver a Rosita sufrir por tu culpa.

—Mamá, ella no podía tener hijos. Estará embarazada, aunque no de mí, porque no la toco desde hace meses. El contacto más cercano que tuve con ella fue cuando lo dejé con Tania María y me emborraché.

—¡¿De verdad eres tan tonto?!

—Pero ¿qué hice ahora? —pregunto desconcertado.

—¡Otra vez no puede ser, Bruno…!

—Mamá, se más explícita porque no me entero.

—Tienes suerte de que esta chica tenga una fortaleza que ya quisieran muchos. Ella se fue a la universidad y de allí va a su trabajo en el hospital, y me mandó decirte que la esperes por la noche para que habléis. —Sin darme más datos se levanta y se va.

Pero no me importa, lo único importante es que podré explicarme. Esta noticia me devuelve la vida, no será fácil la charla que vamos a tener, pero es algo inevitable, y me agarraré a ello con toda mi vida. Imploraré si es necesario, le diré una y otra vez que es ella, siempre será ella la elegida para estar a mi lado.

Las horas no pasan, se arrastran, por más que miro no cambia, y lo peor es que no se trata solo de que acabe mi jornada laboral, que se cierra a la hora que yo quiera, lo peor es que tengo que esperar que termine la jornada de Tania María, que es sobre las once de la noche.

Silvia aparece por sorpresa en la discográfica irrumpiendo en las instalaciones, como si estuviera en su casa.

—Esto no puede seguir así.

—Fuera de mi despacho.

—Este bebé que estoy gestando es responsabilidad de los dos.

—No eludo mis responsabilidades. Al bebé no le faltará de nada, ahora tú, no te acerques a mí.

—Me haces daño, Bruno, ¿tan infeliz eres a mi lado?

—Silvia, cometí un error, vale, ¿quién en la vida no los comete? Pero tú nunca dejaste que me libere de la culpa. Y me haces cumplir condena perpetua.

—Destrozaste mi vida —grita histérica.

—Y ahora te estás encargando de hacer lo mismo con la mía.

—¿Tener un hijo es destrozarte la vida? Olvídate de apartarte de mí, Bruno. Te voy a conquistar y seremos una familia, y cuando este niño nazca, viviremos felices los tres. Sé que no hice las cosas como se debía, pero tú no eres ningún santo, dame una oportunidad para demostrarte que he cambiado.

—Es tarde…. Quiero el divorcio. —Silvia me mira desencajada, se tambalea y se sujeta en la mesa. Me preocupo y me acerco a ella, pero se recupera rápidamente.

—Olvídalo, no te lo voy a dar. Seremos una familia, mi amor. Te voy a conquistar.

Dice esto y sale al más puro estilo diva de Hollywood. Me siento nuevamente y sigo con mi trabajo, contactaré con mi abogado para que prepare los papeles del divorcio. La decisión está tomada, no hay marcha atrás.

Estoy en duda entre ir a por Tania María a la clínica o ir directo a nuestro hogar, deseo verla, saber cómo se encuentra, no quiero perder ni un solo día de estar a su lado, su tripita empieza a salir y no quiero faltar ni un momento. Después de mucho deliberar con mi conciencia y la razón, llego a la conclusión de que lo mejor es hacer lo que ella me ha mandado, que es esperarla en nuestro hogar.

Gracias a los cielos, la espera no se hizo muy larga, aparece enseguida con uno de sus vaqueros raídos, una sudadera y unas converse, haciéndose ver más joven todavía. Yo a su lado no paso de un viejo verde enamorado hasta las trancas.

Nuestras miradas se encuentran y se detiene el tiempo, ninguno se atreve a moverse, a romper la calma que precede a la tempestad. La miro detenidamente buscando a la niña que conocí unos meses atrás y no la encuentro. Ya no existe, en estas casi cuarenta y ocho horas terminé de hacer desaparecer los últimos resquicios que había de la dulce y tierna Rosita, ahora tengo delante a una Tania María que es una mujer segura de sí, y me da miedo ver en sus ojos lo determinada y segura que está, ojalá me deje explicar. La persona que tengo delante es toda una mujer en el cuerpo de una niña, su mirada me está diciendo que no me va a poner fácil.

En un arranque de valentía camino hacia ella, que interrumpe mis intenciones de manera tajante poniendo las dos manos en mi pecho y empujándome hacia atrás, obligándome a retroceder.

—Me engañaste, me dijiste que no tenías nada con ella, que yo era la única, y ahora ella también está embarazada. La pregunta es: ¿qué vas a hacer?

—No te he engañado, pequeña, te lo puedo explicar.

—No quiero explicaciones, contesta a mi pregunta.

—Esta pregunta ya te la contesté hace mes y medio atrás. Lo que voy a hacer es casarme contigo y criaremos juntos a nuestro bebé. No será fácil, hoy le pedí el divorcio y ella me dijo que no me lo dará.

—Ella te quiere.

—Pero yo no la quiero a ella, te quiero a ti.

—Entonces, ¿cómo me explicas su embarazo?

Cómo narices puedo contestar a esta pregunta cuándo ni yo mismo sé la respuesta. Mi madre tiene una retorcida teoría, pero no sé si es lo que realmente pasó, aunque sea la única explicación plausible ahora mismo. Ojalá entienda lo que le voy a contar, porque hasta a mí me suena absurda la excusa de la bebida.

—No sé cómo decirte esto, pequeña. Fui un idiota, pero es la única explicación que hay. —Le cuento todo lo ocurrido en la noche en que ella me dejó, como me desesperé y me refugié en la bebida, y el final de la historia no hace falta que lo repita.

Tania María me mira sin derramar una sola lágrima. Mi corazón parece que me va a salir del pecho, preferiría que me gritara, que me pegara, a este silencio. Ya no puedo hacer nada más, a no ser cruzar los dedos y aguardar oír lo que ella tiene que decirme. Me escruta con la mirada de arriba abajo, dice que no con la cabeza, da pasos hacia atrás, mi alma abandona mi cuerpo cuando la veo tantear la puerta en busca del pomo, siento mi cuerpo temblar. Es el fin, la he perdido para siempre, qué será de mí sin mi pequeña fierecilla, una lágrima corre por mi mejilla, la recojo entre mis dedos, cierro los ojos para no desmoronarme, y sin que yo lo esperase se abalanza en mis brazos y me besa. Mi alma volvió a mí, vuelvo a la vida, por un momento llegué a creer que la había perdido.

—No te preocupes, mi amor, esperaré, encontraremos una solución a todo esto —digo llorando.

—Hasta cuándo voy a tener que esperar, no ves que quien mueve los hilos de tu vida es ella —dice mirándome a los ojos—. Te quiero, pero mi hijo siempre estará en primer lugar, y si esto nos va a hacer daño a los dos prefiero dejarte yo.

Aunque sus palabras me duelen, sé que tiene toda la razón. Vuelvo a besarla con desesperación, deseo borrar estas terribles palabras de sus lindos labios. La abrazo, ella sin conocer la historia que me tiene atado a este matrimonio, ya conoce mi triste vida. La retengo entre mis brazos, no me apartaré de ella, iré a por mi perro y no saldré de su lado. No le faltará nada a Silvia, pero es aquí en donde quiero estar.

Los móviles de ambos empiezan a sonar rompiendo la magia, nos separamos corriendo y cada uno cogió su aparato. Nos asusta que nos llamen a estas horas de la noche, y más siendo los dos a la vez, a mí sí que puede ocurrir, pero a ella, seguro no nos augura nada bueno.

Cuando el interlocutor del otro lado me da la noticia de lo ocurrido, tiro mi móvil al suelo, y voy a por Tania María, que no reacciona. Las lágrimas salen de sus ojos a borbotones, tiene la mirada perdida, su cuerpo tiembla, no sé qué hacer, si atenderla o buscar más información. La acuno en mis brazos, quisiera decir que todo va a estar bien, que no va a pasar nada, pero no puedo hacerlo, no está en mis manos. Ella empieza a decir que es mentira, que esto no puede ser, que no está pasando. Escuchó los gritos desesperados de mi madre al otro lado de la línea. Vuelvo y recojo el móvil del suelo, y hablo con ella, que toma el mando de la situación, diciendo que la ambulancia ya está de camino, y corta la llamada.

Desesperado, me llevo las manos a la cabeza caminando de un lado a otro. Silvia, no puede pasar por esto nuevamente. Ella no lo soportará.

Doy un beso en Tania María y salgo corriendo en dirección al hospital en que mi madre dijo que estaría siendo llevada.

Entro corriendo en el hospital, soy recibido por mi madre y mis amigos, los amigos de Silvia llegan enseguida. El único que no aparece, ni tampoco nadie pensó en llamar es su padre. En cuestión de minutos, la puerta del hospital está llena de fans con pancartas interesados en saber lo que pasa a su ídolo. No les podemos decir nada, puesto que nosotros tampoco sabemos qué ha ocurrido.

El tiempo en las salas de espera de los hospitales no pasa. Se nos está haciendo eterno, los minutos no pasan, vemos pasar enfermeras y médicos de un lado a otro, pero nadie nos dice nada. Llevamos casi dos horas cuando una médica entra preguntando por los familiares de Silvia Collins, todos nos levantamos y la rodeamos, la doctora nos tranquiliza diciendo que Silvia y el bebé están fuera de peligro. Todos respiramos aliviados, hasta mi madre respira más tranquila con la noticia.

La médica nos explica que ella sufrió un pequeño sangrado, y que gracias a que fue trasladada rápidamente al hospital pudieron salvar al bebé, pero que de ahora en adelante tendrá que estar en reposo absoluto, y la noticia bomba viene después de las recomendaciones, su embarazo es de alto riesgo. Ya no escucho nada más, una vez más estoy atado a ella. ¿Y si la dejo y por el disgusto ella pierde la que quizás sea su última oportunidad de ser madre? No podría convivir con ello. La médica sigue diciendo una serie de cosas que no me entero.

Veinticuatro horas después, Silvia tuvo el alta. No sé si me alegra su alta o no, durante el tiempo que ella estuvo ingresada fui hasta mi casa y hablé con Tania María, que conocía la noticia, le omití algunos detalles que ya encontraré la manera de abordarlos más adelante. Ella me apoya y manda que me quede al lado de Silvia en estos momentos. No me he portado como a un caballero con Silvia, pero no soy un monstruo para poner en riesgo la vida del bebé.

La médica me dice todo lo que ella puede y no puede hacer, los cuidados que tengo que tener con ella, y las dos principales recomendaciones son: no sufrir disgustos y no quedarse sola por si tiene otro sangrado y debe ser atendida de inmediato.

Miro a mis amigos y a mi madre, que me animan a seguir a la médica hasta la habitación en la que ella se encuentra.

Me acerco hasta su cama y le acaricio la cara. Ella me regala un intento de sonrisa.

—¿Cómo te encuentras? —A falta de saber qué decir.

Ella empieza a llorar y a culpabilizarse por la casi perdida del bebé, por más que le digo que se tranquilice, es imposible. Tanta es su desesperación que llamo a la enfermera, que le advierte que si no se tranquiliza la va a sedar y tendrá que pasar otras veinticuatro horas ingresada y sin recibir visitas.

—Bruno, no te vayas de mi lado.

La enfermera le echó algo en el suero y me echa de la habitación, cosa que agradezco.

Nada más salir, me encierro en el baño y llamo a Tania María. Necesito oír su dulce voz. Ella, una vez más, demostrando la enorme fortaleza que tiene, me ordena que sea fuerte y que siga donde estoy, y que no permita que nada malo pase al bebé.

Sus últimas palabras antes de despedirnos me llenan el corazón.

«Cuando todo esto termine, estaremos juntos y seremos una familia, pero ahora cuídala, no te preocupes por mí, estaré bien».

Las lágrimas caen de mis ojos, yo debería estar cuidando de ella, y es ella quien está cuidando de mí. No sé cómo voy hacer para estar con ella ahora sin terminar de destrozar lo que queda de Silvia, la pelirroja tímida e inocente que vi por primera vez en aquella fiesta se transformó en mi mayor pesadilla.

Si hubiera podido, habría salido corriendo hasta ella y no me separaría nunca de su lado, me es difícil creer la suerte que tengo de tener a una persona tan buena, fuerte y dedicada a mi lado. Después de hablar con ella, salgo del baño, me dirijo a la sala de espera en donde hay toda una comitiva aguardándome para que les cuente todo lo que pasó en la habitación. Les mando que se vayan a casa descansar, no hay nada que podamos hacer aquí, de nada sirve que estemos todos pasando una mala noche en estas incómodas sillas. Los amigos de Silvia, después de mucho protestar, se marchan. Yo podía haber pasado la noche en la habitación junto a ella, hay una cama habilitada para mí, pero prefiero quedarme con mi gente, les digo lo que ocurrió y que ahora ya no sé qué va a pasar.

Ordeno a nuestra jefa de prensa que emita una nota informando del estado de salud de Silvia y del bebé para que la gente se vaya a sus casas a descansar tranquilamente.

Por fin consigo que todos se marchen, quedando solo mi madre y yo, que aprovechando que estamos solos hablamos largo y tendido de la discusión que tuve con Silvia, de la charla que tuve con Tania María, intentamos entre los dos encontrar una salida que no apareció por ningún lado. Mirara por donde mirara, Silvia me tenía atado a ella. Si yo la dejo en estos momentos, no quedaría nada de mí, la prensa y sus fans me destrozarían y a la persona que esté a mi lado.

La médica nos informa sobre el estado de Silvia, y nos comunica lo que ya sabíamos, que tendrá que estar ingresada otras veinticuatro horas. Encubierto por mi madre, me escapo del hospital y voy a ver cómo están mis dos amores.

Entro sigilosamente y la encuentro en nuestra cama abrazada a mi almohada, me quito la ropa y me tumbo a su lado, acerco mi cuerpo al suyo, le doy un beso y la abrazo muy fuerte.

Mi pequeña siente mi presencia y empieza a frotar su menudo cuerpo en el mío, encendiéndome, le ordeno que pare, la muy granuja se hace la dormida y sigue con su plan de seducción, que está funcionando de maravilla.

Le hago el amor dulce y pausadamente, disfrutando de cada rincón de su cuerpo, de su calor y de sus gemidos.

Por la mañana voy a la cocina y le preparo el desayuno. Deseo mimarla, sorprenderla con el desayuno en la cama, pasear con ella agarrados de las manos, juntos escoger la habitación de nuestro bebé.

Al entrar en la habitación me la encuentro con el móvil en la mano.

—¿Quién te llama?

—Solo estaba consultando la hora —dice esquiva.

No me creo ni una sola palabra, creo que es el chico con quien salió, que la está acosando, pero no me inmiscuiré en eso ahora, más adelante ya hablaré con ella. Ya me empiezo a cansar de esta situación.

Pasamos un par de horas más juntos hasta que ya no pude más y tuve que regresar al hospital. Mi madre me llama diciendo que tengo que estar allí, la gente ya empezaba a comentar mi ausencia, no que me importa lo que diga esa gentuza, solo voy porque no quiero que Silvia se disguste y ponga en riesgo la vida del bebé.

Llego al hospital y veo un tumulto en la entrada, me acerco para descubrir qué es lo que está pasando, y al ver el causante de dicho tumulto desee no haber salido de mi apartamento, mi suegro, que nunca pierde la oportunidad de hacer campaña política a costa de su hija y la mía, está dando una entrevista, al verme viene hasta mí haciéndose el abuelo orgulloso y preocupado. Me dedico a decir a los reporteros que Silvia pasó bien la noche, que ella y el bebé están bien y me voy sin mirarle a la cara, soportaré a su hija, haré su juego hasta que nazca el bebé, pero ya no aguantaré a su padre.

Antes de que entrara en la zona de maternidad, mi suegro me tira del brazo y me lleva a una zona en donde nadie nos pueda oír.

—No te pases de listo conmigo, delincuente.

—Soy tan delincuente como usted —le contesto en el mismo tono.

—Tenemos amigos en común que te pueden hacer mucho daño, así que sígueme el juego porque si tú me jodes, yo te jodo —me amenaza por enésima vez.

—Eres un desgraciado, puedes destruirme, pero acuérdate que junto a mí va tu hija.

—Ella no me importa lo más mínimo.

Le lanzo un puñetazo, pero él es más ágil de lo que imaginaba y esquiva el golpe.

—Lo único que quiero de ella es su vulgar popularidad. Ella es una desgraciada como lo fue su madre.

—Haga lo que le venga la gana, la deuda que tenía con aquel hombre ya fue saldada.

Arranco mi brazo el cual había vuelto a agarrar, y me voy al encuentro de los míos, que nada más verme vienen preguntar qué me ha pasado, ya que según ellos tengo mala cara. Los tranquilizo diciendo que estoy bien, y les pregunto si hay noticia de Silvia. Mi madre me avisa que está despierta y que desea verme, le doy un beso y me dirijo a la habitación. Silvia, al verme, monta uno de sus súper números diciendo delante de la enfermera que me ha echado mucho de menos y que lucharía con todas sus fuerzas para que no pase nada a nuestro tan buscado bebé. La enfermera nos regala una sonrisa y nos felicita, y afirma que hacemos una pareja perfecta.

¡Si ella supiera!

Ya ha pasado una semana desde que Silvia tuvo el alta médica, no tengo tiempo para nada, ella me solicita para todo. No quiere a nadie a su lado, si antes era una caprichosa, embarazada no hay quien la aguante. Llevo cuatro días sin poder pasar a ver a Tania María, solamente puedo hablar con ella por teléfono y esto en contadas ocasiones, ya que la mayoría de los días me he quedado en casa. Silvia lo está pasando muy mal, dos veces la encontré desmayada en la habitación, nada se queda en su estómago y por consejo de mi madre estoy quedándome con ella, aunque me plantee contratar a una enfermera para cuidarla y hay momentos en los que me arrepiento de no haberlo hecho. Ella no está desaprovechando un solo segundo, está todo el tiempo intentando seducirme, la tengo pegada a mí como una lapa. Todos me aseguran que una vez pase el primer trimestre esos achaques se quitarán, tengo a dos mujeres embarazadas y son totalmente diferentes; una estudia, trabaja, cuida a un hermano invidente, y la otra que todavía no sé cómo se quedó, pero que mi madre asegura que se aprovechó de mí cuando yo estaba borracho, no es capaz de ir al baño sola.

Me siento encarcelado. Mi único momento de distracción es cuando salgo a pasear con mi perro y así puedo hablar tranquilamente con mi pequeña sin tener que estar pendiente de que Silvia aparezca detrás de mí como un fantasma. Nunca sé cuándo va a salir de la nada, con uno de sus numeritos. Hasta el paseo con mi perro es difícil, cada vez que cojo la correa para salir, pasa algo.

Su padre ahora ha decidido pasar unos días al lado de su querida hija embarazada, daría mi fortuna por saber qué se trae este hombre entre manos. Mi casa es una casa de locos, ya que andamos todo el tiempo uno escapando del otro.

Tengo que salir de casa hoy como sea, pues le toca la revisión a Tania María, pero ella se cree que no me acuerdo y le pidió a mi madre que no me dijera nada, para que yo no me empecine en acompañarla, esas fueron las palabras que mi madre dijo que ella utilizó. No hay fuerza en la tierra que me impida oír el latido del corazón de mi bebé. Entre ambos, decidimos no querer saber el sexo, sea lo que sea lo amaremos con nuestra alma, aunque me hace ilusión que sea un varón.

Deseo participar en todo, no veo la hora de que el mes que le falta a Silvia para pasar el primer trimestre pase, y así poder verme libre de la cárcel a la que estoy sometido.

Mi madre está junto a Tania María en la clínica aguardando a la doctora Obrey, que sigue atendiéndonos fuera del horario para no llamar la atención.

Cuando ambas me avistan, mi pequeña se queda parada en el mismo sitio y se echa a llorar con la mano tapando su bello rostro, ¡no comprendo lo que está pasando! Creí que ella se iba a alegrar de verme aquí, jamás imaginé que se pondría triste con mi presencia, le digo rápidamente que, si no me quiere aquí, me voy, aunque me duela me iré. Ella tiene todo el derecho del mundo de no quererme a su lado en estos momentos, yo no sé si podría vivir sabiendo que está al lado de otro, y que yo no pudiera llegar hasta ella, y es justo esta mierda que ella vive. Ella sale corriendo hasta mí y se tira en mis brazos. Esto ya se está transformando en una tradición, y me encanta.

—Por favor, no te vayas.

—No me iré a ningún lado, a no ser que tú me lo pidas.

—Jamás te pediría esto.

—No me perdería escuchar el corazón de nuestro bebé por nada del mundo.

El móvil de Tania María suena. Ella se pone nerviosa, se excusa y se va al baño dándome la oportunidad de preguntar a mi madre qué está pasando.

—Hijo, no sé qué le pasa, cada día la veo más apática. Ella ya le contó a s u hermano que está embarazada, los dos llevan un par de días sin hablarse. Él exige saber quién es el padre del bebé, y ella se niega a decirle. La discusión entre ellos fue muy acalorada.

—Lo mataré, con todo lo que ella hace por él.

—Ella no está nunca sola, los compañeros de la universidad, los amigos de su antiguo barrio y algunas personas a las que no conozco la visitan asiduamente, pero aun así la veo preocupada.

—Mamá, no sé qué puedo hacer, me hubiera gustado estar a su lado cuando se lo contó, me hubiera gustado poder decir soy yo el padre y lo criaremos juntos. —Tengo que dejar de hablar ya, porque ella aparece con los ojos vidriosos de haber llorado.

—¿Con quién hablas? ¿Por qué lloras? —la interrogo exaltado.

—Era mi hermano.

La envuelvo entre mis brazos de forma cariñosa.

—Lo siento por no haber estado.

—Yo lo quise así, no quería a nadie conmigo, ya no podía ocultarle más. Mi barriga ya se nota, sé que cuando se le pase la rabia se pondrá muy contento.

La doctora nos confirma que nuestro bebé está bien y la cita para dentro de un mes.

Las dejo en casa de mi madre, ya que su hermano no quiere compartir techo con ella, quise ir a hablar con él, la casa es de ella, pero no me lo permitió, dijo tajante que este es su problema, que no me inmiscuyera.

Vuelvo a mi cárcel privada.

Entro sin hacer ruido y voy directo a mi habitación, estoy apoyando a Silvia en todo lo que necesita, pero las cosas entre nosotros no es que sigan igual, es que son peor que antes, porque antes no me costaba fingir jugar las casitas, ahora sí. No aguanto su presencia, odio esta casa, odio los recuerdos que me traen, no tengo bonitas vivencias aquí, aunque en mi acuerdo pre matrimonial esta casa era mía, se la dejaré a Silvia sin miramientos, la odio, las paredes me asfixian, lo único de esta casa que me sigue haciendo feliz es mi mini estudio, cuando me meto allí me olvido del mundo, ese lugar me da paz, me da serenidad para crear, para dar voz a mi música, a mis reivindicaciones que ahora casi todas las rimas hablan de lo mismo, la libertad.

Tanta reflexión me deja nostálgico, me pongo mis cascos y me meto en la cama a oír rap aprovechando que nadie me solicita.

Me asusto cuando entra una Silvia sin color gritando que tengo que ayudar a la gente, que la gente nos necesita, no entiendo nada de lo que está diciendo. Ella me grita que ponga la tele, la enciendo, al mismo tiempo que mi móvil empieza a sonar. Lo tomo en las manos y miro a la tele a la vez. Cuando veo la noticia, recojo la camisa, me calzo las zapatillas, Silvia me entrega la billetera y salgo por la puerta desesperado. Qué puede haber pasado, las reformas fueron contundentes, ojalá no haya heridos, en aquel local hay centenares de personas necesitadas. Antes de que pueda arrancar el coche, oigo la voz llorosa de Silvia pidiéndome que la mantenga informada, entiendo su preocupación, ella era una de las pocas benefactoras que tenía aquel hospital antes de que ella nos llevase hasta ellos. Tania María debe de estar destrozada, su sueño es formarse como médica, para trabajar allí de voluntaria en sus horas libres.

De camino al hospital llamo a mi madre desde el manos libres y le pregunto dónde está Tania María, ella me tranquiliza diciendo que está con ella y su hermano de camino al hospital. Como me imaginaba, ellos también lo saben.

Los accesos alrededor al hospital están cortados debido al gran incendio que se está produciendo en el ala de consultas externas, gracias al cielo que a estas horas no se pasa consultas, y por esto no se contabilizan heridos, por lo menos esto creo. La gente está siendo evacuada en ambulancias por la gran humareda que se está produciendo, como se trata de un hospital de caridad no hay apenas prensa cubriendo el incendio. Mi madre y mis amigos llegaron a la vez, me quedo con el corazón destrozado al ver cómo los hermanos lloran abrazados a otras personas a las cuales no conocemos. Me muero de ganas de acercarme a ella y darle consuelo, aunque ella nunca quiere hablar de su voluntariado, sé que aquí ella conoce a mucha gente a quien aprecia de verdad.

En medio de tamaña confusión, mi madre se hace mi portavoz y va hasta ella a interesarse por su estado de salud y el de su hermano.

Cinco horas después, el fuego está totalmente extinguido y los pacientes del edificio aledaño que podían caminar empiezan a volver. Hubo algunos que tuvieron que ser ingresados en otros centros, ya que no podían estar desconectados. Cuando la directora del centro aparece, Tania María, llorando desconsolada, sale corriendo hacia ella. Yohana la abraza evitando que se cayera al suelo. Yo, junto a mi madre, corro hasta ella. Unos paramédicos llegaron antes de nosotros y la metieron en una ambulancia y se la llevaron al hospital al que estaban siendo trasladados los enfermos que no podían quedar sin atención. Tomo a Fernando José del brazo, lo meto en mi coche y sigo la ambulancia que se dirigía a un hospital público. Llamo a mi madre, que la acompaña y le digo que haga lo que sea necesario, pero que la lleven a una clínica particular.

—¿Eres tú el padre del bebé de mi hermana? —pregunta Fernando José. Miro al chico de ojos grandes y sin vida que tengo a mi lado, tomo aire.

—Sí, soy yo el padre del bebé que espera tu hermana. —Él no dice nada, se queda en completo silencio.

—Dime algo, Fernando José, no te quedes ahí callado.

—¿Qué quieres que te diga? Que eres un desgraciado, que destrozaste mi familia, que mi hermana era una chica feliz y que desde que entraste en nuestra vida ella ya no sonríe, que la corrompiste, la transformaste en tu… —No le permito que termine la frase, porque si él la insulta delante de mí me olvidaré de que es su hermano y que es invidente, y le partiré la cara.

—Por el respecto que te tengo a ti te diré que me casaré con ella, y nunca, me oyes bien, nunca la insultes o le faltes al respeto, y menos delante de mí, porque puedo no ser tan considerado como lo estoy siendo ahora. Me he enamorado de ella, ¿y qué?.

—¿Y qué? ¿Y qué? Eres un puto viejo. Mi hermana solo tiene diecinueve años. Es una niña y está embarazada de un desgraciado que está casado y que su mujer también está embarazada.

—Sí, tienes razón en todo lo que estás diciendo, pero no está en tus manos. Ella es adulta y quiere estar conmigo, así que acéptalo, y no seas egoísta y le hagas sufrir más de lo que ya está sufriendo.

Fernando José se derrumba y empieza a llorar a mi lado. Sus hombros tiemblan a causa de los sollozos.

—Mi hermana no se merece ser la otra de nadie.

Sus palabras, que empezaron siendo inconexas, y no podía comprenderlas, se van transformando en gritos e insultos. Si tuviera la ventanilla abierta los coches de al lado lo escucharían todo. Lo dejo que se desahogue, tiene todo el derecho.

Aumento la velocidad, necesito saber cómo se encuentran ambos. Fernando José me pide que disminuya la velocidad, le digo que no puedo, que tengo que llegar ya, que necesito saber cómo están mi mujer y mi hijo. Él empieza a gritar que pare, lo miro y veo que está entrando en pánico, paro el coche en el arcén y le pregunto qué le está pasando. El chico está hiperventilando, no es capaz de hablar, grito de frustración, no sé qué hacer. Cojo el móvil y le digo que voy llamar a una ambulancia. Temblando, marco el número de emergencias, ruego que no le pase nada a mi cuñado, y menos en mi compañía, cuando por fin me cogen la llamada y empiezo a pedir la ambulancia, Fernando José reacciona y me pide que no lo haga, me pide que cuelgue y lo lleve junto a su hermana. No lo pienso dos veces, no hay nada que desee más en este momento que estar junto a ella. Confirmo con él que se encuentra bien y arranco.

Ayudo a mi cuñado a bajar del coche y lo arrastro por todo el hospital en busca de mi familia. Mi madre es la primera en verme y viene a mi encuentro. Le pregunto sin preámbulos cómo se encuentran. Me dice que nos toca esperar para que nos den noticias.

No tengo la intención ni la paciencia para eso, me voy a recepción, exijo a gritos a la chica que se encuentra en el mostrador para que busque a alguien a que nos dé noticias. Mi familia me saca a rastras de delante de toda esta gente, que ya empieza a sacar sus móviles para grabarme. Camino de un lado a otro, mi móvil no ha dejado de sonar, no lo cojo, sé perfectamente quién me está llamando y no me interesa hablar con ella ahora.

Mi gente empieza a tirar de contactos para intentar descubrir qué ha pasado en el hospital. Los bomberos nos dijeron que todavía era muy pronto para apuntar a una causa en concreto, que tendría que esperar el informe del perito. Les digo que no se escatime en gastos, quiero saber ya qué es lo que ha ocasionado aquel brutal incendio obligando a desalojar a las personas que allí se encontraban.

La directora del hospital que se incendió llama a mi madre y le comunica que hay cuatro pacientes que se encuentran en estado crítico y deben de ser trasladados urgentemente a un centro en donde puedan recibir las atenciones necesarias o los perderemos. Sus vidas corren peligro, ella pregunta a la mujer en dónde están ingresadas estas personas. No sé cuál fue su contestación, solo oigo a mi madre ordenar que los traslade a un hospital particular y que no se preocupara por la factura. No hago ningún comentario, mi madre sabe perfectamente que esta sería mi decisión.

El médico pregunta por los familiares de Tania María. Nos levantamos todos a la vez, el médico al reconocerme me ignora, dando por hecho que no soy su familiar, mi madre toma a Fernando José de la mano y lo conduce hasta el médico.

—¿Cómo esta mi hermana, doctor? Somos solo nosotros dos.

—No te preocupes, ella está bien, tuvo una fuerte crisis de ansiedad, pero no corre ningún riesgo. —Las palabras del médico me quitan el peso que llevaba encima.

El médico nos iba a empezar a explicar algo, cuando sentimos un revuelo de voces detrás de nosotros. Miro hace atrás para ver quien está causando tamaño desorden dentro del hospital y descubro a Silvia, sin maquillaje, amparada en su amiga la acosadora que la consuela. Nada más verme, se suelta del brazo de su amiga y corre hacia mí llorando, y empieza a preguntar por la gente del hospital. Me sorprende saber que ella, conoce a algunas de las personas del hospital por sus nombres, los reporteros son los que están como locos al ver a Silvia aquí y en este estado de sufrimiento. Ella al ver a Fernando José se acerca a él, le da un fuerte y tierno abrazo y le expresa sus buenos deseos a Tania María para que se mejore pronto. Yo parezco estar viendo una película en blanco y negro que pasa delante de mis ojos. Una vez más Silvia giró las tornas en su favor y está haciéndose la mártir encima del dolor de los demás. Cansado de su hipocresía, la tomo del brazo y la aparto de mi cuñado.

—¿Se puede saber qué haces aquí? Llevo horas llamándote y no me coges el teléfono.

—¡Será porque no quiero hablar contigo!

—Vi en directo cómo esta pobre niña se desmoronaba. Me sorprendió saber que estaba embarazada como yo. Me preocupé mucho, llamé a Kisha para que me acompañase hasta aquí.

—De acuerdo, ya viste lo que hay. Ahora vete para casa, que este estrés a ti no te viene bien.

—Me quedaré aquí contigo.

—Ya estamos trabajando para descubrir lo que ha pasado. Dentro de poco estaré en casa con vosotros. —Decido jugar a la carta de marido amante amantísimo para quitármela del medio, cosa que no funciona.

—Sé que quieres mucho a este chico y su hermana. Ellos no tienen a nadie, así que solo nos iremos de aquí con ellos junto a nosotros.

—¿Qué estás diciendo?

—Sí, mi amor. Vamos a llevarlos a nuestra casa, no podemos dejar que estén solos en el mundo. Solo son dos críos de diecinueve años, y deseo ayudarlos.

Por un lado, me muero de la alegría de saber que podía tener a mi fierecilla bajo mi techo, pero por otro me aterra. No soy capaz de estar a su lado sin poder tocarla, no sé qué hacer, pido a Silvia que me espere junto a su amiga y voy preguntar al médico si puedo pasar a ver a Tania María.

Mi sorpresa es cuando él me notifica que tengo la entrada prohibida. Le pregunto el porqué y el médico me mira con cara de circunstancia y dice lo siento, y se marcha. Veo que Fernando José entra en la habitación. Le pido a mi madre que entre detrás de él y descubra qué está pasando. En un principio ella se niega diciendo que es cosa de familia, que ellos tienen que entenderse solos. La amenazo con irrumpir la habitación, le digo que me da igual que Silvia y la prensa estén aquí, yo quiero saber por qué ella no quiere verme cuando por la mañana estábamos bien. Hace algunos días que no nos veíamos, que apenas hablamos por teléfono, pero todo parecía ser normal.

Al fin consigo que mi madre entre en la maldita habitación, yo me quedo en la puerta caminando de un lado a otro desesperado. Silvia aparece a mi lado abrazándome, ella en su intento de tranquilizarme me dice:

—He hablado con Fernando José, y le dije que no estará solo. Le dije que se vendrá con nosotros.

—Estás loca, no podemos hacer esto.

—¿Por qué no? Ayúdame a convencerlo.

Mi madre sale de la habitación y me busca con la mirada. Me voy a su encuentro y la invito a un café para que podamos tener algo de privacidad. Una vez en la cafetería las noticias no son halagüeñas, me dice sin preámbulos.

—Tania María no quiere verte más, y dijo que, si insistes en acercarte a ella, te denunciará por acoso. —La taza de café que tenía en las manos se me cae y se hace mil pedazos.

Capítulo 20

—**B**runo, que te vayas y olvides de mi hermana, no la busques. Déjala vivir su vida.

—Eso es imposible, no puedo vivir sin ella —digo desesperado—. ¿Qué pasa? ¿por qué se niega a verme?

—Ella no te quiere. —Sé que Fernando José está mintiendo. Algo pasó para que cambie de idea.

—¿Por qué no quiere darme una mísera explicación? —Sé, que no tengo el derecho de exigirle, pero ahora mismo mi cordura me ha abandonado—. Solo quiero saber qué ha cambiado en estas horas, qué he hecho para que me eche de esta manera de su lado.

Mi madre, al verme perdiendo los papeles, se acerca a mí y me ordena que me vaya ahora mismo, que busque a mi esposa y que desaparezca, me niego en rotundo a irme. Me recuerda que estoy poniendo en riesgo el trabajo de cientos de personas con mi actitud irresponsable. Acepto marcharme. Resignado, voy a por Silvia, que está en la sala de espera junto a su amiga.

De camino a la sala, pienso que no la voy a dejar aquí sola y me doy media vuelta. No puedo abandonarla. Mi madre, al verme volver, me amenaza con llamar a mis amigos para que me saquen de aquí a rastras. Sé que habla en serio, aunque me duela en el alma es lo mejor que puedo hacer por todos, sé que algo grave está pasando, no es el momento de presionarla, espero que cuando este más tranquila me lo diga. Llevo meses esperando a que me cuente cosas sobre su vida, sobre su día a día, estoy locamente enamorado de una mujer de la cual no sé prácticamente nada todo son conjeturas.

Camino cabizbajo hasta la sala de espera, en busca de Silvia, que nada más verme viene a mi encuentro y me pide que nos vayamos. Ahorrándome el trabajo de tener que dirigirle la palabra,

la cojo de la mano y empiezo a caminar, arrastrándola en dirección a la salida. De momento, ella se para bruscamente.

—¿Qué te pasa? —Me preocupo por el bebé, ella rápidamente me tranquiliza.

—Está todo bien. Solo necesito hacer una cosa.

Me deja parado en medio del pasillo, para volver sobre nuestros pasos. A los pocos minutos, la veo volver trayendo a Fernando José de la mano, en su rostro veo reflejado el disgusto por estar cerca de ella.

¿Qué está haciendo esta mujer ahora? ¿Por qué trae a rastras al pobre chico?

Mi madre aparece detrás de ella hecha una furia.

—Las cosas no se hacen así. Él es mayor de edad, ya puede decidir por él mismo.

—Solo miro por su bien —contesta Silvia.

Las dos empiezan un caluroso intercambio de palabras en donde lo que está en juego por lo que puedo entender es la tutoría de Fernando José, que parece un niño asustado entre las dos, y no se atreve a decir nada. Cansado de verme en medio de esta absurda discusión, mando que se callen.

—Fernando José, ¿dónde te quieres quedar?

—En mi casa. —Su contestación no puede ser más clara.

Aún sin entender muy bien a qué viene todo esto, cojo las riendas de la situación y le explico, que dado a la situación en la que se encuentra, no puede quedarse solo de momento, pero que él tiene la última palabra de dónde quiere quedarse. En mi casa o en casa de mi madre. Silvia, que está obsesionada con la seguridad del chico, no deja de insistirle en que se quede con nosotros en nuestra casa. Tanta es su insistencia que el chico accedió a su petición y se viene junto con nosotros, la situación no podría ser más incómoda, no sé por qué acepta.

Una sonriente Silvia, saca su móvil del bolsillo y llama al personal de servicio, sin importarle la hora, y les ordena que preparen la mejor habitación de invitados de la casa. Fernando José rápidamente le dice que no hacía falta, que no quería causar molestias. Me queda claro que estamos tomando la decisión correcta, cuando dice que estaba acostumbrado a vivir con poco. Había tanta humildad en las palabras del chico, que Silvia sintió el impulso de abrazarlo, cosa que me deja perplejo. Las únicas personas a las cuales yo la vi demostrar sentimientos puros son a sus amigos y por más que me fastidia decirlo, la otra soy yo, que soy el foco de todos sus mimos cuando quiere algo o cuando está en plan seductora. Verla en esta actitud tan pura con un desconocido enternece hasta el corazón del más duro. Sin darme cuenta, le cojo la mano y me la llevo a los labios. En mi gesto no hay connotación romántica, aunque seguro que en su cabeza ya está viendo cosas que no son.

Nuestra llegada a casa es algo bulliciosa, ya que teníamos a varios reporteros en la puerta, más los que nos siguieron a la salida del hospital. Silvia baja antes que yo y va al auxilio de Fernando José, que necesitaba un guía, ya que no conoce la residencia. Bajo la estupefacta mirada de los empleados de la casa que, al igual que yo, no se creen lo que tenemos delante de nuestros ojos, vemos cómo ella conduce el chico con paciencia y dulzura. Le indica cada uno de los obstáculos que tiene por delante, asegurando que mañana por la mañana ya no los tendría por allí, escoge la mejor ruta para enseñarle la casa. Es como si lo hubiera vivido en otras ocasiones.

Los dejo en el salón y me encierro en mi refugio, necesito estar solo y pensar en todo lo que pasó hoy. Me urge descubrir qué he hecho en las horas previas, a que mi vida diera tan radical giro.

Por más que me esfuerce, no consigo averiguar nada, y no soy capaz de quitármela de la cabeza ni un solo segundo.

No pude dormir en toda la noche. La cama se me hace enorme, las sábanas me pican en el cuerpo, la voz de mi madre transmitiéndome la voluntad de Tania María retumba una y otra vez en mi cabeza: Ella no te quiere ver....

Salgo de la cama a primera hora de la mañana, cansado de dar vueltas y no conseguir dormir. Bajo a la cocina, donde encuentro a toda mi familia reunida, les pregunto de mala gana qué hacen en mi casa. Sin hacer caso a mi desplante, mi madre nos cita en mi despacho, me pide tranquilidad consiguiendo justamente, el efecto contrario.

Silvia se apresura en despedirse. Sabe que mi madre nunca la incluye, no obstante, para sorpresa de todos, doña Rosy le dice que ella también debe estar presente, lo que es recibido por su parte con gran alegría.

Me muero por preguntarle a mi madre cómo se encuentra Tania María. Es la única persona que puede darme noticias de mi pequeña, pero no puedo arriesgarme a que Silvia descubra que soy el padre del bebé que espera mi fierecilla, y menos poner en evidencia a mi gente.

Nos adentramos en mi despacho, doña Rosy con una voz muy suave, pero firme dejando muy claro quién está al mando, nos ordena a todos, que nos sentemos. Ninguno nos atrevemos a contradecirla, aunque la impaciencia me esté comiendo. Mi voluntad es gritarle que se deje de tonterías, y que diga de una vez lo que tenga que decir, para poder salir corriendo hacia el hospital.

—No me andaré con rodeos, el incendio fue provocado —dice mi madre de repente.

No me gustan los rodeos, pero no me esperaba esta afirmación tan contundente.

—¿Pero por qué hicieron esto? —interviene Silvia asombrada.

—Todavía no sabemos nada oficialmente, pero por lo que me dijeron hay una constructora detrás de los terrenos.

—No me lo puedo creer —decimos todos a la vez.

Cómo la avaricia del hombre lleva al ser humano a hacer estas cosas sin importarle lo más mínimo el bienestar de los menos favorecidos. Los poderosos miran solo por ellos mismos, y usan todo su poder para conseguir aquello que quieren sin escatimar medios ni esfuerzos.

—Llamaré a mi padre ahora mismo. No podemos permitir que se salgan con la suya, hay gente que se está muriendo por culpa de algún avaricioso.

Mis amigos animan a Silvia a que haga la llamada de inmediato. Ella sale del despacho en busca de su móvil, vuelve a los pocos segundos y lo llama delante de nosotros, y entre lágrimas le cuenta todo lo sucedido y entre hipidos le implora ayuda. Me acerco a ella y la abrazo. No creo que su padre se involucre, ya que él solo mira por sus intereses. Pero no quise desilusionarla. Silvia empieza a temblar entre mis brazos. No pude oír la conversación, pero si oigo que ya no hay nadie en el otro lado de la línea, le doy un beso en la cabeza y tomo el móvil de su mano que quedo el aire. Mi madre, con la delicadeza que le caracteriza siempre que se trata de Silva, pregunta que le dijo, la contestación no me sorprende porque era la que yo esperaba: quc no le molestara que él está de viaje con su mujer. Cuando quiso continuar, la corté, ya había oído suficiente.

—Te prometo que encontraremos a los que están detrás de esto y les haremos pagar —le afirmo.

Terminada la reunión volvemos al salón, donde encontramos a Fernando José, que habla con su novia por teléfono. Silvia le da un beso en la mejilla y va a servirle el desayuno. Al pasar por mi lado, me pregunta entre susurros si vamos contarle la verdad sobre el ocurrido en el hospital. No sé qué contestarle, la verdad es que no había pensado en ello, ella se adelanta y me dice que no es justo ocultarle la verdad.

Con el apoyo de todos le contamos lo ocurrido, me sorprende la entereza con que recibe la noticia, es como si ya lo supiera. Únicamente nos preguntó si se había perdido a alguien, le contestamos que no, que, aunque hay cuatro personas graves, están recibiendo tratamiento. Después de nuestra contestación, sus palabras fueron que ojalá apresen, a los que cometieron este crimen. Se levanta y me pregunta si puedo ordenar a Tocha que lo lleve al hospital para estar junto a su hermana. Mi madre se ofrece a llevarlo, y yo alego que tengo que ir al hospital para hablar con el director sobre los gastos. Mi madre, para impedírmelo, afirma que eso ya está solucionado. La miro desafiante, pero no me queda otra que ver cómo ambos se marchan, y con la cara pegada al cristal, mirándolos partir dejándome de niñera de Silvia sin poder ir a ver a la mujer que quiero.

Las horas pasan y nadie dice nada, llamo a mi madre decenas de veces para que me dé noticias, y no obtengo respuesta.

Camino de un lado a otro desesperado, deseoso de salir corriendo en busca del motivo de tanto silencio. Silvia, con su don de la oportunidad, aparece de la nada.

—¿Qué te tiene tan preocupado?

—Déjame en paz, pareces un puto fantasma. No te quiero ver, no quiero oírte.

—Llegará el día en que te arrepentirás de todas estas humillaciones. Me pedirás de rodillas que te perdone. Y será tarde para escoger.

—Ya me arrepiento —le respondo, pero me guardo para mí, todo lo que realmente desearía decirle.

—No voy a esperar toda la vida, escúchame bien, un día tendrás que escoger o ellos o nosotros. —Y apunta a su inexistente barriga—. Porque este niño que crece dentro de mí no va a estar al lado de toda esa gente a la que desprecio. Los quiero lejos.

—¡Esta loca se cree que escogeré a ti antes que a mi familia!

—Ya veremos.

La dejo con sus maldiciones y me voy con mi perro. Camino durante horas junto a mi fiel amigo, bueno… no tan fiel, que se en mi contra y se posicionó al lado de mi fierecilla, que hace todo el camino a mi lado con la cabeza baja, sin ser el perro juguetón de siempre.

Entro por el portón de casa a la hora de cenar, estuve todo el día de paseo por ahí. No quise saber nada de Silvia ni de la discográfica, solo deseaba estar un rato a solas y lamer mis heridas. Veo el coche de mi madre aparcado, salgo corriendo acompañado por Bronx, que empieza a ladrar. Entro por el salón llamándola, y la encuentro con el teléfono en la mano a punto de llamarme.

—¿Dónde están todos? —me interroga.

—No lo sé, estuve todo el día fuera.

—No traigo buenas noticias. —Mi corazón me viene a la boca.

—¡Dime de una vez! ¿Qué es lo que pasa?

—Tania María tendrá que estar ingresada más tiempo. Está habiendo complicaciones en su embarazo.

No le hizo falta decirme nada más, salgo corriendo, tomo las llaves del coche y arranco sin mirar hacia atrás, conduzco como un loco hasta el hospital, me salto todas las normas de circulación, llegando a mi destino en la mitad del tiempo. Aparco de mala manera delante del hospital y me interno por los pasillos. Entro en su habitación sin miramientos, lo que encuentro dentro me desconcierta.

No, no puede ser, no me puede estar pasando esto. Qué hice mal en la vida, para tener que soportar todo esto. El guitarrista está sentado en la cama de Tania María y la tiene entre sus brazos llorando, sus amigas le acarician la espalda. Mis celos me nublan el juicio.

—Apártate de ella, todos fuera de aquí.

Tania María se aparta del guitarrista y nuestras miradas se encuentran. Por primera vez en todos estos meses veo en sus ojos odio, ni en los momentos en que fui un verdadero animal con ella vi tanto desprecio en su mirada.

Ordeno a sus amigos que nos dejen solos, pero mi autoridad y determinación se ven mermadas por la frialdad con la que soy recibido. Sus amigos la miran, a la espera de que diga algo, pero no mueve un solo músculo, tiemblo como un flan, ya desesperado grito:

—Largo… —Ella los mira y asiente con la cabeza.

En un principio el maldito guitarrista se niega en dejarla sola. Ella lo mira con ternura, le acaricia el rostro y le asegura que estará bien. Con insolencia, el chico pasa a mi lado, dándome un pequeño empujón con el hombro.

—¿Se puede saber qué parte del no quiero verte más, no entiendes?

—¿Qué ha cambiado en tan poco tiempo? ¿Qué hice para que me trates así?

—Desde que apareciste en mi vida todo a mi alrededor se desmorona, lo único bueno que me llevaré de esta relación es mi bebé. Todo lo que tocas lo estropeas, es despreciable la manera con la que tratas a tu mujer, eres un vende humos, pero a mí ya no me engañas. Olvídate de mí, mi hermano es uno más de tus productos, como estáis siempre presumiendo, y tendré que cargar con ello. Pero no te acerques a mí, porque si lo haces montaré un escándalo de tal magnitud que me oirán desde el otro lado del mundo y tu reputación quedará destrozada.

La miro con la boca abierta, hay tanta rabia, tantísimo odio. Pero no soy hombre de rendirme.

—Solo dime el porqué. Si tu contestación logra ser convincente, me iré y no volverás a saber más de mí, miraremos lo mejor para nuestro hijo, pero te dejaré en paz.

—Te irás de todas formas, todopoderoso rapero.

—¡Sí, soy el todopoderoso rapero! ¿Y qué? También soy el que te hace gemir de placer cada vez que estoy dentro de ti.

—Perdona que te corrija, es cuando estabas, pero esa niña tonta ya no existe.

—¿Te crees que fuiste la única mujer virgen que ha pasado por mi cama, te crees demasiado especial? No dejas de ser una más, eres igual de fácil que las demás. —Al ver su cara supe que me había pasado, que la había perdido para siempre, sin embargo, mi orgullo de hombre rechazado no me permitió pedirle perdón, aunque mi corazón lo deseaba más que nada en el mundo.

—Fuera de mi habitación, me das pena.

—Tú a mí más, ya vendrás a mí, pero encontrarás a otra en tu lugar.

Capítulo 21

Me siento vacío, mi cuerpo no responde, sus palabras iban cargadas de rencor, me arrepiento de cada palabra que le dije. Yo necesitaba hacerle el mismo daño que estaba sintiendo, y ahora quiero arrancarme la lengua por ello. Seguro que alguien la envenenó en mi contra aprovechándose de su dolor.

La última imagen que tengo de ella, la deseo borrar de mi memoria, en sus ojos había solo dolor y sufrimiento, y lo que más me asusta es que me tenía miedo. ¡Jamás le haría daño! Daría mi vida por la de ella y la de nuestro hijo.

Camino como un autómata hacia el coche, mi cabeza no razona y mi corazón se quedó en esa habitación. Miro sin ver, la entrada del hospital. Deseo volver a su lado, que ella salga por esa puerta corriendo, con su melena al viento, una risa cautivadora, y que se tire como siempre a mis brazos. Deseo con toda mi alma ver salir corriendo aquella pequeña mujer con su melena castaña casi negra al viento, su risada cautivadora, su espontaneidad natural y que se tire en mis brazos como ya venía siendo costumbre en ella, y me diga que fue un mal sueño.

Daría mi fortuna por verla sonreír nuevamente, pagaría el precio que fuera para comprar su felicidad. Si su dolor es por el hospital le construiré otro. Todo con tal de tenerla nuevamente, que todo vuelva a ser como era antes.

Golpeo el volante del coche desesperado.

Por algún motivo, que aún desconozco, sé que este es nuestro final, aunque lucharé, utilizaré cualquier artimaña para retenerla a mi lado, sin embargo, mi conciencia me dice que ya nada volverá a ser como antes.

Cansado de auto compadecerme, arranco el coche despacio, no quiero alejarme, tengo la sensación de que, si me voy, no la volveré a ver, ni a tocar más.

Al salir del aparcamiento, me cruzo con el coche de un reportero. No es que ya me importe que me vea, lo que sí me importa es que Tania María no tenga más disgusto, y que nuestra no relación saliera a la luz, sería un gran problema en su vida.

Conduzco no sé cuánto tiempo, cruzo toda Los Ángeles, miro a los alegres turistas en Rodeo Drive. La indiferencia de los habitantes que disfrutan de sus familias y amigos totalmente ajenos a mi desdicha. Paro para observar a la gente, y me doy cuenta de que no soy nadie, solo soy una mota de polvo que tuve suerte en la vida y pude hacerme con un puñado de dinero, que ahora mismo no me sirve para nada. Si no la tengo a ella a mi lado estoy vacío.

Abandono la ciudad, me asquea estar rodeado de tanta gente feliz y sonriente, conduzco sin rumbo durante no sé cuánto tiempo. El paisaje cambia, el bullicio de la ciudad fue transformándose en silencio, los edificios en montañas, las luces de la ciudad en el claro de la luna, es justo lo que busco, la soledad. A cada kilómetro recorrido me encuentro con menos coches, conforme me alejo de la ciudad, es como si estuviera dejando atrás el peso del mundo. Descubro delante de mis ojos unas bellas vistas, el mar empieza a hacerme compañía y se hace testigo de lo desgraciado que soy. No sé dónde quiero ir, solo conduzco, en silencio, no quiero ver, ni oír ni hablar con nadie. Me tiro a la carretera sin rumbo.

Aburrido de ver tanta belleza, tomo el primer desvío sin mirar siquiera dónde estoy, sigo conduciendo por una carretera inhóspita. El coche entra en la reserva, no sé dónde estoy ni a cuántos kilómetros de la civilización. Miro mi móvil para asegurarme de que tengo batería, lo apago y lo meto en la guantera.

Veo el cartel avisando de una gasolinera a cinco kilómetros, hasta que a lo lejos veo una vieja y destartalada gasolinera. Obligatoriamente, paro para repostar, antes de bajarme del coche cojo el móvil, me oculto bajo el gorro de la sudadera, me pongo la gorra de los Yankees y unas gafas de sol. Lleno el tanque de mi coche y me dirijo a pagar. Entro en la tienda y el señor mayor con cara de borracho que está detrás del mostrador, se asusta al verme y mete la mano debajo del mostrador con la clara intención de sacar un arma, rápidamente pongo las manos en alto y le digo que no vengo a robarle, sino a pagar la gasolina y a por algo de comer. El señor me mira desconfiado, pero por lo menos no saca el arma que seguramente la tiene sujeta en la mano que tiene debajo del mostrador. Me acerco despacio con las manos en alto y le pregunto si puedo sacar la billetera del bolsillo trasero del pantalón, él asiente con la cabeza. Sin dar crédito a lo que me está pasando, procedo a sacar la cartera sin hacer movimientos bruscos, sigo con la mano izquierda en alto y bajo la derecha despacio. Mi suerte, que me ha abandonado hace tiempo, no hace acto de presencia en este momento, y deja a la vista varios de mis tatuajes, intento enseñar lo mínimo posible el lado derecho de mi rostro en donde también hay un tatuaje, cosa que no ayuda a que el señor confíe en mí. Meto la mano en el bolsillo, me asusto cuando escucho el ruido del señor engatillando el arma. Rápidamente levanto la mano, él saca el arma de debajo del mostrador, se acerca y me cachea. Después de asegurarse de que no voy armado, me permite sacar la cartera, aunque sigue apuntándome con el arma a mi cabeza, le enseño la cartera. La abro, saco el dinero y se lo entrego. Una vez el maldito viejo vio que decía la verdad, se relaja, guarda el puto arma y me pide disculpas. Estuve a punto de mearme encima, ni cuando vivía en el Bronx pasé tanto miedo. Nunca en mi vida había sido encañonado por un arma, y todo por mi aspecto. Creo que, si llega a ser uno de mis amigos, no lo estaría contando ahora mismo, no todos los que llevamos tatuajes somos delincuentes.

Más tranquilo cojo un par de bolsas de patatas, un refresco de cola y me dispongo a salir de este maldito lugar. Ya estoy dentro del coche y veo un letrero faltando la *M*, en donde un día muy lejano estuvo escrito Motel. Vuelvo a entrar en la tienda, pero de esta vez al saber que me esperaba ya entro con las manos en alto.

—¿Es usted el que regenta el Motel? —pregunto.

—Sí... —contesta de forma hosca.

—Quiero todas las habitaciones. —El borracho me mira con mala cara creyendo que estoy de broma.

—Te lo alquilo entero porque no quiero que nadie me moleste.

El hombre mira de un lado a otro como preguntándome, acaso ves a alguien más por aquí. Sin hacerle caso, saco un fajo de billetes y lo tiro encima del mostrador.

—Aquí no hay suficiente para toda una semana —dice después de contar.

Borracho desgraciado, eso no lo ganas ni en un mes alquilando todas las habitaciones, pensé para mí. Aunque no le dije nada, porque le tengo mucho amor a mis huevos.

—De acuerdo entonces. —Tomo el fajo de billetes, lo meto de nuevo en la billetera y me dirijo a la salida. El hombre, al ver que no estoy de broma, se apresura a llamarme.

—Está bien, te lo alquilo por ese precio, pero la comida y la bebida son aparte.

—Sin problemas.

—¿La policía te está buscando? —me pregunta desconfiado.

—No, señor, la policía no me busca, estoy huyendo de una mujer.

—Estarías más seguro si huyeras de la policía. —Se ríe en mi cara.

Me dice esto y se pierde en la parte trasera del establecimiento. A los pocos minutos vuelve con un envoltorio en la mano, y me lo entrega junto a unas llaves que deduzco son las de mi habitación.

—¿Hay algún sitio donde pueda ocultar mi coche?

Una vez más recibo una de sus miradas desconfiadas. Me encojo de hombros y le digo.

—Si me estoy ocultando, no puedo dejar mi coche a la vista ¿No te parece?

Se rasca su fea y descuidada barba y me indica dónde puedo dejar el coche.

Camino hasta la habitación que supuestamente es la mejor del hotel, abro la puerta deseando dejar fuera todo lo que no me deja dormir. Cuando la cierro y me giro, me río. Lo que empieza con una mueca de risa se transforma en una carcajada, la habitación no puede ser más cutre. Las paredes están pintadas de amarillo chillón y están tremendamente sucias. La cama, que es de matrimonio, está cubierta con una colcha del año en el que mi bisabuela perdió la virginidad, con unas enormes flores en tonos amarillo, azul y verde, a los pies hay una alfombra del mismo tono. Dos mesitas de noche, con sus respectivas lámparas de color amarillo. Voy a explorar, a ver qué hay en el baño. Abro la puerta y me entra nuevamente la risa, la puta cortina de la ducha es amarilla y los ladrillos también. Si esta es la mejor habitación, no quiero pensar cómo será la peor. Lo que es seguro, es que ya no puedo decir que mis días son oscuros.

Una vez recuperado del ataque de risa, enciendo el móvil y llamo a mi madre, que nada más coger la llamada me exige saber dónde estoy. Le cuelgo y, le envió un breve mensaje avisando de que estoy bien, que estaré fuera unos días, y apago el móvil.

Al final el borracho y yo nos hacemos colegas. Él se dedica a atenderme, y yo a pagarle por sus servicios. Por las mañanas me sube un desayuno a base de tortitas con jarabe de arce rancio, huevos revueltos, beicon, zumo de naranja en brik, café soluble y leche. Ninguno hace preguntas, cada uno va a lo suyo, respecto a lo que me trae de comer y cenar, es mejor olvidarlo. Con el paso de los días me canso de tantas horas encerrado en este habitáculo solo e invito a mi nuevo colega a un café. Ya que desde el día que volví a terminar en la cama de Silvia por culpa de mis excesos, me juré no volver a tomar una gota de alcohol, esta vez para siempre. No deseo más sorpresas en mi vida.

En el octavo día enciendo el móvil para hablar con mi madre. Sabía que iba a tener muchas llamadas, pero no tantas de mi madre y de mis amigos, y tan seguidas, eso hace que me preocupe, y llamo rápidamente.

Lo que me dice, me hizo salir corriendo de vuelta a casa. Siempre que algo va mal, puede empeorar… doy fe.

Si el camino de ida hasta aquel horrendo Motel lo hice despacio, apreciando el paisaje, en el de vuelta no veo ni los coches, de lo rápido que voy. Solo tengo una cosa en mente, que es llegar hasta mi casa. Para que mi madre se instale allí, es que la cosa es muy seria.

Llego a mi casa, dejo el coche en mitad del camino y salgo corriendo en dirección a la entrada. Mi madre aparece con los ojos hinchados de tanto llorar, llego a mi altura sin mediar palabra, me da dos tortas en la cara, y empieza a gritarme:

—Cuando más te necesito no estás.

—¿Qué estás diciendo? —pregunto desconcertado con la cara quemando.

—Su madre ha muerto, ella afirmaba que fue asesinada.

—¿Mamá, la madre de quién?

—La de Rosita. —Me quedo en shock. Mi madre toma mi rostro entre sus manos y me pide calma.

—Dime de una vez —grito desesperado.

—Está desaparecida.

Sus palabras me caen como un cubo de agua helada, sacándome del estado de aturdimiento y dejándome desolado. Las lágrimas salen a borbotones, mis hombros tiemblan de los sollozos, las piernas me flaquean y caigo al suelo. Mi madre me acuna entre sus brazos y me deja llorar, echar fuera mi dolor, me siento miserable. Mientras me compadecía aislado del mundo, la mujer que amo estaba sufriendo una gran pérdida sola, su madre, una de la que nunca supe nada y eso que llevábamos once meses juntos. ¿Dónde estaba su madre? ¿Por qué la ocultó de mí? ¿Qué es esto de que la asesinaron? Hay tanto en esta historia que no conozco.

Mi madre se queda a mi lado dándome el cariño y la protección que solo ella puede darme en estos momentos. Poco a poco, los espasmos van desapareciendo dando paso a un enorme dolor.

Me ayuda a incorporarme, y me conduce hasta el interior de la casa. Nada más entrar veo a Fernando José sentado solo en una esquina, me dirijo hasta él, pongo la mano en su hombro y llamo por su nombre. Él gira la cabeza en mi dirección, sus ojos quedan presos en los míos, es como si pudiera ver mi interior. Fernando José me extendió la mano pidiendo ayuda para incorporarse, lo ayudo, teniéndolo a mi altura, voy para abrazarle, y de la nada recibo un puñetazo que me manda al suelo.

El grito de mi madre llega a mis oídos, me incorporo rápidamente. Me aparto de él sin decirle nada. No tengo el derecho de reprocharle, acaba de perder a su madre y su hermana está desaparecida.

Beso la frente de mi madre para tranquilizarla y le aviso de que estaré en mi habitación.

Estoy en la ducha cuando siento la puerta abrirse, delante de mí aparece Silvia radiante. La miro de arriba abajo, arrugo la nariz y le doy la espalda.

—Estaba preocupada.

—Fuera de mi baño y de mi habitación.

—Llevo a tu hijo en mi vientre.

—Solo por eso sigues aquí. Si no estuvieras en mi vida, todo sería diferente. Y no me digas que no sabes nada. Seguro que me escuchaste hablar con mi madre.

—Yo estaba tomando un relajante baño, ¿qué me he perdido? —«Por lo menos algo de suerte», pienso.

—Nada, Silvia, déjame ducharme tranquilo.

—Te espero en tu despacho. Tenemos que hablar.

Le digo que sí, y le indico con la mano que salga para que yo pueda seguir bañándome. Le doy la espalda, y solo me giro cuando escucho la puerta cerrase.

Mi cabeza no deja de dar vueltas de dónde puede estar Tania María con mi bebé. Ella no puede apartarme de mi hijo, tengo derechos y no pienso renunciar a ellos, la buscaré por tierra, mar y aire.

Contrataré a los mejores detectives del país, rebuscaré en los lugares más recónditos hasta encontrarlos.

Llego al despacho para saber lo que Silvia tiene que decirme. La encuentro sentada acariciando su tripa, que ahora que me fijo la tiene bastante grandecita, me doy cuenta de lo egoísta que estoy siendo con ella. Nunca le pregunto por su embarazo, no sé si ya fue al médico, si está tomando las vitaminas, no sé absolutamente nada.

Me acerco hasta ella, pongo mi mano encima de la suya. Ella se asusta, estaba tan absorta en su mundo materno que no se dio cuenta de mi presencia. Le doy un beso en la cabeza, doy la vuelta a la mesa y me siento delante, la miro fijamente y puedo apreciar en sus ojos, lo dichosa que se siente al tener este mínimo gesto de atención por mi parte.

Me doy cuenta de que cuando nuestros caminos se cruzaron ella también tenía diecinueve años, también era virgen, lo único distinto de Tania María es que a Silvia yo no la obligué a acostarse conmigo. Y que tampoco la deseaba.

—Ojalá esta vez hagas las cosas bien. —Me quedo congelado—. Tú me lo debes, Bruno. Si pierdo este bebé también, me quito la vida.

No puedo reaccionar. Quiero salir corriendo. Silvia rápidamente vuelve a ser la mujer dulce y atenta de siempre. Acaba de hacerme un chantaje con todas las letras. Sin darme tiempo a que reaccione a sus palabras, me extiende un sobre en donde no reza ningún nombre. Lo tomo en mis manos miro de un lado a otro buscando el sello postal, a lo cual tampoco lo veo por ningún lado. Vuelvo a mirarla de manera interrogativa. Me ordena que lo abra, sé que de nada me va a servir hacerle preguntas, así que sigo su indicación.

Señor Bruno Maximiliano Matthew.

Si estás leyendo esta carta es porque me he marchado de la ciudad y no he podido llevarme a mi adorado hermano conmigo.

Usted y su esposa fueron muy buenos con él, dándole la oportunidad de realizar su sueño. Sé que no tengo derecho de pedirles esto, pero no tengo a nadie en quien confiar para pedir tal cosa.

Quisiera que se hicieran cargo de mi hermano, hasta que yo pueda regresar a la ciudad con el padre de mi hijo. Él tuvo una propuesta de trabajo fuera de Estados Unidos, la cual no ha podido rechazar, no sé cuándo podré volver.

Sé que le irá muy bien, él es un chico listo.

Perdón por pedir esto, sé que implica una enorme obligación, pero no tengo a nadie más.

Dígale a mi hermano, que lo quiero mucho, pero que no me busque.

T. M.

Arrugo la maldita carta entre mis manos sin importarme que Silvia esté delante, y la tiro a la basura.

¿Qué es eso de que se fue con el padre de su hijo? Ella puede decir una y mil veces que no es mío, pero sé que lo es. Yo fui el único hombre que la tocó, no entiendo el porqué de tal actitud. Tengo que encontrarla cuanto antes. Aquí pasa algo, ¿por qué me ocultó que su madre estaba viva?, ¿por qué está huyendo de mí?

Descubro a Silvia mirándome, e intento como puedo recomponerme.

—Veo que tienes uno igual que el mío. —Apunto con el dedo el sobre que sostiene en la mano.

—Ahhh, este lo dejó para mí.

—¿Qué dice el tuyo? —le pregunto asombrado.

—Lo mismo que en el que acabas de leer, con la diferencia de que lo que hay aquí —agita el sobre en el aire— me hace feliz y a ti no.

No logro entender qué quiere decirme, me estiro y cojo el sobre de su mano, saco la carta y me pongo a leer. Me sorprende el contenido, es casi el mismo que la mía con la diferencia de que Tania María, entre líneas, estaba pidiendo disculpas a Silvia por haber estado conmigo, hay arrepentimiento en sus palabras.

Devuelvo el sobre a Silvia y salgo del despacho en busca de Fernando José. Lo encuentro en la orilla de la piscina hablando por teléfono. Al acercarme, lo oigo pedir a su novia que venga a por él. Espero a que corte la llamada.

—¿Dónde está tu hermana?

—No lo sé, lo único que sé es que se fue por tu culpa, y me dejó aquí.

—Nosotros cuidaremos de ti.

—No necesito tus cuidados. Me iré hoy mismo de esta casa.

—Siento contradecirte, pero no irás a ninguna parte. Tu hermana nos hizo a mí y a Silvia tus tutores.

Fernando José palidece.

—Mentira, ella no hizo eso. Jamás me haría algo así.

—Lo siento, pero tengo en mi poder el documento que confirma mis palabras. Si deseas, cuando tu novia llegue, pídeselo que te lo lea.

El chico se deja caer de rodillas, no dice nada, no llora, se queda en esa posición sobre el césped con la cabeza gacha. Me hubiera encantado poder consolarlo, decirle que no está solo, que podía contar conmigo, que no lo dejaré solo en ninguna circunstancia. Pero sé que, si me acerco a él lo más mínimo, me llevaré será otro derechazo, y ya tengo suficientes. Le dejo su espacio, haciéndole compañía en la sombra, sin ruido, me quedo a su lado en silencio respetando su dolor hasta la llegada de su novia. La saludo, le doy un apretón en el hombro infundiéndole fuerzas y sin palabras le digo que él la necesita, me voy dejándoles intimidad.

Maldita sea la hora en la que entro en mi casa. Mi madre y Silvia están manteniendo una acalorada discusión. Silvia está fuera de sí atacando a mi madre, que se defiende sin reparos a la hora de contestar. Ninguna de las dos se percata de mi presencia, aunque me siento fatal al verlas discutir, decido no interceder, creo que ya va siendo la hora de que ambas laven sus almas dejando clara la una a la otra lo que de verdad sienten y piensan.

No se dan tregua.

—Las cosas aquella noche no fueron tal y como lo cuentas, pero por más que indago no soy capaz de dar con la verdad —afirma mi madre.

Me entra un escalofrío cuando veo a Silvia dar dos pasos plantándose delante de mi madre y amenazarla a tan solo un milímetro de su cara, sus palabras me dejan frío.

—Lo mejor que puedes hacer por tu hijo, es desaparecer por las buenas.

Al oírla le llamo por su nombre, ella se gira asustada. Y me pregunta sin color en la cara.

—¿Llevas mucho tiempo ahí?

—No, acabo de llegar y me gustaría saber el porqué de estar tan cerca de mi madre.

Tanto Silvia como mi madre me mienten y dicen que no está pasando nada. Mi madre intenta ocultar su nerviosismo, Silvia hace como si nada hubiera pasado. Les sigo el juego, me encamino hasta Silvia, la cojo de la mano y la conduzco hasta el sofá, le hago sentar, la escruto de arriba abajo, de repente empieza a llorar y me revela que sabe que tengo una amante fija y que mi madre sabe quién es, y que por esto estaban discutiendo, que ella quiere saber quién es esa mujer. Mi madre empieza a decir que es mentira. Silvia, desconsolada, sale corriendo a su habitación, voy detrás de ella y la encuentro sacando una de sus maletas, siento mi corazón oprimido, ya he perdido a un hijo y no deseo perder a otro.

—¿Qué estás haciendo?

—Lo que debería de haber hecho hace mucho tiempo, irme de esta casa, de tu vida y de tu lado. Soporté tus salidas nocturnas, tus asquerosas fiestas, el olor a colonia barata en tu cuerpo, las llamadas y mensajes de las fulanas con quien follabas por ahí, pero aquello era pasajero. Sin embargo, ahora es diferente, es una persona que por lo visto logró entrar en tu corazón.

—No vas a ningún sitio —afirmo.

—¿Quién me va impedir? ¿Tú? Si no me quieres a tú lado —me grita.

—Nunca te he mentido, siempre supiste que no te quiero, pero no quiero que te vayas.

—Y porque nunca me has mentido debo de alegrarme, estar feliz porque mi marido con el que la última vez que hicimos el amor, estaba borracho. Que cuando se despertó me hizo sentirme una sucia ramera. —Y aquí la confirmación, de más una consecuencia de mis excesos—. El que huye de mí todo el tiempo. Sabes cuántas veces estuvimos juntos este año. Te lo puedo decir, estamos a octubre y tuvimos sexo y del malo solo cinco veces, y eso porque tuvimos la escapada a principios de año. Soy joven, guapa, y estoy vegetando por tu culpa. Me cansé, ya no quiero más esto. —Se gira y empieza a tirar su ropa dentro de la maleta, no sé qué hacer, lo único que tengo claro es que no le voy a permitir que se vaya con mi bebé.

—¿Qué quieres que haga para que no te lleves a mi hijo lejos de mí? —digo desesperado.

—Nada, ya no quiero nada, me voy. —Mi cabeza empieza a dar vueltas, veo tanta determinación en sus palabras que, si no la paro, se irá de verdad, en estos cinco años nunca la había visto así.

—De acuerdo Silvia, tú ganas, intentaremos ser una familia.

—Es tarde, me voy.

—No… no irás a ningún sitio con mi hijo, jugaremos a las casitas como siempre soñaste, pero de aquí no sales. —Los ojos de Silvia brillan.

Ella corre hasta mí y me abraza, empieza a dar besos en mi pecho, no soy capaz de devolver el abrazo, yo debería de estar feliz de que no se vaya, pero eso no ocurre, tengo mi corazón apretado, sé que son contradictorias mis palabras, sé que a escasos minutos le había dicho que no se fuera. Pero no es su abrazo el que deseo.

—¿Y la mujer que logró enamorarte? Yo te dije que un día tendrías que escoger —lo dice sacándome de mis cavilaciones.

—Se acabó. Ella no me quiere, ya tiene a otra persona. —Me mira y se aparta un poco de mí.

—¿Estás sufriendo por ella?

—Sí.

—Nuestro pequeño Bruno y yo curaremos tu corazón.

Me callo, mejor no decir nada, ya he sido demasiado cruel con ella.

Capítulo 22

La apatía tomó las riendas de mi vida, contraté las mejores empresas de detectives del país, y ninguna fue capaz de dar con su paradero. La he buscado por tierra, mar y aire, y ni rastro, es como si se la hubiera tragado la tierra. La buscamos en todas las cámaras esparcidas por el país, la única imagen que tenemos de ella, es una saliendo del hospital acompañada por dos personas que no pudimos identificar, y nada más. Todos sabemos que su hermano tiene contacto con ella, pero él se niega a decirme dónde está, ya le he implorado que solo me diga si mi hijo está bien, si necesitan algo, pero se niega a darme cualquier tipo de información sobre ellos. Nuestro trato ha mejorado, no es que seamos amigos, pero por lo menos él ya no está tan hostil conmigo, aunque no pierde la oportunidad de echarme en cara lo desgraciado que soy por tener a Silvia, y estar buscando a su hermana, no obstante, para mí su opinión y la de los demás no me importa una mierda. Yo la quiero, desde que ella me dejó soy un alma en pena sin el menor orgullo ni dignidad, a todo aquel que pueda darme la más mínima información de dónde la pueda encontrar hago lo que está en mis manos para tener esta información. Más de uno ya se ha beneficiado de mi desespero, todavía no sé cómo no está en la prensa lo mío con ella. La cantidad de gente a la cual me he arrastrado a cambio de una pista es infinita, quizás me vean tan patético y desesperado que deben de creer que es fruto de las drogas que los rumores dicen que consumo descontroladamente, cuando solo como y bebo porque necesito sobrevivir para encontrarla.

Ya son tres meses sin noticias, sin saber si está bien o no, dentro de poco mi hijo va a nacer y no estaré allí para verlo y no es justo, sé que tengo a otro hijo en camino, lo quiero y estoy feliz con su llegada, pero no es mi primogénito, él no fue concebido con amor. Fue fruto de un acto sexual no consentido. Es ridículo que se lo diga, pero fue una violación.

Mi relación con Silvia es lo que es, jugamos a las casitas, yo sigo su juego, soy el marido y padre modélico cara a la galería, y de momento ella está contenta con esto. Estoy todo el día posando para alguien, sé que le prometí que seríamos una familia, aquella noche intentamos tener sexo, me fue imposible, mi cuerpo no respondió a sus caricias e insinuaciones. No me causaron ningún efecto, ella se cansó y me echó de su habitación, me marche con miedo de que al día siguiente no estuviera allí, y a la vez aliviado por no tener que forzar algo a que no deseo.

A la primera hora del día siguiente me fui corriendo a su habitación a comprobar si seguía allí, respiré aliviado al verla en mi lado de la cama. Le desperté con un beso en la frente me senté a su lado, le miré la enorme tripa, me parecía increíble que ella estuviera de casi seis meses, su barriga es el doble de la que tenía Tania María con el mismo tiempo. Seguro que Tania María está preciosa redondita, a punto de dar a luz a mi hijo, ¿qué será? Un niño o una niña. Sea lo que sea, lo amaré más que a mi vida.

El embarazo de Silvia está siendo muy delicado, ella pasa media vida en el hospital, a cada poco tiene un problema, nos tiene a todos preocupados. La doctora le dijo que tiene que cuidarse mucho, pero que el bebé, aunque tenga poco peso, está bien. Me da pena, está viviendo el embarazo sola, yo la acompaño a las consultas, ya sentí las pataditas del bebé, me alegro, lo disfruto, pero no sé bien cómo explicarlo, es diferente, no logro sentirme conectado a su embarazo como lo estaba con el de Tania María.

Me preocupa, la cuido y hago todo lo que está en mis manos para que no tenga disgustos, sus caprichos llegaron a niveles insospechables. Lo único que no soy capaz de darle es mi cuerpo y corazón, las dos veces que he intentado tener intimidad con ella, me sentí como si estuviera traicionando a Tania María. Pero lo demás le consiento todos sus caprichos.

La sorprenderé con el desayuno en la cama, la veo tan frágil y desprotegida, quizás hubiéramos sido felices, si la quisiera y no estuviera continuamente pensando en otra mujer. Bajo a la cocina y ordeno a los de servicio, que le preparen el desayuno para que yo se lo suba, mientras tanto voy a mi despacho a hacer unas llamadas y atender unos asuntos que tengo pendientes. Hoy voy a quedarme en casa con Silvia, pasaré el día con ella, creo que es lo mínimo que puedo hacer para que no se sienta tan sola en esto. Ya estaba cortando la última llamada cuando el servicio me avisa de que el desayuno ya está listo.

Recojo la bandeja y subo a la habitación, entro sigilosamente con la intención de despertarla, pero la encuentro hablando al teléfono, nada más verme se apresura en cortar la llamada, me hace mucha gracia ver la cara que pone al ver la bandeja de desayuno con una rosa incluida.

—¿De verdad preparaste esto para mí?

—Bueno, tuve algo de ayuda, pero la idea fue mía —digo riéndome.

En su rostro brota una linda sonrisa, se recuesta en el cabecero de la cama, toma la bandeja y me mira, veo que está llorando, le doy un beso y le pido que deje de hacerlo y desayune, no me hace caso, entonces decido darle el desayuno en la boca, tomo el tenedor, parto un trozo de tortitas con sirope y se lo meto en la boca, automáticamente me recuerda las veces en que di comida a mi fierecilla, y cuanto disfrutaba viéndola comer. Silvia sonríe de alegría, le sirvo un trago de zumo. De repente, da un grito desgarrador, veo que la cama se moja, me levanto de un brinco.

—¿Qué te pasa? Dime, por favor. ¿Te duele algo? —le pregunto atropelladamente.

—Nuestro hijo ya va a nacer. Bruno, vamos ser padres —me dice con una sonrisa en la cara. Miro a un lado y a otro, no sé qué hacer, salgo corriendo en busca de mi móvil para llamar a la única persona que me viene a la mente, mi madre, le cuento como puedo lo que está ocurriendo, me ordena que me tranquilice y que lleve a Silvia al hospital y que ya me encontrará allí.

Vuelvo a la habitación, digo a Silvia que se tranquilice, pero en realidad el que necesita tranquilizarse soy yo, mi corazón parece que va a salir del pecho del miedo que tengo, y para empeorar Silvia suelta otro grito, pero este es más desgarrador que el anterior. La tomo en brazos tal cual está y bajo las escaleras ignorando sus gritos diciendo que tiene que arreglarse, y la meto en el coche para llevarla al hospital. Tomo el camino para llevarla al hospital donde estaba Tania María, ya que allí hay conocidos de mi madre que la cuidarán con mucho mimo.

—¿Adónde me llevas? —grita Silvia.

—¡Al hospital! ¿A dónde quieres que te lleve? —Los nervios hacen salir mi lado irónico.

—No te pongas idiota, quiero ir a donde mi ginecóloga.

—¿Estás loca? Ya estamos a cinco minutos del hospital.

—Da la vuelta al coche ahora mismo, no voy dar a luz en un hospital donde está lleno de gente pobre, mi hijo se merece lo mejor. Este niño no va a mezclarse con esa gentuza.

—No voy a discutir contigo por tus comentarios porque estás de parto, pero este bebé…—soy interrumpido por una colérica Silvia.

—Ese bebé no, este niño, es un niño, yo lo sé. —mi corazón se desbordó de alegría, un hijo, iba a tener un hijo, me olvide completamente de los comentarios clasistas y dañinos de Silvia.

—¿Es un niño? —le pregunto emocionado.

¡Un niño! Ella sabe que deseaba tener a una familia numerosa y que me moría porque mi primer hijo fuera un niño, aunque si fuera una niña, la amaría igualmente, pero un niño…, tengo ganas de gritar de alegría. Silvia me saca de mi burbuja con otro estridente grito.

—Sí, es un niño y ahora si quieres que él nazca, da la vuelta y llévame a la clínica de mi doctora.

Para qué discutir, como siempre tengo las de perder, doy la vuelta y la llevo a la clínica que desea. Después de estar a escasos minutos de un hospital, tengo que conducir más de veinte para llegar a donde ella quiere.

Nada más bajar del coche aparece un señor con una silla de ruedas para que se siente.

—No me sentaré ahí, no me quiero contagiar con nada.

—¿Qué narices estás diciendo, Silvia?

—No me sentaré donde se han sentado personas moribundas. —El celador la mira muy serio y se marcha, la verdad es que, si no fuera por las circunstancias en las que nos encontramos, yo mismo le hubiera reprendido y exigido que pidiera disculpas, el estar de parto está sacando su peor lado.

Le doy la mano para que se apoye, la rechaza y me exige que la lleve en brazos, respiro profundamente para no perder la paciencia, la cojo y oigo el flash de la cámara fotográfica. Malditos buitres, miro hacia atrás y veo a un ejército de reporteros. Siento ganas de mandarlos a tomar viento, pero otro grito de Silvia me hace entrar corriendo en la clínica. Nada más cruzar la puerta nos encontramos con su médica, que la ordena sentarse en la silla para ser trasladada a la sala de preparación al parto. Por increíble que parezca, mi caprichosa esposa no discute y se sienta, la doctora toma la silla de ruedas y antes de marcharse me ordena que haga su hoja de ingreso y que después espere en la maldita sala de espera, que una enfermera ya vendría a por mí. Aviso a mi madre de los cambios de planes, y hago lo único que se puede hacer en este lugar, esperar…

Transcurrido lo que me pareció un siglo aparece una enfermera y me llama, me dispongo a seguirla cuando veo entrar a mi madre, acompañada de mis amigos. Los saludo rápidamente y sigo a la enfermera, me visto con la habitual bata, gorro y guantes para entrar en la sala de parto, después de todo el rollo para ponerme como un marciano, la doctora me notifica que el bebé al ser prematuro, tendrá que practicar una cesárea y no podré asistir al parto, siento una gran tristeza, me haría ilusión ser testigo del primer llanto de mi hijo. La doctora llama mi atención y me notifica que, haciendo una excepción, me permitirá entrar para cortar el cordón umbilical de mi bebé.

Me explica que ya no se puede hacer nada para retrasar el parto, ya que Silvia ha roto aguas, pero que no me preocupe, que todo saldrá bien. La doctora me deja a un lado y va a atenderla. Después de perder la noción del tiempo dando vueltas de un lado a otro en la minúscula sala, oigo el sonido que nunca más saldrá de mi cabeza, mi hijo ha nacido y llora a todo pulmón, me muero por tenerlo en mis brazos. La enfermera viene a por mí, con una gran emoción la sigo, al llegar al quirófano lo único que oigo es la voz de Silvia preguntando el sexo del bebé. No logro entender el porqué. Ella llama insistentemente a la doctora hasta que esta le pregunta hastiada el porqué de tanta urgencia. Silvia no le contesta. La enfermera toma a nuestro hijo y se encamina hasta Silvia.

—Aquí está, mamá.

La enfermera le pone encima de su pecho a un precioso bebé con una mata de pelo roja y de ojitos abiertos dejando a la vista un bello color gris azulado, Silvia se apresura en decir que se parece a los míos, la doctora aclara que normalmente los niños de ojos claros nacen con ellos de un gris intenso, pero que después cambian. Silvia le dice que se calle, la mujer la mira seria, riñéndole con la mirada.

—Tenéis a una preciosa niña —dice la doctora mirándonos con una bella sonrisa en el rostro.

Silvia empieza a gritar que le quiten a la niña de encima, que ella no quería a una niña, que lo que ella llevaba dentro era un niño, no una niña y que la han cambiado. Todos estamos en shock con su comportamiento, con sus palabras, yo no puedo creer que su capricho y vanidad llegue al extremo de rechazar a nuestra hija, yo rápidamente camino hasta la altura de su pecho, tomo a mi hija y la apoyo en el mío.

—Te juro amor eterno, pequeñita. —Se lo digo al pequeño oído de mi hija para que ella sepa que la querré por encima de todo.

Ahora más que nunca sé que jamás sentiré nada por Silvia, una persona que no es capaz de amar a su propia hija no es capaz de amar a nadie.

La doctora me pregunta si quiero cortar el cordón umbilical de mi preciosa hija, le digo que sí, con una mano, sujeto a mi pequeña y con la otra lo corto. La enfermera viene a quitármela, al ver mi cara de pánico, se para y me explica que la tiene que asear bien y lavarla. No quiero permitir que me aleje de ella, la doctora es quien me la quita de los brazos.

—Bruno, la pediatra necesita revisar a la niña. No te olvides de las circunstancias del embarazo de Silvia.

—¿Mi hija estará bien? —pregunto preocupado.

Ella me asegura de que no hay motivos para preocuparse y me ordena que me vaya a la sala de espera junto a mi familia. Me dice que pronto pasaría por allí para darme todos los detalles.

Me marcho sin mirar a la cara de Silvia, que me llama entre lágrimas, pero la ignoro, si antes sus lágrimas no me daban pena, ahora menos.

Llego a la sala de espera y encuentro a Yan agarrado de la mano de su novio y la amiga de Silvia, Kisha, que no quita los ojos de Black, que está acompañado de Crystal. Mi madre corre a preguntarme cómo están Silvia y el bebé. Le cuento lo ocurrido dentro del quirófano, ella por primera vez intenta justificar a Silvia diciendo que hay mujeres que sufren depresión postparto, pero conozco a mi madre y sé que ella, lo único que quiere, es quitar de mi rostro la expresión de dolor. Sabe lo que estaba pasando por mi cabeza, al ver sus lindos ojos mirándome con tanto amor, volví a reafirmarme que mi pequeña recibirá todo el amor del mundo por mi parte y sé que por parte de mi pequeña familia también, jamás mi hija conocerá las duras palabras que su madre ha proferido en el día de su nacimiento, yo conozco mi historia, y todas las barbaridades que mi padre le dijo a mi madre, no la recrimino que me las contara, pero no puedo negar que me duele, y no causaré este dolor a mi pequeña.

Yan se acerca a nosotros, preguntando por el estado de Silvia y del bebé, le contesto que ambas están aparentemente bien, pero que la doctora ya vendría a darnos más noticias. Soy educado con él a pesar de no alegrarme de verlo aquí. Sin embargo, me arrepiento enseguida de mi decisión. Él me pregunta por el sexo de mi bebé, y cuando le digo que es una preciosa niña su comentario le rinde otro puñetazo en la cara.

—Es una inútil, no hay nada que haga bien, otra niña tonta en el mundo. – Al escucharlo no pude evitarlo, y fui contra él.

Fueron necesarios mis amigos y un guardia para arrancarlo de mis manos. Le expulso del hospital junto a su novio, permito que la amiga de Silvia se quede, ya que ella al oír su comentario le asestó una buena bofetada en la cara acompañada de varios insultos, por ello se ganó el derecho de quedarse aquí y conocer a mi pequeña princesita, porque mi reina está escondida en alguna parte del mundo con otro hijo mío. Soy un hombre dichoso y desgraciado al mismo tiempo.

La doctora entra en la sala de espera preguntando por mí.

—Dígame doctora, ¿cómo está mi hija?

—La bebé está bien, aunque haya nacido tres meses antes, se encuentra muy bien, no creo que se quede mucho tiempo ingresada. Cuando coja medio kilo, ya la mandaremos a casa.

—¿Cuánto pesa mi nieta? —pregunta mi madre.

—La niña nació con dos kilos, si todo va bien, cuando alcance dos kilos y medio, como he dicho ya, la mandaremos a casa. —Los presentes notamos el cambio en la expresión corporal de la doctora. Ella se puso tensa de repente.

—Doctora, qué pasa. ¿Qué me quiere decir? —le insto a que me lo diga.

—Silvia no quiere darle un nombre a la niña y dice que no es suya, y esto conlleva que no la va a amamantar. —Se me escapa una maldición.

Mi madre que minutos atrás le estaba justificando, no soportó oír esto y la insulta llamándola de todo. No la pido que se calme, mi voluntad es la misma. La amiga de Silvia llora desconsolada diciendo no reconocer a esta persona a la que la doctora está describiendo.

Tan fuerte son sus sollozos que Crystal, aunque no la soporta, se acerca a consolarla, la abraza fuerte y deja que se desahogue en su hombro.

La doctora me pide un nombre para mi hija. No supe qué nombre decir, la verdad no había pensado en nombres para mi bebé con Silvia, el de Tania María tiene nombre desde que descubrimos su embarazo, pero mi hija no. Miro a todos los presentes y digo: Rosy, mi madre me regala una gran sonrisa, las dos mujeres de mi vida llevan este nombre y la tercera también lo llevará. El nombre de mi princesa no puede ser otro que: Rosy Maximiliano Collins. Precioso, me encanta, dice la doctora. Todos me felicitan, la doctora se despide prometiendo mantenernos informados todo el tiempo. Mi opinión sobre esta mujer ha cambiado, las veces que estuve ante ella con Silvia, no me gustaba su actitud. Las dos me parecían igual de altivas y entre ellas parecía haber más que trato médico-paciente, pero hoy demostró que no es así, en aquel quirófano hizo valer su autoridad y no cedió a sus caprichos.

Al día siguiente, Silvia tiene el alta médica, ordeno a su chófer que la lleve a casa, quiso exigirme salir con ella del hospital, dijo que los fotógrafos especularían que nuestro matrimonio estaba atravesando problemas, que la niña nos había apartado. Sus palabras caen en saco roto. Su amiga que la acompañó a petición mía, nos contó a la vuelta que la puerta del hospital y de la casa, estaban abarrotadas de periodistas, que no cesaban de preguntarle por mí y nuestro bebé.

Los dos días siguientes estuvimos los seis aquí, sin movernos, Wallace, Black y su novia, la amiga de Silvia, mi madre y yo.

Después de días encerrados, en los cuales solo salíamos para ducharnos y comemos algo, llega el día del alta de mi princesita. Es la bebé más linda del mundo, nadie puede decir que no es hija de Silvia, no salió con ningún rasgo físico mío, hasta los ojos que en el primer día eran gris azulado ya se están cambiando.

Los seis salimos orgullosos del hospital, mi madre lleva a mi hija en brazos, yo su bolso con sus pertenencias, los demás cargaban con todos los regalos que nos fueron enviados. A la salida fuimos recibidos por un ejército de periodistas que, por primera vez en mi vida, no estaban gritando, pero nos impedían el paso. Nos sacaban miles de fotos, y docenas de preguntas en un tono aceptable, la pregunta que más oímos era dónde estaba Silvia y por qué ella no fue a recoger a la pequeña. Ninguno contestamos nada, no vamos a excusarla, pero tampoco la vamos difamar públicamente, que se arregle con su querida y amada prensa.

La llegada a casa es más de lo mismo, la puerta llena de reporteros aguardando por nuestra llegada. Nos piden una foto de familia, que acepto hacerla. Posamos felices, la encargada de sostener la niña para la foto no podía ser otra que mi madre, cuando ya estábamos por entrar, aparece Silvia despeinada y vestida con una bata exigiendo salir en la foto. Los reporteros no tardaron en percatarse de su presencia, se olvidan de nosotros y empiezan a disparar los flases en su dirección. Su amiga rápidamente sale corriendo, la toma por el brazo y la arrastra para dentro, en contra de su voluntad. Cuando creíamos tener todo bajo control, y ya nos despedíamos de los fotógrafos Silvia se escapa de la vigilancia de su amiga y vuelve corriendo y gritando que la fotografíen a ella y no a la bebé que, por su culpa, yo ya no la quiero, y su siguiente frase dejó a los reporteros locos, ella grita a todo pulmón: «Odio a esta niña». Todos los reporteros se llevan las manos a la boca por la vehemencia de sus palabras, una que se recompuso rápido del shock, se acerca a Silvia y empieza a hacerle preguntas:

—Silvia, ¿cómo fue su parto?

—Horrible.

—¿Hubo complicaciones?

—Mi parto fue horrible, porque di a luz a esta odiosa niña, cuando yo quería un niño.

—Silvia, ¿cuál es el nombre de la bebé?

—Esta odiosa niña no tiene nombre todavía, yo no se lo puse, para mí es como si ella no existiera.

Hasta aquí puedo aguantar.

—Silvia, entra de una vez. Mamá, lleva a Rosy a su habitación.

Mi única intención es impedir que esta grabación llegue a internet o a la televisión, cosa que creo casi imposible, pero esta gente trabaja por dinero, así que negociaré con ellos, haré lo que sea para destruir estas grabaciones. Invito a todos los reporteros y paparazzi presentes que pasen al jardín de mi casa, digo que les daré una entrevista. Todos entran encantados, ya que nunca les permití pasar del portón, solo en una ocasión mi casa fue fotografiada por dentro, y claro fue cosa de Silvia.

Negocio con ellos, estoy casi dos horas para conseguir convencerlos de no publicar este material a cambio de una suculenta suma financiera y más adelante una entrevista a cada uno de ellos, si salía no había entrevista y que en caso de que saliera después de yo haberla dado, ellos serían procesados. Todos estuvieron de acuerdo, mi abogado, que fue llamado de urgencia, les hizo firmar un acuerdo de confidencialidad y entregar las tarjetas de memoria de sus cámaras, y borrar delante de nosotros de sus dispositivos móviles, aunque bien sabemos que estas se pueden recuperar, pero tendré que fiarme de la palabra de esta gente.

Entro en casa y descubro que la cosa es peor de lo que imaginaba, yo contaba con encontrarla desquiciada, pero no me imaginaba que Silvia querría echar a mi hija de mi casa. Ella no quiere permitir que mi madre entre con la niña en la habitación, la pequeña Rosy está llorando, y Silvia cortándoles el paso, mis amigos intentando sacarla del camino, pero la cogen con delicadeza por no lastimarla y ella logra volver.

Tomo a mi hija en brazos, me planto delante de Silvia, la miro a los ojos y le ordeno que salga de mi camino. Ella me mira asustada, nunca me había visto de esta manera, sin decir una sola palabra se aparta dejándonos pasar. Cuando ya estamos todos dentro de la habitación, Silvia nos causa un gran escalofrío.

—Esta niña va a desaparecer de nuestras vidas cueste lo que cueste, siempre consigo lo que quiero.

La tomo por el brazo y la arrastro hasta el pasillo y le grito a un centímetro de su cara.

—Te prohíbo acercarte a mi hija. ¿Me estás oyendo? Estás loca.

—¡No sabes cuánto, Bruno! Y no juegues conmigo, tú eres mío y no te voy a compartir con ninguna otra mujer, sea de la edad que sea.

La amiga de Silvia la toma por el brazo y la arrastra por el pasillo desapareciendo con ella de mi vista. Nadie se atreve a hacer ningún tipo de comentario, ni mi madre que está acunando a Rosy dándole tiernos besos en la cabecita.

Pasamos el resto del día organizándonos para que siempre estemos o mi madre o yo con Rosy. Mis amigos se ofrecen a quedarse en caso de que ambos tengamos que ausentarnos, es surrealista que tengamos que turnarnos para no permitir que una madre se acerque a su hija. Quiero creer de todo corazón que esto es fruto de la tal depresión postparto, o como rayos se llame, y que Silvia recapacite y pida perdón a nuestra hija. Cómo ella puede estar haciendo esto, cuando conoce en su propia piel lo que se sufre al recibir el desprecio de uno de sus progenitores. Pero en aquellos ojos hay rabia, desprecio a su propia descendencia.

Los primeros días fueron duros. Por más que lo intentamos, no logramos convencer a Silvia de amamantar a nuestra hija, la niña lloraba día y noche. Mi madre se trasladó a vivir a mi casa. Éramos como zombis, nos turnábamos, uno descansaba mientras el otro acompañaba a la canguro que cuida a la niña. Silvia no intentó ver a su hija ni una sola vez, cada vez que entramos con la pequeña en una estancia en la que ella se encontraba, rápidamente se marchaba sin mirar en dirección a la niña.

Con el pasar de los días la cosa se fue normalizando un poco y por las noches Rosy ya dormía tres horas seguidas permitiendo así que los demás descansáramos. Su cuna al final se fue a mi habitación, y otra a la habitación de mi madre, no nos fiamos de tenerla sola en su linda habitación con la niñera. Tengo miedo de que Silvia entre mientras está dormida, y haga algo a mi hija. Está totalmente fuera de sí. Entre las noches de sueño, el parto prematuro, al ajetreo en la llegada a casa, llegué a olvidarme de que tengo a Fernando José en mi casa. Él se porta de maravilla dándonos espacio y apoyando a mi madre cuando yo no estoy. Es la única persona con quien Silvia mantiene una conversación normal, con los demás es imposible. Su padre vino a visitarnos para conocer a su nieta. Cuando vio el estado en el que se encontraba su hija, no tardó en reprocharle y llamarla loca. La ignoró y se fue al encuentro de la niña. Yo lo acompaño de cerca, sé perfectamente que sus visitas siempre tienen una razón de ser, y solo vino a conocer a mi hija un mes después de su nacimiento. Seguro tiene algún interés oculto.

Él ni siquiera se interesa en conocer el nombre de la niña, ni cómo se encuentra, no pregunta absolutamente nada. La coge en brazos, le hace una falsa carantoña y empieza a sacarse miles de fotos. Todos juntos posan para la cámara, su embarazadísima mujer después de que la primera persona a la que habían escogido para llevar a cabo su gestación falleciera en un accidente y la otra sufriera un aborto espontáneo, decidió inseminarse a sí misma. Mi suegro insiste que salga en un par de fotos, hasta que caigo en la cuenta de sus intenciones.

—Ni se te ocurra publicar estas fotos.

—¿Por qué no lo voy hacer? Es mi nieta, tengo derechos.

—Si lo haces, te denuncio.

—Hazlo y verás. Te tengo en mis manos, así que no te entrometas. Mañana estas fotos estarán en todas las portadas de las revistas. Y más te vale poner buena cara o te destruyo.

No me lo pensé dos veces, estoy cansado tanto del padre como de la hija, y aquí lo que está en juego es la privacidad de mi hija. Tomo la cámara fotográfica de su asistente y la tiro a la piscina. Mi suegro empieza a amenazarme a voz en grito llamando la atención de todos que estaban en mi casa. Mi madre y él mantienen un duro enfrentamiento, que termina con él marchándose de mi casa dejándonos a todos amenazados.

Capítulo 23

Ya se pasaron nueve meses desde la desaparición de Tania María. Según las cuentas que seguía la doctora Obrey, mi bebé ahora debe tener cinco meses y medio si todo salió bien. No me gusta pensar en eso, ya que no tengo ninguna noticia de ellos, me es inevitable no recordar el momento en que la doctora nos confirmaba que Tania María y yo íbamos a ser padres. En los dos primeros meses de su desaparición fui visitar a la doctora como si ella pudiera decirme cómo iba el embarazo de Tania María. Cada vez que entraba en su consulta me acordaba que aquel fue el momento más feliz de mi vida, en la segunda visita la joven doctora, que no se caracteriza por su simpatía, me dijo que no podía seguir atendiéndome, tuve que hacerme a la idea e intentar seguir adelante con mi vida, aunque he fallado.

Hoy tengo a un bebé precioso conmigo, pero no es el que concebí con la mujer que amé con toda mi alma. Es la niña más preciosa que hay en el mundo. Rosy ya tiene seis meses, ella debería de ser menor que su hermano o hermana, debido a las complicaciones el embarazo de Silvia se adelantó y mi preciosa niña nació casi tres meses antes, dándome una razón para levantarme de la cama todas las mañanas sin querer morirme. Ahora lo hago feliz porque lo primero que veo es su preciosa carita. Rosy es una preciosa niña de ojos verdes risueña y muy amada, mi madre está como loca con su nieta, aunque alguna que otra vez hace comentarios que están fuera de lugar, pero como se trata de ella hago lo de siempre, ignoro y no discuto. Silvia en estos meses no ha cogido a nuestra hija ni una sola vez en brazos, entre todos logramos que ella se cuide. Lleva dos meses visitando a un psiquiatra y a un psicólogo. La medicación logró aplacar un poco su furia y su fobia a estar cerca de nuestra hija, ya puede estar en la misma habitación que la pequeña sin tener uno de sus ataques, en un par de ocasiones ha jugado con la niña bajo la atenta vigilancia de mi madre y la niñera. Estoy contento con los progresos logrados.

La situación entre nosotros se nos hizo insostenible por lo que he decidido poner punto y final a nuestra relación. Ya no tiene sentido alguno seguir con esta farsa, yo solo acepté seguir con ella por mi hija, y ella no quiere a la pequeña, así que una vez los médicos digan que está bien, le presentaré los papeles del divorcio, que ya los tengo en mi poder. Será una dura batalla para que firme, pero no hay vuelta atrás, cumpliré con mi palabra de nunca dejarle faltar nada, pero viviré mi vida.

Hoy celebraremos una fiesta por mi treinta y dos cumpleaños, que fue hace tres meses atrás, pero en aquel momento no estábamos para celebraciones con todo que teníamos encima y, para mí fue un día agridulce, no pude dejar a recordar yo haciendo el amor con Tania María en aseo de aquel teatro.

Mis amigos insistieron en hacer una celebración, ya que desde que Tania María desapareció de mi vida, nunca más salí de fiesta. En todo este tiempo no he dejado de buscarla, pero no hay ni rastro. Fernando José no dice nada a nadie. Él todas las tardes que tiene libres desaparece, sé que no está bien, pero ordené que lo siguieran un par de veces y descubrí que va al hospital a tocar el piano a los pacientes. Así que le quité la vigilancia.

Los invitados empiezan a llegar a mi casa, con sus familias, esta vez es diferente, ya que al tener a Rosy decidí que sería una celebración normal. Hay la diversión para los que le gusta, pero yo no seré partícipe en las juegas, ya no me atraen. Todos son muy discretos para no llamar la atención de sus esposas, de mi madre y de mi tía. No es que ellas no sepan de qué iban mis fiestas anteriores, pero una cosa es que lo sepan y otra muy distinta es que ellas lo vean. He de reconocer que me lo estoy pasando bien.

Estamos en pleno auge de la fiesta cuando aparece una radiante Silvia con un vestido ceñido a su cuerpo revelando lo recuperada que está del embarazo. Ella camina hacia mí, que tengo a nuestra hija en brazos, llega hasta nosotros. Ante mi sorpresa, toma a Rosy de mis brazos, le da un beso en la mejilla y se gira hacia a mí, le veo la intención y me aparto abortando su intención de besarme en público. Ella se agarra de mi mano como si su vida dependiera de ello, y me arrastra por todo el jardín como si la fiesta fuera de ella. Cuando llegamos al selecto grupo en donde se encontraba Jay Z, con su familia, Drake y Missy Elliot, Silvia dice lo más alto que permite su buena educación.

—Bruno, toma a nuestra pequeña, ella está tan grande que no puedo con ella.

Todos nos miraron con admiración, la fulmino con la mirada. Sé perfectamente cuáles son sus intenciones.

La pequeña Rosy empieza a llorar en sus brazos tirándose a mí, haciendo que vuelva a aparecer en los ojos de Silvia aquella mirada de odio de los primeros meses de vida de mi hija. Me apresuro a quitarle a la niña de sus brazos. Está en tratamiento, pero es una desquiciada, y puede ocurrirle cualquier cosa.

Mi madre, que lo ha visto todo, viene hasta nosotros, coge a la niña y la lleva lejos de su madre, decido jugar a las casitas para no estropear la fiesta que tanta ilusión tenían mis amigos en celebrar, y se lo debo por estar a mi lado siempre que los necesito, no dejaré aparecer lo cabreado que estoy ahora mismo. Silvia, al darse cuenta de que le sigo el juego, me da un beso y empieza su numerito, me saca a bailar, me hace un discurso con declaración de amor incluida, tengo ganas de matarla. Ella planea cada paso que damos, nada es fruto del azar, es imposible que esté improvisando sobre la marcha, después de que se mostró delante de la gente con la niña no volvió a preguntar por ella. Todas las alarmas sonaron cuando la vi con una copa en la mano, a partir de ahí yo pasé a ser su sombra, ya no era ella quien me arrastraba, si no yo quien no me apartaba de ella. Silvia y alcohol ya es una mezcla peligrosa. Silvia, alcohol y medicamento es un coctel molotov que en cualquier momento puede explotar en mi cara.

Lo que debía ser una noche de celebración, se transformó en una verdadera tortura, ya no disfruté de nada.

Veo a mi madre venir corriendo sin color, mi corazón se dispara. Me olvido de Silvia y salgo corriendo a su encuentro, solo puedo pensar en mi hija.

¿Qué le ha pasado? ¿Dónde la tiene? Escruto a mi madre de arriba abajo buscando sangre o algo que me pueda decir qué ha pasado. Mi madre cuando me tiene delante no es capaz de articular palabra.

—E..el.. ella está al teléfono y está llorando. —No hace falta que me diga quién es. Salgo corriendo en busca del teléfono.

Llego al salón y encuentro a Fernando José con el aparato en el oído llorando como un niño. Lo arranco de sus manos.

—¿Dónde está mi hijo? Te lo voy a quitar y nunca más lo volverás a ver. —Oigo sus sollozos, ella no articula palabra, solo balbucea—. Dime de una puta vez dónde estás. Dime… —grito desesperado.

Me grita pidiendo que le pase con su hermano.

—No… con la única persona con quien vas a hablar es conmigo. Tú me quitaste la vida y me lo vas a pagar.

Ella pronuncia la última frase que no deseo escuchar en la vida.

Tania María sigue hablando, sin embargo, no la oigo más. Como siempre, mi madre toma el mando de la situación, arrancando el teléfono de mi mano y se pone a hablar con ella.

Estoy en shock, lo que me trae de vuelta es el llanto de mi hija, que estaba en brazos de su tío Black, que me mira sin entender nada. Mi madre llora al teléfono, Fernando José, en hombros de su novia. A estas alturas ya estamos rodeados de gente.

Tomo a mi hija en brazos, la abrazo. Mi pecho está oprimido por el miedo y la desdicha de saber que mi bebé me necesita y no estoy a su lado. Busco consuelo en mi otro bebé, que con sus pequeñas manitas acaricia mi rostro.

Wallace entra avisando que ya se encargó de los invitados, solo quedaban los más allegados, pero que ya se están marchando. No me había dado cuenta de que toda la gente que había estado en el salón hace tan solo unos minutos había desaparecido.

Silvia entra colérica, al ver mi madre y Fernando José llorando, yo desencajado, y los demás muy serios llama mi atención.

—Bruno, acompáñame al despacho. —Me niego a acompañarla. Silvia se acerca a mi oído me cuchichea.

—Si quieres a ese mocoso con vida, será mejor que me sigas.

Veo todo rojo, ¿qué me está diciendo? La tomo por el brazo, la aparto un poco de los presentes y le pregunto:

—De qué coño me hablas.

—No te hagas el tonto: del mocoso que tienes en la calle.

Me quedo helado, desde cuándo Silvia sabe que tengo un hijo. Sin más opción, la acompaño a mi despacho, entramos y ella cierra la puerta con llave.

—Ya veo que tuviste noticias de esa desgraciada. Si no quieres que ella sufra, no te muevas de aquí ni un milímetro.

—¿Qué sabes tú? —pregunto para ver si ella no está de farol.

—Lo sé todo, ella no va a quitarme lo que me costó tanto conseguir.

—Ella, ¿quién? —Necesito saber hasta dónde tiene información sobre Tania María.

—La pobretona esa, la que fue capaz de darte el maldito niño que yo no pude. Desde que ella apareció, mis planes tuvieron que cambiar.

—¿De qué planes estás hablando, Silvia? ¿Estás loca?

—Ya te he dicho en otra ocasión que no sabes cuánto —me contesta riéndose.

—El único hijo que tengo es Rosy —afirmo para ver cuál será su reacción, ya que hasta ahora no me ha dicho nada en concreto, tengo que jugar con ella como hace conmigo.

—Si no tiene ningún hijo, que se muera el de la pobretona.

—¿Quién es esa mujer a la que te refieres con tanto desprecio, Silvia?

—No te hagas el tonto, Tania María, alias Rosita, hasta su nombre es patético. —La sangre se me hiela en mi cuerpo. Silvia no está de farol.

—¿Sabes dónde está? —pregunto desesperado. Ya no me hace falta ocultarme.

—Sí…, pero no te hagas ilusiones, porque no te lo diré.

—No hace falta que me lo digas, ella ya se lo dijo a mi madre.

—Si vas a su encuentro, le causarás mucho más sufrimiento.

Silvia saca un sobre de un cajón y me lo tira encima. Nunca me había percatado de la presencia de este sobre entre mis cosas. Lo abro rápidamente, dentro del sobre tiene varias fotos de Tania María junto a su familia, lo sé porque ella es la copia de su madre, hay muchas fotos, miro una a una hasta que llego a unas en que ellos están en una cama de hospital.

—Qué significa todo esto.

—Tú los dejaste ahí, tú condenaste a sus padres.

—De qué estás hablando, Silvia.

—De que por tu culpa su madre ha muerto y su padre está entre la vida y la muerte, en tus manos está que él siga vivo y que ella no sepa la verdad.

Mi cabeza empieza a dar mil vueltas, regreso a aquella fatídica noche, no me acuerdo de nada, solo me acuerdo de haberme despertado en la cama de aquel hospital y quedarme destrozado con la pérdida de nuestro bebé.

—¡Tú y tu padre me dijisteis que fue un animal lo que atropellé!

—¿Y esta gente qué es? Son animales que vienen a nuestro país a traficar y robar.

—Me das asco, mi madre es dominicana.

—Ya lo sé, y mírala —dice con desdén.

—No te consiento que hables así de mi madre.

Me ignora con la mano y pone cara de desprecio. Cómo pudo hacerme esto, qué más ha pasado en mi vida que no conozco, mi cabeza está hirviendo, hay tantas preguntas, y la única que me puede dar las respuestas es una psicópata que está obsesionada conmigo.

—Ahora saldrás ahí afuera y dirás a todos que se marchen, y olvídate de esa don nadie. Tú eres mío. Y no pienses en engañarme para ir detrás de ella, tengo todo grabado, y no dudaré en utilizarlo para destruirte, y de paso a esta maldita niña.

—¿Cómo puedes hablar así de tu propia hija?

—Anda, vete, ya me cansé de hablar contigo, ahora ya sabes lo que hay.

—Si crees que haré lo que quieras, estás muy engañada.

—Dentro de media hora recibirás otra llamada muy esclarecedora. —Me guiña el ojo y sale dejándome solo en el despacho.

Me he casado con un maldito monstruo con cara de ángel. Esta mujer está totalmente fuera de control, en sus palabras no hay ni una pizca de duda o inseguridad. Está hablando muy serio, pero nada ni nadie me va a impedir ayudar a mi hijo, de la misma manera que nadie va a tocar a mi hija. Si ella quiere destruirme, que lo haga, ya empezaré desde cero nuevamente junto a mis hijos.

Vuelvo al salón en donde se encuentran todos reunidos. Fernando José viene corriendo a mí y me pide en llantos que vaya ya mismo al encuentro de su hermana, cuando le iba a contestar, oigo la voz de Silvia detrás avisándome que me espera en nuestra habitación. Todos me miran sorprendidos, pero le bastó a mi familia ver mi reacción para que supiera que algo iba mal. Sigo parado en el mismo sitio. Silvia vuelve a llamarme, me giro con intención de contestarle, pero ella me calla al llamar a Fernando José y decirle que tiene que contarle algo muy importante.

Rápidamente, le digo que ya voy, le pido solo unos minutos para poner a Rosy a dormir. Esto fue lo primero que se me ocurrió para ganar unos minutos y poder comentar con mi familia lo que estaba pasando, no puedo causar más dolor a este chico.

Silvia me da diez minutos para acostar a mi hija y que me vaya junto a ella. Rápidamente, tomo a la niña, que está en brazos de su abuela, digo a Fernando José que todo se va a solucionar, pido a mi familia que me acompañe. Esta fue la única manera que encontré de deshacerme del chico sin tener que darle explicaciones.

Resguardados en la privacidad de la habitación de Rosy, que gracias al gran flujo de gente en mi casa está insonorizada, y lejos de la del chico y de la de Silvia, me pongo a explicar lo ocurrido a mi familia. Empiezo diciendo que les va a sorprender tanto como me sorprendió a mí, hago a mi madre prometer que se va a contener, pero casi que fue peor la advertencia, ella empieza a dar vueltas por la habitación exigiendo que diga de una vez. No podía empezar contándoles directamente lo que hay, conozco a mi madre y sé que, si le cuento sin antes tener su palabra, saldrá corriendo de esta habitación y matará a Silvia.

Les cuento a mi familia todo lo que sé hasta el momento, a cada palabra que sale de mi boca es más difícil retener a mi madre en la habitación. La única solución que encuentro para que deje de querer salir a asesinar a la madre de mi hija es poner a Rosy en sus brazos. Les aviso de que tengo que seguirle el juego para saber qué es lo que está pasando antes de hacer cualquier cosa.

Cuando les revelo la desgracia vivida por los hermanos, y que yo soy el culpable, no se lo creen, me veo obligado a enseñarles las fotos que Silvia me dio. Solo me da tiempo a coger a mi hija, que casi sale volando por los aires, y entre mis dos amigos sujetan a mi madre para que no vaya a matarla, le llamo la atención diciendo que me quedan apenas tres minutos antes de que ella venga. Mi madre se tranquiliza, no desperdiciando los minutos restantes, y afirma que tenemos que ir a por Tania María y él bebé que está entre la vida y la muerte. Mis amigos se me adelantan y dicen que este es nuestro único objetivo.

Les interrumpo y les explico que no puedo salir del país ahora, ya que no sé qué tiene Silvia en mi contra. Les cuento que sus palabras están cargadas de peligrosidad, y que tengo que verificar qué hay de esa llamada, y a partir de ahí ya encontraré el modo de ir a por Tania María.

¿Crees que Silvia tiene algo que ver con la desaparición de Rosita?

Por primera vez tengo que llamar a Black lumbreras. ¡Vaya pregunta más tonta me hace!

Después de ver su comportamiento tengo certeza de que ella está detrás de esto, ahora me queda averiguar hasta dónde. Mi amigo, cabreado, toma la mano de su novia y nos avisa que se va con su mujer a preguntar a Kisha si sabe de algo, todos preguntamos a la vez: ¿Desde cuándo Crystal es tu mujer? ¿Y desde cuándo aquella loca frecuenta tu casa?

Él, riéndose, me dice que con tantos problemas no me entero de nada. Mi madre nos mira incrédula y nos reprende, diciendo que no es el momento de ponernos a hablar de obscenidades.

Y empieza a explicarme qué pasa con el bebé, dice está muy débil y que no saben qué es lo que le pasa, que ahora necesita una transfusión de sangre urgente, que todos vamos a tener que hacer las pruebas para ver si podemos ser donantes de médula. Y que tenemos que encontrar una manera de irnos a México cuanto antes.

—México… ¿ella se fue a México? —grito—. ¿Cómo pude ser tan tonto, por qué no la busqué en su país? Cómo no se me ocurrió, ella dejó la pista bajo mi nariz y no me di cuenta.

Pasado los diez minutos justos entro en la habitación de Silvia, estoy decidido a descubrir qué está tramando esta loca.

Y qué más me está ocultando de aquella maldita noche en que ambos perdemos más de lo que teníamos para dar, y me condenó a esta vida miserable.

Al verme entrar sonríe y viene a darme un beso, la empujo lejos de mí, no permitiré que me toque. Su presencia me repugna, no entra en mi cabeza cómo pude estar tan engañado. Ella intenta acercarse, la miró fijamente y digo:

—No sé qué tienes en mi contra, porque de aquella maldita noche solo sé lo que tú me contaste, pero no te hagas ilusiones, no conseguirás nada de mí.

—Estás muy engañado, Bruno, conseguiré todo de ti. Sé que estás perdidamente enamorado de esa don nadie, que sientes por ella lo que nunca sentiste por mí, la pena que ella está en brazos de otro, el hombre que dio su apellido a tu bastardo.

—Mientes… —grito. Ella se carcajea.

—Como prueba de mis sentimientos hacia a ti, y como sé que el niño está entre la vida y la muerte, y necesita nuestra ayuda —esta mujer está muy mal, de dónde sacó que mi hijo la necesita— te dejaré que arregles todo para que mañana viajemos tú y yo para ayudar a tu hijo, y para que veas con tus propios ojos que ella, ya rehízo su vida y que no soy mala persona.

—¿Y por qué iría yo a hacer esto? ¿Por qué te llevaré conmigo?

—Simple, porque no quieres que ella sepa que fuiste tú quien dejo a su madre fallecida, en estado vegetativo y su padre inválido.

—Es mentira —vuelvo a gritar.

Es horrible no poder hacer nada para que pare, ella me tiene en sus manos.

Suena mi teléfono, ella me manda que lo atienda. Dubitativo, lo cojo.

Una voz distorsionada me ordena que encienda el ordenador, salgo corriendo a mi despacho seguido por Silvia. Prendo el ordenador y no veo nada.

—¿Qué quiere? Ya encendí el ordenador, y aquí no hay nada. —Silvia, carcajeándose, me ordena que espere un poco.

Con la mano en la cabeza y dando vueltas de un lado a otro espero. No hay otra cosa que pueda hacer.

—No, no, esto no puede ser, este no soy yo, esto es un montaje, tú no subirías en un coche conmigo en este estado. —La reproducción que tengo delante de mis ojos es deplorable. ¿Por qué esta mujer me está haciendo esto?

Es un vídeo en donde estoy apoyado en la puerta de mi coche casi inconsciente, y después aparezco detrás del volante y Silvia a mi lado. El vídeo dura unos dos minutos, ella me asegura que esto es solo una previa. Me dice que tiene la grabación entera y que está a buen recaudo.

—Te voy a denunciar, voy destruir tu carrera. —Otra carcajada, esta es más aterradora que la anterior.

—¿Me ves hacer algo ahí? Yo soy solo una víctima más de tus excesos y este lamentable accidente ocasionado por ti. —Me apunta dándome con el dedo en el pecho—. En donde he perdido lo que más quería. Eres un criminal. Mi padre utilizó sus influencias para que nadie supiera.

—Claro que sí, tu padre también está metido en esto. Sois tan culpables como yo.

—Yo alegaré que me callé por amor, diré que tuve miedo a perderte, que me chantajeaste. Me caerá una pena mínima, mi padre moverá sus hilos y estaré en libertad antes de que parpadee, sin embargo, tú estarás en prisión perpetua o la pena de muerte.

Ya no puedo más, abandono el despacho y me voy para mi habitación y me encierro dentro. No deseo hablar con nadie, no puedo creer que cogiera el coche en aquellas condiciones, yo tenía mucho aguante, cómo es posible que en aquella fiesta me dejara llevar hasta llegar a tal punto y causar aquel terrible accidente, me hicieron creer que no hubo más víctimas que nosotros mismos, y ahora me entero de que a consecuencia de mis excesos, aunque en aquella noche apenas había bebido tres copas de vino y dos rayas, unos niños se vieron privados de crecer junto a sus padres, y que uno de ellos está muerto y otro lucha por salvar su vida en la cama de un hospital.

No puedo dejar de pensar en el dolor que he causado a la mujer que amo, y que me ha llamado desesperada pidiéndome ayuda para salvar la vida de nuestro hijo.

No me gustan las mentiras, pero ahora no puedo revelar a Fernando José y a Tania María que soy culpable de su dolor. No tengo otra alternativa, tendré que aceptar el chantaje de Silvia, es la única manera que tengo ahora mismo de ayudar a mi hijo sin desatar la furia de esta loca.

Después de mucho pensar salgo en busca de mi gente, que están reunidos en el salón, el mismo que antaño estaba siempre lleno de gente y de alegría, y que ahora solo se aprecia el silencio, que en ocasiones es interrumpido por el llanto de mi pequeña, que tiene a todo un ejército de personas pendiente de ella y de sus necesidades.

Mi familia oye el lloro de mi niña y salen corriendo escaleras arriba, casi tirándome por el camino, aun sabiendo que está con la cuidadora. Todos necesitamos cerciorarnos con nuestros propios ojos de que todo va bien. Al encontrarme con todos subiendo corriendo, salgo detrás de ellos en dirección a la habitación de mi hija. Entramos en tromba y encontramos la niña siendo cambiada por la cuidadora. Mi madre toma el lugar de la chica y se ocupa del cuidado de su nieta.

Una vez la niña está aseada y lista, los invito a dar un paseo por la urbanización y así podré hablar con ellos sin preocupación de que Silvia nos oiga.

Nada más salir por el portón todos preguntaron:

—¿Qué está ocurriendo? ¿Por qué no estás en un vuelo dirección a México ya mismo?

—Porque la vida de Tania María y de mi hijo corren peligro.

Capítulo 24

Todo está listo para nuestra partida para hoy por la tarde, sin embargo, nadie sabe nada de Silvia desde ayer por la noche. Cuando ella intentó entrar en mi habitación y seducirme y la rechacé, enfurecida, hizo una llamada y la única noticia que tuve de ella desde entonces fue por parte del personal del servicio, que me informó que un coche desconocido la recogió delante de nuestra casa, y que ella dejó un recado avisando de que no vendría a dormir, noticia que recibí gratamente, dijo también que para cualquier cosa que la llamáramos al móvil.

Nos encontramos a pocas horas de irnos de viaje, y ella no tiene nada preparado, dentro de una hora tenemos que salir de casa. La llamo a su móvil y no me lo coge. La esperaré cuarenta minutos más, ni uno más ni uno menos. Si no aparece, me iré; no perderé el vuelo por su culpa, después veré qué pasa.

Ella estuvo meses haciéndonos a todos creer que estaba mal, que estaba sumida en una profunda tristeza, que estaba con depresión, y en realidad siempre estuvo en su más perfecto juicio, todo lo que hizo fue a conciencia.

Fernando José me espera abajo junto a Sara, su novia. Él es el único que irá conmigo para el aeropuerto, me encontraré con mi familia allí. Después de mucho discutir logré convencerlos de que nos encontremos en la puerta de embarque, no me dejan ni un minuto a solas, es agobiante, entre los dos se turnan y siempre está uno conmigo, me dijeron que tienen miedo a que Silvia intente hacer algo contra mí o contra mi hija, y yo por defendernos haga una locura. Cuando mi hija cumplió los tres meses, logré que mi madre retomara su vida, pero me quedaron estos dos negratas, que no hay manera de sacarlos de encima.

Mi familia está decidida a investigar todo sobre el accidente, y qué pasó con la familia de Tania María, quién los trasladó al hospital, cómo ocurrió, todo es un misterio tan grande que hoy más que nunca sabemos que hay algo turbio detrás de toda esta historia aunque desgraciadamente, no sabemos por dónde empezar a buscar.

Falta una hora para que salga el avión, ya estamos todos en el aeropuerto, ya hicimos el *chek-in*, y Silvia no aparece por ningún lado. Volamos en un vuelo privado, pero tenemos que estar a la hora, como todos, esto no es la pista de kart que llegas y sales a la hora que quieres.

Por los altavoces hacen la última llamada para nuestro vuelo y seguimos sin tener noticias de Silvia, nos dirigimos a la puerta de embarque. Fernando José no deja de dar vueltas en círculos, acompañado de su nuevo amigo, un Labrador perfectamente adiestrado para ser su perro guía. Aun con todos los problemas que tengo encima, me veía en la obligación de hacer algo más por este chico. Llevado por esta inquietud y pesquisando en internet sobre los perros guía, llegué hasta una asociación especializada en discapacitados visual y les pedí ayuda para adquirir el mejor perro guía para que pudiera ser los tan añorados ojos de Fernando José mientras no damos con la solución definitiva. Con la ayuda de la Cruz Roja, que desempeña una buena labor humanitaria y la asociación, nos hicimos con Toby, un precioso cachorro de labrador de cuatro años que ya tiene ganado el corazón de Fernando José.

Ya tenía el móvil en la mano para llamar a Silvia por última vez y dejarle un mensaje avisándola de que me había ido, cuando ella se presenta en la puerta de embarque con las manos llenas de bolsas y una enorme sonrisa en la cara.

—Sabes que el vuelo sale dentro de menos de treinta minutos, ¿no?

—¡Sí, y qué!

—Que tenemos una hora para embarcar.

—Es un vuelo particular, así que no me toques las narices, he ido a comprar unos regalos para tu bastardo, al fin de cuentas —Silvia se acerca a mi oído y dice mucho más bajo— yo no sé nada de que la muerta de hambre era tu querida.

—Te odio —le digo entre dientes.

—Voy a cambiarme, y tú —Me apunta con el dedo— me vas a esperar aquí y entraremos juntos y de la mano en el avión.

La impotencia que tengo por no poder hacer nada para acabar con esta locura me lleva a tirar el móvil contra la pared de cristal del aeropuerto rompiéndolo en mil pedazos y dejando un bonito resquebrajo en el cristal, llamando la atención de todos que estaban esperando para subirse en sus aviones, las autoridades del aeropuerto se presentaron en cuestión de minutos. Me fue fácil deshacerme de ellos gracias a mi fama, y hacerme cargo de la reparación, que, para evitar problemas mayores, rápidamente dije que me haría responsable, dejé la tarjeta de mi abogado y la mía.

Silvia entra en el baño riéndose de mi desesperación por no tener otra alternativa. Yo, que soy conocido en mi mundo por ser un tipo duro y ahora soy un pelele en manos de esta psicópata.

Tengo que resignarme no hay nada que pueda hacer, solo esperar a que salga, no sé cómo le voy explicar a Fernando José mi arrebato, ya fue duro tener que decirle que Silvia se viene de viaje con nosotros, y ahora esto. Aunque este es el menor de mis problemas, mi cabeza no deja de dar vueltas intentando descubrir qué más voy tener que hacer por la loca esta, será un gran mazazo para Tania María verme llegar junto a mi esposa. Creerá que nos hemos reconciliado, por más que yo le haya amenazado, nunca estuvo en mis planes hacerle daño, y menos ahora, pero no tengo escapatoria. Para no poner a ella y a nuestro hijo en peligro, tendré que hacer lo que me ordene Silvia.

No sé cómo, pero me libraré de ella y lucharé por la mujer a la que amo, aunque esté con otro. Le diré que la perdono, que sé por todo el calvario que ha pasado, tengo certeza de que ella me ama y que es conmigo con quien quiere estar.

Bajamos al hangar privado camino hasta la aeronave, subo las escaleras de la mano de Silvia, como ella desea, los presentes no se percatan de nuestra presencia hasta que nos tienen encima.

—¿Dónde creéis que vais? —pregunta Silvia mirando a mi familia con desprecio. Ahora ya no disimula.

—A México —contestan todos.

—En este avión no iréis a ningún sitio, y esta mocosa menos. —Apunta a nuestra hija enseñando su perfecta manicura—. Si queréis ver a la cam… a Rosita, iréis en otro vuelo, en este iremos mi marido y yo. —Se gira y me da un beso.

—Silvia, todos queremos ver a Rosita, y hacernos las pruebas para saber si somos compatibles con el pequeño —dice un paciente Wallace.

—Me parece perfecto, pero fuera. —Conteniendo mi rabia, pido a mi familia que alquilen otro avión y nos encontremos allí cuando lleguen. Mi madre es la primera en bajarse del avión con mi hija en brazos. Le doy un beso y le agradezco por apoyarme en esto.

Mis amigos protestan diciendo que hasta que consigan otro vuelo solo podrán salir del país como muy temprano mañana. Fernando José, siguiendo el sonido de la voz de Silvia, amparado por su novia llega hasta ella, tantea en el aire hasta encontrar sus manos. Las sujeta entre las suyas y con las lágrimas corriendo por sus mejillas le pide que le permita ir con nosotros, siento ganas de gritar y decir que se viene y punto, pero no puedo. El chico le dice con la voz embargada por la emoción, que necesita abrazar a su hermana, saber que ella y su sobrino están bien. Silvia, con cara de fastidio, da un paso atrás, mira a todos y dice que él será la única persona ajena a nosotros que compartirá vuelo con nosotros. El pobre chico, al escucharla, se lanza en su dirección y la abraza. La cara de asco que pone hace que la novia de Fernando José se acerque hasta ellos y lo tome por el hombro con la excusa de despedirse y lo aparta. Silvia no se había dado cuenta hasta este momento de que la novia del chico es una de sus vocalistas, que por motivos personales no la pudo acompañar en la gira. Silvia le echa una mirada reprobatoria. Sara, lejos de amedrentarse, le planta cara y le pregunta si pasa algo, dejando a todos con la boca abierta y ganando muchos puntos con todos.

Tras todos los contratiempos que tuvimos, conseguimos salir con tan solo veinte minutos de retraso. El vuelo que nos lleva hasta la ciudad de Monterrey se está haciendo eterno, entre que me muero por conocer a mi hijo y ver a Tania María, y que en el avión solo estamos nosotros tres y el perro, Silvia se sienta a mi lado toma mi mano y empieza con sus quejas. Me levanto corriendo y me siento, lo más lejos de ella que he podido. El vuelo consiste en nosotros dos jugando al gato y al ratón.

En uno de mis cambios fugaces, paso al lado de Fernando José, y veo que está sudando y tiene agarrado muy fuerte el reposabrazos, deduje enseguida que tiene miedo a volar, me pongo a su lado, y empiezo a charlar con él, le digo muy bajo que tengo miedo a volar que si puede darme su mano para que me sienta más seguro. El chico rápidamente con una sonrisa en los labios busca el tacto mi mano, que la llevo al encuentro de la suya, él la agarra como si su vida dependiera de ello, y me gano una buena mirada reprendiéndome por parte de Silvia. ¡Que se joda!, pensé para mí. Por fin los últimos minutos de vuelo estuve más tranquilo.

El aterrizaje es algo conturbado, Silvia se pone histérica y empieza a recriminar a todos los que tiene delante de sus ojos, el personal de la tripulación ya no sabe qué hacer para agradarla, ya cansado de sus desplantes, les digo que pueden retirarse, que ella ya está con el cinturón puesto y que no pueden hacer nada más. Ella empieza a gritar que es una estrella y que no debería pisar sitios como este. Rápidamente, le recordé que uno de sus conciertos más multitudinarios fue en México DC.

El único que se preocupa por ella es Fernando José, que le pregunta qué le pasa, ella le responde gritándole que se calle. El joven se queda, sin entender qué está pasando. Ignorando las órdenes del comandante, suelto mi cinturón voy hasta ella, la tomo por el brazo la arrastro lejos del chico y le digo:

—Vuelves a hablarle así y no vuelvo contigo a Los Ángeles. —Silvia pierde el color. Al darme cuenta de su miedo intensifico la amenaza—. Acuérdate de que mi hija viene con mi familia en otro vuelo, así que no te atrevas a tratarlo mal ni a él ni a nadie o desaparezco con mi hija, tengo dinero suficiente para vivir como un rey en cualquier parte del mundo.

Silvia solo asiente. Se encamina hasta el chico, llama su atención y le pide disculpas llorando, consiguiendo que Fernando José sienta pena de ella y la abrace.

Nada más aterrizar en el aeropuerto, Fernando José y yo, tomamos uno de los dos coches que nos esperaba y fuimos directo para el hospital. A Silvia la mando para el hotel, junto con nuestro equipaje. Ella intenta protestar, pero basta una sola palabra mía y se calla enseguida, agradezco haber encontrado su talón de Aquiles.

El trayecto en coche hasta el hospital dura una hora y cuarenta y seis minutos, lo hacemos en silencio, veo pasar paisajes lindos y otros no tanto. Cuando veo a lo lejos el letrero de hospital, mi corazón parece que me va a salir del pecho al saber que ahí es donde voy encontrar a mi hijo. Aviso a su tío de que ya estamos a pocos minutos de llegar, que ya avisté el hospital, él se emociona y empieza a hacer mimos en su adorado perro.

El coche se detiene delante de la puerta, bajo al perro y después ayudo al chico. Fernando José está en la entrada del hospital discutiendo con un guardia de seguridad, que no quiere permitir su paso acompañado de su perro guía, el chico está recitando de memoria su derecho a circular por sitios públicos acompañado de su perro. Me acerco hasta ellos, saludo al guardia y pido hablar con el responsable del hospital. Tomo los papeles que tiene el chico en las manos y los sujeto. El pobre guardia no sabe qué hacer, creo que nunca se ha visto en esta situación. Ante la duda nos deja pasar, nos cuesta poder llegar al mostrador, el perro tiene que hacer un verdadero laberinto entre toda la gente que hay aquí para poder posicionarse a su lado. El número de gente intentando ser atendidos por una señora muy poco amable que se encuentra detrás del mostrador es enorme.

Ahora mismo tengo ganas de matar a Tania María por poner en riesgo la vida de mi hijo teniéndolo ingresado en estas condiciones. Intento llamar la atención de la señora una y otra vez, y soy ignorado como las docenas de personas que se encuentran a mi lado. Ya cansado de implorar, mando al chico que se siente, y salgo corriendo por el hospital buscando a mi hijo. Avisto a un guardia de seguridad bailando ajeno a toda esta gente que está aquí en busca de ayuda para sus seres queridos.

Camino hasta el chico y me presento, el rápidamente me reconoce y me llama por mi nombre artístico, BRX2. Me quito la capucha dejando mi rostro al descubierto, confirmando mi identidad al joven guardia. Él se quita los auriculares y me extiende la mano con admiración. Al ver que he alcanzado mi objetivo, voy directo al asunto: le digo que necesito su ayuda. Él con una sonrisa en el rostro me dice que, si puede ayudarme, lo hará con gusto. Le digo que estoy buscando a una persona que está ingresada aquí, y ahorrándome el trabajo de tener que explicarle, me interrumpe y me pide el nombre de la persona a la que busco y afirma que, si está aquí, en menos de cinco minutos me dará su ubicación exacta.

«¿Cómo es posible que Tania María haga esto a nuestro hijo? Qué precariedades más estará pasando por culpa del egoísmo de su madre»

Haciendo acopio de mí ya escaso autocontrol, le doy el nombre de la madre de mi hijo. El guardia de seguridad no se asombró con el nombre, aquí mucha gente tiene el nombre así. Sale corriendo en la dirección de la que yo acababa de venir, y en menos de cinco minutos está de vuelta, pero no me trae buenas noticias, me dice que no hay nadie ingresado con este nombre, cosa que ya lo sé, me aclara que ella estuvo ingresada aquí hacía seis meses y medio atrás para dar a luz y nada más. Salgo corriendo en busca de Fernando José y le pregunto el nombre de mi hijo. El chico no contesta, se queda callado, estoy a punto de perder la cordura. Le pido que si conoce el nombre de mi hijo, que me lo diga de una vez. Empezó a ponerse nervioso y decir que no puede traicionar a su hermana. La

·poca cordura que me quedaba se agota y, olvidando de su deficiencia, lo tomo por la camisa y le grito a tan solo unos centímetros de su cara que diga de una vez el nombre de mi hijo. Fernando José empieza a llorar y dice que no conoce los apellidos de su sobrino solo el primer nombre. Me pregunto si de verdad Tania María fue capaz de dar a mi hijo el apellido de otro hombre. El guardia de seguridad, aún impresionado por lo que acaba de descubrir, me mira y no sé si es con adoración por saber que su ídolo ha sido infiel a su preciosa esposa con una mexicana y que tiene un hijo ilegitimo con ella o, todo lo contrario. El guardia, al ver que no suelto al chico, se apiada de él, pone la mano en mi hombro y me dice que al saber el nombre de la madre completo y el primer nombre del bebé puede localizarla, igual tardaría unos minutos más, pero que lo haría.

Prometo al guardia que lo recompensaré, él se apresura a decirme que no hace falta, que con una foto y un autógrafo ya es feliz. Fernando José le dice a él en privado el nombre de mi hijo.

¡No entiendo el porqué de tanto secretismo, dentro de minutos lo descubriré!

Diez minutos contados de reloj el joven vuelve, y nos manda a la tercera planta, habitación 302, nos encaminamos a los ascensores y nos encontramos con una enorme cola. Le digo al chico que lo encontraré arriba, sin darle tiempo a que diga nada salgo corriendo en dirección a las escaleras, subo saltando los peldaños de dos en dos, llego a la tercera planta y salgo corriendo por el pasillo mirando los números de las habitaciones, buscando la que está mi hijo. Cuando veo la habitación, sin importarme si hay médico dentro o no, abro la puerta sin llamar.

La imagen que encuentro termina de romper mi corazón, jamás en mi vida, ni en mis más horribles sueños me imaginé que ella me haría esto, que sería capaz de hacer esto a nuestro hijo. En la habitación hay cuatro cunas. Mi hijo se encuentra en la última, que por lo menos está al lado de la ventana. No tengo visión de mi bebé, pero sí de su madre, que se encuentra en brazos de otro hombre que la consuela. No lo reconozco. Es de complexión delgada y no muy alto. Silvia no mintió, ella rehízo su vida, decido ignorarlos, no estoy aquí por ella y sí por mi pequeño. Voy a largarme de aquí con él, llevarlo a un hospital en que recibirá los mejores tratamientos, me pongo la capucha, paso por las tres primeras cunas llegando al fondo de la habitación, me paro delante de mi hijo, que se encuentra dormido, mi pequeño tiene la cabecita afeitada y lleva una vía puesta.

Miro furioso a la mujer que amo. Todavía no me han descubierto, el culpable de que ella me haya dejado la besa en la cabeza y le asegura que todo va a salir bien, como si él pudiera hacer algo para ayudarla. Si fuera así, no me hubiera llamado, siento deseo de aniquilarlo.

Si mi hijo está aquí es por su culpa, mi subconsciente me traiciona y doy voz a mis pensamientos llamando la atención de la madre de mi hijo y su pareja, ella al verme palidece y se aparta de su acompañante. Él levanta la cabeza y dirige la mirada hacía a mí y lo reconozco. Ofuscado, me acerco a Tania María y afirmo:

—Primero, salvaré la vida de mi hijo, y después te lo quitaré y nunca más lo volverás a ver. No te perdonaré por hacernos pasar por esto.

—Bruno, todo tiene una explicación.

—No me hables, lo tuviste casi seis meses. Ahora largo. —La gente que acompañaba a los otros bebés nos mira sin entender nada, pero no me importa.

Tania María sabe que ya no puede hacer nada para ayudar a nuestro hijo, su tipo sanguíneo no es el mismo, su médula no es compatible, así que, sin discutir, toma de la mano a su pareja y sale de la habitación dejando su perfume en el aire, sacudo la cabeza para quitarme la tontería de encima y aprovechar la oportunidad para conocer a mi hijo.

Fernando José entra en la habitación acompañado de una enfermera, que se enternece con la escena que tiene delante. Tengo a mi hijo dormido en mis brazos, y estoy llorando como un tonto, pero me importa una mierda. Estoy llenando de besos toda su cabeza y cuerpo. Está tan debilitado, es grande, pero está extremadamente delgado, y tiene unos pequeños surcos negros al derredor de los ojos. Lo huelo, lo acerco a mi rostro, lo achucho tanto que lo despierto. Cuando veo sus ojitos abiertos, siento que estoy completo nuevamente, los ojos de mi hijo son iguales que los míos. Gris intenso.

Ni la enfermera ni nadie, se atreve a interrumpir este momento padre e hijo que está ocurriendo. La mujer decide salir con Fernando José y volver en otro momento, interiormente agradezco, es nuestro momento.

Minutos después salgo de la habitación, y me encuentro con los hermanos abrazados y llorando, vuelvo con mi hijo y lo encuentro en compañía de este desgraciado que se aprovechó de la situación para quedarse con ella. No le digo nada, ya llegará el momento de ajustar cuentas. Cuando los hermanos entran, les notifico que voy buscar el médico para donar la sangre y hacer los trámites para trasladarlo a Estados Unidos. Tania María, al escucharme, se altera.

—No, mi hijo no se va de aquí. Es mío.

—Quítate de mi camino. —Hago como si ella no estuviera, paso a su lado y voy en busca de mi objetivo, ella sabe que no hay nada que pueda hacer para impedirme marcharme con mi hijo. El dinero compra todo o casi todo, y para hacerme las cosas todavía más fáciles tengo suficiente influencia para lograr sacarlo de aquí sin mayores complicaciones. Los dejo atrás y voy en busca del médico que está tratando al pequeño.

Desesperada, sale corriendo detrás de mí, me para en mitad del pasillo, y me ordena que vuelva con mi gente, como si esto estuviera en sus manos, ahora que sé dónde están no me iré de aquí solo.

—Vuelve con tu pareja.

Sigo mi camino, paro a la primera enfermera que veo y le pido que diga al médico que está tratando a mi pequeño que quiero hablar con él. Ella me pregunta el nombre del paciente, una vez más refriegan en mi cara que no soy nada en la vida de mi pequeño. No conozco ni su nombre. Vuelvo a la habitación y no la encuentro, mi hijo está en brazos de su tío y siento celos. Tania María entra en la habitación y se pone a mi lado mirando a su hermano con nuestro hijo en brazos.

—¿Cuál es el nombre de mi hijo? —le pregunto. Ella se pone nerviosa empieza a retorcerse las manos.

—No sé si te vas a enfadar —me dice asustada, por mi cabeza empiezan a montarse miles de películas y en ninguna de ella salgo bien. Seguro es el nombre de su pareja y lo cambiaré, encima de que lleva el apellido de otro, su primer nombre no, mi hijo es pequeño y no se dará cuenta de que lo he cambiado.

—¿Puedes decirme de una vez cuál es el nombre de mi hijo? No tengo todo el tiempo del mundo e infelizmente mi hijo tampoco.

—Su…su…

—Dilo de una vez. —Elevo un poco la voz, siendo reprendido por las otras madres.

—Si vuelves a elevar la voz a mi hermana, te partiré la cara y te echaré de aquí.

—Esto no va contigo, así que cállate —digo a Fernando José—. Y tú, Rosita, dime el nombre de mi hijo —pronuncio con desdén.

No disfruto siendo borde con el chico, creo que es la primera vez que lo soy, pero él nunca hizo nada para ayudar a mitigar mi dolor y ahora que nadie se interponga en mi camino.

El guitarrista sin decir una sola palabra llega hasta mí, sin que yo lo vea acercarse me propina un puñetazo en toda la cara. Cuando siento el golpe, voy para encima de él, que se defiende, y empieza un fiero trueque de golpes. Consigo inmovilizarlo, me pongo encima de él y le propino una gran secuencia de golpes en la cara, toda la rabia contenida que tenía por saber que él comparte cama con la mujer a la que quiero descargo en su cara dejándola como un mosaico. Las mujeres empiezan a gritar por auxilio, los bebés a llorar, pero estábamos cegados por la ira y seguimos dándonos de golpes. Aparecen dos guardias de seguridad, que nos sacan a la fuerza de la habitación para echarnos fuera del hospital. Al darme cuenta de las nefastas consecuencias, utilizo a mi favor mi fama y me identifico creyendo que esto me beneficiaria, pero no me salió bien la jugada, entonces sin miramientos ofrezco dinero al guardia que me tiene agarrado del cuello, y sujetando mi mano detrás de la espalda, teniéndome inmovilizado, pero sin emplear demasiada fuerza, con la otra mano que tiene en mi cuello la utiliza como guía indicando por dónde debo ir, el guardia al escuchar mi propuesta se desvía del camino y me mete en una habitación que está desactivada. Negociamos como titanes. Él me saca una jugosa cuantía, a la cual me asegura que no veré la cara del guitarrista en el hospital salvo que él se esté muriendo o yo diga que él puede pasar, hasta el día que me vaya.

Vuelvo a la habitación con algunos moratones en la cara, encuentro a Tania María llorando desconsolada en brazos de su hermano. Mi primer impulso es de ir hasta ella para consolarla, pero mi orgullo y la rabia de verla en brazos de otro pueden con mis sentimientos.

—Por favor, dime el nombre de mi hijo.

Ella se asusta al escuchar mi voz, ya me creía fuera del recinto.

—El nombre de mi hijo es Bruno de Jesús de todos los Santos. —Nada más terminar de decir el nombre del pequeño se refugia en brazos de su hermano que la abraza.

—¿Por qué mi hijo no tiene mi apellido? ¿Tan malo fui contigo?

—Por favor, salva a mi hijo y no me lo quites. —Le ruego que conteste a mi pregunta.

Ella me ignora, ya cansado de tanto discutir salgo de la habitación.

Notifico a la enfermera que me está sacando la sangre para qué paciente es. Con orgullo digo el nombre de mi pequeño, aunque no tenga mi apellido todavía, pero me alegra saber que él lleva mi nombre.

Después de la transfusión me presento ante el doctor para hacer las pruebas de compatibilidad y descubro que no puedo ser donante debido a uno de mis recientes tatuajes. La desesperación se ceba conmigo, me siento inútil, me reprocho por haber tomado tantas decisiones precipitadas en mi vida, y de golpe las estoy pagando todas y con consecuencias que están afectando a terceros, que me digan que no podré hacer nada más que donar mi sangre me mata. Salgo a tomar aire, me siento asfixiado aquí dentro, mi paso es cortado por el joven guardia de seguridad, que me aconseja no andar solo afuera, debido a los altos índices de secuestro relámpago que tiene el país, y me asegura que, si se descubre mi presencia aquí, estaré en peligro. No sé si agradecerlo por advertirme o darle un puñetazo, no soporto más mierda en mi vida y que me secuestren a mí o a cualquiera de mi familia sería la guinda del pastel. Al final le agradezco por la advertencia y retorno a la sala de espera, en mitad de camino me acuerdo de la habitación vacía a la que me había llevado el guardia corrupto. Necesito estar solo, sin dar muchas vueltas entro en la habitación, me siento en el suelo, tomo el teléfono y llamo a mi madre, que es la única que puede consolarme en estos momentos. No contesta a la llamada, seguro consiguieron un vuelo para hoy mismo y están en el aire, cosa que, si es verdad, me alegra, significa que dentro de pocas horas ella estará aquí a mi lado.

Empiezo a repasar las últimas cuarenta y ocho horas de mi vida, que es una auténtica locura. Silvia, que nunca le había visto este lado tan ruin; Tania María, que se fugó con el guitarrista y yo, que no puedo hacer nada más que donar sangre y cruzar los dedos para que uno de los míos sea compatible. La impotencia está dando paso a la cobardía. No me veo con fuerzas para presentarme delante de la madre de mi hijo, que vio en mí la esperanza para el pequeño, y decir que no puedo hacer nada.

Me despierto dolorido y aturdido, miro la hora. Son las once de la mañana, hora local, he dormido más de nueve horas. La última vez que miré el reloj eran las dos de la mañana. Deben de estar preocupados por mí. Nadie sabe nada de mí desde por la tarde. Salgo corriendo de la habitación y voy directo a la de mi hijo, abro la puerta, ya no trato de ocultarme, el día de ayer estuve caminando de un lado a otro a cara descubierta, los fans mejicanos son muy comedidos o más bien se están creyendo que se trata de un doble.

Abro la puerta y encuentro a toda mi familia reunida alrededor de mi hijo como debería de haber sido desde el principio, tenerlos aquí me fortalece, fueron pocas las horas que estuve lejos de ellos, pero lo suficiente para saber cuánto los necesito a mi lado. Mi madre está junto a mis amigos, que la tienen abrazada. Black la deja y va hasta Tania María y le da otro abrazo, ella empieza a hipar mirando la cuna que está vacía, la cuna que ella estuvo todo el tiempo pendiente, corro hasta ellos.

—¿Qué está pasando? ¿Dónde está mi hijo? —interrogo.

—Después de recibir tu sangre, nuestro hijo presentó una pequeña mejoría. Y están aprovechando para hacerle nuevos estudios.

Recibo la noticia con alegría. Voy hasta mi madre, la abrazo, deseaba abrazar a otra persona, pero no puedo, estoy feliz al saber que he servido para algo, también sé que esto es solo un parche, que todavía queda mucho por delante. Tengo que volver a hablar con el médico, que asegura no saber qué pasa con mi hijo.

Tania María está como fuera de lugar en presencia de mi madre. Cada vez que mi madre la mira ella desvía la mirada, seguro debe de sentirse mal por la manera que se fue sin decirle nada, ambas tenían una bonita amistad. Mi madre la apoyó y consoló cuando estuvo mal. Conozco a doña Rosy y no le guarda rencor.

Cuando llegue el momento, le tirará de las orejas, pero la quiere.

Yo sigo sin entender por qué mi hijo no está en la cuna, estoy tranquilo por saber que hubo una mejoría, pero ¿dónde está?

Mi madre se acerca a ella, la toma por el brazo y la estrecha entre los suyos. Ella llora pidiéndole perdón, mi madre le pide que se tranquilice, le dice que no tiene que pedir perdón por nada. Fernando José al sentir que su hermana está llorando, desde donde él esta le pide que no llore más.

—¡Ah!… ¿ya llegasteis? —comenta Silvia con cara de fastidio—. ¿Ya encontraste a tu hijo? está desaparecido desde ayer.

Todos a la vez miramos a la puerta.

Ella entra como siempre, altanera, tanto es su desdén hacia mi familia que no se percata de mi presencia al fondo a la cabecera de la cuna. Mi madre mira a Rosita y le pregunta si lo que está diciendo Silvia es cierto. Me siento invisible, interrumpo el momento triunfal de Silvia, llevo mi madre aparte y le explico lo que ha pasado. Ella me reprocha, pero se olvida enseguida al oír el llanto de mi hijo, que para mí también es la primera vez. Todos corremos hasta él, y rodeamos la camilla que lo trae impidiendo su paso.

La orgullosa abuela se acerca a conocer su nieto, no puedo ocultar la alegría de ver a mi madre conociendo a mi hijo, por lo que parece ellos acaban de llegar al hospital y no saben de nada de lo que aquí se cuece.

Mi madre empieza a hacer una serie de preguntas, sin darle tiempo a contestarlas, moviendo las manos arriba y abajo le pido que vaya más despacio. Ella entiende mi mirada, capta que no quiero hablar porque Silvia está presente. Tomo a mi hijo, que tiene algo más de color en la carita, le doy un beso y empiezo a hacerle carantoñas.

El dulce momento es interrumpido por el fuerte tirón seguido de un abrazo que me da la desquiciada de Silvia, estrujando a mi hijo que está en medio. Rápidamente, con la otra mano la aparto de mí.

—¿Qué haces aquí? —la interrogo—. Te dije bien claro que no te presentaras, me estás desafiando.

—Solo vine porque me enteré de tu desaparición y me preocupé. No me hagas esto, yo te quiero. —Y se pone a llorar, haciendo su numerito delante de todos.

—Pues yo a ti no, así que fuera de aquí. Si no quieres quedar como la cornuda abandonada en México, vete.

Furiosa, se dirige a la puerta de la habitación, pero antes de cruzarla una vez más deja evidencia de la mala persona que es.

—Juro que me vengaré de todas estas humillaciones, Bruno. Te crees el rey del mundo, yo te enseñaré que no lo eres, vivirás a mi lado dócilmente haciendo todo lo que yo desee.

Mi rápido reflejo me permite agarrar a mi madre impidiendo que se vaya detrás de esta loca. Tania María coge al pequeño Bruno de mis brazos para que pueda controlar la situación. Pido a mis amigos que contengan a mi madre y voy detrás de Silvia, la agarró del brazo y la arrastro fuera de la habitación.

Vuelvo intentando demostrar normalidad, las madres que están compartiendo habitación con nosotros no entienden nada, les pido disculpas y me dirijo al fondo. Nada más acercarme a ellos, vuelve la ronda de preguntas, dónde estaba, por qué desaparecí y un montón más. Después de contar todo, Tania María nos dice que me buscó por todo el hospital, que ya estaban pensando en llamar la policía, pero que tuvo miedo de ponerme en peligro, ya que la policía es corrupta, y en caso de que estuviera en manos de delincuentes normales, ellos sí me rescatarían, pero entonces pasarían a ser mis secuestradores. En sus palabras hay mucha preocupación, mi traicionero corazón se alegra al ver que ella todavía se preocupa por mí, pero se montó en su cabeza una verdadera película de acción, las cosas tampoco son así.

—Lo importante es que estés bien, hijo. Ahora vamos a hacer las pruebas de compatibilidad —dice mi madre.

La tristeza vuelve a mí, esto me recuerda que tengo que notificar con pesar de que tanto mis amigos como yo no podremos ser donantes debido a las recientes tintas de nuestro cuerpo, disminuyendo en tres el número de posibles donantes. Mi madre me alienta diciendo que no me preocupe, que ella donará, asumiendo que sí es compatible. Tania María, que antes ya no hablaba ahora es como si no estuviera aquí, mi madre habló de la posibilidad de trasladar al pequeño y tuve que darles otra mala noticia. Les notifico que el médico, a pesar de haber reconocido que el niño estaría mejor en un hospital en Estados Unidos, no nos lo aconseja, adujo que el cuadro del niño es muy delicado para someterlo a un traslado de ese calibre. Les digo que buscaría una segunda, tercera y cuarta opinión. A todos los médicos que veíamos pasar los abordábamos, y todos decían lo mismo, que era muy arriesgado un traslado en estas condiciones.

Dimos un dinero al responsable del laboratorio para priorizar nuestros resultados y en tan solo cinco horas los teníamos, y con ello recibimos el tercer mazazo del día. Ni mi madre ni Sara son compatibles, Fernando José por la enfermedad *inflamatoria ocular* que padece tampoco, mis amigos menos por los tatuajes. Cosa que ya sabía.

Tania María empieza a llorar por la impotencia.

Por la noche todos fuimos expulsados del hospital, y yo por primera vez en todo el día me dirijo a Tania María.

—¿Quieres que te acerque a tu casa? —Ella rápidamente me dice que no.

No le insisto, en el fondo agradezco no tener que compartir más horas a su lado, para mí está siendo una tortura estar cerca de ella. Todos, después de despedirse del pequeño Bruno, se encaminan a la salida, en donde les espera una *SUV* blindada. Toda la seguridad es poca para proteger a mi gente. Estoy bajando las escaleras, veo a Tania María pasar a mi lado, como una bala corro detrás de ella y la tomo del brazo, reteniendo su marcha, los demás al ver que la paro se apresuran a dejarnos privacidad, pero cuando voy empezar a hablar, aparece el guitarrista. Lo miro a él, después a ella, la suelto y me marcho en dirección a mi coche. Oigo como me llama, pero no me paro, acelero mis pasos para alejarme lo más rápido posible de ellos.

Los días se pasan y no encontramos una salida, el niño está estable, más la ansiada mejora no llega. Crystal y Kisha, que ahora son inseparables, también vinieron a hacerse las pruebas y ninguna de las dos es compatible. Sara se quedó al cargo de Rosy junto a la niñera y los dos guardaespaldas que les tengo contratados.

Se acaba un día más sin novedades, siempre la misma rutina. Entre los dos lo aseamos, le damos el desayuno y esperamos a que las horas pasen a la espera de que nos digan algo, a la hora de la comida lo alimentamos, gracias a la pequeña mejoría que tuvo podemos disfrutar de verlo tomar lo que ellos catalogan como puré de verduras. Yo prefiero no dar el nombre que tengo en mi mente, a media tarde le damos la merienda y por la noche la cena, y así día tras día.

Casi todas las noches cuando llego al hotel encuentro a Silvia ebria, y siempre terminamos de la misma manera, con discusiones. Ella echándome en cara todo lo que perdió, todo lo que le pasó por mi culpa, pero ya no me afecta. Antes eso me hacía sentir culpable, ahora con todo lo que ella me está haciendo ya me son indiferentes sus acusaciones.

Tania María ya ha rehecho su vida con otro hombre, pero deseo saber la verdad y poder aclararle todo sobre el accidente de sus padres, poder mirarla a los ojos y decirle que lo siento, ella es la madre de mi hijo, y no puedo acercarme a ella cargando con este horrible secreto. Tengo tantos problemas en la mente que me olvidé por completo de su padre, me gustaría que ella me contara qué le pasa, dónde está, aunque me imagino dónde se encuentra, lo que no entiendo es por qué lo abandonó allí y se vino aquí sola. ¿Tantas eran sus ganas de alejarse de mí?

Mi móvil suena repetidas veces hasta que me despierto, asustado, lo cojo y miro la hora. Son las seis de la mañana. Silvia, cabreada, empieza a proferir todo tipo de insultos a la persona que estaba al otro lado de la línea, se queja de que han interrumpido su sueño, pero la realidad es otra, lo que le molesta es el gran dolor de cabeza que le acompaña fruto de la resaca que tiene a diario, la cual cura con otra borrachera, esta es su rutina desde que llegamos aquí nueve días atrás, los camareros cada vez que reciben una llamada de mi habitación ya saben que tienen que subir una botella de tequila, rodajas de limón y sal, ella sola consume mínimo una botella diaria.

—Voy de camino. —Es lo único que logro decir.

Me levanto de la cama me visto con lo primero que pillo y salgo corriendo con el móvil en manos avisando a mi madre y amigos que marcho al hospital. Me piden que los espere, les digo que no, que nos encontramos allí.

En cuestión de minutos estoy delante de la habitación de mi hijo, me extraña no encontrar a su madre aquí. No me da tiempo a reflexionar a dónde está, ya que sale una enfermera corriendo y casi me tira al suelo. Me desespero, pienso en salir detrás de ella para preguntarle qué está sucediendo con mi pequeño. La veo correr de un lado a otro y me desespero más todavía, deseo implorar que salve a mi hijo, más me contengo, no debo entorpecer su trabajo si quiero que lo ayude.

Al minuto, la enfermera volvió corriendo pasando por mi lado sin mirarme.

Ya se ha pasado mucho tiempo y no sale nadie a dar noticias.

Camino de un lado a otro rezando desesperado pidiendo a Dios que no pase nada a mi pequeño, cuando veo salir una camilla de la habitación mi corazón hiela a ver que, encima de ella va mi hijo. Corro detrás de ellos y paro a uno de los médicos.

—¿Qué le pasa? —Es la única frase que fui capaz de articular.

—No puedo decirte nada —me contesta.

—Soy su padre.

—En los registros hospitalarios no consta esta información.

Lo siento, tengo que ir atender al paciente. —Se marcha dejándome desolado y afligido.

Tomo el móvil y empiezo a llamar a la madre de mi hijo, que todavía no ha llegado, ya estoy aquí hace más de una hora y ella no aparece, su móvil da apagado o fuera de cobertura. Mi cabeza está bullendo de rabia, seguro se está follando al guitarrista mientras nuestro hijo está luchando por su vida. Enfadado, llamo al detective que había contratado para seguirla, le pido la dirección de su casa y salgo detrás de ella, ignorando la advertencia del detective de que no me fuera. Después de una hora y cuarenta y cinco minutos, llego al barrio que me dio el detective, llamado Colonia Independiente. A cada metro que me adentro en el barrio, mi corazón se encoge más y la rabia va creciendo. Si no estuviera viendo con mis propios ojos, no me lo creería. Esto no es desconocido para mí, no es indigno, lo que no concibo es que mi hijo estuviera viviendo en estas condiciones, pudiendo vivir con comodidad.

En mi cabeza ahora solo hay dos objetivos. El primero, salvar a mi pequeño, y segundo, hacer que Tania María pague por todo el sufrimiento que mi hijo está pasando.

Conduzco por unas calles mal pavimentadas y desiertas, buscando la dirección que me fue facilitada, el hombre me aconsejó que no viniera detrás de ella, y menos solo, cuando él me hizo la advertencia jamás pensé que era porque ella vive en un barrio conflictivo, las calles no tienen nombres, dificultando todavía más mi búsqueda. Una pareja que venía de la mano me pareció de fiar, aunque nadie trae un cartel en donde anuncia que es un delincuente, pero no tengo alternativa, es de madrugada y estoy perdido, paro a la pareja y pregunto por la calle Madero 74. Ellos, con cara de espanto, me preguntan si estoy perdido, me hago el tonto y les pregunto el porqué de la pregunta. Ellos, más listos que yo, deciden acabar con este tonto juego de preguntas y me contestan que no están acostumbrados a ver coches de lujo por aquí. El chico me advierte que es peligroso que ande por aquí a estas horas. ¡Como si yo no me hubiera dado cuenta!

De perdidos al río, arriesgando, me identifico y les pido ayuda para encontrar la dirección que busco, sin pensar en las consecuencias que me pueda acarrear este espontáneo acto, invito a la pareja a que suban al coche. Con una sonrisa de alegría, la chica se sienta detrás y su novio en el asiento del copiloto y empieza a darme indicaciones a cada esquina que giro, el haberlos invitado fue lo más acertado que hice. Jamás podría encontrar la dirección solo, el chico me va indicando a derecha, ahora a la izquierda pronunciando los nombres de las calles, que no veo escrito por ningún lado. Me veo tan adentro del barrio que empiezo a hacerme y ser consciente de la tamaña locura que he cometido, del peligro en que me encuentro, estoy en un barrio conflictivo con dos personas a las que no conozco y no tengo la menor idea de cómo salir de aquí. A lo lejos sale un hombre en mitad de calle y nos da alto. El chico, nervioso, me ordena que pare y que me ponga la capucha para que no me reconozcan. Se baja del coche, va al encuentro del hombre, habla con él varios minutos y vuelve. Se sienta a mi lado.

—Si quieres salir vivo de aquí, dame dinero y sígueme la corriente. Estos no se andan con chingaderas. —me dice en su idioma, pero como buen hijo de latina, sé que no les gustan las tonterías.

Saco una abultada cantidad de dinero y se le entrego. Él sale del coche, camina de encuentro al hombre y hacen un intercambio. ¡Joder! Está comprando droga, no es el mejor momento para poner a prueba mi alto control, con todo lo que me está pasando, no me viene nada bien tener coca o cualquier otro tipo de estupefaciente delante.

Veo que el chico vuelve al coche, agarro muy fuerte el volante, y él se sienta a mi lado.

—Era necesario —se justifica—. Les dije que eres mi jefe, que quieres una fiesta privada y pagaste a un wey para usar su casa —me cuenta contento por ayudarme. Pero el que está feliz soy yo,

este chico acaba de salvarme el culo, no sé qué hubiera pasado si él no estuviera conmigo.

Siguiendo las indicaciones del chico, conduzco con las manos trémulas. No lo miro por miedo a que no pueda contenerme, siento como mi cuerpo tiembla pidiéndome la droga, hace más de cinco años que no me meto nada, pero nunca me puse a prueba. En las fiestas siempre me pongo al lado opuesto de donde está la «diversión» y he escogido el peor momento para ponerme a ello.

344

Me manda disminuir la velocidad y apunta a una casa, aparta la vista de la destartalada carretera y miro en dirección a donde está apuntando. Con todas mis fuerzas, golpeo el volante asustando a mis pasajeros, él me pregunta qué interés tengo en esta casa. Sin ser consciente hizo el comentario que acabó de desatar mi furia, ya que no tengo ningún interés en esta maldita casa, ni en este maldito sitio, abandono el coche en medio de la calle con los dos desconocidos dentro, camino raudo hasta la puerta si es que se puede llamar así, golpeo con los nudillos a la madera y la llamo por el nombre que todos la conocen.

Ella, asustada, pregunta:

—¿Quién es?

—Abre de una vez la puerta, soy Bruno.

Rápidamente, abre la puerta y mira a los lados intentando no entrar en pánico, me tira del brazo y me mete dentro de su casa.

—¿Qué haces aquí? ¿Cómo encontraste mi casa?

—Vine a por ti, llevo horas intentado comunicarme contigo, nuestro hijo —Me quedo con la palabra en la boca, Tania María se desmaya.

—¿Qué hace toda esta gente en mi casa?

Sin pensarlo voy hasta el maldito guitarrista y le propino un puñetazo en la cara, partiéndole el labio. La sangre le escurre manchando su camisa. Él se defiende devolviéndome los golpes, una señora mayor, que no sé de dónde apareció, me aparta del maldito y se pone en medio de nosotros dos como si de un hombre se tratara, y nos ordena que paremos. Al ver que no le hacemos caso, sin amilanarse se abre de brazos, apoya una mano en pecho de cada uno y nos ordena que salgamos de la casa y la deje atender a Tania María. Entonces, me doy cuenta de que la perdí de vista. Rápidamente, miro por lo que parece ser el salón de la casa y la veo tirada en el suelo, teniendo un ataque de pánico, está en postura fetal abrazada a sus piernas meciéndose y llorando desconsolada. Ambos corremos hasta ella que hipa y cada vez tiene más dificultad para respirar.

—¿Por qué lloras así? Todo esto es por tu culpa. —Las palabras salen de mi boca y desata la furia del guitarrista, que me ataca nuevamente, pero sin éxito.

Esquivo el golpe y le advierto:

—Si vuelves a propinarme un golpe más, salgo ahí a fuera y contrato al primer matón que vea para acabar contigo. Con los ojos muy abiertos, da dos pasos atrás alejándose de mí.

Mis palabras terminaron de llevarla al ataque de pánico. La señora me grita diciendo que ya no puede ayudarla, que ahora ella necesita a un médico. El guitarrista, que la está consolando, al oír lo que dijo la señora, la toma en brazos, se acerca a mí, me la tira encima y me grita.

—Llévala al hospital.

Entonces comprendo la magnitud del caos que he provocado, veo a la gente moverse de un lado a otro, reacciono algo tarde y salgo corriendo en dirección a mi coche, ordena a la chica desconocida que vaya con Tania María detrás, ella y su novio estaban en el salón, esperándome. El guitarrista se sienta en el coche, bajo, doy la vuelta, lo agarro de la camisa y lo saco fuera.

—Déjame ir con ella.

—Tú en mi coche no entras. Además de cornudo, apaleado no… —digo enfurecido. El guitarrista me regala una sonrisa que, si no fuera por las circunstancias le haría tragarla, pero ahora no tengo tiempo.

Vuelvo al coche, me pongo al volante y pido al chaval que me trajo hasta aquí que me ayude a salir a la carretera general lo más rápido posible, ya que yo no tengo la menor idea de cómo hacerlo, el chico rápidamente se sienta a mi lado y me va indicando. El laberíntico trayecto de salida, Tania María, que había despertado, vuelve a desmayarse dejando a la chica que la tiene en cuello desesperada por el miedo a que le pase algo teniéndola en sus brazos. Mucha gente mira a escondidas.

Tardo casi diez minutos para salir del barrio, el trayecto hasta el hospital lo hago en menos de la mitad del tiempo que gasté para llegar. En cuarenta y ocho minutos entro con ella por la puerta de urgencias, al ser de madrugada no hay tanta gente, pero, aun así, hay bastantes personas aguardando para ser atendidas. Debido al gran volumen de pacientes no hay sillas de ruedas libres ni camillas, entro con ella en brazos.

Me dirijo al mostrador, donde hoy hay una señora nueva a la cual no conozco. Está hablando por móvil y no nos hace caso, después de intentar llamar su atención unas mil veces, desesperado por no saber qué más hacer para que me dedique su atención, me tiro sobre el mostrador, estiro el brazo y le quito el móvil de la mano, la mujer me mira con rabia.

—Necesito ayuda.

—¿Quieres ayuda? Aguarda como todos los demás, y ahora devuélveme mi celular —dice la mujer.

—Ella está desmayada. Ayúdanos, por favor —imploro.

—Tranquilícese, que yo sepa nadie ha muerto de un desmayo.

Vuelvo a apoyarme por encima del mostrador cuando estiro la mano para cogerla. Unas grandes manos tiran de mí hace atrás impidiendo que yo pueda mirar en el ordenador qué médico está libre, pero al parecer el que tira de mí se cree otra cosa.

Me giro para ver quién está tirando de mí y me encuentro de frente con mis amigos, mi madre y Silvia. No les digo nada, no hace falta, el chico tiene a Rosita desmadejada en los brazos. Yo tengo la nariz sangrando, las palabras sobran. Un médico aparece y al verla nos pregunta qué ha pasado. La chica es quien explica al médico el estado de la paciente, ya que yo quedo bloqueado. El chico que es delgadito empieza a mostrar signos de fatiga por estar tanto tiempo con ella en brazos. El médico ordena a que alguien lo releve y que lo siga. Yo, empujado por mis amigos, la tomo en mis brazos y camino detrás del doctor. Silvia quiso protestar, pero nadie le hizo caso, dejándola sola en recepción.

El doctor la medica, trayéndola de vuelta, se despierta aturdida preguntando por nuestro hijo. Le digo que el niño está bien, aunque no conozco su estado, pero ahora no la quiero preocupar, se relaja un poco y pregunta por el guitarrista, partiéndome el corazón, salgo de la habitación dejándola en compañía del personal sanitario. Me encuentro con mi familia en la sala de espera. Les notifico que Tania María ya se encuentra mejor, que dentro de poco será dada de alta y salgo a la puerta a tomar un poco de aire.

En la puerta del hospital me encuentro al hombre que robó mi vida, era por mí por quien debería de estar preguntando y no por él, hago una señal para que lo dejen pasar, y sorprendiéndolo le digo que ella lo espera en box de urgencias, el guitarrista me lo agradece y va corriendo a su encuentro, encontrándola en mitad del pasillo.

—¡Antonio, necesito hablar con el padre de mi hijo!

—¿Por qué estaba él en nuestra casa?

—Porque mi hijo está en estado crítico y yo no cogía el móvil —le contesta con los ojos llorosos.

Acabo de descubrir que el guitarrista tiene nombre. Nunca me interesé en conocer cómo se llamaba. Los miro desde la puerta sin saber qué hacer. Vuelvo para estar en compañía de mi gente, la soledad en este caso creo no me vendrá nada bien.

Tania María llega a la sala de espera tímidamente, parece no sentirse arropada por nosotros, que unos pocos meses atrás la tratábamos como a una más de la familia. Su miedo e inseguridad aumenta al ver a Silvia. La veo respirar hondo creo que, para tomar valor, entra en la sala con la cabeza erguida demostrando una seguridad que no siente.

—Buenos días a todos. —Saluda educadamente llamando nuestra atención—. Señor Bruno, necesito hablar con usted, es urgente.

Me levanto rápidamente y voy hasta ella.

—Aquí no, en privado.

—Si quieres hablar con mi marido, que sea delante de mí —manifiesta Silvia, que no oculta su malestar.

Miro muy serio a Silvia, tomó a Tania María del brazo y abandono la sala ignorando las quejas de mi esposa, que intenta salir detrás de mí y es impedida por mi madre, que la agarra del brazo y la obliga a retroceder sin necesidad de decir ni una sola palabra.

Está siendo más doloroso de lo que me imaginé en un principio, es una verdadera tortura verla tan frágil y no poder abrazarla, darle consuelo, decirle que no está sola, que puede contar conmigo. Caminamos en dirección a la salida en busca de algo de privacidad, ya que dentro mire por donde mire hay docenas de personas. No sé cómo todavía no hay una horda de paparazzi aquí en la puerta. Llevo entrando y saliendo de este hospital más de dos semanas y es increíble la libertad que estoy teniendo, puedo contar en los dedos las pocas veces que fui parado por algún fan.

Son las primeras horas de la mañana, la temperatura es fresca, respiro profundamente tomando aire y llenando mis pulmones. Tania María no está abrigada, su piel se eriza por culpa del frío, se abraza a sí misma y empieza a restregarse las manos arriba y abajo dando calor a sus brazos, le propongo que nos metamos en el coche. Ella, aunque reticente, acepta, el frío pudo más que su orgullo, solo lleva un vestido veraniego con unas chanclas, pero creo que está agradecida en tener esto puesto, cuando la sacamos de su casa, ella solo llevaba un pijama de pantalón corto y una camiseta de tirantes, la chica a la cual no conozco el nombre, pues ya se habían marchado junto a su novio y la droga cuando regresé, no pude siquiera agradecerles. Lo más sorprendente es que no me pidieron nada a cambio, y en el mundo en que vivo nadie hace nada gratis, sin que nadie lo pidiera la chica antes de salir de la casa cogió la primera ropa que vio delante y trajo. Ojalá los vuelva a ver y pueda retribuirles el gran favor que nos prestaron.

Llegamos al coche, le abro la puerta. Ella entra sin decir nada, no hay ni rastro de aquella chica pizpireta que conocí, doy la vuelta y me meto dentro. Arranco el motor ganándome una mirada reprobatoria, antes de que me reprochara por algo le indico la calefacción. Miro por la ventana, espero a que primero hable ella. Los minutos pasan y el único sonido que oímos es el motor del coche. Se retuerce las manos, gesto que hace cuando está nerviosa.

—Deja de hacer eso con la mano, Rosita.

—¿Por qué me llamas así?

—Porque es tu nombre.

—Antes no me llamabas así.

—Antes las cosas eran diferentes —le digo dolido—. ¿Me vas decir para qué me has pedido hablar?

—No sé cómo afrontar esto, Bruno, no sé cómo decírtelo.

—Dilo directo, sin rodeos. Más daño ya no me puedes hacer, te fugaste con mi hijo sin decirme nada, lo trajiste al culo del mundo poniendo en riesgo su vida, eres una desgraciada, la que debería de estar encima de aquella cama deberías ser tú por mala persona y no mi hijo. ¡Dilo de una puta vez! —Ella intenta abrir la puerta del coche, pero está sellada—. De aquí no sales hasta que no me cuentes para qué me trajiste aquí.

—Nuestro hijo se está muriendo, no saben qué le pasa. Creen que es leucemia, pero no tienen certeza. Le pusieron en lista de espera por una médula compatible, pero no aparece nadie. Lo único que saben es que, si no encontramos un donante, nuestro hijo…
—No puede seguir las lágrimas y el llanto le embargaron la voz.

Me entra miedo a que le dé otro ataque de ansiedad, la abrazo como lo hacía antes, le beso en la cabeza y le pido que se tranquilice. Nada de lo que me dijo es novedad, conozco el historial de mi hijo de memoria. Desgraciadamente es así, su tratamiento se está basando en suposiciones, y no lo puedo sacar de aquí para que lo miren como se debe.

Le acaricio el pelo, le doy docenas de besos en la cabeza consiguiendo que poco a poco se tranquilice y deje de llorar.

—Te prometo que salvaré a nuestro hijo.

Me bajo del coche, doy la vuelta y la ayudo a bajarse.

—Hay otra cosa que te tengo que comentar.

—Hoy no, por hoy ya tuvimos lo suficiente, ya hablaremos en otro momento —digo dolido. No estoy listo para oír de su boca que ya rehízo su vida.

Caminamos de vuelta al hospital, el mal humor vuelve cuando en la entrada me encuentro con la mirada recriminatoria y de odio del guitarrista. La dejo junto a él y me marcho junto a mi familia, allí sé que no tendré que soportar la presencia de este desgraciado.

Llego a la sala de espera al ver a Silvia allí, la cojo de la mano y salgo arrastrándola en dirección al coche, a diferencia de Tania María a ella no le abro la puerta, le ordeno que se suba.

—¿A dónde vamos? —La ignoro, para qué le voy a contestar si ella sabe perfectamente a dónde vamos. Conduzco al hotel, que está a tan solo cinco minutos en coche del hospital. Llegando al destino, le ordeno que suba a nuestra habitación mientras voy a ver a nuestra hija, ella tuerce la cara y se marcha.

Entro en la habitación de mi preciosa pelirroja que, al verme, empieza a reírse y estirar los bracitos para que la coja en cuello. Al sentir el amor de mi hija por mí, me emociono, doy mi vida por la de ellos dos. Adoro todo de esta niña, sus preciosos rizos rojos, su pequeño cuerpecito con esta barriguita redondita dentro de este pijama rosa de las princesas. Kisha sale de la habitación, dándonos intimidad. Esta chica ganó nuestra confianza, estuvo a nuestro lado en los días más complicados sin hacernos preguntas, digo nuestro porque ella y Crystal se hicieron inseparables.

Cojo a Rosy en brazos le doy un beso de pedorreta en el moflete, sacándole una carcajada, que me carga las energías. Me tiro con ella sobre la cama y me derrumbo. Beso a mi hija, sintiendo el sabor salado de mis propias lágrimas no sé qué hacer, todo a mi derredor se desmorona y estoy perdido. La pequeña estira su pequeña manita y me acaricia el rostro, su inocente gesto acaba de derrumbar la última barrera que tenía. El chulo, el arrogante empresario empezó a hipar con mi hija de testigo de mi dolor. Ahora mismo ella es mi bote salvavidas.

—Juntos salvaremos a tu hermano. Te prometo que creceréis juntos y que él y yo, ahuyentaremos a todos los chicos que quieran acercarte a ti.

Poso a mi hija en la cuna, llamo a la novia de mi amigo, que entra junto a Kisha. Doy un beso a mi hija y salgo dejándolas.

Voy a la habitación que comparto con Silvia y la encuentro echándose crema en el cuerpo en ropa íntima. Al percibir mi presencia se pone a acariciar su cuerpo de manera sensual. La miro con total indiferencia, la llamo y le ordeno que se siente.

—Escucha con mucha atención lo que te voy a decir, porque no lo voy repetir, haré las pruebas a Rosy —Silvia no me deja terminar la frase.

—No…, la mocosa no va a donar nada a tu bastardo.

—No te estoy pidiendo permiso, te lo estoy notificando, es la vida de mi hijo la que está en riesgo.

—No te importan mis sentimientos, ella es mi hija y no lo voy a permitir.

—Tus sentimientos me importan una mierda. —Me parece increíble como una persona que no demuestra el menor sentimiento hacia las personas quieren exigir aquello que no dan.

Silvia se descontrola y vuela encima de mí y empieza a pegarme. Me defiendo cogiéndola por los brazos y sentándola en la cama, empezamos a discutir. La discusión se vuelve acalorada, ella me amenaza con hacer público todo lo que tiene en mi contra, siempre va a ser lo mismo, así que salgo y la dejo discutiendo sola, que haga lo que le plazca. Entro en la habitación en la que se encuentra mi hija, que está dormida, llamo a Crystal, a Kisha y a la cuidadora y les advierto que por nada en el mundo permitan que Silvia se acerque a mi hija. Llamaré a la empresa de seguridad para que envíe a otro guardaespaldas más, para que esté con vosotras, mientras estamos fuera. Solo deberían salir de aquí con mi hija si mi madre o yo lo autorizamos.

Me marcho dejando a las dos mujeres asustadas, pero es mejor así, no me fío de Silvia.

Las dos mujeres vienen detrás de mí y cierran la puerta con llave.

Corro para el hospital para hablar con él médico, oí un caso de una familia que tuvieron un segundo hijo para salvar el primero. Hablaré con ellos, para preparar todo para que mi hija done la médula a su hermano, seguro ellos son compatibles. Estoy seguro de que va funcionar, el sufrimiento de mi hijo tiene los días contados.

Dejo el coche en el aparcamiento y salgo corriendo para ver a mi pequeño, y hablar con el personal sanitario.

La primera persona que me encuentro es Black.

—¿Qué está pasando, Bruno? Crystal y Kisha me llamaron preocupadas diciendo que tú les prohibiste salir del hotel y abrir la puerta —interroga mi amigo.

—No pasa nada, son solo medidas por precaución —digo para no preocuparlo. Le salgo con el cuento de que estamos en una ciudad con alto índice de secuestro.

No les voy a contar de la amenaza de Silvia de quitarse la vida después de haberlo hecho con nuestra hija.

Ambos miramos juntos a través del cristal al pequeño Bruno, que está en la UCI, se encuentra entubado. Al ver a mi hijo en este estado, tomo de la mano a Tania María, que está llorando y salgo corriendo en busca del médico para comentarle que ya tengo un donante compatible. Pregunto en el puesto de las enfermeras dónde puedo encontrar al doctor Santiago, el responsable por el caso de mi pequeño. La sanitaria nos contesta que el médico ya había pasado revisión y que ahora no podía atender. Le digo emocionado que tengo a un donante, y que es esto lo que quiero hablar con él. Tania María me abraza de alegría.

Escuchamos atentamente las indicaciones de la señora, que nos indica dónde está el médico y nos revela que es el director del centro información que desconocía, y que si nos pregunta quién dijo dónde encontrarlo, bajo ninguna circunstancia dijéramos que fue ella, salimos corriendo por los pasillos. Entramos en la sala de dirección sin llamar, estábamos tan eufóricos que la buena educación y modales quedaron olvidados. El doctor nada más vernos se levanta de su caro y confortable sofá en donde despreocupadamente toma un café y charla con sus compañeros.

—¿Qué pasa, señorita De la Rosa? —pregunta el doctor.

—El padre de mi hijo tiene una buena noticia que daros. —El doctor invita a sus compañeros a que se marchen para que podamos hablar en privacidad.

—Dígame, señor Maximiliano.

—Tengo a un donante —digo directamente, el doctor sonríe.

—¿Dónde está? Vamos a hacer las pruebas ahora mismo. No perdamos tiempo, cada minuto cuenta. Pero ya sabes que todo esto cuesta muy caro, y que mi carrera está en juego. ¿Quién es? ¿Cuál es su estilo de vida? ¿Está sano? ¿Cuántos años tiene? ¿Cuánto pesa? —El doctor hizo todas las preguntas de golpe.

No es que me importe el dinero, pero que eso de que tenemos que pagar siendo este un hospital público, y lo de que su carrera está en juego.

—Bruno, dilo, dilo, que es quien va a salvar nuestro hijo. —Tania María me saca de mis cavilaciones, animándome a contestarle.

—Es mi hija, tiene una vida sana. Está en casa, tiene ocho meses y pesa en torno a los diez kilos.

La sonrisa que había en la cara del doctor desaparece.

—Lo siento mucho, pero no puede ser.

—¿Qué...? —pregunto indignado.

—Los donantes deben tener entre 18 y 55 años, estar completamente sanos, no pueden tener antecedentes de enfermedades infecciosas, problemas de drogadicción, piercing, tatuajes con menos de seis meses. —Me apunta y me encojo en la silla—. La lista de restricciones es larga y desgraciadamente esta es una de ellas. Y que sea hermano no garantiza que sea compatible, lo que hay que hacer es animar a la gente para que done sangre que en el caso del pequeño si no fuera porque usted tiene el mismo tipo sanguíneo AB seguramente ahora no estaríamos aquí teniendo esta conversación, por ello siempre intentamos animar a la gente que done sangre y médula. Os pido que no pierdan la esperanza.

Las lágrimas resbalan por nuestro rostro. Me siento un infeliz porque quizás yo sea compatible con mi hijo, pero por mi adición a los tatuajes y a otras cosas que ya no las utilizo, no pude hacerme las pruebas, y por poco no pude donar al pequeño mi sangre. Ambos salimos de la sala cabizbajos, volvimos a la sala de espera, en donde no podemos hacer otra cosa que esperar, reunimos a todos y les damos la triste noticia de que no sería posible.

Se hace la noche, todos ya se han marchado. Solo quedamos Tania María y yo, que no nos movemos de delante del cristal que nos permite verlo. El médico nos manda a casa a descansar, tanto ella como yo ya estamos acostumbrados a que nos echen. Esto nos pasa casi todos los días, me giro y empiezo a caminar en dirección a la salida sin decir nada, en mitad del camino paro y empiezo a protestar diciendo que tengo derecho a acompañar a mi bebé. La enfermera, paciente, intenta explicarme que no seré de mucha ayuda si no estoy descansado, aunque en desacuerdo salgo, me meto en mi coche y maniobro alejándome de este maldito hospital, al pasar delante de una parada de autobús veo a la madre de mi hijo sentada, paro el coche y la llamo.

—Tania María, vente. Monta, que te llevo a casa.

—No, gracias, aquel barrio es peligroso para que entres allí a estas horas.

—Tendré que bajar y meterte en el coche a la fuerza —digo.

Ella se levanta del frío banco y se sienta en el asiento del copiloto, se ata el cinturón de seguridad.

—Tan mandón como siempre.

—Ciertas cosas nunca cambian —digo riéndome.

Llevo unos veinte minutos conduciendo sin que ninguno de los dos hable nada. El silencio se hace tan molesto que pongo música para romper la incomodidad que hay. Ella solo abre la boca para indicarme el camino. A medida que nos vamos acercando a su barrio, aminoro la velocidad, ella baja la ventanilla para que vean que aquel lujoso coche la lleva dentro, es su forma de avisar de que no es nadie que se ha perdido, no sé qué haré si me vienen a ofrecer droga en caso de que reconozcan mi coche.

—Bruno, puedes dejarme aquí, ya estoy cerca, puedo ir caminando —dice avergonzada.

—No, te dejaré en la puerta de tu casa.

—¡Después tendrás que volver solo! —dice nerviosa. Ya me había olvidado de esta expresión frágil que pone cuando está insegura. La misma que puso en nuestros primeros encuentros después se transformó en fierecilla y esta actitud cayó en el olvido.

Miro a todos los lados ahora que vengo con la mente más despejada. Estoy siendo más consciente todavía de la pobreza que rodeaba a mi hijo. Hay montañas de basuras en las calles, casas medios derrumbadas con chavales dentro. «¿De verdad ella pensaba criar a mi hijo aquí, privándolo de la comodidad y buena formación que puedo proporcionarle?», me muerdo la lengua para no empezar a decir todo lo que estoy sintiendo y pensando en este momento. No deseo provocarle otro ataque de pánico, lo que sí haré seguro es llevarme a mi hijo de este barrio, al cual no volverá a poner los pies, ni que para ello tenga que sobornar al mismísimo presidente.

Tania María indica que ya llegamos a lo que ella llama casa, paro el coche, sin apagar el motor, a unos pocos metros de nosotros cae un rayo, dándonos un buen susto. Fuera se estaba formando una gran tormenta y no fuimos conscientes de ello, cada uno estaba tan sumido en sus miserias que no nos percatamos.

—Me marcho antes de que la tormenta me pille por el camino —digo sin mirarla, es mejor que salga de aquí lo más rápido posible.

Ella abre la boca con la intención de decirme algo, pero vuelve a cerrarla, pone la mano en el manillar para abrir la puerta justo en el momento en que empieza caer una gran tromba, obligándola a retroceder.

—Creo que es mejor que entre y espere a que deje de llover, la tormenta es fuerte. —Me sorprende su invitación. Pero prefiero declinarla no deseo pasar tiempo a solas con ella. El trayecto en coche ya me estaba costando, entre cuatro paredes solos y una cama me supondrá una verdadera tortura.

—No te preocupes, no será la primera vez que conduzco con tormenta.

—Ya sé que no, Bruno, pero será la primera vez que conduces con tormenta en un barrio con calles mal pavimentadas, que no conoces y sumamente peligrosas, no seas orgulloso. Sé que la casa no tiene lujos ni comodidades, pero por lo menos estarás bajo techo y fuera de peligro. —Tuerzo la cara—. Vale, aquí también corres peligro, pero por lo menos no me quedaré preocupada pensado si llegaste bien o no.

—Puedo enviarte un mensaje.

—Haz lo que quieras, ya tengo demasiadas cosas en la cabeza para tener que estar de niñera tuya. —Abre la puerta del coche pone una pierna fuera. Cuando va a poner la otra la sujeto impidiendo su marcha.

—De acuerdo, tú ganas. —Bajo del coche voy al maletero, tomo el paraguas, doy la vuelta al coche, la protejo bajo el mismo paraguas y entramos.

Al entrar en la casa, una vez más mi corazón va al suelo. Está todo sumamente limpio, hay total ausencia de suciedad, sin embargo, también hay ausencia de muebles y adornos de calidez, no hay nada, los asientos son dos cojines llenos de remiendos, la mesa, una caja que a la vez la utilizan de guarda algo…, no hay televisión, encima de otra caja más pequeña hay una mini cadena, el color verde de las paredes está descascado, en el techo hay un ventilador que le falta un aspa y dudo mucho que siga funcionando. Las ventanas del salón tienen un palo sustituyendo la cerradura, no podía dejar de mirar a mi alrededor. Siento miedo de conocer el resto de la casa, de madrugada cuando la vine a buscarla no me fijé en nada más que en la fachada, que me dejó desolado, pero lo que tengo delante de mis ojos ahora es indescriptible, no hay nada que dé aspecto de un hogar.

—Sé que no tiene los lujos a los que estás acostumbrado, pero estamos bien aquí. Ven, te enseño la casa! —dice avergonzada.

No me deja tiempo para contestar, toma mi mano y me lleva por un pasillo estrecho y oscuro enseñándome cada cubículo de la casa. Descubro que esta fue la casa donde nació y vivió hasta los diez años de edad, que se marchó de aquí entrando ilegalmente en Estados Unidos arriesgando la vida junto a sus padres, y que ellos tuvieron la suerte de conocer una buena familia que se apiadó de ellos por la situación de Fernando José y contrató a su padre y los ayudó a obtener el ID y el SSN. Está siendo una gran descubierta, en los pocos minutos que estoy aquí, estoy conociendo más de su vida que en el casi un año que estuvimos juntos. Me enseña lo que un día fue la habitación de su hermano, la que fue de sus padres, la cocina que solo cuenta con un fogón de camping de dos antorchas y unas cajas por armarios, carece de nevera y demás electrodomésticos. Me enseña el minúsculo baño que no tiene plato de ducha, no hay una separación entre aseo y ducha. Todo lo que veo es desgarrador. Hago de tripas corazón para no hacerle ningún reproche, no la veo triste enseñándome la casa, por el contrario, encuentro en su voz algo de entusiasmo, cosa que me deja perplejo. Hay una habitación que está cerrada, quiero preguntar qué hay allí, no obstante, no me atrevo, ya que pasamos dos veces por delante y ella no dice nada. Entramos en una habitación en que, con una sonrisa en la cara, me dice:

—Bueno, esta ya la conoces. Es mi habitación, aquí es donde vas a dormir. —Me revuelvo inquieto. No deseo dormir en su cama, menos a su lado. Aunque una sonrisa tonta brota en mi cara al imaginar la cara del guitarrista al llegar y encontrarme durmiendo junto a ella en su cama.

—No te hagas ilusiones, no vamos a tener sexo.

—¿Quién te dijo que te quiero follar?

—Esta sonrisa tonta que tienes en la cara.

—No me gusta comer las sobras.

—Sigues igual de gilipollas.

—Me voy, paso de esta mierda.

—No, Bruno, no te vayas, quédate. Démonos una tregua por unas horas, por favor, no me apetece estar sola.

—Me invitas a dormir en tu cama y te pones tonta.

—No vamos a dormir juntos.

Esta no era la contestación que esperaba oír, pero a regañadientes acepto quedarme a dormir, miro en dirección al colchón de goma que hay tirado en el suelo, y la pregunta es:

—¿Dónde voy dormir?

Ella apunta al colchón y sale por la puerta con lo que parece ser un pijama en la mano. Ya que estoy, me quito la camisa y me quedo con el pantalón. Deshago la cama y me meto dentro, me hago el dormido cuando oigo las pisadas de ella acercándose a la maldita habitación. No deseo verla en ropa de dormir y torturarme todavía más, ¡esta noche voy hacer de todo menos descanso! La muy descarada se tumba a mi lado y me desea buenas noches riéndose, sabe que no estoy durmiendo. ¿Por qué me hace esto? ¡Dijo que no íbamos a dormir juntos!

—Si quieres, puedes quitarte el pantalón. —Ni con toda la maría y coca del mundo encima me quito el pantalón. Esta mujer me quiere matar, solo puede ser.

—No, estoy bien así —le contesto de mala gana. Mi frustración es monumental. Llevo más de diez meses sin verla, y ahora la tengo detrás de mi espalda seguramente con un minúsculo pijama. Me odiaba ser tan débil con relación a ella, pero esto se acabó. Dormiré y, cuando amanezca, me iré de aquí y no volveré nunca más.

Los minutos no pasan, ninguno de los dos somos capaces de dormir, y ninguno de los dos quiere ser el primero en hablar, ambos sabemos que tenemos una conversación pendiente. Ella, por tener que darme miles de explicaciones por haberse fugado con mi hijo. Yo también le debo miles de aclaraciones, pero la más complicada de todas es la relacionada con sus padres, pero ahora mismo no soy capaz de controlar el loco deseo que siento por ella, me tiene atontado el tenerla a escasos centímetros de distancia. No ayuda a mi raciocinio, su embriagador olor en mi nariz está despertando mis instintos primitivos, tengo una erección tan grande que la cremallera de mi pantalón me está mancando.

Tania María se gira quedándose de frente a mí, y me toca en el hombro.

—Por favor, no lo hagas. —Ella se sonroja, se aparta un poco de mí y me pide perdón. Ambos respiramos agitados, el deseo entre nosotros es latente.

—Bruno —me clama con voz embargada.

—Duérmete, Tania María.

—Te deseo.

Parpadeo un par de veces, no creyendo lo que acabo de escuchar. La mujer de mi vida, la que no me deja dormir por las noches, la única que tiene el poder de llevarme al cielo y al infierno en cuestión de segundos, y que ahora mismo me tiene enterrado en la más profunda de las tinieblas por no poder tenerla, me está dando carta blanca para poseerla. Me acerco a ella, la tomo por la cintura acercándola a mi prominente erección.

—Mándame parar ahora mismo, porque te deseo más que a mi vida, pero también te odio por todo lo que me hiciste pasar, y si te poseo ahora no seré suave, Tania María. Tomaré cada centímetro de tu cuerpo, gozaré de cada segundo, te follaré sin piedad y no sentiré remordimiento, seré duro, muy duro. Porque necesito darte placer y dolor en partes iguales.

—No te estoy pidiendo que seas suave —me dice con la voz ronca.

—Tania María, tengo hambre de ti.

—Haz de mi cuerpo lo que quieras. Seré tuya mientras estemos en esta cama.

Estas palabras fueron el detonante que me faltaba para que mi autocontrol se fuera a la mierda. En un rápido movimiento, me pongo encima de ella, la beso con rudeza, sus manos rodean mi cuello. Un gruñido de añoranza sale de mi garganta, la quiero castigar por el dolor sentido, le quito las manos y las inmovilizo. No le permitiré que me toque, conozco cada milímetro de su cuerpo y lo voy a explorar con mi lengua, pero antes la voy a torturar para que reconozca a quién pertenece, quién le da placer. Con el vaquero puesto doy una estocada como si estuviera dentro de su cuerpo, paso mi lengua al derredor de la aureola de su pecho torturándola. Ella estira su cuerpo ofreciéndomelo, doy un mordisco en su pezón, arrancándole un grito, se remueve debajo de mí quejándose, diciendo que no. Con la otra mano rompo la camisa de su pijama, tomo su otro seno en mi mano y lo aprieto, siento la leche derramarse entre mis dedos, lo tomo en mi boca y succiono y siento el rico sabor de su leche en mi lengua, me muevo como si estuviera dentro de ella, ella grita nuevamente de placer. Sus movimientos de caderas me están enloqueciendo, deslizo mi mano hasta su sexo y lo acaricio por encima de su fino pantalón de dormir, doy una tapa en su sexo adelanto mi dedo corazón y lo entierro entre sus labios vaginales sintiendo su humedad. Mi miembro llora dentro de mi pantalón. Ella jadea anhelando más, aparto a un lado su pantaloncito e introduzco mi dedo en su canal y la penetro. Cuando la tengo al borde del orgasmo, retiro mi dedo y me lo llevo a la boca. Estoy poseído por el deseo, no escucho sus súplicas, solo quiero disfrutar de su cuerpo y de este momento que no sé si se repetirá. Mi mente me recrimina por ser débil, mi cuerpo arde en llamas por el deseo de tomarla. Vuelvo a introducir mi mano dentro de su minúsculo short, y juego con su clítoris. Deslizo mi dedo repartiendo su néctar por todo su sexo, que está más que listo para recibirme, pero todavía no es el momento. Vuelvo a meterlo y lo sacarlo sin piedad, llevándola nuevamente al borde del orgasmo, y quitándolo cada vez que ella está cerca, grita desesperada diciendo que no, y revolviéndose en mis manos de placer.

A partir de ahí no veo nada más, dos manos me quitan de encima de ella, tirándome al suelo y golpeando mi cara sin piedad. Tania María tarda en reaccionar, y cuando se percata de lo ocurrido, empieza a gritar ordenando a mi agresor que me suelte, sin éxito. Reacciono y doy un puñetazo en la cara de mi agresor, quitándolo de encima de mí, aprovecho estos segundos de su aturdimiento y me lanzo a golpearle. Al reconocer al guitarrista, que está poseído, le doy con toda mi rabia. Nos golpeamos sin compasión. Ella, sin saber qué más hacer, se mete entre nosotros, que reaccionamos a tiempo de no golpearla. Antonio la toma entre sus brazos y tapa su cuerpo medio desnudo, al ver que ella no hace nada para que la suelte, la miro con odio, pero en realidad tengo más rabia de mí por haber sido tan débil.

—Eres una perra en celo, follas con él y nada más el pobre cornudo gira la espalda me pides que te folle. Olvídate de mí y de mi hijo. —Recojo mi camisa, que estaba tirada al suelo, y salgo. Escucho su voz llamándome, implorando que la escuche.

Mi tonto corazón desea parar a escuchar lo que tiene que decirme, ya el orgullo no me permite flaquear ante sus súplicas.

Me meto en el coche, miro por última vez la derruida fachada de la casa, la pintura que un día fue azul ahora se presenta entre blanco sucio y alguna que otra mancha de azul apagado. Las ventanas de algunas partes de la casa brillan por su ausencia, lo único que hay para impedir la entrada de maleantes son tablones taladrados en las ruinosas paredes, el pequeño porche de la entrada tiene una parte sin techo, las tejas se rompieron y así se quedaron. El sistema de seguridad de la puerta es un palo por dentro a modo de travesaño.

«No la perdonaré en la vida por traer a mi hijo a vivir aquí en estas condiciones».

Me marcho… hoy mismo me iré con mi hijo de este país.

Capítulo 27

Llego a la habitación de mi hijo y la encuentro vacía, no hay rastro de él ni de nadie de mi familia. Miro en mi móvil para ver si hay alguna llamada, y nada.

Salgo corriendo por los pasillos, encuentro a una joven que sale de una habitación cargando instrumentos de primeros auxilios, la aferro por el brazo desestabilizándola y haciendo que se caiga todo al suelo.

—¿Dónde está mi hijo? —le pregunto a gritos.

La enfermera hace fuerza para que la suelte, consiguiendo el efecto contrario, aprieto más aún el agarre.

El guardia de seguridad que se hizo mi amigo, al ver lo que está pasando, se acerca sin llamar la atención de los demás y me ordena que la suelte. Me pide que me tranquilice, le digo que no la soltaré hasta que me diga dónde está mi pequeño. Él, viendo lo descontrolado que estoy, se acerca a mi oído me ordena que me tranquilice si no quiero tener más problemas de los que ya tengo. Sus palabras me hielan, lo miro y le pregunto desesperado qué ha pasado. Al ver mi desesperación, me informa que me llevará con mi pequeño, que se encuentra en una habitación privada. La información, lejos de tranquilizarme, me deja más preocupado. Esto es una clara señal de que las cosas fueron a peor. Desde el día que llegué aquí hace veinte días atrás, no hubo un solo día en que no intentaba conseguir una habitación individual. Imploré, ofrecí dinero y nunca obtuve resultado. Siempre recibía las mismas respuestas, no hay habitación individual. ¿Y ahora por arte de magia aparece una? Le pido que, por favor, me lleve con mi hijo.

El guardia no me hace esperar, se incorpora y recorre el largo pasillo. Yo voy detrás de él. Llegamos a una habitación bastante apartada y con dos hombres en la puerta. Entro corriendo, encuentro a Black, que grita al teléfono. Por increíble que parezca,

mi hijo no se despertó con los gritos de su tío.

—¿Qué está pasando aquí?

—Tranquilo. —Prohibiré esta palabra, cada vez que la oigo viene acompañada de alguna desgracia.

—¿Por qué estáis todos aquí a estas horas? ¿Y por qué hay dos guardaespaldas en la puerta?

—No sé cómo decirte, así que no me andaré con rodeos. Silvia ha desaparecido con Rosy —dice Wallace sin el menor tacto. Me apoyo en la pared sin poder creer lo que acabo de oír. ¿Cómo que Silvia desapareció con mi hija? Si ella odia a la niña.

—¿Es una broma, sí...?

—Más quisiera, amigo. Y la cosa no se queda ahí. —Black me mira preocupado. Sabe que estoy al borde del colapso, y no sabe cómo seguir dándome las malas noticias.

—Deja de mirarme así y dilo de una vez —le ordeno. Conozco a mi amigo y sé que tiene algo que decirme que no me va a gustar.

—Un hombre entró en la habitación del pequeño Bruno e intentó acabar con su vida. Tu madre es quien lo ha impedido. Se enfrentó al hombre sin temer por la suya con tal de salvar la de su nieto.

—¿Dónde está mi madre...? —pregunto desesperado, sé que no pasó nada a mi hijo porque lo tengo delante, pero no la veo por ningún lado.

—Ella está bien —afirma mi amigo.

—Dónde…

—En el hotel acompañada de Wallace y las chicas. —Al escuchar que mi madre está bien me tranquilizo un poco, pero las malas noticias siguen, mi amigo me informa de que tiene magulladuras por todo el cuerpo, pero que se encuentra bien. Su afirmación no me vale de nada, necesito verla con mis propios ojos, oír su voz, darle un abrazo apretado y agradecerle por salvar la vida de mi hijo, no podría seguir si le pasara algo.

—Vete, yo me quedo con el pequeño —me ordena mi amigo.

Mi cabeza no deja de dar vueltas, quiero ver a mi madre, saber cómo esta. Deseo salir a buscar a mi pequeña y no quiero dejar a mi hijo. Esta es una de las decisiones más difíciles del mundo, porque escoja la que escoja, siempre dejaré al otro de lado, y sentiré como si les fallara.

En medio de esta bruma de pensamientos entra Tania María llorando. No me lo pienso y ordeno que la echen de la habitación, ella empieza a gritar:

—No puedes hacer esto, él es mi hijo también.

—Dime… ¿quién me lo va a impedir? —dicto—. Fuera de mi vista, no… ¡mejor! Fuera de nuestras vidas, olvídate de mí y de mi hijo.

—Por qué me haces esto, Bruno, él es lo único que tengo, no me lo quites.

—Tú no pensaste lo mismo cuando me lo quitaste.

—Era necesario.

—Para ti y tu amante… La diferencia es que tarde o temprano yo te iba a encontrar, y me lo iba a llevar contigo o sin ti, y finalmente será sin ti. —Escupo con desprecio—. En mi caso, tú sabrás dónde estaremos todo el tiempo y no podrás acercarte a nosotros. Pero tú te fuiste y yo no sabía nada.

—Por favor, no lo hagas —me pide llorando.

—Para que no digas que soy mala persona como tú, te permitiré despedirte de mi hijo. Nos iremos de aquí hoy mismo. Hay todo un equipo preparado para atenderlo.

—¿Cómo…? Decidiste esto sin mí —ignoro su último comentario.

—Vendrá un avión médico totalmente equipado con tres médicos especialistas, y otro avión para sacar a mi familia de aquí.

—Bruno, yo también he sufrido, perdí a mi madre, puedo perder a mi padre, por eso me he fugado.

—Que te calles, mi mundo se vino abajo y necesito encontrar la calma nuevamente. Y tú solo eres tempestad —le digo como si ella fuera la culpable de mis desgracias.

Sé que mis palabras son duras, más no puedo borrar de mi mente ella entre los brazos de aquel hombre, para ella es como si lo que estaba prestes a ocurrir entre nosotros no fuera nada, y ahora siento la necesidad de hacerle tanto daño cuanto pueda porque mi corazón está en pedazos. Fantaseé tanto con nuestro reencuentro, y nada de lo que soñé ocurrió, al contrario, estoy viviendo una verdadera pesadilla.

Se queda sin palabras, sabe que a estas alturas ya lo tengo todo muy bien atado para sacar a mi hijo del país, conozco cómo funcionan las cosas por aquí. Y los contactos que tengo, me fueron las cosas más fáciles.

Sin mirarla a la cara le doy quince minutos a solas con mi hijo. Salgo de la habitación, sin ir muy lejos, me quedo en puerta junto a los guardaespaldas que parecen dos estatuas. No mueven ni un solo músculo de sus grandes cuerpos. Mi amigo, al que había olvidado, sale detrás de mí y me propina un puñetazo acompañado de una serie de insultos, empiezo a sentirme un saco de boxeo. No le dejo que diga nada, sé por qué me está haciendo esto, no voy a contarle que me pidió que la follara y después se tirara en brazos de otro delante de mis narices llorando, dando a entender que la estaba violando.

Ellos merecen desahogarse, llevan días viviendo mi estrés de vida.

Deseo irme ya, pero primero tengo que saber dónde está la loca de Silvia. Se fue con mi hija, deseo volver a Los Ángeles y dejar atrás este país que tantas veces fui bien recibido, pero que de esta vez llevo muy malos recuerdos que creo no poder volver a pisar Monterrey durante una larga temporada.

Wallace me llama para darme una noticia buena, en medio de una lluvia de malas noticias. Sus contactos le confirmaron la llegada de Silvia con mi hija a suelo americano, y que ya están intentando localizarla para retenerla, dándome un poco de tranquilidad, ya que podré seguir con mis planes de irme de aquí hoy mismo, ya no hay nada que me retenga en México, volveré sin duda, pero en otras circunstancias y a otra parte.

Me encamino a notificar al médico de mi hijo sobre su traslado, no será una tarea fácil. Desde unos días para acá, este hombre viene portándose de manera rara. Él nunca dice las cosas claras, el diagnóstico de mi hijo está basado en suposiciones, los tratamientos son experimentos, y cada vez que hablo de traslado el pequeño sufre un empeoramiento, pero esta vez no le daré tiempo a persuadirme, ahora mismo el avión Hospitalar debe de estar aterrizando y me iré de aquí con o sin su autorización.

—Doctor, vengo notificarle sobre el traslado de mi hijo bajo mi responsabilidad.

—No… —afirme el doctor—. Su vida corre peligro, y usted no tiene autoridad para sacarlo del hospital.

Ahora sí que este hombre me tocó las pelotas.

—¿Cuánto te están pagando para retener a mi hijo en el hospital? El médico pierde el color.

—¿Qué estás diciendo? A mí nadie me pagó nada.

—Lo sé todo, doctor. Silvia me lo confesó.

—Sabía que no podía confiar en aquella desequilibrada.

En dos pasos lo tengo agarrado por el cuello. No tenía la menor idea de lo que estaba hablando. Esta hipótesis jamás había pasado por mi cabeza, sé que estoy casado con una desequilibrada, pero no la imaginaba tan ruin, es solo un niño. Con las manos aprieto su cuello le pregunto:

—¿Qué le hiciste a mi hijo? —El muy cobarde no dice nada—. ¡Dime!

No dio tiempo a que me diga nada, Black aparece detrás de mí acompañado de dos guardaespaldas y el guardia de seguridad del hospital que lo esposa, llama a su central dando parte de lo ocurrido, mientras Black llama a las autoridades competentes, pero como aquí todo es por dinero, y este hombre estaba poniendo en riesgo la vida de niños inocentes, quiero que sea trasladado a Estados Unidos y responda allí por el crimen que cometió contra de la vida de mi hijo. No pararé hasta que lo vea sentado en el banquillo, no le deseo la muerte, pero sí que sufra y pague por todas las atrocidades que le hizo, a ver si todo el dinero que ganó rompiendo su juramento hipocrático mereció la pena, no sé qué hizo a mi hijo, pero su actitud deja claro que algo gordo estaba haciendo, y lo pagará. El guardia de seguridad confirma al agente que vino a detener al médico, haber oído de la boca del propio director la confesión de que puso en riesgo la vida de mi hijo.

Más perdido que antes salgo dejando la resolución del problema en manos de mi amigo.

Entro en la habitación decidido a echar a Tania María, su tiempo se ha extendido demasiado y es hora de que desaparezca de mi vida. Pero sufrí un gran shock al encontrar con la desgarradora escena de ella despidiéndose de nuestro hijo. Lo tiene en cuello, lo está mirando con un amor que conozco bien, es como me mira mi madre. Le está acariciando la carita y prometiéndole que jamás se olvidará de él, que no hay fuerzas en el mundo capaces de apartarla y por último le asegura que estará bien conmigo y que ella haría todo lo que esté a su alcance para poder verlo. Me asombra la entereza en la que se encuentra, la tranquilidad con la que le habla. Ella se gira para limpiar una lágrima que se escapa sin su consentimiento y me descubre. Entonces capito que ella está rota, pero no quiere pasar a nuestro hijo su angustia.

Termina de despedirse del pequeño, lo posa en la cuna y empieza a cantar una canción de nana para él, que parece reconocer, ya que el pequeño con la poca fuerza que le queda agita los piececitos y las manitas en señal de alegría.

Interrumpo el momento materno filial brutalmente, siento celos. Ella pudo crear este vínculo de complicidad y amor con mi hijo, yo no. No le dejaré que lo ponga en mi contra, he perdido demasiados meses de su vida y ahora le toca a ella sufrir todo lo que yo he padecido.

—Permite que me quede con él hasta que os vayáis —me suplica.

—No… te quiero lejos de nosotros.

—Conseguiré el dinero y me iré detrás de mi hijo.

—Buena suerte.

—No me lo quitarás, no te amenazaré con denunciarte, ni hacer escándalos. Esto no va conmigo, pero ya he perdido demasiado en esta vida y no perderé a mi hijo. Te guste o no lo veré crecer, y seré parte de ello. —Aunque enfadado, me alegra ver cómo lucha por nuestro hijo, totalmente diferente a Silvia.

—Tenemos que irnos.

—No moveré ni un solo dedo para impedir que lo saques del país, sé que es lo mejor para él, aquí no hay los medios para curarlo. Pero ten muy claro una cosa. Yo seré parte de la crianza de mi hijo. Te guste o no.

Se gira y se marcha dejándome sin palabras. El pequeño empieza a llorar, era como si supiera que estaría una larga temporada sin verla.

Lo cojo en brazos en un vano intento de acallarlo.

—Perdóname, hijo, pero no puedo estar al lado de ella sin poder tocarla. Cuando mi herida esté curada, te prometo que os uniré, y no permitiré que os separéis nunca más, pero por ahora no puedo. Duele mucho. —Mi hijo me mira con sus pequeños ojos grises como si me estuviera entendiendo.

Mis contactos se ocuparon de los papeleos para la repatriación del niño, que fue sacado del hospital sin ningún tipo de impedimento. Desde el traslado hasta el aeropuerto y la entrada en suelo americano, no dejaron ni un solo cabo suelto, conocen el gran riesgo que corremos.

A la hora marcada estamos casi todos dentro del avión, Fernando José se quedó con su hermana. Por más que le insistiera que se viniera con nosotros, él se negó, dijo querer conocer su lugar de origen, y afirmó que dentro de una semana estaría de vuelta. Sara también se quedó junto a su novio. La falta más grande es la de mi hija, que no sé cómo está bajo los cuidados de su madre.

Tania María nos siguió en taxi hasta el aeropuerto, lo acompañó de cerca todo lo que pudo, no le permitían acercarse a nuestro pequeño debido a las extremas precauciones que estaban tomando los médicos al no conocer qué es lo que le pasa.

Las lágrimas bañaban su rostro. En la entrada VIP ella tuvo que despedirse de él de lejos, yo seguía sin mirarla. Solo escuchaba su llanto. Cuando ya girábamos la esquina justo en el punto en que ella nos perdería de vista por completo. Tania María dio un grito tan desgarrador que volví, y la abracé.

—Te prometo que lo cuidaré bien. —Ella asintió con la cabeza. Le di un beso en la comisura de los labios y salí corriendo detrás de nuestro hijo. Si no lo hubiera hecho así, flaquearía y acabaría haciendo cosas que dificultaría que la olvidase.

Sé que Fernando José se encargará de los gastos de viaje de su hermana. Cuando se despidió de mí me avisó con una amenaza.

Nada más aterrizar en Los Ángeles International Airport, mi pequeño es metido en una ambulancia que lo traslada al hospital que ya lo espera con todo listo para atenderlo de inmediato, yo no hago más que agradecer a los cielos por mi pequeño haber aguantado todo el viaje sin demasiadas complicaciones. Los contratiempos que hubo los médicos los solventaron rápidamente.

De camino al hospital llamo a México al teléfono de Fernando José y le notifico de nuestra llegada a suelo americano, y que el pequeño está bien dentro de lo que permite su estado clínico. Tania María pide hablar conmigo. Al escuchar su petición, corto la llamada y apago el móvil, una cosa es que dé noticias de nuestro hijo y otra muy distinta es que ella crea que pueda haber una amistad entre nosotros.

Los dos primeros días ingresado, fueron cruciales para la vida de mi hijo. Cada vez que encendía el móvil tenía miles de llamadas y mensajes de Tania María interesándose por el estado del pequeño Bruno, que es todo un campeón, pero no contesto a sus preguntas, así ella sabrá en primera persona qué es no tener noticias de un hijo, yo llevo haciéndola sufrir solo dos días. Ella me hizo pasar por esto diez meses.

Le hicieron una infinidad de análisis. En el cuarto día, me dieron su diagnóstico. Los médicos me dijeron que mi hijo no padece ninguna enfermedad contagiosa, y lo que tiene si hubiera sido tratado de inmediato, no sería de gravedad, con el tratamiento adecuado no hubiera pasado más de una o dos semanas en el hospital. Angustiado, pregunto qué tiene. Los médicos me notifican que el pequeño tiene anemia neonatal que fue agravada por la incorrecta o nula medicación, y que va necesitar transfusiones de sangre, debido a los bajos niveles de glóbulos rojos, por esto se encuentra en un estado hiperdinámico en el cual los principales órganos del cuerpo, corazón, retina, cerebro, riñón… se encuentran trabajando en una situación de asfixia. Los desalmados, estaban alimentado a mi hijo lo estrictamente necesario para mantenerlo con vida, llevándolo a una desnutrición severa, tanto los médicos como yo estamos asustados con el diagnóstico. Mi hijo seguirá ingresado, y los responsables pasarán el resto de sus vidas en la cárcel. No descansaré. En cuanto no los vea pudrirse, los acompañaré hasta el último día de sus vidas visitándolos una vez al año para ser testigo de su sufrimiento. Mi mayor deseo es matar a aquel desalmado con mis propias manos, pero me las ensuciaré. Mi hijo empieza a recibir el tratamiento adecuado de inmediato, y con exitosos signos de mejoría. Estoy muy feliz por su evolución, lo único que empaña mi alegría es la falta de mi hija. Sé que la niña está bien. Silvia, aunque se ocultó muy bien, me envía periódicamente pequeños vídeos de la niña jugando, feliz, totalmente ajena a todo lo que está ocurriendo.

Ninguno de los muchos detectives y agentes que fueron contratados es capaz de dar con ella. Una vez más revivo el cuento de que se los tragó la tierra. Se encuentran con miles de pistas, pero ninguna da en nada fiable.

Estos pequeños vídeos son lo único que consiguen mantenerme cuerdo. La prensa ya empieza a especular diciendo que nos hemos separado, ya que no nos ven juntos desde hace semanas y que ella se fue de viaje con su hija.

Por primera vez estoy agradecido con una falsa noticia que publica la prensa, así me quito de encima el tener que inventar excusas para justificar lo ocurrido cuando algún paparazzi se aventura a preguntarme algo.

El pequeño Bruno solo lleva dos semanas en Los Ángeles y su vida ya no corre ningún tipo de peligro. Desde que su enfermedad fue detectada y empezaron los tratamientos, el niño se recupera a pasos agigantados. Permitiéndome centrarme en encontrar a mi hija y retornar poco a poco la vida laboral que está abandonada.

El móvil suena y me sale un número desconocido. Mi primera reacción como siempre es de no atender, pero me acuerdo de lo que tengo encima y el instinto me dice que es importante. El teléfono vuelve a sonar, lo cojo.

Mi interlocutor me pregunta si estoy solo, sin darme tiempo a contestar me dice que, si no lo estoy, que me deshaga de quien quiera que esté conmigo. Su siguiente frase me pone los pelos de punta: De esta llamada depende la vida de muchos de los que quieren.

Rápidamente, pregunto quién es, no me contesta. Digo que, si es dinero lo que quiere, se lo doy.

—¡No corras tanto! Aquí las preguntas las hago yo.

—Voy a por ti y te destrozaré —digo a quien quiera que esté al otro lado de la línea.

—No te hagas el valiente o la mocosa y tu gente lo pagará.

—No toques a mi hija, dime que ella está bien.

—¿No vas a preguntar por la madre de tu hija? —interroga con burla—. Aunque no me preguntes, te lo diré. Esa inútil está cuidando a la mocosa, y está bien. ¿No te preocupas por tu esposa?

—Por mí como si se muere.

—Dejemos de charlas tontas. Todo a su tiempo. Nos veremos en una hora, en el Motel de mala muerte que estuviste escondido huyendo como una rata para llorar cuando tu furcia te dejó.

—No hables así de ella.

—No me dé órdenes. Allí va a haber un coche que te traerá hasta mí. Si intentas algo, la niña, tu esposa, el ciego y la madre de tu bastardo lo pagarán. Si llegas un minuto tarde, habrá consecuencias.

La llamada se corta sin darme tiempo a réplica.

Qué quiso decir con que el ciego y la madre de mi… Mi cabeza hace un clic. Rápidamente, marco el número de Fernando José, que es desviado al contestador, marco el de Tania María con el mismo resultado, por descarte el de Sara, pero es igual. Víctima del pánico, olvido todas las rencillas que tengo con el guitarrista, marco el número.

—Dime que Tania María y Fernando José están contigo —digo atropellado.

—¿Quién coño te pasó mi número?

—No tengo tiempo para discutir contigo ahora, dime que están contigo, por favor.

—¡Pues no, cabrón, no están conmigo, se despidió de mí hace una semana y volvió para Los Ángeles!

—¡Mierda… no, no puede ser! —grito desesperado.

—Antonio me pregunta que pasa.

—Adiós. —Con la arrogancia que me caracteriza cuelgo.

Rápidamente salgo de camino al garaje de la discográfica para recoger mi coche, el problema ahora radica en deshacerme de mis guardaespaldas, que desde que pisé suelo americano no se despegan de mí por órdenes de mis amigos. Para que me sea más fácil despertarlos iré en moto, así tendré un poco más de facilidad para esquivarles, aunque no voy a presumir de que sea una tarea fácil. Estos hombres están perfectamente entrenados para todo tipo de situaciones sus largos años en el ejército y en la CIA los dota de una destreza especial. Tengo que tener nervios de acero para hablar con ellos y no permitir que se den cuenta de mi nerviosismo. Entro en mi Maserati Veyron, arranco sin mirar atrás, pero sé que los tengo a mi espalda, mantengo una distancia considerable entre nosotros, por órdenes expresas mías, un pequeño punto que juega a mi favor, que ahora más que nunca lo agradezco, veo que el semáforo se va a poner en rojo, acelero y lo salto en toda regla, dejándolos detrás. Piso a fondo poniendo más distancia entre nosotros. Cuando ya estoy celebrando el haberlos despistado fácilmente, el sonido de mi móvil llena todo el coche, ya que estaba conectado al dispositivo de manos libres.

—¿Dime?

—Señor, se salió de la ruta, aparque el coche donde pueda que en menos de cinco minutos estaremos ahí.

«¿Pero cómo narices estos hombres saben que no estoy en la ruta habitual?». ¿Cómo pude ser tan idiota?, me digo a mí mismo. ¡Estos cabrones pusieron dispositivos de rastreo en mi coche!

Me enfado por no haber sido informado de ello, aparco, tomo mi móvil, arranco la tarjeta, estoy seguro de que también lo tienen con dispositivo de rastreo, me bajo del coche y salgo corriendo en busca de un taxi que me saque de aquí lo más rápido posible. Por una vez, soy agraciado con algo de suerte, nada más correr unos pocos metros veo aparecer un taxi libre, lo cojo, doy la dirección de mi apartamento y le pido que vaya lo más rápido que pueda.

Antes de subir para cambiarme de ropa y coger las llaves de la moto, ofrezco al taxista una jugosa cuantía para que me compre un nuevo aparato móvil junto con un nuevo número, y que me lo entregue dentro de veinte minutos, el hombre acepta, quedo con él en una esquina alejada de mi casa y subo.

Rezo para que los de seguridad no me hayan descubierto, necesitaba salir de aquí sin que me sigan, sea quien sea que está detrás de todo esto, sabe lo que está haciendo. Silvia no es el artífice de esto, todo este plan es demasiado para su cabeza hueca.

Cojo la moto y salgo lo más rápido que puedo, llego a donde quedé con el taxista, recojo mi encargo, meto la tarjeta en el móvil y este se volvió loco de tantos avisos. Entra una llamada.

Es mi guardaespaldas preguntando dónde estoy, les digo que encontré un ligue y me fui con ella. Mis palabras parece convencerlos, ya que riéndose me avisa que estarán en mi casa por si los necesito, pero antes de cortar la llamada me ordenan que no salga de la casa de mi ligue solo, y que no apague el móvil, cosa que hago nada más cortar la llamada.

Parece que el hotel se aleja, por más rápido que conduzca la moto no llego. La impresión que tengo es que estoy cada vez más lejos.

Faltando solamente cinco minutos para que expire el tiempo que me fueron concedida, y no me pareció haber perdido tanto tiempo así. Avisto el Motel a lo lejos, doy gas a mi Aprilia RSV 4 RR, y llego al punto de encuentro en pocos segundos, en la gasolinera y aledaños no se ve ni una sola alma. Los pocos coches que pasan lo hacen a toda velocidad por la carretera.

Me quito el casco y bajo de la moto, me quito los guantes también, apoyo el casco bajo el brazo, y sujeto los guantes junto a las llaves de la moto, adentro en la tienda y busco a mi colega. No lo veo por ningún lado.

El sitio sigue teniendo el mismo asqueroso aspecto que la última vez, un aspecto frío y sombrío, detrás de la barra está un chico con cara de niño y cuerpo de luchador AMM. Me acerco cauteloso, siempre fui desconfiado, pero ahora soy más que nunca, y mi instinto me dice que tenga mucho cuidado.

—Hola, ¿dónde está John? —No obtengo contestación. El chico me mira de arriba abajo como si se tratara de una alimaña, y con arrogancia me ordena ir a la parte trasera de la tienda. Estas fueron las únicas palabras salidas de su boca.

Con decisión camino a donde me ha indicado, en los días que había estado hospedado en este cutre hotel nunca lo había visto tan desierto, es como si todos hubieran sido ahuyentados del lugar, ni las ratas pululan por aquí hoy. Ahora a mi larga lista de preocupación se suma una más, deseo saber qué ha pasado con John, el dueño del establecimiento, no deseo que le pase nada malo. Él se portó bien conmigo, no quiso aprovecharse de mi situación, ya que al final descubrió mi identidad. Diviso una mesa al final del pasillo, tras ella hay dos hombres, aprieto el paso para alcanzarlos más rápido.

Sin que sea consciente, alguien llega por detrás y me encañona con una pistola en la espalda y me ordena que siga caminando, los dos hombres que había avistado han desaparecido. La persona que me indica por dónde ir a encañonándome ordena a una tercera que me tape los ojos, indefenso y ahora consciente de mi error, no hago ningún gesto, soy sabedor de que nada puedo hacer, no tengo la menor idea de cuántas personas están aquí. Me preocupa las cuatro personas inocentes que se vieron envueltas en medio de esta trama por culpa de la loca de Silvia.

Me meten en un coche grande y arrancan, uno de los hombres que va delante llama por teléfono y se refiere a la persona que estaba al otro lado como jefe, hablan en clave, imposibilitando así que pueda enterarme de qué están hablando.

Llevo más de una hora cautivo en este coche privado de la visión, por las voces que oigo intuyo que estoy custodiado por cuatro hombres, que por suerte mía tienen órdenes de no tocarme ni un pelo, lo que no sé es si el jefe, cuando me tenga delante me concederá el mismo privilegio, dado que fue hostil al teléfono. No pensaré en esto ahora, me centraré en idear una salida a esta situación.

Ya había perdido la noción del tiempo cuando el coche se detiene. Dos de los secuestradores bajan del vehículo dejándome custodiado por otros dos, confirmando así mis cábalas. El que está sentado a mi derecha expresa su preocupación y afirma no gustar nada esta situación. No sé a qué se refiere, pero veo en él la esperanza de un aliado, mi mala suerte, que no me abandona, hace que su compañero le llame la atención obligándolo a callarse de inmediato. Los otros dos hombres vuelven al coche a los pocos minutos. El conductor al sentarse detrás del volante lo golpea con rabia diciendo algo en castellano, impidiendo mi comprensión. Después de desfogarse a gusto reinicia la marcha muy despacio por lo que parece ser un camino rústico. Conduce por este camino agreste durante unos diez minutos. El coche se detiene, deseo haber llegado al lugar en el que está mi hija, poder verla y saber que está bien. Uno de los hombres me saca del vehículo y me arrastra con él, unos veinte metros bosque adentro, oigo el coche arrancando déjanos aquí a la intemperie. Oigo ruido de una cascada y los pájaros cantando, nos paramos. Abren una gran puerta, que por el ruido que hace es pesada y está bastante vieja y oxidada, me arrastran hacia dentro. El recinto huele a limpio, el local está fresco, corre aire y huele a comida recién hecha, me esperaba olor a moho y todo tipo de suciedades.

Siento el impulso de preguntar por mi hija y la madre de mi hijo, pero no me da tiempo, me obligan a sentarme en una silla fría de metal, me atan de pies y manos, privándome de movilidad. De un tirón me quitan el saco que tenía sobre la cabeza tirando junto a él de mi pelo causándome dolor, pero no le doy el gusto de oírme quejarme. Agradezco el poder disfrutar del privilegio de la visión y así poder estudiar dónde estoy, por si se presenta la oportunidad de escapar o al menos tener un plan de fuga. Tuve que pestañear un par de veces para adaptarme nuevamente a la luz, miro rápidamente a mi alrededor en busca de mis raptores. Me descubro solo en medio de una sala de interrogatorio igual a las que salen en las películas, una pequeña mesa de metal fijada en el suelo. Con dos sillas del mismo material, la mía está anclada en el suelo, las paredes están insonorizadas. Delante de mí el clásico panel de cristal, que todos sabemos que hay gente detrás, y que no sabré quién es, pues si quisiera mostrarse ya lo habría hecho. Me pregunto qué clase de tarado se da al trabajo de mantener un cautiverio en medio de la nada tan sumamente limpio, esto solo me lleva a creer que la persona que está por detrás de esto es un obseso del orden y que no es la primera vez que utiliza estas instalaciones, y si es así debe de esta muy enfadado por las cosas no estar saliendo como lo ha planeado, sus hombres están nerviosos, los oí decir algo sobre un contratiempo.

Aquí hay toda una infraestructura montada, la mesa tiene hasta la anilla para esposarnos, pero en mi caso me tienen atado, esta gente no es principiante. Cada segundo que pasa me doy más cuenta del tamaño de la estupidez que hice y empiezo a preocuparme de verdad.

Silvia no tiene intelecto para tal cosa, quiero saber si ella también es una rehén, mi lista de gente en peligro solo suma y sube.

Presa del pánico grito por su nombre, una, dos, tres veces sin respuesta. Los minutos pasan y nadie aparece por aquí, quién mierda está detrás de este espejo, sé que hay gente vigilando mis movimientos.

Si lo que pretenden es desestabilizarme minando mi autocontrol, lo están haciendo de maravilla, porque estoy aterrado. Tengo a cinco personas que dependen de mí y no tengo la menor idea de dónde están, qué están pasando en manos de esta gente y qué quieren de mí.

A estas alturas mis guardaespaldas ya se habrán dado cuenta de que los he engañado y que me he escapado, y mi familia ya me estará buscando. Lo malo es que no he dejado ni un solo rastro para que ellos puedan encontrarme.

—Maldito hijo de puta…. Da la cara, sé que estás ahí —grito desesperado.

Sigo sin tener respuesta, a cada minuto que pasa voy volviéndome más loco, les grito, les insulto, suplico, de todo, lo único que no hago es darles la satisfacción de verme llorar, aunque no me avergüenza decir que estoy muerto de miedo de que pase algo a Tania María y Rosy, y por ello tengo ganas de llorar.

Después de lo que me parece que son horas, oigo una voz distorsionada nombrándome, pero ya no sé distinguir qué es real y que es fruto de mi imaginación.

—¡Bruno…! ¿O prefiere que le llame BRX2? —dice mi raptor riéndose.

—¿Quién eres hijo de puta…?

—Tu arrogancia puede traerte problemas, ten claro que aquí no eres nadie, el poder lo tengo yo.

—Da la cara y te mataré.

—Cabrón arrogante, vas escucharme tranquilamente. ¿De acuerdo?

—¿Qué quieres? —digo cansado. De nada me sirve desafiar a esta gente. Ellos tienen la sartén por el mango.

—Preste mucha atención… No pienso repetirlo, si no me contesta, le dejare donde le recogí y no tendrá más noticias de su hija, esposa, amante, cuñado y concuñada.

Al escuchar la larga lista de nombres, contesto rápidamente, ahora estoy más que seguro que no es cosa de Silvia, ella no está detrás de esto. La persona que está detrás del espejo la nombró a ella también, y ahora también a la novia de Fernando José, de la cual me había olvidado. No me queda otra alternativa que hacer lo que me mandan y torcer para que todo salga bien.

—Dime que quieres para soltarlos —digo sumiso.

—No vayas tan rápido.

—Dime qué quieres, joder… solo quiero a mi familia. —Escucho una estruendosa carcajada.

—¿Ahora te preocupa tu familia? Llevo años vigilándote, conozco cada mujer que pasó por tu cama, y la putita que se metió bajo tu piel. La inútil de tu esposa no hacía nada para parar tus andanzas, y ahora llenas la boca diciendo que la quieres.

—No hables de mi familia, tú no sabes nada de mi vida.

—Sé más de lo que te imaginas, pero no estamos aquí para discutir tu desgraciada vida. Yo tengo algo que tú quieres, y tú tienes algo que yo quiero, así que vamos a hacer negocios. ¿Cuánto crees que vale la vida de cada uno de los que tengo bajo mi tutela y protección? —dice con burla.

—¿Dime cuánto quieres de una vez y terminemos con esto? —propongo desesperado.

—Bien que me dijeron que eres taciturno, aburrido y que tienes poco sentido del humor. Dios…cómo estoy disfrutando de esto —se burla—. Preguntaré de otra manera cuánto crees que vale la vida de tu hijita, esta mocosa que no hace más que comer, cagar y llorar. Te doy cinco segundos para decir un valor. Si en cinco segundos no me contesta, me iré y no sabrás de esta gente nunca más y tendrás que cargar con más muertes en tus espaldas.

—¿Qué estás diciendo? Yo nunca maté a nadie.

—Uno, dos…

—Medio millón… —digo al azar.

—Respuesta equivocada. El valor haciendo una muy buena rebaja podría ser por…. —Se hace el silencio del otro lado—. Sara, sí la novia del ciego. La llorona y tu fulana valen mucho más. Dime cuánto, y no me hagas esperar. ¿Cuánto?

Dios, ayúdame, no sé qué hacer, ni qué valor decir, ilumíname.

—Un millón.

—El doble por la pequeña. Pensándolo bien, por cada uno.

—No tengo todo este dinero.

—¡Me crees tonto! Te doy veinticuatro horas para reunir el dinero.

—¡No tengo todo este dinero, joder! Sí, soy muy rico, pero mi riqueza se basa en acciones e inversiones. Necesitaré más tiempo para reunir tanto dinero, no estamos hablando de cuatro dólares.

—Cuarenta y ocho horas, y ni un minuto más.

—Setenta y dos. En este plazo tendré el dinero que me pides, pero solo saldré de aquí con la garantía de que los cinco están bien.

—No esperaba menos de ti, ya contaba con ello —dice con burla.

Delante de mí se despliega una pantalla y toma vida, apareciendo en ella la foto del día de la fiesta de la presentación oficial de Silvia. Nosotros dos felices brindando en la apertura de la fiesta, las diapositivas van cambiando, mostrando fotos de nosotros dos en restaurantes, fiestas, viajes, en todas ellas parecíamos muy felices. De repente, aparece la foto de mi hija en la incubadora, las lágrimas caen en mi rostro, no me puedo contener más, la siguiente foto es de mi pequeña gateando en el jardín de mi casa, en la fiesta de cumpleaños de mi amigo Black, en la clase de natación. De repente, saltan a las de Tania María saliendo del hospital, de la universidad, de nosotros saliendo de su primera consulta a la ginecóloga, cuando confirmamos su embarazo, y así sucesivamente. Todas fotos muy personales, muy íntimas, prueba de un seguimiento minucioso y exhaustivo. Me descontrolo, no puedo seguir viendo estas imágenes, pido a gritos que dejen de torturarme. No he cuidado de mi familia como se debe. Ellos desde el momento que entraron en mi vida estuvieron en peligro.

Tania María, Silvia, todos tienen razón cuando dicen que todo lo que toco lo estropeo.

La pantalla se queda negra, entre lágrimas grito que esto no me prueba que ellos están bien. Un fuerte brillo me deslumbra, miro a la pantalla y veo a mi pequeña rodeada de juguetes. Detrás de ella aparece un hombre encapuchado sujetando un periódico de hoy y un gran reloj, rápidamente me retuerzo y miro mi reloj y lo confirmo. La persona se sale del plano permitiéndome disfrutar de la vista de mi pequeña. Pasados un par de minutos, la pantalla vuelve a quedarse negra, volviendo a iluminarse con la imagen de Fernando José. Me alegra verlo, pero no es esta la persona a la que deseo ver. La sala se llena de la voz del chico diciendo la fecha y la hora, y asegurándome que está bien y que está siendo bien tratado. Oírlo decir esto me suaviza un poco el sufrimiento. La siguiente en aparecer en la pantalla es Silvia sin maquillarse, con una vestimenta desaliñada, sucia, despeinada, con ojeras, en nada se parece a la mujer con la que compartí cinco años de mi vida. Entre llantos me pide que la saque de allí, nada más pronunciar estas palabras, recibió un fuerte bofetón que le sacó sangre de la boca y la imagen desapareció de la pantalla.

—Cabrón…, te voy a matar, hijo de puta. —Ni Silvia se merece ser tratada así, ningún hombre debe pegar a una mujer—. No la vuelva a tocar, te lo suplico —ruego entre lágrimas.

Ignorando mi amenaza, la pantalla volvió a iluminarse apareciendo a una Sara con la ropa desgarrada y la cara hinchada de tanto llorar. No puede ser, por qué el dinero lleva a la gente a hacer este tipo de cosas.

—Basta, te daré lo que me pides, pero no las toques. Me dijiste que estaban bien. Silvia y Sara no parecen estar bien.

—No te preocupes, el que hizo eso con Sara ya no se lo hará a nadie más —dice con total tranquilidad.

—¿La violaron? —pregunto preocupado. La única respuesta que tuve fue el silencio. Me derrumbo completamente, mi cuerpo tiembla fruto del llanto que me asola.

La pantalla se oscurece, los minutos pasan y yo lloro como un niño. Cómo explicaré a Fernando José lo de su novia. Nadie debería pasar por esto, Silvia está aterrada, nunca la he visto con tanto miedo. Intento tranquilizarme y pensar en cómo reunir todo este dinero en el menor tiempo posible, haré todo lo que esté en mis manos para que ella salga de aquí o cuanto antes.

La pantalla vuelve a iluminarse apareciendo en ella la persona que me trae en vilo.

—Tania María… ¿mi amor, dime que estás bien? ¿Dime que no te tocaron? —le pregunto desesperado. Me sorprendo al escucharla contestarme, no sabía que podían oírme. Que yo podía mantener una conversación con ellos.

—Estoy bien, mi vida, sácanos de aquí —me pide. Llego a sentirme ridículo cuando yo no dejo de llorar, contradiciendo lo que acababa de afirmar que no lo haría.

—Lo haré, mi amor, os sacaré de ahí. Aunque sea la última cosa que haga en esta vida os sacaré a todos sanos y salvos.

—Bruno, Silvia está aquí. Está en muy malas condiciones. Tienes que ayudarla. Le pegan constantemente, ella se está encargando de Rosy e impidiendo que le hagan daño a la niña. —Cómo no voy a quererla, está pidiendo por la mujer que impidió que fuera feliz a mi lado.

—Ya lo sé, mi amor, la he visto. Volveré lo antes posible con lo que me piden. ¡Tania María…! Te quiero.

Esto fue lo último que pude decir a mi pequeña fierecilla y la imagen desaparece dejándome desolado al no poder escuchar la respuesta de la mujer a la que amo.

—Cabrón, ahora sácame de aquí para que pueda reunir el dinero.

Los mismos hombres que me recogieron son los que me llevan de vuelta al hotel. Nada más bajarme del coche salgo corriendo en busca de John, no lo nombraron como rehén, necesito saber que está vivo. Así será una cosa menos de la que preocuparme. El establecimiento se encuentra abierto, eso confirma que él está bien. Lo veo a lo lejos atendiendo a unos clientes en perfecto estado. Me doy por satisfecho, no puedo perder tiempo, salgo corriendo en dirección a mi moto, que gracias a los cielos sigue en el mismo lugar, antes de arrancar la moto miro una vez más a mi borracho colega que me pide que le espere, pero no puedo perder tiempo. Tengo solo setenta y dos horas para reunir una fortuna. Cojo mi móvil, que lo había dejado oculto debajo del asiento de la moto, lo enciendo recibiendo docenas de notificaciones de llamadas de mis amigos, de mi jefe de seguridad y de mi madre. Esta es la primera a la que llamo para saber de mi hijo y tranquilizarla, decirle que estoy bien y mandar que refuerce la seguridad en torno a ellos. Si les pasa algo a ellos también, no sé qué será de mí.

Busco una excusa, aunque sé que no me va a creer, prefiero mentirle descaradamente a preocuparla contando todo el horror que vi en los ojos de Sara y Silvia. Si es mi madre en lugar de una de ellas, no sé qué habría pasado.

Le cuento la alocada historia de la mujer que encontré y me fui a su casa, aunque a estas alturas ya sabe que es mentira, pero al no tenerme delante no podrá presionarme para sonsacarme la verdad. Lo del móvil le digo que lo dejé porque descubrí que me rastreaban sin mi permiso y me cabreé, pongo voz de enfadado para desviar un poco la atención. Aguanté todas sus broncas, de esta vez con la mayor de las alegrías. El hecho de saber que ella está segura en el hospital junto a mi hijo ya me tranquiliza.

Corto la conexión y hago varias llamadas más, intentando reunir la mayor cantidad de dinero que pueda lo más rápido posible. Mis llamadas no surten el efecto deseado, el banco dice que es imposible reunir tanto dinero en tan poco tiempo, el único amigo que puede dejarme la cuantía que me falta está fuera del país e incomunicado. Los demás directamente me dan una mala excusa. Sin tener a quien más recurrir, llamo a la última persona que deseaba hacerlo en la faz de la tierra.

—Necesito tu ayuda para salvar a tu hija y a tu nieta —digo directamente al bastardo de mi suegro.

—Olvidaste decir el nombre de tu puta, del ciego y la pobre desgraciada que está con él por interés. ¡Nadie puede negar que el lisiado tiene talento!

—¿Cómo sabes de esto? ¿Tú estás por detrás de todo esto? —interrogo.

—No, no estoy detrás de esto. Y no, no te ayudaré. Lo que les pase a esas bastardas, no me importa. Cuando aparezcan sus cadáveres, haré el papel de padre y abuelo desesperado jurando venganza —dice esto y corta. Desgraciado. Ya llegará su hora.

No sé cómo pude pensar que este hombre movería un dedo para ayudar a su hija y nieta. Él tiene una piedra por corazón.

El maldito móvil que me dieron vibra en mi bolsillo obligándome a parar para atenderlo, infelizmente me tienen en sus manos. Es esta maldita voz acordándome de que no dispongo de mucho tiempo. Aprovecho esta inesperada e indeseada llamada, y arriesgo a hacer una última jugada para ganar algo de tiempo para reunir algo más de dinero y quitar a Silvia de las manos de estos desgraciados.

Le explico lo que me dijo el banco, y digo que necesito la firma de Silvia por ser una cuantía elevada.

La persona al otro lado de la línea no le gustó ni un poco lo que acaba de oír, no entraba en sus planes liberar a ningún rehén, menos todavía a la inestable Silvia, que delante de sus captores me pidió auxilio sabiendo que sería duramente reprendida. El secuestrador se negó. Desesperado y sin más opciones, arriesgo y les digo que sin su firma no puedo hacer nada, y que con todo dolor de mi alma que hiciera con los rehenes lo que quisiera, ya que no tenía cómo acceder a tanta pasta sin su presencia.

La voz blasfema, oigo sus pasos caminando de un lado a otro.

Pasados varios minutos, al fin me habla y me avisa que ya contactará conmigo diciendo dónde podré recoger a Silvia.

Aparto el móvil del rostro y suelto el aire que tenía retenido. En realidad, no pensé cuando dije que podía matar a mi gente. Fue una irresponsabilidad de mi parte. Pero por lo menos Silvia estará un tiempo lejos de los maltratos de esta gente.

Mierda… ¡¿Quién cuidará de mi hija en ausencia de su madre?! Ya no pienso con claridad, voy a colapsar.

Nada más pisar mi apartamento, el portero me avisa de la llegada de Black y Wallace, que por pocos minutos no llegan al mismo tiempo que yo al apartamento en el que vivía con Tania María. Seguramente tendrían a alguien vigilándome para avisarlos en caso de que me vieran por aquí, gracias a que cambié la cerradura, no pueden acceder al apartamento sin que yo les abra. Me encierro en la habitación de la madre de mi hijo, y aguardo la llamada del portero avisándome de que ya se largaron, ¡cosa que no ocurre!

Mi móvil empieza a sonar, lo cojo desesperado para que mis amigos no lo oigan, como las cosas se complican tanto, quien me está llamando es el secuestrador y no puedo dejar de atenderlo. Él tiene que decirme dónde encontrarme a Silvia.

Hablo susurrando, la llamada es breve y concisa.

Necesito salir de aquí lo más rápido posible, sin que mis amigos me encuentren. No dispongo de mucho tiempo. Cogeré el dinero que Silvia tenga disponible, después ya se lo devolveré, sé que ella no podrá aportar mucho, pero es algo, y en las condiciones que se encuentra, creo que estará dispuesta a deshacerse de lo que haga falta para librarse del infierno que está viviendo.

Cambio de idea, marco el número de Black, que contesta al segundo toque.

—Hermano, no puedo explicarte ahora, necesito tu ayuda y la de Wallace. —Les abro la puerta, adelantándome les pido disculpas por haber huido de ellos y ocultado mis problemas.

De nada me sirvió esconderme o intentar huir, estoy de mierda hasta el cuello y los necesito. Si hay alguien en quien pueda confiar son estos dos hombres, les cuento todo lo ocurrido, después de escuchar toda la historia van a aportarme lo que tienen. Sin tiempo que perder, cada uno sale para recaudar todo lo que pueda. Tomo el casco para Silvia y salgo corriendo al punto de encuentro, he perdido unos valiosos minutos, me muero por ver a Silvia y saber cómo está mi hija, quiero creer que de verdad ella está cuidando a nuestra pequeña, cosa que nunca sentí. Llego al punto de encuentro y me apeno del aspecto que trae la madre de mi hija.

—Bruno, sácame de las manos de esta gente —me dice tirándose en mis brazos. Le devuelvo el abrazo y la mantengo sujeta de la mano.

—La quiero de vuelta en dos horas, si no aparece, empezaremos a matar gente —dice el secuestrador. No pierdo el tiempo discutiendo, quisiera poder decirle que no la devolvería, pero no puedo, hay más vidas que dependen de nosotros.

—Ponte el casco y agárrate —digo y arranco la moto.

—Sabía que vendrías a por mí.

Ya se está montando películas, mejor no decir nada que la pueda alterar. Es una persona inestable y con las semanas que tuvo mejor no alterarla más, veo varias marcas en su rostro, mal disimuladas por el maquillaje. Aunque sea por su culpa que nos encontremos en esta situación, no me gusta saber que ella está siendo maltratada de esta manera.

Con la colaboración de un semáforo y mi destreza con la moto logro dar un esquinazo al coche que nos seguía de incógnito. Doy gas en la moto, cuando tengo la certeza que los he despistado me meto en un hotel. Silvia se exalta al ver el lugar, es como si todo lo que está ocurriendo careciera de importancia. Ella se niega a entrar en el Motel por ser uno de carretera, no comprende que no podemos entrar en el Ritz.

—Está bien, te entregaré a esa gente.

Rápidamente al escuchar la frase se adentra en el hotel sujetándome la mano. Pedimos una habitación, la arrastro a las escaleras. Al ver el rumbo que tomo, se para negándose a subir.

—Los llamaré para que vengan a por ti. —Me voy dejándola sola en el recibidor, no tengo tiempo para sus niñerías. Ella corre detrás de mí, me toma por el brazo apoyándose y sube las escaleras.

¡Esta mujer no tiene remedio! Ya en la seguridad de la habitación, ella intenta seducirme, la tomo por los hombros y la aparto.

—No me toques, no te traje aquí para tener una tórrida noche de sexo.

—¿Por qué nunca dijiste una noche de amor?

—Simple, porque contigo solo fue sexo, y del malo.

—Lo mismo digo.

—De acuerdo, no perdamos tiempo. Me pidieron una elevada suma para liberarte.

—Más bien quieres decir liberarnos, ¡que…! ¿Tú crees que no sé qué tu amante está allí, y que ella está teniendo mejor trato de que yo? ¿Dónde se vio esto?

—¿Ni en estos momentos puedes demostrar tener corazón?

—Si crees que te voy ayudar a ser feliz con ella, antes prefiero vernos a todos muertos.

—Estás enferma. Serás una asesina junto a esos desgraciados.

—El único asesino que veo en esta sala eres tú, Bruno —definitivamente fue una mala idea pensar que Silvia me ayudaría con esto.

—Estoy harto de oírte decir esto una y otra vez sin que yo sepa de qué me hablas. —La mujer maltratada y compungida dio paso a la altiva y psicópata.

—Yo solo quería ser tu mujer, la primera dama del rapero y empresario de moda, pero no, tú tenías que rechazarme, tenías que humillarme.

—Al grano, Silvia ¿qué pasó aquella noche? —Llegó el momento de conocer qué realmente pasó aquella fatídica noche.

—Estábamos en la fiesta de lanzamiento, tú sabías que estaba embarazada, yo estaba feliz, amaba a mi bebé, cosa que tú nunca hiciste. —dilo—. Tranquilo, cariño, tenemos para largo —dijo mofándose—. ¿Por dónde iba? ¡Ah…! Tú no querías al bebé, pero yo no lo sabía. Ilusa de mí creí que a pesar de que dijera que no te casarías conmigo estabas contento con la llegada de tu primer hijo. Con la euforia de la fiesta quise hacer público el embarazo, cuando te lo conté, te enfureciste, me arrastraste al cuarto de la limpieza, nos encerraste dentro, me dijiste cosas horribles y me prohibiste decir nada. Me puse a llorar, me gritaste que me callara. Cogiste una servilleta de la basura y me ordenaste para de llorar, me extendiste la servilleta y me mandaste limpiar la cara. Arrancaste mi bolso de mi mano, arrojaste todo el contenido al suelo y me ordenaste que retocara el maquillaje bajo la amenaza de que, si la gente desconfiara lo más mínimo de mi embarazo mi carrera, que no había ni empezado, ya estaba acabada. Tú sabías que era el sueño de mi vida. Te hice caso, me hice una obra de arte en el rostro quitando cualquier rastro de llanto mirándome en un minúsculo espejo, cosa que no fui capaz de hacer hoy con los moratones que traigo por tu culpa también. Salimos al salón principal de la fiesta, tú me dijiste que te marchabas. Yo te pregunté si podías dejarme en mi casa, hastiado aceptaste, antes de que empezáramos a despedirnos de todos, mi padre propuso un brindis. Él, como siempre, nunca pierde la oportunidad de hacer política, subimos al estrado. Tú no te encontrabas bien, tenías signos de embriaguez, pero solo los que estábamos cerca éramos capaces de percibirlo. Brindamos con toda la sala vitoreándonos, aprovechaste y te despediste alegando que al día siguiente tenías un viaje a la primera hora de la mañana y que estarías fuera tres semanas, cosa que te vino de maravilla para ocultar tu crimen.

—Déjate de rodeos y dime de una vez qué pasó. Te lo ruego.

—¡Quién diría, BRX2 rogando! —Carcajea—. Salimos de la celebración, y antes de que llegáramos al coche, un paparazzi nos vio cogidos de la mano y nos preguntó si estábamos juntos. Yo sonreí y el hombre empezó a preguntar si aquella sonrisa significaba un sí. Diste un manotazo a su cámara y me arrastraste hasta tu flamante coche. Arrancaste a toda velocidad, la noche estaba fría, y tú no me dejaste subir la ventanilla. Nos metimos de la nada en una espesa niebla que nos dejó sin visibilidad, tú en vez de aminorar la velocidad, aceleraste. Te pedía que redujeras la velocidad y te negabas. Empezaste a discutir conmigo y recriminarme por la actitud que había acabado de tener delante del paparazzi. Tu voz estaba rara, estabas cegado por la ira.

—El paparazzi es ese que hoy es tu amigo, y fotografía hasta cuando estornudas. —Ella quita importancia con la mano—. El circo que montaste alrededor de nuestra vida contribuyó para que estemos donde estamos.

—Yo te hacía publicidad, Bruno, sé que vas a decir que no la necesitas, pero tampoco te vino mal.

—Vamos, termina con esto —digo.

—Resumiendo, tú alcoholizado y drogado te pusiste agresivo. Tomaste mi rostro con una mano y empezaste a amenazarme con destrozarme la vida. Te pedí que pararas, dije que quería bajar del coche, pero tú aceleraste más. Me eché a llorar, salimos del banco de niebla, respiré más tranquila, y una luz nos cegó. Era un coche pequeño y viejo que venía de frente a nosotros. Era una familia feliz que venían cantando, los pude oír, ya que me obligaste a circular con la ventanilla abierta, venían de la iglesia, porque los niños se lo dijeron, era un matrimonio con sus dos hijos, que tú sabes quién es; ¡esto mismo! Tú los condenaste a la soledad, tú venías en alta velocidad por el carril contrario y casi mataste a tu querida Tania María y toda su familia. —Tengo ganas de gritarle que pare, pero necesito saber toda la verdad—. Chocaste de frente con ellos. Por increíble que parezca, los niños no sufrieron ni un solo rasguño. Sus padres no corrieron la misma suerte. Ambos fueron evacuados desacordados, no daban nada por ellos, la madre estuvo en coma durante años hasta que se murió hace poco. Por tu culpa dos niños de catorce años tuvieron que ingeniárselas para que no los separaran, vivieron un verdadero infierno.

Me llevo las manos a la cabeza y la sujeto gritando que no, que es mentira. Silvia se ríe de mi desesperación.

—¿Quieres que siga, amor mío?

—No… cállate, cállate, es mentira. Nada de esto salió en la prensa.

—Claro que no, por una vez en mi vida mi padre me ayudó como haría un padre de verdad. Entre la conciencia y la inconsciencia conseguí llamarlo y decirle que tuviste un accidente grave, y necesitabas su ayuda. Él, rápidamente, se personó donde nos encontrábamos, la carretera en cuestión de minutos fue cortada, solo tuvo paso las ambulancias que nos trasladaron al hospital. Tú también estabas inconsciente, las únicas personas conscientes éramos yo y los críos, que no dejaban de llorar y gritar por sus padres, ellos. Mi padre rápidamente ordenó a sus hombres que se hicieran cargo de ellos y los llevaron a la clínica para certificarse de que estaban bien, y una vez allí, por lo que me contaron, les dieron a escoger, quedarse escondidos y juntos o denunciar y ser separados. Los niños prefirieron callarse y estar juntos, él se ocupó del tratamiento de aquella familia y los mocosos. No les faltó nada hasta que ella cumplió los dieciséis años y pudo empezar a trabajar. El resto tú ya conoces.

—Eres una desgraciada, tú y tu padre son cómplices de un delito.

—Ya me cansé, tú no mereces ser feliz.

¿Por qué la vida tiene que ser tan injusta conmigo? Por más que intente hacer las cosas bien, nada me sale como lo planeo. Ya no sé si lo que Silvia siente por mí es amor u odio. En sus ojos creo haber visto placer, al relatar todo el horror que pasó aquella maldita noche, lo peor es que mis recuerdos solo llegan hasta el momento en que su padre nos utilizó para sus intereses políticos. Después es como si mi vida hubiera dejado de existir. Hay un blanco total.

Jamás le perdonaré por habérmelo ocultado, no puedo aceptar que me haya tenido engañado durante más de cinco años, que por mi culpa unos niños perdieron a su madre y su padre está en una silla de ruedas. No dejo de preguntarme qué había sido de estos niños durante los cuatro años anteriores a su mayoría de edad, cómo hicieron para sobrevivir, conociendo la poca humanidad del padre de Silvia, no creo que les haya dado una buena vida. Son tantas las preguntas en mi mente, que salto de una preocupación a la otra sin pestañear, mi hijo en el hospital, mi hija y la mujer que amo secuestradas, y yo un asesino prófugo de la justicia, he causado un grave accidente con víctimas, y no me hice responsable.

Tiro el casco encima de Silvia, ella lo coge riéndose. Tomo el mío, camino hacia la puerta, la traje aquí con la idea de que pudiéramos unir fuerzas para salir de este atolladero juntos, pero ella no desea ayudarme. Lo que ella quiere es verme más hundido, tiene demasiado rencor hacia mí para ayudarme con cualquier cosa que no sea en beneficio propio. Salgo de la habitación, bajo las escaleras corriendo, me monto y conduzco sin destino.

Tengo que parar en el arcén y esforzarme para meter aire en mis pulmones, me estaba asfixiando dentro del casco, a cada paso que doy las cosas solo se complican. Camino de un lado a otro diciendo que no con la cabeza, no puedo creer que todo esto me está pasando de verdad. En un arrebato, me quito la chaqueta, la tiro al suelo, inclino mi cuerpo hacia atrás, aprieto los puños y grito, grito muy fuerte dejando salir un poco de la angustia que tengo en mi pecho. Las lágrimas surcan mi demacrado rostro. ¡Joder… soy un asesino! Hipo como un niño pequeño, así es como me siento.

No sé cuánto tiempo estuve sentado en el arcén, el sonido de mi móvil, me hace recordar que tengo que entregar a Silvia a la hora marcada o morirá más gente.

Me monto en la moto, conduzco a toda velocidad de vuelta al hotel, entro en la habitación y arrastro a Silvia hasta la moto. Ella intenta protestar, pongo el dedo índice delante de mis labios mandándola callar, acelero el motor, dejándole claro que si no se sienta me iré sin ella. Se sienta detrás de mí, apoya su cabeza en mi hombro. Se agarra fuerte a mi cintura, no le digo nada, arranco y piloto hasta el banco, que está a punto de cerrar. Gracias a ser quien soy me dejan pasar sin problemas. Ordeno a Silvia que se siente y no se mueva. Voy a hablar con mi director, que ya tiene todo listo. Recojo el dinero. Tomo a Silvia de la mano y la llevo al punto de encuentro, deseo perderla de vista más que nunca. Al llegar al punto de encuentro el coche que la trajo y el que me seguía están aguardando por nosotros, nada más Silvia bajarse de la moto, arranco.

Conduzco hasta mi refugio de paz, el apartamento que compartí con Tania María.

Miro en el bar verificando si tengo alcohol, hoy lo necesito más que nunca. Para mi desgracia no hay ni una sola botella, mis amigos después de que ella me dejó para que yo no tuviera tentación, tiraron todo lo que tenía la más mínima graduación alcohólica de toda la casa. Tomo un fajo de dinero, llamo al conserje y le pido que envíe a alguien a comprar. El hombre, que me conoce hace años, me mira con cara de pena, pero se guarda sus comentarios y atiende mi petición. No dispongo de mucho tiempo, pero necesito desentumecerme un poco, las drogas no son una opción, jamás las volveré a probar. Es mucho más difícil desengancharse del alcohol, que puedo decir no sin problemas.

Veinte minutos después llaman a mi puerta con una bolsa con cuatro botellas. ¡Creo que con esto tengo para empezar! Pienso beber hasta perder el conocimiento. Mejor morirme, así libraré el mundo de un desgraciado como yo. Le entrego un billete al joven, que me mira con adoración, sin saber qué mierda de persona soy. No soy digno de admiración de nadie, siempre he sido atento con mis fans, pero en este momento no me encuentro digno de ellos. Cierro la puerta en su nariz, voy para la habitación donde pasé tantos momentos lindos, en donde la hice mía por primera vez. Veo su camisa colgada, sigue en el mismo lugar en que ella la dejó once meses atrás. No he permitido que nadie la tocara, todavía preserva su aroma, la cojo y la aspiro inundándome con su dulce olor. Tomo una botella al azar, la abro y empiezo a beber en la botella misma. Sentado en la cama, que se me hace enorme, vacío la primera botella, voy por la segunda intentando recordar lo ocurrido aquel día, es en vano, es como si me hubiera reseteado.

Enciendo el móvil, ignoro los miles de llamadas y mensajes que hay, llamo a mi abogado y le cuento por encima el ocurrido y exijo una respuesta cuanto antes. Le digo que cambie mi testamento, que reparta todos mis bienes en partes iguales entre mis hijos y mi madre, corto la llamada no sin antes advertirle, que si habla con alguien está despedido asegurándome de que nada de esto llegue a oídos de mis fastidiosos amigos. ¿Por qué quise hacer un nuevo testamento? ¡Porque deseo morirme! Miro la foto que tengo de fondo de pantalla, la acaricio.

Tania María estaba bailando en mi salón solo con una de mis camisas puesta, mi corazón se oprime al rememorar aquel lindo momento. Apago el móvil y lo tiro lejos de mí.

Tomo otra botella sin siquiera mirar la etiqueta, la destapo y bebo directo de la botella, dejando de tragar solo para tomar aire, busco desesperadamente dar a mi cuerpo el descanso que sé que no existe para mí. Por más que bebo, no consigo alcanzar la ansiada borrachera. Soy consciente de que cuando despierte los problemas seguirán ahí, y en duplicado, pero necesito este acto de rebeldía, compadecerme sin sentir vergüenza. He perdido totalmente el control de mi vida, de mis decisiones, es duro descubrir que no eres más que un títere en manos del destino, el mismo que creías dominar, te crees el dueño del mundo y de la verdad, el todopoderoso, y me estoy dando cuenta de la manera más cruel que no soy dueño de nada, ni de mi vida…

Mi cuerpo no sucumbe al alcohol, tiro la última botella vacía contra la pared haciéndola añicos, no soy capaz de olvidar lo que siento. Mi mente empieza a pedirme algo más fuerte, algo que lo entumezca de verdad, algo que me haga desconectar del mundo, empiezo a tener fuertes calambres en el cuerpo, alucinaciones, veo a gente tirada en la carretera, niños muertos, mi cuerpo tiembla descontrolado, sudor frío, deseo llamar al que en su día fue mi camello y pedirle que me mande lo más fuerte que tenga para quitarme estas imágenes de la memoria. Necesito olvidar, me levanto y voy a por mi móvil, marco su número, nunca lo he borrado. Era una prueba para mí de que yo tomaba mis decisiones, pero lo he fallado, él coge la llamada, oigo su voz y me acuerdo lo mal que pasé para salir de esto de las noches en vela, lo agresivo que me puse, las fuertes arcadas, lo mal que lo pasó mi familia. No caeré en las drogas de nuevo, no puedo cruzar ese camino nuevamente. Yo puedo con esto, no quise provocar aquel accidente, pero si ahora recaigo es porque he querido. Tiro el móvil, corro hasta la puerta de la casa de Tania María, la abro, voy directo al bar, cojo lo primero que veo y bebo.

Después viene otra y otra, y otra más hasta que no pude terminar la última porque se cae de mi mano, derramando su transparente líquido en el suelo. Inconsciente, ahogado en mi borrachera y en mis penas, me quedo dormido, después de varias botellas logro lo que buscaba, ya no está, después de varias noches sin poder conciliar el sueño, por fin duermo, no siento nada.

Caigo en un profundo sueño, no hay pesadillas ni preocupaciones, no hay nada, solamente la oscuridad.

Me despierto con el teléfono sonando, miro a mi rededor, no me ubico, el teléfono vuelve a sonar. Miro a los lados. Entonces me doy cuenta de dónde estoy, me incorporo bruscamente y tengo que sujetarme la cabeza, que me va a estallar, como puedo me acerco al teléfono y lo tiro contra la pared, pero mi intento de romper el ruidoso aparato no surte el efecto deseado, por el contrario, me parece sonar más fuerte.

¿Quién rayos osa a llamarme a estas horas de la madrugada? Contesto la llamada con mi ya habitual mal humor.

—Déjame en paz, no quiero hablar con nadie —digo de mala leche.

—Señor, ordenaste que te llamara a la primera hora de la mañana. —Reconozco la voz del conserje. Entonces me acuerdo de todo, seguro llamó a mi apartamiento y como no contesté me llamó aquí, ya que sabe qué hay entre la madre de mi hijo y yo. ¡Bueno, lo que había! Miro mi reloj y descubro que ya son las nueve de la mañana.

Al darme cuenta de la hora, siento un gran martillazo en la cabeza, he dormido en el suelo, que esta bañado en vómito y vodka barato. ¿Por qué los jóvenes tienen que beber esta porquería de mala calidad?

A duras penas llego al baño, me doy una ducha rápida e intento quitar el mal olor de mi cuerpo, cosa que no me sirve de mucho, ya que mi ropa apesta. Voy a la cocina, tomo un café amargo. He perdido unas valiosas horas para recaudar el maldito dinero, ahora tengo menos de cuarenta y ocho horas para recaudar la totalidad de la suma exigida. Me llevo las manos a la cabeza. Como ya lo había previsto, los problemas no solo no desaparecieron con la borrachera, ellos siguen ahí, y ahora con menos tiempo para solucionarlo, y con una resaca de la leche.

De vuelta a la habitación, cojo el móvil y lo enciendo. Reviso la agenda parando en el nombre de la única persona que me puede ayudar, pero también era la última persona la que deseaba pedir ayuda. El tiempo corre en mi contra. Él es mi única salida, me había jurado que nunca más dirigiría la palabra a esta persona, solo nos hablamos una vez, y esta única vez me condenó al infierno en el que vivo hoy. Me había equivocado antes, el padre de Silvia no es la última persona que no quiero nada, esta sí es la última persona en la tierra a la que quería recurrir, pero mi amor de padre, el amor que siento por Tania María y el sentido de la obligación con los demás, me exigen tragarme mi orgullo y romper la promesa que hice doce años atrás. Sin más dilación marco el número que no sé porque lo sigo manteniendo entre mis contactos. Primer tono, segundo, tercero.

—¿Quién eres? —interpelan al otro lado.

—Vete a llamar tu jefe, dile que Bruno quiere hablar con él.

—Tú a mí no me das órdenes.

—Y yo no discuto con subalternos. —Oigo como el hombre que cogió la llamada sale refunfuñando.

—¿Qué pasa hijo?

—Ya te he dicho que no me llames así, no eres nada mío. ¿Cómo sabes que era yo?

—Saltémonos las declaraciones de amor. Qué quieres, si me llamas es porque llegó el momento de pagar en silencio lo que hiciste por mí, entonces dejemos esta pelea de gallos a un lado y vamos directos al grano.

No me achanta con sus palabrerías, es mi padre y puedo demostrar que tengo la misma frialdad que él.

—Nunca estuviste para mí, y ahora ya no quiero que muevas un dedo para solucionar mis problemas.

—Estás utilizando las palabras equivocadas, tu llamada es para pedirme ayuda, así que humildad. Si bien no me negaría en ayudarte, aunque sea lo último que haga en mi vida. Así que pónmelo fácil y dime qué está pasando.

—Necesito que me dejes cuarenta millones de dólares —digo tragando mi orgullo.

—Tendré el dinero a tu disposición esta tarde. —¿Así de fácil fue? Me esperaba un interrogatorio, una acalorada discusión y reproches. ¡Nada!

Prefiero no preguntar cómo podrá reunir tanto dinero en tan poco tiempo, corto la llamada, paso por recepción, agradezco al conserje y me marcho.

Conduzco hasta otro banco, que, bajo la amenaza de retirar todo mi dinero de allí, el director me liberó otra gran cuantía. Salgo de allí dejándolos casi sin efectivo. Estoy satisfecho con los resultados. Por la tarde, casi veinticuatro horas antes tendré todo el maldito dinero para liberar a mi gente.

Me muero por ver a mi hijo, tengo tiempo de sobra para verlo, pero prefiero no acercarme ahora mismo. Cuanto más lejos este de él mejor. No quiero sumar más un rehén en la lista. Sin saber para dónde ir decido ir a parar a uno de los hoteles que me reunía con mis amantes antes de enamorarme como un adolescente. No llego a entrar en recepción, ya que de lejos avisto los guardaespaldas, maldigo y doy la vuelta. Los cabrones de mis amigos me tienen cercado por todos los lados.

No sé dónde ir, nunca me imaginé que ellos pudieran desconfiar que vendría hasta aquí. Por lo que veo no podré meterme en ningún hotel, aprovechándome del anonimato que me da la vestimenta motera y el casco doy vueltas y vueltas por Los Ángeles hasta que, sin darme cuenta, me veo en South Central. Conduzco hasta la casa en que vivió Tania María con su familia, entro sin ningún tipo de impedimento. La casa sigue sin tener ningún tipo de sistema de seguridad que frene el paso de todo aquel que quiera entrar. Me paseo por el lugar mirando todo detalladamente, es la tercera vez que entro en esta casa, la primera fue por negocios, la segunda para salirme con la mía, y ninguna de las dos veces me había preocupado en conocer un poco más sobre ella, sobre su historia.

No entiendo: con lo desconfiado y precavido que soy cómo no la he investigado. Deseé tanto que ella me contara su historia que bajé la guardia y lo dejé pasar. Nunca supe que sus padres estaban vivos. Si hubiera investigado, igual hoy su madre estaría viva todavía, nunca me perdonaré por ello.

Camino por cada rincón de la casa pidiéndoles perdón en silencio. Investigaré hasta llegar al final de esta historia, quiero conocer todos los detalles, por más escabrosos que sean, y dedicaré mis días a compensar a Tania María y Fernando José por el daño que les he causado, y pagaré por mi crimen llevando conmigo al culpable de que nada de esto haya salido a la luz. Él es tan criminal como yo.

A la hora acordada paso a recoger el dinero que me falta. Mi progenitor me lo entrega en una mochila derruida sin hacerme preguntas. Su único comentario fue:

—Avisa a tus extorsionadores de que ya tienes el dinero.

—Si esperas cualquier tipo de agradecimiento por mi parte, lo llevas claro. —Cojo la mochila y me marcho.

Llamo a los secuestradores avisando que ya tengo el dinero. Deseo terminar con esto cuanto antes, me ordenan que aguarde a su contacto. Voy para mi nuevo refugio a aguardar, oculto mi moto detrás de la casa, entro y me tumbo en la cama de mi fierecilla, que después de tantos meses sigue teniendo su olor, miro a mi derredor y todo me recuerda a ella. Abro su mesita de noche y descubro sus diarios, me siento tentado en leerlos, pero me contengo, ya la he mancillado demasiado para hacerle esto también. Me quedo dormido sintiendo su agradable aroma.

Me despierto con el sonido del móvil.

Sigo sus exigencias, y me dirijo al punto de encuentro. Con un derrape, el coche que me recogió la vez anterior se para delante de mí. La puerta se abre, uno de los hombres se baja y se ocupa de ocultar mi moto, y otro me mete dentro del coche. Repetimos la misma operación, me siento en el medio y ellos me tapan la cabeza, atiendo todo sin rechistar. Sé cuáles serán los siguientes pasos, pero no hago preguntas, me dejo llevar. Si todo sale bien, dentro de unas horas toda esta pesadilla estará terminada, me divorciaré de Silvia y haré todo lo que debería haberlo hecho, y si después de todo ella quiere quedarse conmigo, que así sea: sin mentiras chantajes ni coacciones.

Con un fuerte volantazo cambian de sentido, percibo que hacen bruscas maniobras cambiando continuamente de sentido, no entiendo por qué tantas medidas de precaución.

—Deseo hablar con tu jefe. —Esto no me está gustando.

—Esto no va a ser posible.

—¿Por qué? ¡Quiero hablar con él!

—Tus amigos están jugando a los súper héroes, tenemos que despistarlos. —No sé si me alegro o no por saber que mis amigos están detrás de mí.

¿Cómo los cabrones de mis amigos me descubrieron? Tuve todo el cuidado del mundo. Deben de estar muy cabreados conmigo, les pedí dinero y vuelvo a darles esquinazo sin siquiera recoger la pasta. Mierda… ¿será que pusieron rastreador en mi moto? ¡No… ellos no sabían dónde estaba mi moto, porque la escondí! Mis carceleros entre ellos dicen que hoy pasaremos la noche en un escondite. El comentario no me hace ninguna gracia, deseo terminar con esto de una vez por todas. El que está al mando no sé si por culpa de los nervios, de esta vez no está siendo tan cuidadoso con las informaciones, comenta algo de que, si no nos dejan en paz, los matará y seguiremos por el bosque. Definitivamente, no estoy contento de que mis amigos me estén siguiendo. No quiero que les pase nada, esto solo complicará más las cosas. Conducen mata a través en completo mutismo. Siento el traqueteo del coche, que me hace golpear la cabeza contra la cabeza de mi carcelero de la izquierda. La maleza es densa, oigo las ramas golpear en el coche, pero ellos conocen bien el camino, ya que, rompiendo el silencio, dicen que no falta mucho, maldigo a mis amigos por meterse en donde no los he llamado.

El coche se detiene, no me bajan, me dejan en el mismo sitio y en las mismas condiciones. Creí que volveríamos donde me retuvieron la primera vez, pero no es así.

No he dormido mucho, creo que todavía es madrugada, y ya estamos en marcha, cosa que agradezco, deseo ver a mis mujeres. Cuando salimos de la mata, el coche se pone a toda velocidad, uno de los hombres afirma que está despejado, aun así, no aminoran la velocidad.

Después de mucho tiempo en el coche, por fin se detiene. Entre dos hombres me arrastran a un sitio que parece ser un barracón, hay un fuerte olor a humedad, acompañado de ruidos de gotas que se caen por todos los lados, llevo la bolsa en la cabeza imposibilitándome ubicarme, cargo la mochila con el dinero pegada a mi pecho.

—Sácame el saco de la cabeza. No intentaré nada. —El hombre se ríe de mi cara.

—Sería muy estúpido de su parte —dijo con burla.

—Tenéis en vuestro poder lo que más quiero en el mundo, por favor. —Sorprendiéndome, atienden a mi pedido.

Me cachean y descubren mi móvil. Lo requisan y lo destrozan, tengo miedo de haberlo echado todo a perder. Se apartan y mantienen una acalorada conversación. Pasados unos minutos dos de ellos vienen a mí y me permiten caminar por el recinto, pero me advierten que si me alejo de mi vigilante me matarán. Haciendo uso de mi «libertad», empiezo a caminar de un lado a otro. No tengo nervios para estar sentado esperando a que la hora pase. ¿Será que fueron capaces de despistar a mis amigos? Voy de un lado a otro acompañado por uno de los hombres que me custodia, hago miles de cábalas con todos terminando de manera trágica, ya que no tengo nada que hacer en contra de todos estos hombres armados hasta los dientes.

Apartándome un poco de la zona en la que me encuentro retenido, oigo gritos de mujer. Olvidándome de que detrás de mí hay un hombre armado, salgo corriendo en dirección al quejido, antes de que pudiera acercarme a donde provienen las súplicas, dos grandes manos me toman por detrás tapándome la boca, impidiéndome decir a quien quiera que sea que pide ayuda, que estoy aquí y le voy a ayudar. Mi corazón está a mil por hora, aunque sé que no es mi Tania María, no es su voz, la reconocería a kilómetros de distancia, no me siento mejor, no puedo dejar a esa persona que está sufriendo, en manos de estos delincuentes. ¿Qué le estarán haciendo?

En un acto desesperado, ofrezco dinero al hombre que me custodia para que me lleve hasta la chica, como si él solo pudiera hacer algo en contra de todos los demás gorilas. Antes de que tuviéramos tiempo de pensar, ya estaríamos aplastados. Cada segundo que pasa me arrepiento de no haber pedido ayuda a mi maleante padre, seguro él sabría cómo manejar esta situación, y de no haber contado todo lo ocurrido a mis amigos, yo solo les conté medias verdades.

Me alejan de los gritos de sufrimiento de la persona que está cautiva, me obligan a sentarme y me atan. Se acabaron los paseos, ahora solo me queda esperar a que pasara la hora.

Ahora el único ruido que oigo es el de las gotas que caen de las oxidadas cañerías distribuidas por toda la nave, que al parecer lleva muchos años desactivada. Hay una gruesa capa de polvo y suciedad en la vieja mesa que hay al fondo del que un día parece haber sido un despacho. Los cristales están rotos, facilitando la entrada de la luz solar, ya que los cristales que están enteros son de un color marrón fruto de la suciedad.

Intento entablar conversación con los que me escoltaban, sin éxito. Desesperado por no tener la menor idea de qué va a pasar y del largo tiempo que llevo atado a esta silla, empiezo a contar las gotas una, dos, tres, cuatro diez, cuarenta y cinco voy por la mil y la angustia sigue en mi pecho.

Un ruido llama mi atención interrumpiendo mi contaje, y delante de mí aparece un hombre de porte elegante con la característica gorra negra que llevan casi todos. Se me acercan, habla en español con sus hombres, su forzado acento deja claro que no es su idioma. El timbre de su voz me parece conocido, barajo ser alguien de la discográfica, el que me estuvo robando y que, al día de hoy, sigo sin saber quién es.

Me desatan de la silla, vuelven a taparme la cabeza, me meten en el coche junto a la mochila y arrancan a toda velocidad.

Llegó la hora de poner fin a este infierno, pienso, aunque no me siento nada feliz por dejar detrás a aquella chica, infelizmente ya no puedo hacer nada para ayudarla, con lo poco que sé del local no creo poder ser de mucha ayuda para que la encuentren.

El ruido de coches llama mi atención. Estamos en la ciudad, llevábamos aproximadamente dos horas de viaje. Me atrevo a preguntar dónde estamos, recibiendo como respuesta la orden de que me calle.

El coche entra en un garaje subterráneo, mi corazón dispara. Mi familia está aquí, mis manos sudan frío, empiezo a preguntarme cómo voy a sacar a mi gente de aquí, no tengo coche, no tengo móvil, mire por donde mire, mi acto heroico solo me metió en más problemas de los que ya tengo.

Tengo que evacuar a una niña y cinco adultos, contando conmigo. Sin saber dónde estamos, sin medios para movernos, ni comunicarnos con nadie.

El coche se para, los hombres vuelven a comunicarse entre ellos en español, privándome de cualquier tipo de información. Mi español es precario, me arrepiento de no haber hecho caso a mi madre cuando me quiso enseñar su idioma. Conmigo todavía sentado en el coche llaman por radio y hablan durante varios minutos. Uno de ellos se acerca a mí y de un tirón intenta coger la mochila con el dinero. La sujeto fuerte y le digo.

—Ese no fue el trato, solo entrego la mochila cuando tenga a mi gente a salvo.

—Tienes cojones rapero, tengo que reconocer que tienes muchos cojones. Te admiro. No sé si sabes me encanta tu música —dice en tono de burla en un perfecto inglés.

Me tenso en el asiento del coche. Presiento que lo que va a venir de aquí en adelante no será nada bueno.

Me suben en un ascensor que huele a limpio, el olor a limpieza que tanto echo de menos. El viaje es corto, me sacan y me dejan en medio de una estancia con la bolsa en la cabeza.

—¡Ya está aquí el todopoderoso rapero BRX2! ¿O prefieres Bruno, el exitoso empresario que se hizo de la nada, el dueño de una de las más conceptuadas discográficas del país?

—¿Tú…?

Una carcajada invade la estancia.

Aún desprovisto de la visión reconocería esta voz donde fuera, lleva demasiados años atormentando mi vida.

—Quería divertirme un poco más, pero eres un hombre listo.

Arrancan el saco de mi cabeza de un tirón, es tan rápido que me quedo ciego por la excesiva claridad. Tengo que pestañear varias veces para acostumbrarme a la luz, miro a los lados y descubro que estoy en una lujosa mansión, y por el tráfico que oí cuando me trajeron estamos cerca de alguna población, la casa está iluminada por los rayos de sol que refleja en los caros muebles blancos que la adornan.

Miro a mi captor.

—Nunca confié en ti, devuélveme a mi familia —digo mirándolo con odio.

—Ya te dije, aquí quien manda soy yo, así que primero ajustaremos cuentas.

—¿Qué quieres?

—Dinero…

—Te lo daré.

—Hay un pequeño problema —dice con burla—. Hay dos personas a las que no voy a devolver.

—Este no fue el trato.

—Es un precio justo por todo lo que me quitaste.

De qué demonios está hablando este hombre. Yo no le quité nada, si él no tiene donde caerse muerto. Es un pario para la sociedad. No le permitiré que haga daño a mi gente, no dejaré a mi hija y a Tania María atrás bajo ningún concepto, aunque tenga que matarlo con mis propias manos. Si lo que interesa a este desgraciado es el dinero, que se lo quede. Pero ahora tengo miedo a que quiera cobrar todos los desplantes que le hice utilizando a mi familia. Me pregunto a qué se refiere cuando dice que le quité todo.

—Quiero ver a mi gente.

—Te dejo ver a una de las tres que llevarás contigo, pero no te creas que será tan fácil. Tendremos que acordar una serie de cosas antes de liberarlas.

—O me dejas ver que están todos bien o no te quedarás sin nada.

Cojo el mechero, que ya lo tenía estratégicamente oculto en la mochila, sostengo la mochila en alto y prendo la llama en su dirección. El desgraciado abre los ojos desmesuradamente y me pide que por favor no cometa ninguna tontería. Hago caso omiso a su petición y acerco un poco más las llamas. Con miedo de mi loca reacción ordena a sus hombres que no se acerquen y que las traigan.

A empujones entra Silvia con la pequeña Rosy en brazos. Mi princesa juega con los rojos rizos de su madre, que le es indiferente a sus caricias, a la única persona que prestaba atención es a su raptor, que solo se preocupa por el dinero.

Al ver a mi hija, hago intención de acercarme a ella, pero el hombre que las tiene de rehén pone la pistola en la cabeza de mi hija, ocultándola con el pelo de Silvia para que mi bebé no la pueda ver, rápidamente me quedo quieto en mi sitio.

—Dame a mi hija, y quiero ver a Tania María.

—Pensé que querías ver a tu esposa —se burla.

Siento ganas de gritar que ella no es mi esposa, que por su culpa mi hija se encuentra aquí ahora, pero por más que le tenga rabia es la madre de mi hija, pagaré su rescate, pero no quiero saber nada de ella. Solo quiero ver a la mujer que amo.

—Ella me da igual. —Si la mirada de Silvia pudiera matar, me hubiera fulminado por el odio que siente por mí.

—¿Tanto la desprecias? —me pregunta.

Me niego a entrar en su juego, me mantengo callado. Él se enfurece con mi silencio, pero no puede actuar en mi contra, ya que tengo su dinero a punto de ser quemado, va a por Silvia, que lo mira con adoración.

—Eres una inútil, con lo fácil que lo tenías. —Los miro sin entender nada. Yan la menosprecia y ella no dice nada. ¿Dónde está la mujer que lo mandaba ladrar y él ladraba? Es una completa sumisa.

—Yan, no me hagas esto —le pide Silvia llorando.

Él se acerca hasta ella, la sujeta por el pelo, le da un beso. Acto seguido, le gira la cara con una bofetada, que da en mi hija, que empieza a llorar por culpa del golpe. Mi hija estira los brazos para que la coja, pero el hombre que la tiene retenida me dice que no, obligándome a quedar en el mismo sitio.

Silvia se gira y entrega a nuestra hija al hombre que las tenía amenazadas desconcertándolo, él no esperaba el rápido cambio de situación. Rápidamente, agacha la mano que lleva la pistola, y con la que tiene libre sujeta a mi hija, que parece conocerlo, y se tranquiliza en sus brazos. No sé si me alegro o me alarmo con lo ocurrido. La madre de mi hija se acerca a mí cual felino.

—Eres un desgraciado. —Sus palabras tienen una gran carga de odio.

—No menos que tú —le contesto en el mismo tono.

—No te quedarás con ella. Nunca dejaré que seas feliz, acabaré con ese amor, nunca te amé, pero sí te quise. —Se gira y pide perdón a Yan—. Yo te amo a ti, pero cuando me casé con él era solo una niña. Se nos fue de las manos.

Yan se acerca en dos zancadas y le da otra bofetada, la cual ella recibe sin rechistar. No doy crédito a lo que están viendo mis ojos.

Él empieza a reprocharle y ella lo escucha de cabeza gacha sin decir ni una sola palabra.

—¿Estuvisteis liados todo este tiempo? —pregunto interrumpiendo la discusión.

Ahora entiendo por qué él siempre estaba en todos los lados con ella, por qué ella no hacía nada sin consultarle. ¡No me da rabia! Yo nunca quise casarme con ella, jamás la quise, puede que en algún momento de nuestra relación le tuviera aprecio, pero si fue en un momento muy puntual. La desprecio más que a una rata, tiene una piedra por corazón.

—Si no fuera porque follé contigo y te quedaste embarazada, nunca me habría fijado en ti.

Silvia suelta una carcajada que vuelve a llenar la instancia.

—¿De verdad creíste que yo era virgen y aquel bebé era tuyo?

Las carcajadas de Silvia van cada vez a más. Ella se está divirtiendo con mi desconcierto, al ver mi cara de sorpresa al descubrir, que fui un juguete en sus manos. En un arranque de ira suelto la mochila, camino hasta ella y la cojo por el cuello y empiezo a estrangularla. Yan corre hasta mí, apunta con la pistola a mi cabeza y me ordena que la suelte, afirmando rotundamente, que aquí el único que puede lastimarla, es él. Lo más espeluznante de todo esto, es que ella, aún con mis manos en su cuello, se gira para mirarlo con adoración. Aprovechando mi arranque de ira, uno de sus hombres corre y recoge la mochila con el dinero, que he dejado caer al suelo junto con el mechero, quitándome así mi único salvoconducto. Ahora ellos me tienen totalmente a su merced.

Cegado por la ira, le aprieto más el cuello. Yan quita el seguro de la pistola, y de nuevo me ordena que la suelte. No le hago caso y presiono más, haciendo con que Silvia empiece a boquear por la falta de aire, en ese momento, la voz de la mujer a la que amo llama mi atención. Miro en dirección a su voz y veo que tiene un arma apuntándola, rápidamente suelto a Silvia, dejándola caer al suelo desmadejada, pongo las manos en alto y doy un paso atrás. Silvia sigue en el suelo tosiendo intentado recuperar el aire, cuando consigue por fin respirar con normalidad, se levanta lo más digna que puede, viene hacia mí sin que la detengan, me da un puñetazo con todas sus fuerzas y ordena que nos aten a Tania María y a mí, y que nos sienten en el suelo uno de frente al otro.

—Nunca más volverás a ponerme tus sucias manos encima. —Mira a la mujer de mi vida y sonríe—. Ahora que tengo a los dos tortolitos juntos, os contaré unas cositas que el uno no sabe del otro.

—¡Por favor, no! No lo hagas —imploro.

—Calla y escucha —dice riéndose.

—Tania María, no la escuches —pido desesperado. Ella no lo puede descubrir así.

—Tranquilo, todavía queda para llegar a tus secretos —dice con gran cinismo.

Mi tortura personal empieza cuando Silvia, con una tremenda satisfacción, empieza a narrar todos los horrores de aquel fatídico día. Disfrutando de su momento de triunfo, hace un alto en la descripción del accidente y afirma, que lo único verdadero que hubo desde que se acercó a mí fue su deseo de ser una cantante de éxito, que lo demás fue una verdadera tortura. ¿Cómo pude ser tan ingenuo en relacionarme con esta víbora? Yo la hice famosa, y juro por lo más sagrado, que solo yo la destruiré, por el daño que nos está causando.

Está disfrutando, escuchando los sollozos de Tania María, y como la sádica que ha resultado ser, continúa contando los detalles más sórdidos del fatídico accidente. Le imploro que se calle, pero se está divirtiendo de lo lindo, haciendo caso omiso a mis súplicas, le cuenta a Tania María lo que pasó aquella desgraciada noche. No se ahorra los pormenores, disfruta describiendo minuciosamente cada escabroso detalle, revelando sin escrúpulos que soy el autor del accidente, destrozando a la madre de mi hijo, que llora desconsolada diciendo una y otra vez, que es mentira, Solo pido, si realmente existe alguien que me pueda ayudar allí arriba, que ella me permita explicarme. Y sobre todo que me crea.

Empieza a dar detalles que no conocía. Tania María se agita, meneando las cuerdas que la retienen, pidiéndole que se calle. Revela que fue Yan quien llamó a su padre, información que desconocía, porque me mintió diciéndome otra cosa. Siguió torturándonos durante muchos minutos, contando cómo ella y su padre se hicieron cargo del asunto ocultando todas las pruebas para que yo saliera sin cargos. Y terminó su truculento relato, afirmando con rotundidad, que siempre supe todo, haciendo que recibiera una mirada llena de odio, por parte de la madre de mi hijo. Terminando de hacer añicos mi corazón. Me quedo callado, diga lo que diga sé que solo con palabras no podré convencerla de que es mentira, todo lo que esta loca está diciendo.

Silvia está disfrutando y se le nota, pero no está contenta aún. Quiere más. Se acerca a Tania María mirándome con una sonrisa que no me gusta nada pintada en el rostro, agarrándola de la melena, levanta su cabeza para que me mire. Pide una pistola y se la acerca a la sien mientras saborea su próximo paso.

—No lo hagas —pido desesperado.

—Bruno, ¿fuiste el responsable del accidente de los padres de la mujer a la que amas? – me pregunta retándome a que lo niegue.

Derrotado por el miedo, le doy lo que quiere. Entro en su juego.

—Sí… —grito destrozado.

—¿Y qué más? —pregunta triunfal.

—Los abandoné a su suerte —digo con ojos cerrados, no puedo ver el sufrimiento que estoy causando al amor de mi vida, pero espero que sea para salvarla de esta loca.

—Es mentira… —grita llena de dolor Tania María.

Silvia vuelve a la carga atacándome, afirma que nunca pregunté qué fue de aquella familia y obligándome a decir verdaderas barbaridades. Siempre dije que Silvia era una gran actriz, pero acabo de descubrir lo buena que es, para manipular las cosas en su beneficio, ahora lo está haciendo a la perfección. Siempre consiguió de mi lo que quería, pero hoy está yendo más allá, descubriendo una faceta desconocida del todo para mí. Con el sufrimiento que tiene mi amor, no se está dando cuenta que estoy repitiendo palabra por palabra, todo lo que me dice Silvia, y que el arma que tiene amenazándola, es lo más disuasorio que existe para que actúe como un corderito.

Me exige que repita que no quise saber de ellos, que ellos estaban ingresados y recibiendo ayuda por caridad de ella, que fui yo quien escogí aquel hospital para indigentes.

La mirada de sorpresa y decepción de Tania María destrozó lo poco de entereza, que quedaba de mí.

—¿Qué maldad más hiciste? —me pregunta Tania María—. Os voy a meter entre rejas para el resto de vuestras vidas.

Silvia me guiña el ojo riéndose.

—Eso lo haré yo —afirmo dolido.

—No, querido, dentro de cuatro horas estaremos abandonando el país con este dinero que nos diste. —Y sigue revelando más barbaridades—. Más el que ganamos quitándoles sus talentos, y robándoles a ellos, hasta el último dólar. Y, bueno, el desvío de fondos de la recaudación para el hospital, nos reportó una pequeña fortuna… Fue todo un puntazo.

—¿Fuiste tú…? Eres una desgraciada.

—Nunca desconfiaste, porque soy tu dulce y sumisa esposa.

Jamás desconfiamos de ella, no creímos que pudiera traicionarme, por eso muchas fueron las veces que tratamos sobre el tema estando ella presente, escuchaba muchas llamadas con mis amigo, tenía al enemigo dentro de casa todo el tiempo y no lo sabía. Silvia deja de centrarse en mí, para empezar a atacar a Tania María, diciéndole que todo lo que está ocurriendo es culpa de suya, por no haberse apartado de mí cuando se lo ordenó. Ahora todos pagarían caro su capricho.

Me recorre un escalofrío por todo el cuerpo, oírla decir que la madre de Tania María murió pidiendo ver a su familia, y que su padre, está escondido donde nadie podrá encontrarlo, como si estuviera hablando de un objeto. Me mira, y de nuevo vuelven a brillarle los ojos con satisfacción. Es entonces cuando me cuenta que, haciéndose pasar por una fan fanática, le mandó cientos de mensajes advirtiéndola de que se apartara de mí, amenazándola con matar a sus seres queridos. Tania María grita, la miro preocupado con miedo de que finalmente le hayan disparado. Le pregunto una y otra vez qué le pasa, ella no me contesta, solo llora y Silvia ríe.

—Hice lo que me ordenaste.

—Mentira…

—Dime dónde está mi padre. —Tania María se lo pide entre sollozos.

—Tu papá estaba seguro hasta que llamaste pidiendo ayuda.

Toda esta información, hace que vaya uniendo cabos. Por esto ella andaba tan pendiente del teléfono móvil, y yo con celos tontos cuando lo que ella estaba viviendo, era un verdadero calvario. ¿Por qué no me dijo nada? Si ella me lo hubiera dicho, quizás esto no habría llegado tan lejos. Hubiera descubierto a esta loca que tengo por esposa y a su amante.

Tania María empieza a gritar diciendo que va a matarla. Se retuerce tratando de liberarse de las cuerdas que la mantienen presa. Silvia comienza a burlarse diciéndole que es toda una fierecilla.

Yan, cansado de todo el espectáculo que ha montado Silvia, le ordena que se calle ya, cosa que ocurre de inmediato. Tania María no escucha y, sigue amenazándola e intentando soltarse. Silvia se le acerca y le da un guantazo, al tiempo que le manda callar y comienza de nuevo con sus reproches de niña malcriada. La acusa de tenerlo todo, un hermano que la adora, aunque sea ciego, un padre inválido, que la quiere con locura, me apunta con la pistola desdeñosamente y la reprocha por tener mi amor, y haber conseguido darme un hijo varón, mientras ella tiene una niña que ni su padre la quiere. Eso me enfada sobremanera, porque no es cierto

—¿Qué estás diciendo? —a Silvia le entra la risa y comienza a carcajearse.

—Olvidé decírtelo, la mocosa esta no es tu hija.

—Mentira… —Con la satisfacción pintada en el rostro, me revela que el padre biológico de la que yo considero mi hija, es Yan, aprovechando el momento, para reafirmar su amor por él, y me confiesa malévolamente, que las pocas veces que mantuvo algún tipo de relación sexual conmigo, tomaba la pídola del día después. Parece que una vez abierta la caja de Pandora, las revelaciones no cesan. Me cuenta también, que el bebé que perdió en el trágico accidente también era de su amante.

—Me da igual que Rosy no lleve mi sangre, es mía —grito—. Da igual lo que digas, nunca me apartarás de ella.

—No la quiero, en tus manos está. Si decides correctamente, puedes quedarte con la mocosa. —No sé a qué se refiere con escoger correctamente.

Se acerca hasta Yan, le da un fugaz beso como si tuviera miedo a que le pegue y afirma que él le hará el hijo que tanto desean.

Me siento el ser más desgraciado del mundo. Silvia no deja de escupir veneno en nuestras caras, y no puedo hacer nada. Desde un principio fui víctima de un plan muy bien orquestado para atraparme, pero con qué intención, cuál es el interés encubierto para hacer sufrir a tanta gente, incluidos niños, que son seres inocentes.

—¿Por qué yo? ¿Por qué me hiciste todo esto?

—¡Simple! Dinero.

—¿Cómo terminé en tu cama aquella noche? —Creo que este será el único momento para aclarar las cosas.

—Muy fácil, unos polvitos y … buenas noches, cenicienta. —Afirma con satisfacción que fue realmente sencillo drogarme. Y desvela que sus cómplices ya nos esperaban en la puerta.

—¿También me drogaste el día del accidente?

Ella dice que no con la cabeza. Pero sí reconoce que fue quien mandó incendiar el hospital con la ayuda de su padre, porque quiere que el terreno se recalifique, para unos amigos. Ya nada me sorprende, me duele lo que pasó allí, pero al menos todo ya volvió a la normalidad. Aprovecho que está revelando sus trapos sucios para intentar encontrar alguna pista que me lleve a la verdad.

—¿Por qué no apareciste en la audición?

—A mi amor, se le fue la mano la noche anterior.

¡Me parece increíble! Que diga con orgullo que su amante le pega, qué clase de mujer tuve a mi lado.

—Se acabó el tiempo de ruegos y preguntas.

—La última por favor.

—Por los años felices, te la concedo.

—¿Cómo descubriste lo mío con Tania María?

—¿Desperdicias tu última pregunta con eso? Fácil, un detective detrás de ti las veinticuatro horas del día. ¿No te parece mucha coincidencia, que llegara para anunciar mi embarazo, justo el día que volviste de tu escapada romántica? Cuando anuncié que estaba embarazada, llevaba casi seis meses de gestación. Ahora, adiós, me voy.

—¿Cómo pudiste ocultarlo? —pregunto asombrado, ahora entiendo el porqué de muchas cosas.

—Dijiste una pregunta, y ya la contesté. Adiós tortolitos.

—¡No! ¿Dónde está mi padre? Yo cumplí con todo lo que me ordenaste, dime dónde puedo encontrarlo. Te juro que me iré de este maldito país y no volveré.

Silvia le pide tranquilidad y afirma que su padre está vivo, pero que hasta mañana no sabremos nada de él, asegura que él es una de sus cartas para lograr la libertad. Y que necesitan ese tiempo para desaparecer.

Yan llama nuestra atención.

—Me iba olvidando —dijo—. Sara, la novia de Fernando José, se enamoró de mi hermano.

—¿Quién es tu hermano? – pregunto asombrado de esta última revelación.

—El mismo que creíste mi novio todos estos años. A estas horas ellos están volando a un destino bien lejos de aquí.

Tania María mira al que sostiene a Rosy en brazos y lo acusa de haberle mentido, todos nos quedamos sin entender qué estaba pasando. Lo acusa de haber faltado a su palabra, que él le había prometido que no dejaría que le pasara nada. El hombre, dejándonos más perplejos todavía, le pide disculpas. Ella se niega a aceptarlas y le exige que le diga dónde está su cuñada, pregunta qué le hicieron. El hombre mira al suelo. Envuelta en llanto, le pide que traiga a Sara de vuelta, afirmando que su hermano no se merece pasar por esto. Yan, riéndose, le contesta diciendo que su hermano también tiene derecho a ser feliz.

—¿A qué viene eso ahora? —le pregunto. Él contesta que su hermano se enamoró de Sara—. El amor no pide permiso —dice con regocijo.

No nos dimos cuenta ninguno, que Fernando José estaba escuchando toda la conversación. Yan, antes de empezar a hablar sobre Sara, mandó que lo trajeran al salón, con la orden explícita de que no abriera la boca, el método empleado para que cumpliera su orden fue la pistola apuntándolo a la espalda. Todos miramos hacia donde está Fernando José, que llora desconsolado.

—Eres un desalmado —insulto a Yan y Silvia, para llamar la atención de ellos hacia mi persona, y para que se centren en mí y no se regodeen en el dolor del chico. De paso también, no se percaten del movimiento que se está organizando fuera de la casa.

Por los cristales, de reojo veo que los hombres de Jackson están posicionándose para entrar, uno de ellos ve que lo he descubierto, y me hace una señal para que me calle y siga entreteniendo a los de dentro de la casa. Veo como dos de los hombres de Yan, son abatidos sin tener tiempo a reaccionar.

Jackson se dirige a la casa empuñando un arma de grandes dimensiones. Le digo que no con la cabeza, agradezco que todos están centrados en el pobre Fernando José, que dio un cabezazo hacia atrás, rompiendo la nariz del hombre que lo amenazaba y está forcejeando con él, y Yan, contra todo pronóstico, ordena que nadie haga daño al chico. El hombre de mi padre, me hace señas para que me agache, pero le hago una señal de negación. Tania María está en mi misma trayectoria, él me manda que mire hacia a ella, le atiendo y veo que ella también los ha descubierto. El hombre nos dice por señas que a la de tres y nos agachemos. En cuestión de segundos, la habitación se convirtió en un caos. Todo ocurre a una velocidad de vértigo, me siento impotente por no poder hacer nada y tener que confiar plenamente en la astucia de Jackson para salvarnos. Tania María grita por su hermano, sus gritos me tranquilizan, porque es señal de que ella está bien, como puedo me arrastro por el suelo hasta mi hija y confirmo que también está bien. El hombre de Yan, la protege con su cuerpo, me giro en busca de Fernando José, lo descubro tirado en el suelo y a su lado hay un gran charco de sangre. Mi corazón se dispara, no sé si se está protegiendo o si fue herido por un disparo.

Parece haber leído mis pensamientos, y grita que está bien. Le ordeno que no se mueva de donde está, ya que el sofá lo resguarda de la línea de fuego. Empiezan a salir hombres armados por todos los lados. ¡No sé quién es quién! Me arrastro como puedo, para ir hasta donde se encuentra mi hija, y descubro que el hombre que la tenía en brazos fue abatido, tiene un disparo en la cabeza, mi corazón se dispara, el miedo a que ella haya sido herida me hace incorporarme y correr hasta ellos, mi hija no está, miro a mi alrededor buscando a Silvia y a Yan, y no los veo por ningún lado. Jackson se acerca con un cuchillo para liberarme, le digo que no, que primero suelte a Tania María y la ponga a salvo junto a su hermano. Él, pide a su hombre de confianza que le cubra, y se acerca hasta ella para liberarla, intenta sacarla de la casa, pero se niega, y le dice que no se va de allí hasta que estemos todos juntos. Intenta convencerla, pero un disparo le pasa al lado de la cabeza obligándole a protegerla con su cuerpo, aun así ella no cambia de opinión, él le ordena que se quede dónde está y vuelve hasta mí, y me libera de los amarres. Me pregunta si estoy bien, asiento y le digo que Silvia y su amante tienen a mi hija.

Jackson sale corriendo por la casa dando órdenes a sus hombres, que lo atienden sin cuestionar, uno de ellos sin ni siquiera pensarlo se tira delante de una bala que iba direccionada a su jefe, cayendo a sus pies malherido. El ruido de los cristales rompiéndose, los disparos impactando en los muebles y objetos es constante. Jackson vuelve, se agacha delante de su hombre y le pide que aguante, y le da su palabra que volverá a por él. Le da un apretón en la mano y sale corriendo por la casa detrás de mi hija, yo lo sigo de cerca.

Vemos a Yan y a Silvia, que intentan salir por un túnel, le damos el alto y no paran. Jackson hace un disparo de advertencia, que pasa rozando la cabeza de Yan, que para y le ordena a Silvia que haga lo mismo. Los apresamos, corro a por mi hija sin darles tiempo a que reaccionen, y los llevamos de vuelta al salón. Ya en el salón mi padre pone a Yan delante de mí y dice que ya puedo ajustar cuentas con el hombre que me hizo vivir este infierno, pero me pide que no ensucie mis manos. Le digo que sí con la cabeza. Doy dos pasos y me persono delante de él, pero no me da tiempo a decir nada, uno de los hombres de Yan que creímos muerto intenta dispararme. Jackson lo abate, pero este contratiempo da tiempo a que Yan aunque parece que se rinden, tienen el arma escondida la coge, se hace con una para Silvia que la recibe al vuelo y encañona a nuestra hija, que vuelve a estar en sus brazos. No sé en qué momento pudo sacarla de los de Tania María, a quien dejé al cargo de Rosy para ajustar cuentas con el amante de mi esposa.

—Te dije que llegaría el día el que tendrías que escoger —me dice Silvia con júbilo—. Pues bien, este día llegó. Tú, zorra, ven aquí —dijo apuntando a Tania María con la pistola. Que sin pensarlo dos veces se acerca,

—Silvia deja de apuntar a la niña —pide Tania María sin temer por su vida, y se preocupa por mi hija que está llorando.

Silvia la ignora.

—Muy bien, Bruno, llegó el momento de escoger. ¿Cuál de las dos se muere? ¿Ella? —apunta a Tania María—. ¿O la mocosa? —Y ahora apunta a nuestra hija.

Derrotado, me dejo caer de rodillas. No puedo hacer esto, no puedo escoger a quién salvar, las necesito a las dos.

—No me obligues a escoger —pido mirando a la que fue mi esposa—. Por favor, te lo pido.

—Escoge a Rosy, Bruno —me grita Tania María.

—No puedo hacerlo, os necesito a ambas.

—Bruno, escoge a la niña, por una vez haz lo que yo quiero, tú eres quien siempre decide, ahora déjeme a mí escoger por ti. Te quiero —me dice llorando.

Pone su mano encima de la mano en que Silvia empuña la pistola y la mueve en dirección a su cabeza.

—Suelta a la niña, yo soy la escogida para morir, la niña vive —dice sin derramar una sola lágrima.

—Qué escena más emotiva —dice Silvia con falsa emoción.

—Tania María, no… Silvia, mátame a mí —digo.

—Sería demasiado bueno para ti, prefiero saber que vives sufriendo por todos tus crímenes. —Miro a Silvia, que le quita el seguro de la pistola—. Bruno, di a quién escoges.

—Te quiero, mi fierecilla. —Aunque no he escogido, sé que ella no va a soltar el arma que le apunta a la cabeza. Tiene las dos manos sujetando el cañón de la pistola.

Miro a Silvia llorando como a un niño, cierro los ojos pidiendo perdón por lo que voy hacer. Mi vida dejará de existir hoy.

El fuerte grito de Silvia me obliga abrir los ojos, la miro desesperado con el miedo a que ella haya decidido por mí.

Veo a cámara lenta cómo mi hija se va al suelo y Silvia se tira delante de Yan, llevándose el disparo que Jackson hizo en su dirección. Ella cae al suelo acompañada por su amante. Tania María con buenos reflejos, coge a Rosy y se aparta de ellos. Me acerco a mirar si Silvia está viva, pero es demasiado tarde. La bala le atravesó el corazón, matándola en el acto.

El ruido de las sirenas me alerta de que están cerca. Miro a mi padre, que acaba de devolverme a la vida.

—Tienes que irte, la policía está cerca —digo mirándolo a los ojos y descubriendo que son del mismo color que los míos y los de mi hijo.

—No me iré de aquí hasta asegurarme de que están todos a salvo.

—Vete —le grito desesperado.

Insisto hasta que consigo convencerlo de que se marche. Jackson da un beso en mi hija, da un fuerte abrazo y un beso en Tania María, se acerca a mí, pone la mano en mi nuca y apoya su frente en la mía.

—Vete ya, papá —le digo llorando.

—Hice todo mal, pero cuando te tuve en mis brazos te quise. ¡Perdóname!

—Por favor, vete, ya tendrás tiempo de pedirme perdón.

—No, hijo, lo necesito ahora.

—No te diré nada ahora, nos veremos en otra situación y te echaré en cara cuánto te odié por rechazarme, pero ahora, por favor, vete.

Me da un abrazo, y se levanta para emprender la huida junto a sus hombres, cuando por el cristal ve que Yan está empuñando un arma en dirección a mí, todo es muy rápido. Jackson se tira sobre mí, recibiendo dos disparos por la espalda. Su hombre de confianza, que lo esperaba para que huyeran juntos, vacía el cargador de su pistola en la cabeza de Yan, dejándolo irreconocible, junto al cuerpo sin vida de Silvia. Quito a mi padre de encima, y miro si tiene pulso, respiro aliviado al ver que aún sigue con vida, grito pidiendo una ambulancia.

—No te atrevas a morir antes de que te eche en cara todo lo que tengo a decirte. —Vuelvo a gritar pidiendo la ambulancia con él, malherido en mis brazos. Mis amigos, que llegan antes que la policía, entregan el dinero al hombre de confianza de mi padre y le ordena que se marche con sus hombres antes de que la policía los pille. El hombre se niega a irse dejando a su jefe y amigo atrás. Mi padre, haciendo un gran esfuerzo, le ordena que se vaya. Veo como tose, y de su boca sale sangre. Todos sabemos que ya no se puede hacer nada para salvar su vida, su hombre sigue reticente a marcharse. Lo miro y le pido, por favor, que se vaya, le prometo que no dejaré a mi padre solo.

—Es mi última orden. Vete de aquí.

El hombre se acerca a mi padre, le toma la mano entre las suya, y le dice:

—Cumpliré todas tus órdenes, nos veremos en el inferno, amigo. —Me mira y me dice—. El dinero y todo lo que tu padre tiene es limpio, y es tuyo, solo me iré de aquí después de decírtelo todo. Él se lo merece.

—Capullo, todavía estoy vivo —dijo mi padre sacándonos una sonrisa.

Para que el hombre se marche, le prometo que iré detrás de él para que me cuente todo sobre Jackson. Tuve que darle mi palabra.

—Este dinero es limpio —dijo, y salió corriendo por la puerta trasera en donde los hombres que Black había contratado lo esperaban para ayudarlo a salir de aquí sin ser vistos.

La policía al llegar se encuentra un rastro de cadáveres por el camino y un verdadero baño de sangre.

Las siguientes horas fueron una verdadera locura, hay muchas preguntas, el interrogatorio se hizo interminable. Tuvimos que inventarnos una historia sobre la marcha para no vernos relacionados con la fuga de un criminal de una cárcel estatal doce años atrás y que lo encontraron muerto en medio de aquel salón. Nadie me puede relacionar con él, ya que no llevo su apellido. Fernando José denunció la desaparición de Sara y dijo que fue secuestrada por el hermano de Yan. Mi hija es llevada al hospital para que le hagan un chequeo.

Tania María no me permite acercarme a ella, las únicas palabras que me dirigió fueron para saber de nuestro hijo, y cómo quedaba la desaparición de su padre.

Sobre lo de su padre no supe qué decirle, ya que las únicas personas que conocían su paradero se encuentran muertos, pero le aseguro que no descansaré hasta que ella lo tenga bajo su techo, por fin le pude da una buena noticia en medio de tanta desgracia, le digo que nuestro hijo está bien, y que dentro de pocos días estará en casa.

La policía, tras corroborar con Tania María y su hermano los pocos datos que ellos aportaron, los liberó para que fuesen llevados a una clínica. Ellos alegaron que, debido a la conmoción, no se acordaban de mucho, dejando en manos de mis amigos y la mía el manejo de la situación.

Nosotros, no tuvimos la misma suerte, conseguimos salir seis horas después, acompañados de una comitiva de abogados que nos asesoró en todo momento.

Capítulo 31

Ya han pasado dos semanas desde aquel fatídico día en el que Tania María se enteró de la peor manera posible, de que soy el culpable del accidente de sus padres. Nos hablamos lo estrictamente necesario, su rechazo hacia mí es tal, que solo viene visitar a nuestro hijo cuando no estoy presente. Cada vez que intento hablarle, me da la espalda o me deja hablando solo. No me grita, no me insulta, solo me ignora.

La única tregua que me dio, fue en el sepelio de Jackson, que tampoco fue una tarea fácil realizar, ya que nadie podía relacionarnos con él. Su cuerpo estuvo tres días en la morgue sin que nadie lo reclamara, tuvimos que sobornar a unas cuantas personas para darle una sepultura decente, y en todo proceso, estuvo a mi lado sin reprocharme. Estaba muy cabreado con Jackson, él me engendro, me rechazó y después me salvo la vida. Todo sin darme la oportunidad de decidir, no sabía qué sentía, si estaba enfadado porque no le disculpé. Deseaba encontrarme con él en otras circunstancias y decirle todo lo que me hizo sentir todos estos años y después presentarle a mis hijos, que mis pequeños pudieran tenerlo cerca recuperar el tiempo perdido, conocernos y tener la relación padre hijo que nunca tuvimos, pero él no me dio opción. Decidió hacerse el mártir y me dejó. De la misma manera que llegó a mi vida se fue, lo odié por haberme abandonado y esta vez para siempre. Ella sabía por lo que estaba pasando, y estuvo junto a mí sujetando mi mano e infundiéndome fuerzas. Pero cuando salimos del cementerio, se fue por un lado y yo por otro. Esa fue la última vez que la sentí cerca.

Estábamos buscando en todos los hospitales y residencias del país y del extranjero, pero nada, ni rastro de su padre, seguro Silvia y Yan utilizaron la misma táctica que utilizaron con ella para sacarla del país. Alquilaron un avión y utilizaron identidades falsas. Cada día que pasa tengo menos esperanza de encontrar a su padre con vida, ya que el hermano de Yan sigue vivo y suelto por ahí y seguro quiere vengarse. Quise anunciar en la televisión su desaparición, pero ella no me lo permitió.

La única alegría que tengo son mis hijos. El pequeño Bruno tendrá alta médica dentro de dos días, lo único malo de esto es que se irá a casa de su madre, no sé si ella me permitirá verlo, mi hijo ya me reconoce y se pone muy contento al verme.

Él ya lleva mi apellido, su madre tuvo que firmar los papeles para que yo pudiera reconocerlo, pero en esto sí que estuve irreductible, y no le quedó otra opción que aceptarlo.

La prensa se hizo eco de todos los trapos sucios que envolvían mi relación con Silvia, que quedó con su imagen manchada en la prensa como una mujer interesada, cruel, infiel, conspiradora y vengativa, que utilizaba su dinero e influencia en contra de todos aquellos que no se podían defender. Al principio algunos de sus fans atacaban a Tania María, pero cada día salía alguien haciendo declaraciones en su contra, gente que trabajó con ella y fue humillado, o pruebas de delitos de estafa y malversación, y al final la dejaron en paz. A su entierro, asistieron un centenar de fans que lloraban desconsolados, yo no me presenté ni me pronuncié al respecto. Su padre fue la ausencia más nombrada. Pero hasta en eso el hombre tuvo suerte, ya que su mujer estaba ingresada.

Al salir a la luz todos los escándalos de Silvia, su padre renunció a su acta de gobernador y se fugó del país. La prensa no tardó en llegar hasta él, descubrió todo sobre la procedencia de Silvia, supo que ella fue fruto de una violación por su parte, y que él se vio obligado por sus padres a casarse con la madre de su hija, que se suicidó. Todo en la vida de Silvia es sucio, frío y feo. Pero en esa parte de su vida, ella fue una víctima, fue quien encontró el cuerpo de su madre sin vida en la cama, y gritó a su padre, que al entrar y encontrarla con el arma en las manos la culpó de haber matado a su madre, pero estas acusaciones solo las hacía en privado, ya que hasta ahora nadie sabía nada. Esta noticia solo vio la luz, gracias a una empleada de la casa que fue llamada a declarar, no soportó la presión del fiscal y contó todo lo que sabía.

Un paparazzi que la grabó diciendo que no quería a nuestra hija a la llegada de la pequeña a casa, y no me la vendió guardando el material todo este tiempo, vio el momento oportuno para sacarlo a la luz. La grabación, que no tenía desperdicio, aquellas imágenes me ayudaron a dar veracidad a mis declaraciones y despejar las acusaciones que la fiscalía quería verter sobre mi persona. A día de hoy no hay rastro de esta grabación en la red, moví cielo y tierra, me gasté mucho dinero, pero conseguí que fueran eliminadas todas las copias de la red, y es una imagen protegida y si alguien la utiliza, tendrá que pagar una gran multa.

Llegó el día de llevar a mi pequeño a casa, en donde será recibido con una fiesta, aunque yo esté en contra, pero sus tíos dijeron que ya va siendo hora de que la vida vuelva a ser lo que era antes de todas estas desgracias. Como siempre ganan y aquí estamos, aunque no tenga ganas de fiesta.

Veo a la madre de mi hijo entrar de la mano de su hermano y ambos traen los ojos rojos de llorar.

—¡Tania María!

—¿Qué quieres, Bruno? —contesta hostil.

—Te prometo que los encontraré.

—Eso ya no es asunto tuyo.

—Juro que no me acuerdo de nada, Tania María, tienes que creerme, nunca te he mentido.

—Déjame vivir mi vida tranquila, solo te pido esto.

—No puedo, te necesito, eres la mujer de mi vida.

—No te deseo ningún mal, pero olvídame.

—Demostraré que no estaba borracho ni colocado hasta el punto de perder la conciencia. Espérame, hazlo por nuestro amor.

—No puedo, Bruno. Te quiero, pero no puedo, cada vez que te miro, me acuerdo de aquel día en el que mi mundo se vino abajo y tuve que dejar de ser la niña de papá, para ser la responsable de dos enfermos y de mi hermano, que era un niño con una deficiencia. Tenía solo catorce años.

—Te compensaré cada lágrima derramada.

Sin más salgo de la habitación y la dejo, para que vista a nuestro hijo. Él la necesita más que nunca, está curado. Los médicos garantizaron que su anemia no volverá. El médico que estaba compinchado con Silvia, ya está tras las rejas e inhabilitado de por vida. Tiene más crímenes a sus espaldas y pagará por todos y cada uno de ellos. Mis abogados se están encargando de que así sea, junto a él cayó toda una red de fraude hospitalaria.

Espero en la puerta a que el amor de mi vida salga con mi hijo, no la quiero agobiar, la veo despedirse de las enfermeras que cuidaron a nuestro pequeño, y salir para irnos a casa. Voy detrás de ella callado, acompañado de Fernando José, que no la deja sola. Mi relación con él ha mejorado, se puede decir que somos colegas, el sí cree que hay algo que no cuadra en esta historia, pero me pidió que no la presione, que ella ya se dará cuenta. Les abro la puerta del coche, acomodamos a nuestro hijo, ella se sienta detrás con el pequeño y su hermano delante junto a mí, hacemos todo el camino en silencio, nuestro hijo está dormido y cada uno de nosotros en nuestro mundo. Llegamos a casa y somos recibidos por nuestros familiares y amigos más allegados. El ruido despierta al pequeño, que pasa de brazo en brazo sin extrañar a nadie. Aprovecho que todos están pendientes del pequeño, que sonríe a todo el mundo, la tomo por el brazo ignorando sus protestas y la arrastro hasta mi despacho. Le pido que, por favor, se siente. Ella hace intención de marcharse, pero le digo que es sobre nuestros hijos. Ella vuelve y se planta delante de mí, pero se niega a sentarse, no insisto, al menos tengo su atención. No me ando con preámbulos y le hago la proposición que tengo en mente. Estoy muerto de miedo, ante la posibilidad de que no acepte mi propuesta. La otra alternativa, simplemente me destroza el corazón. La miro a los ojos, respiro hondo para infundirme valor y le pregunto:

—¿Aceptarías vivir en mi casa junto a nuestro hijo?

—No insistas, no volveré.

—Deja que me explique, por favor. Quisiera no apartar a Bruno de su hermana y tampoco de ti. —Me echa una mirada indescriptible, sin saber qué otra cosa hacer, sigo—. Y esta fue la única manera que encontré de hacerlo bien, la casa es grande y puedo verlos sin que tengas que verme. —A causa de mi nerviosismo hablo sin parar—. Viviré en el apartamento que compartíamos, pero me gustaría pasar a diario a ver a los niños, no te darás cuenta de mi presencia, cada vez que venga avisaré antes.

Tania María se me queda mirando, creo que sin entender nada de lo que le estoy diciendo. En sus ojos veo desconcierto y sorpresa, un amago de sonrisa aparece en su bello rostro. Creo que ella pensaba que no le permitiría vivir junto a nuestro hijo. Su sonrisa me da vida.

—Esto es todo lo que más quiero en el mundo. —Me creo morir de alegría, aunque detrás vino el famoso, pero, que desinfla las ilusiones de cualquiera—. Lo que no me gusta es la idea de vivir en tu casa. —Mi corazón vuelve a hacerse trizas, supe que perdería a mi hijo, porque jamás los volvería a separar.

—Entiendo. —Ella al ver que estoy divagando llama mi atención.

—El motivo por el cual no me gusta esta casa es porque aquí viviste con tu esposa.

Respiro algo aliviado.

—Escoge la casa que quieras y yo la compro. —Ella como siempre, antepone las necesidades de los demás a los suyos. Esta vez no iba a ser diferente…

—No me iré con los niños a ningún lado, los dos hermanos construirán nuevos y bonitos recuerdos en esta casa, que borrarán todos los malos. —Oírla referirse a los niños con tanto cariño, solo hace crecer mi amor por ella. Siento ganas de abrazarla y besarla.

Acordamos todos los términos y para mi alegría Bruno y Rosy crecerán juntos, ojalá algún día pueda compartir con ellos cada segundo de sus vivencias como hermanos. Sé que habrá personas que me juzguen por dejar a mi hija al cuidado de Tania María, soy un hombre que, me guste o no, trabajo en la noche, viajo mucho y no quiero que mi hija viva en una casa rodeada de empleados, sin una figura familiar, podría dejarla con mi madre,

no estaría junto a su hermano y después de la muerte de Jackson, mi madre está sumida en la tristeza. Yo creía que el día que él se muriera se alegraría, pero no es así, y los únicos que son capaces de hacerla reír son sus nietos. Está programando dar a vuelta al mundo junto a su amiga. No la privaré de eso, de hecho, estamos buscando a una persona para ocupar el puesto de Janneth hasta que ellas vuelvan.

Llegó el momento que vengo rehuyendo a semanas. Iré ver al que fue el hombre de confianza de Jackson, le di mi palabra, y yo siempre cumplo, es lo mínimo que puedo hacer por el hombre que salvó mi vida. Las deudas que él creía tener conmigo fueron saldadas cuando lo arriesgó todo para salvar a mi familia.

Mi infierno personal empezó cuando, aun afirmando que él no es nada para mí, me preocupé por su vida y pedí ayuda a una persona que creía amigo. Lo consideraba como a un hermano, y que en aquel momento era el único que podía salvarlo de la muerte segura. Yo, cegado por la rabia, me dije a mí mismo que la muerte para él sería un consuelo. Esta fue la única vez que contacté con él por medio de este supuesto amigo y le dije que quería verlo mendigar y pagar por todo dolor que le había causado a mi madre, y que solo por eso lo iba sacar de allí. Pero ahora sé, que todas aquellas palabrerías fueron la excusa que encontré para salvarle la vida y tener una oportunidad de conocerle. Jackson visitaba la enfermería de la cárcel, por lo menos dos veces a la semana, y cuando me enteré de que estaba amenazado de muerte, no pensé y actué.

El plan de fuga fue todo un éxito, lo sacaron de la cárcel para uno de sus miles de juicios, y solo tuvo que fingir un ataque. Lo trasladaron al hospital, donde nunca llegó, ya que la ambulancia que lo llevó era de los hombres de mi amigo, que le facilitó una nueva identidad, yo le di dinero, y ese mismo día lo saco del país. Hablé con él por teléfono, fui muy duro, le dije que no quería saber de él nunca más y colgué. Pero esta decisión, condicionó mi vida para siempre, esta deuda fue cobrada diversas veces, nunca era lo suficiente el pago, cada vez me exigían más.

Festejé el día que el hombre que me tenía subyugado se murió en un misterioso accidente aéreo. Ahora puedo vivir tranquilo. Hace poco, encontraron pedazos del fuselaje con su sangre, no se sabe nada de su cuerpo, pero en el círculo que se movía aseguran que él está muerto y su cuerpo fue alimento para los animales de uno de sus rivales, y no tengo el menor interés en averiguar si es verdad o mentira, solo quiero vivir tranquilo.

Llamo a mis amigos y les aviso de que, dentro de diez minutos, salgo de camino al local que me citó Jackson cuando me dio el dinero y cada una de las veces que intentó contactar conmigo, aunque nunca me presentaba.

Contacté con la mano derecha de mi fallecido padre para avisarle que estaba llegando. A la hora marcada el que fue la sombra de Jackson llegó y nos pidió que lo siguiéramos. Junto a mis amigos, lo seguimos en nuestro coche, no me gustó tener que ir a otro sitio, aunque aquel hombre me salvó la vida no acabo de fiarme de él. No deja de ser un delincuente que trabajaba para mi padre, conduje durante más de media hora hasta llegar a una enorme casa flanqueada por enormes muros en una zona residencial de clase alta. Esto me llama la atención, tengo que reconocer que es sorprendente la osadía de mi padre, rodearse de gente de pasta para pasar desapercibido.

Un gran portón se abre delante de nosotros dejando a la vista una mansión. La casa es de diseño minimalista en tonos gris y negro. Desde fuera no se veía la impresionante demostración de poder adquisitivo del propietario, sus grandes muros y los frondosos árboles le brindan total privacidad, ¡ahora mismo no me entero de nada!

—¿Qué es todo esto? —pregunto.

—Tranquilo, tengo mucho que explicarte.

No dejo de mirar los detalles de la mansión, hay una cancha de tenis, otra de baloncesto, un helipuerto, una piscina con cascada, rodeada por tumbonas repartidas a la orilla, algunas palmeras y una enorme área de parrilla equipada con todo lujo. El césped es tan verde como el bosque que nos rodea, todo está perfectamente cuidado.

El amigo de Jackson me pide que lo siga al interior de la casa, en donde me sigo sorprendiendo. No es que no esté acostumbrado al lujo, la sorpresa es porque todo esto al parecer es de mi padre, que es un prófugo de la ley. En el salón hay un gran piano de cola, una de las pasiones de mi madre, toda la casa estaba decorada estilo a la mía antes de la llegada de Silvia en ella, que la llenó de color de rosa. Todos los muebles son blancos con algunos detalles en negro y azul.

Somos conducidos a un gran y ordenado despacho. Me sorprendo al entrar y descubrir la enorme pared principal decorada con cientos de fotos mías, desde mi niñez hasta el más importante de mis conciertos, las hay mías rapeando en la calle para ganarme un dinero, en entrevistas, en algunas salgo junto a mi madre riéndonos. Una de ellas me llama especialmente la atención, ya que nadie, aparte de mí, la tiene. Es una en que nosotros dos estamos en el sofá de la que era nuestra casa en pijama, abrazados viendo la tele, yo tenía cuatro años y tengo la mano dentro de la camisa de mi madre y me chupaba el dedo. Mi tía Janneth fue quien nos hizo la foto, y más tarde me reveló que cuando yo estaba relajado, me gustaba sentir el toque de mi madre, y con la inocencia de un niño de cuatro años le agarré el seno y le dije que parecía nubes de gominola de lo suave que estaba. El motivo por el cual solo yo tengo esta foto es que a la de mi madre cayó agua encima y la estropeó, dijimos que haríamos una copia y se nos olvidó, y ahora descubro que la mía no es la única. El hombre de mi padre, viendo mi cara de desconcierto, me revela que mi tía Janneth la envió a escondidas junto con otras fotos que enviaba mi madre.

Me asombra cuando él me revela que mi madre nunca dejó de tener contacto con mi padre, y que ella le fue a visitar algunas veces en la cárcel, pero que nunca más volvieron a tener nada como pareja, no obstante, ella nunca lo dejó solo, como él no la dejó cuando sus padres le faltaron.

No sé qué pensar, mi madre siempre supo que guardé rencor por todos estos años y nunca hizo nada para que cambiara de opinión cuando ella estuvo junto a él todo el tiempo. ¿Por qué mi madre me ocultó esta información? Ella siempre evita hablar de él.

—¿Mi madre venía aquí? —pregunto arrugando la frente. El grandullón se echa a reír, consiguiendo que yo me enfade—. ¿Puedes decirme dónde está la gracia? También deseo reírme.

—No te cabrees, hijo. —Siento la imperiosa necesidad de decirle que no soy su hijo—. Aquellos dos se amaban más que todo en este mundo —afirma como si nada—. Aunque ninguno nunca dio el paso.

—Esto no contesta mi pregunta —digo de mala manera.

—Ella no salía de aquí. —Me revela que mi madre pasaba largas temporadas aquí, que ella era dueña y señora de esta casa, y que todos que viven en la casa la adoran.

Me viene una sonrisa tonta en la cara, mi madre tiene don de gente, siempre hace que todos la quieran, los acoge a todos como a un hijo más.

Todo encaja, empieza a tener sentido, las largas desapariciones de mi madre, que siempre decía que estaba de viaje, y nunca quería revelarme dónde estaba ni con quién, lo triste que está después de su muerte. Nunca ni en mis más locos sueños me imaginé algo parecido. Estuve encerrado en el despacho charlando con este hombre durante cinco largas horas. A cada cosa que me va revelando me sorprendo más y más, cuando creía que ya no me sorprendería con nada, me desvela otra cosa, y detrás venía otra más alucinante, pero la que me dejó fuera de juego fue cuando me dijo que Jackson, desde que fue detenido por última vez, había abandonado la vida del crimen y ya, no era un delincuente como yo me lo imaginaba.

Su historia es sorprendente, él me explica cómo Jackson hizo tanto dinero después de que lo ayudáramos a fugarse de la cárcel. Él se cobró los favores que unos cuantos le debían, junto a lo que quedó del dinero que le dejé para desaparecer, empezó a invertir. La primera inversión le salió muy bien y siguió, hasta que se tornó un gran inversionista. Compraba empresas fallidas, algunas las relanzaba y vendía y otros las desmembraban y vendía los activos y así se amasó una gran fortuna con la ayuda de mi querida madre, que lo ayudaba desde el principio.

Y todo lo que poseía está en mi nombre, es mío y es todo limpio, todo legal. Tengo delante de mí toda la documentación que lo confirma, mis asesores en conveniencia con mi madre declaraban todo, todos los años. No hay ni un solo cabo suelto. Las inversiones eran hechas en nombre de mi madre, en todo este patrimonio no hay rastro de Jackson.

El grandullón, después de contarme y aclararme todo, me entrega un enorme sobre.

—Hijo, tu padre cometió miles de errores, pero te quería —afirma emocionado.

—¡Pena que no pudimos conocernos! —afirmo de corazón.

El hombre, al ver que me pongo algo sentimental, carraspea llamando mi atención.

—Ahora ya sabes que todo esto es tuyo.

—No puedo aceptarlo, es vuestro, de aquellos que estuvieron con él todo el tiempo.

—Nosotros también somos tuyos, nos tienes a tu servicio.

Me quedo sin saber qué hacer, ¿qué es esto de que son míos? Son hombres libres.

—Si no nos quieres aquí, dímelo y me iré con mis hombres mañana mismo.

Veo tristeza en sus ojos, que no desea abandonar los recueros del que fuera su mejor amigo.

—Necesito alguien de confianza para cuidar de la seguridad de mis hijos.

Los ojos del hombre brillan de la alegría.

—No te defraudaré. Los defenderé con mi vida si es necesario. —Él se apresura en aclarar que él ni ninguno de sus hombres tienen antecedentes, le notifico que él y Tocha estarán al mando de la seguridad familiar, y mi corazón me dice que estoy tomando la decisión correcta.

Superado este momento raro para ambos, me insta a que abra el sobre que me ha entregado. Me mira emocionado, no logro comprender su comportamiento.

Me levanto y digo que me voy, no sé el porqué, pero necesito salir. Mis amigos, que estuvieron todo el tiempo a mi lado sin decir una sola palabra, me siguen.

Entro en el coche, miro el sobre, no sé por qué, pero no quiero abrirlo aquí, siento la necesidad de abrirlo solo con mi familia. Giro la llave, cruzo el gran portón de la propiedad, conduzco unos tres minutos hasta dejar atrás el denso bosque que rodea la vivienda, que ahora también es mía.

Paso delante de un parque y veo a niños jugando bajo la vigilancia de sus niñeras y guardaespaldas, los mayores juegan con sus monopatines, andan en bicicleta, me gusta lo que veo. En mi rostro se dibuja una sonrisa. Conduzco hasta la casa de mi madre, abriré junto a ella este sobre, algo me dice que ella es parte de esto. Mis amigos están sentados detrás dándome el espacio que saben que necesito. Los llevo conmigo a casa de mi madre, no los puedo mandar a casa, ellos también son parte de esto.

Entro gritando a mi madre, que me recibe con una gran sonrisa, trae en sus brazos a la pequeña Rosy.

—¿Qué pasa, hijo? ¿Dónde está el incendio?

—¿Dónde está la otra mujer de mi vida?

—Fuera con Crystal y Kisha. Hijo, ¿tú sabes lo que se traen estas dos?

—No, madre, no entiendo nada. Son inseparables y Black se muere por su mujer.

—No es su mujer, es su novia.

—Vale, mamá, lo que tú digas. Ven, quiero que me acompañes en algo.

—Como en los viejos tiempos.

—Sí, eso nunca cambiará.

Pongo el sobre en sus manos para que sea ella quien lo abra.

Me mira desconcertada, dejándome claro que para ella también es la primera vez que ve aquel sobre. Temblando, le pido que lo haga. Ella coge un abrecartas y rompe el sello sacando del interior varias cosas, *CDS*, carpetas de lo que parecen ser informes, un *pendrive*, posamos todos los objetos encima de la mesa. Vuelve a meter la mano y saca un gran puñado de fotos. Mi corazón se congela al mirar la primera foto. Es la de mi coche destrozado, está hecho un amasijo de hierro, la parte delantera ha desaparecido, pasamos las fotos con el corazón encogido. Debido la crudeza de las imágenes que tenemos delante, mi madre no deja de repetir una y otra vez que es un milagro, como es posible que haya salido de allí con vida. Llegamos a las fotos en que salen los padres de la mujer que tiene mi corazón, lo único que pudo identificar del coche es su marca, un Fiat, en las fotos se ve cuando la pareja es retirada por los bomberos, que tuvieron que utilizar la cizalla para sacarlos, es sorprendente ver gráficamente a los niños siendo sacados ilesos y como sosteniéndose el uno en el otro en estado de shock, miraban cómo sacaban a sus padres, sin que nadie se ocupara de ellos.

Seguimos pasando foto tras foto. Las imágenes son desgarradoras, ¡que los padres de Tania María y Fernando José hayan salido de allí con vida es un verdadero milagro! Por fin llegamos a las fotos de mi rescate. Retiran primero a Silvia, su estado no parecía ser tan grave, y por lo que parece estaba queriendo volver al coche a por mí. Foto tras foto, la veía agitándose, hasta que apareció una en que le aplicaban algo y en las siguientes fotos ella ya está dócil, inamovible, pero estas fotos no me importan. Las paso sin apenas mirarlas, sigo hasta que llego a las fotos en donde parecía que me iban a rescatar, empiezo a pasarlas rápidamente. Mi madre se lleva las manos a la boca llorando, los bomberos después de mucho trabajo arrancan la puerta del coche y de dentro sacan a Yan, sin sentido y lleno de sangre. Paso las demás fotos corriendo buscando aquellas en donde salgo yo siendo rescatado y no las encuentro. Vuelvo a pasarlas todas de nuevo, sin encontrarme. No salgo en ninguna de ellas, digo como si mi madre no lo estuviera viendo junto a mí. Creo que el que necesitaba escucharlo en alto era yo mismo.

Mi madre toma al azar uno de los muchos informes que hay entre mis manos y empieza a leerlo.

Día 26 de enero de 2016.

El rapero y empresario Bruno Maximiliano Matthew se encontraba en la fiesta de lanzamiento de una de sus estrellas, sobre la 01:35 horas, después de una acalorada discusión con su nueva representada, se mareó, siendo conducido hasta un coche SUV de cristales tintados y alejado del local sin que nadie lo presenciara. El responsable de conducir el vehículo es el novio del mejor amigo de la representada, ella junto a este último, son los encargados de llevar el coche del empresario de vuelta a la ciudad, ya que se encontraba imposibilitado para ponerse al frente del manejo de su automóvil.

A varios kilómetros de distancia del local de la celebración, el coche del empresario, que estaba siendo conducido por Yan Stons, colisionó con el coche de una familia que volvía de la iglesia acompañada por sus dos hijos, que salieron completamente ilesos del accidente. El matrimonio sufrió varias heridas de gravedad y fueron trasladados en estado crítico al hospital. Adjunto el pendrive con las grabaciones previas del momento en el que el rapero es dejado por el SUB en su casa, a varios kilómetros de distancia del accidente. Dicho reportaje gráfico se encontraba en poder del paparazzi Luiz de la Rua, amigo íntimo de la representada del empresario, el cual recibió una importante suma de dinero y amenazas contra toda su familia, en caso de que esta información fuera publicada.

El informe seguía revelando más información, pero nada más me importaba. Lo único que me importaba ya lo tengo, ¡soy inocente! Y gracias a mi padre pude descubrir la verdad.

—Mamá, no fui yo. ¡No fui yo! —grito de júbilo.

—Yo siempre lo supe, hijo. —Nos abrazamos llorando. Mi madre no deja de repetir que ella siempre supo que había algo de errado en aquella historia.

Es un gran alivio saber que yo ni siquiera pasé por allí, que no estaba dentro de aquel coche. Y de no ser el responsable del grave accidente de los abuelos de mi hijo.

Tania María entra en la cocina y se encuentra con la emotiva escena de mi madre y yo llorando abrazados.

—¿Pasa algo? ¿Puedo ayudar?

—Soy inocente, Tania María, ¡soy inocente! —grito feliz una y otra vez—. Yo no estaba en aquel coche. Fue todo un montaje de Silvia y Yan. Era él quien conducía el coche, y no yo —hablo atropelladamente.

Ella, sin creerlo, se acerca a la mesa en donde están esparcidas todas las pruebas. Coge las fotos, las mira de una en una al ver a Yan siendo sacado del coche las deja caer en el suelo. Le entrego el informe que tengo en las manos y le pido que lo lea. Ella, al terminar la lectura, se tira en mis brazos llorando.

—Perdóname. Yo estaba allí, los vi a los dos, pero no recordaba sus caras, perdóname por haberte hecho sufrir.

—No hay nada que perdonar. Fuiste tan víctima como yo.

Mi madre llama nuestra atención, la miramos. Ella agita un informe en el aire.

—Ya sabemos dónde está el padre de Rosita.

Tania María llora desconsolada por la gran felicidad que siente.

Mis amigos, alertados por Crystal, entran en la cocina y participan de nuestra alegría.

Con toda mi familia reunida y feliz me arrodillo y digo:

—Tania María de la Rosa de Jesús de todos los Santos, ¿quieres casarte conmigo?

—Sí…

FIN

Epílogo

Desde el día en que quedó probada mi inocencia, ya se han pasado seis años, estoy a las puertas de cumplir los treinta y nueve años y tengo a una mujer preciosa de veinte siete años, en la que confío plenamente. Mi fierecilla es una celosa compulsiva, odia ver a cualquier mujer cerca de mí, y me encanta y confieso que soy igual de celoso.

Su padre está totalmente recuperado, necesita la silla de ruedas, pero disfruta de las horas jugando junto a Brunito y Rosita. Sí… los llamamos por el diminutivo, mi mexicanita los llama así, wey y todos nos hemos acostumbrado a ello. Los niños están muy unidos. Brunito, aunque es más pequeño que su hermana, la tiene muy vigilada, en más de una ocasión tuvimos que presentarnos en el colegio, porque él se metió en problemas con algún niño que hizo comentarios sobre su hermana. No soporta ni tan siquiera que digan que es guapa, y eso que solo tienen siete años. Son la alegría de la casa, mi idea de hacerle un hijo por año se vio frustrada por sus estudios y por ello solo tuvimos una hija más. Marina, la pequeña de la casa, que solo tiene seis meses. No hubo manera de convencerla mientras estudiaba. Cuando empezó el MIR, de los nervios se le olvidó la pídola y entonces se presentó Marina. Hacemos verdaderos malabares por estar juntos entre sus estudios y los niños, pero siempre nos apañamos bien.

Nuestra boda, como todo en nuestra relación, no fue nada convencional. Su padre nunca salió de suelo estadunidense, lo tenían recluido en un rancho en Texas al cuidado de dos señoras que lo tenían muy bien atendido, una de ellas nos siguió hasta Los Ángeles y sigue siendo responsable de sus cuidados. Al día siguiente de conocer su paradero, tomamos un vuelo y fuimos en su búsqueda, sobra decir que mis amigos fueron detrás, así que nada más tener a mi suegro junto a nosotros y certificar que él estaba bien, aprovechando una de las veces que nos dejaron solos, le pedí la mano de su hija en matrimonio, él nos dio su bendición.

Sin que nadie lo supiera, fuimos todos para Las Vegas. Nada más aterrizar, ya sabían lo que iba a pasar. Mi madre, Crystal y Kisha no me permitieron casarme en aquel mismo día, pero fue el día siguiente con todos disfrazados. Tania María fue de Marilyn Monroe y yo, como no podía ser de otra manera, de Elvis Presley. Nuestra hija fue de *Brave,* por su pelito rojo, nuestro hijo fue de Eric, de *La Sirenita.* Mi madre fue de *hipper,* a juego con el padre de mi fierecilla, que se animó, y aún convaleciente quiso participar. Fernando José, aunque triste, se disfrazó de Darth Vader. Black, de pistolero. Su mujer y Kisha fueron de conejitas *playboy* y Wallace de presidiario, pero entre risas decía que los que sí estaban encadenados éramos Black y yo. La boda fue maravillosa, la única que faltaba para que fuera el día más feliz de mi vida era Janneth. Como siempre los paparazis nos descubrieron y nos hicieron fotos, pero esta vez no me preocupé por ello. Tania María me obligó a ser amable con ellos, y la verdad es que ahora tenemos una mejor relación. Nuestra nueva casa les dificulta la vigilancia, al poco de volvernos de Las Vegas nos establecimos en la casa que me dejó Jackson.

La única cosa que nos tiene presos del pasado, es la desaparición de Sara. Fernando José, aunque han pasado tantos años, la sigue buscando. Hoy en día, después de miles de operaciones ya puede ver, tiene que utilizar gafas de alta graduación, pero puede ver, y para sus conciertos y eventos utiliza lentillas, muchas son las mujeres que se tiran a sus pies. Él pasa las noches con todas las que puede, pero al día siguiente se deshace de ellas y vuelve a su búsqueda.

NO ME OBLIGUES A ESCOGER

conciertos y eventos utiliza lentillas, muchas son las mujeres que se tiran a sus pies. Él pasa las noches con todas las que puede, pero al día siguiente se deshace de ellas y vuelve a su búsqueda.

Gracias por llegar hasta aquí.

Esta es mi segunda novela, y estaría encantada de conocer tu opinión; contacta conmigo, hazme saber qué te pareció la historia, y ayúdame a mejorar en mis futuros escritos.

Si te ha gustado, ayúdame a difundir mi trabajo recomendándoselo a tus amigos. Este gesto es muy importante.

GRACIAS

Quiero agradecer primeramente a mi esposo y amigo, que estás siempre ahí, a mi lado, apoyándome e incentivándome a seguir adelante. Y a mí preciosa hija, que es mi razón de vivir.

Quiero dar las gracias a mis danadinhas: Mari jo, Soni, Joaky, Yoemis, Amparo, Encarna, Yohana, Yube, Graciela, Marlyn, Sony, Cristina, Afy, Adela, Michele, Ana, Mariluz, Soledad, Elsa, Brenda, María, Bernice, Liliana, Paula, Isa, Lorna, Angélica, Toñi, Erika, Montse, Cgzpalma, Dulce, Niyireth… Y a tantas más, que están conmigo a diario. Es posible que me quede sin nombrar a alguna; lo lamento, jamás imaginé que llegáramos a ser tantas. No obstante, os tengo siempre presente.

A mi Tania María de la Vida Online, a la que un día no me acuerdo el porqué la empecé a llamar así; la que me apoyó incondicionalmente con mi primer trabajo. La que me gastó una broma diciendo que se odiaba porque era la mala en mi anterior novela, y le prometí que me redimiría, y aquí está mi querida Tana de la Rosa. Ahora conocida como: Tania María de la Rosa de Jesús de Todos los Santos.

A mi correctora María Arribas que llegó inesperadamente a mi rescate. Que me ayudó a mejorar mi escrito sin cambiar mi manera de escribir, respetando mis decisiones sin juzgarme.

A ti, mi niña Mella, por llegar sin hacer ruido y abrir camino en mi corazón, por ser como eres, por regalarme una sonrisa a diario, tú sabes el aprecio que te tengo y lo feliz que me hace tu amistad. "Sin gracias"

¿Creíais que os olvidaba?: A mis incondicionales amigas, compañeras de risas, bromas y lamentos, mis confidentes y consejeras. Sois un regalo online. Me faltarían páginas para describir cuanto os admiro y lo importante que sois para mí. Gracias por estar siempre ahí, y por regalarme vuestra amistad sin pedir nada a cambio. Os quiero, mis queridas Magy y Ada.

Nanda Gaef es brasileña, nacida en Río de Janeiro, nacionalizada española.

Vive en España desde 2003, está casada y es madre. Es una persona muy inquieta, siempre está haciendo y/o inventando algo. Desde pequeña, siempre fue muy fantasiosa. Tiene varios relatos escritos en sus viejas agendas olvidadas en el cajón de los recuerdos en su país natal; tenía un grupo con sus amigas online donde todas las semanas se contaban relatos entre ellas. De ese grupo, vino el apoyo para saltar a compartir con los demás lectores sus historias. Su mente nunca ha dejado las fantasías, ya que tiene varias historias apuntadas en su inseparable agenda.

Sigue mis pasos en:
nandagaef
nanda_gaef
@nandagaef

www.ingramcontent.com/pod-product-compliance
Lightning Source LLC
LaVergne TN
LVHW091443170726
843492LV00001B/7